天津市作家协会
重点扶持项目

红星谱

李重远／著

天津出版传媒集团

百花文艺出版社

图书在版编目（CIP）数据

红星谱 / 李重远著. -- 天津：百花文艺出版社，
2021.1
　ISBN 978-7-5306-8062-9

　Ⅰ.①红… Ⅱ.①李… Ⅲ.①长篇小说-中国-当代
Ⅳ.①I247.5

中国版本图书馆 CIP 数据核字(2020)第 268188 号

红星谱
HONGXING PU

李重远 著

出 版 人：薛印胜
选题策划：薛印胜　　　　　装帧设计：张振洪
责任编辑：张　雪
出版发行：百花文艺出版社
地址：天津市和平区西康路 35 号　邮编：300051
电话传真：+86-22-23332651（发行部）
　　　　　+86-22-23332656（总编室）
　　　　　+86-22-23332478（邮购部）
网址：http://www.baihuawenyi.com
印刷：天津中图印刷科技有限公司
开本：880×1230 毫米　　1/32
字数：500 千字
印张：21.375
版次：2021 年 1 月第 1 版
印次：2021 年 1 月第 1 次印刷
定价：68.00元

如有印装质量问题,请与天津中图印刷科技有限公司联系调换
地址：天津市和平区新兴街西康路与岳阳道交口康岳大厦 A
座-1-404
电话：(022)23674746
邮编：300051

目录

自序　　　　　　　　　　　　　001

第一章　锅与柴　　　　　　　001

第二章　真与假　　　　　　　023

第三章　上与下　　　　　　　043

第四章　情与怨　　　　　　　063

第五章　喜与忧　　　　　　　077

第六章　和与分　　　　　　　095

第七章　彼与此　　　　　　　110

第八章　慢与快　　　　　　　132

第九章　虚与实　　　　　　　151

第十章　死与生　　　　　　　171

第十一章　旧与新　　　　　　191

第十二章　苦与甜　　　　　　211

第十三章　私与公　　　　　　230

第十四章　小与大　　　　　　249

第十五章　疏与亲　　　　　　266

第十六章　　低与高　　　　282

第十七章　　暗与明　　　　307

第十八章　　降与升　　　　327

第十九章　　劳与得　　　　344

第二十章　　止与行　　　　363

第二十一章　　衰与兴　　　385

第二十二章　　张与弛　　　404

第二十三章　　少与多　　　422

第二十四章　　紧与松　　　442

第二十五章　　家与国　　　461

第二十六章　　黑与白　　　480

第二十七章　　流与派　　　503

第二十八章　　浅与深　　　523

第二十九章　　分与合　　　542

第三十章　　去与来　　　　566

第三十一章　　性与情　　　585

第三十二章　　退与进　　　602

第三十三章　　知与行　　　627

第三十四章　　你与俺　　　643

尾声　　　　　　　　　　　666

自序

在庆祝伟大的中华人民共和国成立七十一周年,迎接伟大的中国共产党建党一百周年的日子里,笔者向广大读者朋友推介长篇小说《红星谱》。

自从著名作家梁斌的长篇红色经典小说《红旗谱》诞生以来,在我国,特别是华北地区产生了广泛而深远的影响。《红旗谱》所体现的精神与主旨,对国家后来的"三农"工作和关心"三农"工作的作家,也产生了广泛而深远的影响。笔者创作的《红星谱》就是一部讲述华北地区某县、镇、村受到《红旗谱》精神的滋养、浸润而取得长足发展的故事。这是一部虚构的作品,也是一部力求按照史诗风格精心打造、全景式反映当代农村生活的作品。笔者通过重点观照和描摹与《红旗谱》原址相邻的万柳堤、五曲河等地区自抗战中期至改革开放的几十年跨度的事件演进与深刻变化,塑造了两代乡村优秀共产党员、红星村的带头人郭山河、沙荆花与郭向前，以及新时期风格突出的农民群体。《红星谱》虽没有延续《红旗谱》中的人和事，却延续了华北农民要求解放与进步的一贯精神。因素材来自华北平原广大地域，所以作品没有专指某一县、一镇、一村、一人。

华北平原人杰地灵、英雄辈出、民情活跃、社风淳朴，尤其有着强烈的正义感和蓬勃旺盛、积极向上的生命力。众多血性男儿出生成长于斯、受益于斯，为国家和民族作出了重要贡献，是后来的写作者需要关注和研究的一方沃土。譬如：这方沃土文武兼备，其文脉与武脉各是什么？长久以来的政治、经济、文化生态以及风土人情、历史传承与遗存是怎样的？为什么会孕育出多名抗战英雄、革命烈士，孕育出多名老一辈革命家、领导干部、专家学者、莘莘学子、农民企业家、艺术家以及红色经典《红旗谱》？众多的杰出人物对华北农村的政治、经济、文化的发展与构成产生了怎样的影响？凡此种种，需要从文、史、哲多个角度多个层面进行观照与研究，是一部作品或几部作品不可能完全囊括和写尽的，是一座需要长久开掘的十分丰饶的精神富矿，是一笔需要进一步发扬、传承和利用的巨大的文化资源。

尤其改革开放初期和中期，华北农村的乡镇企业发展曾经风起云涌，领跑好几个行业，在中国北方乃至全国产生深远影响，而这些可歌可泣可圈可点的业绩是由农民创造的。这是一群怎样的农民？党的十八大以来，这片地区壮士断腕，关停一系列环评不合格的企业，大力治污，转轨变型，寻求新的发展模式，并且成绩显著。那么，具体又涌现了哪些成绩及知名人士？他们的喜怒哀乐、矛盾纠葛、道德品性、精神状貌是怎样的？发展的前景怎样？与其他先进地区相比，长项与短板、优点和差距是什么？创作《红星谱》时，笔者通过到华北农村深入生活，进行细致的采访和研究，以欣赏、学习、建言和讨论的心态,对观察、体会、思考的一切进行重新梳理与排列组合,力求将一群农民的故事讲出"中国特色",塑造一方水土养育的两代农民既坚持革命传统,又善于思考和勇于创新的典型形象,揭示只有坚持党的领导,农民生产生活的积极性才能得到合理释放和发挥的根本规律。作为文学作品,重在诉诸人物形象,讲述生动故事,也实属笔者一家之言,长短得失仰赖读者诸君品鉴点评。以上文字,权作为序。

散襄军、李彬、夏康达、郑法清、于建、冯景元、武歆、罗世龙、王忠琪、宋安娜、绳兰柱、王启发、解星占、岳子元、田文周、冯国棋、章玺、朱春生等老领导、老师长和老朋友为该作提供了重要指点和帮助,在此一并致谢,祝大家健康快乐!

文学远没有生活更精彩,欢迎读者诸君批评指正!

第一章　锅与柴

夜黑一蓬火,河川镇一带村人们好生解气:"柴家营的鬼子炮楼,被八路军炸掉了!"

"腊七腊八,冻死寒鸦"是方圆左近村人的口头禅,形容这个季节天气之冷。可这夜不少人家都走出人来,虽破衣拉花,却在这冷风刺骨的隆冬暗夜吸溜着鼻子揣着手站在远处看"风景"。腾腾的大火卷着浓烟,夹着毕毕剥剥的响声,照亮了黑黢黢的万柳堤与结了冰的五曲河。这些日子,河川镇四十三村的人们活得太压抑了!地下党第一任镇委书记古德高被日本特务队抓捕,烧红的烙铁烫烂他的胸脯之时,实在打熬不住遂变节,供出他所知道的一系列地下党情况,包括县大队队长柴大树和政委郭尚民。被放出来后,古德高给家里留下一张纸条:"我对不起家乡父老,永远忘了我吧。"之后便远走他乡,销声匿迹。你是走了,可短短几天,柴家营、郭家堡和很多村庄的县大队队员家里均遭到灭门的烧杀。腊月里凛冽的西北风,正把骇人的血腥气味四处播撒。

中等身材,粗粗莽莽,脸颊上斜着一道刀疤的年轻县大队队长柴大树,面对眼前的大火,怒目圆睁,牙关紧锁,牙帮骨隆起着,一边感受着火光辐射的热度,一边从地上捡了干树枝投进火里。年龄略长身材瘦削的政委郭尚民催促:"赶紧走吧,夜长梦多。"柴大树不吱声,还在往火里投干树枝,仿佛他父母亲、哥哥弟弟惨死在小鬼子刺刀下的画面正在眼前晃荡。日伪军到柴家营抓捕柴大树家人,没想到遭到全村老百姓护卫,日伪军便对全村老百姓大开杀戒,血洗了柴家营!一个死里逃生、后背被扎了一刺刀的老者,辗转找到县大队后哭诉:"大树啊,你可得为父老乡亲报仇啊!"话未落地,气绝身亡。柴大树抱住老者尸体,双腿跪了下去,泪水汩汩而下。

你是县大队的队长,你不管谁管?

火光映得柴大树全身通红,连眼白都是红的。其实,身边的人知道,柴大树自打得知全家和哈(那)么多父老乡亲都被小鬼子捅死,两眼就变红了,几个月都没有恢复。刚才他们摸掉了站岗的伪军,是穿了伪军军服的柴大树用一把匕首解决的。身后的弟兄们迅速将两个百十斤的炸药包安置在门窗要害处,随着撼天动地一声巨响,这座住着几十名鬼子和伪军的为害乡里的魔窟倏忽间在冲天大火中变为废墟。柴大树早就打定主意,一个俘虏也不要!留着你,是必定重操旧业卷土重来的!

这是河川镇的中心炮楼,比周边其他炮楼都大。打掉它,影响更大,更有震慑作用。不论柴大树还在想什么,郭尚民已经等不及了,死死拉住他的胳膊,打了一声呼哨,带领众弟兄快步走过五曲河冰面,钻进了封锁沟。封锁沟是日伪军为分段分割冀中抗日根据地而挖的深、宽各一丈左右的大沟,挖出的土又堆成高墙,叫封锁墙。日伪军欲利用封锁沟和封锁墙达到他们的目的,而八路军和县大队在组织群众予以破坏的同时,间或也会加以利用。天亮前县大队要就近赶到西河川陈家沟去修整,他们一天一宿没吃没睡,觉可以暂时不睡,肚子可要填充,哪怕吃个半饱。前不久,抗日民主政府的县长黄国贤被捕,押在县城监狱里,县大队要尽快拿出营救办法。打掉柴家营中心炮楼,不光是报仇,更是声东击西,小鬼子必然反扑柴家营,分散县城兵力,此时县大队便去劫狱。不想,县大队在五曲河口的老堤头与驰援柴家营的日伪军遭遇。仇人相见,分外眼红,柴大树原本红着的眼睛,此时似要喷火。他和郭尚民指挥战士们快速占领万柳堤有利地形,以树木和土牛(用于补堤的堆起的土包)为掩护,在东方曦白的天色里乒乒乓乓干了起来。第一个回合,敌人扔下十几具尸体,后退了几百米,也钻进封锁沟。

柴大树的祖上是庇荫一方的"响马"。新时期的考古爱好者曾经考证出他是《水浒传》中柴进的后裔。柴进,中国古典小说《水浒传》中不可或缺的人物,绰号小旋风,沧州人氏,后周皇裔,人称柴大官人。他曾帮助过林冲、宋江、武松等人,仗义疏财,后因李逵在高唐州打死殷天锡,被高廉打入死牢,最终被梁山好汉救出,因此入伙梁山。梁山大聚义时,排第十位,上应"天贵星",掌管钱粮。征方腊时曾化名柯引,潜入方腊军中卧底。征方腊后授横海军沧州都统制,后辞官回乡,得以善终。考证者称:柴进本不叫柴进,而叫柴金;原籍也不在沧州,而是河川镇柴家营人,是考取功名后到沧州任职。

村民们常把起义军和强盗统称"响马",柴大树的祖上叫柴广福,是柴进的后世嫡亲子孙,因武功超群,便履行了乡间"好汉护三村,好虎护三林"的风习,急公好义,主持公道,使方圆左近几十公里政治清明,鲜有欺压百姓、鱼肉乡里之事发生。明末闹起农民起义,柴广福便投奔了李自成,跟随其南征北战,客死他乡,身后留下两儿一女。柴广福半辈子打打杀杀,却不曾拦路抢劫或打家劫舍。几百年下来,柴家营又出了柴大树、柴三脚等诸多"名人",往上追溯的话,确是"有根有叶"的非寻常之人。而县大队政委郭尚民,也被考古爱好者考证出是后周开国皇帝郭威后人;郭威因无子而立义子柴荣为嗣,第二代开始姓柴。由此可见自古以来郭家与柴家有着撕扯不开的密切关系。但后周第一任皇帝郭威却有几位出了五服的远房侄子、侄孙,《水浒传》中的"赛仁贵"郭盛即是其中之一。因唐朝大将薛仁贵有万夫不当之勇,使方天画戟,而郭盛也擅使此种兵刃,所以外号便是"赛仁贵"。郭盛的后人流落到华北平原,在河川镇扎了根。

这样的考证未免牵强附会、捕风捉影,但河川镇一带的民间多年来一直绵延不绝地流传,以此作为茶余饭后的谈资,有记者、作家前来调研、采风,村民们还会煞有介事地进行绘声绘色的讲述,仿佛一切都是"真的"。不论真假,柴大树、郭尚民皆有来由、皆有出处,几乎是没有争议、家喻户晓的。

凛冽的西北风,吹得不远处的枯树枝条打起呼哨,原本潮湿的封锁沟底冻得出现很多不规则的大裂缝,沟底梆梆地硬。从沟沿跳下来,脚后跟蹾得生疼。县大队无一伤亡,柴大树喘了口气,恶骂一声要爬上沟沿追击,郭尚民拦住,道:"不能横生枝节,俺们要按原计划行动。"

"不行!对敌人一点不能手软!"柴大树瞪圆了眼睛,脸上的刀疤也在抽动。

"这不是手软,是俺们重任在肩,不能恋战。"

"俺自己带五十斤炸药过去。"

"个人英雄主义,不行!"

"俺非去不可!"

"你不属于自己,你属于组织!关键是你这么做影响了俺们的整体行动!"

柴大树急得旱地拔葱原地一个空翻,翻到沟上面的平地上,甫一落地,又是一个飞脚,将一棵小树踹断了,呼哧带喘,强压住胸中闷气。大家见此,全不甘示弱地爬出封锁沟。河川镇四十三村一带习武之人众多,尤以"搏腿功"最为流行,柴大树小时候跟着师父练过,在与小鬼子近距离肉搏战时发挥过救命的作用。一次三个鬼子围住他一人拼刺刀,在紧急招架中他猛地飞起脚来,踢倒一个,顺势刺倒一个,冲出重围,虽然脸上挨了一刀,十分凶险,终归保住了性命。当然,他并不怕死,只是感觉自己杀敌不够多,国仇家恨未报,不能这么早就死。武术界"南拳北腿"的说辞由来已久,想必这"北腿"就讲的是实战性极强的"搏腿功"。此门功夫足够深厚的练家子,飞起脚来能让人目不暇接、难以招架,中招者轻伤常见、重伤难免,被踢死也不奇怪;也往往因此助长自身脾气,于不屈不挠绝不认输中蕴含几分固执与骄矜。

郭尚民对着柴大树抱拳作揖:"行了行了,如果俺是对手,没看清你的招法就让你踢个蛋朝东了。"

柴大树也算认了头,不再闹着追击:"敌人退的方向就是五曲河口,哈个地方不能去了。可到哈个地方弄口吃的咧?"

天气寒冷,一干人穿得都是一般庄户人的棉衣,在封锁沟里稍稍避风一些,可火力不如柴大树壮的郭尚民依旧被冻得肩膀紧缩,一边急速搓着手取暖,一边嘶哈嘶哈地喷着白气。他建议说,可以到东河川靠近县城的沙家店弄吃的,哈边有几家地下抗日模范堡垒户,为县大队百十人弄半顿饭吃应该不成问题。不到万不得已,他们不会去这几家堡垒户,因为这几家堡垒户提供的服务都是救急型的,否则真正到了该救急的时候没有粮食会耽误大事,但为了完成劫狱计划,眼下需要争取时间。柴大树略一思索,走。一干人煞紧腰带,绑紧裹腿,掉转方向,顺着豁口爬出封锁沟,穿过封锁墙,在呼啸的西北风中小跑着逶迤而去,不远处敌人尸体旁边的枪支弹药都没来得及捡拾。一袋烟的工夫,五曲河口哈边的日伪军缓过劲儿来,呼噜呼噜地拉开阵型再次攻来,还有迫击炮的炮弹打过来。

县大队久经战火,战士们从哈"噼啦""噼啦"的爆炸声就听出是小型迫击炮,这种炮便于携带,一名战士就能扛着跑。柴大树又动了心了,要跑回去迎战,淘换一门炮过来。郭尚民正死拽住他的胳膊制止,一发炮弹已经落在身后不远处,"噼啦"一声爆炸,一块弹皮打飞了柴大树头上的毛巾。他不再恋战,跟着郭尚民紧跑起来,继而感觉头皮火辣辣地疼,一摸一手血,"闹他个妈!"便捂着脑袋奔跑。郭尚民见了,急忙把自己头上的毛巾解下,裹在柴大树头上。

战友情,亲如兄弟、胜于兄弟。柴大树在郭尚民后背轻拍了一掌,以示感谢。

沙家店在东河川镇与县城之间,两边各差五里地。寒冬腊月,加之不知几时日伪军会前来作妖,所以,街上空无一人。街口有一具冻僵的"路倒"(死在路上的人),郭尚民命人将其搬到路边,解下一名战士头上的毛巾,把尸体脸孔包住。看衣着不是太破旧,分不清何许人也,只做情急之中的小小善举吧。柴大树捂着受伤的脑袋非常不屑地"呸"了一口,依他的眼光,这不像受苦人,管哈个干么(什么,冀鲁方言)!

县大队分散进入了几个小院。这几家堡垒户分别坚壁着一些粮食,除了自己种的,还有县大队、区小队存在这里的,因为可靠,组织上随时可能在这些堡垒户藏粮食,虽然每次不一定很多。郭尚民和柴大树来到的这家主人叫沙鸿兴,一个满脸褶皱常带笑容的驼背老者。家里几个儿子都秘密参加了八路军,在太行山区跟随朱德司令打游击。

村里另一个长得一表人才叫沙占魁的汉奸前几天来家里问他:"我说'背锅儿'(马锅),八路军才讲红星,你他妈的却叫'沙鸿兴',是不是想跟大日本皇军叫板?"

"抽烟抽烟,吓死俺也不敢啊,俺哈个鸿是走鸿运的鸿,俺哈个兴是高高兴兴的兴。"

"你不跟着大日本皇军,能有狗屁鸿运?"

"哈个自然,全靠你老弟照应咧。"

如此算是将沙占魁蒙混过去,过后沙鸿兴和老伴儿说:"俺这个鸿兴就是红军帽子上的红星。"老伴儿急忙捂住他的嘴:"二杆子,你说溜了嘴,该招祸来咧!"沙鸿兴方才闭了嘴表示认账。老伴儿又说,你改个名字有么不可,耽误你抗日吗?好坏心里分,何必非要打个招牌?这话沙鸿兴就不爱听了,改么哎,俺偏不改!这是俺爷爷起的名字!沙鸿兴的爷爷是清末翰林,是他祖上值得夸耀的前辈。老两口儿为改名的事闹得好几天不说话。

郭尚民和柴大树的到来,给了老两口儿言归于好的茬口,两个人马上一起操持起来。

沙鸿兴让柴大树帮忙把堂屋埋下一半的水缸拔起来搬开,这里是地窖,让老伴儿下地窖里用瓢舀出一瓢棒子面(玉米面),然后再把水缸挪回去,把边边角角的潮土踩实碾平,消除痕迹。棒子面倒在瓦盆里稀稀拉拉洒些水(不能多),把洗净剁碎的野菜掺进去,加点盐,用筷子搅匀,做成"罢啦儿",松松散散地上锅蒸。灶火升起时间不长，沙鸿兴就将热气腾腾的"罢啦儿"端上了桌，道："这吃食熟得快，免得影响你们行动，可以就着蒜吃，有味儿。不过不能管饱，只能垫吧垫吧肚子。"

郭尚民道："你们东河川管它叫'罢啦儿'，俺们河川镇叫'苦累'。吃苦受累的农民能天天吃上它就烧高香，地主老财却拿它喂鸡。"

沙鸿兴一边为大家剥蒜，一边道："反正都不是好词，'罢啦儿'大概就是'命相不济，么都甭说了'的意思。"

柴大树早已饿得不行，用筷子夹"罢啦儿"太松散，夹不起多少，便下手一撮撮捏着吃，就着蒜，一口接一口地吃相很急，抽冷子还要捂一下脑袋。

沙鸿兴看在眼里，便问："大队长，你的脑袋——"

柴大树急忙掩饰："没么，让树杈儿刮了点皮。"

"该不是小鬼子的子弹吧？"

柴大树继续打岔："挖哈个多的封锁沟、垒哈个长的封锁墙，就能挡住俺们？"

沙鸿兴一声长叹："把个庄稼人的田地撮鼓得没了样子，收点儿粮食他们还要来抢。大队长，你说这将来的社会是咋样的？"

柴大树喝了口水，抹抹嘴："哈个社会，没有侵略、没有剥削、人人平等、家家幸福呗。"

"俺等得到昂（吗）？"

"等得到，杀尽不平方太平；瞎子磨刀，快了。"

郭尚民怕柴大树说出不着边际的话，忙接过来总结道："咱有党的领导，有八路军和全国人民参与，打垮小鬼子是迟早的事！"遂站起身，与沙鸿兴握别。

面前的吃食虽粗粗拉拉，却没人感觉不舒服。闹个半饱，后面的仗就打得有精神;闹个全饱,反倒困倦,影响赶路。"老马啊,谢谢你的'罢啦儿'。一旦打跑了小鬼子,俺们一定为你请功。"

郭尚民和柴大树来沙鸿兴家吃饭,连做带吃也没多长时间,不过两袋烟的工夫。但他们吃饭的时间却不是中午的饭口,沙鸿兴家在这个时间升起了炊烟,这就引起了村里的汉奸沙占魁的注意。其他几家堡垒户做的什么吃食不得而知,反正没见屋顶升起炊烟,唯独沙鸿兴家的屋顶烟囱冒烟了。沙占魁平时并不在村里待着,而是在炮楼里眯着,偶尔会跟着日伪军出去执行任务;抽冷子会回村一趟,找找这个人的麻烦、讹讹哈个人的便宜,这次抓只鸡走、下次赶只羊走,名义是借,还假惺惺地拿着小本记账,可好几年下来从没还过。村人们知道他是"住炮楼"的人,除了背后骂他,没人敢惹。

沙占魁祖上是清末武将,家传的原因他也练过三招两式,按他自己的话说,不干么的人近不了身。他家传的祖训是"人活一辈子要往上走",甭管是清代还是民国,乃至日本人当权,你能混到管别人而不是被别人管,就是成功。朝代更替的事老百姓哪里左右得了,可你能不能吃上饭、吃得好,完全靠自己。不要奢谈"理想"和"主义",这年头连混战不停争地盘的各路军阀都在谈"主义",惹得天下嗤笑。所以大学者胡适告诉人们:"多研究些问题,少谈些'主义'。"沙占魁的问题就是能不能吃上饭、吃好饭,一派不问是非曲直的实用主义。这就是沙占魁做了鬼子帮凶的原因。

此次沙占魁正在村里沙老财家跟其小老婆打腻——沙老财不仅不敢得罪,还每次在门外帮沙占魁望风——沙占魁解决完饥渴爬到房顶查看村里的动向,这是他最喜欢干的事:侦察与窥探,然后去特务队领赏。于是,他发现了沙鸿兴家的异常。家家都很穷,一根柴草都是好东西,谁舍得在非饭口时间生火?烧开水喝?

穷人家有这么奢侈吗?他猜测沙鸿兴家来了不同寻常的人。他立即骑上自行车回炮楼,叫来了好几个鬼子和伪军,对沙鸿兴严加拷问。沙鸿兴是久经考验的地下党员,一口咬定是老伴儿肚子疼烧了两碗热水。于是,老两口儿都被小鬼子用刺刀捅死了,没有等到郭尚民为他请功哈一天。

离开沙鸿兴家以后,郭尚民即与柴大树商定,县大队化整为零,分三路靠近县城:一路化装进城劫狱,二路城中配合,三路在城外接应。郭尚民读过保定二师,有文化,粗通日语。十年来冀中地区发生的"反割头税""高蠡暴动""二师学潮",他虽未参加,却耳熟能详,成败得失全在心中有数,不满四十岁的年纪,于文质彬彬中十分老成。他到县城成衣铺借了服装,化装成西装革履的日本翻译,带领化装成小鬼子的十余名战士,为一路;柴大树则带领一干人化装成车夫,人人推着独轮车,身上是鼓鼓囊囊的旧棉衣、缅裆的老棉裤,头上扎着旧毛巾,车上盘着绳索,一副随时接活的架势,为二路。

此时一阵大风袭来,黑云压顶,继而飘起大雪,县城各城门站岗的伪军冻得哆哆嗦嗦,不停地跺着脚。一路的郭尚民咋咋呼呼地一半日语一半家乡话,站在南城门几个伪军岗哨面前,拿下伪军手里的大枪的时候,伪军们还莫名其妙地看着这个"日本翻译",稀里糊涂就了范。此时二路柴大树带着人马紧随其后,占领了南城门楼,掩护郭尚民带领十多名战士去营救黄国贤县长。但郭尚民照方吃药闯进监狱以后,却从伪警口中得知,黄国贤将被押到保定市,先转移到东河川中心炮楼去了。郭尚民一声长叹,柴大树道:"不能空跑一趟,烧狗日的粮库!"见郭尚民有些犹豫,柴大树又道:"要么你带人殿后,俺带人打冲锋。"

郭尚民便道:"你能离开俺昂?"(县大队人人皆知,河川镇四十三村也人人皆知:"锅不离柴,柴不离锅")柴大树会心一笑,便用驳壳枪顶着伪警腰眼,逼其带路。一行人依靠郭尚民的简单的日语,闯入日伪粮库,这边一干人扑上去拼掉看守,哈边快速放了火。大雪飘飘、火焰熊熊、景观奇特、热度灼人,郭尚民的心却一揪一揪地痛:这全是老百姓的血汗啊,怎奈眼下已变为豺狼的口粮。难道还给他们留着?时间紧迫,环境恶劣,容不得你给老百姓分粮,况且彼时彼刻,老百姓根本不敢前来领粮,因为城头飘舞的是日本太阳旗,街上时时驶过的是架着歪把子机枪的日本宪兵摩托车。柴大树见粮库另一边还有没点燃的地方,要过去继续引火,郭尚民拉住他急退出来:"此地不宜久留,马上奔东河川!"

果不其然,一干人刚出粮库,柴大树嘴里还气咻咻地骂着街,街上日伪军拉长音儿的警笛已经刺耳地响起,赶来救火的两卡车日伪军已到跟前。于是,一场激烈的巷战就此展开,县大队的人马依靠久经磨砺的机智灵活,迅即将几十名日伪军干掉,缴获了一批三八大盖,用破麻袋、破铺陈裹了,装上独轮车捆牢,以最快速度离开。此时城外负责接应的三路弟兄们早已将南城门的所有伪军个个捆成"粽子",塞在城边封锁沟里。待日伪军大队人马赶来,县大队全体人员早已蹿得无影无踪。

劫狱任务虽未完成,但也算不虚此行。雪越下越大,雪花都有铜钱大小,冷风将雪花吹进脖颈,冷冰冰如小刀子割肉,郭尚民突然大喝一声:"月黑雁飞高,单于夜遁逃。欲将轻骑逐,大雪满弓刀!"聊表他的怨气与豪气。柴大树便跟着拿腔拿调来了一句冀中味儿的京韵:"好大雪——"一干人便都偷笑。

因为郭尚民从县城成衣铺借过衣服,所以,成衣铺走漏风声将县大队的行动传得神乎其神,似天兵天将突降凡尘;日伪军则恨得咬牙切齿,卷街骂娘,在县城内外贴满告示:凡举报郭尚民、柴大树藏身之处者,赏大洋五千;拿来他们人头者,赏大洋一万。

正直的老百姓自然不买账,对这种告示看都不看;等而下之的人便会偷笑:你们几时如此慷慨过?还大洋,甭虚张声势了,能给足臭名昭著的"银联券"(银联券是此时华北敌占区日伪军强迫老百姓使用的伪币)已经不错了,怕只怕连"银联券"都舍不得给。而甘为汉奸的沙占魁一类人,则会为了银联券跑穿了鞋底子。在强大的毁灭性外力面前,一个民族会分裂成若干个群体,在人格、人性上呈现五花八门的状态。

沙占魁所在的炮楼就是东河川中心炮楼,有四层高,算得上这一带气势汹汹俯瞰四周的"高层建筑",里面驻守日伪军一百多号人,设有警察所,给这一带八路军游击队的活动造成严重威胁,下乡抢粮、抢牲畜,残害百姓的事情时有发生。县委早就指示县大队尽快拔掉这颗钉子,但眼下县长黄国贤也押在这里,炸炮楼的方式就不适合了。

晚饭时间,郭尚民依旧化了装,这次他化装为远近闻名的阴狠歹毒的县特务队长赵志仁(外号"二皇军",热衷酷刑,曾亲手用烧红的烙铁烙过被抓者,直到将人烙死,招供的地下党员古德高就是被他制服的),赵志仁的外形特点是模仿日本人,头戴日本战斗帽,上唇蓄着仁丹胡。郭尚民弄了假胡子和日本战斗帽戴上,带领二十多名化装成特务(衣服没有补丁,略微区别于穷人,不一定很讲究)的战士骑自行车大模大样地前往,接近东河川中心炮楼的时候,先将其通往各地的电话线剪断,拿下站岗的哨兵顺利进入炮楼后,被一个戴白箍的值班伪军迎面拦住:"哪一部分?怎么随便进炮楼?"

郭尚民走近对方,努努仁丹胡,眯着眼问值班伪军:"可曾听过赵志仁大名?"

"听是听过，不过他忙得很，没时间来俺们这儿。"

"鄙人正是赵志仁，今晚就来了。不欢迎昂？"

值班伪军吓得一个激灵，脚底下一个立正："报告长官，小的有眼不识泰山，还请多多关照！"

"我问你，黄国贤可在这里？宪兵队要提审，派俺们来打前站。"

"报告长官，今天一早保定方面就来车把人押走了。"

郭尚民如雷轰顶，热血一下子涌满大脑。他稳稳心神，竭力让自己镇定，指着值班伪军发起邪火："俺来了，你们排长干么不迎接！快叫他滚出来，配合俺们到沙家店执行公务，误了皇军大事要你们的狗头！"

正和沙占魁坐在一起吃饭的伪军排长闻声慌忙出来，打躬作揖，因其只听说过赵志仁，却从没见过，看眼前来人趾高气扬不可一世，感觉县特务队长就应该是这样，便派人上楼通知鬼子小队长，这边急忙集合队伍。衣帽不整的伪军们正慌慌张张地推开碗筷排队，楼上鬼子小队长嘎噔嘎噔地踩着木楼梯下楼来了，甫一露面，柴大树便带人一拥而上将其捺倒扼死。伪军们轰一声乱作一团，纷纷到枪架上抓枪，县大队战士们早已拥进来用枪将他们逼住。伪军们大眼瞪小眼，疑惑地习惯性纷纷举起双手。郭尚民一挥手，又有一群战士冲到楼上，一阵炒爆豆般急剧的枪声随之响起，继而一切归于平静，战士们下得楼来，说："楼上正在吃喝的鬼子全'去'了。"

伪军排长战战兢兢问郭尚民："赵长官，你是二皇军，怎么能打日本人？"

郭尚民撇撇嘴，答非所问道："你们这些人，赶紧滚蛋，俺们要烧炮楼了！"

伪军们可能猜想到这些人是八路军，也可能猜想是自己人内讧，总之，一个个懵懵懂懂地举着双手溜之乎也，其中包括"一表人才"的沙占魁。大火随之燃起。

离开炮楼的时候，弟兄们人人身上背了两三杆枪，高兴自是高兴，有人哼起小调"没有枪没有炮，敌人给俺们造"也很正常，郭尚民低声下令让弟兄们快速进入封锁沟。话音未落，一颗手榴弹落在脚下，身边的柴大树眼疾手快立即扑倒了郭尚民。手榴弹"轰"地爆炸了，郭、柴无恙，旁边一名战士牺牲，三名战士受伤。柴大树趴在地上支着耳朵搜索周边动静，倏地挥起驳壳枪朝着不远处有脚步的方向一顿猛射。追过去以后，发现地上有血迹，但人已逃遁。柴大树免不了又怪罪郭尚民心慈手软："你为什么要把伪军和汉奸放走？"

"他们缴枪投降了，咋能不放？"

"这颗手榴弹是啥意思，你能明白昂？"

"这是个别情况，不能说明问题。"

柴大树简直要被气死。问题是，当初军分区领导任命他们职务的时候，言之凿凿地这么说："大树，你虽是大队长，却要在郭尚民领导下，如果不服，你可以不干。"哈时，柴大树也是言之凿凿："坚决服从军分区领导安排！"

营救黄国贤的任务始终没有完成，县大队的郭尚民与柴大树却成为了日伪军急于除掉的眼中钉肉中刺。事情就是这样，哈边要占你国土灭你，这边要绝地反击救国救民，水火不能相容，没有调和余地；你发挥的作用越大，敌人越憎恨。而日本人对伪军这个原本是中国人的群体，从来没有正眼看过，他需要你的时候，你要冲在前面当炮灰，不需要你的时候，你和狗无异，拿你祭酒也说不定。时隔不久东河川中心炮楼重修，很多变过节的伪军跑回来打算重新加入,全被小鬼子捆起来用机枪突突了,伪军们在喊冤声中魂归天外。这件事的后果,就是其他炮楼的伪军遇到八路军袭击,或者一跑了之永不回来,或者死扛到底,与八路军拼个鱼死网破。当然,后者远远少于前者。因为,对于一般并无理想志向的伪军们,活着是第一位的,这里不能待了,就远走到外县去,继续当兵吃粮混日月。

郭尚民、柴大树的县大队战功卓著,加之曾经配合参与过彭德怀司令指挥的"百团大战",拆铁轨、毁道路、炸桥梁、打炮楼、除汉奸、烧军粮(原本都是日伪军从老百姓家里抢来的粮食),风生水起,四面开花,对日伪军打击、破坏极大,遂使驻守此地的日伪军加快了剿灭县大队的步伐,日夜研究除掉县大队的计策。冀中日军司令冈村宁次在一次作战会议上眯起眼睛,把手向下一劈,像切西瓜哈样:"由希,烧光、杀光、抢光,让郭尚民、柴大树哈些土八路居无所,食无粮,上天无路,入地无门!"

于是,以"铁壁合围"的残酷手段,发动了惨绝人寰的一九四二年"五一大扫荡",残害了冀中抗日军民数以万计,烧毁房屋、掠走财物无数。郭尚民和柴大树不得不带着化整为零的县大队部分成员东躲西藏与敌周旋。一路走来,但见河川镇一带四十三村,村村哭号声、处处穿孝人;遍地新坟白幡飘荡,残垣断壁惨不忍睹。做了县特务队副队长的沙占魁为获取银联券奖励,通过各种方式向郭尚民和柴大树"叫号":"郭政委和柴队长,我见过你们的尊容,你们神出鬼没、身手不凡,只是你们走错了路。你们看不清世界大势,实力强大的德国和日本必胜,软弱无能的欧洲和中国必亡。我劝你们改弦更张,立即投奔皇军,有我担保,你们可以富贵荣华!而且我和皇军会为你们保密。我的联系方式是……"

柴大树拿着一张从村里墙上撕下的劝降布告,对郭尚民愤愤道："都是听你的主意听的。依俺的意见,打东河川炮楼的时候,把伪军汉奸一锅烩全崩了他,哪有今天沙占魁的嚣张？""优待俘虏,是党的统一战线政策咧。""嘿！"

柴大树不服气,但事情早已过去,现在只能说现在的事。郭尚民感觉眼下形势非常吃紧,化整为零的县大队可以说有今天没明天,自己在郭家堡有老婆有孩子,而柴大树三十开外还没有妻室。俺们抗战的人不能无后啊,否则谁来继承俺们遗志继续抗战啊。当然,是不是还包括"为柴大树创造条件接触一下异性,免得牺牲了还留有这样的遗憾"之人道主义主张,不得而知。以郭尚民的文化水准,做出这样的思考也无人见怪。

郭尚民抽空跑到东河川沙家店,看上一个叫沙荆花的适龄姑娘,长相已经不作计较,家人可靠、没病没灾即可。如此危难的非常时期,人人的脑袋都系在裤腰带上,沙荆花的父母亲眼见得自家闺女已然长大,内心恓惶,乐得有县大队的人来做亲,还计较哈个换帖、彩礼、认亲诸项乡规干么,立即敲定。郭尚民回头便郑重其事告知了柴大树。柴大树一听就把眼珠子瞪得牛眼大："同志哥,你拿俺当种猪哇,有这么拉郎配的昂？"

郭尚民不着急,从抗战的长远打算说起,讲到国家延续种族的需要,说："俺们中国现在人口平均年龄只有三十五岁,为嘛哎？因为很多青壮年去杀鬼子,牺牲在战场,永远不可能回来了;加上鬼子三天两头抢粮,很多老年人也因为饿肚子早早死去。"郭尚民还说起方圆左近人口锐减的情况,说起现在走在村街上,几乎见不到人,尸体倒是随处可见,被鬼子血洗过的村子更是处处尸体,腐烂发臭没人收拾,顶风臭出十里地。为什么没人收拾？全村死的死,逃的逃,谁来收拾？俺们真的很危险咧,这可真不是开玩笑！

柴大树总算被说服了,毕竟年轻,身体状况良好,夜晚便带一名警卫员会亲去了。待与姑娘甫一相见，便因十分同情、怜惜而牵了姑娘的手，一时还谈不到男女之间的爱或不爱。姑娘父母因为害怕遇到日伪军遭祸害，便一直把姑娘藏在草棚内的菜窖里，几年下来，姑娘倒是闷得细皮嫩肉，怎奈手脚无力，两眼也总是虚着害怕见光。父母亲见柴大树精神抖擞、身体健壮、说话爽快，十分喜爱，遂拿出藏了多年的一瓶老白干，和柴大树就着咸菜条干了，每人再喝一碗稀粥，这婚就算结了。当晚柴大树和姑娘被安置在东屋睡觉，警卫员睡堂屋，老两口儿睡西屋。是夜莺声燕语，事事顺遂。

柴大树初次接触女人，爱不释手，兴奋得把个白白嫩嫩的沙荆花抱在怀里在屋里踱来踱去直走了半宿。已经三更时分，不是沙荆花非要下来睡觉，他真有可能把沙荆花抱到天亮。两个人海誓山盟，交颈而眠。天亮以前，柴大树带着警卫员悄悄归了队。郭尚民背着人问他："闹咧白（干了吗）？"

柴大树摸了一把微微发热的脸颊："闹咧。俺这战斗力，能饶了她？"

郭尚民舒展眉眼呵呵笑了，在他结实的胸脯上砸了一拳。只这一夜，柴大树还真把小树种下了，几个月后，有人给柴大树送来口信：你夫人怀上了。柴大树高兴，搂住郭尚民又哭又笑，不知说什么好。甭管是男是女，反正是有后了，俺就算为坚持抗战积蓄了力量。柴大树现在什么都不怕了，哪怕明天就冲锋陷阵死在与小鬼子的搏杀中，也无怨无悔，更无遗憾了。

事情常常具有两面性。后来人们学习"一分为二"和"矛盾转化"的观点，总是感觉很有共鸣，是因为事情确实就是这样的。不久柴大树得到沙家店的情报，说近日日伪军三百余人来沙家店抢粮，而且因汉奸沙占魁探听到沙家店有些堡垒户家里坚壁着不少粮食,这次日伪军要来掘地三尺,不把粮食抢走就烧光全村房屋、杀光全村人员。消息是沙家店的沙老财小老婆传出来的,因为她家的粮食也在被抢之列。东河川炮楼被端的时候,沙占魁向郭尚民扔了手榴弹没达到目的,却挨了柴大树一枪,他的肩膀被钻了个眼儿,幸亏没打在要害处。他一直在沙老财家养伤,沙老财小老婆对他使尽妩媚与温存,按照乡里偏方每天用舌头舔舐他的伤口,让他很快伤愈还阳。她在被窝里搂着沙占魁恳切乞求放过她家,甚至提出为沙占魁生个儿子做条件。

但沙占魁拒绝了,他说:"日本人现在非常缺粮你是知道的,俺是日本人的跟包儿,怎敢拂逆?而你这样的女人我身边有的是,你如果愿意跟我去住炮楼,倒是可以保你一命,但如果炮楼里的日本人要你陪睡,你也不能拒绝。"

沙老财的小老婆气得捶胸顿足,撒泼大哭,差点背过气去。沙占魁离开的当夜,她就带着屈辱采取了行动。她不知道谁家通了八路军,但知道村里肯定有通八路军的,于是,写了一沓纸条,挨家挨户塞进门缝,让全村都知道过几天日伪军要来扫荡抢粮乃至杀人。沙荆花的老爸见到纸条便急忙把消息辗转送了出来。

县大队全体人马包括临时外援好几百人从四面八方集合过来,在日伪军前往沙家店的路上设下埋伏。县大队已经憋屈了好长时间,眼下人人都想出口恶气。凌晨时分,日伪军的大队人马迤逦而来。因为要抢粮,所以这次日伪军弄来很多马车、驴车、板车,由会赶车、驾车的伪军负责车辆,而小鬼子的一部分就坐在车上,很像中国农村媳妇"回娘家"。进入县大队的包围圈以后,柴大树一声断喝:"打!"轻重机枪、手榴弹、排子枪顿时响成一片,走在前面的日伪军像被割的麦草纷纷倒下,后面的人不顾督战的枪声,转身就逃。马尥蹶子、驴嘶吼、人哭喊,乱作一团。而埋伏在两侧的县大队战士们迅速堵住了日伪军的后路，投来密集的手榴弹，后退的日伪军被逼向一侧。短短几分钟，日伪军已经伤亡几十人，剩下有二百多人，一边还击一边向一侧的水坑退去，他们且战且退，半截身子已经泡在水坑里。此时，日伪军中一个老鬼子放飞了一只鸽子。郭尚民虽没见过战斗中使用信鸽，但感觉这不是好事。急忙对柴大树说："俺们见好就收吧，俺毕竟武器落后，弹药不足，不能坚持太久，如果敌人援兵来了，就不好办了。"

柴大树早已杀红了眼，郭尚民的话他只当耳边风，带着战士们边射击边向水坑围拢。郭尚民不得不大声喊叫："柴大树同志，这是打仗，不是过家家，不能由着性子来！"

柴大树道："谁说俺在过家家？国恨家仇，全在俺的枪膛里，老郭，你瞧好吧！"

"不行，赶紧住手，撤退！"

"你说么？撤退？你开么玩笑？难道你怕死？"

"俺几时怕过死？"

"哈就跟俺冲锋，打个狗日的痛快！"

水坑里的鬼子因为再无退路，拼死抵抗，依靠良好的武器和训练有素坚持下来，并把进攻的县大队压住抬不起头。子弹"啾啾"地在战士们头顶飞过，凡是忍不住站起来想冲锋的都被打倒了。县大队的伤亡开始不断增加，如果此时撤退，仍然不算晚，但柴大树依然坚持不撤退。郭尚民不得已与柴大树撕扯起来，只差捆耳光了，柴大树两眼血红，额头青筋显露，伸出脖子道："你捆俺耳光吧！俺是不会撤退的！"

正说话间，隆隆的卡车马达声由远而近。四面都有马达声，鬼子的卡车载着大量日伪军从四个方向驶向作战地点，正呈"铁壁合围"之势。郭尚民对柴大树道："俺们被包了饺子咧！"他不顾柴大树的反对，指挥身边的人道："'老铁'，你通知侧面截杀鬼子的弟兄们，不惜代价带着乡亲们突围出去！快！"

身边的这个"老铁"是郭尚民的侄子郭山河，虽刚刚二十岁出头，却跟随郭尚民出生入死好几年了，各式各样的阵仗见过很多，一次为上级领导送信，一口气跑了三十里，一只鞋被跑穿了底子，他干脆扔了这只鞋，光着一只脚跑到目的地。县大队的弟兄们送他外号"铁腿"，后来叫来叫去叫成了"老铁"。此时老铁早已看出问题端倪，急忙回身就跑。于是，县大队一部分战士带着乡亲们突围出去了，而柴大树与郭尚民这部分人被敌人密集的火力逼得步步后退，最后退了沙家店。当他们进入村子，柴大树爬上屋顶瞭望的时候，发现敌人远远近近密密麻麻有好几千人，至少是县大队的二十倍。乖乖，老子跟你们拼了！人生自古谁无死？早死晚死早晚是死！为杀鬼子而死，老子高兴！

悲壮自是悲壮，可大难临头柴大树依旧没有悔过之意，郭尚民便不得不陪同他一条道走到黑。两个人出生入死好几年，性格、特长互补，配合得几乎天衣无缝，早已情同手足，危难之时郭尚民不愿意、也没想过要离开柴大树。如果说彼时彼刻的郭尚民思想过于单纯或耽于义气，哈是小看了，骨子里的视死如归才应该是他的本性。尤其为抗战而死，死得其所，乃至无上荣光，几乎是所有郭尚民这类人的共同信念。

从凌晨四时至下午五时，他们打退日伪军近二十次进攻，柴大树身中数弹，带伤作战，直至流尽最后一滴血。郭尚民把柴大树的尸体用棉被裹好，藏到草棚，遂带领仅剩的十几名战士做最后抵抗。他们退到屋内，这里是他和柴大树吃过"罢啦儿"的地方，堡垒户沙鸿兴老两口儿已经为抗战献出了宝贵的生命。现在是自己生命的最后关头，要像沙鸿兴老两口儿哈样死得光荣。他对大家说:"弟兄们,突围已经没有希望了,俺们为党为祖国人民献身的时候到了,俺们要抢在牺牲前多消灭一些敌人!对不对?"

"对!"战士们异口同声。

郭尚民将两颗手榴弹捆在一起,待敌人逼近时果断拉弦投向敌人,战士们也纷纷效仿。一群群日伪军被炸得七零八落,血肉横飞。

一个鬼子大队长恼羞成怒,挥起指挥刀大叫一声:"呀给给击——"早已有备而来的戴着防毒面具的鬼子兵立即上前,向郭尚民所在的屋内喷放起毒瓦斯。郭尚民带领战士们拼死射击,直到最后全都七窍流血,死在灭绝人性的小鬼子喷放的毒气里,壮烈地以身殉国。

在这次战斗中,除县大队为掩护群众突围撤退者外,二百余名指战员全部牺牲,击毙击伤日伪军数百人。

新中国成立后,河川镇建了烈士陵园和纪念碑,供后人祭奠和瞻仰。此为后话。

沙家店的乡亲们也伤亡不小,不少人在随着县大队突围时中弹倒下。沙老财一家因为看守家财不愿意撤离,藏在院子里的菜窖里。沙占魁带着日伪军来了以后找到菜窖往里喷毒气,一家人承受不住急忙爬了出来。沙占魁逼问他们粮食藏在哪里,遭到沙老财一家拒绝。其实是事先沙老财把粮食给了县大队,此时他没法交代,交代了也是个死。他说:"占魁,咱一笔写不出两个'沙'字,你还是俺没出五服的侄子,这几年你要啥我给啥,最爱的小老婆都给你了,咋就非跟俺过不去?"

沙占魁"呸"了一口道:"谁稀罕你的破烂货小老婆,哪个是原装的?"

沙老财道:"县大队为老百姓出生入死,留得英名,你这么做不是留个臭名？"

　　沙占魁恼羞成怒，命日伪军将一家人悉数用刺刀捅死。最令人发指的是沙占魁让日伪军当着沙老财的面先对他的几个小老婆进行祸害，然后再剖腹，极其残忍。沙老财的小老婆哭岔了音儿，号叫："沙占魁，俺尽心尽意伺候了你好几年，你不能这么对俺！"话音未落，鬼子的刺刀已经将她开膛破肚。

　　沙占魁抽着烟站在一旁一脸轻蔑微微哂笑。

　　沙老财家被日伪军挖地三尺，什么都没找到。但事后沙占魁的歹毒、敢对本族人下狠手的特点还是远近传开，于是得到冀中日军司令冈村宁次亲授的日本天皇三级勋章和三万银联券。特务队长赵志仁被县大队锄奸以后，沙占魁便顺理成章接替了队长之职。他在就职宣誓时说道："俺如果不能剿清这一带的八路军县大队，就交上俺的人头！"

第二章　真与假

郭山河考虑到敌人一定会在沙家店沙鸿兴家附近设伏,只要你敢来给郭尚民和柴大树收尸,便打你没商量。于是,他急中生智,"老子当一回土行孙!"和战士们从村外的封锁沟里挖地洞,一直往沙家店村里挖,遂挖成一条长长的地道,直挖到沙鸿兴堂屋的地下,将一干烈士的遗体悉数搬走以后,填死了洞口。郭山河突发奇想,俺们干吗不在别的村也挖地道?而且要挖能藏能跑能打的地道,弟兄们,你们说,该不该这么干?

该!危难临头,啥办法管用,就使啥办法,眼下没有队长,就听你老铁的!大家都这么说,尤其县大队的副队长也这么说。副队长是个老实巴交的老兵,敢打敢拼,非常顶饿,但文化不高,急中生智的事不如年轻的郭山河。县大队的动议迅速传到各村。大敌当前,村人们都在生死临界点上,没有人为挖地道说三道四。但据说陈家沟村有人提出异议,说挖地道需要大量人力物力,应该给点报酬。消息反馈回来,郭山河立即看清了原因:这个村地处偏僻,没有遭到过日伪军洗劫,缺乏危机感。只为了你自保,没让你保别人,怎么还要报酬?县大队情况这么困难,拿么给你报酬?他立即动员副队长召开会议,对这种动向予以坚决遏制,并建议亲自带人去陈家沟摸情况,要把出馊主意的人抓来审问。

副队长和全体同志完全赞同。郭山河带着三个手脚敏捷的弟兄连夜奔了陈家沟。他们化装潜入,细致调查,终于摸清,出馊主意的人是暗中投敌埋伏在村里的奸细。他们把奸细抓来,五花大绑,在村长(也是当时的村维持会长)家里召开了秘密会议,全村有头有脸的族人首领、德高望重的老者全部被召来听会,郭山河讲了全国和这一带抗敌形势和任务以后,在众人面前一枪崩了奸细。还向奸细身上甩了一把鼻涕。

满屋的人惊骇得张口结舌,噤若寒蝉。

郭山河等人离去以后,陈家沟的挖地道工作顺利展开,基本没有耽误进度。时隔不久日伪军前来抢粮,除了抢走一些专门应付他们的土粮(劣质麦粒与土渣混杂)、麸皮以外,没抢到好粮食,而且也见不到人,只有少数几家上了岁数的老人颤巍巍地应酬。"这他妈见鬼了?"配合抢粮的特务队到村里寻找他们的眼线——哈个奸细,但怎么也找不到。即使是没钻地道的老者,也早已被郭山河的杀伐决断镇住,怎敢随便乱说。特务队找不到自己的眼线,便抓住村长质问:"怎么会这样?你们陈家沟长能耐了?"

村长只得一再客气地让烟,还说家里存着一坛老酒、半篮鸡蛋,愿意请"弟兄们"去家里"解解馋"。他家里的粮食甭管好坏,"弟兄们"随便拿。

此一时期的村长之所以能当村长,自然有着各种原因。有的人有表现欲,愿意说说道道,人前显"贵";有的人有"领袖"欲,愿意颐指气使，支配别人；还有的人怀有私心，企望别人的打点，占点儿烟酒的便宜；暗藏歹意的还会想着到哪个寡妇家去揩油。当然，更多的属于村人们的推选。你比较擅长沟通，做事圆滑，嘴巴乖巧，间或有一点号召力，于是不想干也让你干。陈家沟的村长就是这样的人。他是村里付出最多的人，每次日伪军前来，他都主动把他们领到自己家，沏茶点烟自不必说，你们看中俺家什么只管拿，不在话下。事后村人们往往给他一些补偿。他为大家搪了事啊，人们心中是有杆秤的。他的态度殷勤，也往往缓解了日伪军对村人们的歹毒，本来想烧杀的，可能"缓期执行"了，或把这个村当作"根据地"而不再烧杀。此次陈家沟不同以往，让日伪军很出意外，于是恼羞成怒，捆起村长，逼他说出村里没有人有好粮的原因。村长便说人们闻听你们要来，都"跑反"了。可能是用词不当，日伪军不爱听这个词，便不由分说，一刺刀捅死了他。下手的还是往常在村长家里喝过茶抽过烟称兄道弟的人。他们有可能为了撇清与村长的干系，也有可能在日本人面前显示自己的"忠诚"，总之完全没有了人性，变脸比阴晴不定的八月天还快。

其实村长家里就有地道，他有条件藏起来，但他没藏，他知道，如果他藏起来了，必定有其他人替他顶缸，于是，他硬着头皮出来与日伪军周旋。日伪军们捅死了村长，感觉对陈家沟已经"晓以利害"，期待下次能有良好收获，便垂头丧气返回了炮楼。他们也要生存，生存首先要吃粮，粮从哪儿来？冀中日军司令官冈村宁次为什么在"三光政策"里明确"抢光"一项，因为他们明白，老百姓种的粮食，也是养家糊口活命用的，怎么可能笑呵呵奉送，因此要动用武力，抢。日本人侵入中国初期，带来部分军粮，但很快他们就吃光吃净，日本国内资源紧缺，长期供应根本不可能，遂明白了应该"以战养战"，抢中国老百姓的粮食来养活他们，还带来很多移民在东北地区强占土地耕种,以满足巨大的粮食缺口。尤其一九四一年日军轰炸珍珠岛,引起"太平洋战争",全线陷于被动,粮食更加紧缺。

县大队闻知陈家沟情况以后,给村里送来枪支弹药,组织起民兵队伍,日夜练兵,准备在下次敌人抢粮的时候,给予坚决的打击!但这时面临一个问题,假如村里藏有奸细,会随时将地道与民兵备战的情况透露出去,会给全村引来塌天大祸。于是,"锄奸"一事顺理成章出现在各村面前。

工作不干不行,干的话,竟是如此复杂。正所谓,作始也简,将毕也巨,很多连带的工作的出现是在人们预料之外的。后来的教科书里出现一个概念叫"系统工程",就是这个意思,即你打算干的工作绝不会是单一的一件事,它总是和周围、周边的事物有着密不可分的连带关系,头痛医头脚痛医脚的结果就是治标不治本,难以取得最终的成功。

锄奸工作中免不了有过火行为,因为全是村里民兵们自己做的事,带有"自治"性质,完全的百分之百的合情合理不出偏差,不容易做到。单说陈家沟吧,原来的村长死了以后,推举一位地主出来当村长,这个地主本来不愿意当,但大家认为他比较会说话,家里也有些家底,应付日伪军有些条件。这个地主在勉为其难的情况下走马上任。为防止日伪军来了再被捅死,他在家里准备了好粮,这件事民兵们知道以后,简单开了个会,就认定他打算通敌,便处死了他。一时间村内一片哗然、议论纷纷、草木皆兵,大有人人自危之势。再选村长谁都不愿意干,也不敢干了,民兵队长只得兼任了村长。如此一来他们面临的情况就是,如果日伪军来了,除了硬拼硬抗,已经无人应酬、虚与委蛇了。

郭山河知道了陈家沟处死地主的情况后,前来批评了民兵们,对领头的给了一个大脖溜,但并没有处理这些民兵。这些人文化不高,能有抗战积极性已经难能可贵,过高要求也是白要求,只是叮嘱他们下不为例,若要处理哪个人,必须上报请示。前些年,有些地区工作超前乃至过激,也是彼时彼地形势的道不得已。郭尚民活着的时候曾经耳提面命地让郭山河读了毛泽东的《湖南农民运动考察报告》,里面描述过这种情况:"农会权力无上,不许地主说话,把地主的威风扫光。这等于将地主打翻在地,再踏上一只脚。'把你入另册!'向土豪劣绅罚款捐款,打轿子。反对农会的土豪劣绅的家里,一群人拥进去,杀猪出谷。土豪劣绅的小姐少奶奶的牙床上,也可以踏上去滚一滚。动不动捉人戴高帽子游乡,'劣绅!今天认得我们!'为所欲为,一切反常,竟在乡村造成一种恐怖现象。"哈时毛泽东对这种情况是持肯定态度的,压迫深则反抗重。但地主、富农只要不是极端阴狠歹毒、称皇称霸、鱼肉乡里,也还有着一定地位。在河川镇四十三村一带,维护一方的开明乡绅也不乏其人,很多地主为避免被无端欺负,鼓励自己的孩子加入了国民党军或八路军,客观上也让人高看一眼,或有所忌讳。而且,党的政策也在不断调整,对于谁是我们的敌人,谁是我们的朋友,不单纯以拥有的资产多少而论,主要看其对待革命的态度;对不同类型的地主、富农注意分别对待。后来毛泽东专门讲过这个问题:"政策和策略是党的生命,各级领导同志务必充分注意,万万不可粗心大意。"此为后话。

随着各村地道的形成,民间武装有了藏身之处,民兵队得以迅速发展,雨后春笋般建立健全起来了。武器不足,就使用红缨枪和大刀,各家铡草的铡刀全都变成了武器。各村凡有铁匠铺的全都把炉子、风箱搬进地道,暗中开始叮叮当当打起铁器,一批批红缨枪、大砍刀被制作出来。过去村里有谁背着枪出现在街上,十分扎眼,会立即传开,很可能转眼传到日伪军耳中,带来一次烧杀抢的扫荡。过去的菜窖也曾被村人当作藏身之处,但往往被敌人用毒气攻击。现在有的村的地道设计了堵塞毒气和排水的办法,即使往地道里灌毒气灌水,也可以排出去。但基于各种原因并不是所有的村都能把地道修得这么理想。当然,说到底,修地道只是保全自己的权宜之计,不解决根本问题,单纯藏在地道里不出来,就只有挨打的份儿。毛泽东的《论持久战》县大队成员们都学习过,里面的话说得好:"战争的目的在于消灭敌人,只有大量地消灭敌人,才能有效地保存自己。"利用地道藏身,在自保基础上打游击歼敌,打一个就赚一个。歼敌越多,敌人的气焰越小,来烧杀抢的次数越少。县大队把这种思想灌输到村村户户和每一个人,由此,万柳堤五曲河与河川镇四十三村一带的抗战形势,不能不说进入了一个新的阶段。

此时,内线传来消息,被捕的抗日民主政府县长黄国贤在保定经受了非人的折磨,死在老虎凳上。敌人怕他咬舌,拔掉了他的满口牙齿,即便如此,他至死硬是没有说出一句话!敌人把他的人头挂在城门上,贴出布告威吓老百姓。始终辗转在万柳堤的剩下一半人马的县大队的弟兄们,闻信后朝着黄国贤牺牲的方向,默默跪拜了半宿。

虽然,战场的形势瞬息万变,也没有任何信息证明,县大队主要领导郭尚民和柴大树以及一群战士的牺牲是因为中了敌人的奸计,但冒冒失失却又十分聪慧的郭山河却猛地想到了这一点。

他跟随叔叔郭尚民好几年,饥一顿饱一顿,风里来雨里去,枪林弹雨、战场搏杀,光身上的枪眼儿也有好几个。这一切算什么?算历练。历练有什么用?出经验,出智慧,出见识,出应变能力。当时他和县大队的部分战士扶老携幼带领乡亲冲出重围以后,暂时躲在封锁沟里,喘息歇脚的同时做出临时决定:这里不是久留之地,被敌人发现就砸锅了,故请各位父老乡亲立即散开,投亲靠友,各奔东西,几时回村视情况发展而定。说着话,顺手甩了一把鼻涕。身边弟兄们文化都不高,不知道郭山河可能患有鼻炎,只是觉得他咋就鼻涕哈么多咧。乡亲们见此,不敢耽搁,不顾郭山河手不干净,一一与他握别,挥泪而去。前景怎样,不可预测!一个眉目清秀,臂肘挎着一个小包袱的老太太,与郭山河握别时递给他一个封着口的信兜,么都没说,就转身离去。

这个时期的乡下,各种物资奇缺,谁家保有这种信兜,非同寻常。但郭山河不认识这个老太太,说不清老太太何许人也。既然老太太什么都不说,他便不能多问——不该说的不说,不该问的不问,这不光是内部纪律,招来杀身之祸也未可知。

他又捏捏鼻子,迟疑着拆了信。但见信中简述了日军特务队长赵志仁的行为轨迹和规律,其姘头为郭家堡的"二姑娘",赵志仁隔三岔五会到"二姑娘"家留宿。"二姑娘"原为保定舞厅的歌女,二十出头,姿色出众,因惹起两伙争风吃醋的日伪军开枪动武,吓得跑回老家郭家堡躲了起来。为求自保,"二姑娘"主动与村中武师人称郭二爷的郭德禄姘居。一次赵志仁执行任务来到郭家堡,挨户巡检时发现了郭德禄"金屋藏娇",遂抽了郭德禄一顿鞭子,喝令他只许好吃好喝养着"二姑娘",不许再动她一指头。见郭德禄也并不富裕,临走还甩给郭德禄二十大洋。于是,"二姑娘"成为养在郭二爷家的赵志仁"专用品"。每次赵志仁前来,郭二爷的任务便是站在门外望风。老话说,人在逆境不能破罐破摔,人在顺境不可得意忘形。"二姑娘"有了新的靠山,便不再把郭二爷放在眼里,颐指气使不说,倒屎倒尿的事都得郭二爷干,惯于说说道道的郭二爷的面子完全掖进了裤裆里。

修建地道的工作是顺理成章，也是突然间出现在大家面前的工作，不干不行。而郭家堡在修建地道以前，必须清理环境，首先要打掉经常来此过夜的恶魔赵志仁。事不宜迟，刻不容缓，郭山河按照哈封信里提供的情况，在郭家堡进行了长达一周的蹲堵，终于，在一个月黑风高的深夜等来了赵志仁。赵志仁身手矫捷，扒上郭二爷家的墙头，一跃身就翻进院子，无声落地。这是约定的日子，因此"二姑娘"是"留门"的，赵志仁悄没声儿地摸进屋去。此时，堂屋的门悄悄裂了门缝，郭二爷抽着烟出来坐在台阶上望风。他被西北风刮得睁不开眼，冻得浑身哆嗦，只得裹紧羊皮大袄，闭上眼睛叼着吹跑了烟末的空烟锅。

郭山河早已做通了郭二爷的工作，此时正和三个弟兄藏在西厢房，见时辰已到，悄悄出来与郭二爷会面，准备摸进"二姑娘"的屋里。但此时"二姑娘"的东屋突然砸破窗纸扔出一颗手榴弹来，因为在黑夜闪着火星，一干人全看到了，便及时卧倒，唯有郭二爷不懂战术动作，还飞起一脚踢哈手榴弹，于是，"轰"的一声，将他炸死。而东屋竟然不停地飞出手榴弹，爆炸声响成一片。

"狗日的忒嚣张了白(吧)？"

郭山河立即下令还击，遂拉响两颗手榴弹，一颗扔进东屋，一颗扔进西屋，身边的战士也将手榴弹扔进堂屋，郭二爷家被手榴弹"全方位"覆盖，片刻之间，就传出"二姑娘"喊叫救命的声音。郭山河指挥弟兄们继续投弹，直到所有声音全都静止。他们趴在院子里静候，天色微曦之时，方才走进屋里，见赵志仁和"二姑娘"已被炸得面目全非。战士们从东屋和西屋竟然搜出好几箱手榴弹，"二姑娘"的锦绣床帷如同弹药库。他们揭起炕席，把一对狗男女连同郭二爷裹了，一早在村后乱葬岗子埋了。

郭二爷家深更半夜爆炸声响成一片，让全村变得鸦雀无声，一早起来竟然无人上街。而且,一时间失踪了好几个人。郭山河立即意识到,这些人只怕是与赵志仁有染的人。既然县大队盯上了这个村,他们便意识到自己难以立足了,跑,是最好选择。郭山河下令,郭家堡的民兵队就此建立,修地道的工作即刻开始,锄奸工作同时展开,跑掉的人如果回来,将对其严查,必要时就地解决——民兵有这个权力。目的很简单,修地道的工作不容许走漏一点点风声,事关全村百姓身家性命,作妖者杀无赦。

此时去县里参加秘密会议的副队长老大哥给郭山河带来一条好消息,刚刚二十出头的郭山河被冀中军分区任命为县大队新一任队长,要他近日赴冀中军分区司令部接受任命。羡慕者众,嫉妒者也不是没有,各式各样的议论在弟兄们之间悄悄流行。其实,"得道多助,失道寡助"的道理蕴含在郭山河成长的整个过程当中。而且,战争年代这个年龄已经不算很轻,当了师长、军长,率领千军万马的也大有人在。

郭山河清楚地记得,哈是一个阴雨霏霏的清明节,在两个身手不凡的便衣卫兵护送下,他来到冀中军分区司令部,一个最不起眼的老乡的小院,面见抗日名将吕正操将军,接受任命。此刻身材瘦削面孔黧黑四十岁上下的吕正操将军手持乌木烟斗,正站在堂屋中间的沙盘前思考问题,烟斗抽得吱吱响,见警卫员把郭山河领进来,便笑呵呵地搬过长凳请郭山河落座,郭山河哪里肯坐,忙请司令员坐。吕正操道:"老铁,你远道而来,理应你坐,坐吧,你不坐,我话也说不顺溜。"

司令员连自己的外号都知道!郭山河一时不知该怎么办,便脑瓜一热请司令员和自己一起坐——事后他非常后悔,不该这么没大没小啊——当时司令员真的和他并排坐在了哈条黑黢黢的旧木长凳上,还意味深长地开玩笑:"咱们本来就该坐一条板凳嘛。"

话虽说得轻松,分量却很重。郭山河拘谨得身体发僵,一动不敢动,而司令员的烟斗,还在不停地一口口抽,就是当地最常见最便宜的哈种烟叶,气味自然不咋的。司令员仍旧语气轻松地问他对前一任县大队主要领导的牺牲怎么看,他略一思索,顺手来了习惯动作甩了一把鼻涕,回答:"中了计,钻了圈套。"这把鼻涕差点儿甩在身后卫兵身上,卫兵笑了笑没说话,只是把眼睛瞪得牛眼大,死盯着郭山河。

司令员似乎看到了郭山河的习惯动作,但仍不动声色道:"说具体点儿。"

"敌人使的是连环计,第一计是抢粮,抱着得过且过的想法,得手的话,会满载而归,不得手的话,就实行第二计,里外夹击。里面的拼死顶住赢得时间,外面的以最快速度形成包围圈,以多打少,以强打弱,求得全胜。"

司令员先是愣了一下,继而站起身来,重新走到沙盘跟前,盯住河川镇四十三村一带的沙家店,然后咳了一声,微微点头:"老铁,有见地。"司令员又说,"我曾经这么想过,但不能肯定,你坚定了我的想法。一个负责任的指挥员,对每一仗都要反复咀嚼,明白成败得失的原因,只有这样,才能不断进步。毛泽东同志教导我们在敌强我弱的情况下要打游击战,不打阵地战,而柴大树却在敌强我弱的情况下打了阵地战,没有扬长避短。"

"是,司令员!"

郭山河赶紧站起身来,向司令员立正站好。司令员再次让他坐下,可他再也不坐了,直到司令员把想说的话全部说完。司令员夸奖他对县大队失利的原因分析得十分到位,并对他把修地道与锄奸工作紧密结合的做法十分赞赏。司令员说,任何工作都不是孤立的,都有方方面面的连带问题,做事情必须考虑到这个因素,不能顾前不顾后、顾头不顾腚;并且指示他在开展游击战的同时发展地方武装,兼顾大生产,为村民们减轻负担。末了,司令员从沙盘下面的抽屉里拿出两本油印的小册子交给他,让他好好学习,不仅自己学,还要组织整个县大队都学。郭山河接过来一看,是署名为毛泽东的《论持久战》和《目前抗日统一战线的策略问题》,让他欣喜万分。他早已在郭尚民跟前读过毛泽东的一些文章,哈种高屋建瓴的眼光,周密透彻的思路,以及战斗中的实用性,总是让他眼界大开,受益无穷。不过对不熟悉的话题他也经常囫囵吞枣,不能完全理解和消化。

司令员走到卫兵跟前耳语了两句,卫兵便转身走了。司令员继续道:"今年,为庆祝冀中军区八路军三纵队成立三周年,党中央专程往冀中送来毛泽东同志亲笔题词:'坚持平原游击战争的模范,坚持人民武装斗争的模范'。冀中军区党政军主要领导(程子华、吕正操、黄敬等)同志为更好地反映冀中人民抗日斗争的艰苦而伟大的历程,鼓舞人民斗志,发起了一个叫作《冀中一日》的写作运动,号召咱冀中抗日军民拿起笔杆来记录五月二十七日这一天里发生的抗日斗争故事。咱冀中文艺界领军人物孙犁、黄林、李英儒等同志是这项工作的领导,他们会带头参与。你们县大队战士、农民和各爱国人士都可以参与。"

"有没有范文,俺听听。"

"有啊,朱老总就写了一首《秋兴》:飒飒秋风透树林,燕山赵野阵云深。河旁堡垒随波涌,塞上烽烟遍地阴。国贼难逃千载骂,义师能奋万人心。沧州战罢归来晚,闲眺滹沱听暮砧。"司令员博闻强记,没打奔儿就念了出来。郭山河欣喜地看到了司令员的另一面,说:"俺不太懂诗,不过俺还是很喜欢,回头俺也写一首。"这时,卫兵拿来一个纸包,交给司令员。司令员拿在手里掂了掂,道:"老铁,东西不多,你知道咱现在条件有限;也不一定起作用——就是每天沏盐水洗鼻子。"此时的郭山河正要甩鼻涕,急忙将手里的鼻涕握住,用另一只手接过盐包。司令员却从自己的裤子口袋掏出一方手帕,抓过郭山河握着的哈只手,展开他的手指,给他擦了手里的鼻涕。郭山河闹个大红脸,额头一下子冒了汗。

县大队的新政委为英烈黄国贤的堂弟,三十七岁的黄选朝。司令员让他们见了面,叮嘱郭山河要在黄选朝领导下开展工作。离开司令部以后,郭山河悄声问黄选朝:"老哥,是不是司令员也找你谈话了?有啥精神儿?"黄选朝皱起眉头斜了郭山河一眼,理都没理,梗着脖子拂袖而去。

烈士黄国贤和黄选朝原来都生在河川镇黄召庄一位富商黄大拿的家族,黄国贤因为上过保定二师,在这所活动着很多地下党员的革命摇篮里接受了新思想新潮流,遂背叛家庭参加了革命。黄选朝则毕业于保定育德中学,因为追随堂兄而走入革命队伍。两个人虽然都属于这一带资历比较老的党员干部,但黄选朝与黄国贤不是一类人,正所谓"一娘生九子,九子各不同",况且两个人还不是一个娘生的。所以,多年来黄国贤不惧艰险,出生入死,工作出色,声名显赫,也因此被敌人盯上,导致噩运;而黄选朝则不喜欢冒险,时刻牢记"枪打出头鸟""出头的椽子先烂"一类民谚,还曾经劝告堂兄:"别在一线干了,太危险。生命是最宝贵的,如果为了'什么'而丢掉生命,太不值了。"为此黄国贤与他发生了激烈争吵,两个人也就此分手各奔东西。

黄选朝甘于"人后",默默无闻,政绩平平,不显山不露水,所以提升得也不快。单就他的大名,就曾经引起过争议。身边有人说:"俺们现在是革命战士,打跑小日本建立新中国是俺们的目标和理想，咋还天天惦着'选入朝廷'？难道你还想着恢复封建王朝？"对这话黄选朝当然不能认同，立即反唇相讥："此言差矣！我'选朝'不是选朝廷，而是选朝阳，是'zhao'不是'chao'，明白昂？"（当然，哈时还没有如今的汉语拼音，他念的只是哈个音。）

县大队的内部学习资料上经常讲"未来的新中国如同朝阳，正冉冉升起"，谁敢说黄选朝讲得不对呢。持怀疑态度者虽心里疙疙瘩瘩，却也驳不倒黄选朝。其实上级领导对此也不是十分喜欢，每每看到这个名字也是先打个问号，加之黄选朝政绩平平，便升职不快，眼下算是在怀疑和议论中坐上县大队政委的位置。当然，黄国贤的牺牲有可能为他客观上"镀了金"，让上级领导对他高看一眼，也似在情理之中。

郭山河与黄选朝作为新一届县大队的领导，他们之间的关系，绝不同于郭尚民与柴大树。哈时候，柴大树天天琢磨着打冲锋，郭尚民便千方百计帮他完善思路配合行动，甚至两个人分不清谁首先冲锋。新一届上任后，端过两次炮楼，都是郭山河自己带人干的，黄选朝根本不出面，只是藏在暗处出主意或挑毛病。大队长论位置是排在政委后面的，你能指挥黄选朝吗？不能。可是，你不听取黄选朝的意见却不行。这就让受过郭尚民熏染的郭山河十分不爽。但是，时势险恶，是贪生怕死还是做事稳重，有时真的很难分清。尤其眼下正是用人之际，即使心中不满，郭山河也没有向上级领导反映，别扭的时候只是甩一把鼻涕，甚至郭山河还想，也许正是上级领导让黄选朝这么做，压压自己的浮躁之气咧。

各村的修地道、锄奸工作虽是暗中进行，可敌我之间谁都不是铁板一块，一个群体要做到绝对纯净，也几乎是不可能的，所以，各村的工作情况很快就传到日伪军耳中。而且，郭山河有所不知，螳螂捕蝉，黄雀在后，县大队在前面跳跶，后面沙占魁就在虎视眈眈地看着。赵志仁被郭山河除掉以后,沙占魁接了班,他已经向冀中日军司令部立下军令状,要"剿清"县大队这支队伍。县大队新领导上任后,他放出很多眼线,天天在搜集县大队情报,思考县大队的行动轨迹和规律。既要破坏各村的地道,又要抓捕郭山河,县大队内部不协调,正是沙占魁所愿。

一天,县大队一部分人执行任务路过郭家堡,郭尚民的家人早已全部遇难,而郭山河家还有两个种地的哥哥在,他们便到郭山河一个哥哥家落脚,但只是一袋烟的工夫就走了。这时,村里就悄悄走出一个人来到村中央的水井担水,顺便把一包白粉洒进井里,然后悄悄回家。当晚,村里就有好儿家全家中毒而死。村里民兵队和村干部立即开会研究,为什么如此?县大队的人都是自己的子弟,而且出生入死久经考验,投毒是不可能的,只能是村里有人想毒死县大队的人,却毒死了村人。哈么,谁干的?

郭山河闻听以后连甩了好几把鼻涕——司令员给他的食盐早已用光,他也不好意思找老百姓淘换,鼻炎又回到老样子。他连夜回到郭家堡与民兵队一起调查。事情排查到一个平时老实巴交、十分木讷的中年汉子,便当夜敲开这家的门,进行搜查,但什么都搜不出来,郭山河把唾沫星子喷到了他的脸上:"还跟俺们玩儿藏猫猫呐,给你三天时间考虑,三天后再不交代,狗日的赵志仁的下场就是你狗日的下场。"说完郭山河带着一干人离去。

中年汉子眨着眼睛,脸不变色心不跳,撑住了场面。

待郭山河等人走后,中年汉子便搬开家里的锅灶,下面就是地道,他打算通过地道出走。他已经预想到郭山河肯定埋伏在他家周围,要逃只能利用地道。但他下了地道以后却发现他家的地道被堵死了,变成了直上直下的筒子,与毫无攻守功能的菜窖无异。他一下子全明白了,爬上来就揣上一颗手榴弹,趁着天黑摸出村,朝着最近的一个炮楼快步疾走。谁知突然就被埋伏在路边草丛里的战士们饿虎扑食般捺倒在地,铁钳一般的手掌掐住他的脖子。

"说不说?"

中年汉子没法说话,连连点头。战士们松了手。他承认是他投毒,而且,承认他是沙占魁的眼线,至于上线与下线,则一概没有,因为他只是与沙占魁直接联系。说着话他就往腰里摸,一个会"搏腿功"的战士不由分说朝他脑袋飞起一脚,当时将他毙命。点灯看时,他的手指已经穿进手榴弹的拉环,爆炸只是一瞬间的事,好不凶险!

这几名战士,是郭山河最贴心最得力的弟兄,一切早已做过交代,一旦定案,立即干掉,严重的人命案,绝不姑息!

县大队迅速将这件事通报到河川镇四十三村,让村人们擦亮眼睛提高警惕。但也不得不封了这口井,在一个堡垒户院子里重新打了井,全村父老乡亲吃水就到这家堡垒户院子里打水,每个来打水的人都事先登记。打这口井费了九牛二虎之力,很不寻常,因为没有机械,县大队秘密调集了这一带擅长打井的诸多能工巧匠,并且先要调查这个人的历史和现实表现,不可靠的人坚决不用。即使可靠的人,也要签字画押,喝盟誓血酒,以身家性命来保证绝不外传任何消息。

郭山河把此事的处理结果汇报给黄选朝的时候,遭到黄选朝严厉批评,说:"老铁,党的政策是优待俘虏,明明作案者已经坦白,你却仍然痛下杀手,脑子里还有党的政策昂?结果是啥呢,不是导致所有的敌人都死扛到底,不想投降昂?"还举出很多例子,某某国民党的师长、团长曾经与八路军作战,杀过俺们多少人,而一旦他们投诚过来,俺们照样欢迎,对他们一视同仁,你知道啥叫

"革命不分先后"昂？

郭山河联系到毛泽东讲的"建立广泛的抗日民族统一战线"，感觉黄选朝似乎占理，但他也想起了曾经在叔叔的文件中读到的毛泽东的文章《纪念巴黎公社的重要意义》，里面说："我们对敌人仁慈，便是对同志残忍。""我们不给敌人以致命的打击，敌人便给我们以致命的打击。"毛泽东是党的领袖，难道说错了？如果错了，为啥还印成文件让全党学习？郭山河是从尸体堆里爬出来的人，天天走在阴阳界上，打击敌人或被枪杀，活与死，随时都可能发生转换。因此，疾恶如仇、爱憎分明、杀伐决断早已深入骨髓。"优柔寡断""模棱两可"这样的字眼，在他的脑子里生存不了。叔叔郭尚民和前任大队长柴大树的形象时时在眼前晃荡，他们哈个说干就干的雷厉风行做派，让他没齿难忘。

于是，他甩了一把鼻涕，对黄选朝这样回答："俺不能说你讲得不对，但俺保留意见。"

"你冲着我甩鼻涕是么意思哎？发泄不满白？"

"没办法，我控制不了鼻涕，不甩咋办？"

"如果再出现汉奸反正，你怎么处理？"

"见机行事。"

"是不是照方吃药？"

"具体情况具体分析。"

"据说你也上过保定二师，也应该有文化有教养。"

郭山河撇撇嘴，一梗脖子，不予回答。

时隔不久，上级领导给了郭山河一个党内严重警告处分。怎么会这样，黄选朝是怎么向上级领导汇报的，不得而知。这时，事关郭山河的一个外号"鼻等罐儿"开始在县大队流传。考虑到都是生死弟兄，郭山河么都不说，只是暗憋暗气。不过，残酷的战争已经锻炼得他能够咬紧牙关,能够隐而不发,做到"宰相肚里能撑船",力求不与黄选朝翻脸,保持步调一致。"鼻等罐儿"就"鼻等罐儿"吧,老子认了,谁让这鼻子不争气唎。他不责怪弟兄们,不说贬低黄选朝的话,他感觉黄选朝终归是英烈黄国贤的堂弟,看问题与自己角度不同而已,不会有什么坏心眼儿。

新一任特务队长沙占魁既然向大日本皇军立下了军令状,自然要采取行动。派眼线在村子里伺机下毒,只是诸多行动之一。继而,他又把郭山河的大哥郭长河抓了起来。本来,郭长河家里也是有地道的,一般情况下没法抓他。但他有地,他天天在地里干活,如果抓他,机会很多。他原本属于雇农,种的不是自己的地,是村里地主郭相臣的地,因为当初县大队政委郭尚民的存在,地主郭相臣对郭长河十分照顾,自动减少郭长河的地租,让他没有过大的压力;而郭尚民去世以后郭山河又"成事"了,还开展了"减租减息"运动,地主郭相臣便一夜间就想明白了,干脆把郭长河租种的几亩地无偿给了郭长河,连地契都改了名字。这就导致郭长河经常把时间耗在地里,"人勤地生宝,人懒地生草",庄稼人没有不知道这个理儿的。

聪明而善于思考的沙占魁了解了这一情况后,微微哂笑:土里刨食的可悲的农民啊,你们只配做俺的盘中餐、下酒菜!

好几个村都有与沙占魁姘靠的女人,被他处死的沙家店沙老财的小老婆,只是众多女人中排不上前列的女人。抓郭玉河的当天晚上沙占魁骑自行车回到县城居所,非常得意地让女人给他炒菜、烫酒,他要喝个痛快。每当遇到思路大开和工作顺利的时候,他都要如此。他家里还有两个女人,是一对孪生姐妹。这两个女人原本是郭家堡郭二爷的本家侄女,一直跟着郭二爷习武,十七八岁的时候,出落得有模有样,武功也日渐扎实,尤其是家乡流行的搏腿功,除了力道稍逊,熟练程度已经不亚于村里的小伙子。有一次沙占魁路过郭家堡,看到郭二爷正带着两个姑娘和几个小伙子在一块空地上演练,人人舞出一个圆团,煞是好看,遂吸引他驻足看了片刻,乃至走上前去。

"师傅,俺想和她俩切磋一二。"沙占魁对着郭二爷拱手作揖。

"你是哈个村的,俺咋没见过你?"郭二爷打着云手,运着气。

"沙家店的,没啥出息,您咋会知道俺。"

"好吧,点到为止,不要伤人。"

沙占魁再次拱手作揖,遂拉开架子,喊了一声:"两位妹子,来吧。"便一个骑马蹲裆式,亮了门户。两个姑娘不知深浅,既然师傅发了话,对打几招有啥咧,便围住沙占魁走了半圈场子,蓦然间动起手脚。谁知沙占魁也真是练过的,虽然不是搏腿功,却另有一套功法,打得两个姑娘节节败退,直退到场子的边缘,眼看就要退出场子了。沙占魁突然一个空翻,落地后呵呵一笑,收了功:"敢问两位尊姓大名?"两个姑娘有些羞赧,分别抱拳作揖:"俺叫郭金枝。""俺叫郭银枝。""俺想请二位去俺村沙家店一趟,有要事相商。"

"在这儿说不行昂?"

"是减租减息的事,涉及千家万户。肯定也与你们有关。"

"你是县大队的?"

"你们去了就知道了。"

看外表,沙占魁一表人才、一本正经、衣着朴素,甚至有些慈眉善目、笑容可掬;加之一身不凡的功夫,年轻姑娘最喜欢这样的男子。她们向郭二爷打了招呼,就跟着沙占魁走了。一路上三个人相谈甚欢,沙占魁专门寻找年轻姑娘喜欢的话题,比如在兜兜上绣什么花最动人,在裤衩上绣什么动物最吉祥,说低级有一点儿,但并不深入,撩拨得涉世不深的年轻姑娘心里一热一热的。

到了沙占魁家里，因为久无人来，屋里全是尘土，两个姑娘还帮着打扫。沙占魁从随身褡裢里掏出一大包红烧牛肉、一大包熟猪肝、一瓶老白干，摆在堂屋八仙桌子上，拿出酒杯，给三个人都斟了酒。姐姐郭金枝最先开口："你说的哈个'减租减息'是么意思哎，啥时候开始？"妹妹郭银枝也说："俺家种着地主的地咧，减租减息可是好事。"

"请两位妹子原谅，俺是场面人，酒桌讲究先说酒话敬客人，正经事回头再说。"沙占魁递给郭金枝一杯，再递给郭银枝一杯。她们都是习武之人，做事爽快，便一饮而尽。沙占魁用筷子夹了牛肉送进她们嘴里，她们一边嚼着香喷喷的牛肉，一边体会着沙占魁的温存，心里涌起异样的亲切。但倏忽间两个姑娘就头晕目眩起来，不由自主溜了桌。

沙占魁冷静地把她们抱进东屋炕上，扒光衣服。

一个时辰以后，两个姑娘醒了过来，见自己全身一丝不挂，身边却码着两沓厚厚的银联券和两根金条。一切都明白了。她们并不是思想多么进步的年轻人，属不左不右随大流过惯常日子的人。她们知道自己已经失身，但眼前的金钱如此之多，真是开眼，这辈子也没见过这多钱啊，她们完全被镇住了，况且男人的魅力也让她们没感觉跌份儿，但在有着些许满足的同时，还打算发泄一下气愤。

她们穿了衣服来到外屋，刚要开口，却见沙占魁在擦枪，桌子上摆着两把带烤蓝的崭新驳壳枪，竖着一排金黄的子弹。郭金枝刚说了半句："你坏蛋——"

"啪！"就是一枪，这一枪打在郭金枝身边的门框上，她清楚地闻到了一缕刺鼻的硝烟味。两个姑娘再也不敢开口，乖乖跟着沙占魁在这间屋折腾了多半天，然后，她们回郭家堡把金钱交给家里,就出走了。她们虽勉强上过几天私塾,大字识得几个,但生活封闭,对外面的世界所知不多,始终认为沙占魁就是县大队的,而民间传闻的柴大树、郭尚民、郭山河都是假的,对家里也这么说。家里本是没有文化的佃农,租种着地主的土地,有了这笔钱,便把租种的几亩地买了下来,自己耕种,不再当佃农。他们分不清哪个是真的县大队,既然沙占魁为自己办好事,便认为沙占魁是真的县大队。而地主原本不想卖地,可郭家姐妹将了他一军:加三倍"减租减息"。地主一看还不如卖地合适,而且想到郭家姐妹通的是"县大队"的人,便没敢拂逆。"减租减息"这个八路军制定的政策刚刚开始推行,便被沙占魁一类人巧妙利用。"聪明人"总是善于见缝下蛆。真正的县大队对沙占魁这个假的县大队必然恨之入骨。

第三章　上与下

奸诈的人做坏事总会以做好事的面目出现,把祸心包藏得紧紧的。沙占魁打扮得十分朴实,完全是日常县大队的样子,土布衣裤,打着绑腿,腰上扎着皮带,敞怀的外衣遮盖着身后的两把驳壳枪,头上则是白毛巾。加之他眉目清秀,一表人才,带着两个马弁来到耪地的郭长河身边的时候,郭长河真以为是县大队的人来了,忙傻乎乎地解下腰上的烟锅烟荷包向沙占魁让烟。沙占魁莞尔一笑:"烟就免了,俺们县大队不拿群众一针一线。老哥,俺们手里有一部分玉米良种,你要不要去看看?"庄稼人当然知道种子的重要,但对没种过、不了解的种子一般持审慎态度,谁都不敢随便一试,试不好会歉收乃至饿肚子。"我正忙着咧,过两天白。""老哥,你先跟俺们去看看,回头俺们帮你干,都是庄稼人出身,这点活儿只是一袋烟的工夫。"郭长河犹豫了一下,终于答应:"好白。"

奸诈的人首先是聪明的人,只是聪明用在了害人上。善良人永远斗不过奸诈的人。善良人永远不会害人,却需要正派的强者保护,否则,生存是很难的。沙占魁给郭长河戴上了眼罩,领他走了一阵子,郭长河脚底下磕磕绊绊地走着,始终没往坏处想,真是县大队的话,给一个村民介绍种子,有什么必要把眼蒙上?这么简单的问题郭长河硬是不想。领进一间屋,摘下眼罩一看,郭长河头上发梢直立,全身起了鸡皮疙瘩:满屋子刑具,通红灼热的火炉里正烧着烙铁,旁边还有人呼啦呼啦地拉着风箱,老虎凳上血迹斑斑,屋顶吊着各种拴人的铁链,墙壁上挂着大小不一的一排粗莽皮鞭,满屋是臭鱼烂虾般的腥臭味。有哈个屁种子!

沙占魁笑嘻嘻地递给郭长河一支烟,划着火柴给他点上,道:"老哥,这阵势想必你明白是么回子事。咱是好话好说,还是硬赶鸭子上架?"

郭长河腿下哆嗦起来:"既然你们是县大队的人,俺兄弟就是县大队队长,你们对俺有么深仇大恨,要摆出哈个刑具让俺看?"

"不是让你看,是要你自己选一种,是吊房梁上用鞭子抽,还是用烙铁烫,或者是上老虎凳?"

"县大队是为老百姓做好事的,干么要打老百姓?"

"你是坏人,所以要打你。"

"俺不是坏人,俺是老实巴交的农民,俺兄弟就是县大队队长,难道你们不认识他?"

"他哈个县大队队长是假的,俺们才是真的。"

"俺看你们是一群狼心狗肺的人,根本不是么子县大队!"

"好,既然不能好话好说,办他!"

两个马弁一拥而上,将郭长河撂倒在地,捆个结实,用铁链拴起来,吊上房梁。沙占魁笑呵呵地从火炉上拿起已经烧红的烙铁,走向郭长河,撕开郭长河的衣襟,猛地将烙铁按在郭长河的胸脯上,"吱"的一声冒起白烟,郭长河立即大喊:"俺没得罪你们,俺啥都说!"脸色煞白,额头冒汗,裤裆已经尿湿了。

沙占魁对郭长河用刑,不是让他说出郭山河的事,而是让他说出沙荆花的下落与行踪。沙占魁早已得知,郭山河很有韬略,抓郭长河,引不来弟弟郭山河;而抓住沙荆花,郭山河必定出现。所以,抓郭长河的意义在于找到沙荆花。沙占魁通过眼线了解到:郭山河受郭尚民之命带人突出重围,始终搀扶着沙荆花。共产党讲究信仰和阶级感情,郭山河与柴大树是一个战壕爬出来的,必然情感深厚,否则不会冒死救走沙荆花。

郭长河只是个安分守己的农民,与叔叔郭尚民不一样,与弟弟郭山河也不一样,被酷刑折磨得忍受不了时,就供出了沙荆花的藏身之地。他十分幼稚地和沙占魁讲了这样的条件:"只要你答应,抓到沙荆花不折磨她,俺就招供。"沙占魁放下手里烧红的烙铁,说:"哈个自然,俺保证不折磨她,还给她好吃好喝。"谁知,郭长河供出沙荆花以后,不仅没放走他,还对沙荆花实施了酷刑。而且,特务队在抓捕沙荆花的时候,顺手捅死了照顾沙荆花的堡垒户郭大爷和郭大娘两口子。

原本郭山河感觉郭家堡有自己的两个亲哥哥,关照沙荆花没问题,而沙荆花怀了柴大树的孩子,已经好几个月,显怀了,需要细心照料。这是烈士的后代,不能掉以轻心。但郭山河完全想不到没经过血与火的历练和考验的大哥,骨头会这么软。沙占魁用铁钳夹住沙荆花手指,说:"你接受俺的指令,把郭山河引来,俺就放了你。"沙荆花把头一甩,拒绝说话。沙占魁手上就加力了,沙荆花发出了凄厉的喊叫。隔壁的郭长河听个满耳,不觉头皮发炸,后悔不迭。早知如此,自己怎么就听信了坏人的话咧,沙占魁哈个么的县大队,是实实在在的坏人啊!自己罪不可恕,弟弟来了怎么交代？郭长河承受不了沙荆花的声声惨叫，在隔壁用裤带上吊自杀了。

沙占魁细眯着眼睛，嘴唇紧抿，从鼻孔里发出阴笑："哼哼，哼哼，哼哼哼哼哼哼！"见沙荆花依旧不坦白，遂开口道："俺就喜欢听哭叫声，夹她九九八十一下，看她的手指硬还是俺的钳子硬，你们给俺数着，俺要听数字！"

"……五十六，五十七，五十八……七十七，七十八，七十九……"

沙荆花因为酷刑导致大出血，孩子掉了，昏死过去。但她始终没有开口说一句话。沙占魁叫人把血泊中的沙荆花拉出屋子，连同郭长河的尸体，扔在离炮楼不远的乱葬岗子里。他没有杀死沙荆花，要放长线钓大鱼，还随口唱了几句京腔《草船借箭》："造雕翎分明是暗藏匕首，三日限必笑我自吞鱼钩。怎知我测天文早已料就，自有哈送箭人一礼全收。"摇头晃脑，哼哼唧唧，得意之色，溢于言表。

郭长河迟迟没有回家，媳妇就知道出事了，而且知道凶多吉少。村里凡是出现这种情况的，你到村外乱葬岗子去找吧，看到的肯定是尸体。夜深以后，悲愤至极的媳妇带着村人在星光下来到乱葬岗子，果然找到了郭长河的尸体，还找到了奄奄一息的沙荆花。就在他们要把人背走的时候，不远处炮楼上突然枪响了，他们在星光下变成沙占魁等人射击的靶子，一干人全部遇难。

并不知情的县大队此时恰好拔掉临近的一个据点，正在烧炮楼，火光冲天，浓烟滚滚，因为离得很近，沙占魁害怕连累到自己，连夜溜了。而转天郭山河来到郭家堡发现了这一情况，立即组织县大队猛攻这个炮楼，将炮楼里的日伪军全部歼灭，个别侥幸没死想投降的也被击毙，同时救走了沙荆花。拿掉这个炮楼与意外抢救沙荆花都是计划外的行动,因通信不便(黄选朝始终不和他们在一处),事先来不及向黄选朝打招呼,于是,事后郭山河再次受到"党内严重警告处分",并且,因为再次枪杀投降的俘虏,被降职为"代理大队长",意思是你已经不是正式大队长,只是临时代理,随时将换掉你。他还听到身后有人这么奚落:"这回鼻等罐儿该吸取教训了!"

"俺为么要杀俘虏?是因为俺遇到过这种事:有的日伪军在得势的时候,么子坏事都干,杀人不眨眼,而一旦你抓住他,他立即缴枪投降,你若放了他,他就跑回去继续为非作歹。所以,只要俺第二次遇到他的时候,便不加思考就崩了他。"这是郭山河的说辞,乃至以后他几乎不接受俘虏了。一个投降过来的伪军小队长,因为贡献了不少枪支,被县大队接收,见其作战勇敢,还提拔为区小队队长。但郭山河突然得到地下党的通知,说这个人在外县曾经杀害过很多老百姓,跟随鬼子扫荡时十分凶狠,郭山河没有犹豫,立即找到知情人核实,然后将这个"表现不错"的区小队队长就地处决了。纵然你有一千一万个理由,譬如了吃饭为了生存,哈也不行。谋饭谋生的方式有得是,干么偏偏选了残害老百姓?

受尽磨难的沙荆花,生命力极其顽强,竟然活了下来,因为她和柴大树的孩子没有保住,精神受到极大打击,两只手也落残畸形,伸展不开了。沙荆花整日里沉默不语,将养了一段时间可以干点什么的时候,就用一双畸形的手不停地纺线,为县大队的战士们织"线衣"(类似毛衣,但是棉线的),连郭山河和她交谈,也懒得开口。郭山河好几次面对她抹了眼泪,可她仍然无动于衷,只是不停地干活、干活、干活。慢慢地郭山河了解了沙荆花被捕的原因后,内心更加痛苦。当年家里穷困,两个哥哥给地主扛长工,挣出一点儿余粮换成钱,资助他读完了小学和镇上的中学,然后才考取了免费的保定二师，后来叔叔当了县大队的政委，他便在毕业后投奔叔叔门下，开始四处征战。没有哥哥资助，他怎么会有今天。眼下哥哥已经去世，埋怨他也已经没有意义。只是事情出在自己的亲哥哥身上，这事让他没法解释。他暗暗决定，他要照顾沙荆花一辈子。时机适当的时候，要向沙荆花求婚。沙荆花只比他大两岁，年龄上不是问题，这件事不是不能实现。

事情要一步步做。他首先找到郭家堡的村长，经过商量，开展了"抗战宣誓"试点活动，对所有的人进行民族气节教育，也是对哥哥问题的"亡羊补牢"。他拟出的宣誓内容为："我是中国的国民，现在日本帝国主义打进了我们的国土，为着中国人民的权益，为着中华民族的生存，我愿遵守国民公约，做如下宣誓：一、不做汉奸顺民；二、不当敌伪官兵；三、不参加伪组织维持会；四、不替敌伪做事；五、不卖给敌伪货物；六、不给敌伪粮食；七、不用敌伪钞票；八、爱护抗日军队；九、保守军事资财秘密；十、服从抗日民主政府。以上誓约，倘有违纪，愿受制裁。"村长道："真看不出，你这个'鼻等罐儿'还有点儿水平哈。"

郭山河忍了又忍，如果不是当前形势严峻，他会立马给村长一个大脖溜。

县大队政委黄选朝也不是没有头脑的人，他见这项工作有水平，立即向上级领导汇报，并在河川镇四十三村全面推广，后来在全县推广，又顺势在孩童中间进行"五不"宣誓活动。誓词是黄选朝亲拟的："不上鬼子当，不念鬼子书，不对鬼子讲一句实话，不替鬼子干事，不当鬼子的奴隶。"因此上级领导终于表扬了黄选朝一次，还把他评为"思想工作之星"。郭山河什么都没说，只是心里明白，宣誓活动只是思想教育的一种方式，能不能发挥作用，还需要在血与火中以命检验。

沙占魁设计抓捕郭山河未果，而郭家堡附近的炮楼却被炸掉，便十分恼火，"俺为么干不过你？"很快就组织人马进行反扑。此一时期的战斗经常是这样的，敌人因为作妖，你就要惩罚他，而受到惩罚的敌人会积蓄力量以后再行反扑，如此循环往复，已成规律。县大队不断吸取经验，消灭敌人往往越打越顺手，而敌人的反扑也往往越来越凶狠，越来越阴险。

沙占魁感觉化装行动比较顺手，老百姓信任县大队，哈好，俺就以县大队的面目出现。他们在一个早晨，以十来个人的队伍，轻装简从，来到郭家堡，找到村长，在村长家里聊起天来。沙占魁早已掌握了县大队的很多行动和语言特点，甚至能讲出毛泽东《论持久战》中的一些名言，迷惑文化不高的村长一举成功。最后问到村里地道的情况，村长就笑呵呵地回答："俺这屋就有哇！"顺脚一蹬，便蹬开了脚下一个"销器儿"，一个洞口立即出现在面前。

沙占魁笑呵呵道："让俺弟兄们下去看看，咱继续唠着。"掏出纸烟递给村长，好几个随行人员顺次下了地道。村长刚抽了两口烟，便忽觉头昏脑涨，说："你这纸烟——"话未说完已失去知觉，倒在地上。此时，下地道的人也返了回来——他们已经完成了任务——往地道里投了好几颗毒气弹。

平时日伪军进犯都是不定期的，所以自从有了地道，乡亲们一般情况下都在地道里做事、生活。此时损失惨重就是情理之中了。转过天来，待郭山河闻信来到郭家堡下了村长屋里的地道以后，看到约莫五尺高、三尺宽的地道里，挤满了人。不仅仅是人，还堆满了东西。老乡们把家里的家当几乎全搬进来了，不要说打仗和逃脱了，走都走不动。一抬左脚，听见"咯咯咯"的叫声，一看差点踩着不知谁家的鸡；再一迈右脚，一根木棍险些打中了头，一看原来不知是谁放的锄头。地道里，老的少的男的女的，再加上猪、鸡、农具、炕柜、纺车……天爷啊,层层阻碍,若想快速逃脱,怎么可能?

据幸存者对郭山河讲,村长屋里的洞口一打开,下面的人们觉得眼前一亮,只见"嗤"的一声,掉下来几个冒黄烟的筒筒。地道里的村民们,头一次见到这玩意儿,谁也不知道这是毒气弹,还以为是块烧着的木头什么的,还说"村长这是干么哎"。接着就闻见一股辣椒味、火药味还带着甜味。然后就觉得喘不过气,胸口憋得像压着块大石头。眼睛开始流泪,鼻子开始流清鼻涕,这才悟出来是中毒气了。"村长干么往地道里放毒咧?"有人冒死挤过去抓起毒气筒往上投,打算扔回去,但上面的地道口已经盖严了盖子,毒气筒冒着烟又滚落回来。有人用棉被捂住了毒气筒,可是不管用,毒气还是不断冒出来。地道内一下子混乱起来,人们东走西撞,争着往其他洞口挤。

由于地道内空气不够流通,人又太多,毒气便很快发生了作用,咒骂声、呻吟声、猛咳声、呼喊声,搅成一团。有的大骂村长狼心狗肺投了敌,有的大骂日伪军断子绝孙活畜生,有的呼爹叫娘号啕大哭。渐渐地人们中毒已深,嘈杂归于沉寂,个个全身发烧,急剧喘息,紧靠着洞壁,倚在泥土上,双手在胸口抓来抓去,有的在地上打滚,然后一批批永不再动。幸存者说,在地道里被熏死的以老人、妇女、孩子居多,一是因为这些人体质较弱,二是因为他们下地道早,自然也就待在空气最不流通的地道深处。

郭山河眼泪汪汪。胸脯急剧起伏着,鼻涕甩了一把又一把。看着面前还没来得及收拾的被熏死的人,很多都是早年在村里非常熟悉的长辈,还有一些不熟悉的晚辈。有的两三具尸体倒在一起,把地道都堵住了;有的是一家子死在一块儿,父母亲搂着自己的孩子。幸存者告诉郭山河,当时有的孩子找不到妈妈还直叫娘,旁边的人说:"别叫你娘了,她还不知死在哈个地方,咱爷俩死在一块儿白。"就这么两个人一起死去。有的妇女怀里抱着不满周岁的孩子,孩子还正吃着奶,就这么死在洞里。一位五十多岁的妇女,仰着倒在地道里,两臂一边挽着一个十来岁的女孩,都死了……

一位老者突然扑向郭山河,抓住他的衣领吼叫:"鼻等罐儿,你赔我儿子儿媳妇!地道是你让挖的!"一个弟兄急忙将老者拉走。挖地道是他首倡的,这没错,可谁承想会出现这种情况呢!郭山河抹了一把眼泪,甩了一把鼻涕,留下一部分县大队成员,秘密地常驻郭家堡了。他要以血还血以牙还牙。和弟兄们商量:"怎么办?难道俺们不能以其人之道还治其人之身昂?"弟兄们道:"他不仁就甭怪俺不义,干个狗闹的!"怎么干?俺们也化装锄奸。

沙占魁老家就是沙家店的,但他"成事儿"以后就把两个女人接到县城去了,住在日本宪兵队队部旁边的四合院里。掏他的狗窝!事情决定以后,向黄选朝汇报时,遭到否决。这么做太危险。虎口拔牙的事不能干。俺们还不具备哈么强的实力,不能拿鸡蛋往石头上撞。理由很充分,但郭山河接受不了。他建议黄选朝到郭家堡走一趟,听听幸存者怎么说。

黄选朝沉着地微微一笑:"俺不去也知道,不就一个'惨'字?"

"俺劝你去感受一下。"

"用不着。战争就是这样的,敌我双方谁死都惨不忍睹。"

郭山河吃个窝脖,十分气恼,但他忍住没有甩鼻涕。黄选朝的表现可以理解为成熟和老到,也可以理解为麻木和对百姓感情不深。郭山河生了半天的气,夜晚怎么也睡不着,躺在炕上来回折饼,便叫醒了同屋睡觉的几个弟兄:"你们敢不敢和俺一起犯一次错误?"

"干么?"

"违背黄选朝指令,去偷袭沙占魁。"

"敢!"

几个血气方刚的年轻人,猛然间跳下炕,七手八脚就行动起来。他们个个摩拳擦掌,十分亢奋。找出以往化装用过的日军服装,推出用过的几辆自行车,连夜朝县城快速驶去。约莫骑了两个多小时,来到预定地点。在没有翻译的情况下,他们在夜间来到日军宪兵队附近,靠近特务队宿舍的门岗,会给门岗带来他们是外出喝酒晚归的印象,因此他们事先都在身上洒了白酒。

靠近门岗的时候,东倒西歪,互相搀扶。门岗是个伪军,说:"皇军,你们的院子在哈边。"还伸手往前指。战士们忽一下子扑过去将门岗捺倒,匕首顶住喉咙:"告诉俺们,沙占魁住几排几室?"

"啊!你们——"

"叫喊就捅死你!"

匕首已经刺进皮肉了,门岗浑身哆嗦,磕磕巴巴:"三,三,三排,六,六,六,六号。"

噗!

甭管你是说真话还是说假话,今夜算你倒霉。你干么要加入残害中国人的队伍,遇上俺们,你就是小菜。一干人蹑手蹑脚摸到了三排六号。郭山河在收拾赵志仁时见识了狡猾而歹毒的特务头子的凶残,而且知道此时沙占魁并未回家,应该还在回家的路上。一个战士用匕首悄悄拨开门闩,几个人悄没声儿地摸进去,将门掩上,依旧插上门闩,趴在地上。屋里没有灯,光线极暗,只有前窗的窗纸反射了十分微弱的月光。他们依稀能看到这间屋的炕上是睡着两个女人,正发出带有女人特点的轻鼾,一起一伏一粗一细的两个声音。一个战士上去,一手一个,扼住了她们的咽喉。但这名战士显然不了解这两个女人的功夫,她们在睡梦中蓦然醒来便一个鲤鱼打挺,飞起一脚就把这名战士扫下炕去,正砸在郭山河身上。

站在地下的两名战士面对这种突如其来的情况亢奋异常,豹子一般蹿起来就扑到两个女人身上揪扯在一起。郭山河低吼了一声:"俺们是县大队的!"一个女人说:"假的!"另一个女人道:"打的就是你这假县大队!"两个女人想必是早有准备的,挣扎中回手从枕下摸出了匕首,但战士们经受过擒拿训练,平时他们的腿肚子上都绑着一块瓦,外出执行任务再把瓦卸掉,于是行动如风。他们猛地捺住女人持刀的手腕,只一扭,借她们自己的力气就把匕首扎进她们的喉咙。两个青春年少的花季女人,以这种方式了结了自己的生命。

郭山河捆起炕被,裹住两个女人的尸体,还照例朝她们甩了一把鼻涕,把她们推到炕的里面。他做着一会儿与沙占魁恶斗的准备。片刻之中,郭山河十分气恼和悲哀:两个花季女子因为认为对方是假县大队而拼死搏斗。如果她们知道沙占魁始终在欺骗她们,即使给她们再多金条,她们也未必跟沙占魁。实在可悲,说你们死得不冤,一点儿不冤;但若说你们死得冤,又真的很冤!

一袋烟的工夫过去,沙占魁与一个贴身护卫骑着自行车到了,他们见特务队宿舍的门岗正一本正经地持枪站岗,见他来了,无声地一个立正,让他很爽,直接把自行车骑进院子支好,两个人分头进了相隔不远的两间屋子。沙占魁有自己独特的开门方法,门右边靠近门框旁的一块砖是活的,他左手把砖拿下来攥着,右手就把这个空洞里的一根拉线轻轻拉了一下,门闩便悄悄拉开了。他再把砖放回去,依旧填好空洞,将拉线藏在里面。推门进屋,刚走两步,便被两名战士扑倒,一个人扼住他咽喉,另一个人将他两手按住。这两名战士,是县大队手劲最大的,能把三八式刺刀撅折了,能把驳壳枪枪管撅弯了。所以,在制服两个持刀女人的过程中才没有吃亏。现在,沙占魁只觉得两只手腕生疼而一动不能动。

郭山河把沙占魁身上所有的武器都下了:两把驳壳枪,一把匕首和两颗手雷;腰带、鞋带也都解了。也照例朝他脸上甩了一把鼻涕。约莫过了一袋烟的工夫,见沙占魁气喘匀了,郭山河在他耳边命令:"去把灯打开。"

在战士们的挟制下,沙占魁打开了屋里的灯,他立即看见屋里炕上的炕被卷成筒子,一边露出了女人的长发,知道自己的两个女人已被做掉,脸色一下子涨成了紫茄子,便一头向墙壁撞去,似要自杀的架势。但被一名战士牢牢抓住,强力按坐在地上。

灯光下,屋里的情景十分奇特:一面墙上全是类似书架的小格子,已经高及屋顶,每个木格子里都摆着一尊小铜佛,密密麻麻已经摆了很多,几乎没有空格了。

"你总共杀了多少无辜的人?"郭山河捏着鼻子,又要甩鼻涕了。

沙占魁双目紧闭,嘴里念念有词:"观音菩萨,你干么哈么吝啬,俺杀一个人,供一尊佛,已经替死者超度了,你干么还要惩罚俺?"

郭山河方才明白,沙占魁是每杀一个人,就在家里供一个小铜佛,便蹲在他身边,问:"你杀人不眨眼,残害百姓无止境,靠供佛就能求得平安昂?"

"你不懂,俺对佛一片诚心,一定会求得保佑,死了也是上天堂。"

"哈么好昂。成全你。"

"等等,你们共产党拼死拼活,与大日本皇军干仗,等着你们的除了死,没有别的。俺劝你们马上改弦更张改换门庭,我到大日本皇军跟前给你们说说情,保证给你金条、钞票,还能闹个一官半职,让你吃香的喝辣的。"

"俺们共产党的理想、信仰与志向,你懂昂?你以为只值一根金条一沓银联券,一个狗屁特务队长的职务昂?"

"郭山河,你还年轻,再过几年你会明白,谁不是为了个人利益?你们的奋斗、牺牲毫无意义,而大东亚共荣圈是不可抗拒的,你们信仰、宣扬的国家民族自立、解放是不可能实现的,别傻了。"

"看起来你当汉奸是一条道走到黑了?"

"要杀就杀,别拿'汉奸'二字污蔑俺。"

郭山河一使眼色,一名战士立即扼死了沙占魁。

漫天星斗,密密麻麻。今夜的高空似乎格外清亮,没有云彩,一弯月牙像一张弓,正运足力气慢慢拉开,而骑着自行车赶路的一干年轻人顾不上看它。回到郭家堡以后,天已蒙蒙亮,大家悄悄议论:原来汉奸也有汉奸的信念,有属于他们的立场、观点和目标。甚至还有如此自欺欺人的自我开脱办法——杀一个人就供一尊佛,供了佛就能保平安;他做着汉奸却不承认自己是汉奸。哈,你认为这很荒唐,他认为这很正确。弟兄们都是二十来岁的年轻人,得到两把驳壳枪,崭新的德国造,带烤蓝的二十响长瞄大镜面,自然欣喜异常。而郭山河并不以领导身份据为己有,分别奖励给了与敌人肉搏的两个弟兄,只把从沙占魁家里搜出的几枚金银戒指、翡翠手镯和些许细软收走,准备时机适当时变卖,补充县大队紧张的日常费用。

郭山河没把处决沙占魁的事向黄选朝汇报,他知道,汇报了不会有好结果。他告诫身边的弟兄们,把嘴闭住,至死一个字不要说。

地下党传来的内部资料告知县大队,日伪军的"希望之星"沙占魁被敌方做掉,看手段,这件事应该是县大队的人干的,因为用手将人扼死可以省子弹。县大队很穷,子弹不够用。在这段时间,日伪军为报复县大队,四处贴布告,悬赏缉拿郭山河和黄选朝,接二连三制造暗杀事件,好几名战士死于特务之手。这让黄选朝十分害怕,三天两头换住处。他睡觉时外面要加两三道岗哨,郭山河提出打炮楼教训敌人,也被他制止:不能这么刺激敌人,惹来报复你搪得了吗?

黄选朝只提倡深化和完善各村庄的地道,学习和普及山东县大队和基层民兵制作地雷的经验,在各村动员能工巧匠也干起来,同时加强农业生产,保护公粮。县委和军分区对此十分认可,把几件事笼统着说,表扬了黄选朝,没有挑明沙占魁是被谁除掉的,黄选朝也不做解释,给人的感觉似乎就是他安排的。于是,上级领导也将他评为了八路军方面的"希望之星"。这时县大队内部在悄悄流行"郭山河才是希望之星"的议论,于是,一场看不见的变化发生了。

郭山河身边的人相继得到提拔——到区小队或邻县县大队去任职,郭山河原来配合默契并很得力的几个助手全部离他而去,身边剩下的是年龄偏大,或战斗力偏弱的队员。郭山河也不多想,心说,俺培养了好几位骨干,都成才了,还很高兴。但其中一个弟兄调到区小队去做队长,临上任黄选朝与他谈话,让他向组织"交心",说咱们八路军的系统做人做事讲究襟怀坦白,这是对组织忠不忠诚的问题,你们把哈个沙占魁做掉了本是好事,干么藏着掖着而不报功?这本是一"诈",有枣没枣先来一竿子,但这个弟兄感觉黄选朝的话有道理,既然是好事,有么个必要藏着掖着咧,便汇报了郭山河带领大家做掉沙占魁的事。

郭山河的驳壳枪被下了以后五花大绑,金银戒指、翡翠手镯及相关细软收缴上来以后，黄选朝才走进屋子，一本正经地发表讲话。

"老铁，你擅自违抗军令，在不适当的时机杀了沙占魁，还杀了两个无辜妇女。""哈是沙占魁的两个女人和同伙。""你有么证据她们是同伙？""俺们的弟兄差点被她们杀死。""你们不去杀她们，怎么会引起她们的自卫？我认识几个'鼻等罐儿'，都是尿包软蛋，谁承想你却嗜杀成性！来人——"

似乎接下来要发生拉出去枪毙的事情，战士们一窝蜂般拥进屋子，纷纷跪下，为郭山河求情。哈个主动向黄选朝披露情况的战士抱住黄选朝的腿，哭求："你杀了俺白，俺甘愿替郭队长去死！"战士们纷纷要求替郭山河受罚。

"下不为例！松绑，关小黑屋反省三天！"

郭山河躺在小黑屋的柴草垛上，两眼迷茫地看着黑黢黢的屋顶，终于明白，黄选朝很有水平，难怪上级领导让他当政委。只是这个"水平"让他有些瞧不起。

代理大队长的职务拿下，开除党籍留党察看一年，遣返回老家郭家堡。给你留点面子，让你做村民兵队长。感谢我吧，向我敬礼吧。我这人一向宽宏大量，爱护同志，培养年轻人，对革命事业无比忠诚，为抗战事业付出了半生的心血和精力……哈天黄选朝来到小黑屋，背朝着郭山河喋喋不休地说着，完全没有理会到郭山河早已悄悄走了。既然你来开了门，俺当然要走。是黄选朝自己说累了，想返身回去喝口水时，方才发现小黑屋里只有自己，便对着一堆柴草嘶喊："以后你给俺夹起尾巴做人，否则只要犯在俺手里，杀无赦——"他把"赦"字拖了很长很长，似乎不长就不解恨。

后人也有对黄选朝一类人感兴趣的，他老家黄召庄一个叫黄家驹的私塾先生曾经考证出他们黄姓是历史名人的后裔。他著文历数道:黄姓是个小姓,在宋版《百家姓》中列位第九十六,却是名姓。譬如战国时的楚相黄歇,因有功,被封为春申君,为战国时著名的四公子之一;秦末兵法家黄石公,熟知兵法,曾于下邳圯(桥)上赠张良《太公兵法》;三国时吴国名将黄盖,与周喻用苦肉计,诱曹操受降,用火破曹;北宋文学大家黄庭坚,其诗与苏轼并称"苏黄",开创了江西诗派,是宋代四大书法家之一;元初的女纺织家黄道婆,在海南岛居住多年,学习了黎族民间的纺织技术并加以改进和发明,晚年返归故里,把纺织技术传扬四方;明清之际杰出思想家黄宗羲,所著《明儒学案》《宋元学案》为中国历史上系统的哲学思想专著,开辟清代史学研究之风气,是该时期三大思想家之一;清代画家黄慎,擅画人物兼工花鸟、山水,为名闻遐迩的"扬州八怪"之一……而咱黄家的黄选朝是黄宗羲正宗后人,俺们都是旁支。黄选朝祖上早年来北方发展,落脚在河川镇黄召庄。当时这个村一个人也没有,是黄选朝的祖上落脚后男耕女织慢慢形成一个村。黄选朝告知私塾先生,咱黄家家谱上记载:祖上黄宗羲提出过"天下为主,君为客"的民主思想,与孟子的"民为重,君为轻"思想一脉相承。黄宗羲说"天下之治乱,不在一姓之兴亡,而在万民之忧乐",主张以"天下之法"取代皇帝的"一家之法"。黄宗羲的政治主张抨击了封建君主专制制度,有着十分积极的思想意义。于是,黄宗羲与顾炎武、王夫之并称"明末清初三大思想家"。

黄家人为自己祖上做考证,当然是只拣好事说。但客观效果却又无形中为黄选朝增色不少。乡下人喜欢讲古,喜欢捯家谱,捯着捯着,似乎黄选朝就是黄宗羲了。

郭山河回到郭家堡,沮丧透顶,在地道里躺了一天没挪窝。除了甩鼻涕,他既不吃饭,也不和旁人说话。村人们不了解情况,只以为郭山河"犯事被贬"了，都对他躲躲闪闪，表现冷漠。他少年离村，原来相熟的人基本都已死去，剩下的一个半个也年老体衰，都抱着多一事不如少一事的态度，不愿意走近他。

夜晚，地道里响起了各式各样的鼾声，人们入睡了。郭山河根本睡不着，想起了当年叔叔郭尚民引导他走上抗日之路的经过，哈个简单，哈个不同寻常：他在保定二师上学面临毕业的时候，与他交好的"班花"陈玉妮一只手背在身后，站在面前笑嘻嘻对他说："山河，你猜俺手里是啥？"

"猜不着。"

"你连猜都不愿意猜，懒惰！猜着了有奖。"陈玉妮噘了一下嘴，似要"送吻"的意思。郭山河还是不猜，最后勉强应付道："你家里又给你捎来好吃的白。"陈玉妮恢复了笑脸，将身后的手伸过来，把一封信举到他面前。

么人会给俺来信？老爸老妈已经过世，两个哥哥都没文化。陈玉妮一把抢过信来，毫不见外地撕开了信皮，取出信笺，扫了一眼，便又笑嘻嘻还给他："喏，你自己看吧。"便无忧无虑地蹦着跳着走了。郭山河接过信一看，里面别的都没写，只抄有一首《毕业歌》的歌词：

> 同学们，大家起来，
>
> 担负起天下的兴亡！
>
> 听吧，满耳是大众的嗟伤！
>
> 看吧，一年年国土的沦丧！
>
> 我们是要选择'战'还是'降'？
>
> 我们要做主人去拼死在疆场，
>
> 我们不愿做奴隶而青云直上！
>
> 我们今天是桃李芬芳，

明天是社会的栋梁；

我们今天是弦歌在一堂，

明天要掀起民族自救的巨浪！

巨浪，巨浪，不断地增长！

同学们！同学们！快拿出力量，

担负起天下的兴亡！

落款：郭尚民。笔迹是熟悉的，歌词自然也是熟悉的，但在如此节骨眼别出心裁地出现，郭山河这样的热血青年不能不蓦然间浮想联翩，心情激荡，热泪盈眶，于是，当即决定，回乡、回乡、回乡，没有二话！家乡是日伪军盘踞的地方，也是八路军冀中抗日根据地。抗日救亡用得着往远走昂，自己的家乡人熟地熟，正是杀敌的好战场。他毅然离开学校，连毕业证都没要，风风火火回乡找到了叔叔，加入了县大队。叔叔郭尚民拉下脸来怨怼："二杆子了，二杆子了，也忒急了点儿白？毕业证咋能不要？"

"一纸毕业证能当枪还是能当炮？"……

陈玉妮是河川镇四十三村一带陈家沟的人，富家女，老乡咧。人漂亮，对劳动人民也富于同情，俺对她很有好感。哈一年学校组织下乡劳动，收玉米，俺在所有师生中拔了头筹；地下党来学校"飞行演讲"，俺到各班发动同学们去听讲，被国民党市党部点名通缉，是校方保了俺；而陈玉妮此时送俺一本《牛虻》，见俺总是甩鼻涕，接二连三地送俺手帕，让俺不要用手甩……

彼时彼刻，陈玉妮的二叔陈之谦正在学校担任副校长，是保定有名的新儒家学派代表，因紧紧追随熊十力、梁漱溟、马一浮、张君劢、冯友兰、钱穆诸名家，发表一系列论文而小有名气。陈之谦住在保定金台驿街。这里杨柳依依、堂馆错落，陈家不远处便有一座大门，坐西朝东，青砖灰瓦、黑色木门、中式院落，这便是远近闻名的"保定育德中学"。历史上曾多有名人在此聚集,发生过影响了中国历史的重要事件。这里还有朝阳寺、郭公祠、汪公祠三座祠庙。陈之谦对俺说过,郭公祠,是早年间为战国时燕国名臣郭隗而修。郭隗是保定满城郭村人,他辅佐燕昭王,使其成为"战国七雄"之一。他献给燕昭王一系列治国方略,最有名的是"招贤纳士"。燕昭王为他筑黄金台,拜他为师,以后乐毅、邹衍、剧辛等有才能的人皆来归附,遂使燕国走向强大。唐代大诗人李白在《古风五十九首(其十五)》中曾这样写道:"燕昭延郭隗,遂筑黄金台。剧辛方赵至,邹衍复齐来。奈何青云士,弃我如尘埃。珠玉买歌笑,糟糠养贤才。方知黄鹤举,千里独徘徊。"李白以燕昭王为郭隗筑台、招揽贤士的典故引发了牢骚,而"珠玉买歌笑,糟糠养贤才"成为脍炙人口的千古名句。生活在这里的陈之谦受到丰厚历史文化的滋养,能够不同凡响也全在情理之中。

俺仰慕陈之谦的满腹经纶,跟着玉妮去过他的家,回来的路上,借酒劲儿搂过玉妮的脖颈亲过玉妮的嘴,也曾打定主意此生非玉妮不娶。但叔叔的来信让俺醍醐灌顶,迷途知返。玉妮得知俺要回河川镇参加县大队,把脑袋别裤腰带上闯枪林弹雨,用她绵绵玉手死抱住俺失声痛哭,哈个细嫩粉颊、娇艳红唇,让俺一时间儿女情长、肝肠寸断……分手时回答她:俺混不下去时,定来保定二师找你。因为她说,家里已经花了足够多的钱,帮她和俺办好了留校的手续,玉妮,俺的玉妮,俺该不该去见你?……

但郭山河又想起了哈次"冀中大运粮"。县大队接到向冀西运粮的命令,已经身在县大队的郭山河带着陈玉妮参加了运粮活动,两个人为此闹了别扭分了手,此后再没见面。郭山河一想这件事心里就揪得慌,就疼得厉害。曾经"非她莫娶"的意念灰飞烟灭,留下的只有感叹,只有回忆,还有遗憾。当然,还有期待,期待冥冥之中发生奇迹,发生变化,期待上天把属于自己的一切归还自己。但等了很久,么都没有,么都没来。郭山河黯然神伤,暗自垂泪,却于事无补,乃至找不到排解的方式,每每想起,心里就揪得慌,就疼得厉害。

第四章　情与怨

是啊,老天爷只怕并不懂得年轻人的心思,或是故意捉弄年轻人,催促年轻人快些成长快些成熟!

凛冽的西北风刮得人睁不开眼,刺痛着人们的脸皮、耳朵、鼻子、脖颈以及一切裸露的地方,郭山河因为脚底下的棉鞋早已被他穿得鞋底变薄,眼下就在脚底下冻得生疼,就总想快走或跑起来。跟在他身边的陈玉妮便不适应,而郭山河也不好意思明说,弄得陈玉妮一直噘着嘴。她现在已经得知,一年前,晋察冀边区遭遇特大水灾,导致冀西山区和八路军、地方政府较集中的北岳地区出现了粮荒,转过年来发展得尤为严重。而冀中平原这边在水灾过后恢复较快,于是,河川镇这一片,以及县大队都承担了帮助冀西渡过难关,力所能及地将一部分粮食调往冀西,作为无奈之中的调剂。

忽一日,陈玉妮对前来晤面的郭山河说:"俺们学校有位地下党(其实有很多位,只是她不知道而已)对俺说,'俺看你思想进步,还搞了县大队的对象,想介绍你入党'。"郭山河道:"你咋说的?""俺说要先听听对象的意见。你说俺该不该入?"郭山河掏出陈玉妮给的手帕,擦着鼻子,道:"俺感觉白,你在党外更利于掩护自己掩护俺,因为俺的工作是把脑袋掖裤腰带里,天天出生入死。你若入了党就也会这样,这对咱俩的工作未必是好事。"陈玉妮有些不高兴,她对郭山河的话还不能完全理解:"咋就一切围绕你转咧?"但她涨红了脸却没说么,因为她一时找不出合适的话来反驳郭山河,只是心里很不痛快。

沉了片刻,陈玉妮又说:"俺这位同志说最近他要去冀西执行一项任务,希望俺也参加。你知道是么任务么?""知道。""说说白。""这是保密的,咋能随便说?俺也要批评你哈位同志,他很不严肃,也不守规矩。泄露出去咋办?这是要掉脑袋的!"

陈玉妮又沉默了,此时她的脸已经涨得更红了。她搓着自己的衣角,嘴唇动了动,想说么又没说,好一阵子以后,说:"俺知道是么任务——运粮,冀西哈边断顿儿了。"郭山河一惊,虎视眈眈地看着陈玉妮,虽说她是自己的恋人,可这么保密的事,咋能让一个党外人士知道?万一……哈个结果他几乎不敢想。"俺想跟你一起去。"陈玉妮红红的脸颊像一颗水汁滋润的红苹果。

"你不能去,哈个苦你吃不了。俺会因为照顾你而掉队。"

"咋就这么小看俺咧?别的女人能去,俺咋就不行?"

"你身板瘦弱,经不住折腾,累病了唔的俺得后悔死咧。"

"俺哈位同志说咧,你不是俺的私有财产,俺也不是你的私有财产,可以互相关照,但不能互相扯后腿。你实在不愿意带着俺,俺就跟他走。"

这怎么行咧,让自己的恋人跟着其他男人走?说不定他们就因此建立感情,让她移情别恋,自己和她还没最后确定关系喝订婚酒,哈是极有可能的事。不行,既然她哈么坚决要求去执行任务,干脆就自己带着她白。于是,他只得最后敲定,让她跟自己走。

原本郭山河是根本不同意折腾陈玉妮的。运粮任务实在太累,这都用不着体验,想一想就冒汗。但他考虑到自己注定要一生干革命,身边的恋人或伴侣如果不倾向革命,就断然不能结婚。哈么,怎么知道恋人、伴侣究竟革命不革命,拿么检验? 就是去执行一次任务,对方的政治面目与心地、本性便袒露无疑。尤其他们这么年轻,并不是老谋深算、诡计多端的老油条,既不可能也不会掩饰,况且,陈玉妮单纯的家庭出身和社会关系,早让郭山河对她放心了一半,于是,最终同意带着她加入了执行任务的序列。

郭尚民见了娉娉婷婷的陈玉妮也曾悄声问过他:“你的对象靠得住昂?”“哈当然,而且,现在也正是考验她的时刻。”“如果有变,你不能手软。否则俺连你一起除掉!”郭尚民细眯起眼睛,轻柔的语音透着杀气。郭山河拍拍腰里的匕首:“不用你出手。”

这话陈玉妮自然没听到,否则很可能就真不去了。不过也很难说,也许她也正想以执行任务来表达自己对抗战的态度,会一门心思坚持下去,也未可知。

事情看起来极其残酷乃至残忍,但这是没有办法的事。大敌当前,尤其在敌强我弱的情况下,任何一点儿疏忽都可能造成难以挽回的巨大损失。郭山河自然是非常爱慕陈玉妮的,看着她的一张娇嫩的粉脸,握着她柔软的手,鼻子顶着鼻子,感受着她呼出的热气,问:“俺的大教师,这份苦可非比寻常,你受得了?”陈玉妮的脸又红了,不服输般回答:“你受得了俺就受得了。”“俺比你有力气啊!”“俺不是还有你昂?你就是俺身体的延伸部分。”这句话说得郭山河心里热热的,似乎完全打消了对她的猜度和疑虑,终于交底说:"冀西区山地是咱的后方堡垒,与咱是唇齿相依不可分离的两部分。但是在两区之间,纵贯着一条平汉铁路,有敌人的重兵把守,只有通过敌人这条封锁线,才能实现边区的东粮西调任务。""是不是很危险?""对,所以,俺最后再劝你一次,是不是甭跟着俺了?""小看人?这也是俺为抗战尽一点儿心意白?"

既然如此,就跟着俺白。这年七月,气氛沉闷然而规模颇大的冀中大运粮开始了。昼伏夜行,他们顶着星星月亮赶路。冀中向冀西运粮,有四条主要运输干线,即新乐车站以北经行唐县至口头;保定车站以南经方顺桥、北羊村至唐梅;保定车站以北项水县以南经满城至塘湖镇;高碑店车站以北至张坊(涞水县)。县大队成员除自己扛麻袋、背口袋以外,还要组织和关照老百姓的运粮队,队伍是混编的,几十个老百姓中就走着一个县大队的队员,这从他们的着装就能看出来:县大队队员打着绑腿,身上背着长枪或短枪,而老百姓没有这些;相同的地方是彼此都扛着粮食。他们走的多数都是青纱帐里的小路,不知情的外人难以发现。

郭山河扛了五十斤的玉米,细长的帆布口袋,还有左肩右斜的驳壳枪,外带几十发子弹、两颗手榴弹,却走得嗖嗖的。而陈玉妮一直走在郭山河身边,她没有武器,扛了三十斤的玉米,已经走出十里地了,这在她已经非常难能可贵,自打出生到现在,几时扛过这么重的东西还走这么远?问题是这点儿距离实在太短,要走到冀西,还有一百三十四十公里,按里算的话,要翻一番,陈玉妮自然是吃不消的。在整个运粮大队之中,陈玉妮这样的娇嫩女子只有一人。她实在走不动,前胸后背湿得一塌糊涂,两只脚板也疼得钻心,估计是打了泡,但她不敢脱鞋看一眼,因为她害怕自己会因此泄气。她把肩上的口袋蹾在路边,和郭山河擦汗喘息之机,后边一位上级领导走了过来,说:"俺看了,这庞大的运粮队伍,只有你身体条件最不济,上车去吧。"便招呼伴随步行队伍走在最右侧的运粮大车。一位车把式显然认识这位领导,"吁"的一声就喝住了马匹,招手让陈玉妮过去。陈玉妮的脸颊完全涨红了,如果过去,就意味着你不行了,在执行这次任务中是不出彩的,甚至还是丢了面子的。正犹豫着,领导一猫腰,就把蹾在地上的玉米口袋搁上肩,快步走到大车旁边,一歪膀子就把玉米卸在车上。车上的粮食口袋原本已经码得很高,陈玉妮的这个小小的口袋卸在了车帮上,看上去哈么微不足道,哈么不起眼。

队伍始终在前行,没有停步,谁愿意歇脚喘口气,是你自己的事,别人只管顺次往前赶。原本郭山河会一直跟着赶下去,现在就不得不将就陈玉妮,和她一起停在路边喘息,擦汗擦鼻涕。朦胧的月色之下,人们的衣服、面孔都涂上了银灰,但几米以外还不能彼此看得很清楚。这就让歇脚的人不是过于难堪。因为,人家在赶路,你却歇着不走,显然是等着领导把你的麻袋扔上大车,你也就进入了"收容队",成为甘于示弱者。这对心气高的人是难以容忍的。

郭山河要继续走,为省鞋,他干脆将两只鞋全脱下来,掖进腰带别住,将麻袋重新扛上肩,说:"玉妮,你空着手跟着俺白。"两只大脚片子咔哧咔哧地踩着土坷垃就走下去了。陈玉妮便再也忍不住,突然就"呜"的一声哭了。有史以来她还没经历过这么繁重的体力劳动,眼下已经浑身散架,脚底板是个啥样还不知道,一直疼得钻心,心想你连问一声都不问,咋就想着走啊走的,还让俺空着手跟着,让俺的一张脸往哈搁?陪俺一会儿咋就不行?可郭山河毕竟年轻,对这样的"拖后腿"实在不能容忍,如果让郭尚民或其他县大队的伙计们看到,轻了会奚落几句,重了就有可能骂他:"你是执行任务来了,还是搞对象来了?而且借着搞对象而偷懒儿?就算你叔叔是县大队政委，你也不能搞这种特殊，是白？"

　　郭山河果断走了。脚步急促，鼻涕依旧甩着。在陈玉妮面前，他会使用手帕，而离开陈玉妮，他依旧会用手甩。屁股后面的驳壳枪随着脚步一撅一撅的，手榴弹也梆梆地打着屁股蛋子。陈玉妮非常绝望地看着郭山河的背影，止住哭声，捂住脸蹲在地上，猛地昏了过去。站在远处的郭尚民其实把一切都看在眼里了，他对侄子的这种表现十分理解，怎奈他没法劝抚。他对这两个年轻人都很喜欢，但没法调解他们的矛盾。此时见陈玉妮昏倒，便疾步跑过来，招手叫了专门"收容"掉队者的大车，把陈玉妮搭上车，按了她的人中，让她醒过来，又喂了水，让车把式继续赶路，还为陈玉妮开脱说："玉妮，你今天担任记者任务，回去后给俺们写一篇报道，让俺县大队和所属群众登上《冀中导报》，行昂？"陈玉妮有气无力道："行，这有么不行的哎。"遂不情愿地憋憋屈屈地坐着大车跟到了冀西。

　　事后郭山河得知陈玉妮是空着手坐着大车到的冀西，虽说写出了一千字的报道《兵民是胜利之本》，详述了此次运粮任务，但他还是自尊心受到极大伤害，恨不得找个地缝儿钻进去，见了县大队的人都躲着，好像犯了不可饶恕的错误。陈玉妮是怎么回去的，他则连问都没问。有的人可能不这样，对自己的家人少受点累是惬意的，乃至还会为其祖护。而郭山河在县大队养成了"眼里不揉沙子"的习惯和思维定式，此刻他已经下决心与陈玉妮分手了。

　　不能体谅对方，往往是年轻人不能和谐相处的原因。第二次运粮，陈玉妮是否参加了，郭山河不知道，也没打听。保定二师他也没再去。

　　经过四个月的艰苦战斗，到这年的十一月，晋察冀军民业已完成一千一百余万斤的粮食调运任务。而此时，有所察觉的敌人开始增设据点,并在铁路两侧各挖宽一丈、深一丈的封锁沟,并在沟边筑墙加铁丝网,为根据地运粮工作又增加了一重困难。哈么,任务还要不要继续?冀西哈边并没有完全缓解缺粮的情况,是白?于是,冀中行署决定改为完全的人背、肩挑,不再辅助使用大车,但坚定地继续运粮!不运,冀西咋办?郭尚民、柴大树、郭山河等一干人继续组织起群众,每条帆布袋装粮四十或五十斤,区、村按照上级给的背运任务,事先都编好了队和班,指定了队长和班长,规定了晚上什么时间出发,谁走哪一条路线,谁是领队的;谁在前面打头,谁在后面压阵。出发前队长、班长要对每个人仔细检查,看袋口扎得是否结实,背扛的姿势是否正确等。到了转年四月底,晋察冀军民仅靠人力,又完成八百余万斤粮食的背运任务。如此巨大的举动,不走漏风声是不可能的,为么就真的没遇到挫折或失败,这恐怕是需要后人仔细研究的话题。

此一时期的冀中日军司令官岗村宁次恼羞成怒,喝令下属追查责任,是谁如此掉以轻心让八路军这么"猖狂"并得了手。他对下属如此大发雷霆:"你们以往天天跟我嚷嚷八路军是'游而不击',不值得重视,在你们眼皮子底下运走这么多粮食,你们竟然不知道?八路军运粮显然有着更大的行动阴谋!我们大日本皇军同样缺粮,却需要去抢,顶着道德沦丧的黑帽子,激起中国老百姓更大的仇恨,你们不觉得这也是很可怕的事情吗?"

岗村宁次的下属参谋长笠原幸雄立即一个立正:"司令员!谁说八路军'游而不击'谁就是混淆视听。八路军打仗神出鬼没,与老百姓的关系如同鱼水,他们运粮不可能让我们知道,我们也没有这么好的情报人员钻进他们心脏,这是没办法的事。"岗村宁次道:"八路军已经成为华北治安的致命祸患!今后华北治安的对象就是八路军!"笠原幸雄再次两个脚跟一磕,瓮声瓮气道:"司令员！目前看，中共势力对华北治安的肃正工作来说，是最强硬的敌人。今后华北治安的致命祸患，就是八路军。中共势力在迅速壮大，不容忽视。如不及早采取对策，华北将成为八路军的天下，讨伐重点，必须全面指向八路军！"

岗村宁次眯起眼睛沉思，继而叫来日本在河北全省负责特务机关的头目，对这两年管区内的治安状况进行评估，该头目说："国民党游击队的投降倾向显著，已至日趋没落之地步。与之相反，共产党八路军所取得的地盘，则占有保定道的全部、河北省百分之八十的地区。如今，河北省成为中共独占的活跃舞台，这次他们成功进行大规模运粮，就是明证。"

岗村宁次突然面目狰狞，猛地拍了桌子："剿灭他们！剿灭！知不知道什么是'剿灭'？！"

…………

郭山河与陈玉妮一直没有恢复关系，陈之谦得知以后倍感遗憾，他对郭山河粗暴对待自己的侄女不能理解。于是，给郭山河写了一封信：

　　山河侄子，你只看到了玉妮的"弱不禁风"，看不到玉妮出色的文笔和叙述能力，她的《兵民是胜利之本》一文写得非常之好，她以这种方式也为抗战作出了贡献。诚如毛泽东在《论持久战》中所言，"战争的伟力之最深厚的根源，存在于民众之中"。而中国共产党之所以能获得民众的支持和拥护，首先是因为其积极抗日，保护群众。俺曾经接触过一个有反战情绪的日军军官，他言之凿凿地对俺表示：八路军游击队一直居于主动的原因有三，一是战斗意志相当顽强，宁死不屈，譬如柴大树、郭尚民；第二，共产党在农村实行了正确的政策，团结了最广大的人民，加之纪律严明、爱护百姓，赢得了百姓的爱戴和拥护；第三，就是老百姓为八路军作出了重要贡献，八路军的每一次胜利都离不开老百姓的支持。俺说这话是么意思哎，你这聪明的大侄子一定深谙其意——正是因为八路军坚持群众路线，与群众形成了鱼水关系，是白？这个日军军官说："八路军的工作已深入到老百姓当中，日军的动向被及时泄露给八路军，但在日本方面则对八路军的情报完全不明；因为日军的讨伐经常会泄露消息，所以成效不大，只落得个东奔西跑，迄无宁日。而八路军以党、政、军三位一体，与民众的关系犹如鱼水"。凡此种种，说明么哎？就是你作为一个年轻的县大队战士，在看一名姑娘的时候，不要离开军与民互相依赖这个整体的现实……

陈之谦的来信虽则隐晦婉转了一些，因为他不好对郭山河这样天天出生入死的县大队战士过多责怪，但实可谓循循善诱、由表及里、由浅入深、由全局到个体。作为陈玉妮的叔叔，已经尽了自己的努力。问题是这封信写得不错，却在郭尚民的皮包里一直揣着，没来得及交给郭山河，而他又在哈次沙家店的战斗中与柴大树一起英勇牺牲了，随身的皮包被敌人掳走了。所以，郭山河始终没看到这封信。这原本是缝合郭山河与陈玉妮的关系的至关重要的一封信啊！

哈个打算发展陈玉妮为地下党员的我方人员，叫魏雨征，也是个年轻人，虽然结过婚，可前不久老婆被汉奸糟蹋投井自杀。这件事让他十分恼火，又不敢妄动，情绪便十分低落。陈玉妮得知以后，对他很是同情，与他同仇敌忾，多次劝慰，让他往前看，往远看，并说日后会告诉县大队，让郭山河他们除掉这个害人的汉奸。言谈话语之间，还对县大队和郭山河抱有百分之百的好感。是啊，即使郭山河不和自己来往了，可他们哈些人做的事却是救国救民的，是拿命换家园的，不知几时就喋血疆场的，所以，即使有不如意处，也都担待了，让她怨恨郭山河，是根本做不到的。尤其陈玉妮心肠非常软，经常想的是别人的优点和长处。

但这个魏雨征却因为老婆离世，感情空落饥渴，时隔不久就对陈玉妮发动了强力的情感进攻。他也是保定二师毕业的，因学习成绩优异，被留校做管理工作，是个为学校提出一系列合理化建议的好教工，得到过好几次奖励和表彰，也因此成为校长助理，每天要给老师们记考勤。有两次陈玉妮明明请了病假，他也给她记了出勤。于是这件事便不胫而走，校方要处理他，他只得辞职，到一家银行做打水扫地的服务生去了。其间他给陈玉妮写了大量求爱信，还用工资在节假日给陈玉妮买了点心、糖果寄去。陈玉妮心中还有郭山河，便不予理睬，寄来的东西又原个寄了回去。魏雨征似乎体会到还是"原配"感情深，遂立志给老婆报仇，最后离开银行去了县大队，在一次反抢粮中壮烈牺牲。

一个人有可能在生活的道路上唱出岔曲，走上岔路，即使不失大节，终是一种遗憾，难得的是最后修成正果，为革命捐躯，战死沙场，也是死得其所。因为魏雨征没有其他亲属，在部队的登记表里把陈玉妮填为"表妹"，于是，他死后，所有的遗物都被部队辗转交给了陈玉妮。其实，也没么东西，只是他日常穿的两件衣服和几个搓楞得成了圆角的笔记本、一支折断了的钢笔。陈玉妮看着这些东西黯然神伤，睹物思人，假如自己当初嫁给了他，也许他还死不了。问题是抗战总是要死人的，要抗战，几乎就是拿死人"堆"。因为俺们武器装备不行，军事素养也不如人。唉！若干年后有一句话非常流行："落后就要挨打。"经历过战争的人是体会最深的——斯大林在一九三三年针对苏联经济这样提出。因为魏雨征被敌人的炮火炸得尸骨全无，后来修烈士陵园的时候，陈玉妮就把哈两件衣服和笔记本、钢笔捐了出去,埋进他的衣冠冢。此为后话。

陈玉妮的爱情与婚姻的波折几乎没离开"粮食"。因为粮食在这一时期决定着战争双方的胜败,因此成为争夺的焦点之一。目前,华北的日寇为实现"以战养战"的目的,疯狂掠夺和破坏中国百姓的粮食。为此,冀中抗日根据地的军民运用多种方式同敌人展开了惊心动魄的"粮食战"。这片地区是八路军在敌后最早开辟的抗日根据地,包括晋察冀、晋绥、晋冀豫、冀鲁豫和山东等战略区(一九四一年冀鲁豫合并到晋冀豫,称晋冀鲁豫),总面积约三百三十三万平方公里,总人口约八千三百万,是中国抗日战争的重要力量。这片根据地在开创、形成和发展过程中,经历了政治、军事、经济、文化各方面的斗争,其中经济战线上的斗争尤为尖锐、复杂和残酷,而粮食斗争更是这条战线斗争的焦点,牵动着全局、影响着全局,决定着与敌斗争的成败。在研究这一问题时,中共中央北方局书记杨尚昆曾说:"当下时期,如能很好将粮食问题解决了,就等于解决了全部问题的三分之二。掌握住粮食是抗日根据地重要战略问题之一!"

这一时期,小鬼子每年不惜花费二三百万元在华北各地建造大型粮库,加起来有数百所,每所的容量像河北邯郸、廊坊、唐山、保定、石门等都在六千到一万二千石不等。小鬼子每次在大规模的抢粮行动之前都大造"抢粮有理"的舆论,从日伪的报纸、杂志、广播到举行各种会议;从动员伪记者、伪政权人员,到一般被蒙蔽的群众,一齐到农村开展宣传,利用一切伪组织力量推动抢粮。还以"新民会"(日军在华北沦陷区建立的一个反动政治组织)动员民众保证完成任务;以敌伪军、警、宪、特作后盾,掩蔽、帮助抢粮;此外还派"经济督察专员""督促班""收买班"来督促检查,并用不同方法解决不同问题。在河川镇四十三村一带主要采用"灌仓征收购买"的办法;在西河川主要采取抢劫的办法,就是公开的明火执仗,包围村庄、闯入民户、刨窖挖洞、大肆洗劫;在东河川,则对各村事先规定每五十户以上的村交粮一百五十石到二百石,如有不从或数额不足,即用铡刀将当事人残忍地"开铡问斩"。日伪军还强拉民夫组成"抢粮队""镰刀队""运输队",带着武器到庄稼地里抢收抢运。对八路军"铁杆儿"村庄,譬如郭家堡、黄召庄、柴家营、沙家店等村,日伪军往往采用偷袭的办法,在夜间围村,拂晓抢劫,每次出动携带众多民夫和车辆,驻扎个三五天,或今天走明天来,来回往返,轮番清剿。对村里的脚夫、马驴等竭泽而渔,一切粮食、鸡鸭、被褥等物都在抢劫之列。也由此可见日伪军的经济状况十分拮据,几乎难以为继。

魏雨征是个读过保定二师的年轻人,文化功底不错,加之年轻,思维活跃,来到部队以后,针对粮食问题,就给县抗日民主政府写了一封信,提出了五点建议:一、严禁粮食出口;二、鼓励粮食入口;三、男女老少齐上阵,快收、快打、快藏;四、分散埋藏粮食,阻止敌人掠夺和破坏;五、粮食斗争与货币斗争相结合。对敌占区群众来根据地购买粮食,以两斗为限,查有资敌之事则坚决禁止,超过两市斗以上部分一律没收,对查获没收之粮食除提出奖励外,其余部分折价充公。后来陈玉妮得知魏雨征贡献可谓不小时,激动得耳热心跳。而郭山河闻听魏雨征事迹的时候,一直吸溜着鼻子,心里还有些泛酸。他知道有魏雨征这个人,而这个人还与陈玉妮有过深入交集,想不到的是这些建设性意见是他提的。魏雨征提出的口号是:"抢回两岸粮,饿死小鬼子!"后来小鬼子扫荡五曲河南北两岸,发誓要扫清两岸的粮食,事实上,抢到手的不足百分之十。老百姓收了就打就坚壁,坚壁以后再抢摘玉米。小鬼子看到老百姓栽种新粮食也不敢阻止,因为哈也是他们的希望所在。

魏雨征确实是个知识型人才,因为在银行工作过,虽只是个打水扫地的服务生,却抓住时机认真研究了伪币与粮食的交换问题,并迅速掌握了其精髓,提出"粮食斗争与货币斗争相结合"的建议。地区的抗日民主政府采纳了他的建议,根据东西两地粮价不平衡的情况,在西线使用大量伪币购粮的同时,拿出一部分伪币高价购买根据地本币(冀钞),促使西部伪币粮价上涨,币值下跌,冀钞粮价下降,币值高于东部冀钞;当冀钞币值上升到一定程度时,即抛出大量冀钞收购粮食,发挥了货币在粮食战中的杠杆作用。这是一条看不见的战线,斗智斗勇之中,展现着八路军、县大队以及地方政府的出色才华。而且,魏雨征没有流鼻涕的毛病,更没有随手甩鼻涕的习惯。他整日里穿戴整齐,衣扣、鞋带系得一丝不苟,偏分的头发也总是拢得非常顺溜,眉清目秀之中透着干净爽利,白净的瓜条子脸总是把腮帮子刮得铁青,尤其两只眼睛注视陈玉妮的时候,总是哈么殷切,哈么诚恳,一副随时听候召唤,随时为陈玉妮包打天下的架势。每每想起他来,陈玉妮便心里很乱。

一天,二叔陈之谦把一封信和一个邮包交给陈玉妮。陈玉妮方才得知,才华横溢的魏雨征牺牲了。是县抗日民主政府给陈玉妮转来了唁电,写来了悼词。其中两句是:"抗战艰苦出奇才,红星鲜血映未来!"她在得知魏雨征却原来是这样出色的人才时,一度出现精神的恍惚,感觉他并没有死,他的魂魄就在自己的周围。原先做梦只有一个郭山河,现在夜里做梦出现两个,魏雨征的影像也不时出现在眼前,而且两个人来回变幻。她总是竭力把魏雨征排除掉,可他还是要回来,而且笑盈盈地手里拿着两沓纸钞,一沓伪钞,一沓冀钞。于是把她惊出一头冷汗,刺棱一下子坐起来,两眼迷茫地看着黑洞洞的屋子,嘴里念着:"去白去白,你已经去了就不要回头!俺会永远记着你!"

实在不好排解了,陈玉妮就找到叔叔陈之谦,说起这件事。陈之谦沉默了好一阵,说:"魏雨征不甘心,也不情愿这么早就离世,他还有很多事要做,他的才华还没有得以完全施展;他还有爱情需要追求,他的心上人还没有答应他。于是,他死不瞑目。走,跟俺上香去!"于是,礼拜天他们租了大车奔了凤凰山佛光寺。该寺在保定下属的顺平县凤凰山的丘陵地带,距市区近四十公里。千年古县顺平,是统一华夏、分封九州的远古帝王唐尧的诞生之地。这里山河多姿,钟灵毓秀。遗憾的是,这座闻名遐迩的古寺被小鬼子的一个司令部占据,远远地就看到了站岗的持枪日伪军,还有身着便衣的汉奸在周围游弋。不得已,陈之谦和陈玉妮在远处朝着这个方向跪了下来,拿出身上携带的几股芭兰香,在地上搓起土堆,将芭兰香点燃后插上去,当香烟袅袅升起之时,两个人一同俯身揖拜、磕头。然后,起身站立,双手合十,闭目默念,为魏雨征超度亡灵。当两个人将仪式进行完毕刚要离去,两个身着绸缎衣裤、挂着驳壳枪的汉奸,留着中分头发,提溜甩挂地走过来,道:"留下上香的钱,否则,老子的枪子儿可不认人!"另一个汉奸则细眯起眼睛看着陈玉妮道:"这闺女长相不错——"

不知道接下来他们还会说出么来,陈之谦急忙掏出六块大洋,一人三块递给他们,说:"俺们也给笠原幸雄做事,是'新民会'的成员,都是他的得力下属。还请两位不要大水冲了龙王庙。"

"么个狗屁'龙王庙'哎,看在你们也和大日本皇军有来往上,放你们一马,滚!"

陈之谦见此,拉起陈玉妮,跟头骨碌地抬腿就跑。身后两个汉奸哈哈大笑,把地上铺的一大块白布收起来,叠成方块,揣进怀里,然后捏起一枚大洋,吹了一口,发出"嗡儿"的一声,遂高兴地哼着小曲回去了。

第五章　喜与忧

　　人在低谷,最容易想起初恋的女(男)友。好几年了,东拼西杀、东躲西藏、出生入死、雨雪风霜,不计个人得失,不想男女情事,甚至从来没想过要去找她。连夜里做梦都一次没想起过她,因为自己的梦境总是被最谈得来的战友的笑脸和牺牲时的惨状占据。玉妮,原谅俺吧。哎,人啊人,你这个奇怪的动物,顺境时想的是"天地之大,舍我其谁",倒霉时想的是"茫茫人海,唯你知心"。郭山河冷不丁产生一个想法,到保定走一趟,见见陈玉妮,说不定会有新的出路!

　　人们会不会说俺是逃兵,从生死搏杀的抗敌前线躲进了安乐窝?

　　管他呢!

　　不能不管!

　　管又咋样!

俺不知道!

正闭着眼睛遐想,额头突然被一只温暖的手掌覆盖,郭山河猛地睁开了眼睛。

沙荆花手里拿着屉布包着的两张烙饼,拎着一瓦罐刚烧开的热水,悄没声儿地走到了跟前,撂下瓦罐,伸手摸摸他的额头,见并不发烫,便说:"起来起来,甭装孙子,俺的仇你还没报咧。柴大树若是活着,见你这样,不得踢你个跟头?"

郭山河一个激灵坐了起来!绵绵玉手与细嫩粉颊乃至娇艳红唇,烟消云散!

他干脆利索地甩了一把鼻涕。这辈子他从没遇见过这么会激励男人的女人。两张烙饼,卷着咸菜条,咔哧咔哧地就下了肚,一瓦罐热水喝下去半罐。其实,郭山河应该问一句,如此困难的情况下,你这烙饼的白面是哈个地方淘换来的?但他想的不是哈个。

"姐,俺想了一天,硬是想不明白,可是,你的一句话,让俺抛掉了哈个想不明白的烂事,闹他个妈!想不明白就不想。姐,俺从头干起!"

沙荆花频频点头,用她畸形的手掌,紧紧地攥住了郭山河的一只手。

"姐,你的仇其实俺已经替你报了,狗日的沙占魁被咱的弟兄掐死了。俺是违抗了命令去办的这件事,否则,俺也不会被贬。"

"姐明白。不说了,俺在这儿待时间长了,乡亲们该有议论了。"

沙荆花挣脱了郭山河的手,拎了瓦罐离开了。地道里隔不多远就有一个不大的壁窖(类似窗台的很浅的方洞),里面安放着一个油灯碗,一根棉捻儿从碗里的大麻籽油中伸出来,棉捻儿的头上顶着火苗,把四周照亮。郭山河看着沙荆花穿着粗布衣服的窈窕背影,黑黑的头发,长长的辫子,心中五味杂陈。他回味着沙荆花畸形手掌的温暖,回味着她清秀平静的面容后面对他的殷殷之情,突然顿悟:沙荆花理应是自己的另一半!玉妮啊,俺对不住你!追求安乐生活,享受温柔之乡,是每个人的愿望;但这只能作为奋斗的动力,若真的堕入此境不思进取,人生便失去了意义,甚至根本生存不了,正所谓"生于忧患,死于安乐"是也,眼下大敌当前,面临民族危亡,尤其如此!此刻,他很想写一首诗交给《冀中一日》编辑组,虽从不写诗,可抒发自我情怀,表达基本意思还是可以的白:

> 沙家姐郭家弟,
>
> 一相识便难分离,
>
> 是抗战把俺们连在一起;
>
> 俺本烈士之侄,
>
> 你本烈士之妻,
>
> 共同的心境难得的如一;
>
> 你愿相濡以沫,
>
> 俺愿肝脑涂地,
>
> 互相搀扶渡这非常时期;
>
> 既已心心相印,
>
> 便该结为夫妻,
>
> 为延续命途多舛的民族,
>
> 增添子嗣生生不息……

县大队英烈柴大树的影响深入人心,叱咤风云的战绩如雷贯耳,沙荆花作为柴大树遗孀的身份便十分特殊,似乎走到哪里身后都罩着柴大树的光环,这就让她的话经常有着一言九鼎的效果。她找到原村长兼书记,劝说他辞掉职务,推举郭山河出来任职。村长说:"就他?鼻等罐儿?哪儿凉快哪儿待着去白!"沙荆花畸形的手一把揪住村长的衣领:"你骂谁咧?在背后你说么,俺听不见就罢了,现在你当着俺就骂郭山河,你配昂?你带过兵打过仗昂?你与小鬼子拼过刺刀昂?你带领过众多群众闯出枪林弹雨昂?"村长也是文化不高的人,很容易"听风就是雨",此刻涨红了脸,说不出话。沙荆花继续道:"你若不答应,我就挨个找乡亲们谈,听听大家的意见,最后你若落个灰溜溜下台,颜面扫地,可别怪俺。"村长红着脸看了半天沙荆花,知道她这个死人堆里爬出来的女人,没有不敢干的事,便勉强答应了。

谁知郭山河却坚辞不受。他说:"俺只当民兵队长挺好,可以好好调整一下心情和身体,兴许以后县大队还把俺召回去咧。"沙荆花道:"你死了哈份心白,俺前些日子听一个县大队的弟兄说,黄选朝恨死你了,'鼻等罐儿'的外号就是他起的。"郭山河一个激灵。他还想继续推辞,但已经找不到更好的理由了。算了,姐已把生米做成熟饭了,村里哈么多工作要干,先干起来吧,干不好再辞不迟。

这一年战争形势十分艰苦,吕正操司令员在游击战中率部辗转来到河川镇四十三村。他问与他接洽的县大队政委黄选朝:"郭老铁呢?"

"下放到郭家堡去了。"

"为什么?"

"目无组织纪律,违背组织决定,擅自带人行动。"

"具体做了什么?"

"不说也罢。"

"究竟做了什么?"

"有机会您问他自己白。"

"听说你一般情况下不和战士们住在一起？"

"一些人'嗜杀成性'，俺担心一言不合会杀了俺。"

吕正操无言以对。战争年代有的战士面对敌人不敢开枪，而被敌人杀死，因为他们是老实巴交的农民出身，冷不丁杀人——哪怕是恨之入骨的小鬼子，也心惊胆战，培养出敢于杀伐决断的战士，是八路军各级领导的责任，但个别人"嗜杀成性"也在所难免。黄选朝的话，让司令员将信将疑，不过也很理解。

他真的住到郭家堡来了。为了安全，郭山河直接把司令员和一干人马安排到地道里。因为前不久村里地道发生重大损失，现在进行了改进、加固和完善，既然村民们愿意把猪、羊、鸡、兔甚至大牲畜马、牛都藏进地道，哈个好啊，在地道里辟出足够它们生存的空间就是。郭山河身体好、年轻，带头挖地道，并且声言：挖地道不积极者，只能住在别人挑剩的地段，"若要好，自己搞"。这六个字一下子成为郭家堡独有的顺口溜，一说就说了几十年，直至解放后人们还在说。这一招也确实很厉害，男女老少无一懈怠。万柳堤河川镇一带，表层土质含沙，挖浅了不行，堆乎、垮塌，所以，人们付出的劳动就更多（战后来参观的人称其为"奇观"，此言不虚）。一直跟随在司令员身边的卫士兼秘书沙耕读，是沙家店人，还是沙荆花的亲叔伯哥哥，在地道里意外发现了本家妹妹沙荆花在纺棉线，而且看到沙荆花的手已经致残畸形，便关切地询问起来。此时，沙荆花就一再把话题引到郭山河身上，让本家哥哥多多了解郭山河，特别挑明：郭山河在郭家堡一个村当民兵队长，屈才了昂！

夜晚睡觉的时候，沙耕读就把情况转告给司令员了。司令员一直沉默，最后说："是金子，总会发光的。希望郭老铁在村长的岗位上做出成绩，哈时再说。"

此后一段时间,司令员一直在周边地区转战,在郭家堡住了三次,对郭家堡的所有工作都非常满意。最后一次离去的时候,他对郭山河交代说:"老铁,你还年轻,要经得起考验。""是,司令员!"司令员破例拥抱了郭山河,摸了郭山河的鼻子,又交给他一包食盐。据沙耕读讲,这是以往从来没发生过的。司令员多年征战,是位铁血将军,从来没有过婆婆妈妈的举动,而当时的食盐甚至比粮食更紧缺。

郭山河得知沙荆花一直通过沙耕读为自己说好话,十分感激,心中立即有了一个计划,想成熟了,马上就开始实施。一天夜晚,他巡逻了各岗哨以后,走过地道里曲里拐弯的通道,来到了沙荆花身边,拉起沙荆花的一只手,说:"姐,俺想跟你说说知心话。"

沙荆花没推托,任由郭山河抚弄她的手:"说。"

"你是个好人,俺也是个好人,对不?"

"是这样。"

"好,俺们结婚白。"

"这……"

"形势危难,不知道后面会发生什么,就着你身体还行,你要为抗战贡献子孙。"

"这……"

"郭尚民把柴大树介绍给你,就是为了让你为抗战贡献子孙的。"

"这……"

郭山河已经不由分说顺势一拉,把沙荆花拉进怀里吻住了她的嘴。沙荆花扭动着身体,挣扎了一会儿,便被郭山河的激情带入亢奋,搂住郭山河的脖子接起吻来。郭山河顺水推舟,栽下了树种。沙荆花于半推半就的羞赧中突然警醒起来,使劲推他:"俺应该为大树守孝三年的！"

"哈个是封建社会的老皇历，俺们不能死了无后，等么三年哎。"

是夜，郭山河讲了他和陈玉妮的交往。沙荆花一边为他擦着鼻涕，一边紧紧抱住他，亲着他说："老铁弟，相信缘分吧，是抗战让咱们走到了一起，还因为你有柴大树的影子。你若跟了玉妮，也不一定不幸福，甚至和她一起舞文弄墨也能支持抗战。假如抗战胜利，俺就支持你去找她，和她结婚。"

"咱俩咋办？"

"离呗。"

"俺做不出。"

"没啥做不出的，见了她，你会改变主意。你们毕竟是初恋。"

"不！就不！你甭蛊惑俺！她总嫌俺流鼻涕，你就不嫌。"

郭山河给沙荆花背了他打腹稿的哈首诗，两个人紧紧拥抱着睡了一宿。转过天来，郭山河在地道里甩着鼻涕向全村父老乡亲宣布，他与沙荆花结婚了。"俺'鼻等罐儿'没有喜糖，没有喜酒，只有兢兢业业为全村父老服务，还请大家原谅。"众人哄笑。非常时期，谁还计较这些，但却发生了连锁反应，村里有三四对年轻人借机也结婚了，还有几对被日伪军杀死配偶的鳏夫寡妇也自动走到一起宣布结婚。他们完全是受到郭山河的感染，若论感情基础，他们似乎短时间根本不可能结婚，现在结婚的理由无比充分：俺们要为抗战贡献子孙，否则怎么前仆后继？但这次结婚风潮带来的影响，就是全村蓦然间达到一种空前的抱团。细论的话，各家各户拐弯抹角地都变成了亲戚，亲戚套亲戚，亲上做亲，全村俨然一个大家庭。郭山河趁热打铁，按照党中央的方针政策，在村里实行了"三三制"，把地主郭相臣和一个富农安排进了村委会，全村上下火火爆爆,空前团结。

"文化跟着心气走",此时村里就有土秀才要修村志,遂对郭家堡做了考证:说郭家堡村形成于明代,村内主要有郭、马、杨、徐等姓,其中郭姓人口最多,故此名为郭家堡。村内居民主要是战乱、逃荒等原因从各地迁来,郭姓主要来源于山西,明代"靖难之役"以后,明成祖朱棣搞了一次大移民,把很多山西人移到了河北和冀中,山西洪洞县的大槐树下是当时最大的移民"点行地"。当时来这个村的郭氏有兄弟二人,但根据移民的原则,兄弟不能同处一地,于是分到了相邻的两个村,兄弟二人经过数年的不懈努力终得团聚,从此摽起膀来开荒创业。该村地处华北平原中部地区,被称作"冀中",村民自明代起在此居住,如今已形成逾千人的村落。不仅如此,土秀才还考证出,郭家堡为什么不叫庄、村而叫"堡"。他在村志中写道:"郭家堡的堡,可读bǎo,通常指军事上防守用的建筑物:堡垒、暗堡、地堡、城堡,而早先郭家堡环村就有御敌的土围子;堡,也可读pù,主要见于地名,通'铺',原本指驿站,而郭家堡以前就是驿站,今一般用于地名,如十里堡、马家堡等,有的就叫十里铺、马家铺等;堡,还可读pǔ,这主要见于个别地名,不常见,为bǎo的转音,如凤凰堡;堡,更有读bǔ的,一般是指有城墙的村镇,泛指村庄而多用于地名:堡子、吴堡、柴沟堡、瓦窑堡等。堡,属于一字多音、多义、多用。"当然,一般村民对这些并不关心,更无人穷究,只是随大流,别人怎么叫,俺也怎么叫。

近期出现一件让郭山河感到意外的事,炮楼里的日伪军派出一位能说会道的代表,前来郭家堡找郭山河协商:"俺们拿军票买你们一部分粮食,可行?"哈次谈判是在郭家堡村里的土地庙里进行的,日伪军为表示诚意,没有带其他护卫,这个代表身上也没带武器。与之谈判的郭山河当即回绝,不行。对方又说,俺们用银联券买,郭山河仍然说不行。最后对方说,俺们出劳力,帮你们干活。郭山河道,既然你们这么困难,干么不集体缴枪投降?对方说,你们要杀俘虏咧。郭山河甩着鼻涕道,哈个还不是因为俘虏诡诈,反过身还拿枪打俺们。这个代表说,甭管这次谈判是否有结果,你先赏俺个玉米面饼子,可行?郭山河想了想,派人回家去取来两个玉米面饼子,眼看着对方狼吞虎咽地吃了。

炮楼里的日伪军因为缺粮,又不肯投降,便接连不断前来扫荡,但今非昔比,每次都被郭家堡打得狼狈不堪。而且郭家堡做事很绝——不留俘虏,只要是你主动来犯的,杀无赦。有本事你就逃,逃不脱的话,对不起,你在俺们的射程内,俺们不会放空枪,不会枪口抬高一寸,因为俺们子弹有限,只要开枪就要实打实地将你撂倒。日伪军来一次,就等于送来一次弹药,加上吕正操司令员来的时候撂下一部分弹药,郭家堡实力大增。

秋收时节,村民们夜里出来收玉米。月朗星明,炮楼里的日伪军以为等来了机会,悄悄拉着车出来抢粮,郭山河早有准备,在日伪军的必经之路上打了伏击,让日伪军损失惨重,顾不上收拾尸体和枪支弹药,扭头就跑。转过天来,日伪军纠集了好几个据点的人马再次前来抢粮,他们以为郭家堡的人干不完哈么多农活,哪知村民们一夜之间全部收走了玉米,坚壁了起来。日伪军知道郭家堡地道很完善,若硬闯会死伤惨重,便在村外支起迫击炮和山炮,朝着村里一顿乱轰。看到炸倒很多房屋,才算解了气收兵回返。谁知,正收兵期间,郭山河带领众民兵在身后乒乒乓乓打起了排子枪,手榴弹也成排飞来。日伪军想不到一个村的武装力量这么强,因为饿着肚子,便不再恋战,扔下了两门炮,跟头骨碌地跑步逃走。于是,郭家堡又有了两门炮。这件事在河川镇这四十三村算拔了头筹了。

炮楼里的伪军人数比鬼子多两三倍，他们实在饿得不行了，便与鬼子发生了火并，他们在夜里十二点的时候，集体下楼出来，留下睡觉的鬼子，然后一把火将炮楼烧了。鬼子下楼往外逃的时候，伪军们在楼下等着，出来一个射杀一个，将几十个鬼子悉数杀掉。然后他们全都解除武装，把枪支弹药集中在一起堆成一堆，按队列远远地坐到别处，派出上次谈判的代表，再次来郭家堡找郭山河。

真的假的？郭山河不能不派出自己的两位代表前去验证。自己人回来后说，是真的。怎么办？郭山河连夜召开会议，研究这件事。所有的村干部异口同声："拒绝接收！"理由是狗改不了吃屎，这些人干惯了坏事，早已形成了习性，到你的队伍里，就能变好了？不可能！如果你把他们招进来，一旦哪件事让他们不高兴，说不定就火并了你！引狼入室的事，坚决不能干！

研究的结果，是把这些伪军的枪支弹药全收缴了，每人发半面袋玉米面，然后遣散了他们。要他们回自己的老家，或投亲靠友，总之，郭家堡拒收他们。郭山河还对他们讲了全国抗战的形势，叮嘱他们：如果还想拿枪，就去打鬼子，不要祸害百姓；如果不想拿枪了，就去种地，安分守己过日月。

事情继续发展。日伪军从总部领了物资，要给县大队交过路费，不然回不了据点。郭家堡就曾经截获好几次日伪军的物资，但县大队黄选朝每次都勒令郭山河将物资上缴给县大队做统一分配。郭山河原本就是县大队的人，对此便不做计较。不过，曾经损失最大的郭家堡眼下已经吃成胖子，军事与经济实力已经十分了得。村里开展"减租减息"十分顺手，地主、富农一切听命于郭山河，你叫俺干啥俺就干啥；你想把土地全收走，俺也没意见。问题是郭山河也不是糊涂人，收走土地做啥，地主、富农管理土地是有一套办法的,只要有利于抗战,就先这么干着。经吕正操司令员钦点,郭家堡被评为抗日模范"红星村",河川镇四十三村的姑娘,都愿意嫁给郭家堡的人,主动前来倒插门做女婿的,也不乏其人。

终于,摇摇欲坠的日伪军的精神大厦轰然倒塌——一九四五年八月十五日,日本天皇宣布无条件投降了。给中国人民带来巨大伤亡和灾难的侵华战争宣告结束。

此时,沙荆花已经为郭山河生了两个儿子一个闺女。村里同时结婚的年轻人,也早都有了两三个孩子。原来的徐娘半老的寡妇也凑热闹结婚,居然也生了一男半女的。村子里给孩子"过百岁""过生日"的不绝如缕,镇上初一、十五悄悄恢复了集市,规模没有以前大,而且天不亮出集,晌午太阳当头照以前撤集,为防不测,郭家堡的村街上便时常看到赶集回来的人,肩上沉甸甸的褡裢露出半截酒瓶子,露出新割来的猪肉的一角。

生活一时间出现了慢节奏。但舒缓的日子没过几天,上级领导突然传来指示,全体动员,男人们组织担架队、运输队、救护队,听候调遣,随时出发;妇女们加紧在家纺线、织布,做军衣军鞋,筹集军粮。一场以反击国民党军进攻起始,很快形成对决的"解放战争"业已打响。老蒋一心要搞独裁,与共产党开战,硝烟四起,战事紧张,前方不断传来谁家的儿子在前线死于老蒋炮火的噩耗。河川镇四十三村的大街小巷贴满了"打倒蒋介石,解放全中国"的标语。

沙荆花是郭家堡的妇女队长,也是纺线能手,还学会了用简易织布机织平纹的土布,村里人们穿的衣服,全是妇女们自己织布做的,而棉花则来源于地主郭相臣。多年来郭相臣既种庄稼也种棉花,掌握着种植棉花的技术和经验。抗战期间,村里需要棉花,都是郭相臣折价提供。而内战开始后,他儿子回了一趟家,他就变了。他儿子在国民党军队当上校,原本打鬼子,现在开始打解放军。郭相臣便不再支持村里的减租减息工作了,不论粮食还是棉花,全都与郭山河斤斤计较,寸利必争,还放出这样的话来:"国民党是正统政府,你们解放军是野路子,要服从国民政府。"郭山河也不想过于强制,加深两家的对立总是不好的。但让郭相臣在村里大放厥词,造成一系列消极影响,对上级领导部署的支前工作阻碍很大。于是,郭山河一时间思想上出现迷茫。不念旧情,与其开打,不是不行,甚至除掉郭相臣只是一句话的事。但凭良心,凭人情事理,又不能不审慎。

在这个节骨眼,黄选朝派他的儿子来到郭家堡,说是到红星村学习锻炼,担任副书记职务。战争形势的转变,县大队原番号取消,并入了解放军某纵队,部分人员到地方任职,黄选朝厌恶战争,便选择回地方,任了河川镇的镇长。他儿子黄晋升原是县城中学的留校老师,黄选朝认为当一辈子教书匠没出息,便把黄晋升派下来了,并告诫儿子:我们是黄宗羲的后人,不能埋没在历史的尘埃中,必须有所作为。而在日常工作中不容易显山露水,要抓住机遇,善于寻找垫脚石;郭山河哈种人莽莽撞撞,就很适合做垫脚石……届时你就锥处囊中,脱颖而出。当时黄晋升听得头皮发麻,人生真的如此复杂昂?但他最终信服了父亲的教诲,仔细了解支前工作的林林总总,发现地主郭相臣支前不积极,态度还强硬,便提出把郭相臣揪出来批斗,在村委会上与郭山河发生了激烈的争执。黄晋升对经历过血与火考验的郭山河并不看在眼里,因为他耳朵里被灌输的,都是郭山河在县大队的各种问题。郭山河在会上发言道:"俺们看一个人,既要看他的现实表现,又要看他的全部历史。郭相臣虽是地主,比一般农民多百十亩土地,可哈也是祖上省吃俭用慢慢积攒起来的,平日里对佃农们也没有刁难苛刻,谁想到他家租地种,全是自愿选择,而且也曾积极配合俺们开展减租减息工作。"

黄晋升"切"了一声道:"你为么帮他说话,还不是因为他曾经给了你哥哥郭长河好几亩土地向你买好儿?你哈个时候若不是县大队队长,他咋可能做这种事?"

"你这是强词夺理,郭长河要了郭相臣的土地没出半年就去世了,土地早已归还郭相臣。俺对郭相臣实事求是,并未包藏私心。"

黄晋升毕竟年轻,面对郭山河有理有据的反驳无言以对,遂暂且放下,只把郭相臣剔除出村委会,算是一个交代;另一个富农,也被剔除出村委会,原来的"三三制"架构,就此结束。在轰轰烈烈的支前工作中,揪斗郭相臣的事情搁浅,但黄晋升与其父黄选朝都深深记下了这笔账。

时隔不久,又一场轰轰烈烈的"土改"运动开始,政策条文一经公布,郭相臣立即找到郭山河,道:"书记啊,俺知道你一直保着俺,眼下这一关怕是不好过,俺打算只留五亩地自己种,其他一百多亩土地全部充公,随你支配。"说着,郭相臣把保存良好的一沓"红地契"交给郭山河。屋子里没有别人,郭山河正坐在桌前抽烟,郭相臣把红地契推到郭山河眼前。光绪时期颁布的红地契,满是褶皱的灰黄纸已经老化,朱红方框内毛笔黑字,明明白白写着万柳堤河川镇郭家堡一百五十亩官地由郭××(郭相臣曾祖父)购置,立此为据,当时的知县×××盖了朱红印章,一百年过去,印章的颜色已经变黑变暗,不过,以郭山河的眼光,红地契肯定不是假的。红地契的下面,是一沓民国时期好几届县政府对这一百五十亩官地的追加认可的证明。

郭相臣找郭山河要了一袋烟,吧嗒吧嗒地抽着,眼泪吧嗒吧嗒地掉着："老铁大侄子啊,俺看你是个好人,才这么做。前一阵子支前,黄晋升要绑俺,是你顶着压力拦住。俺事后听说了,哭了半宿。以往俺有对不住你的地方,就甭计较了昂。老实说,这一百五十亩官地,纵然有红地契,黄晋升想几时收走就收走;若我儿子回来,就算没有红地契,谁敢动一块土坷垃?"

郭山河沉默着不说话,也只是吧嗒吧嗒抽烟,间或甩一把鼻涕。伪军们曾经为他提供的偏方他已经试过,收效甚微,再说大蒜也不是应有尽有的东西,为了鼻涕他还真舍不得。

郭相臣的话都是常理。很多时候,是与非并不是三言两语就说得清的,可有一点是郭山河牢记心中的,就是过去叔叔郭尚民的话:"只要你是为了老百姓谋利益,你这颗星就是红的。"郭尚民过去也并不叫"郭尚民",父亲给他起的大号是"郭尚金",因为祖祖辈辈受穷,希望从他这辈改换门庭发起家来。待他读了书明白了事理,遂感觉一辈子追求金钱不是不可,但实在等而下之,为天下百姓谋利方为大志。他甚至对西汉戴圣《礼记·礼运》篇中最早提出的"大道之行也,天下为公"之说发出异议:"应该天下为民!'公'是么哎,'公'并不代表人民,'公'可以是国家机器,而这个国家机器若掌握在坏人手里,则可以戕害老百姓!试想,若是荼毒老百姓的国家机器,算是个么东西?"投身革命以后,他及时改了名字,不再"尚金"而转为"尚民"。这个过程,郭山河自然是耳熟能详的。

郭相臣既然交出了土地,也就不称其为地主,理应进入"人民"的行列,受到农会(村委会——当时新的村委会组织)乃至民兵组织的关照和保护。郭山河沉思着,甩了一把鼻涕:"相臣老叔,你这么做挺让俺感动的,以后天天下田耕种,自食其力,还锻炼身体咧,吃起玉米面饼子才香咧。"便收下了红地契和有关证明。送郭相臣出来的时候,外面天空高远湛蓝,朵朵白云缓缓游移,郭山河只觉得神清气爽。

但过了些日子,在召开村委会评成分的时候,郭山河的说辞,受到了黄晋升的强烈反驳。这段时间以来,黄晋升以深入群众的名义,通过吃饭喝酒,交下了村子里一些没有文化不明事理的村民朋友,包括村委会中的好几个成员,一时间声名鹊起,"威望"很高,尤其其父是河川镇镇长,人们都对他高看一眼,他的所作所为还被看成镇里的意思。他与村人们背后说起郭山河从未叫过大名,都是以"鼻等罐儿"相称。村委会的多数人都主张把郭相臣的"捐地"退回去,同时揪出郭相臣游街批斗,然后对这一百五十亩土地进行"没收"。不需要你高风亮节,俺们会武力解决,俺们要的是政绩,这个往脸上贴金的机会不属于你郭相臣!如果说"革命不分先后",为么以前你不交土地,见"土改"来了怕挨整才交土地,老狐狸,你打错了算盘!

黄晋升说,郭相臣由于做老爷时曾经架着烟袋颐指气使,吆五喝六,当甩手掌柜的惯惯儿的了,交了土地以后的这些天,么活都不能干。于是村里"将就材料",派给郭相臣一个简单好干的活——给暂时种他的地的人们送水。这郭相臣不知是肠胃不好,还是肠胃太好,经常放屁。为此,他每次送水到地里,人们都抢着喝前面的哈桶,而不喝后面的,于是,郭相臣想出了个办法:走到半路把前后的水桶调换一下,这样,前面的成了后面的,后面的成了前面的。郭相臣看大家对他没有他所想的哈种"阶级仇恨"了,可能也是"屁憋的",便对大家道出了实情,结果,一下子炸了窝,大家一起找到村委会干部去抗议,说哈个郭相臣太可恨了,一门心思让农民弟兄吃他的屁。村委会干部尊重民意,又给郭相臣换了新的工作,去挑大粪。黄晋升道:"老铁,有没有这回事?"

"俺还真没听说,你是咋知道的？再说,挑水前后调换水桶,算个么事哎,值得大做文章昂？"

"甭管俺听谁说的,事实就是事实！"

郭山河为保郭相臣喊破了嗓子,没起作用,郭相臣还是被五花大绑押走了。前面有人鸣锣开道,后面一群人举手喊口号,沿着万柳堤一直向河川镇走去。郭山河捶胸顿足,仰天长叹,回到家就对沙荆花诉说了这件事,村子里的大事小情,他没有不对沙荆花说的。他这辈子最相信的人只怕就是眼前这个从日伪军特务队的酷刑中死里逃生的女人。沙荆花静静地听着,反问:"老铁你这个一把手怎么当的？如果柴大树和郭尚民活着,面对这种情况会怎么办？"

一句话激起了郭山河的火气:"闹他个妈！"他跑到村委会,推出自行车——这辆自行车还是当年缴获沙占魁特务队的战利品,一溜烟奔向了河川镇。谁知,到了镇里,黄选朝听了儿子的汇报和郭山河的辩驳,眯起眼睛,一字一顿地说:"当群众没有觉悟的时候盲目行动,是'左'倾机会主义,当群众已经觉悟而仍不行动,是'右'倾机会主义,你郭山河目前就是'右'倾机会主义！"当即决定把郭山河绑了,陪同郭相臣接受群众批斗。郭山河不服,据理力争,嘶喊不已,黄选朝便让人用毛巾把他的嘴堵了,在镇政府门前临时摆上两个凳子,让郭相臣和郭山河站上去,找来几十名群众观看,批斗大会便开始了。黄选朝对儿子道:"死人也没关系,这对激起民众气愤扩大招兵有利。"

前方在打仗,后方要源源不断输送年轻人去前线,激不起气愤,谁去当兵？"三十亩地一头牛,老婆孩子热炕头",咱家乡人的特点你是知道的,是这话。黄晋升听从父亲的主意,先是对众人倾诉郭相臣和郭山河的罪行,继而对凳子上的两个人进行"又打又拉"的教育,即先用秫秸秆打他们脑袋,在他们胳膊上拴了绳子把他们从凳子上拉下来,再让他们自己爬上凳子,再打,再拉,反反复复,寓意是有节制的"惩治性帮助教育"。而郭相臣因为身体胖,一拉就咕咚一下子摔下凳子,连续摔两次就爬不起来了,都是郭山河把他搀起来扶上凳子。从上午十一点,到下午五点,大会开了好几个小时,中午饭都没吃。被批斗的两个人全都精疲力竭,没有能力爬上凳子了,就在地上堆乎着。这样的会谁都不敢走,饿着肚子也不敢说饿。

突然,一辆吉普车停在人群后面,突突突的马达声惊扰了人群,大家分开一条道,让车上下来的人从中间走过去。

这个人身着解放军的黄色军装,没有领章帽徽,却在左胸别着一方白地黑框的布徽,里面写着"中国人民解放军"。三十多岁,五官俊朗,目光炯炯,步履匆匆。他看了一眼堆乎在地上的两个人,便径直走进镇政府。顷刻间,黄选朝便风风火火从屋里走出来,举起两手对外面开会的全体人员挥舞,道:"今天的大会开得非常成功,对促进全镇'土改'工作很有意义,因为大家还没吃饭,现在散会,几时继续开会,听候通知。散会!"人群呼啦一下散开。郭相臣因为实在坚持不住,已经半昏半死,躺在地上一动不动,郭山河身体好些,强打精神来搀扶郭相臣,然后把他背到背上,步履跟跄地要离开镇政府,往郭家堡方向走。这时,穿黄色军装的人快步走了过来,道:"郭山河,跟我到车上来。"

郭山河一愣,因为背上的郭相臣身体胖,压得他没法直视对方,便歪着头随便看了一眼,说:"俺能走,不用坐领导的车。"

"甭客气,来吧!"

"真的不用。"

"你这人咋这么皱巴?"

军人扯住郭山河的衣袖,让他站住,至少是不能再走。然后反身招手:"嗨,小李,把车开过来！"一直等待军人上车的司机小兵便急忙把吉普车开了过来。

第六章　和与分

　　郭家堡从来没来过吉普车,闹鬼子的时候都不曾来过。所以,此时来了吉普车就成了新鲜事。吉普车停在郭山河家门口,屋里在谈话,而外面围着一群人,正是生火做饭时间,他们不回家生火做饭,却围住吉普车议论纷纷。有的说:"这准是镇政府的车,来抓捕郭山河了。"有的说:"郭山河保护坏人,早该抓了。"于是,有人就举起拳头喊口号:"打倒郭山河!"一些人跟着喊:"打倒郭山河!"

　　正喊得热闹,军人从屋子里走出来,道:"乡亲们,你们在这儿,正好,我来说两句。我是咱们专区的巡视员,我叫沙耕读,过去给吕正操将军当过卫士和秘书。现在咱们正在开展'土改'工作,有的村镇的地主富农占有较多较好的土地,还有很多村干部和'三三制'干部占有较多较好的土地,有的村子的党支部还混进了不称职人员,把党的支部变为小集团,违反政策,欺压群众,造成了广大群众的不满,对前方作战带来消极影响。这一切,都该在'土改'工作中得到解决。而咱们村的郭相臣和郭山河,都不是坏人。所以,大家要好好学习政策,不要盲目揪斗。此次'土改'要和整党结合起来,党支部的工作要公开化,要在广大群众帮助下进行整党,把党的会议与群众大会合二为一;其次,就是从镇到县,建立人民代表大会的系统,并赋予相应的权力⋯⋯"

群众渐渐散去了。人们文化不高,对沙耕读的话还不能完全理解,也兴趣不大。但人们都知道吕正操将军是好人,既然是来自吕正操身边的人,也该不是坏人。

而沙耕读在屋里和郭山河谈了什么呢?他给郭山河捎来一篇油印的毛泽东的文章《为人民服务》,特别指出:"毛泽东的话讲到家了,'人固有一死,或重于泰山,或轻于鸿毛,为人民的利益而死,就比泰山还重'⋯⋯老铁,你是书记,是红星村举红星的人,你举的是不是红星,以什么为标准,就看你是不是为人民服务。而且特别要明白,人民的范畴指的是什么。谁是我们的敌人,谁是我们的朋友,这个问题是革命的首要问题。过去是,眼下仍然是。"一番话犹如醍醐灌顶,让郭山河茅塞顿开。

沙耕读是接到沙荆花的电话以后,及时赶到河川镇的。

而沙荆花为搬救兵给沙耕读打电话,亲自搭了村里的驴车跑到县里,找到政府机关的熟人,才打出这个救命电话。沙耕读走了以后,郭山河立即来到郭相臣家,想安慰几句。谁知此时郭相臣面如死灰,正和老伴儿在房梁上拴绳子,打算双双自尽。郭山河急忙把他们抱住,解下了绳子。郭山河说:"婶子,你去炒两个菜;相臣老叔,把你存了一辈子的老酒拿出来,咱今天就是今天,俺要给你交个底。"心情极度晦暗的郭相臣,苦着脸,从紫檀被阁子里掏出一瓶清代光绪年间的老白干,陪着郭山河喝了酒。两个人聊了半宿,郭相臣算是暂时打消了自杀念头,而且,最后表态:要把家里所有的财产全部变卖,换成军粮、军衣、军鞋、绑腿,捐给咱们部队。"这回俺完全属于'人民'了吧?"

"哈个当然。不过,让咱们部队吃饱穿暖,然后打你儿子,心疼不?"

"不心疼。谁让他心里没有老百姓咧。"

郭相臣家是三进的四合院,全部家具都是明清风格的紫檀木,还有一些古玩玉器、名人字画,全是祖上好几代的财产遗存。他换成了两万大洋,全部捐给了县政府,而没有捐给河川镇,因为他对黄选朝信不过。县政府下发了一纸文件,要求河川镇表彰郭相臣,也被黄选朝压下了,推说表彰肯定要搞,但要选好时机。

现在郭相臣住到了村土地庙旁边的两间摇摇欲坠的土坯房。郭山河要把他接到自己家住,他坚决不肯,他怕连累郭山河。批斗会的情景历历在目,他侥幸没死,已经打算脱胎换骨,洗心革面了。郭山河见此,便组织几个村民帮郭相臣加固了土坯房,不仅墙壁重新套了灰,屋顶铺了新瓦,门窗也重新换了,还全部刷了桐油。院子也做了平整,圈起了木栅,请村里的巧手用柳条扎了鸡窝,郭山河淘换来两只母鸡放进去,让郭相臣老两口儿能接连不断吃上鸡蛋。

但时隔不久,两只母鸡就丢了,连柳条鸡窝都不见了,谁拿走的,不得而知,郭山河也被冠以"思想右倾"而遭到全村揪斗。这次是镇里在郭家堡开会,郭相臣陪绑。会上黄晋升滔滔不绝,声嘶力竭,把郭山河说得一无是处,比鬼子汉奸还坏。好在这次没有"又打又拉",没有身体折磨,但郭相臣再也经受不住,回到家就病倒了,他原本还想自杀,但想到郭山河为他做了哈么多,如果死了,会让郭山河承受不了,便一下子躺倒了,万念俱灰,整日昏睡。既然人没死，老伴儿就每天给他嘴里灌点稀粥，维持着他的奄奄一息。

此时，郭相臣儿子回来了。儿子是骑着马回来的，身后跟着两名骑马的战士，敏捷干练、威风凛凛，三个人都穿着与沙耕读一样的衣服。他们进村以后到老宅一看，这里变成了给解放军做服装被褥的加工厂，一问，才知道父母亲住到村边土地庙旁边的土坯房去了。儿子叫郭来福，原本是国民党军的上校，在抗日战争中敢打敢拼，九死一生；抗战胜利后对蒋介石发动内战不能认同，遂带领一部分国民党军士兵投奔了解放军，成为解放军的一名副团长。他当时火冒三丈，破口大骂，但很快就压下了自己的情绪。他来到土坯房，见到了自己父母亲。母亲抱住儿子痛哭一场，诉说了以往发生的一切。郭来福毕竟是军人，已经抚平的火气再次被撩拨起来，提着驳壳枪就带着两名卫兵策马来到黄晋升的住所。黄晋升的家人告知，说正在开村委会。

村委会正在屋里批斗郭山河。一屋子人对着郭山河指指点点，唾沫星子乱飞，"鼻等罐儿""鼻等罐儿"的侮辱叫声刺人耳膜。因为天冷，屋里点着煤球炉子，一个人还把烧乏的白煤球捡起来砍到郭山河脸上。郭来福一步跨了进来，正看到这一幕，便唰一下子从枪套里拔出了驳壳枪，顺手就把机头张开了，朝着砍煤球的人头顶上方"啪"就是一枪，吓得全屋一下子冷了场，刚才还热烈异常的场面突然哑了火。虽说屋里的人都见过打仗见过死人，但对这么近距离开火，还是十分惊恐。就在大家面面相觑之时，郭来福叫道："二鬼子黄晋升，你给老子站出来！"

人堆里的黄晋升急忙往别人身后躲，企图用别人的身体挡住自己。郭山河不认识郭来福，也有些措手不及，但却无意中解脱了刚才的窘境，首先甩了一把鼻涕——半天没甩，鼻涕已经"过河"

了,流到了下巴上。他仍旧以领导者身份说:"同志,你是哪个部分的?"

"在下行不更名坐不改姓,郭相臣的大儿子,曾经的国民党上校,现在的解放军副团长,郭来福!"说着话,左手从上衣兜掏出一个薄薄的小册页(对折的卡片),摔到郭山河身上。郭山河急忙接住,见该人确实是郭来福,外表也和郭相臣十分相像。郭山河见过沙耕读的小册页,确认此中无假,便说:"来福大哥,俺该叫你一声首长,干么这么大火气,俺们坐下慢慢聊聊,可好?"

郭来福火气冲天:"俺老爸做了哈么多贡献,还这样欺负他,黄晋升王八蛋,你该当何罪? 你给老子站出来!"

郭山河截住郭来福的话头:"来福大哥,俺是书记,没有保护好相臣叔,要怪你就怪俺白。"

"不! 你已经为俺老爸尽到了情义,尽到了责任,俺只找黄晋升算账!"说着话,朝着屋顶又是"啪啪"两枪。

郭山河苦着脸道:"大哥你冷静一下,冷静一下,你打穿了屋顶也是俺们来修昂。"

"黄晋升,你狗日的站出来!"

"大哥,今天黄晋升没来,他去县里开会了。你有话跟俺说白。"

郭来福不得不压住火气,像看怪物一样看着郭山河,但还是拥抱了郭山河一下,说:"郭家堡这么干是不行的! 俺要到县里告状去! 你们转告黄晋升,俺今天没杀他,后会有期!"顺便将一个纸条塞进郭山河手里。

郭来福骂骂咧咧地带着两名卫士走了,门外响起一串急速的马蹄声。屋里的人们都把目光投向藏在别人身后的黄晋升。黄晋升灰头土脸,样子十分狼狈,见眼下情况对自己不利,二话不说,从人丛中挤出来,道:"俺要到镇上告状去!"到外面推了自行车一溜烟跑了,给人的感觉是他没有听之任之善罢甘休。于是,这一走,也算捡回一点儿掉了一地的面子。而郭山河展开手中的纸条,见上面写着:"治疗流鼻涕偏方——生姜敷脚底心——将生姜切碎,用纱布包住绑在脚心,然后穿上袜子睡觉,第二天流鼻涕症状即可减轻。"不觉又是一声长叹,暗想这肯定是郭相臣给郭来福写信求助的。但这种方法太麻烦,再说纱布也不好淘换,生姜总用也用不起,他只在心里感谢郭相臣父子,不打算尝试。

郭来福大闹村委会一事不了了之,不知道县里是怎么给郭来福做的工作,也不知黄选朝父子俩是怎么安抚住县领导的。不过,郭家堡的"土改"工作没有再出现极端倾向。沙耕读曾经这样提醒郭山河:"以正当的名义整治竞争对手,哪怕你是同一阵营的人,这也叫公报私仇。你们之间原本没有仇,但你努力工作且很有成绩,对他就是灾难。"但郭山河认为同志之间不会这样,矛盾可能来自误会和性格差异,并没有引起足够重视。

河川镇四十三村一带在三年解放战争中一直在做着支前工作,这里没有战场,因此平稳过渡到一九四九年以后。此时,抗美援朝开始了,郭家堡的人们通过努力生产,多打粮食多种棉花来支援国家。不过,由于抗战后期很多投降的伪军人员在这里落户,占据了村里不少土地,使人均土地面积减少了很多。在这个问题上,村委会曾经发生激烈争执,黄晋升力主赶走这些人,不给他们上户口,也不给他们土地。而郭山河顶着压力硬是把这些人安置下来,分了地。在分地的时候,有的村干部要求占点儿便宜,黄晋升也为这些人说话,甚至在村委会上啪啪地拍了桌子:"俺们的村干部是为国家做贡献的,难道跟投降的伪军们一个待遇?"

"不要再这么说,他们早已洗心革面,重新开始,俺们要给他们改过自新的机会。俺们的村干部如果在分地问题上多吃多占，以后在群众面前就没有威信。毛主席《关于重庆谈判》大家都读了，'享受让给人家，担子拣重的挑，吃苦在别人前头，享受在别人后头。这样的同志就是好同志'，这是毛主席说的。俺们的村干部要带头做好同志，不做落后分子。"

黄晋升气得眼睛牛眼大，无计可施。毛主席是党和国家的最高领导，在人民群众中享有崇高威望，黄晋升对这一点十分清楚。遂问郭山河，你打算怎么分地？郭山河不假思索道："抓阄。"抓阄——黄晋升心里立即咯噔一下子，完全没想到这个"鼻等罐儿"是如此经验老到的"阴损"之人，想回家求助黄选朝，又怕老爸骂他无能，便想到省城一趟，老婆正在省城读书，也是胸有城府和韬略之人，应该拿得出制服郭山河的办法。

其实，黄晋升至今并未正式结婚，他的所谓的"老婆"还是未婚妻，只是已经同过房，他便早已称其为老婆了。这个女人是河川镇的小学校长，叫柴金菱，柴家营人，比黄晋升大三岁，是镇长黄选朝看中了她，把她选为儿媳的。

哈是在一次黄选朝到这所小学例行检查工作，他是第一次来到这里，甫一见面便是一个激灵，柴金菱非常漂亮，一双忽闪忽闪的大眼睛清澈明亮，说话也如银铃般好听。因为抗战结束以来河川镇再也没有发生战事，抗日民主政府的各项工作都很顺利，一九四九年后镇上的小学就得到国家资助，建得十分规范，红墙绿树，操场平坦，叽叽喳喳的孩子们跑来跑去十分可爱，见了黄选朝便鞠躬，喊："领导好！"这么懂礼貌的孩子，加之身边的校长如花似玉，让黄选朝心情大悦。

"你是怎么当了这所学校校长的？"黄选朝背着手缓缓漫步，眼睛不看身边的柴金菱，而扭向另一边看着甬道旁的葱茏花木。

"我最早在保定育德中学上学,因为河川镇小学里缺教师,我毕业后就回镇里小学教书了,后来根据需要,上级领导安排我做了校长。"柴金菱早已接待过很多的各方面人员,十分自然而亲切地侃侃而谈,既不腼腆,又不絮叨;把握分寸,适可而止。

哦,学历并不是很高。这样最好,女人要哈么高的学历干么,天天跟领导争论?工作还怎么干?黄选朝已经见识过郭山河哈样有文化有主见的下属,哈个简直没法领导,唯一该做的就是将他剔儿走,剔儿不了的话,就抓住小软儿"办他"。

柴金菱见黄选朝一时没有走的意思,遂把他领到自己的单身宿舍喝茶,请他讲当年的抗战,哈是黄选朝一生中最得意的阶段,便兴致高昂,口吐莲花,已经中午十二点了还在滔滔不绝。柴金菱便顺势留他吃了便饭。她本来担心黄选朝这样"有水平"的领导不会在一个基层单身女人房间长时间留下来不走,谁知还真的赏光,让她喜出望外。更难得的是学校里一位男教师在她上任的时候送给她一瓶老白干,她一直留着,眼下上级领导来了,不是正该拿出来昂?

"工作十分出色,人才难得,俺要向县里推荐你们。"黄选朝有意加了"们"字,以不显得突兀。他扫视着单身女人的房间,墙角铁丝上搭着柴金菱的内衣内裤,来不及收走,柴金菱注意到黄选朝看哈个地方的时候十分专注,而且鼻子吸溜吸溜地闻着屋里洋溢着的香皂气味,已经发出了声音。

"谢谢领导鼓励,现在全国人民都在支持抗美援朝,俺们有不少学生家长就是志愿军,正在鸭绿江哈边跟敌人浴血奋战,俺们把孩子管理好、教育好,不就是支持抗美援朝昂?"柴金菱尽量多讲工作,不谈家长里短柴米油盐,防止领导腻歪。

黄选朝十分洒脱地捏起一粒花生,扔进嘴里,眼睛转向眼前的酒杯。酒杯是柴金菱平时喝茶的瓷碗，碗里还有没刷净的茶渍，因为她平时滴酒不沾。

"看上去你家境不错？"

"一般吧，父亲过去是皮毛匠，生产经销皮货，硝碱、硫黄把手'拿'得都变了形，不过也曾经富过，不然俺也不可能到保定读中学。后来支援抗战，把货物全部捐给了八路军，就改弦更张种地了。"柴金菱急于表白，父亲虽属"小业主"，非一般的受苦人，但却是八路军的好朋友，而且完全是依靠劳动致富的。

"很好啊！今年党的七届三中全会以后，为恢复国民经济，在政治、经济措施上进行了不少调整，其中之一就是调整工商业中的公私、劳资、产销关系，私营经济即将迎来一个大的发展。鼓励你爸把老本行拾起来白。"黄选朝摘下了灰色的"解放帽"，扔在身边的炕沿上，解开灰色制服的衣领，开始与柴金菱对酌。

柴金菱面色红润，连连点头。眼前的黄选朝，是时下典型的干部打扮，加之面目清秀、文质彬彬，让虽然年轻却心机重重的柴金菱好生喜欢，好生崇拜。于是，酒就来者不拒，一瓶酒不知不觉便干掉了。眼前一切都恍惚了，脚底下腾云驾雾一般，心里却十分惬意和熨帖。她甚至想作诗了：天时地利人和，看你如何把握；并非把酒当歌，俺今放弃蹉跎！当黄选朝回身插了门，抓住她的手的时候，她没有抽回来，只是在感受对方的手心像女人般如此柔软、火热，感受到这意外的惊喜来得如此突然，有些措手不及。她幸福，她满足，更重要的是她此时此刻神采飞扬、豪气干云，浮想联翩——作为小字辈她从未想过要在河川镇干出一番事业，哈么多打过仗立过功的人在前面排着，论资排辈的话哈辈子能排到自己，眼下就蓦然感到若在河川镇有所作为乃至大展拳脚，正当其时——有黄选朝做后盾还能有个么愁事？如果此时黄选朝抱住她亲吻她,她绝不会推拒。但黄选朝却就此止步,没有继续进攻,他咬紧牙关,守住了自己的形象。不过,黄选朝的手心传递过来的哈种感觉早已让她"酒不醉人人自醉"了!

尽管两个人的肌肤之亲十分有限,黄选朝却已经完全被柴金菱的体贴、配合所打动,感觉自己已经离不开她了,打算尽快把她娶到手,自己家里哈个半老徐娘望尘莫及;人比人得死,货比货得扔。他暗想今晚回家便跟老婆商谈离婚事宜。因为战争和离乱,此一时期各级干部的离婚率很高,潮水一般的"换媳风"已见端倪。虽然国家并不提倡,但随着大流走也不会太显眼,不会影响自己的威信和升迁。

谁知老婆却坚决不答应,说战争年代哈么困难俺都跟着你走过来了,现在却说抛弃就抛弃,你还有良心昂?俺要拿着菜刀到县领导跟前去抹脖子,你不嫌难看就试试。其实,黄选朝的老婆还是有文化的人,也是他当年保定二师的同学。他曾经猜想,有文化的女人应该对这种事看得开,想不到老婆竟如此固执。抗战胜利后,黄选朝通过关系把老婆安排进县政府工作,在资料室做资料员。这是不怎么与外界打交道的活儿,黄选朝感觉这样稳妥,可以避免老婆与其他男人接触。长久以来,每当他与有些姿色的女人接触,心里总会莫名地热一下子,他当然明白,哈是一种容易导致冲动的渴望,作为仕途中人,十分危险。有时,年龄合适的女人见了他也会套近乎,他也敏感地意识到哈是女人的一种本能和需要。如果不是他冷静地把握自己,眼下身边一大堆私生子都极有可能。

他害怕老婆会对其他男人献殷勤,也害怕其他男人对老婆献殷勤,在资料室工作,就让他放心多了。但柴金菱的出现,让他彻底打了自己的耳光,在他打算越过藩篱的时候,又见识了老婆却原来是如此守旧和可靠,感慨啊! 满腔的苦涩的感慨。

黄选朝不得不与柴金菱挥泪告别。但这么好的女子他实在割舍不下,遂和柴金菱商议:给俺儿子做媳妇吧,左右没出俺黄家。这样咱俩可以经常相见。"两情若是久长时,又岂在朝朝暮暮",是白?初陷情网的柴金菱对这样的安排不能接受,坚持要嫁给他。他说,要么这样,俺送你上大学去进修"镀金",算是报偿,然后嫁给黄晋升可行?柴金菱想来想去,答应了。这个时期确实有被选送上大学的,但哈个可是凤毛麟角,非一般人所能做到,她心里非常明白。黄选朝见柴金菱终于点头,便急忙开动他的人脉机器,找到过去的老领导,请老领导为"儿媳妇"帮个忙。一俟事成,他立即告知儿子:爸给你说下媳妇了,现在正在保定上大学,温柔漂亮、知书达理,事情没有再合适的了——她比你大三岁,你可知道"女大三抱金砖"昂?还安排时间让儿子去保定与柴金菱会面。儿子历来唯父亲之命是从,便赶赴保定,结果二人一见如故,马上确定了婚期。以后,每隔一段时间,黄晋升便来保定相会,两个人到小旅馆租了屋子卿卿我我。柴金菱虽然放不下黄选朝,但黄晋升是另一种风格,年轻、有活力,也让她十分惬意!

世界之大,无奇不有。新中国成立初期的河川镇四十三村一带的家庭组成与人际关系,形形色色,五花八门,发生在干部家庭,也没有例外。而且,一股潜在的潮流由暗到明悄悄运行:"释放"。抗战胜利以来,人人都在唱:解放区的天是明朗的天,解放区的人民好喜欢,民主政府爱人民呀,共产党的恩情说不完,呀呼嗨嗨一个呀嗨——而一九四九年以后,在党和政府领导下,全体人民建设国家的热情空前高涨,处处红旗飘扬,处处歌声嘹亮,人们潜意识下的个人诉求,也搭车跟随释放出来,仿佛"释放"是主旋律,"拘泥"是小家子气。

黄晋升对柴金菱说了竞争对手郭山河的事以后，让初尝人生胜果的柴金菱陷入困惑：出馊主意整治好人，她从来没干过，也不愿意干。无论如何，郭山河在抗战当中英勇杀敌，在郭家堡主持一摊子工作也不赖呆，他是好人，至少主流是好的。而且，他也有自己的势力范围和人脉，你整他，若是打不着狐狸惹身臊咋办？黄晋升便和柴金菱讲了"垫脚石"的使用问题，让打算好好读书、将来有所作为的柴金菱听得头皮发炸，张大了嘴巴。不过，她很快就理解了黄晋升，脸上的表情也随之松弛下来。她通过自己与黄选朝的关系，理解了黄晋升。人啊，怎么说咧，她狠狠掐了自己大腿一把。

她迟疑着说，她认识大学里的教授陈之谦，陈之谦也非常喜欢她，和她说起过侄女陈玉妮的事，说陈玉妮也是河川镇的，至今没有对象，曾经的对象也在河川镇，就是郭山河。当时，柴金菱只是闻听过郭山河的名字，还不知道郭山河竟然与黄家有过节。柴金菱道："其实郭山河与你们黄家无冤无仇，恐怕他也从来没想过整治黄家，是你们黄家一直忌惮着他，总想干掉他。"黄晋升道："不要说得这么直白，只可意会不可言传的事咋能乱说？咱们毕竟是一家子，你不能胳膊肘子往外拐。"柴金菱答应往保定二师走一趟，去见陈玉妮，通过陈玉妮发动郭山河婚变，让他后院起火，你可借机大做文章。黄晋升十分高兴，便与柴金菱商定起婚期，说你这么有韬略，俺要尽快把你变成黄家人。

保定的陈玉妮在二师干得非常出色，不仅继承叔叔陈之谦衣钵，在学问上日渐精进，她的主攻方向是教育学，发表了一系列颇有见地的论文，得到国家专业部门认可，工作上也十分努力，加之为人处世谦和内敛，年纪轻轻便做了二师副校长，身边"等待回音"的追求者排成了队。她在学校的单身宿舍的门前，每天一早都会收到不知何人送来的鲜花与吃食。这些鲜花都被她送到学校的大门口，让门卫在大门口摆上很多水罐，里面插上鲜花，既让它保鲜几天，又让进出的师生感受一种赏心悦目的氛围。而哈些吃食，往往送同僚们分享了。叔叔陈之谦调到了本市的河北大学当教授和系主任，在大学里，陈之谦意外地知道了柴金菱与黄晋升的事。柴金菱就是他班上的学生，上了大学而没有"抛弃"仍在村里任职的黄晋升，这件事让陈之谦十分感慨。陈玉妮到省城看望他时，他就提起了郭山河，说："侄女啊，你现在也老大不小了，该成家立业嫁夫生子了。事业固然重要，作为女人，没有自己的小家是不圆满的。"

陈玉妮直言不讳道："俺这辈子就看上一个郭山河，即便他是个'鼻等罐儿'；不是别人不好，而是俺心里装不下。俺就是这么个一根筋的人，没办法。"

"打听一下，哈个郭山河现在干么咧，有没有老婆孩子？"

就在陈玉妮打算了解郭山河现状的时候，柴金菱来到了保定二师，事情似乎正好对上"榫子"。见了陈玉妮，柴金菱便说是受陈之谦教授影响，顺便找她聊聊。两个人先是说起陈之谦的学问造诣与教学风格，继而就说到了郭山河，柴金菱借男女情事的种种妙处，竭力鼓动陈玉妮去找郭山河。天上不会掉馅饼，幸福都是争取来的，争取，不是等待，俺的大小姐，明白昂？陈玉妮点头认可，请柴金菱吃了饭，感谢她的一片好心。

陈玉妮整理了一下思路，想好措辞，在星期天来到郭家堡打探郭山河之事。她不想随便敲哈家的门，就来到村中心的井台旁（抗战中废弃的那口井已经重新启用），暗想谁来打水，俺便与他搭讪。谁知，她恰巧碰到沙荆花挑着担子来担水。陈玉妮身着毛蓝色干部制服，上衣翻出了白领子，一张面孔白里透红，明眸皓齿、文质彬彬的她刚刚开口："大嫂，您可知道郭山河现在村里干么咧？"沙荆花的一双慧眼当即就认定，这个不算太年轻的姑娘是郭山河讲过的"陈玉妮"，心里便咯噔一下子。早先预料过的事情，果然上门来了。她放下担子，把两个水桶并齐，把扁担架在上面，自己先坐上来，然后请陈玉妮也坐上来。

沙荆花的自信与胸有成竹，让陈玉妮不好拒绝，便跟着坐在扁担上。沙荆花用自己畸形的手掌，攥住陈玉妮细嫩的玉手，道："你是玉妮白？郭山河早就跟俺念叨过你。他现在是村书记、主任兼民兵队长。"

"大嫂，他工作干得可好？"

"很好，他这么出色的干部，实在不多，早先在县大队就非常出色，下放回村不光不闹情绪，工作也干得非常不赖呆。"

"他结婚了昂？有孩子昂？"

"结了，孩子也有。但他老婆早就表态了，只要保定的陈玉妮来找他，老婆就会自动退出让贤。"

"大嫂，这种事您怎么知道？难道您就是——"

"老妹，你猜得对，俺就是他老婆，但俺不是不明事理的老婆。说实在话——你知道当年县大队威风八面鼎鼎大名的队长柴大树吗——俺原本是柴大树的老婆，柴大树牺牲后，俺改嫁给郭山河，但俺心里仍然把柴大树摆在前面。这不是俺自私，而是没有办法拂逆的事，俺就是这么一根筋的人。俺早就表态，不是战争需要，俺根本不会嫁给郭山河。俺绝不会干哈个'夺人所爱'的腌臜事！"

"大嫂，您的高风亮节让人佩服！但俺和您是一路人，绝不会干'夺人所爱'的事。郭山河既然娶了您，还生了孩子，俺就不再考虑他了。俺一辈子没做过不仁不义的事。"

"老妹,这话不对。其实,俺和郭山河的结婚,只是组成家庭搭伙过日子,为了生孩子支援抗战,郭山河这人特别害怕俺们的民族缺少接班的下一代来打鬼子,不是这个理由,俺才不会跟他生孩子。还有一宗,解放后县里、镇里都对烈士家属有精神和物质的关照、补助和待遇。这是对烈士的尊重,每一个烈士遗属,都是光荣的。俺如果坚持和郭山河在一起,就失去了烈士遗属的身份、荣誉和待遇。柴大树一家已经被小鬼子灭门,俺作为他的遗孀和正妻,理应恢复应有的身份,撑起柴家的门面,否则,每年给柴大树扫墓,俺都感觉名不正言不顺。特别是最近,镇上要修烈士陵园,俺这心里就七上八下的不是滋味……"

这样的理由,让精明强干善于思考的陈玉妮无言以对,一时间,陈玉妮沉默起来。她的大脑急速转动,感觉沙荆花的话似乎有理,但对郭山河和孩子们而言,又近乎残酷。沙荆花的观念,郭山河和孩子们能接受昂?陈玉妮拿不定主意,要回去好好思考,便交给沙荆花一笔钱,让她补贴生活,就告辞了。当然,沙荆花轻易不会要这笔钱,是两个人推来让去,沙荆花实在推辞不掉,才装进口袋。

陈玉妮没回保定二师,而是直接租了马车坐车到河北大学找叔叔陈之谦协商去了。适时没有长途公交车,各村都有提供车马的大车店,可以拉货拉客跑远途,挣点拉脚的辛苦钱。而拉客一般要凑齐一车人,否则,一个人就要承担一车的钱。陈玉妮急着见叔叔,一车钱就一车钱吧,没有计较。

第七章　彼与此

　　回顾和评判历史事件,不能离开彼时彼刻的时代背景和真实内幕,既不能虚掩,也不能虚无;全盘否定,一棍子打死,要不得;因为话题"敏感"回避不谈,假装没这回事,也不是实事求是的态度。战争年代没有钻研学问打算的郭山河,放下书本时间太长,疏远和忘记了很多知识,但终归具有一定文化底蕴,终归不是白丁,业已形成的思考习惯、思维方式,与真正的白丁也是决然不同的。彼时彼刻他所做的一切,就带有自己的独立见解,不论对错都十分正常,后来的记述者也完全没有必要为他遮掩。

　　沙荆花回到家,该干么还干么,么都不说。

　　郭山河回家吃饭,顺嘴问候了两声,她还是么都没说。直到最后该睡觉了,沙荆花提出,她不能再与郭山河同床了,她要搬到孩子们的屋里去睡了。郭山河方才发现,只怕家里要有变化了,只是这种变化究竟是么,他也不知道。但他也十分纳闷,这些年来,沙荆花对他像妻子,更像亲姐,万事有求必应,很多事并没有得到郭山河授意,都是她主动干的。譬如镇上开郭山河和郭相臣的批斗会,就是沙荆花亲自跑到县里打电话搬来的救兵,这样的事多得很。也因此郭山河早已把沙荆花看作左膀右臂和主心骨,须臾不可离开。

"姐,难道你——"郭山河是一直称沙荆花为"姐"的。

"俺知道你想么,没错,俺是'另有所爱'了,不过,俺爱的不是别人,还是你的偶像和曾经的前任柴大树。"

"大树哥早已作古,你不能陷进这种情感,这是死胡同。"

"么都甭说了,俺想要烈士遗属的精神和物质待遇。"

郭山河十分吃惊地看着沙荆花,表情僵住,根本想不到沙荆花会有这种念想。三个孩子年龄都不小了,都懂事了,当娘的却要这么做,怎么对孩子们解释?

"老铁,你别忘了,咱俩可始终没扯结婚证。"

"是啊,当时没地方去扯结婚证,抗战胜利后俺说去补办一下,你又始终拖着不去,却原来你另有打算?"

"不可以昂?俺陪同你生了好几个孩子,是听了你的话,为延续民族做的贡献,并不是俺的本意。"

"姐,是不是俺对你关照不够——"

"不。"

"是不是你嫌俺是个'鼻等罐儿'丢面子?"

"不,俺从来不小看身体有病的人,俺只是觉得应该对得住为抗战而牺牲的柴大树一家人。"

唉!郭山河一声长叹。他完全明白了,但不能完全理解。难道这些年来沙荆花对自己这么好,却并没有建立割舍不开的真情?对自己全是虚与委蛇?是应付,是屈就,是凑凑合合,是勉勉强强,是忍气吞声？果真如此的，自己便绝对不能死赖在沙荆花身边，而应该果断做出理智的退让。

两个人分床睡了。沙荆花是不是睡得着，郭山河不知道，反正他这一宿睡不着。眼前全是沙荆花的好，沙荆花几乎是他见过的最完美的女人。他对沙荆花的爱，其实更多的是尊敬，是佩服，是爱戴。当初他硬拉着沙荆花结婚生孩子，有一多半属于"共赴国难"的需要，还不是单单男女私欲；而沙荆花配合他做了该做的一切，想必是在激烈思想斗争之后的理智选择，否则，便没法解释。

既然如此，郭山河打算还沙荆花"烈士遗属"的实际身份。

天亮以后，他和沙荆花深谈了一次，表示愿意听从她的安排，但他需要向镇领导汇报一下，请求批准。然后要在村子里张贴布告——既然还沙荆花原有的身份，这种事绝对不能藏着掖着，不能怕"丑"。再说，一切都是战争使然，谈不上丑不丑。沙荆花对这种安排非常满意，搂住郭山河做了最后一次告别式亲吻。

郭山河骑上自行车，心事重重地来到镇上，找到了书记，此时，黄选朝已经兼了书记，原书记上调到县里做副县长了。郭山河见了黄选朝，心里必然疙疙瘩瘩的，不是很情愿说出这种事，但事情逼到眼前不说也不行，便吭哧瘪肚地说出自己面临的问题。黄选朝先是冷静地听着，继而微微哂笑，道："老铁，俺尊重你，还喊你大名，不喊你'鼻等罐儿'，俺权且相信你说的是实情，但俺还需要去郭家堡一趟，找沙荆花核实。如果你说的与事实不符，就说明你的品质太恶劣了。多年来你一直欺骗组织、擅自行动，否则以你的文化、魄力、能力，早该提起来担任更高的职务了。"

一番话气得郭山河什么都不想说了，转头便走了。出了门狠狠地将一把鼻涕甩到门上："闹他个妈的！"他没有回村，来到镇上的一家小酒馆，坐下要了两个菜、一壶酒，慢慢饮起来。多年来，他从没进过小酒馆,包括战争年代,即使工作需要,也只是做做样子,并不真的消费,因为过去县大队根本没钱,每个人都想尽办法节约开支,绝不会为了完成任务而真的破费买酒买菜。眼下是沙荆花给他出了难题,而黄选朝又让他如此闹心。沙荆花坚持把陈玉妮的钱分给他一部分,使他口袋里破天荒地有了零花钱,以往沙荆花对他照顾得无微不至,口袋里根本用不着装钱。

这时,一个过去县大队的战友走了进来,哈哈笑着坐在他对面,又对服务员喊:"伙计,再来两个菜,一壶酒!"

"黄大想?你现在干么了?"

"大队长,俺回黄召庄当书记了。"

"好啊,正在忙么咧?"

"左不过村里哈个点子事昂。嫂子、孩子都好?"

"嗨,甭提了!"

"咋咧?"

"是这样……"

…………

此时,黄选朝骑上自行车,哼着小曲奔了郭家堡。他不屑于去郭山河的家,而是来到村委会,让村委会的人叫来了沙荆花。让他没想到的是沙荆花真的和郭山河汇报的一样,竟是她主动做出的这种选择。

"你干么要这么做?"

"俺要的是烈士遗属的待遇。以前,你作为镇领导,可以随意给俺穿小鞋,欺负俺,以后,俺恢复了烈士遗属身份,你还敢昂?"

"你这个女人咋说话这么难听?你若真这么想的话,俺不批准你的要求。"

"你爱批准不批准,俺与郭山河原本也没扯结婚证。"

"这也不是么好理由,俺完全可以宣布,多年来你与郭山河乱搞男女关系。"

"无耻、无赖!"

"你若继续污蔑俺,俺以后会对你们更加严格要求。"

"好啊,咱走着瞧!"

如此强硬的女人,把个黄选朝气得吹胡子瞪眼,无计可施,灰头土脸地红着脸出了门,骑上自行车没走多远就摔了下来,把腿磕得疼得不行,简直不能再上车了,遂坐在路边生闷气。心里想着怎么整治这样的女人,不整治的话,沙荆花会更猖狂,还会把他的狼狈相到处传扬,哈时候对自己更加不利。他曾经在一本书里读到过这种说法:他人即陷阱,或叫他人即地狱。黄选朝也有自己比较信服的人,他的前任,现在到县里做副县长的解麦收,就让他十分宾服。当然,这种宾服来自解麦收多年来对他的关照和提携。其实,解麦收比黄选朝小十几岁,差不多小了一代,但解麦收是大学生,是早年河北大学肄业的地下党员。这样的资历和学历,比黄选朝提职快,就很正常了。

黄选朝来到县里向解麦收诉苦,说基层的工作真难干,"穷乡僻壤出刁民"这话是没错的,"他人即陷阱"这话也是没错的。解麦收虽名字起得有点儿"土",却有文化,在县里主管文教,目前正在操持抗战以来的资料收集与整理,筹建红色根据地河川镇的烈士陵园。解麦收没有立即回答,而是给黄选朝点上一支烟,让他息怒,给他沏了茶,让他消火,然后说:"甭说这种丧气话,你和他们来自同一乡镇,难道你也是'刁民'?你说的哈个'他人即陷阱',也太消极。"

解麦收拉开办公桌抽屉,拿出一本小册子,递给黄选朝说:"这本书借给你看看。"他说这是最近一位归国华侨、中学教师朋友送给他的剧本,是法国一个哲学家写的黄选朝非常赞佩解麦收的见解,怎奈他不能完全认同。他没有觉出解麦收与他的高下立现,而只觉出解麦收在卖弄学识。黄选朝将书收进自己的挎包,暗中便撇了撇嘴,满面笑容地声称老领导用一把思想的金钥匙打开了自己的这把生锈的思想旧锁,感谢你这年轻有为的老领导,以后有了烦心事还会前来讨教,然后客客气气地退了出去。及至走出县政府老远了,才将一口黏痰狠狠地射向一棵大柳树。他感觉自己真的有些自讨没趣,这本书他是不会看的,过几天送回来就是。

…………

沙荆花一不做二不休,马上就又搭了村里的驴车来到县里,向主管这项工作的一位副县长汇报了自己的情况。这位副县长也正是刚刚为黄选朝排解过心绪的解麦收。解麦收对柴大树、郭山河自然都十分了解,并非常钦佩。英雄总是让人敬仰的,尤其柴大树哈样的英雄,慷慨悲壮,气壮山河。他看了沙荆花的两手后,感叹得热泪盈眶。

县政府的资料员解佩珍(黄选朝老婆)与解麦收是一个村的,都是河川镇解家营人。解麦收上任以后,她感觉来了个老乡,非常高兴,解麦收要什么资料,她都保质保量完成,而且,还往往多加些可供参考的文字,以备解麦收不时之需。她刚刚交给他一份资料,上面这么交代:中国古老的燕赵文化造就了世代相传的燕赵侠风。《隋书·地理志》中就说:咱燕赵之地"悲歌慷慨""俗重气侠""自古言勇敢者,皆出幽燕";被尊为唐宋八大家之首的韩愈更有"燕赵多慷慨悲歌之士"的名言传世;宋代大文豪苏东坡亦曾赞叹:"幽燕之地,自古号多豪杰,名于图史者往往皆是。"这一切,都是形成华北抗战时期英雄辈出的文化背景。中国最早传播马克思主义和新文化的李大钊;"士为知己者死"的侠士豫让;"千场纵博家仍富,几度报仇身不死"的邯郸游侠;"风萧萧兮易水寒,壮士一去兮不复还"的刺客荆轲;以"胡服骑射"抗击匈奴的赵武灵王;"当阳桥头一声吼,喝断了桥梁水倒流"的猛张飞;浑身是胆,长坂坡单骑救主的常山赵子龙;火烧草料场雪夜上梁山的好汉林冲;血染沙场舍身报国的狼牙山五壮士……重义气也是一大特点,刘备、关羽、张飞哈义薄云天的"桃园三结义";名将乐毅、神医扁鹊以及敢于直谏的魏征和宋太祖赵匡胤……而且,咱燕赵人文武兼备,拥有写出千古名作《红楼梦》的曹雪芹和写下窦娥千古奇冤的关汉卿;有最早把圆周率精确到小数点后七位数的祖冲之;有主张"实文、实行、实体、实用""经世致用"的颜习斋和李恕谷;有"大清第一才子"纪晓岚;还有清代中兴重臣、湖广总督张之洞……"创于宋,成于明,盛行于清"并至今长盛不衰的五曲河两岸的"搏腿功",围绕此功涌现了无数英雄豪杰,譬如俺们身边柴大树、郭尚民、黄国贤、魏雨征诸位英雄,血液中早已带有燕赵侠士之风,是后起之秀,堪与前贤媲美。简而言之,"经世致用"的学问和"搏腿功"的武术这一文一武在咱五曲河万柳堤一带的普及与流行,功高盖世……

有了这些资料与记载垫底,解麦收对建好烈士陵园胸有成竹。而且,他还突发奇想,要争取资金,建一个燕赵文化的纪念馆。哈么多的历史人物与事件,为么不向全社会宣传,不向年轻人传承?这不就是爱国主义教育、英雄主义教育、民族主义教育昂?一个民族怎能没有英雄,怎能不爱国?当坐在面前的沙荆花把自己要回归烈士遗属身份的想法和盘托出以后,解麦收几乎没有犹豫,当即决定:俺支持你,需要办什么手续,只管说。

解麦收说到做到,为沙荆花开出了与郭山河"解除共同生活"

的证明信。沙荆花与郭山河原本没有正式结婚，只是一起生活，所以，没必要开什么"离婚证书"。解麦收还为沙荆花登记造册，使她成为县里第一位烈士遗属，以后会享受属于烈士遗属的各种待遇，特别是享受解麦收的个人崇拜："柴大树是俺的偶像，你是他的遗属，自然也是俺的偶像。"沙荆花临告辞的时候，解麦收竟然还把自己刚刚发的工资拿出一半塞到了沙荆花的口袋里。沙荆花拒绝说："俺不缺钱，你这么做让俺心里不好受，好像俺没本事。"

"嫂子，你千万别这么想。这仨瓜俩枣是俺对烈士的小小表示，不成敬意，以后可能还会给你其他补助，你都不要拒绝。"

"国家给的，俺自然会接着，你自己的钱俺无论如何不能要。"

"就算俺给大树兄的一卷烧纸钱，可以吧？"

沙荆花不得已收下了。晚上吃饭的时候，沙荆花在饭桌上对郭山河和孩子们说起了这件事，还拿出了从县里开来的证明信。一家人都诧异地看着沙荆花，不明白她为么这么做。三个孩子都七八岁、八九岁了，懂事了，知道父母亲之间出现了裂痕。但他们不明白，这些年来父母亲根本没吵过架，两个人恩恩爱爱，和谐得如同一个人，怎么就突然要变卦咧，一个个脸上现出疑惑和无奈的表情。大儿子和二儿子都默默吃饭，一声不吭，只有三闺女不吃饭，却猛地发出了"呜"的哭声。沙荆花抱住女儿肩膀，说："孩子，你们现在毕竟还小，有些事只有等到你们也结婚生子，才能明白。俺和你爸虽然不在一起住了，但你们所有的事情，我们俩都会一管到底。俺娘家也没啥亲人，你爸就是俺亲兄弟，俺就是你爸的亲姐。老铁，是不是这样？"

"是的是的。"郭山河急忙答应。木已成舟，说别的都没用，姐是天底下最好的姐，她想做什么，由她好了。郭山河在镇上与战友黄大想喝酒时，已经把一切都想明白了，眼下最好的选择，就是顺应沙荆花,满足她的一切向往。虽然她的向往背后隐藏着什么,他也并不知道,而且他也懒得去猜——在以往的日子里沙荆花已经为他做了哈么多,这辈子他是还不清这笔账的——就算猜出来,又能怎样,你好意思拂逆她,舍得拂逆她?

转天一早,郭家堡的村子中街墙上贴出了布告:"沙荆花与郭山河解除共同生活"。文中简单讲解了分开的原因,即沙荆花愿意恢复烈士遗属的身份,而与郭山河共同生养的三个孩子,是抗战中对国家民族血脉延续的贡献,将来会与郭山河共同将孩子们抚养成人,分手之事经过了沙荆花与郭山河的友好协商,得到了县政府的支持和批准。特此布告。

村子里一时间对这件事没有反应。战争给村人们遗留下了太多的创伤,精神的、物质的、肉体的、心灵的,还有很多冥冥之中看不见摸不着短时间不易觉察的。有人要把丢失的东西捡拾回来,别人看在眼里自然不便多言。郭山河怕沙荆花为了孩子在田里过于用功,他是知道的,沙荆花必然会这么做,于是,他就把大量时间花在了田里。这一年万柳堤河川镇一带干旱,五曲河也水流减少,几乎断流,郭山河组织村民们用脚踏水车,从五曲河淘水,加之自家的田地需要浇灌,就更忙了。

郭山河家的田地抓阄的时候抓的是五曲河边的一块地,灌溉起来比较方便,但若决了口子闹水灾,也是最先遭殃。但村里另一个一贯表现良好而家里女孩多的老哥看中了这块地,说他家孩子体力都差,愿意离河边近一点儿,车水方便,郭山河便跟他换了。这老哥的地恰恰在本村中离河边最远,要把五曲河的水车上来,输送到哈块地里,需经过很长的水沟。眼下天气严重干旱,郭山河车水就要费更多力气。沿途水沟干得冒烟,水流甫一经过就嗤嗤渗进土里,需要车很多水才能让水沟内的水往前流,这就给郭

118

山河增加了太多的工作量。沙荆花常常来帮忙,郭山河便与她发起火来:"这样的体力活你不要管,累坏身体让俺怎么向县领导交代?"

"老铁,这和县领导有么关系?你莫不是因为哈个证明书对县领导有意见?"

"姐,不是哈个事,你若不听俺的,俺就把你扛回家。"

"好,俺就走,老铁你把这罐水留下,慢慢喝。"

沙荆花一步三回头地走了。她的背影是迟迟疑疑的,却依旧是窈窕、健康的。是啊,她才刚刚三十几岁,从生理上讲,正可以生育,只要她愿意,再生两三个也没问题,但她果断地终止了自己的婚姻生活。儿孙满堂、人丁兴旺,历来是庄稼人的追求,甚至是中华民族的追求啊。唉,费解啊。郭山河头顶烈日蹬水车蹬得满头大汗,要喘口气歇息一下的时候,到田边搬起水罐喝水,咕咚咕咚一阵子以后,方才感觉嘴里甜甜的,是兑了糖的绿豆汤。此一时期,国家经济十分困难,乡下基本买不到糖,绿豆更是少见。沙荆花莫不是享受了烈士遗属的待遇,而她又把这种待遇转移到自己身上了?郭山河突然捂住脸哭了起来。这些年来,吃过多少苦,遇过多少危险,见过多少死人,甚至最要好的战友死在怀里,乃至他的精神偶像柴大树与叔叔郭尚民一同牺牲,都没让他哭过,眼下,他已经完全控制不住眼泪了。

这一个夏天,郭山河一点儿农活也不让沙荆花干,而且也不让孩子们干。他让孩子们专心读书,目标是保定的中学和大学。车水本是重体力活,一般情况下应该几个人轮着干,一个人蹬一阵子,累了就换人,因为一个人连续蹬几分钟就会气喘吁吁。家里劳力多的,会不感觉太难,但也往往会在这样的日子里加大饭量,加酒加菜,仿佛过节。自己家里只有一个壮劳力,没办法啊。这时,他就突然想到,如果村民们组成小组合伙干,不是要好得多昂?(在以后实现合作化的过程中,郭山河非常积极,因为他感觉很有必要)但眼下没有这样的政策,村民们基本都被"捆"在自己的土地上,若要"借工",等于雇工,自己没有哈个实力。所以,只能自力更生,苦熬苦做。

但正在虎视眈眈盯着他的黄晋升就来精神了。黄晋升因为是镇上的户口,在郭家堡没有土地,他还吃着镇中学的工资。有父亲罩着,而且父亲在步步高升,没有人对黄晋升身在乡下而吃着镇中学的工资提出异议。他时间富裕,便拿着一份报纸,到田里来找郭山河了。见郭山河正满头大汗吭吭哧哧地蹬着水车,便招手让郭山河下来,郭山河摆摆手不肯,说:"夜黑你去俺家找俺吧。"

黄晋升无奈,便蹲下身子,搬起沙荆花送来的水罐,掀开盖子,咕咚咕咚喝了一气,然后一抹嘴,愣了一阵,说:"嘿,俺说郭老铁,现在国家这么困难,你怎么会有加了糖的绿豆汤喝?敢不敢说是谁给你的?"

郭山河不理他,继续使劲儿蹬着水车,心里异常气愤,但他实在懒得与他计较。谁知,黄晋升竟然再次搬起水罐,一口气将剩下的绿豆汤全部喝光了,然后说:"夜黑俺去找你啊。"腋下夹着报纸,打着饱嗝,深一脚浅一脚地踩着田埂走了。郭山河两眼冒火,额头绷起了青筋,但他明白,他眼下不具备与黄晋升较量的精力和能力,而且也没哈个必要。这些日子以来,他经常把沙耕读送给他的哈本油印小册子拿出来阅读,几乎可以只字不漏地背下来了,哈就是毛主席的《为人民服务》,尤其其中的几句话,时时在他脑际回旋:"因为我们是为人民服务的,所以我们如果有缺点,就不怕别人批评指出。不管是什么人,谁向我们指出都行。只要你说得对,我们就改正。你说的办法对人民有好处,我们就照你的办。"

古人云："吾日三省吾身"，大概也是这个意思白。他时时做着自省，不愿意与黄晋升这类人对抗。天黑以前，他终于收了工，拖着疲惫不堪的身子回到家里。此时，沙荆花已经为他和孩子们做好了饭，都摆上了桌，只等他的到来。

正吃着饭，黄晋升晃晃荡荡地来到了郭山河家，手里依旧拿着哈张报纸。他进了堂屋，见一家人仍然像过去一样，围在桌前吃饭，就说："哎，俺说郭老铁，你们不是解除生活关系了昂，咋还在一起过咧？"

沙荆花道："你的嘴别瞎卟叽，俺们生活早就分开了，只是在一起吃饭。"

"哈个也不行，一起吃饭就是共同生活。"

"闭嘴，年轻轻的，懂么哎！"

"老娘儿们家，俺不是找你来的，你才该闭嘴——郭老铁。"黄晋升把报纸塞进郭山河的手里。

郭山河一看，是《人民日报》，第一版醒目位置刊登着《加强党在农村中的政治工作》一文，便凑近煤油灯，细看起来（《人民日报》一九五一年六月二十九日，第一版）。里面讲了一个叫"李四喜"的湖南省的农民，解放后，享受"翻身、分田、娶妻、生子"四喜，于是只顾自家农业生产，不顾党的工作种种。湖南省在报纸上展开了一系列严厉的批评教育，参与讨论的人甚多，《人民日报》和国家领导也表了态。

"你是么意思哎，看俺像'李四喜'？"郭山河把报纸折起来还给黄晋升，黄晋升不接。

"这张报纸送给你吧，你多看两遍，会明白自己像不像'李四喜'。一个村书记，咋能只把精力都放在自家的田地上？"

"今年干旱，俺不淘水浇地，秋后吃么哎，交公粮拿么交哎，你给出粮食？做任何事情不都得具体情况具体分析？"

"你自己的事,凭么让俺出粮食？这种话是一把手对二把手说的昂？"

沙荆花实在看不下眼,用筷子"啪啪"地敲着碗边道:"二把手同志,你还让不让俺们吃饭了？一句话就能说完的事,你在这儿没完没了,么意思哎？"

"好好好,你们吃饭要紧,反正该说的话俺都说了,你这一把手看着办吧:是在村委会做口头检讨,还是在村里贴布告检讨。"

郭山河和沙荆花都低头吃饭,不吭声。沙荆花见黄晋升不走,扔出一句:"鹰有时比鸡还飞得低,但鸡永远飞不了鹰哈么高;愿你做鹰不做鸡。"黄晋升歪着头想了一下,讪讪地走了,郭山河连声"慢走"的客套都没说。待黄晋升出了院门,郭山河便"哐"的一拳砸在饭桌上,让他的粥碗跳了起来,稀粥洒了半桌,沙荆花"唉"地一声叹息,又给他的碗里添了一勺粥,就拿抹布擦桌子,说:"树林子大了,么鸟都有,甭生气。"谁知这时黄晋升突然脚步踢踏踢踏地返了回来,一进屋就双手叉腰,表情严肃地嘶吼:"俺刚才只说正事,忘了说你家屋里——两口子既然解除了共同生活,为么还在一桌上吃饭？瞧你们俩哈个亲热劲儿,像分开昂？是不是半夜还要闹一哈？这件事也要检讨！"

郭山河撂下饭碗,一把揪住了黄晋升的衣领,举起了另一只拳头,沙荆花急忙站起身抱住郭山河。三个孩子吓得一齐叫喊:"爸！妈！"

郭山河松了手:"俺俩感情好,愿意在一桌吃饭,你管得着昂？"

"'鼻等罐儿'(此时黄晋升已经没有耐心再喊郭山河大号了),这可是你说的！铁板钉钉,是你说的！"黄晋升突然哈哈大笑,拍手跺脚,然后扬长而去。

郭山河在背后大喊:"俺们就要在一起吃饭!"这年郭山河刚刚三十出头,正是血气方刚的年龄,黄晋升还不到三十岁,也是容易头脑发热的时候,而比郭山河大两岁的沙荆花也是不甘示弱的年纪。怎奈沙荆花经历过的事情,已经让她成熟老到了很多,还是比郭山河更沉得住气。她一再地按着郭山河的肩膀,让他落座:"老铁,用不着急么呵眼,么人么对付;先学不生气,再学气死人。"沙荆花主张郭山河抽空召开村委会——用不着贴布告,就开会讲这些事。名义上是做检讨,实际是做解释,顺便把自己认为正确的观点告知大家。

于是,郭山河真的召开村委会了,会上由干旱车水浇地累死活人,谈到了村民们可以互助、帮工的建议,这是在实际问题面前的一种出于自愿的选择,但并不是唯一选择,因为农活忙不过来你还可以借工、雇工,都无所谓,自愿是前提,村里会支持,但不强求,不做具体规定,不搞一刀切。

黄晋升眨着眼睛听着,感觉这郭山河不光总是流鼻涕,做事确实技高一筹,在检讨会上竟能先声夺人、反客为主、反败为胜,实在厉害。他一边嘬着牙花子,一边想对策,于是,一下子又计上心来了,遂开口道:"郭老铁,照你的干法,不是又回到解放前了?"

"种地需要劳力,干不了就需要别人帮忙,这和解放前后有么关系?"

一句话引来村委会众人的热烈掌声。本来村委会里面有好几位黄晋升的好朋友,在这种情况下应该策应黄晋升,但他们都面临天天累得半死,干不完活,而且没时间坐在屋里读报纸的问题,如果能够互相拆兑帮工,不是太好了昂?你黄晋升即使是俺的好兄弟,也不该闹这个驴性,尥这个蹶子不是?后来全国实现合作

123

化,郭家堡走在最前面,其实也是水到渠成;而再后来又分田到户,也是水到渠成。而不搞强制性一刀切,一切出于自愿,才应该是最得体的,这是郭山河的体会。

黄晋升彻底孤立,尴尬异常,遂自打圆场:"好了好了,今天就算郭老铁有理,这件事就算过去了,大家在大旱之年多想办法,不能没粮食吃,也不能交不上公粮。"算是了事散会。会后从村干部开始就互相串通,出现了帮工现象。别人给郭山河帮过工,郭山河也给别人帮过工,村干部里只有黄晋升一个人天天有时间坐在村委会读报纸,见别人都忙得够呛,他也没法叫别人来陪他。

这时,陈玉妮通过和沙荆花反复沟通,铺平了与郭山河来往的道路,还通过协商和沙荆花达成一致,把他们的三闺女接到保定去住,和陈玉妮做伴,既让三闺女享受城里良好的教学条件,又和孩子培养感情。陈玉妮已经想好了,既然要进入这个家庭,就要对这个家庭曾经发生和已经既成的一切,全盘接纳。

一切都做妥了。当沙荆花送三闺女离家的时候,郭山河才刚刚得知。他一手拉住三闺女,一手拽住沙荆花:"姐,你们这是干么?为么不征求俺的意见?"

"好兄弟,姐怕你不同意,所以先自做主了。"

"这,这……"郭山河满脸通红,不知所以。他爱自己的孩子,舍不得让孩子离开身边,但沙荆花哈样的身份和性格,自己没法拂逆,再说,孩子去了保定,总比在郭家堡强,只会成长得更好,自己么非拦着不让去啊。遂放了手,亲了亲孩子脑门,说:"去白去白,跟着陈姨好好学习,长本事,将来为国家做贡献。"

三闺女紧紧攥着沙荆花的手,冲着郭山河连连点头,高高兴兴跟着走了。看三闺女哈个高兴劲儿,郭山河感觉到,沙荆花在孩子们的心里,是比自己位置更高更起作用的。

而陈玉妮似乎在欲擒故纵，并没有立即来找郭山河谈婚论嫁。虽然双方通过沙荆花这个中介，都已知己知彼，但两个人还没有当面锣对面鼓地敲定。陈玉妮通过半年时间，把三闺女调理得顺顺当当，而且已经开口不叫陈姨而叫"二妈"了。

陈玉妮见时机成熟，才在星期日约了郭山河在保定二师的食堂见了面。她让厨师炒了几个菜，拿来一瓶衡水老白干，时下的衡水老白干口味醇正，价格也便宜，人们都认。三闺女口口声声喊着"二妈"，让郭山河十分被动和脸红。喝酒的时候他就不好再推让再扭捏了，便以"先干为敬"的名义，自己先干了三大杯，差不多喝掉了半瓶酒。陈玉妮看在眼里，只是咪咪地笑。而当着陈玉妮的面，郭山河不好意思甩鼻涕，便向陈玉妮伸出手去。陈玉妮心领神会，及时将自己的手帕递到他手里，因为她看到他的鼻涕已经冒头了。两个人曾经是哈个默契地相爱，除了同床共眠，早已有过多少次的卿卿我我，谁不知道谁呀，所以陈玉妮也不劝阻，只是一个劲儿笑，一个劲儿给三闺女夹菜。

待一瓶酒全部被郭山河干掉，满脸通红，嘴里仍然笨拙地不知怎么开口时，陈玉妮夹了一筷子菜送到郭山河嘴里，方才说话："山河，你一个劲儿喝酒，俺也不劝，为么咧，因为你毕竟背着俺娶了沙荆花，所以，你心里是内疚的。当然，现在是沙荆花高风亮节解脱了你，让你能够回到俺身边。而俺对这一切也十分理解，是战争造成了这一切，不可抗拒。俺认命。但俺有句话要告诉你，俺是一条道跑到黑的人，不管一会儿你说出要娶俺，还是不娶俺，俺都是你的人。这辈子俺不会再看上任何男人，即使他是市长省长也不行。"

"玉妮，你说得都对。俺都同意。俺恨不得现在就和你结婚，来补偿俺对你的亏欠。但眼下不行，村里的事太多，忙不过来，而且身边还有个二把手天天盯着,动不动就上纲上线,对俺搞批判。咱俩的婚事需要俺慢慢涸着,待周围都接受了再办。再有,俺还有一层顾虑,你现在是做学问的知识分子,俺是土里刨食的农民,你跟了俺不感觉吃亏掉价昂?"

"一切都不是问题。俺叔叔陈之谦是个学养深厚高瞻远瞩的人,他告诉俺,今后是红色政权掌管天下,不是四大家族和蒋家王朝,跟了你会搭上无产阶级和革命战士的顺风车,未来的道路畅通无阻。反之,是逆是顺就不好说了。请你原谅俺这么考虑问题,好像有些自私和算计。可是,俺不这么说的话,你就对娶俺有顾虑。"

"俺真不知道你想这么深。"

"哈么,你爱不爱俺?"

"哈可白(那当然),爱。"

"哈就结了,别提哈个深不深的问题了。"

这时,三闺女插话了:"爸,俺二妈可好了,她可爱你了,天天拿着你的照片亲咧。"

"嗨,这孩子!"陈玉妮一下子红了脸,赶紧夹了菜填进三闺女嘴里。

郭山河也红了脸。他早已忘记了,他几时照过相,并且给了陈玉妮一张?毫无印象。

吃完饭,陈玉妮领着郭山河和三闺女,沿着保定主要街道徜徉,还去了西大街照相馆照了三人合影相。晚上,就不去食堂了,在宿舍里随便做点吃的,又说了一阵话,就安排睡觉了。郭山河要去租小旅馆,不想睡在陈玉妮的单身宿舍里,陈玉妮哪里肯让,当即用报纸铺在地上,再铺上羊毛毡,铺上褥子,抱来被子,说:"你是客人,和三闺女睡床上,俺睡地上。"

"开玩笑白你？俺一个当兵出身的男子汉让女人睡地上？"

"俺不管你当不当兵，这是俺待客的原则。别的女伴来了也如此。"

两个人自然要推推让让，结果还是随了陈玉妮。郭山河因为喝了酒，上床以后很快就入睡了，但睡梦里感觉有人亲他的嘴，在黑灯影里猛地睁眼一看，正是陈玉妮，他便不再说什么了，悄然下床，拥着陈玉妮钻了她的被窝。

两人亲热够了，陈玉妮紧紧搂着郭山河低声道："几时结婚都行，俺不在乎哈个形式，甚至结不结都无所谓，俺已经完全得到了一个属于自己的丈夫，这是最重要的。尽管这个丈夫是个'鼻等罐儿'。"一番话说得郭山河想哭又想笑，再次热血沸腾起来。

回村以后，沙荆花见郭山河满面红光，心情不错，便悄悄问了当年郭尚民问柴大树的话："闹了白？"郭山河不好意思地低下头："姐，俺对不住你。""甭说这个咧。你这么做就对咧，咱俩不是彼此都成全了，这辈子俺也对得住陈玉妮咧。你是了解姐的，这辈子堂堂正正，没做过任何对不起人的事。"

郭山河不急于张扬他要再次结婚的事，他要寻找合适时机，但沙荆花却怕夜长梦多，担心陈玉妮哈边有变。于是，她悄悄在其他村委会干部中吹风，说要帮郭山河操办婚事。黄晋升闻听以后，便兴奋起来，猎物正在走向罗网，是白？他紧张地关注着事态发展，他还跑到保定河北大学去找柴金菱，满心欢喜地商议这块肉该怎么吃。

柴金菱道，如果郭山河真的与陈玉妮结婚，而仍然和沙荆花住在一起，这文章就来了。这时，柴金菱也告诉黄晋升，她现在闹口闹得厉害，要赶紧结婚，否则就出丑了。两个人便悄悄开了结婚证，悄悄结了婚，没有张扬。他们打定主意，将来生了孩子有人问起的时候,就告诉对方,他们早就结婚了。但时隔不久柴金菱真的生了孩子,黄晋升兀自喝酒庆祝,酒过三巡,又感觉这个孩子和他的"第一次"时间似乎有误,可能因为哈次他喝了不少酒,恍恍惚惚地记不住日子了,甚至两个人是不是交过欢都印象不深。但此时"酒壮尿人胆",他还是冒冒失失与柴金菱大打出手。柴金菱哭哭啼啼道:"俺和你爹都是君子,连手都没拉过,不信就去问他!"

黄晋升当然不愿意拿屎盆子往自己或父亲身上扣,这种事实在没意思。即使哈啥的话也是"肉烂在锅里",是白?不然又能咋办?离婚是连想都不能想的,眼下的社会舆论不向着离婚的人,一般都认为谁提的谁就是"见异思迁",肯定有外遇。而且,真要离的话,人们必然会私下胡乱打听,要闹个"门儿清",人们在这方面的闲心是非常大的。哈个时候说不定会把"腌臜事"抖出来,是或不是,都不光彩,让世人见笑不说,对自己的仕途没有半点好处。受父亲影响,黄晋升认为人生在世仕途是最重要的,其他的发明、创造、科技、文化全都白扯,更别提体力劳动。

你还觍着脸问咋办,火柿子、黄瓜,加点盐,凉拌。火柿子、黄瓜乡下没有卖的,咱保定全有,你上街买去吧,回来俺教你咋拌。

她还逮着理咧。黄晋升差一点背过气去,买了一盒烟找老同学释放去了。他本来是不沾烟的,为此父亲还表扬他有大志向,现在他要开戒了。在老同学家他放开了抽,一时间感觉十分爽快。但抽着烟,他就想,不行,不能置气,要分析,要冷静。这个心机女人的前途在父亲手里攥着,反之,俺爷俩的前途也在她手里攥着。原本是半斤八两,彼此彼此的关系,既然如此,谁都不能毁谁。咱是一根绳上的蚂蚱,一荣俱荣一损俱损。

黄晋升带着醉意回到柴金菱身边,说出了自己考虑成熟的话,请求她原谅他的年轻不成熟,他毕竟比她小三岁昂。柴金菱道:"这就对咧,你疑神疑鬼是毫无根据的,半文不值。"还说,天底下终归好人多,你要这么想,就没有乱七八糟的烦恼。

回到郭家堡,黄晋升什么都不说,守株待兔,等待郭山河这个莽撞的傻兔子使足劲儿往他的树上撞。届时,便是他的收获之时,他将褪毛扒皮支起火锅炖这只傻兔子。

沙荆花到保定看望三闺女,顺便问了陈玉妮:"怀了昂?"陈玉妮脸上红红的,点了点头。这就好,沙荆花亲了亲陈玉妮粉嫩的脸颊。事情只有这样才能坐实咧。回到村里,沙荆花便对郭山河摊牌了:"好兄弟,姐还差一件事没办,待这件事办完,就是死了,也闭得上眼了。"

"么哎?"

"你的婚事。"

"不急。"

"啥叫不急,玉妮都怀上了,这次你务必听姐的安排。"

哎呦咧! 郭山河羞得恨不得找个地缝儿钻进去。

沙荆花在院子里摆了四桌,请了村委会和其他要好的朋友喝酒吃饭。郭山河和陈玉妮胸前戴了大红花,身上穿了新衣服,喜气洋洋地向诸位敬酒。没有吹鼓手,没有唱曲人,哈些事陈玉妮不喜欢,就这么素素雅雅就行了。村委会有人嫌这婚礼过于冷清,就叫喊:"老铁,这个时节俺们不喊你书记,只喊你老铁,你给俺们唱个小曲、说个笑话!"陈玉妮先红了脸,挡驾说:"俺知道山河,他不擅长这些。"

"你是新娘子,没资格挡驾,新婚三天没大小,老铁,来一段!"

郭山河举着酒杯,不知道该不该来一段。来吧,真的不会,不来吧,又扫了大家的兴,便说:"俺勉为其难来两句炕头上的妈妈例儿吧——'提壶提壶笑笑,找你姥姥抱抱,你姥姥抱不结实,摔个炕不蹶子儿'。"

众人哄笑，还喊不过瘾，要郭山河再来。沙荆花见此，便举着酒杯站了起来："各位兄弟，俺给大家唱个小曲吧，替老铁解解围。"

"嘿，大嫂要唱曲儿咧，这个要欢迎咧！"

沙荆花正色道："从今往后，大家不要叫乱了，别喊俺大嫂，喊大姐就行了，要喊玉妮大嫂，行白？"

"可不是白，不能喊乱了。"嘴上这么说着，一干人还是哈哈大笑。沙荆花急忙唱了起来，把尴尬掩饰过去。

> 一场秋雨三场露，
>
> 新社会的年月不比当初；
>
> 妈妈娘你好糊涂，
>
> 哎嘿哎嘿哟妈妈娘你好糊涂，
>
> 人家的女儿能写又会算，
>
> 你家的姑娘两眼黑乎乎，
>
> 妈妈娘你好糊涂，
>
> 哎嘿哎嘿哟我也要念书，
>
> 人家的女儿参加劳动，
>
> 你家的姑娘长年关在屋，
>
> 妈妈娘你好糊涂，
>
> 哎嘿哎嘿哟我也要把工出，
>
> 人家的女儿会写自主，
>
> 你家的姑娘有话说不出，
>
> 妈妈娘你好糊涂，
>
> 哎嘿哎嘿哟我也要自主。

众人自然又是一片掌声。这是在冀中刚刚流行起来的小曲

《妈妈娘你好糊涂》，很多人都会唱。不过，众人似乎听出了这小曲的弦外之音，哈是一种不便言说的复杂情感，于是，都举杯互敬，掀起敬酒的高潮，把这个环节快速遮掩过去。

本来黄晋升也是应该来吃饭喝酒的，沙荆花看在他也是村干部的份上请了他，但他没来，而是在家里写了新的布告贴在村中当街上。说郭山河是郭家堡的"李四喜"，不光一心为个人牟利，不关心集体，还道德败坏，吃着锅占着碗，家里天天搂着沙荆花，说不定夜里还来一哈，然后又娶了城里的陈玉妮。他还把告状信寄到陈玉妮供职的保定二师和县政府。

第八章 慢与快

一九四九年以后，在国家建设的高潮期，保定二师也罢，县政府也罢，各项工作千头万绪，每日里人人都忙得脚后跟朝前，涉及婚姻问题的纠纷和告状也非常之多。黄晋升既然实名写了举报信，保定二师和县政府即使不感觉稀奇，也还是做了初步处理，他们都把告状信转到了河川镇，请黄选朝书记主持调查此事，若属实，再研究处理办法。

河川镇和其他镇一样，算是最低一级的政府机关。这个院子类似二进的四合院，有二十多间房子，一百多年前的清代光绪年间在此设镇。最早这是一家有钱乡绅的祖宗祠堂。门廊、台阶全是石头的，房屋全是挑檐，青砖黄瓦、五脊六兽、雕梁画柱，十分气派。设镇的时候这家当家人主动奉献了出来，得到清政府嘉奖，当家人闹了个七品顶戴，只因为此时清政府经济上已然捉襟见肘，没有吃上皇粮。不过，荣耀已经有了。民国时期很多军阀经过这里的时候，都在院子里住过。此时黄选朝在这个院子里进进出出，遂感觉有两分满足。这种满足算是一种精神上的历史感，自己本来就是历史中人么。但显然还有八分不满足，即他对自己的评估，至少坐到保定的一把手，乃至更高，才算人尽其才。区区河川镇，不足挂齿。这种意念经常让他斜睨旁人、目空天下。有一次他读《道德经》，读到"天地不仁，以万物为刍狗"时，将书摔到地上，道："天地就是不仁，将俺做了刍狗！——这种封建文化的书必须烧掉！"便真的将书填炉眼儿里烧了。在一次和柴金菱、黄晋升小聚的时候，他还诉说了这个意思，谁知遭到柴金菱揶揄："爸，以后这种话可别再往外说了，哈句话的原意是'天地看待万物是一样的，不对谁特别好，也不对谁特别坏，一切顺其自然'。"黄选朝自然不会服气，闹嚷嚷地声辩，涨红了脸。儿子、儿媳便木呆呆地看着他不再言声。

眼下看门的老大爷将两封信亲自交到他手里，说信兜挺厚，有些不同寻常，便不敢在窗口摆着。以往各方面来信都是在窗口摆着，任由收信人路过时捎走。

黄选朝拆开信简单看了，见是儿子写的，拉拉杂杂、思路不清，文字也不很通顺，这个不成器的玩意儿啊。他看后遂在屋里踱来踱去，思绪万千。

前几天，柴金菱抱着孩子来河川镇找他，说是黄晋升怀疑这孩子的坐胎日子，与她大打出手，至今孩子没有奶吃，天天用八宝粉熬粥喂孩子；她吓唬黄选朝，若事情闹大，她将把家丑弄到县里。黄选朝满脸通红，退后两步，与柴金菱保持了一个"安全"的距离，方才开口："少安毋躁，咱们之间并没越轨，既然如此，你怕什么？更不应该胡言乱语。俺是正派之人，历来做事讲分寸。你说说看，自从黄晋升认识了你，俺和你联系过昂？瓜田不纳履，李下不正冠,是白?你们两口子生了孩子,咋会往俺身上联想?黄晋升这生地瓜真真欠揍。你只管安心过日子,你们的前途俺会安排得妥妥的。"

"俺对你却放不下咧。"

"老话儿是咋说的——'发乎情,止乎礼'?"

"俺现在想改善工作环境,天天在家带孩子,够烦的了,回到小学还是天天跟孩子打交道。受不了!"

"俺很快就想办法,你放心。"

"俺婆婆(黄选朝老伴儿)坐机关,俺也要坐。"

"俺明白,甭急。"

柴金菱得到了新的承诺,当然是高兴的,遂向黄选朝飞了个吻,抱着孩子满意离去。

这个水水灵灵的漂亮女人,生完孩子皮肤更细嫩,脸庞更滋润了,看着就让人心里熨帖。黄选朝虽然心里是甜蜜的,但还是坚决地斩断了与柴金菱的心理牵挂。哈是一团乱麻,若是剪不断,便自会理还乱,自会贻害无穷。心里疼,但容不得优柔寡断。他把儿子的举报信也撕个粉碎,扔进垃圾篓。眼下全国正在开展轰轰烈烈的"三反""五反"运动,不知道烈火会烧到谁的身上。既然自己不是无懈可击,干么要做写举报信的事?举报信这种东西是双刃剑,不写实名没人搭理你,写了实名就等于把你推到了风口浪尖,对手难道不会研究你?抓住你的小软给你来一下子,你的前途不是也泡汤了?你知道县政府哪个人是郭山河的内线?么都不知道,写个么举报信咧。待到与儿子见面的时候,黄选朝破口大骂:"生地瓜玩意儿!俺教了你这么久,也没长进。记住,不该说的不说,不该问的不问。这是战争年代的纪律,弄不好要掉脑袋;也是现在的纪律,弄不好仍然会死的!"

前不久,县城西边的土岗子下面,枪毙了一批"三反""五反"运动中揪出的坏分子。你当哈个噼里啪啦的枪声,是过年放炮?哈个是震慑。震慑谁?震慑所有与国家发展不相适应而起反作用的人。这件事你知道不?知道。知道还写哈个生地瓜举报信?你所有的言行全能拿到阳光底下昂?惹起别人关注你,挖你的隐私咋办?你怕不怕?黄晋升眨巴着眼睛,看着眼前表情严肃的父亲,脸上一阵红一阵白,他既服膺又不服膺。不过,他现在么也不敢说。自己的翅膀还没硬,一切离不开父亲啊。他默默点头,检讨了自己做事莽撞,声言今后一定改正,一切要按父亲旨意行事。"回去和金菱好好过日子,甭去挖别人的隐私。你与金菱结婚,是一辈子的福气,你若打错主意离开金菱,这辈子谅你再没有好日子过。"

黄晋升一边点着头,一边思忖,父亲的话是没错的,若与柴金菱闹翻,父亲受处分,自己便是灰头土脸,原本光明的前途变成了未知数,几时还能翻身怎么说得清。他急忙表态:"开始时俺疑神疑鬼,现在已经想明白了,已经跟她握手言和了。"

"不光握手言和,还要不断生儿育女过正常日子。"

"是,父亲。"

儿子虽然不成气候,可终究是自己的儿子,他的前途还必须考虑。黄选朝经过反复权衡,还是把儿子调回镇里,继续在镇中学教书,时隔不久,以"在基层锻炼过"为名,提起来做了副校长。继而,柴金菱也读完大学回到镇里,继续做小学校长,半年后,被调到镇政府教育股当股长。接下来,柴金菱就顺顺当当地接二连三地生了好几个孩子,黄家真正做到了人丁兴旺。柴金菱与公公天天在一个大院工作,出出进进打头碰面,黄晋升虽然想起这事心里不是很舒服——不过他已经没兴趣计较哈个了,他对哈个事完全看开了。肉烂在锅里,一笔写不出两个"黄"字,再说,所谓人生,不就哈么回事昂？世上本无事,庸人自扰之,是耶非耶?

郭家堡没有了黄晋升,村委会的人们出现了一面倒,过去与黄晋升站在一条线上的人纷纷倒戈,全都向郭山河表了忠心。有人还这样说:"黄晋升走了,郭山河一个人说了算了,以后可不能再喊'鼻等罐儿'了,真给你穿小鞋的话,谁来帮你?"郭山河对这种事原本没兴趣,愿意喊"鼻等罐儿"是你的自由,谁让俺真是鼻等罐儿呢。但村风民风讲究"站队",他也就听之任之。有的村干部孩子结婚或过生日过百岁请他吃饭,他也不拒绝,还会随礼,与一般群众无二,但在饭桌上必定会叮嘱对方一句:"咱村可是吕正操将军树起的红星村,任何时候不能让这红星变了颜色。"话说得很重,让喝酒吃饭变成了一次宣誓和承诺。

············

到河北大学当了教授的陈之谦见侄女与郭山河终归走到了一起,非常高兴,打算送他们一件礼物作为纪念。可是送么最合适咧?他想起目前在高层知识分子中流行的毛泽东的两篇经典文章《实践论》和《矛盾论统一法则》(后来改名叫《矛盾论》),这是当年毛泽东在延安抗大时使用的讲义,新中国成立后在知识分子中广泛传播,遂打算用小楷工整抄录,作为礼物送给侄女陈玉妮。这天,他正在屋里书桌前研墨,突然有人敲门。他走过去把门打开,却见是原保定二师的老校长领着早年的校友梁斌来了。

"老陈啊,快看看你的校友,咱二师的骄傲,梁斌老弟!"

"哎呦呦! 是梁斌来了! 快请坐,快请坐!"

陈之谦急忙搬了椅子请梁斌和老校长落座,回身拿茶杯给他们沏茶。陈之谦的宿舍只是一间屋,二十平方米左右,书房兼卧室,还兼厨房,空间逼仄,摆得满满当当,他赶紧东一把西一把地归置。老校长道:"没外人,甭忙乎啦。咱梁斌这些年可不容易! 哈个学潮,是一九三〇年白,梁斌是积极参加者,邻县千里堤一带反'割头税'也是骨干咧,还亲眼见证了'高蠡暴动'。一九三四年就参加了'左联',还在北平'左联'刊物《伶仃》上发表过作品。在抗日战争和解放战争期间,一直担任党的领导职务,也一直没停笔。后来随军南下,在湖北襄阳和武汉担任宣传和新闻方面的基层领导。现在要回家乡体验生活,准备书写大部头著作咧!"

陈之谦把沏好的茶端给客人,也落了座,看着一脸敦厚的梁斌,点头赞道:"推翻反动统治,成立新中国,这是中国有史以来最大的事,在这个过程中,涌现了多少高瞻远瞩的杰出领导,多少壮怀激烈的英雄豪杰,多少举家参与流血牺牲的普通百姓!怎么不值得写,要大写特写!"

梁斌端着茶杯轻轻呷了一口热茶,说:"两位老大哥所言不差。俺自十六岁入团以来,'四一二'反革命政变,是刺在俺心上的第一棵荆棘;二师'七六'惨案是刺在俺心上的第二棵荆棘;'高蠡暴动'是刺在俺心上的第三棵荆棘。自此以后,俺就下定决心,挥动笔杆做刀枪,同敌人战斗!"

陈之谦问:"你是大才、国家栋梁,能担任更高职务不是可以干更多的工作昂?"

梁斌摇摇头,道:"今年,湖北省委书记李先念亲自点将,让俺由襄阳到武汉担任新《武汉日报》的社长。工作虽然繁忙,但俺还是经常想起为新中国成立牺牲了的哈些战友,睡不着觉啊!俺决心辞去正局级官位,用手中的笔记录下历史。俺的老战友、北京中央文学讲习所所长田间知道俺的想法后,把俺调了过去。俺以为中央文学讲习所是个闲差,可以抽时间写作了,谁知哈边的讲课和培训也十分频繁,每天接待和事务性工作很忙碌,让人塌不下心来,于是俺找到华北局组织部副部长陈鹏,跟他说:'俺要写一部反映过去革命斗争生活的《红旗谱》，故事发生在冀中，所以，俺要回河北去深入生活。'陈鹏是俺当年的同班同学，对俺很了解，便说：'你早年参加革命，不能什么职都不挂，到天津去吧，去当管文化的副市长，也可以同时搞创作嘛。'俺说：'俺是想专心致志搞创作，要当官，俺在河北或湖北就一直为官了。'这不俺推掉了一切职务，专心回家乡体验生活来了。"

老校长啧啧称赞："梁斌啊，你是个对历史负责任的人，是个'大写的人'。你青出于蓝胜于蓝，俺们老一辈不如你，应该向你学习咧！"

梁斌有些不好意思地红了脸，道："老领导谦虚，没有当年您的谆谆教诲，俺也不会顺利成长。"

三个人在二师食堂吃了便饭，约定，待梁斌有了闲暇，一定到二师和河北大学为师生们做报告。陈之谦还提出，梁斌若在体验生活中有什么困难，只管说话，而且，可以随时来家里住，挤是挤了点儿，但可以放开了谈。

回头陈之谦用蝇头小楷抄完了《实践论》和《矛盾论统一法则》，送给陈玉妮，告知说，老校友梁斌来保定啦！这个校友实在不同凡响，领导让他到天津当副市长都不干，一门心思要写革命历史，为中国农民立传！他来做报告的时候你和郭山河一定要来听听！看看一个有历史责任感的优秀党员是怎么想、怎么做的！陈玉妮自然非常高兴："叔，俺们见贤思齐，期待着老校友梁斌再次来学校！"

··········

郭家堡的工作逐步向好，慢是慢了点，脚步却没停。保定二师的陈玉妮也为郭山河生了三个孩子。而此时，郭山河仍旧与沙荆花住在一个院子里，只是不在一间屋，吃饭时也仍然在一桌。眼下,两个儿子都被陈玉妮办到保定读中学,吃饭时,饭桌前就只有郭山河和沙荆花两个人。身边没有了孩子,只是孤零零两个大人,郭山河便想跟沙荆花开个玩笑,活跃一下气氛:"看起来谁跟谁好就甭提了——"后面的话还没说,便被沙荆花严肃制止:"咱俩现在是纯粹姐弟关系,不可有一丁丁点儿旁不相干的想法。瓜田不纳履,李下不正冠,你老婆哈么贤淑温柔、知书达理,你还想么?"郭山河闹红了脸,也不解释,只是点头。因为,以沙荆花的性格,她根本不听你的解释,你只管服从就行了。两个人单独相处的时候,郭山河几乎一句话都没有,但时间一长,沙荆花又嫌寂寞,于是便把陈玉妮生的三个孩子全抱回村里,由她照顾,说孩子该上学时再送回去。

这时,陈玉妮为郭山河联系了一位老中医,定期让郭山河去保定扎针灸,治疗流鼻涕问题;同时,托人给郭山河办了调动,要让他到保定二师做后勤股长,先以农民身份工作(类似后来的"以工代干"),待时机成熟再转干。因为郭山河曾经是县大队队长,这个身份让陈玉妮没太费劲就把事办成了。但办事从不拖拉的郭山河,这次却拖拖拉拉,一直没有离开郭家堡。因为,他想起了老校友梁斌,哈种思想境界,相比之下让他汗颜。他听陈玉妮讲了梁斌回访二师的事以后,就整宿睡不着觉。他和梁斌的不同之处,是他没有文学爱好与特长,没有用笔记录历史的念想;但他内心里和梁斌一样,原本是要做对国家对历史负责任的人。唉!自己是怎么走到今天这个样子的?他不愿深想。他也期待与梁斌见一面,当面讨教人生真谛。此时,早已呼之欲出的合作化运动轰轰烈烈地到来了,郭山河对陈玉妮说眼下俺离不开,暂时不能去城里,陈玉妮充分理解他、支持他,说你在郭家堡把架子搭起来以后再来市里不迟。事情便暂时放下了。郭家堡因为有着良好的互助帮工的基础,没怎么费劲就成立了互助组,继而成立了合作社。

随着郭家堡工作的蒸蒸日上,各生产队的牲口在快速增加,郭山河便养成了一个新的习惯,每天早晨肩膀背起筐头子,腋下夹了粪铲子,各街道行走、万柳堤上行走、田垄上行走、干渠沟边行走……捡拾牲口粪。以前村民自己养牲口的时候,往往在牲口屁股后面拴个粪兜子,就为收粪,他们舍不得把自家的牲口粪丢在外面;成立了合作社和生产队以后,牲口归了集体,村民们便不再重视给牲口戴粪兜子了。郭山河为此专门召开大会,反复强调,但作用并不明显。现在他以自己的身体力行告诉大家,牲口粪是农家宝,"庄稼一枝花,全靠粪当家"。

如此一来,村委会委员们都跟着拾粪了,很多村民也开始拾粪了,而郭山河并未就此放松,只要往外走就背着筐头子,包括到镇上开会,也背着筐头子去。镇上的书记黄选朝看到他来来去去都背着筐头子,先是开玩笑:"好啊,村书记背着筐头子,随时拾粪,不忘劳动人民光荣本色。"待郭山河走远了,就自言自语:"瞧'鼻等罐儿'哈个揍性,也就是泥腿子的命吧。"

村里也有人劝他,说:"书记,你天天背着筐头子拾粪,让俺们难堪咧。"

"俺拾俺的粪,你们难堪么?"

"显得俺们都懒白。"

郭山河不再说话,暗想,当村书记就不该拾粪,这算哈家的规矩?现在你们自觉就好。待你们拾粪都形成习惯,可能俺就放下筐头子了。就在"三级所有,队为基础"的格局业已形成,郭山河千方百计增加公共积累的时候,河川镇一带再次出现干旱。

郭家堡实现集体化以后,全村的土地都归了大队,三千来口人三千多亩土地,其中有两千多亩是盐碱很重的低洼地,旱时涝时都没有好收成,吃饭真成问题。以前土地私有,郭山河可以号召大家去各自想办法,现在土地归集体所有,自己作为一村之主,就必须承担起改造土地的任务了,甭管这任务有多难,难还能难过打鬼子除汉奸?

而目前改造这些土地的有效办法只有打机井,用地下水灌溉压碱。村委会开会研究时,大家议论纷纷,说眼下县里有打井队,是不是派人去打听一下?若打一眼井的话需要多少钱,多少时间?条件不是太苛刻的话,咱郭家堡勒紧裤腰带,先打上一眼井用着。郭山河点头同意,派出一个干部奔了县打井队。谁知,这个干部上午走的,天快黑了才回来,说:"打井队没有人,只有一个门卫,俺跟他聊天等人,连中午饭都没吃,直等到下午四点钟才见打井队的人回来,他们见俺问询给村里打井事宜,便说,你们现在先排上队,也许明年能排到。"

郭山河道:"哈俺们的农时不是错了?老百姓没有口粮,也交不上公粮,谁负责?"

"他们说,没办法,打一眼井需要两个月,哈么多的村子等着打井,总该有个'先来后到'白?"

郭山河甩了一把鼻涕:"奶奶个腿!俺去看看。么个鸟玩意儿,打一眼井要两个月?是打井还是绣花?"

转天一早,郭山河骑上自行车奔了县打井队,正赶上打井队十几个人集结队伍,拉着几辆板车和设备要下村去打井。郭山河不声不响推着车子不远不近地跟在后面,一直跟随打井队进了东河川的沙家店村。沙家店村的村干部早已在划定的地界等待,地头搭起了临时席棚,席棚里摆着方桌,桌上摆着一把硕大的紫泥茶壶和好几只茶碗,桌子旁边的地上稳着临时锅灶,一个老者坐在灶前正拿着一把干秫秸往灶眼儿续火,同时一只手拉着旁边临时搭建的风箱，呼嗒呼嗒有节律地响着。风箱的旁边有人用长凳支起架子，上面放了案板，一人在揉面，一人在切菜。打井队的人来了以后，停好板车，还没顾上卸家什工具，沙家店村的干部先满面笑容迎上来请大家喝茶。于是一干人围住桌子，端起茶碗吸溜吸溜喝起茶来。

郭山河站在远处，支好自行车，眯起眼睛冷眼旁观了一会儿，从腰上解下烟袋荷包，用烟锅剜出烟末，用火镰火绒"啪啪"打燃，吱吱地抽起来。暗想，怪不得打一眼井要两个月，喝完茶干不了俩小时就得吃饭，是不是还要喝酒尚不可知，时间就这么荒废了，唉。

正感叹间，打井队的人们喝过茶开始卸工具家什，往划定的地界摆放，议论一番便开干了。郭山河急忙磕了烟锅，掖进腰里，凑了上去。他要离得近点，否则看不清楚。沙家店村的村干部有认识他的，急忙走过来和他握手，他便赶紧捂住对方的嘴，不让对方说话，示意他要看看怎么打井。村干部点头明白，遂退到一边。

郭山河是读过保定二师的，虽不是学者型人才，也没拿到毕业证，可学习成绩一直不错，理科的一些基本定理公式平时用不上，但对比较原始的机械原理还是触类旁通的。他站在一旁看着，偶尔会问两句，如"哈个工具叫么？""这两个机械怎么衔接？"有时就帮着搭把手。打井队的人以为他就是沙家店村的人，对他也不保留，而且见没花钱就送上门个帮忙的，还挺高兴，便指使他干这个干哈个。郭山河不吭声，叫干么就干么，还保证干好。很快，别人一伸手，他就能递上应该递的工具；几个人推杠子下钻，他便成为其中一个，配合默契，完全像个圈里人了。喘口气休息的当口，打井队的人挺知心地小声问："伙计，你是来偷艺的白？现在打井都归公了，私人打井要受罚的，你可小心点！"

郭山河轻声笑笑:"说哪儿的话,俺可从来没想干私活。"

打井队的人纳闷地看着他,递给他一碗茶水,他摆摆手,离开工地,推起自行车,骗腿儿骑上去,上了土路走了。沙家店的村干部走近打井队的人说:"你们知道他是谁昂?"

"谁?总不会是县长县委书记白?哈些人俺都认识。"

"哈倒不是,不过,他可是原来的县大队队长咧。"

"郭老铁?"

"哈可白。"

"现在是郭家堡的书记?"

"哈可白。"

"恐怕是想在村里打井,咋不早说咧?"

也许郭山河早早对打井队亮明身份,打井队真的会提前给郭家堡打井。原来县大队队长的面子,总是会给的。眼下镇里已经修好烈士陵园,中小学的学生们三天两头前来吊唁、宣誓、开少先队队会,已经有些生疏的县大队的名号被重新提起,柴大树、郭尚民、黄国贤、魏雨征等英烈大名如雷贯耳,为曾经的县大队队长村打眼井难道不是应尽义务——打井队既乐意干,还很可能不收钱!

但郭山河不愿意做哈种事。他回村就召开了村委会,说:"俺看明白了打井的全部原理和工序,就哈么点活,根本用不了两个月!让裹脚的老太太干也用不了哈么长时间。"

"照你说,得用多长时间?"

"俺估摸,也就十天半个月。"

"这么短的时间就能打出井来?哈今年的农时耽误不了了?哈咱赶紧干起来白?"

"技术上不难,难的是咱没有工具。"

"刚才接到县里通知，要各村书记明天去参加抗旱会议。"

"好，这个会正当其时。俺打听一下打井工具的事。"

"太好了，需要钱，咱这边先备下。"

"对。"

晚上，郭山河在家里吃饭，在饭桌上说起打井抗旱的事。正是青黄不接时节，他这个大队书记的饭桌上，也只是玉米面饼子就咸菜条。三个孩子埋头吃饭，咸菜条咬得咔哧咔哧响。沙荆花说："自己打井倒是好事，当年咱们挖得了地道，现在就打得了井。不过，哈既是技术活，又是重体力，你是领头人，多出主意，别事事打冲锋，累坏了身子。"

"知道。打井队为么用的时间长？歇着的时候多，干活的时候少，喝碗水得半个钟头，撒泡尿比吃饭时间还长，照这么个干法，实现'水浇地'不得等到猴年马月了？"

"明天你去县里开会，说说你的想法，顺便给孩子捎点好吃的，他们离开保定跟着咱们过乡下生活，见不到啥荤腥。"

"行白——你们喜欢吃啥？"郭山河看着他与陈玉妮生的这三个孩子，挨个抚摸他们的脑袋，也是两男一女，比他和沙荆花生的哈两男一女要文弱得多。都是他的儿女，看哪个都喜欢。孩子们这个说要吃馃子，哈个说要吃核桃酥，老三闹着要吃驴肉火烧。沙荆花便回身从躺柜里取出一个布兜，从里面押出一张五块钱的黄票子，递给郭山河："老铁，给孩子们买，别疼钱。"

自打郭山河与沙荆花共同生活以来，吃的穿的用的全是沙荆花一手安排和打理，至于怎么安排和打理的，他从来没问过，反正大人孩子全都安排打理得妥妥的。虽说衣服和鞋子该打补丁还要打——别人家不是都在穿补丁衣裤昂，"新三年，旧三年，缝缝补补又三年"是普遍现象，村民们不会因为穿了补丁衣服而被人小看。

郭山河把五块钱揣进兜里,吃完饭就进自己的西屋看书去了。前不久,已调到保定工作的沙耕读知道堂妹沙荆花曾经念过几天私塾,识得一些常用字,于是寄来一套《毛泽东选集》,让她和郭山河共同学习使用。这些年来,县委偶尔会对各村的书记下发一些毛泽东或中央其他领导的文章的单行本,而这种成套的书籍还没发过,市面上也没见到卖的。沙耕读始终不知道这夫妻俩已经分开,来信还是笼统地问候他们夫妻安好,沙荆花在回信的时候也只字不提。事情的原委都是她一人决定一手操办,自然是有着她的设计,而她对这种设计深埋心底,对谁都不讲。

在县里抗旱分组讨论会上,河川镇这组的村书记们说来说去,集中起来就是一点:打井难,时间又长,实现水浇地有困难。会议气氛十分沉闷,人人低着头抽烟。主持会议的书记黄选朝正襟危坐,敞开衣领的灰色制服,露出里面的白色衬衣领子,偏分的头发一丝不乱。这是当下干部十分规范而时髦的装束,漫说女人会喜欢,男人看了也会舒爽。他表情严肃,用一支红蓝铅笔"嘚嘚"地敲着水杯,点了郭山河的名:"老铁,你是么意见哎?"

"俺还没想好。"郭山河虽说恨不得立即开干,却不想在黄选朝面前立即敞开胸襟,他还要看看黄选朝有什么高招,如果黄选朝黔驴技穷,他便会把想法和盘托出。这时县委书记齐登科手里夹着一支烟走进了河川镇这个组,抽两口烟,往脚下掸掸烟灰,扫视大家一眼,也点了郭山河的名:"谁是郭老铁,你站起来。"齐登科书记是刚从外县交流过来的干部,对很多人都不熟悉。

郭山河吓了一跳,立即从座位上站了起来:"齐书记您好,俺是郭老铁。"

"听说你是个'鼻等罐儿',俺看你挺正常嘛!"

"时有时无的,您瞧,又来了——"郭山河顺手甩了一把鼻涕。

众人哄堂大笑。

齐登科摇摇脑袋:"你昨天到沙家店看打井队打井了?"

"是。"郭山河的脸一下子涨红了。这样的事,怎么会传到县委书记耳中咧,况且齐书记还是刚刚调来没几天的新书记。

"你肯定胸有成竹咧,说说白。"

"齐书记,您真是将了俺一军。不过,既然您点将,俺就把计划说说——俺郭家堡现在正在组织打井队,人员已经物色差不多了,技术也掌握了,只差打井设备和工具。只要设备和工具到位,立即就可以开干。"

"打井队还有一套备用设备,先借给你们使用,行白?"

"太行了白!您现在把设备给俺,俺今天回去就把井架子支起来!"

"好,你到打井队去吧,俺已经跟他们商量过了。你打一眼井要多少时间?"

"十天。"

人们发出"轰"的一声感叹,似乎是惊讶,也是质疑。主持会议的黄选朝猛地一拍桌子:"俺最讨厌说大话吹大牛,俺且问你老铁,吹牛不上税白?——表决心是可以的,不过要实事求是,不能冒!"齐书记接过话来:"老铁,你说实话,这个'十天'冒没冒?"

"没冒。"

"俺信你。你十天真的打出一眼井,俺给你请功,挂红花!"

众人噼里啪啦鼓起掌来。人人目光转向齐书记,哦,这个齐书记不简单咧,工作好深入咧。郭山河见此,不敢耽搁,抬脚就往外走,黄选朝当着众人叮嘱:"老铁,注意安全第一!"透着贴心的关怀。而郭山河仿佛没听见,没回话,径直走了出去。他现在心底里对黄选朝是相当抵触的。齐登科书记接下来道:"俺刚到咱县,就碰上干旱,大田返碱返得厉害。昨晚,俺约打井队的人们吃个便饭,想听听他们的工作量,他们就提到了郭家堡的郭山河郭老铁,说如果给郭老铁一套设备,他准能组织一支打井队,就给咱县打井队减轻压力咧。看起来这'鼻等罐儿'可不是一般的'鼻等罐儿'!"众人又是哄笑。

郭山河回到村里,立即带着队伍,拉着板车,到打井队来取设备,一干人兴高采烈,议论纷纷。打井队的人说:"这些设备你们要借多久?"郭山河道:"一年。""哈个咋行,俺们还得用咧。""你想啊,打一眼井两个月,俺们要打五六眼井咧。"打井队的人不再说什么了,前面齐书记已经打过招呼,多用些天就用白,用坏了找齐书记。

郭山河的人马进了村,立即在大田里支起井架,搭起席棚,将所有的设备都组装起来,此时,郭山河问大家:"如果今晚就开干,你们同意昂?"

"同意,有么不同意的,哈边秋苗快干死了,俺们还四平八稳迈方步昂?"

"好,大家都回家取马灯,顺便告知晚上送饭送水来。"

郭家堡的人们就这么不舍得耗时间,当晚就开干了。井架子周围挂满了马灯,不下三十盏,众人拾柴火焰高,众灯齐明天地亮。郭山河给大家分了工,一天两班倒,吃在工地,严密分工,严格把关,铆足劲儿干了起来。晚上沙荆花腋下夹着一卷毛毡和一件棉袄给郭山河送来,她预想到郭山河是不会回家睡觉了。她还挎着一个小竹篮,带来了烙饼炒鸡蛋,这是多年来郭山河最爱吃的饭食。大家都吃饭时,两个人说起悄悄话:"老铁,你答应好的给孩子们从县里买好吃的来,咋没买?"

"姐,你看这架势,容俺工夫干哈个事昂?"

"可孩子们这一天就眼巴巴等着咧。"

"姐,你告诉孩子们别急,俺这当爹的一定让孩子们吃上好吃的。"

"好白,但愿你说话算话。"

郭山河一连十天没回家,不能当面向孩子们道歉,而且,沙荆花一走,他马上就把哈个事忘了。工地上干得热火朝天,夜深以后,十分疲惫的郭山河在席棚一角刚铺好毛毡,盖上棉袄,就立即打起呼噜了。十天之后,郭山河派一位村干部到县里报喜:"请齐书记来为俺们第一眼井剪彩!"

齐登科书记当然高兴,通知了镇里的黄选朝,一起来到郭家堡。第一眼井的水龙头上蒙了红绸子,齐书记让黄选朝跟他一起揭红绸子,谁知黄选朝不去,说:"俺不够级。"齐书记便高高兴兴兀自揭了红绸子。郭山河一鼓作气,连续在村里打了好几眼井,全村两千多亩低洼盐碱地全部得到压碱改造,辅以抬田加固措施,也一举成功,全村当年受益,粮食、棉花的产量有了大幅度提高。过后齐书记又叮嘱黄选朝:"你让镇里的笔杆子写份报道交上来。"黄选朝也迟迟没布置。齐书记十分着急,只得让县委秘书写了报道送到省城,发表在省报上。转过年来,郭山河被评为省级劳动模范,参加了全国农业先进生产者代表大会,郭家堡获得了由周恩来总理亲自签名颁发的"国务院奖状"。

哈次开会回来的时候,村委会全体人员、沙荆花、陈玉妮,还有郭山河的孩子们到保定火车站去接郭山河,简直是"浩浩荡荡"的一支队伍。村委会人员控制不住喜悦,急于见到奖状,当即就要郭山河赶紧拿出来让大家看看。于是,就在火车站的空地小广场,郭山河拿出卷成一卷的奖状,打开展示给大家。当时正是晴空万里,阳光灿烂,随行的省报记者急忙拿出照相机,把簇拥着奖状的男男女女老老少少一干人照了下来,随后在省报上刊登了出来。

此时,郭山河方才想起来给孩子们买点好吃的,便对陈玉妮说了这件事。陈玉妮道:"你真逗,正月十五贴对子!俺早就买好了,孩子们都吃过了。还品尝了保定的凉粉,哈是最有特色的小吃之一,由绿豆制作而成,孩子们爱吃,不光味道美,还消暑、开胃,含有维生素和其他多种营养,外观也好看。俺这还有一兜子驴肉火烧,给村委会各位老哥尝尝白。"知识分子就是爱咬文嚼字。

"尝尝,尝尝!"郭山河带头喊。

"尝尝,尝尝!"村委会成员们跟着喊。

…………

"哈是周总理亲手签名的奖状啊,甭眼气,甭咬牙,有本事你也挣一个白!"

"有么哎,把领导蒙住了白,谁不知道'鼻等罐儿'哈两下子!"

"你也蒙一把试试白!"

"俺光明正大做事,清清白白做人,用不着蒙谁,他评上先进也得去面朝黄土背朝天,俺不评先进也在城里坐办公室,吃商品粮。"

镇中学黄晋升供职的地方,莫名其妙地发生一场小小争论。黄晋升因为在屋里咬牙切齿,被同事抢白,而他不甘示弱,又反唇相讥。

无论如何,郭山河再次出名了。当年县大队的战友黄大想来找郭山河求援,他们黄召庄的四千多亩土地也是盐碱地,如果排队等着县里的打井队,至少还要排一年。郭山河在工作非常紧张忙碌的情况下,安排了队伍前去援助。这样的生死之交,即使再忙,也要支援。

保定的妻子陈玉妮带着孩子歇暑假,来郭家堡团聚。一方面为丈夫祝贺,另一方面跟他协商:你的工作是不是可以告一段落,全家应该进城,着手调动事宜了?郭山河道,再等等,忙过这一段,一定考虑。

在外省担任领导职务的郭来福也来向郭山河祝贺了。合作化以后一直在村里低调生活的郭相臣老两口儿病重,郭来福来郭家堡既看望父母,同时也带来两瓶酒,要和郭山河喝一盅。郭来福现在非常忙,不能长时间照料父母,委托郭山河代为照顾,撂下了一笔钱。这都不算么,关键是郭来福与郭山河小酌时说了这么个情况:当年哈个失踪的古德高,离开河川镇后就投奔了郭来福,在国民党部队与郭来福一起同小鬼子拼过刺刀,还在战场上把身负重伤的郭来福背下火线,等于救过郭来福的命。后来郭来福带着队伍向解放军投诚,古德高就和他分手了,哭着说:"来福,俺对不住共产党,俺犯过罪,投过去也是被枪毙。"然后就继续远走他方了,大概是去了新疆。郭来福问郭山河:"你记得抗战时期曾经有个老太太交给你一封信昂?哈个老太太就是古德高的老娘。"

第九章　虚与实

"咋不记得！俺们就是根据哈封信提供的线索,干掉了铁杆汉奸赵志仁。"

"古德高也算为革命做了一点儿工作,你记着,能保他的时候尽量保一下。"

这话一时不好回答。郭山河看着郭来福没点头,也没说话。这种事真的让他不好拿捏。战争过去了,这些遗留问题和后遗症多么让人头疼和进退维谷!

郭来福走了以后,郭山河整夜睡不着,天快亮时,被身边的陈玉妮发现,便问:"咋了? 失眠了?"郭山河便用手帕擦着鼻子长吁短叹——在陈玉妮跟前他是从不甩鼻涕的。陈玉妮干脆不睡了,把沙荆花也叫起来了,三个人在堂屋里点上煤油灯展开了讨论。郭山河说出了自己的想法和忧虑,陈玉妮连连摇头,感叹道,干革命真的很难! 左一左或右一右,都可能造成难以挽回的后果;后人的诟病,历史的记载,更是让人不好承受。老话说,矫枉必须过正,不过正不能矫枉,可人性毕竟是有底线的,守住人性的底线,不剥夺别人的人性,也才能保住自己的人性。但排山倒海的浪潮袭来的时候,往往是泥沙俱下的,不可能哈么清纯。三个人议论一个溜够,也没有结论,沙荆花只是提醒郭山河:你说古德高是叛徒,是坏人,他为么后来又跟着郭来福去杀鬼子?在战场上哈么勇敢?还为除掉铁杆汉奸赵志仁提供线索?古今中外都有"被谁抓住就给谁干"的例子,问题是他本心是么,哪个是他的自愿,哪个是别人的强迫。分不清这些,当你面临为他裁判的时候,就可能在生死簿上乱点朱笔。

难啊,太难了。俺是红星村的书记,是举红星的人,怎么证明你举的是红星,而不是黑星、黄星、白星?过去沙耕读教给俺一招,就是看你是不是在为人民服务。当然,你要明白人民包括的范畴,不能拿人民当敌人,更不能拿敌人当人民。古德高的事暂且放下,郭相臣的事总是该管的白。三个人统一了思想,由郭山河和沙荆花一起承担起照顾郭相臣老两口儿的任务,洗衣做饭,送医送药,直到送终。

沙荆花对郭相臣的一贯表现比较理解。人么,在得意的时候翘翘尾巴,说几句傲人的大话,十分正常;落魄以后就夹起尾巴,见谁都低三下四,原本也是为了自保,这也是情理之中。只要不是与八路军、解放军枪对枪刀对刀地硬干,况且儿子还投诚了解放军,参加解放战争,为新中国做了贡献咧。所以,在照顾郭相臣老两口儿的日子里,沙荆花十分尽力。

谁知这时全国开展了反右运动,郭山河照顾地主郭相臣老两口儿这件事被人揭发,举报到镇里。黄选朝立即决定,把郭山河定为右派,撤掉大队书记职务。可方案报到县里时,齐登科书记拦住了,他想先找郭山河谈谈,他想详细了解情况以后再定,这么好的村干部他舍不得伤害,只是不明白郭山河怎么会倾尽心力照顾出身不好的地主。待齐登科书记约郭山河谈话以后,方才明白,郭相臣名义上是地主,其实早在"土改"时就把土地交了,连价值数万大洋的三进的大四合院和全部红木家具也交了,老年后得到一些照顾和伺候,并无不可。问题是黄选朝哈边十分强硬,一副逮住蛤蟆捏出尿的劲头,就让齐登科书记有些为难,最后折中了一下,只给郭山河定个"思想右倾"的结论,没戴右派帽子。

消息反馈到沙荆花耳中,她说:"齐登科书记还是不错的,如果一切听黄选朝的,差不多得枪毙了你。"消息反馈到陈玉妮耳中,则说:"山河,你似乎不太适合当书记,如果只当个大队长,跟着书记走,可能日子会好过一些。早些到保定二师来吧,躲开哈个是非坑。"

妻子的话是出于真心,郭山河下定决心,离开郭家堡,到保定去,过一种不惹是非的清心寡欲的生活。不就是采采买买,做饭打杂的后勤工作昂,本人天天唱着歌就干了。

黄选朝已经好几年没回黄召庄了。虽说河川镇离黄召庄不过二十几里远,黄选朝却一直没有心情来黄召庄,当然,一个重要原因是黄召庄已经没有他的直系亲属了。他的父亲和叔父早年经商,做皮毛生意,往关外走货的时候结识了东北军的张学良,张学良和手下的一干人马都喜欢皮货,遂安排身边的副官兼保镖刘奎与黄选朝的父亲拜了把子。张学良作为掌握万千兵马的"少帅"当然不是吃干饭的,做事总是留一手,既喜欢你,又不可能给你太高的身价,但却建立了生死关系。黄选朝的父亲和叔父干大了以后,老哥俩就从黄召庄搬到河川镇上去住了,黄召庄只留下老爸老妈,也就是黄选朝的爷爷奶奶。起初,黄召庄还有一些没出五服的侄男侄女,随着河川镇上业务越来越大,缺人手,就陆陆续续都走了。

黄选朝不回黄召庄,也从不与河川镇上的侄男侄女来往,有打听他找他的,一律拒绝见面。原因是父辈与张学良的交往让他心里紧张。共产党对张学良发动的"西安事变"评价甚高,而张学良的副官兼保镖刘奎后来却在抗战形势最困难的时候投了汪精卫。抗战胜利后国共两党都开展了锄奸活动,刘奎被国民党军统抓住处死。虽然黄选朝的父亲与刘奎拜把子是在刘奎投敌之前,跟着张学良的时期,谁能料定刘奎后来走上哈样的道路?但这件事就让人有嘴说不清了。黄选朝非常明白,如果想抓你的小软,是不给你说清的机会的。

好在叔父的儿子黄国贤争气,以坚贞不屈的一死,佐证了黄家与刘奎并不是一路人。但这件事对于黄选朝而言,是心有余悸的,是讳莫如深的。

黄召庄原先也不叫黄召庄,而是有个稀奇古怪让人腻歪的名字:"王八城"。冀中平原有很多像沙家店、刘家沟、陈家堡等一类的名字,但这个村竟然叫王八城,想必一定有点儿来历,村里六十岁往上的人们经常会给后人讲起这个村名与王莽赶刘秀的神奇故事。话说西汉末年,王莽篡政后追剿刘秀,刘秀便撒了丫子逃命,跑啊跑啊跑,一口气蹽到冀中平原的这个村,直把个能征善战的宝马白龙驹活活累死。眼看追兵即到,刘秀不得已告别宝马步行到了换马店,买下一匹老百姓的普通马。后人演绎刘秀的故事说,"司马"一词原本来自刘秀的死马,因觉得不吉利,遂改称司马,而"换马店"的村名就是这样来的,冀中果真有个村子就叫"换马店村"。且说刘秀换马之后,继续向南逃跑。当他跑到一个建有低矮城垣的村子,被村口的大水坑拦住,那马突然前蹄腾空,将刘秀搁了下来,摔进了这个大水坑。而这水坑里住着个已有千岁的王八精,它经常到村里偷油喝,搅扰得村民不得安生。这天王八精恰巧刚刚偷油喝回来,正睡大觉,耳边"咕咚"一声,吓了一跳,睁眼一看,真龙天子掉进水坑里了。凡人眼里是看不出谁是真龙天子的,王八精却看得分明。它被吓得浑身战栗,这刘秀若有个闪失,自己怎承担得起?它赶紧把身子一拱,将刘秀顶到坑沿上。身经百战的刘秀猛一回头,见是体量硕大的巨鳖,以为是这巨鳖作妖把他弄进水坑里的,挥刀便斩,让巨鳖身首两处。而那巨鳖脑袋被削之后,并未落地,一道白光飞走了。刘秀一见,策马便追,但那马似被咒语定住,一步也迈不开。这时,刘秀跑散的兵将也赶到了这里,刘秀就把杀巨鳖的事告诉了大家。大家说:"这是好兆头,砍了王八精,就是摄了王莽贼的魂魄。"军师邓禹便建言:"刘将军,登基的时间到了。别看这个'城'小,却有寓意,有帝城气势。此乃天意啊!"一干人竭力怂恿,刘秀就在这里登了基。其后他果然一帆风顺,一口气打到京城,把王莽活活逼死在白蟒台上。再后来,人们把这个村改名叫了王八城,可叫了时间不长又感觉这个名字不好听,又改名叫黄召庄,意思是上天召唤了刘秀;改王为"黄",得益于《易经》"天玄而地黄"的名句,又与"王"近音。到了今天,村民们虽然知道自己的村子曾经叫过"王八城"村,但都羞于提起。但有一件事很有意思,至今黄召庄村口的大水坑边上,确实有一个古老而硕大的无头石鳖。

"口头文学,不必当真。"这是黄选朝的观点。

他在自家祖坟前站了一会儿,看到了前不久清明节族人前来扫墓的痕迹,整齐排列的几十个坟包都新培了土,堂兄黄国贤的衣冠冢前的白幡随风飘荡——黄国贤的尸骨已经埋到新建的烈士陵园,黄家在自家祖坟给他立了衣冠冢——爷爷奶奶以及上溯十代的祖先都埋在这儿,前些年去世的父母亲、叔父叔母也全埋在这儿。按照神三鬼四的讲究,黄选朝鞠了四个躬,就神色黯淡地反身离开。这时他脑子里猛地闪现出一个画面:他和堂兄黄国贤因给参加保定二师学潮的师生送过饭,上了黑名单,不得不离开保定重新选择道路,要去寻找共产党。父亲神色黯然地拿出两件用羊羔皮吊里儿的棉大衣,递给他和黄国贤,说:"去吧去吧,混得了就混,混不了就回来。"本来父亲希望儿子和侄儿接班做皮毛生意的,既然俩孩子不安分,搭伙出去练练也不是坏事。后来两个人加入了共产党,又被派回冀中地区,回到河川镇四十三村。唉,先人已逝,叮嘱犹在。他庆幸自己押宝没有押错,没有选错道路,对得起列祖列宗,遗憾的是"进步"太慢。多年来绞尽脑汁寻找捷径,然而,效果并不理想,不觉一声长叹。

刚走出坟圈子,村书记黄大想跟头把式地跑了过来,带着一阵黄土站立在黄选朝面前,脚跟并拢,敬了一个举手礼:"老领导好!"又说:"您到黄召庄来,咋不打个招呼?"

"没么大事,打么招呼?"

"您跟俺说一声,好安排人帮您扫扫墓。"

"哈就不必了。这样吧,俺到你家去,咱喝两盅。"

"俺乐不得咧,马上安排。"

都曾经是县大队的人,一个战壕的战友,是不拿吃顿饭当回事的。但来到黄大想家里以后,这家的简陋和贫穷让他完全没有想到。房子还是解放前的土坯房,墙皮剥落处露出里面的土坯,好像裤子破了露出了屁股,十分碍眼。院子里的猪圈里有猪,哼哼唧唧,臭气熏天。脚底下有鸡,也不知道躲人,踢一脚就叽叽嘎嘎地叫,非常烦人。堂屋的八仙桌子的一条腿还短一截,用扣着的瓦盆支着。屋里一把像样的椅子也没有,只有两条黑黢黢的长凳。斜一眼东屋,仍是土炕,炕洞因为烧柴而把周边熏得黢黑。炕上也没有炕被,只是一领草席。黄选朝不想在这儿吃饭了,这样的家境,你还能给俺做出花儿来?

谁知黄大想一把将黄选朝推进东屋,说:"老领导,咱啥土沟、水沟、坟圈子没钻过,死人堆里都滚过,甭嫌脏,上炕,上炕。"硬把心里正膈应着的黄选朝推到炕上,还把他的皮鞋扒了,顺手扔在地上。

在河川镇四十三村一带,土炕,是待人接物的重要场所。客人来了,"上炕吧!"是村民们的最高敬语。尤其冬季,人们喜欢在热乎乎的炕头上聊天、喝茶、抽烟。土炕,也是村民们的"餐厅",吃饭的时候,按长幼尊卑,围坐在炕桌前,热热闹闹一起进餐。土炕,更是千百年来中国农民休息睡觉的温馨场所,烧热的炕头最适合交颈男女传宗接代、种族繁衍的授受大礼,也最适合孕妇坐月子。黄大想搬来小炕桌摆在黄选朝眼前,回身从墙上挂着的褡裢里掏出一盒烟扔在桌子上:"老领导,你且等一小会儿,俺叫老婆去招呼厨师。"

黄选朝拿起烟盒看了一眼,是保定的玉兰烟,他知道,这个烟厂是清末建的,玉兰烟的口感也很好,是方圆左近的烟中上品,黄大想这样的条件如果经常抽这个,显然太奢侈了。他撕开烟盒,抽出一支叼在嘴上,从口袋掏出火柴点上。他使的是泊头火柴,也是河北地区的名品,有着几十年的历史,但也是奢侈品,大多数乡下人眼下仍然使不起,而用火镰火绒点烟。黄大想回屋来了,说外面全安排好了,一时三刻就上饭上菜了。又从躺柜里取出一瓶衡水老白干,掀开遮挡壁窑的脏布帘,从壁窑里取出两个白瓷酒盅,分别摆在两个人面前,就咬开酒瓶盖子,再顺嘴一吐,将酒瓶盖吐到地上,给两个酒盅斟酒。然后从壁窑里又掏出一沓卷烟用的白纸条,撕下一条,再将这纸条撕成两半,一半放进黄选朝面前的酒盅里,让酒完全浸润,一半放进自己的酒盅里。

"这是做么,这酒还喝得?"

"嘿,这比烫酒省事,咱先暖暖肚子。"

黄大想抓起桌子上的火柴,抽出一根划着,将两个酒盅里的纸条点燃,眼看酒盅上燃起蓝色火苗,一会儿就熄了,道:"老领导,就着热,干了!"便率先执起自己的酒杯干了,嘴里嘶哈嘶哈地出着热气。黄选朝几乎不能忍受这样的做法,可是,黄大想如此热情,让他不好拂逆,便硬着头皮也执起酒杯干了。果然,肚子里是一股热流。说话间,黄大想的老婆将饭菜一碗碗一碟碟端了进来,摆在炕桌上。这是个脸膛黧黑五大三粗的典型乡下女人,粗门大嗓地客气了一句:"老领导多吃啊。"

黄选朝没有回答,只是点了点头,算是回应。在黄大想的一再撺掇之下,黄选朝拿起筷子挨个菜都尝了一下,感觉还行,只是稍稍有点牙碜,好像蔬菜洗得不净,甚至洗没洗都不好说,因为这个时期的乡下,吃蔬菜也是奢侈的。一般生产队都不种蔬菜,要吃蔬菜就得到集上买,能不能买得到,都不好说。"您要来俺家喝酒,一定有话说。"

黄大想眨巴着眼睛,给黄选朝续了酒,看着黄选朝。

"可不是么。这些日子,俺一直在琢磨,想跟身边的人说说话。"

"俺是您老部下,跟俺说白。"

"是这样,一个单体的个人,在周边环境不利于自己生存和发展的时候,会想到躲开和逃离。哈么,一个国家在遭到别人强力制裁和封锁的时候,会怎么样?往哪儿躲?往哪儿逃?没有办法,可行办法只有'自力更生,艰苦奋斗',打出属于本国的天地。即使有外国帮你,事实证明,也是要有前提条件的。一般情况下,被封锁和制裁的国家的第一反应是加快自己的发展,不能让人掐着脖子过日子。至于怎么发展得更快、更合理,则要看这个国家的领导层的实际思想水平与操作水平。现在国家提出'鼓足干劲,力争上游,多快好省地建设社会主义',俺就感觉不错。可是,让一脑袋高粱花子的农民炼钢,亩产要达到万斤,还要大办集体食堂,这些事,就感觉心里没谱。上级领导还给加压,俺就想,不行辞职算了,别当落后分子给人家挡道。"

"老领导,俺借着酒劲儿跟您表态,辞么职哎,俺给您打冲锋。"

"不是哈个事。"

"怕么哎,咱啥难事没经过,没见过?"

黄选朝还是摇了摇脑袋。这些日子他从方方面面的渠道了解到现在需要"放卫星",亩产要达到万斤甚至更多。这可能吗?他以自己五十多岁的年龄为资本判断这件事,结论是基本不可能。还要求农民们炼钢,以他的眼光,河川镇的农民们至少一多半是文盲,新中国成立后各村办识字班扫盲,使大多数农民能写自己的名字,识得一些常用字,勉强能读报纸,可若论炼钢,这些人仍属白丁。问题是别的镇都在嚷嚷"放卫星"的事,河川镇不能装傻。

"'放卫星'的事,你听说了?"

"咋没听说,俺天天看报纸咧。"

"要么就试试,你黄召庄先做这件事,看看一亩地能不能打一万斤。"

"种地的事俺可以试试,炼钢的事就算了,俺们村确实没有人能干。"

"好,一言为定。今年你就'鼓足干劲',秋后俺给你庆功!食堂的事该办也办,别让村民们说你落后。"

"好白,不过俺们村真的很穷,经不起吃。"

"吃几天算几天,吃不下去再打住,村民们就没话说了。"

"好白,有您这话垫底,俺立马就干。"

黄选朝离开黄召庄的时候,感觉这酒喝得恰到好处。他给黄大想留下三十块钱,说买酒用,以后再来时喝,时间还长着呢,是白。黄大想起初不想要,推辞一番还是把钱接了,一家人把黄选朝送出老远。黄大想的思维能力与工作能力,没法跟郭山河比,对黄选朝一辈子也构不成威胁,使用这样的下属最放心。

黄选朝也很明白,黄大想走走过场可以,根本做不到"放卫星"。谁最有可能"放卫星"?以他的眼光,就是莽莽撞撞的郭山河。只要把话说到一定的火候,必定能把郭山河"放卫星"的冲动激起来。于是,他让镇上的交通员给郭家堡捎去口信:郭家堡是红星村,镇领导希望郭家堡拿出"放卫星"的具体行动,要走在前面、做出样子。

但交通员带回一个对他不利的消息,郭山河要去保定了,刚刚在村委会上辞去书记职务。这怎么行?黄选朝立即命令交通员:"你赶紧回郭家堡去,告诉郭山河,上级领导要找他,别急着走。"

这边,黄选朝骑上自行车就奔了县里,把正在组织县党委学习的齐登科动员出来,一起奔了郭家堡。齐登科是喜欢郭山河的,对黄选朝与郭山河关系紧张还有些不满意。现在黄选朝这么重视郭山河,自然是齐登科所希望的。他也知道,"放卫星"不是简单事,不是谁都做得到的,唯一寄予希望的就是郭山河。因为郭山河在打井问题上不仅给打井队上了一课,同时给齐登科也上了一课,哈就是:人的潜力是很大的,在你们手里打一眼井要两个月,在郭山河手里只要十天。事情就在这儿摆着,谁不服就来跟郭山河比画比画。

此时此刻,郭山河已经开始在家里整理行装了。陈玉妮给他置办的三个大帆布旅行包,都已经在沙荆花帮助下装得满满的了。这时,一个村干部气喘吁吁地跑来,说县里齐书记和镇上黄选朝等在村委会,让你立马去一趟。郭山河道:"不去,俺已经辞去职务了,村里的事不再管了。"

"哎呀咽,老铁啊,领导们很着急,你看在过去领导们支持过你的分儿上,就去见一面白,别让领导说你摆架子。"

"不去。说不去就不去。已经给俺定了右倾了,与俺没有共同语言。"

"哎呀咽,老铁,别听哈些,咱行得端走得正,听蝲蝲蛄叫还不種地了?"

"俺的问题就是他们定的性昂!"

沙荆花见此就插话了:"老铁啊,你先过去看看,听听他们说啥,回来再做决定,该不该你干,决定权不是在你自己昂?"话音未落,院子里传来另一个村干部的声音:"老铁,齐书记看你来了!"说着,就吆五喝六进了院子,因为院子里有一群半大鸡,跑来跑去,不知道躲人,他们怕踢着,就喊叫着。沙荆花便催促郭山河:"老铁,快出去迎一下。"

郭山河无动于衷,还叹着气坐在炕沿上。此时齐书记已经跟着村干部走进堂屋:"老铁呢,你躲在屋里干么,俺又不会吃了你。"说着话,齐书记站到了郭山河面前,郭山河低着头不看他,沙荆花急忙打圆场,搬过来一个凳子,请齐书记落座,还说:"老铁,快给齐书记点锅烟。俺去沏茶去。"现在屋里有了两个村干部了,他们见郭山河情绪不好,感觉陪在屋里不合适,便悄悄退出了屋子。郭山河勉强从腰上解下烟荷包,剜了烟把烟锅递给齐书记,又把火镰火绒打着,给齐书记点烟。

齐书记把屋里的一切扫视了一遭,抽着烟袋,咳嗽着,道:"老铁,你这屋里有几年没拾掇了?墙皮这么黑,也不刷刷浆?看房梁哈个檀灰(带尘土的蛛网),年前也不扫扫?"

郭山河不说话,眼睛紧盯着齐书记脚上的一双染着黄土的黑平纹布的圆口布鞋,哈是战争时期村里妇女们为支前天天做的哈种布鞋。他没像黄选朝哈样,为表明自己是干部,整日穿一双钉了铁掌的皮鞋,嘎噔嘎噔到处走。

齐书记吧嗒吧嗒抽了几口,又道:"听说你要去保定,不在村里干了?"

"俺这思想右倾的人,不配当村书记白。"

"老铁,你咋心眼儿这么小,哈个就是个提醒,有则改之,无则加勉,甭当负担。"

"俺老婆看俺干得费劲儿,简直像受罪,给俺办到了城里,俺也想了,枪林弹雨咱经历过了,风霜雨雪咱也经历过了,没有愧对国家和祖宗,这辈子,值了。到城里过几天清静日子去,啥都不想了。"

"老铁,这不是你该说的话!俺来县里时间不长,可俺从方方面面得知,整个河川镇四十三村,出色的村书记是谁,是你郭老铁!现在大家都在学习毛主席著作,俺权且给你背几句:'夺取全国胜利,这只是万里长征走完了第一步……中国的革命是伟大的,但革命以后的路程更长,工作更伟大,更艰苦。这一点现在就必须向党内讲明白,务必使同志们继续地保持谦虚、谨慎、不骄、不躁的作风,务必使同志们继续地保持艰苦奋斗的作风。我们有批评和自我批评这个马克思列宁主义的武器。我们能够去掉不良作风,保持优良作风。'眼下全国都在轰轰烈烈建设社会主义,你这个红星村的书记年富力强却要扔下红星,刀枪入库,马放南山了,是不是早了点?"

"唉!怎么跟您说呢齐书记!"

"老铁啊,你的情况俺已经都了解了。社会是复杂的,人和人之间是有差别的,对问题的看法也不会完全一致,看开一点儿白,走,跟俺到村委会去,黄选朝还在哈等着咧。"

一个人一生会有很多这样的转折和"裉儿",审时度势是应该的,但审时度势并不意味着能够做出正确抉择。郭山河明白这一点,因此求救一般把脸扭向沙荆花,这种"裉儿"上他特别希望沙荆花发表意见。沙荆花神情专注地看着郭山河,眼里的目光是慈爱的、温馨的,但大脑却在急剧转动。她在犹豫,她心里明镜似的,一事当前没有人不思考,但仍然会出错误。因为人是有局限的,她也承认自己有局限,因此,她现在做出的抉择也未必正确,所以,迟迟没有说话。齐书记见郭山河瞄向沙荆花,在等待沙荆花说话,便明白沙荆花在这个家庭是起着重要作用的,便冲着沙荆花抬了一下下颚,又拿烟锅敲了一下沙荆花身边的炕沿,意思是"你说话呀"。

沙荆花终于开口了:"老铁你先去,听听是么事,回头该走还走你的。"

几个人都有了下台的台阶,齐书记便夸奖沙荆花识大体,顾大局,是个好内助,便相跟着走出屋子,叫上院子里一直等着的两个村干部,呼噜呼噜地走出院子,朝村委会走去。一边走,齐书记一边说:"老铁,这些年来你顾不上收拾家里,俺看你哈个土坯房有点儿不像样,回头俺安排一帮人给你弄弄房子。"

郭山河开始甩鼻涕了,道:"齐书记您千万别这么干,这些年来俺从没要过特殊待遇,俺也不是盖不起砖房,俺是不想在这方面走在群众前头。大家都没住砖房，俺为么羊群里出骆驼？"

"听说你开始治鼻子了，还没治好昂？——你刚才的话也对也不对，对的是你不想搞特殊，不对的是你和自己想进城的想法自相矛盾。你的村民谁进得了城？"

郭山河一只手揉着鼻梁，点着头。他方才发现，齐书记是有真才实学的人，别看他整日忙于工作，其实一肚子墨水，刚才这两句话噎得他哏儿喽哏儿喽的。接下来齐书记的话就更让他佩服得五体投地了："老铁啊，下一步县委要从一线村干部中选拔优秀分子进机关，当股长、科长、镇长、副县长，俺们已经把你纳入视线了，你却半截腰要溜。咱河川镇有多少事要干？先别说'赶英超美'，最起码要家家住上红砖房，过年过节吃上白面白？如果连这点儿雄心壮志都没有，社会主义咋能'多快好省'咧？咱为么搞'大跃进'？不就因为别人封锁俺们、压制俺们，不让俺们发展——落后就要挨打，你知道哪天侵略者再打进来？小鬼子的刺刀，汉奸的老虎凳，是好玩的昂？所以步子才要迈大点儿昂！"

郭山河感觉脑袋都要裂开了。齐书记的一句句话像钢针一样，扎向他的心脏；而走与不走这个问题像钢锯一样，在他的心脏上拉扯。在村委会见了黄选朝，他面无表情、木木呆呆，而黄选朝当着齐书记说尽好话，似乎在捐弃前嫌，乃至还有些恭维和奉承，在遣词造句上搜肠刮肚，把郭山河夸得像一朵花，最后就是希望郭山河在"亩产万斤"问题上迈出一大步。全镇都看着你这个红星村呢，你还是劳动模范，不能扔了红星自己去享清福白。

郭山河初步答应，要在"大跃进"中有所作为，保定哈边暂时不去，十分低调，不敢拉满弓。不过，他的承诺已经让齐书记和黄选朝感到满意了，这起码给了他们台阶下，否则他们费了哈么多口舌，连一句承诺都得不到，怎么出得了村委会这个门？

164

消息回馈到保定二师的陈玉妮，她听了便有几分恼火。吃了这么多次亏，怎么还信黄选朝啊？她已经把房子收拾出来了。她在叔叔陈之谦帮助下，在保定城西大街买下一个五间房的小院，其中一间屋是给叔叔陈之谦的，打算把住校的叔叔接过来住。陈玉妮花钱请人把每间屋都收拾得非常干净素雅，夫妻俩的卧室挂着他们全家福的大幅照片，书房哈屋特意打制了硕大的书架，上面摆满了夫妻俩最喜欢的各种书籍。最重要的一件事，是老校友梁斌写出了一部长篇小说《红旗谱》，在全国引起轰动，城里的人都在读这本书，陈玉妮当然也及时买到了，而梁斌就是邻县的人，现在住在天津，叔叔是梁斌曾经的校友和朋友，已经联系到梁斌，邀请梁斌近期来一趟保定，到二师做客，顺便来陈玉妮家看看，叔叔要在这里与梁斌叙叙旧。

为么不在二师或叔叔家叙旧？因为叔叔早年丧妻，一直住校，不便招待。梁斌过去就是叔叔眼里的佼佼者，现在招待梁斌，当然要找个温馨方便的好处所咧。

陈玉妮等待郭山河早些进城，与她一起帮助叔叔接待梁斌。见郭山河迟迟没来保定，她便抽空亲自跑到郭家堡来找他。哈天，郭山河正在村里接待省报记者。哈个记者，就是曾经跟随郭山河到北京开会，拍过照片的，现在他的身份兼职了省委的特别通讯员。此时，郭山河正领着社员们在大田里除虫，在半人高的玉米地里穿行，人人腰上挂着一个柳条编的篓子。有人手里拿着一个自制的竹镊子，把玉米秸秆或叶子上的虫子捏下来，放进篓子，有人是用一根针，把虫子挑下来，也是放进篓子，回家要喂鸡。这既是除虫，又给鸡预备了最好的食粮。鸡是最喜欢吃虫子的，吃虫子以后下的鸡蛋也最好吃。社员们排成一行，扫荡式前进，不漏过一棵玉米，不放过一只虫子。

脖子上挎着照相机的记者和头上戴了草帽的陈玉妮都找到了大田里。头顶上烈日炎炎,干洌的风吹在脸上,脚底下磕磕绊绊,田垄还不能随便踩,他们走过之处都有社员培土。

记者揩了一把汗,问郭山河:"有的村上报一亩红薯产量十万斤,有的村上报一亩小麦二十万斤,一个土豆五十斤,一个南瓜一百二十斤。你是红星村的书记,还是劳模,打算一亩玉米上报多少斤?"

"种庄稼又不是变戏法,哈些说法你信昂?"

"俺也将信将疑,可问题是你是举红星的人,总不该无动于衷白?咱省报等着上你的消息咧。"

"俺的消息就是按照自然规律种庄稼的消息,没根据的瞎鬼的事咱不干。"

"可现在周边的村庄都上报得很高,棉花不少于千斤,小麦不少于万斤;人们都说,人有多大胆,地有多大产,甭管能不能实现,先报上去放个'卫星'再说,否则就不符合上级领导意图。"

"哈个不是掩耳盗铃,自己糊弄自己昂?"

"黄召庄就上报了一亩小麦二十四万斤,一亩棉花五万斤。"

郭山河又开始甩鼻涕了:"哈个黄大想白?记者老兄,你算过昂,光粮食、棉花堆在哈一亩地里,得有多厚?别说是小麦和棉花秆多粗多重了。回头俺找他去,问问他是怎么实现的!"

陈玉妮早已按捺不住,掏出自己的手帕塞进郭山河手里,插话道:"山河,人各有志,你甭强求,现在的情况十分明了,有人愿意顺杆爬,有人不想顺杆爬;顺杆爬的可能'好风凭借力',不想顺杆爬的可能被革职。你不要乱表态,既然已经打算走了,保持平安最好。"

"俺是想平安,可没法平安啊。"

记者抹了一把汗，又说："山河书记，俺再说个情况，前儿天省领导去了天津小站，你知道小站上报了多少？哈个真是'放卫星'咧。"

"多少？"

"三十万斤。"

"简直是说梦话，别说三十万，三万、三千也不行，地力就哈么大一点儿，你上二尺厚的肥，苗都烧死了，怎么能收几十万斤？这种吹牛法，是给国家丢人！"

"山河书记，俺劝你还是报一个吧，哪怕翻一番也行啊，也算你这个红星村的红星还亮着。"

"你甭拿大帽子压俺，俺不报。"

记者见劝说无用，拍拍郭山河肩膀，嘴里无奈地"哼"了一声，转身走了。陈玉妮在他身后喊了一声："谢谢你记者老师，天这么热还跑到大田里采访！"记者也不吱声，只管深一脚浅一脚一个劲儿地走，可能他回去也不好交代，红星村的书记、老劳模的这种表现，不能让人满意白。

陈玉妮对郭山河道："俺已经在保定市里买下一个小院，咱一家和叔叔都住得开，叔叔还邀请了当红作家梁斌来咱家，过几天可能就过来了。你听说《红旗谱》了白？"

"在报纸上见到了，俺争取去见梁斌一面，写咱邻县千里堤滹沱河的故事，俺当然要拜见啦，还得要一本亲自签名的书咧。"

"俺天天忙的时候，啥都不想，可不忙的时候，眼前都是个你，人想人的滋味真难受咧。"

"这不就见了？"

"俺想天天看着你，不时就摸一把你肩膀的腱子肉，哈才是真实的你。"

"俺就在你跟前,想摸俺就摸白。"

陈玉妮不由分说,伸手抚摸起郭山河的胳膊、肩膀、脖颈、腰背,一下子摸到了郭山河的痒痒肉,他扑哧一声笑了起来,陈玉妮便抽冷子亲了他脸颊一口,方才作罢。两个人又约好了与作家梁斌相见的时间,便一起干起活,用镊子抓起虫子来。陈玉妮陪着自己心爱的丈夫干了一阵,又叮嘱几句,就返回了。她在田垄上也是深一脚浅一脚地走着,方觉后背凉森森的,原来是活儿干得不多,汗已经出来了。细一想的话,村民们真是不容易,任你是天皇老子,也不该轻视农民。然后又偷笑,自己似在自作多情咧,村民们感情粗粝,你轻视俺要这么干,你不轻视俺也要这么干,千百年来哪个农民是按照别人眼色、听从闲言碎语生活的?

而转天,上级领导就来通知了,要郭山河这个红星村的书记和劳模跟着队伍去奚水县参观取经,看看人家是怎么"放卫星"的。奚水县这个"卫星"放得不小,竟然宣布实现"共产主义"了:吃饭不要钱,放开肚皮吃,家家吃公共食堂;儿童上幼儿园;老人进敬老院……谁知在走访中郭山河又"大放厥词":"这算啥'共产主义'?党章上是怎么说的?'共产主义'是人类的最高理想,像奚水县这样就够最高理想了?俺看它差得远!"

在参观过程中,他边走边挑毛病,人家粮食缸里的粮食(玉米)堆得冒了尖儿,他偏偏伸手向下压一下。这一压不要紧,上面的粮食漏下去了,里面的柴草露出来了,弄得人家非常尴尬,他却逮住了理:"你们瞧瞧,就这点儿粮食,能叫共产主义?"参观猪圈时,他见圈里的肥猪东一头,西一头,不抱团,他便使劲儿往一块儿轰,可轰到一块儿猪就咬架。郭山河乐了:"瞧见没?这不是一家的猪,是临时凑在一起做样子的!"哈家的男主人刚才还侃侃而谈,大讲养猪经验,现在闹了个大红脸。

带队的干部把郭山河拉到一边，气哼哼道："你老铁是咋搞的？咋专干拆台的事？"

"俺讲究实事求是还错了？他弄虚作假你不质问，咋质问俺咧？"

一场教育郭山河这类干部的现场会，在郭山河的"干扰"下，没有收到应收的效果，人们悻悻然离开奚水县。带队的干部非常生气，回头就到河川镇找到黄选朝告了状。黄选朝微微哂笑，对客人说："全是意料之中，郭山河原本就是'哪壶不开提哪壶'的人，非常遭恨，他这么闹，让人家怎么下台？中国人讲究'看破不说破'是白？"客人点点头，感觉黄选朝这位领导说话非常有内涵，便问："'看破不说破'非常智慧，是不是有出处？"

"哈当然！"黄选朝一下子来了精神，"这个话题俺可以给你讲十天，只是现在讲这个不合时宜。俺告诉你，'看破不说破'，是个大学问家在大学的课堂讲义的题目，内容是讲禅学的。"

"哪个大学问家？"

"不便说。"

客人有些尴尬，干笑起来。黄选朝却继续了："咱单说这个讲义，不提作者(胡适)，这个讲义属于中国的禅学之萌起之发展、之门户之道宗、之理论之变迁的考据成果，但讲义里为了将原史还原，旁征博引非常之多，俺们凡夫俗子，无法读通读透，早年间俺接触时只觉得艰涩乏味，如同嚼蜡。但里面偶尔也穿插诙谐调笑，或许是要俺们无禅心之人，来窥禅史演变并触类旁通。于是，以思辨方式，从眼前并无么子意义的繁花似锦说起，回归到质朴与灵慧——这个，这个，用曹雪芹的话来说，就是所谓'世事洞明''人情练达'了白。"

黄选朝的话影影绰绰，透着学问，透着高深，让文化不高而求知欲强烈的客人欲罢不能、五体投地。又是禅心,又是灵慧,还有曹雪芹,太莫测高深了白? 这位客人回头就把话传开了:"河川镇镇长黄选朝,十分了得!"而郭山河的话题反倒撂下了。

第十章　死与生

　　黄大想在黄召庄放了"卫星",但他没有真的搞一个二十四万斤的样板,他知道哈个是空话,可行的办法是搞一个万斤的。他把二十亩地的小麦集中到一亩里,麦棵子一根挨一根,他派人给黄选朝送信,请镇领导来看看,黄选朝不来,只说:"俺给你叫个记者来,照张相发表就行了。"这时,有老农告知黄大想,你把麦棵子弄这么挤,不通风,就该烂了。黄大想感觉此话有理,便从大队搬来打谷用的手摇鼓风机,稳在地头,安排十个壮汉轮流上阵摇起,让出风口对着麦棵子下部猛吹。可是记者迟迟不来,把十个壮汉累得不行,大队还组织人天天给他们送吃送喝,夜里也不让回家,就在地头搭个席棚轮流睡觉。终于,三天后记者来了,黄大想笑呵呵介绍:"你看这亩万斤麦田,密密实实,像一领席,这边推,哈边动。你推一下试!"记者只是呵呵一笑,不推,照了两张照片,问了问情况就走了。记者好像不够兴奋,是这"卫星"放得太小,还是没有新意,不得而知,报纸发没发消息,也不得而知。

但事后这集中到一起的二十亩地的麦子,因没在合适的节气里得到应有的灌浆,有的烂在地里,有的成为半空心的秕子,黄召庄的人对黄大想好一顿责怪。秋后村里十好几户粮食断顿儿了,黄大想丢光了面子,想辞职,可是黄召庄的村委会成员一致不同意,为么,因为你还没赔回损失。黄大想只得厚着脸皮向镇里伸手,请求黄选朝想办法。

这个秋后,不光黄召庄,还有很多"放卫星"的村子闹了饥荒。好在这些年来,黄选朝在镇上留有些许"后手",以备不时之需,现在派上了用场。此时开仓放粮,算是解了黄召庄等村的燃眉之急。他这个粮仓在镇政府后院,比较隐蔽,上级领导都不知道。原先只对同僚说"这里的粮食是周转粮,在这儿搁着只是暂存",于是无人计较。镇里居民有不少是吃"统购统销"商品粮的,因国营粮库仓储紧张在此分存一部分,也属正常。此时一放粮,很多村子赶着大车来领粮,就再也不好解释了,便被下属告到了县里。县领导急忙下来查看,见库里已经空空如也,粮食已经发下去了,再收回是不可能的,强收的话说不定就会出人命。于是,黄选朝获得"欺下瞒上"罪名而遭记大过处分。违反国家政策私存哈么多粮食没有上缴,这是该掉脑袋的节奏咧。"好在黄选朝全用在赈济无粮村民身上,个人并没有拿走一斤。"这话是县里齐书记说的,算是把他保下来了。天天在办公室写检查,写就写呗,渡过难渡的一波,最为重要,黄选朝吸吸鼻子,淡然一笑。

而郭家堡平平稳稳,村民们感谢郭山河,做了功德牌匾送给他,上面刻了金字"模范书记"。郭山河感谢村民们,但他没把牌匾挂出来,而是放在躺柜后面了,只是做个纪念,如此而已。但红星村的这种表现不能让镇领导满意,秋后收了玉米打了场以后,镇里黄选朝为戴罪立功,遂派出干部长驻郭家堡,组织村民们盖起高炉,开始大炼钢铁了。因为村子里确实找不到内行,连简单的原理都说不清,于是黄选朝把镇中学的师生派来一部分,其中包括黄晋升,来领导炼铁。黄晋升本来在郭家堡当过副书记,与很多人都相熟,工作就比较快地开展起来。

他们盘起了几座小高炉,通上风箱,没有原料就发动全体人员四处收集废钢铁,甚至村民家里暂时不用的锄头、铁锹、破锅一类物件,也全部上缴,送到小高炉跟前;镇里支援了一部分煤炭,方圆左近的树木也伐光了,将煤炭点燃后再续上废铁,就开始冶炼起来。煤炭消耗很多,炉火也很旺盛,可就是化不开废铁,反而把土炉给烧塌了。黄晋升经过了解,方知垒小高炉需要耐火砖,又听说天津有专门生产耐火砖的厂子,于是就派人到天津买耐火砖,重新垒起了土炉。几经折腾,终于有了收获,把废铁融化烧结在一起了。因为是废铁与煤炭混合烧制,所以炼出来的钢都呈豆腐渣或瘤状,作为"放卫星"报喜的材料送到镇上,供各方面人员参观的时候,人们总是忍不住要问:"这就是郭家堡炼出来的钢铁?""这样的钢铁有么用哎?"

因为原料和燃料来源紧张,郭家堡一度发动全体人马外出捡拾废钢铁,四处伐树,黄晋升也通过父亲想尽办法淘换煤炭,但最后终究难以为继败下阵来。而在这整个过程中,郭山河被排斥靠边站了,谁让你在大潮流面前不积极咧。在这个阶段,黄晋升是代行村书记职务的。郭家堡人和一干师生,断断续续干了半年多的时间,虽没有完成上级下达的钢铁任务,但终归做了努力。之后,他们把所有不成型的"钢铁",送到了指定地点,至于这些钢铁有么用途,他们就不得而知了。黄选朝父子因为给上级领导作了劲,得到表扬,撤销了原有的处分,黄选朝还因为资历较老,眼下又是用人之际，被提起来做了副县长，仍然兼着河川镇的书记，而黄晋升做了河川镇副镇长。柴金菱等人必然兴高采烈，于是整个黄家欢天喜地，在家里摆桌庆祝。

原本不同意办大食堂的郭山河妥协了，其实是他"靠边站"了，现在黄晋升在村子里呼风唤雨，村民们认为反正大食堂是吃自己，"不吃白不吃，白吃谁不吃"，便放开了喉咙。尤其黄晋升定的方案是先吃细粮，让村民们解解馋，当当"国家主人"，这么冠冕堂皇的理由，谁敢阻拦？村子里一个投诚伪军出身、曾经给郭相臣当过佃农、一贯省吃俭用的老叔，在第一天吃炸酱面时，粗瓷海碗吃了三大碗，打着饱嗝回了家，到家就感觉肚子疼，就忍着，想等吃饭的儿子回来带他找村里土医生看看，结果儿子回到家，发现父亲已经咽了气。另一个吃多了的，见情况不好，让儿子借了板车拉着他到县医院看病去了，医生给他照了X光，说是胃出血，撑的，留下住院开了刀，保住一条命。村子里转天有一半人出不了工。

这边库存粮食日渐减少，哈边公共食堂里还在海吃，乡里乡亲们丝毫觉察不出半点儿危机，郭山河的心都快揪出来了。他多次向其他村委会干部告诫：照目前这个吃法，再大的家业也经不住；马上禁止是不现实的，谁也不敢不让大家做"国家主人"，但要赶紧实行按人定量打饭；过去郭家堡最趁钱的郭相臣家，也不敢顿顿饭都吃好粮食而不吃一点儿粗粮和代食品；大炼钢铁不能忘了播种玉米和红薯，否则来年吃么哎，交么哎？

非常遗憾的是，此时村子里支持郭山河的只是一小部分人，多数人对他嗤之以鼻。于是，他的意见被当成了耳边风，甚至黄晋升在村委会上还质问郭山河："你要螳臂当车昂？别忘了你是靠边站的人！前不久毛主席发表了新的诗篇，你知道是哪篇？"郭山河一言不发只是低着头抽着烟袋，吐出一口口浓烟。"俺给你扫扫盲白——牢骚太盛防肠断,风物长宜放眼量。莫道昆明池水浅,观鱼胜过富春江。"又对另一个村干部郭瓢子道,"瓢子,你回头带人在村西挖个坑,把五曲河的水引进来,养点儿鱼,凡是工作有牢骚的人,都让他们去观鱼,受受教育!"

事过之后,黄晋升真的安排郭瓢子去挖坑了,郭家堡便真的有了个养鱼坑,这个坑原本是嘲弄郭山河的,后来却作践了他自己。不过,在当时的情况下,黄晋升能够言必行、行必果,还是很让村民们佩服。黄晋升以镇领导的身份,命令郭山河去养鱼坑养鱼以示教育,你天天"观鱼",观上一两个月,能清醒了白,还闲得难受乱发牢骚昂?哈些日子,郭山河天天坐在坑边,看看坑里游来游去的鱼,看看村子里大食堂烟囱冒出的青烟,再看看没人侍弄、草比庄稼高的庄稼地,百感交集,百思不得其解,甚至怀疑起自己:可能自己真的错了。他想起过去在保定二师和陈玉妮经常吟诵的唐代李白发怨愤的哈首诗:"弃我去者,昨日之日不可留。乱我心者,今日之日多烦忧。长风万里送秋雁,对此可以酣高楼。蓬莱文章建安骨,中间小谢又清发。俱怀逸兴壮思飞,欲上青天揽明月。抽刀断水水更流,举杯销愁愁更愁。人生在世不称意,明朝散发弄扁舟。"哈个时期是小知识分子的情怀,手挽手读诗,怨天怨地发牢骚,眼下早已没有了哈种"小",代之而来的是陆游的《病起书怀》:"位卑未敢忘忧国,事定犹须待阖棺。"哈也是他和陈玉妮经常吟诵的诗句。往事如烟,他眯起眼睛,朝着眼前的水坑里吐了一口唾沫,谁知立即被水里的一条小鱼吞掉了。

为了给儿子捧场,黄选朝亲自带着孙子黄天厚来郭家堡吃大食堂,哈个日子像过节,黄晋升在大食堂的门口拴了红绸子,从邻村请来了吹鼓手,吹起唢呐,敲起锣鼓,舞起秧歌。黄选朝"与民同乐",加入了舞秧歌的队伍,欢声笑语,闹作一团。待他们走后,郭家堡的大食堂维持了两个月，便捉襟见肘，库存粮食要吃光了。黄晋升不便出面，让郭瓢子宣布：从即日起，取消饭菜管饱、不上计划的做法，改为按人定量打饭；又鉴于以往大家对炒菜意见很大，今后大食堂只供应主食，取消炒菜。定量以后，必然不能保证人人吃饱了，人们不再围着大桌子吃饭，而是把饭打回家吃了，哈种热热闹闹的气氛也随之消失。饭量大的人，有提意见的，就被黄晋升勒令去养鱼坑"观鱼"。

郭山河也得去吃大食堂，否则就等于不支持黄晋升工作，再说建了大食堂以后，大队不再给个人分粮食，你不去吃食堂，到哪儿吃饭？他每天都是最后一个到大食堂吃饭的人，郭瓢子跟他私交不错，见此时已经剩饭不多，估计他吃不饱，就把每次蒸胡萝卜的汤汁给他留着。郭山河也担心沙荆花会吃不饱，就把食堂煮完胡萝卜剩下的汤汁，灌到铁罐里拿回家，再熬成粥状与沙荆花分享。此时，沙荆花便说："好，比小贩卖的梨膏糖还甜。这是你这么多年以来最严重的'特权'，不过，是因为留饭不多给你的照顾！"

时隔不久，窝头突然变小了，粥变稀了，各家各户去打饭的人，开始计较起厨师称饭时秤杆的高低、秤星的准确度了。打粥时厨师的大勺子歪一点儿，村民就会骂街，三天两头会有人把已打回家的饭食又拎回来让厨师重新过秤，如果厨师不配合，村民就会大打出手。一个练武的后生因为对厨师不满意，把稀粥泼到了厨师脸上，出门时回脚一个搏腿功，将食堂大门踹散了。

时隔不久，主食取消。其实不能算取消，而是改为稀粥里带胡萝卜块，整个郭家堡的库存粮食已经基本告罄，食堂能供应给大家的饭食，只剩下夹带胡萝卜块的玉米面粥。家家户户不得不自己在家二次开伙，从各种渠道淘换来南瓜、白菜、豆角之类充饥。"时隔不久"这个词儿在这儿不是受欢迎的词儿，但却不能不说，因为它来得实在频繁,绕不过去,因为真的是时隔不久,瓜菜都被吃光,人们又将目光投向了长在荒田野塘的各类野菜上,其中有不少野菜,过去是连猪都不爱吃的。用来"观鱼"的哈个坑,已经被捞了无数次,早已连个鱼毛儿也没有了,一些一蹿一蹿的用于喂鸡的鱼虫子,也被村民们用口罩布缝了鱼抄子捞光了,回家煮着吃了。大田里的蚂蚱、油葫芦、油壳螂,全被捉光,回家烤着吃了。一些田鼠的洞眼儿,被村民们挖得老大,烟熏、水浇,直到捉住田鼠为止。天上的麻雀也几乎被抓光,哈是见一个抓一个的。抓麻雀的方法独特,人们举着棍子、秫秸轰赶,不让它歇气,而麻雀本身飞不远,要飞一气歇一气,这就倒霉了,很快便累得从空中掉下来,于是就立即被投进火中,变为食物。

黄晋升因为是镇上的干部,每天回镇上吃饭、睡觉,他是怎么解决吃喝问题的,村民们不得而知,也没人追究,你也没权力没资格过问和谈论人家。但村民们饿急了的时候,会找出气筒。他们蓦然间发现了大食堂做饭的厨师郭长福脸色红润,与一般人不一样,于是,很多人围在大食堂的门口开始卷街。

郭长福是郭相臣出了五服的侄子,但解放前给郭相臣当过佃户。现在人们首先联系到出身,说他身上有地主的影子,是地主狗腿子;其次,多吃多占也是板上钉钉的罪名,哈张红脸膛就是铁证;打饭也"看人下菜碟"严重不公,偏向自家人和队干部;作风不正,年轻漂亮的女人来打饭,就多给。这最后一条完全是无中生有,却传得最广。因为郭家堡的年轻漂亮女人几乎没有,勉强有几个稍稍有点儿姿色的,早都嫁到了外村。郭长福的嘴有点儿歪,哈个是"胎里带",并不影响吃饭、说话,此时也变成村民们的"骂资"。

村子里一贯泼泼辣辣,经常找生产队闹事的"坐地炮"郭三嫂子,一天跟头把式地跑来,将半盆胡萝卜粥"嘭"一下子蹾在大食堂称饭的铁皮秤盘子里,叫道:"嘴歪眼也瞎的王八蛋你自己看秤!"郭长福对郭三嫂子的随口骂街是司空见惯的,但这次她直接把矛头对向自己,还是第一次遇到。从秤星上看,打给她家的胡萝卜粥是分量略有不足,但一向精明的郭长福绝不想认账,因为他很清楚,认了这个账,就等于否定了自己以往全部的工作,他必须死撑到底。于是,他回击道:"打出去的粥是热的,你打回家水汽跑了还能不轻一些? 再说你儿子来打粥,谁能保证他在路上没偷着喝一口!"

"俺家三代贫农,俺孩子诚实着咧,你这个地主的狗腿子嘴歪眼瞎心也瞎!"

"算了算了,甭胡呲了,他也是'三代贫农'!"郭瓢子怕他们动起手来,急忙过来拉架,又从锅里象征性舀出半勺粥,补到郭三嫂子的粥盆里,这事算了了,否则不知会骂出什么难听的话来。回头郭瓢子也骂了郭长福:"你就这么不争气,现在形势这么敏感,你多吃哈一口有么好处?"

郭长福是郭瓢子的叔伯兄弟,说话不见外,便据理力争:"俺多吃个屁呀,俺天天吃啥你不都看着了?"

"哈你的脸咋就比别人红了?"

"哈是俺吸收消化功能好,吃了饭反映到脸上,让人一目了然。你们脸不红,是没有良心,吃了饭脸上还发黄,给生产队抹黑!"

郭长福非常生气,撂挑子不干了,闹他个妈的。他把白大褂一脱,随手扔在案板上,一走了之,炉火也不管封了。郭瓢子在背后喊:"狗日的你不能走,你走了谁干?"

郭长福道:"谁爱干谁干,反正俺不干了!"

"俺开除你党籍!"

"你随便!"

郭瓢子气得够呛,当即走出食堂,骑上自行车到镇上找黄晋升去了。他要和黄晋升协商两件事,一是开除郭长福,二是撤销食堂。黄晋升对这种事当然是同意的,郭家堡的现状他心里明镜似的,而问题是郭瓢子提的,这就让他有了"退身步",如果上级领导追究,他就把郭瓢子这个替罪羊推出来。郭瓢子从镇上回来的时候,见村里浓烟滚滚,赶过去一看,却是大食堂遭了火灾,已经烧成一片废墟。村民们都围着看热闹,却没有人救火。两天后,一声尖厉的警笛声打破了郭家堡的宁静,街上村民们脚步杂沓地奔走相告:"公安局来抓人了!公安局来抓人了!"

郭山河也神情落寞地跟着跑出去,却见一辆土黄色警车停在村街上,两三个公安人员正架着郭长福向车上走去。原本就嘴歪的郭长福,此时嘴更歪了,口水也耷拉下来,而且已经失去了行走能力,裤裆全是湿的,几乎是被拖上车的。时隔不久,镇上传来消息,郭长福被判了三年徒刑。没判刑以前,郭瓢子曾经找过黄晋升,说郭长福毕竟是自己的堂兄弟,操办大食堂以来,郭长福兢兢业业,没有功劳也有苦劳,再说这把火还说不定是哈个有牢骚的人放的(他自己也始终不知道大食堂为么着火),请求黄晋升帮着说句话,早点儿把临时拘留的郭长福放出来。谁知黄晋升这样回答:"群众的眼睛是亮的,既然大家都反对他,判几年让他清醒清醒是好事!"就这样搪塞过去。

郭家堡的事,一桩桩一件件,让郭山河痛不欲生。但他因为靠边站了,没有发言权,只能看着,暗憋暗气。他一跺脚便真的回到保定与妻子陈玉妮和孩子们团聚了,最高兴的事是见到了他非常崇拜的老校友、作家梁斌,得到了梁斌亲手签名的《红旗谱》。这是他这段生活中的唯一亮点。梁斌比他大八岁，目光炯炯，身体康健，一口不改的家乡话，因有着"高蠡暴动""反割头税""保定二师学潮"的亲身经历，加之深厚的政治、文学造诣，几经磨砺，写成皇皇大作《红旗谱》，为后人留下宝贵精神遗产。谈到眼下的潮流，梁斌不便直言，只是说："现在下么结论都为时过早，出水才见两腿泥，往后看白！"而梁斌为写《红旗谱》一再辞官的经历，让郭山河十分汗颜，自己在郭家堡没有取得更出色的成绩，就离开了，内疚啊。他担心下一步郭家堡没有好日子过——今年一年基本都大炼钢铁，大队里基本没怎么干农活，秋后无粮可收，吃么，交么？

就在郭山河在保定二师做起后勤工作，刚刚顺手之时，村里的副书记郭瓢子找他来了，说现在村里好几十户吃不上饭，打算外出逃荒、要饭，请村里开出大队证明，可镇上不让开（没有大队证明，走到哪儿都被当作"盲流"，会被劳动教养），你去帮着说说情，总不能眼看着大家挨饿见死不救白？郭山河一听这话，大脑便"轰"一下子，仿佛放了一个炮仗。俺们红星村已经闹到了这步田地！可黄选朝对他的一贯态度他是知道的，只怕去也白去。郭瓢子见郭山河迟疑不表态，一条腿跪了下来："你终归当过县大队队长，和黄选朝在一个锅里舀过马勺，是白！"郭山河想说，你这话没错，但现在的情况是天上地下，黄选朝怎么可能听俺摆布？他还在犹豫，郭瓢子便加码了："你也祖祖辈辈都生活在咱郭家堡，是曾经的举红星的人，现在村里成了这个样子，你忍受得了？——今天这话算俺白说，这一跪也白跪，俺是个睁眼瞎，看错了人！"郭瓢子"啪""啪"地抽起自己的嘴巴。郭山河泪水一下子涌出眼眶，拉起郭瓢子，拥着他就出了门。

郭山河以自己的老面子拦住了乡亲们，大家熙熙攘攘地来到镇政府，找到黄选朝。在黄选朝面前从来不肯低头的郭山河，学着郭瓢子单腿下跪,对着黄选朝抱拳作揖,以求情的口吻说,把镇上粮库打开,给乡亲们借一点儿口粮白,开一点儿副业的口子白?否则这么多家都断顿儿了,要死人的!黄选朝道:"你让俺开粮库?前不久刚刚给俺一个记大过处分你也不是不知道,难道俺还往枪口上撞?再说了,搞副业?你想走资本主义道路?你的老毛病又犯了?"郭山河一下子红了眼睛,这都"儿儿"了,你怎么还这么说话?乡亲们的生命在你眼里连一个(莫须有的)名词都不如?他忍无可忍,站起身来,既愤怒又脸色极其轻蔑地将一把鼻涕甩到了黄选朝的脸上!气得黄选朝抓起毛巾使劲儿擦脸,大叫:"来人啊!拿下他!"隔壁的秘书是原来县大队时跟随黄选朝的文书,对黄选朝是言听计从的,见郭山河正要挥拳砸向黄选朝,便搬起身边的一个木凳,迅即给了郭山河脑袋一下子。于是,郭山河像一堵墙一般,呼啦一下子躺倒了。

这个秘书过去执行黄选朝的命令习惯了,保卫黄选朝也习惯了。

当陈玉妮知道此事时,已经有了后果:郭山河被送到镇医院,初步诊断为外伤加脑溢血,再送到县医院,便没有了生命体征!陈玉妮肝肠寸断,也一下子昏倒在医院里。

镇秘书被秘密地判了三年徒刑。如果没有黄选朝出面作保,后果不堪设想。秘书进了监狱以后,黄选朝给秘书家里送去一笔钱,半年后又帮秘书做了"监外执行"处理,然后为秘书平反,说郭山河是自己"气性大"摔倒磕在桌子角上了。还有一种说辞,是郭山河原是郭家堡的精神领袖,见到乡亲们外出讨饭,脸上"挂不住"了。似乎这种说辞比较符合郭山河的一贯性格,于是,迅速流传开来。陈玉妮对这几种说辞都将信将疑,权且信他脸上"挂不住"之说白。

陈之谦协同陈玉妮带着孩子们,把郭山河的骨灰埋在了郭家堡,郭山河家的祖坟里。下葬的时候,沙荆花没有前来,说是在家里坐在炕头上"压炕",乡下讲究这个。村子里年龄相当的妇女来了一大帮,陪着沙荆花。大家不提眼下的"正事",只是说起当年柴大树、郭尚民一干人烧炮楼,哈个火光映红了万柳堤,浓烟得有十几丈高。说起郭山河拉着乡亲们冲出包围圈,钻进封锁沟,哈是"钻"咧,人们是滚进了封锁沟咧,耳边子弹啾啾地叫,谁滚得快就可能活命,滚得慢就可能中了子弹。

　　陈之谦领着哭肿了眼睛的陈玉妮和孩子们来到万柳堤,郭山河经常踱步思考问题的地方,鞠躬凭吊。陈之谦说:"《清史稿》讲:'万柳堤始建于康熙三十七年(一六九八年),乾隆五十四年培修,绵延十一州县,长十三万余丈,合七百七十六里,嘉庆十一年又筑。'近三百年来万柳堤挡住和分流了无数次洪水,造福一方人民。郭山河自然明白这一点,而他的灵魂也将融入这巍巍长堤。"陈玉妮率领孩子们长跪不起,哭声震天。

　　陈之谦和陈玉妮、沙荆花拿出了自家的全部积蓄,分给了郭家堡外出讨饭的人家,让他们想办法拆兑点儿粮食吃,但杯水车薪,无济于事,讨饭的人们不再等待哈个"狗屁的介绍信",成帮成伙地上路了。拘留就拘留白,好歹管口饭吃,是白?如果不管饭,就干脆死在拘留所,死在哈里不是个死?

　　沙荆花极度苦闷,给保定的沙耕读写信倾诉。半个月后,沙耕读回了一封信,说了很多抚慰的话,顺便说了说这一年来国家的一些大事,譬如:年初,《中华人民共和国户口登记条例》由人大常委会通过并公布,此后,分配口粮、票证、求职、迁居等,都以户口登记为凭证;全国掀起以"除四害"(老鼠、麻雀、苍蝇和蚊子)为中心的爱国卫生运动;全国掀起了农村人民公社化运动和群众性大炼钢铁运动;"政社合一"的人民公社实行组织军事化、行动战斗化、生活集体化,建立了公共食堂、托儿所、敬老院等;北京天安门广场人民英雄纪念碑落成揭幕;新中国第一辆国产"东风"牌轿车在长春第一汽车制造厂试制成功;洛阳第一拖拉机厂生产出第一台"东方红"牌拖拉机;赫鲁晓夫秘密访华;江西共产主义劳动大学总校和三十所分校开学;"红旗"牌高级轿车在第一汽车制造厂诞生;中国福建前线部队奉命开始向金门和驶向金门的运输舰船进行警告性炮击;全国农村人民公社化全部完成,参加人民公社的社员达一点二亿户,占全国农民的百分之九十九;八年来参加抗美援朝的中国人民志愿军全部回国;国家在北戴河举行政治局扩大会议,确定一九五八年要生产钢一千○七十万吨,比上年翻一番;最值得一说的,是北戴河会议后不久,毛泽东及中央其他领导人在各个视察中觉察到"大跃进"和人民公社化运动中的一些错误,毛泽东在郑州主持召开由部分领导人、大区负责人和部分省、市委第一书记参加的会议(史称"第一次郑州会议")开始着手纠正……

夜晚沙荆花坐在八仙桌子跟前,一个人面对一盏孤灯,拿着沙耕读的信浮想联翩:假如县长、镇长都是郭山河这样的人,在"放卫星""大炼钢铁""吃大食堂"问题上都冷静处理,而不单单是迎合,结果不是要好得多!信中说的天安门广场人民英雄纪念碑落成,让她想起柴大树和郭山河。她的文化并不高,并不是小知识分子的哈种多愁善感,而是这些年来因为受到柴大树和郭山河的影响,她对国家、民族的问题既经历得多,也思考得多。国家有成绩,她为之高兴;国家有闪失,她为之心焦。她绝不是哈种"有口吃就万事大吉"的农村女人,她对国家发生的一切都密切关注,她觉得国家这一大摊子和自己的小家一样,有自己过日子的路数,出

183

了偏能够及时纠正最好。怕就怕拿出偏当好事，撞了南墙也不回头，或装聋作哑百般遮掩却不纠正。

…………

县城的中心街上走着一老一小两个人，他们手牵手，神情轻松，脚步随性，慢哒哒，悠哒哒，偶尔揪一把抚到头顶的垂柳枝叶，甩手一扔。他们刚刚从县城电影院看完新电影《铁道卫士》，回来哼着电影里非常好听好记的歌曲《全世界人民团结紧》：嘿啦啦啦啦嘿啦啦啦，嘿啦啦啦啦嘿啦啦啦，天空出彩霞呀，地上开红花呀，中朝人民力量大，打垮了美国兵呀，全世界人民拍手笑，帝国主义害了怕呀。嘿啦啦啦啦嘿啦啦啦，嘿啦啦啦啦嘿啦啦啦，全世界人民团结紧，把反动势力连根拔哈个连根拔……"孩子，好听昂？""好听。""会唱了？""会唱了。""俺孙子真聪明！"

中心街一侧有个不大不小的"千树公园"，修于清末，原本真是"千树"，见过的老人都回忆说哈时候是绿树参天，百鸟齐鸣。眼下因为大炼钢铁伐树，已经所剩无几，一次在保定任职的沙耕读来此调研，随口说了一句："光秃秃的怎么叫'千树公园'？"县领导吓得够呛，此后急忙四处淘换，费了九牛二虎之力弄来十几棵松柏栽在公园里，于是有了现今"点睛"一般的绿树。树木后面掩映着几十面一人高的石碑，这些石碑因年久，已遭风霜雨雪剥蚀，上面雕刻的字迹已然不是很清晰。但镇上人人皆知，这些石碑记载着秦汉以来，千百年间方圆左近这一带数百名考取了功名的仕子简历，以前说是祖上留下的荣耀，现在只说是"历史文化积淀"。

一老一小两个人领着手在公园里徜徉，老的在耐心讲解每一块石碑，看背影，一大一小，其形其状像一个模子扣出来的，只是体积不同而已。老的不厌其烦在对小的絮叨，小的耐心听讲，偶尔插一句话。间或有遛公园的碰上他们，会喊一声："黄县长，吃了

184

昂？"此时已是下班时间,问这句话正当其时。但这一老一小在星期天上午十点来此遛弯儿,仍然有人这么问:"吃了昂？"这是家乡之问。即使夜晚十点在此遛弯儿,也仍然有人问:"吃了昂？"如果喊:"领导好！"便显得不亲切,显得假模假式,还会让他不舒服。

黄选朝因为有着"打过仗"的经历和光环,外表看上去,在做了副县长之后便把多年来绷紧的神经放松下来,尤其搬到县城居住以后,不再加班加点,不再主动思考工作,河川镇哈边虽然挂着书记的名字,也是时去时不去,只把自己分管的部分干到位便算了结。没有人催促他,也没有人监督他,他的工作状态全凭以往形成的惯性。这似乎是一种派头,一种说是倚老卖老却又情有可原的稳重和胸有城府。其实,他一直在私下跑关系,天一黑就拎着包急匆匆出门去,找老领导送礼,希望再官升一级。河川镇的烈士陵园修好以后,经常有中小学邀请他去讲家乡抗战史,他当仁不让,但只讲黄国贤,很少提及柴大树与郭尚民,更绝少提及魏雨征。有人问起哈三个英雄,他只轻描淡写道:"他们的死是因为失误。"还经常意味深长话里有话地说:"李杜诗篇万口传,至今已觉不新鲜,江山代有才人出,各领风骚数百年。"一句话包了柴、郭、魏的死似有"不足道"之意。谁知如此一来,反倒让他声名鹊起,让他得到很多好处,县机关评选各种小先进、发放各种小福利,他都是头一份的。

黄选朝的老婆解佩珍每每遇到这种情况都会撇嘴,会在私下暗骂:"事后诸葛亮谁都会做,在人家面前你算个么！"她在县政府做资料员,各种会议决定和文件资料都要由她整理存档。事关柴大树和郭尚民、魏雨征以及郭山河的林林总总,她都耳熟能详;而自己夫君的一举一动,更是心中有数。她感到天天生活在黄选朝身边实在危险,不知道自己哪天也落入黄选朝的算计。因为,黄选朝为提职似乎每时每刻都在做着谋划。而且，这个时候黄选朝把柴金菱的大儿子黄天厚领到自己家里养着，黄天厚已经十来岁了，白天上学，晚上下学回来，黄选朝也下班了，于是黄选朝就领着黄天厚到公园散步，讲解天文地理与各种知识，大量灌输他认为重要的人生常识。

"人生在世，要有理想。当科学家、文学家、工程师、医生、教师不是不行，但太被动，都要听命于领导，让你成功你就成功，不喜欢你你就白努力。为么哎？因为领导说了算。所以，说来说去，要当领导，各行各业莫不如此。爷爷已经帮你找学校校长了，给你安排班长干干，锻炼工作能力。"

"是，爷爷。就怕俺干不好。"

"哈有一上来就干得好的，总要有一个锻炼过程。爷爷和你爸爸在身后戳着咧，你怕么哎？有炸刺儿的一个电话就把警察叫来了。"

"是，爷爷。俺试试看。"

"黄天厚"这个名字就是黄选朝起的，他这样对孙子说："爷爷给你起这个名字，缘自西晋李密的《陈情表》，里面有'皇天后土，实所共鉴'四个字，俺觉得薄厚的'厚'比前后的'后'要好，意义大了去了。长大你就明白了。"从这个名字，可以想见黄选朝对孙子寄予的厚望。他在孙子身上下的功夫，远远超过在儿子黄晋升身上下的功夫。有一次黄天厚对解佩珍复述黄选朝讲的内容，简直把解佩珍气个倒仰：人往高处走水往低处流，在上升的道路上有人对你构成威胁形成障碍，怎么办？在躲不开的情况下要鼓足勇气干掉对方，正所谓"狭路相逢勇者胜"。当然，事情要做得合情合法，有理有利有节，不能惹起公愤。

解佩珍看到黄选朝在这个孩子身上这么下功夫，而且下的是这种功夫,义愤填膺,不寒而栗。而且,就在黄选朝一家搬进县城不久,黄选朝便把柴金菱办进了镇机关的教育股做了股长。解佩珍感觉黄选朝这么做太"过"了,眼下大家都在学习毛主席著作,人人争做毛主席的好干部,你怎么能这样?在烦闷至极的时候,解佩珍找到了老乡,副县长解麦收。解麦收比她小五六岁,屋里没人的时候还喊她二姑,哈是在村里大排行论下来的称呼,其实两个人并无血缘关系。"俺看见黄天厚这孩子就担心,这不是要培养一个定时炸弹昂?"解佩珍还说起了黄选朝对柴金菱特别照顾,告知解麦收,她想离婚。

解麦收是个读过大学的人,有知识有主见,对解佩珍所说的一切全都相信,也全都理解。解放以来的这些年,闹婚姻问题的人太多了,光解麦收手上,就接到不下几十封告状信,都是下面村子里的妇女托人写来的,状告夫君外面有人闹离婚,自己苦等多年的结果是被抛弃。就在黄选朝刚做副县长不久的时候,正赶上中秋节,河川镇的教育股长柴金菱提着一个小包进了县政府,在楼道里正碰上解麦收,他便问了一句:"干么来了,到俺屋坐会儿?"因为他主管文教工作,这么说没毛病。只听柴金菱回答:"俺给公公送两个自己做的月饼。"解佩珍的办公室就在过道门口,如果打算送给婆婆,一进过道就进屋了,但她没有,而是一直往县政府大院里面走,越过了解佩珍的屋子。当时解麦收就有了些许猜想,只是不想往坏处猜。眼下解佩珍也动了离婚念头,让他只能同情却不好同意。他明白,他在解佩珍的心目中分量很重,如果他同意,解佩珍很可能立马就办。但"宁拆十座庙,不破一桩婚"是家乡的老例儿,撺掇别人离婚是遭报应的。他只能劝解佩珍谨慎从事,老黄毕竟提为副县长了,你若离开这个家庭,太冤了,战争年代哈么难熬的日月都熬过来了,再有几年一退休,不正是子孙绕膝,颐养

187

天年的好光景？

"可俺看着哈个黄天厚心里害怕、难受！"

"二姑，你这是心态问题，你先亲近他，然后尝试改变他，试试！"

"俺做不到。"

"二姑，尽量往好处处——虽然现在大家都在学习毛主席著作，可有句老话还是要讲——'尽人事,听天命'！"

解佩珍一声长叹，两行热泪泪泪而下。

时隔不久，解佩珍嗓子堵得慌，到县医院去看，医生说你长了噎膈，遂开了几服汤药让她回去抓紧熬了喝，先观察一个阶段再做处理，如果不见好就得去保定，或天津、北京治疗。解佩珍谨遵医嘱，回家就开始熬药，然后晾温了就喝，而黄选朝看到她熬药连个表示和问候也没有，这算么的老夫老妻啊？几天下来，解佩珍的病情更加严重，胳膊的皮肤上竟然起了鳞片，让她自己看了都恶心。此时黄选朝就来劲儿了："善有善报恶有恶报，你身上长'癞'肯定是做了缺德事。"于是几服中药还没喝完，解佩珍就在一天夜里，无声而死。黄选朝把解佩珍的遗体停在太平间不让烧，而找到了县医院哈个医生，道："你肯定说了吓唬解佩珍的话，原本不可能死的病，这么短时间就死了，你说这事怎么办，人就在太平间了，停一天就得交一天的钱。"

这个医生怎么惹得起他，忙说："别的都甭提了，俺赔一笔钱就是，谁让俺跟解大姐挺说得上来啊。"便回家取了百十块钱来交给了黄选朝，说："都是吃工资的，俺家里也没啥存项，您高抬贵手白。"

"俺权且放过你，但你欠了黄家一笔人命债。"吓得这个医生脸色煞白，额头冒汗，起了一身鸡皮疙瘩，差一点儿要给黄选朝跪下，他打躬作揖，说尽好话，算是应付过去，回头就托人调走了，到邻县当医生去了。

解佩珍死了以后，黄家再没有了"不和谐音"，在几年时间里出现十分平衡安详、其乐融融的景象。同是副县长的解麦收偶尔到公园里去的时候，顺理成章看到了黄选朝领着孙子遛弯儿，那种耐心细致的耳提面命和循循善诱，真真是下足了功夫，便想二姑生生是气死的。从此以后，他对黄选朝和黄晋升这父子二人都心怀芥蒂，万分小心地提防着他们，只是不知怎样为二姑出这口恶气。

说话间，"学雷锋"和"四清"运动开始了，黄选朝感觉自己不太适应，立即宣称家里负担重，自己身体不好，"在战争年代留下了腰疼的病根儿"，要提前退休。一提腰疼，县领导便没人敢于反对。新中国成立后很多战争年代过来的人都落下了腰腿疼的病，病情严重的都起不了床，县领导逢年过节去看望，都是看望病床上的人。这种情况太常见了。既然黄选朝申请，批白，不光批，还给他调上半级，退在正处级上。黄选朝真正做到了儿孙绕膝，颐养天年了。他的退休金一个人花不完，就都给了柴金菱。但黄选朝眼下修身养性，对异性已经没有了感觉，所以，柴金菱即使来了，他也不予留宿，只是一家人一起吃顿饭，如此而已。而且，对孙子黄天厚也谆谆教诲："将来你也会遇到相好的女人，但记住一点——'君子动口不动手'，谈人生谈时事都可以，唯独谈感情不可以，动手动脚更不可以！"

黄晋升已经日渐成熟，感觉"学雷锋"和"四清"工作自己应该主动一些，便安排柴金菱在教育口发动老师学生在星期日上街做卫生，捡拾枯叶纸屑，号召每个学生一周做一件好事，还要写成作文，全镇开展以"学雷锋做好事"为题的征文比赛。柴金菱作为教

189

育股长,做这件事没有困难,很快就落实下去了。在这个节骨眼,解放军八一电影制片厂的一位导演,来河川镇采风,要编写《地道战》的剧本,黄晋升便把这位导演领到了黄召庄,希望借导演的手宣传一下自己的老家。谁知,黄召庄的人推说郭家堡才是最早发明地道战的村子,你为么不去哈个村采风?于是,这位导演又来到郭家堡,查看了当年郭山河他们挖的地道,遗憾的是,因该村属于沙土土质,多年来地道没人修整,基本都塌了,根本进不去人。这位导演好生感叹,只得另寻途径。不过,黄晋升倒是很高兴,他认为又躲过一次宣扬郭山河的机会。

第十一章　旧与新

从过去,到未来,我在倾听……

八万里,风云变幻的天空啊,

今日是,几处阴? 几处晴?

亿万人,脚步纷纷的道路上,

此刻呵,谁向西? 谁向东?

哪里的土地上,

青山不老,红旗不倒,大树长青?

哪里的母亲,能给我,

纯洁的血液、坚强的四肢、明亮的眼睛?

…………

这是电台里正在播送的配乐长诗《雷锋之歌》,作者是著名诗人贺敬之,朗诵者是天津电台著名播音员关山,背景音乐是脍炙人口的《红旗颂》,整体效果波澜壮阔、气吞山河、抑扬顿挫、感人肺腑。冀中平原距离天津不远,所以收听天津电台的节目非常清晰。黄晋升守着收音机,听得时而热血沸腾,时而泪水涟涟。黄晋升当然也喜欢正面教育的文艺作品,也明白"人往高处走"的道理。而具体怎么"走",是以手里的工作为载体的,这就需要把握,否则,既可能是通衢,也可能是南辕北辙。

他开始抓"四清"工作了。哈个是要得罪和伤害一些人的事情,带有火药味,而最应该出成绩的除了郭家堡,还应该是黄召庄。虽说郭家堡已经没有了郭山河,可这个村还是红星村,新书记不会对"四清"工作视而不见;而黄召庄的黄大想以往得到过黄选朝照顾,现在新的工作来了,也不能不打冲锋,是白。想好了,他便首先来到了郭家堡。

郭家堡很有意思,自打郭山河去世,一直没有新书记,已经好几年了,一把书记的位置始终是空白。村委会也有意思,以往开会的小会议室的正座——一把书记的位置始终摆着过去郭山河坐过的椅子,没有人挪动,再开会时,谁都不坐哈个位置。这几年来,都是副书记兼大队副队长郭瓢子主持工作,别人曾经揎掇他坐到主座上去,他每每要连连摆手:"不坐不坐,俺没有老铁哈个本事,也没有老铁哈个造化,坐上说不定家里挨火烧,挨水淹。"

郭瓢子原本叫郭有福,也是郭相臣出了五服的侄子,与郭来福属于远亲同族兄弟,之所以叫了"瓢子"这个名字,是因为他擅长种葫芦,葫芦在乡下属于吉祥物,因"葫芦(福禄)万代"之谐音,而备受村民嘉许。但家家都种不好,秋后结的葫芦又小又不像样,唯独郭有福种出的葫芦又圆又大,结的还多,每年秋后自家用不了哈么多,就挨家送,全村家家使的瓢都是郭有福送的葫芦做的。郭山河在一次会议上表扬说:"有福啊,以后俺们就叫你郭瓢子白。""叫白,叫白。"就叫响了。

非常邪行,郭瓢子这话一语成谶。本来郭山河的座位别人"不该坐"已成定势,偏偏有不信邪的,大队一次开生产队长(小队长)会,研究由玉米改种小麦,一个生产队长开会时坐了正座,有人提示他:哈个座是老铁的座,他说老铁不是早就死了?会还没开完,他的孩子跑来送信:家里着火了。孩子他妈做饭烧着火听到外面鸡叫得差了音儿,回头一看是一只黄鼬正在拉鸡,举着烧火棍子就蹿出来打黄鼬,黄鼬不怕她,跟她吊猴,满院子跑,她就追着打,结果屋里灶膛的火就蹿出来把旁边的一堆秫秸全燎了,一把椅子连带八仙桌子已经烧了半边。这时,生产队长带着人跑进院子,黄鼬也突然不见了,没等大家全力救火,火则自己就熄了。椅子和八仙桌子烧得不像样子,却不摸不倒,一碰就呼啦一下子堆在地上。事后他来到郭山河家的祖坟上,给郭山河的坟培了土,磕了头,祈求郭老铁保佑。这件事也许只是巧合,但他还是真心祈求郭老铁谅解,尤其求得自己心里踏实。

还有不信邪的。黄晋升来郭家堡召开"四清"工作动员会,见大家谁都不坐正中的椅子,便大放厥词:"郭老铁坐过的椅子咋就不能坐?你们让他吓怕了?俺就不信邪,今天就坐了让他看看行不行!"他器宇轩昂地向郭瓢子布置了工作,要求郭家堡要拿出红星村的架势,把"四清"工作干出样子,该抓人抓人,该批斗批斗,不"清"不罢休,不"清"不算完。大队两级干部大眼瞪小眼地看着他,不知道下一步该怎么办,乡里乡亲的,谁抓谁,谁斗谁?大队穷得叮当响,大队账上除了欠款没有钱,翻破了账本也没用。办食堂吃大锅饭的时候,账上有点儿钱,可是正要完全吃光的时候,起了一把火,把个天天挨骂的大食堂烧个精光,以往大队的账本也在里面,也早烧毁了。黄晋升却说哈俺不管,反正你们不"清"不行。

散了会黄晋升突发奇想,想当年他力主在郭家堡挖了个坑,哈是专门给郭山河挖的,现如今郭山河嗝儿屁了,这个坑是不是该重新派上用场了?谁再乱发牢骚,就让他来"观鱼"!他便哼着小曲来到坑边,看到浑浊的水里又有了很小的鱼苗在游,而且这条鱼苗就在水边,他弯下腰伸手一捞,脚下一滑身体失重出溜进了水里,吓得他大喊大叫:"来人呐,救命啊,淹死人啦!"

恰巧拾粪的郭长福——大食堂时期的厨师——走到跟前,见是黄晋升落水,便把粪铲伸给他,说:"才半腰深,怕么哎——抓住!"黄晋升便抓住粪铲爬上了岸。他一边脱下衣服拧着,一边说:"你不是嘴歪昂,现在咋不歪咧?"本是想讨好,作为报答和酬谢,谁知对方不爱听,扭身就走了,嘴里骂道:"闹他个妈的!""嗨,你骂谁咧?"

郭长福怕挨整,回头就把这事告诉郭瓢子了,说,现在你在村里主事,黄晋升如果问罪于俺,一定帮兄弟搪着点儿。郭瓢子道:"你也真是,想骂的话,走远了再骂,为么非让他听见?"结果,时隔不久——不得不再次说起这个词儿——黄晋升点名郭长福必须把过去大食堂着火的事说清楚:"'四清'就清的是你这种人!"郭长福也歪着嘴跟他叫了板:"你回哈个水坑,重新躺在里面,让全村人看看俺怎么救你,俺就讲大食堂的事。"

事情不了了之。甭管"四清"怎么个清法,坐了郭山河椅子的人,一是家里真的起了火,二是真的掉进了水坑。于是,郭家堡在"四清"工作中,有人抄了半首诗贴在村委会的小会议室里,声称是对郭山河的怀念,也是对大队干部的警示:"有的人活着,他已经死了;有的人死了,他还活着。有的人,骑在人民头上:'呵,我多伟大!'有的人,俯下身子给人民当牛马。有的人,把名字刻入石头,想'不朽';有的人,情愿作野草,等着地下的火烧。有的人,他活着别人就不能活;有的人,他活着为了多数人更好的活……"

194

"四清"工作在郭家堡开展得不理想,而这张小告示,因为在村委会小会议室贴了好长时间,却让村委会干部们有了额外收获,基本人人都会背了。若干年后,回忆"四清"工作时,已经忘记了"四清"工作是么内容,却能背下这半首诗。其实,光是这半首诗,未必让人印象这么深,还是因为黄晋升的折腾,导致大家牢牢记住了这半首诗。当时,黄晋升又来村里指导工作,在小会议室看到了这半首诗,立即断定:"这是反动标语!"要立即"抓坏人"。

谁写的?不知道。谁抄的?不知道。谁贴的?不知道。找不到坏人,怎么办?还是不知道。问题反馈到镇上派出所,黄晋升请求民警们尽快破案。一个有点儿文化的民警说:"这半首诗是著名诗人臧克家写的,挺好的,没有错误,干么要抓人?"黄晋升简直气急败坏,脸色铁青,难道你们小小民警比俺镇长还有学问?他气哼哼立即到县城父亲家里找黄选朝去了。他想通过黄选朝在县里使劲儿,整整这几个不知天高地厚的"小民警"。结果挨了父亲一顿骂:"这么多年也没有长进,还是生地瓜玩意儿!哈臧克家是毛主席的好朋友,两个人经常书信往来,诗词唱和,还是座上宾,难道你想把战火烧到北京去?"一番话吓得黄晋升脸色煞白,半句话也不敢说,唯有点头称是。

黄选朝又说:"现在报纸上又登了'农业学大寨'的事,你打算怎么干?"黄晋升思忖了一下:"咱这里也没有山,没有'七沟八梁一面坡',学不了。"

"这些年你的干饭白吃了,学的是精神!回去好好琢磨琢磨,究竟该干么!"

…………

柴金菱带着孩子跟随公公搬到县城去住了,工作也调到了县机关。黄晋升一个人住在河川镇上,感觉十分寂寞。恰在此时,一

195

个北京的高中毕业生丁卫红下乡来到河川镇，让黄晋升耳目一新，一时十分激动。丁卫红思想进步，学习了邢燕子和侯隽的典型事迹以后，一等高中毕业便来到早有耳闻的具有光荣革命传统的冀中平原。

丁卫红下乡的直接原因其实为"早恋"，说早恋有些委屈，不是她早恋别人，是别人恋上了她。丁卫红生就一副美人坯子，明眸皓齿，面似银盘，肌肤白皙，身材窈窕，说话的嗓音银铃一般悦耳动听。比她大八岁的班主任自打她一进高中班，就看中了她。班主任叫修斯敦，北京大学毕业的才子，父亲是中国科学院的著名水利专家修明渠，母亲是美国休斯顿人玛丽·修。父亲是在美国留学时认识的玛丽，然后结婚一起回到中国。修斯敦有着人高马大的母亲的血统，身高一米九，黑头发黑眼睛，却是个鹰钩鼻子。丁卫红原本身高也有一米七，在女生里算高个，上初中的时候一直是学校排球队员，但与修斯敦站在一起，还是相差一头。不过，在修斯敦眼里，这所学校里所有的女生，没有再比丁卫红更吸引他的了。

丁卫红是个老革命的后代，父亲是新四军的一个团长，解放后转业在政府机关当厅长。按说家境不错，但家里孩子多，丁卫红有两个姐姐、三个弟弟，如此一来，虽生活在大城市，吃窝头、喝稀粥的时候也很多。尤其前两年，丁卫红也有饿肚子的日子，否则很可能长得更高。她的三个弟弟就都长到一米八以上，都上了体育学院。这样的家境使丁卫红吃不上"小灶"，更培养了大大咧咧嘻嘻哈哈不拘小节的性格。在将近毕业的时候，修斯敦找她单独谈了话："大红（丁卫红的外号），中科院水利所正缺一个打下手的年轻人，可以一边工作一边跟在专家身边进修，几年后可以拿到学历学位。"

"给你爸爸打下手？你直说不就得了？我想参加正常的全国高考。"丁卫红其实不喜欢修斯敦的鹰钩鼻子，想起修斯敦还有一个妈也是鹰钩鼻子，更是不能容忍。哈时候全国人民刚刚从艰苦的抗美援朝走过来，接受的都是"打倒美帝国主义""美帝国主义和一切反动派都是纸老虎"的教育，丁卫红对修斯敦没有好印象。

"高考过关是不容易的，你跟着我爸，可以免考——其实也不是免考，是考题相对简单，你容易过关。我和我爸都会保你的。"

"保我？搞特殊？"

"因为我爱上你了，愿意为你做一切！"

"你比我大八岁，这怎么可能？"

"怎么不可能，你知道你多么吸引我吗——"修斯敦已经按捺不住，突然抱住丁卫红，吻住了她的嘴。当时他们就在修斯敦的办公室，虽说老师们已经下班，可万一冷不丁闯进一个人来，哈绝对是有一万张嘴也说不清的。丁卫红十分害怕，奋力挣扎，偏偏此时老校长敲门走了进来。每天这个时间老校长都会挨间屋检查，看看是否锁好了门，修斯敦在丁卫红面前不能自己，忘记了这一点。两个人急忙分开，丁卫红红着脸跑了。最后修斯敦是怎么向老校长解释的，不得而知。丁卫红感觉自己在学校里有可能挨批斗，这是有过先例的。一个男教师和一个女教师因为婚外情在办公室接吻，被押上体操台挨批斗，全校师生参加，口号喊得震天响。

第二天一早，丁卫红找到老校长说："我要学习邢燕子、侯隽，到农村去。"老校长当时喜出望外："这样的决定真好，否则学校也不会批准你参加高考。你身上毕竟有老革命的爸爸的血液，跟修斯敦是不一样的。学校要发展你入党，我亲自送你去农村。"

"修斯敦是很优秀的老师，你们没处理他吧？"

"学校打算给他记大过，我已经找他爸去了，过几天他就调走了。"

"不要这样,算我勾引他行不行? 我都放弃高考下乡了,还换不来一个……"

"难道真是你勾引他? 那么,就不能让你入党了。"

"您不用拿入党威胁我,在这个问题上,不能因为我坑了他,他真的没干别的。"

"我都看见了,你还这么说,你们还想干什么?"

"您不可理喻,不近情理!"

这样的表白自然让老校长不满意。最后怎么处理的修斯敦,丁卫红不知道,反正丁卫红下乡的时候没人送她,党也没入。爱送不送,你这里入不了党,我到农村去入。让我干落井下石的事,你看错了人。她崇拜著名作家梁斌,特别喜欢《红旗谱》,下乡地点就选了《红旗谱》描写的一方水土:与千里堤和滹沱河相邻的五曲河和万柳堤。其实她在这里是举目无亲的,北京市当时也没有这片地区的下乡任务。她对不能参加高考也有自己的思考:写《红旗谱》的梁斌上过大学吗? 写《林海雪原》的曲波上过大学吗? 写《野火春风斗古城》的李英儒上过大学吗? 写《保卫延安》的杜鹏程上过大学吗? 写《家》《春》《秋》的巴金上过大学吗? ……她也爱好文学,她相信此生会有所作为,上不了大学就不上。当然,每当想起毁了她最初梦想的修斯敦,还是耿耿于怀。但她绝不会加害修斯敦,因为毕竟修斯敦真心爱她。在她眼里,爱,并不是错误;只是应该怎样表达,需要研究。不能强人所难,是不是?

是老爸陪着丁卫红来到河川镇。她背着棉被打成的背包,手里拎着线绳网兜,网兜里是暖壶、洗脸盆、几本常用书。老爸则扛着一把铁锹,手里拎着一盏马灯。老爸说,冀中地区现在还很穷,这些东西都用得着,再说,也做个纪念。

一到河川镇，见了黄晋升，丁卫红就哈哈大笑："镇长大人，你怎么长得像《千万不要忘记》里面没事打野鸭子的丁少纯？你这身衣服也得'一百四十八'吧？"老爸急忙拦过来："瞧这孩子多没正形，说话就没轻没重的！别往心里去啊！"黄晋升满脸通红，嘴里嗫嗫嚅嚅，不知道该说什么。他是听说大城市北京城来了个女知青，这件事非同小可，特意换上了一身毛料制服，哈是他几乎没怎么穿过的"压箱子底"的衣服。老爸是个非常会做事的人，把孩子当面交给镇领导，就万事大吉了，不再过问住哪里、条件怎么样一类问题。干预地方领导的安排，总是不妥的，再说，自己的孩子生存能力很强，这一点他心中有数。

丁卫红的性格让黄晋升非常喜欢，可以说"一见钟情"，马上就爱上了。他看过电影《千万不要忘记》，是讲城市阶级斗争的，里面的丁少纯是个"忘本"的年轻人，但饰演丁少纯的小伙子非常帅气。让一个美女说自己像丁少纯，这一点让黄晋升心中暗暗高兴。尤其她的姓是"丁"，让他莫名地兴奋，因为他奶奶就姓丁，一生辅佐爷爷做成很多大事，是他非常尊敬的长辈。"丁"，这个中国姓氏中最简单的字，有多少与"丁"相关的成语咧，譬如"白丁俗客、抽丁拔楔、可丁可卯、庖丁解牛、人丁兴旺"等等，透着文化，是白？还有"宫保鸡丁""宫保鸭丁""酱爆肉丁""辣子鸡丁""素炒菜丁"等等，全都好吃，是白？反正是左看左好右看右好，丁卫红在他眼里已经十全十美，冥冥中觉得与丁卫红建立"关系"必定前程似锦。

黄晋升殷勤地给丁卫红沏了茶，聊起家常，彼此都亮了家底：你爸是新四军的团长，俺爸是县大队的政委；你爸现在是正厅级，俺爸是正处咧。虽然你爸比俺爸高两级，但强龙难抵地头蛇，所以说，咱两家是"棋逢对手，将遇良才""平分秋色，势均力敌""旗鼓相当，并驾齐驱"，俺还想举出很多这样的同义词、近义词，只是自己才疏学浅,无能为力。但俺毕竟是个科级干部,尤其是这个镇的当家人,能够决定你今后的发展大势。你若是胸怀远大抱负,想"广阔天地大有作为",哈个最好,俺是你最得力的助手和"上马石"!

黄晋升差一点儿说出"垫脚石"这个词。因为过去父亲常说这个词,几乎耳朵听出膔子了,让他稍不留神就会顺嘴而出。还好,自己把握住了。

但丁卫红对"上马石"这个词也仍然不能接受,她说:"你是堂堂的大镇长,初次见面怎么能说这个? 咱都是革命后代,怎么会想起这种下作的词汇? "一句话就把黄晋升闷住了。自惭形秽,真的是自惭形秽。一个面容如此靓丽的年轻女子,还有如此高尚(或单纯)的思想,真叫黄晋升爱入心底。自己的初恋就是哈个天天算计利益关系、没啥思想境界的柴金菱。唉,人比人气死人,货比货得扔。扔! 坚决扔! 怎么不能扔?! 从这一刻开始,黄晋升突然下了"扔"的决心。

他把丁卫红安排在自己的老家黄召庄,让她跟着黄大想工作,职务是团支部书记,一进村就带着职务。他告诉黄大想,考察一年,如果丁卫红表现好,转年立马发展入党,将来他会对丁卫红有重用。黄晋升还每月从自己工资里拿出十块钱给黄大想,让他补贴丁卫红的生活。他不能直接给,因为他料定丁卫红不会接受,让黄大想说是大队给的,是对知青的关怀。这一年黄大想刚刚四十来岁,对女人还很有感觉,眼下突然来了这么个大美女,心里像有小手在挠他,非常想接近,可又不敢把正脸给人家,因为自己长相寒碜。他把丁卫红安排在村里的五保户黄奶奶家,让丁卫红和黄奶奶一起生活,黄奶奶家的房子,由大队出人维修,外面抹灰,里面刷浆,门窗刷上新的油漆,像模像样地住进去,眼下先住在大队部的办公室里,过两天黄奶奶家房子收拾好了就立马搬过去。

在等待搬过去的这两天,黄晋升天天到黄召庄来,一来就一天不走,在大队部跟丁卫红聊天。丁卫红心直口快,见了黄晋升身上的坏毛病、坏习惯,尤其在做人上的种种"不厚道",随口就批,毫不留情。最常说的一句话是:"你经常要求别人学雷锋,你是领导,为什么不带头学雷锋?"而黄晋升虽然一阵阵的脸红、心跳,但非常认同,眼睛看着丁卫红明亮的眸子和红润的双唇,心里颤颤地暗下决心,鄙人为了这个美女要另起炉灶了,要洗心革面了,甚至对自己的老爸也开始强烈不满了:醒醒啊,这些年你给俺灌输的都是啥生地瓜玩意儿?你听听人家新四军团长的女儿是怎么说的?

来了个女知青,下到河川镇下面的村子,这件事很快就上了省报。盯住丁卫红的人非常多。来黄召庄看望她,给她送礼物的,包括书籍、衣服、特产、小吃之类,一段时间里简直让丁卫红难以应付。一个边防军连长还给她寄来一本贺敬之的长诗《雷锋》和一个针线包。家庭以往的教育告诉她,"无功不受禄",不能占这样的便宜。于是,她就把东西分给村民们,只把边防军连长的礼物摆在了屋里躺柜上,天天看,天天用。如此一来,让她一下子声名鹊起,还没做出什么贡献,就在转年被选为大队副书记,而且可笑的是先选上了副书记,然后才填表入党。黄大想对这个品貌兼优的大美女自然是非常喜欢的,他不敢想"爱"这个字眼,但他所做的一切分明就是爱,明眼人看得清清楚楚。譬如,丁卫红要跟着生产队下地干活,黄大想就把她分到自己的队里,她真抄起家什干活的时候,黄大想就跟在身边,随时给她补漏,看她不熟练干得慢,他就亲自上手帮着干。有人免不了会揶揄:"大想,你对别人咋不这样?"

黄大想道:"你不知道她是来自北京城的金枝玉叶?没看见镇领导拿她当掌上明珠?"

而丁卫红对这些之所以能够接受,是因为她并没有想成为邢燕子、侯隽哈样的"铁姑娘",她的理想是有朝一日写出文学作品,要描写农村这片广袤的土地和广大的农民的精神与物质生活。现在农村很穷,天天玉米面饼子要省着吃,稀粥省着喝,人人面有菜色。她自知没有能力改变现状,但她相信这种日子肯定会过去,她要跟随这个过程,体会和记录这个过程,将来描写这个过程。

以后黄召庄又来了两个保定的知青,都没享受丁卫红这样的待遇。一是人们对知青不感觉新鲜了,二是他们没有丁卫红这么漂亮。品质好、年轻,又如此漂亮,真是一笔数不清的财富。她所具有的力量,不是三言两语所能说得清的。最明显的作用,是让副镇长黄晋升突然像变了一个人,过去被柴金菱揶揄"狗里狗气"的猥琐样子一扫而光。微笑增加了,也许这微笑是挤出来的,但不是过去的哈种别人总是该着他钱,一百个不上算的表情;下基层也比过去更积极了。后来他对丁卫红说:"眼下很多人完全否定知青在农村的作用,原因在于他们根本不去体察知青在农村的潜移默化的影响。而哈种影响分明是一种文明和开化,绝不是相反。俺说得对白?"丁卫红大大咧咧地继续开起玩笑:"谁知道呢,天知地知,你知我知。"

"农业学大寨"和"四清"工作要两件事一起抓,这是眼下黄晋升悟出必须做的事情。现实情况却不是很顺手。他来到郭家堡,问郭瓢子:"你们是红星村,学大寨打算怎么干?"郭瓢子想了想说:"咱是平原,没有山冈和山沟,要学大寨增加产量,也就是大家常说的,深翻土地、精耕细作。问题是咱村人多地少,平均一人不到一亩地,再怎么折腾,也只是混个半饱。"黄晋升有些气馁,但他不再为此非逼着郭瓢子如何如何。他设身处地,站在郭瓢子的角度思考——给各村自主权,让他们自己决定吧。适当放手,也许正是最好的管理方式。

这时,《人民日报》发表了一篇题为《一匹马》的文章,报道一位中央领导的夫人在"四清"工作中下基层蹲点时发现的感人肺腑的好人好事。这个村叫桃园大队,这个大队的第二生产队从相距二十公里的榆关公社某生产队买进一匹叫作"菊花青"的高头大马。外表看上去,这匹马膘肥体壮、蹄阔毛亮,但本村人知道,其实是一匹病马,卖出后他们感觉不妥,若是露了馅,肯定会被人说成欺骗而名声扫地。恰巧此时"四清"工作开始了,卖马的生产队感到如果"四清"清到这件事上,很可能被扣上"道德沦丧"的帽子,几个责任人都没法交代,便主动派人来桃园大队,协商退款事宜,要把马拉回去。谁知桃园大队也想在"四清"中表现一下,于是"风格更高",不仅没有退马,还派人拉着这匹马支援对方春耕。后来,哈匹马果真病发死了,卖马的生产队便又提出退款,并另加赔一匹马,算是补偿。但桃园大队坚辞不受,要自己消化这个损失……这样一件事,与刚刚涌现的"雷锋精神"都是时下正在倡导的"社会主义新风尚"。所以,一经见报,立即在全国形成很大影响。

黄选朝虽然退了休不在岗位了,却对国家形势洞若观火,认为现在正是黄晋升应该有所作为的时候,便让他立即想办法,在河川镇找出这样的典型事例,报到县里。这是为你将来"打卧儿",明白昂?黄晋升便苦苦思索,搜肠刮肚,但没有结果。为避免再挨一顿骂,他又来到郭家堡,找到郭瓢子,说:"桃园卖马的故事你看了白?郭瓢子眨着眼睛:"看咧,不是省报上登的昂?""对,想想看,咱郭家堡在'四清'中有没有类似的好人好事?""没有,现在沙荆花天天闹着给郭山河定'烈士',闹得俺头疼咧。"

黄晋升摇摇脑袋，一声长叹。又来到黄召庄，找到了黄大想，还是哈个话。黄大想道："还找好人好事咧，'四清'工作组天天折腾俺，让俺交代问题，做'燕儿飞'，这两条胳膊疼得抬不起来。"

　　"让你交代啥问题？"

　　"'大队账目不清'，你知道俺是个粗人，大队会计记的账俺又看不懂，清不清谁知道？"

　　"你当大队书记都这么多年了，连账目还不会看？"

　　"你会昂？你教教俺。"

　　黄晋升没说话，他也不会。

　　……自从郭山河去世以后，沙荆花一直一个人在郭家堡生活。郭山河和陈玉妮生的三个孩子，先后被她送到保定上学，此后再没回来。以后逢年过节，陈玉妮会带着一群孩子来看望沙荆花，捎来几斤好米好面，还有作为营养品的大红枣。陈玉妮曾经劝说沙荆花也住到城里去，说哈边房子富余，加你一个人不算么，却被沙荆花拒绝了。她说："柴大树是死在河川镇的，郭山河也是死在河川镇的，他们是俺的两任丈夫，俺怎么能离开他们？"

　　沙荆花的屋里，墙上挂着柴大树和郭山河的大幅遗像。可是，柴大树是"革命烈士"，而郭山河么都不是，死后连"因公"也没定上。在县机关和镇机关甚至还有各种"帽子"流行："郭山河是逃跑主义，是机会主义，是贪图享受的阶级异己分子……"乱七八糟带有时下特点的语言不一而足。当初进保定找郭山河引来横祸的郭瓢子，被沙荆花吵得没脸见人，打算上吊，幸亏被老婆救下。他一直在村里当着副书记，不敢当正书记，其实是出于愧疚，还导致他始终不敢坐郭山河的椅子。他面临沙荆花没完没了的吵闹，也是无计可施。沙荆花一门心思要把郭山河定为"革命烈士"："郭山河在郭家堡干了多少好事，你们心里有数昂？他的死源于郭家堡的工作,你们哈个不知道?现成的事竟然不给办,俺这辈子跟你们豁了!"郭瓢子只能给个耳朵听着。"不解气就打俺吧,嫂子,你打俺两下,俺能承受!"

一闹就闹了十几年。沙荆花是烈士遗属,没人敢惹,但村里、镇上都给沙荆花定了"精神不正常"的性,没人跟她计较,也没人听她倾诉,写了告状信也没人搭理。陈玉妮得知后曾经多次劝慰,都无济于事。县里最早也曾研究过郭山河的问题,但镇里的意见是:郭山河是个有问题的干部,甚至不算好人。具体讲,战争年代滥杀俘虏,"土改"时期帮助地主,"跃进"年代不炼钢铁,天天嚷嚷玉米红薯……镇里的人都把郭山河编出顺口溜了……尽管齐书记非常喜欢他,也爱莫能助。

还有让黄晋升更不明白的事:这一年是中国历史上最敏感、后来颇有争议的一年。有人说是"严重错误",有人说是"艰难探索",都有自己的理由。报纸上的社论经常出现这样的话:"这场波澜壮阔的运动荡涤着旧社会遗留下来的污泥浊水",准确不准确?如果准确,污泥浊水该不该荡涤?如果不准确,为什么全国哈么多有识之士全都听之任之?真让黄晋升云里雾里。年初,国家在这里召开"华北地区文艺调演",山西省晋剧团根据"四清"中《人民日报》上《一匹马》的故事,改编成一出大戏:晋剧《三下桃园》,来参加调演,黄晋升闻听以后,还把剧组请到河川镇来演了一场。几年后,这出戏改名为《三上桃峰》,又在运动中演出,便遭到批判,此为后话。而组织观看《三下桃园》一事,则成为黄晋升挨批的把柄和口实,河川镇的大院里一时间贴满了大字报。黄晋升整日里焦头烂额,极其沮丧。

这时,郭家堡也形成了两派,但彼此并没有互斗,原本乡里乡亲的,谁怎么回事全都知道,于是,在郭瓢子发动下,两派一起狠批早已作古的郭山河。无限夸大、无限上纲、张冠李戴、捕风捉影、吹拉弹唱、举一反十。当然，事先郭瓢子找到沙荆花协商了一下："嫂子，你看现在运动来了，咱不干也脱不过去，可俺又不想互相伤害，乡里乡亲的谁跟谁呀，是白，俺想这样——"

"俺明白，你想来虚的，但你们不能点他的名字。"

"哈个自然！"

村子里铺天盖地的大字报，写的都是"哈个人"，两派的大字报全不点实名。如此一来，内容就可以随便写，可以是"哈个人"的，也可以是别人的，无中生有的事，编成笑话的事，都可以硬按到"哈个人"头上，简直像开玩笑，于是，有的就把传说中黄选朝在县大队怕死不敢公开露面的事写到"哈个人"头上，把黄晋升掉进水坑写成"哈个人"因做坏事，遭到报应掉进水坑。郭家堡也有人跟着看过黄晋升组织的晋剧《三下桃园》，但他们文化不够，没法批，所以村民们在大字报中没人提及。有的村发生了武斗，还弄来了枪支，郭家堡却如一潭死水，"君子动口不动手""动大字报不动枪支弹药"，成为他们的特点和"短板"。

黄选朝在家中得知儿子黄晋升正在火上被燎，虽有些恨铁不成钢，但哈个毕竟是自己的儿子，便想帮一把，于是指挥儿子："你要当造反派，要打冲锋，运动是培养、选拔干部的好时机。你不用造别人的反，造你爹的反就够你成名的。"两个人经过协商，狠批黄选朝提前退休之事，大讲这是"革命意志衰退"的具体体现，作为打过仗流过血的老同志，实在不应该，必须向全县人民交代清楚。儿子反老子，真的让黄晋升锥处囊中，脱颖而出。而且，这种揭发批判无伤大雅，反倒让人时时记起，哈个黄选朝是"打过仗、流过血"的。这样的老同志应该保啊，人们便涌现出对立面。黄晋升立即与对立面握手言和，站到一起，避免误会。现在讲究动家伙，你若给俺一棍子，冤不冤？

这时，丁卫红来找黄晋升，说父亲在城里受到冲击，要到河川镇躲几天，但必须严加保密。丁卫红的请求还能不答应？黄晋升立即把丁卫红的父亲安排到自己家里。他在镇上住的是两间屋子，里外间，让丁卫红父亲住里间，他住外间。其间丁卫红的父亲病重，黄晋升便倾尽心力照顾，喂饭喂药，端屎端尿，直至半年后为老人家送终。父亲临死前悄悄跟女儿说："这个黄镇长真不错。"丁卫红原本就是大大咧咧的人，"五七"过去以后的一天，回味父亲的话，便心血来潮，抱住黄晋升亲了他脸颊一口，算是一个未婚美女的最高奖赏。从此，黄晋升更加铁了心，遂加快了与柴金菱离婚的步伐。

而这时黄选朝还在对他进行谆谆教导："在现在情况很复杂的形势下，俺们没有高瞻远瞩的能力，怎么办？做机会主义者。具体讲，就是见机行事，不谈原则不谈公理，只讲实用。"眼下怎么做机会主义？就是继续找县领导的问题，譬如哈个齐书记，他曾经支持郭山河，给他贴大字报，此时不贴，更待何时？

黄晋升嘴上答应，却并没有做。通过害人而博取自己的名利，这种事现在他已经嗤之以鼻。父亲的教诲抵不过美女的教诲。他的心里现在已经写满了"丁卫红"，只要得到丁卫红，这辈子就"汽车压罗锅"，直（值）了，谁贴谁的大字报，去哈个生地瓜白，当不当镇长都无所谓了。不是丁卫红说的话，俺一概不听。

这时，县政府有人贴出大字报，揭发黄选朝为儿媳妇"走后门"，要求柴金菱回河川镇小学。柴金菱在县城的家里，门窗都被大字报糊上了。黄晋升来城里看望老婆孩子的时候，发现了这一切，便当机立断，提出与柴金菱离婚。

柴金菱道："撵俺？你做梦！惹急了俺就把你家的事都抖弄到

保定去！"

黄晋升道："你不怕难看就尽管去，甭说是你，俺都要写大字报揭发咧！"

柴金菱终于认头了，悄无声息地跟着黄晋升到民政局办了离婚手续。孩子全都跟了黄晋升，只有大儿子黄天厚跟着柴金菱。

这一年，梁斌和几位战争年代过来的老作家因为运动被集中到保定，名义是办学习班，但从领导小组的工作计划看，是每周进行一次揪斗。学习班里的几位老同志得知以后，就给家乡的亲朋好友写信告知，要亲朋好友寄些红药水、消炎药、纱布之类，如果受到皮肉之苦好有个治疗。梁斌在天津的朋友和弟子得知以后，急忙以"批斗"的名义把这几人一并救走了。来到天津以后，把他们藏在第一工人文化宫的后院，叮嘱他们不要随意外出，在这里静养，想写什么尽管写。此时梁斌就开始构思写作"土改"题材的《翻身记事》了。这些作家都是战争年代过来的老革命，是国家的宝贵财富，不应该再有什么闪失了。

保定方面的陈之谦等人得知梁斌来到了保定，急忙打听梁斌的住处，打算探望，有关人告诉他，说梁斌被湖北哈边的人接走批斗去了，因为梁斌以前在湖北工作过。陈之谦十分纳闷，他现在有很多事不能理解。他这样的知识分子，应该久经风雨，见多识广，眼前发生什么都应该在预料之中，但现在他对很多事真的说不清楚了。譬如：波澜壮阔的运动荡涤着旧社会遗留下来的污泥浊水。这句话有毛病吗？应该说没毛病，旧社会确实遗留了很多"污泥浊水"，否则的话根本用不着成立什么"新中国"。但"荡涤"应该是思想文化上的甄别与清理，干么要烧书、烧字画、捣毁古庙？哈不是毁坏文物昂？哈么多的年轻人参与其中，你们读过哈些书昂？知道其中哪些是营养，哪些是糟粕？既然不知道，凭么要烧？哈不是钱昂？中国有哈么富裕昂？你们连吃粮都用粮本，定量供应，敞开吃都做不到，凭么随便烧书、毁坏文物？哈个人若触犯刑律，对他诉诸法律、判刑就是了，揪斗、"坐飞机"，挂十几斤重的大牌子，做人身体罚，算哪门子工作方法？过去小鬼子、汉奸对地下党才这样从肉体上折磨，是白？蒋介石对付李公朴、闻一多哈些进步知识分子的办法就是派特务做肉体消灭，天安门城楼上都宣布新中国成立了，逃离大陆前的蒋介石还要把折磨得遍体鳞伤的江姐、许云峰等"政治犯"杀害，这种行为必为人类所不齿，也必将钉在历史的耻辱柱上。思想的问题应由思想的方式解决，刑事的问题应由刑事的方法解决，不可混淆，是白？但这些想法只是偶尔和陈玉妮说说，与外人从无交流。

但陈之谦此时已经退休，加之以往他从来没有发表过对上级领导对国家的不利言论，所以，运动来了，没有人给他贴大字报，偶尔有一两张，也引不起众人关注。倒是曾经有几伙学生请他出山组织造反队，被他托病婉拒。

几年后，梁斌在北京市和河北省的一些保定二师毕业的老同学，有的在运动中不堪凌辱而自杀，有的则住了牛棚，他们的子女来保定找到陈之谦诉说衷情。他们的父辈都是跟随毛主席革命多年的老同志，怎么会挨整咧？陈之谦于唉声叹气中和他们商量：天津有个你们父辈的老同学梁斌，就是写出大作《红旗谱》的哈位，咱们去他哈讨个说法白，他见多识广，肯定有自己的见解。大家齐说好啊，去白。

这时应该是一九七二年，梁斌也刚从干校"放"出来，见了陈之谦和一群孩子，自然是喜不自禁，但很快又转为忧虑。哈两位自杀的朋友，都是他战争年代过来的老同志，这不能不让他难过。为表示对老朋友和其子女的怀念和怜爱，便请几个老朋友的孩子去下一次馆子,而且一定要下"名馆"。"你们吃过西餐昂?"梁斌问。"没有。"大家说。"走,咱到天津小白楼'起士林'西餐厅去吃西餐去。"

陈之谦道:"孩子们怕是不习惯。"他之所以这么说,是怕梁斌花钱太多,而且西餐是个时下十分鲜见,并带有"封资修"色彩的玩意儿,万一再惹来新的麻烦咧?梁斌回答:"不习惯没关系,不是正可以换换心境昂?"

请自己的校友和战友的孩子到外面吃顿饭是很平常的事儿,可时下梁斌自身的"问题"还没有"正式结论",这样做会不会被某些别有用心的人扣上"向组织示威"或者"反攻倒算"等罪名,再次发生揪斗?陈之谦说出了自己的担心。梁斌摇了摇头:"就这么地白!"他的性格就是甘愿为朋友两肋插刀,对自身危险根本不在乎。因为他相信自己,过去是个革命者,现在也没有退缩。他在饭桌上叮嘱孩子们:"乌云遮不住太阳,一定要好好活下去!"

这一桌吃饭的一共两个大人十三个孩子。陈之谦和梁斌静静地看着孩子们吃饭,心潮起伏,百感交集。当年的起士林是天津最高级的西餐厅,很少有人吃得起。这些孩子围坐在一张长条桌子旁,引得大厅里的顾客和服务员个个关注,他们大概觉得花这么多钱请一帮孩子吃这么贵的西餐有点儿不可思议。可这顿饭在陈之谦和孩子们心中留下了极为深刻的印象,陈之谦在日记中感叹:"我校的梁斌,不愧为杰出的红色作家,他严肃少语的另一面是大海一样的情感世界。"

学富五车的陈之谦,以至整个河川镇,是在懵懵懂懂、百思不解中走过了十年。

…………

第十二章　苦与甜

陈玉妮过的日子几乎是"三点式"，从宿舍到办公室（间或去教室），再到食堂。几乎不出校门，也几乎不买东西不做饭。晚饭后会在操场散步，偶尔与叔叔陈之谦会面，此外便没有么应酬。她也力排各种无谓的活动。在家里，除了给孩子们洗衣、缝衣，便是读书。她的学历不是很高，但所读之书十分可观。最突出的一点，就是一九四九年以来的所有长篇小说新作，历史、哲学新作基本都读过，而又以阅读方便、好懂的长篇小说最多。譬如《红旗谱》《红日》《红岩》《保卫延安》《青春之歌》《创业史》《铁道游击队》《林海雪原》《三家巷》《新儿女英雄传》《苦菜花》《朝阳花》《迎春花》《暴风骤雨》《山乡巨变》《三里湾》《上海的早晨》《艳阳天》《金光大道》《海岛女民兵》《沸腾的群山》《激战无名川》，特别是描写冀中平原各时期故事的《红旗谱》《野火春风斗古城》《烈火金刚》《敌后武工队》《平原枪声》等等。她几乎生活在阅读中，而阅读使她联想力非常丰富,对身边的亲人就照顾得越加周到。

这一年,陈玉妮掐指一算,沙荆花应该五十好几了,该是更年期的年龄,身边不能没有人做伴和照顾,遂与几个孩子商议,谁到郭家堡去跟着沙荆花生活?这些年来,陈玉妮听从沙荆花的安排,把郭家的四男二女六个孩子先后都送进了部队,当了解放军战士。因为郭家特殊的家庭背景,部队招兵的时候都充分考虑,并予以照顾;加之部队本身也很艰苦,并非是去享福,几个孩子的情况各式各样:沙荆花的大儿子,在黑龙江中苏边境前几年刚刚参加过"珍宝岛战役",一条大腿重伤截肢,是享受国家照顾和荣誉的一等残疾军人;二儿子在海南岛当海军,因参加"西沙之战"胳膊受伤致残,也是享受国家照顾和荣誉的一等残疾军人;沙荆花的女儿是新疆边防部队的军医,一年也回不了一次家;陈玉妮的大儿子在空军当飞行员,经常在边境线飞行巡逻;二儿子在野战军某炮团当兵,刚刚立过三等功;女儿在部队烧伤研究所做见习助理……陈玉妮自己出身不好,所谓"不好",是父母亲都是富农家庭,多年来她听从叔叔的安排,让孩子们都靠拢革命组织,远离自己这个"臭老九"(当下知识分子被称为"臭老九")。于是,沙荆花和陈玉妮,外加叔叔陈之谦,联手为国家造就了六位军人。新中国成立以后,军人在全社会威信极高,远一点儿的董存瑞、黄继光、邱少云、杨连弟、年四旺、麦贤德……近一点儿的雷锋、王杰、刘英俊、欧阳海、门合、于庆阳等英雄模范深入人心,"工业学大庆,农业学大寨,全国学人民解放军"的提法尽人皆知。穿上绿军装,缀上红领章、红帽徽这"三块红",是多么引人瞩目和艳羡。而"珍宝岛战役"中涌现的战斗英雄于庆阳,就是沙荆花大儿子的战友!沙荆花的家里墙上贴着儿子寄来的国家正式出版的大幅宣传画《生命不息,冲锋不止》,就画的是于庆阳。当时沙荆花的大儿子就在于庆阳身边,他伤的是大腿,而于庆阳伤的是头部。为国捐躯,他们从不感到委屈,只感到荣耀。

当这些儿女很不容易地聚到一起,开起家庭会议的时候,陈玉妮以商议的口吻说,现在沙荆花身边缺人,需要照顾,谁能来河川镇?

六个身着绿军装的年轻人面面相觑,都在思考自己能不能离得开部队,屋里一时间出现冷场,气氛也显得窘迫。大排行老五,实际是陈玉妮二儿子的郭向前,是个性格内向不爱说话的后生,此时他手里抚摸着绿军帽上的红五星,呐呐地小声咕哝了一声,自己愿意跟着大娘沙荆花,将来为大娘养老送终。这样的决定意味着"牺牲",要牺牲掉自己的城市户口,而没有城市户口,意味着吃不到商品粮,要在农村"面朝黄土背朝天",自己挣工分换口粮。

哈次家庭动员会是在保定的电影院旁边的小饭馆里召开的,叔叔陈之谦在场,陈玉妮主持,他们全家刚刚在电影院看完电影《闪闪的红星》,陈之谦教授记忆力绝好,只听过一次插曲《红星照我去战斗》,就把歌词写下来了,在饭桌上给六个孩子传阅。这六个孩子人人穿着绿军装,头上红五星,领子上是"两块红";他们之间已经有五位提了干,穿了四个兜的军装;有两位已经结了婚,有了孩子。而唯一没提干的郭向前,因为两次立功,眼下也正在将要提干的"裉儿"上。

陈之谦的纸条上这样写着:"小小竹排江中游,巍巍青山两岸走,雄鹰展翅飞,哪怕风雨骤,革命重担挑肩上,党的教导记心头;小小竹排江中游,滔滔江水向东流,红星闪闪亮,照我去战斗,革命代代如潮涌,前赴后继跟党走……"大家传看着,心里七上八下,不知道姥爷——他们都称陈之谦姥爷——要说什么。

这些年来,陈之谦就像这一家人的精神领袖,每每为大家在迷茫中指出前进的方向。他年岁大,经历的事情多;文化高,见解深刻。尤其善于审时度势,趋利避害。但陈之谦的"趋利避害"不是搞投机,而是出于对中国发展大势的深刻分析。他曾经是孔孟学说的饱学之士,曾经对家乡颜李学派的"经世致用"学说十分推崇,后来加入"新儒家学派",著述颇丰;也曾立下"为天地立心,为生民立命,为往圣继绝学,为万世开太平"的雄心壮志,怎奈军阀混战世事维艰,让他感到做学问既不是出路,也难以为继;于是,将大部分精力投入了教育事业,兢兢业业培育后人。而多年的战争直至新中国成立,让他走到"毛泽东思想"这条道上。他感觉,鸦片战争以来的百十年间,多少仁人志士苦心探索"中国向何处去"问题,这学派,哈学派,而能解决中国实际问题的只有毛泽东思想。于是,十分信奉毛泽东的"领导我们事业的核心力量是中国共产党,指导我们思想的理论基础是马克思列宁主义"这两句话。但他同时感到,马克思主义是个开放的系统,要不断丰富和发展,不能搞封闭,更不能搞成僵死的教条,否则就会停滞不前。

早在五十多年前,陈之谦还是毛头小子的时候,大学者胡适曾经发表关于"问题与主义"的宏论,陈之谦便在报纸上发表文章予以商榷。胡适写文章的直接原因,是皖系军阀的安福系二号首领王揖唐高谈"民生主义"(或叫社会主义),引发胡适嘲讽。皖系军阀首领段祺瑞曾经操纵安福部俱乐部包办选举,成立了新的御用国会,选举北洋元老徐世昌为大总统,控制了北京政府,而皖系安福部的王揖唐便在"五四"运动之后大谈民生主义。此前,知识界还风行其他主义,如无政府主义、易卜生主义、马克思主义等。胡适感觉臭名昭著的安福部也来高谈民生主义了,这"主义"也太不值钱了不是?"多研究些问题,少谈些主义"吧,胡适说,第一,空谈好听的"主义"是极容易的事;第二,空谈外来进口的"主义",是没有什么用处的。一切主义都是某时某地的有心人,对于那时那地的社会需要的救济方法。我们不去实地研究我们现在的社会需要,单会高谈某某主义,好比医生单记得许多汤头歌诀,不去研究病人的症候,如何能有用呢?第三,偏向纸上的"主义",是很危险的。这种口头禅很容易被无耻政客利用来做种种害人的事。

陈之谦感觉胡适的话虽然有一定道理,对解决中国社会的具体问题也不无教益,但仍然是空头支票,因为缺少后半句:究竟中国应该怎么办。而新儒家学派代表人物之一的梁漱溟提出的"新农村建设"理论,让陈之谦十分受用,他便写文章予以支持和夸赞。一九四九年以后,农家人出身的陈之谦依然认为中国应该认真解决农村问题,进入二十世纪七十年代以来,中国人口达到八亿,而农民要占到五亿以上,说到底中国是个农业国家。广袤的农村土地还十分贫瘠,主要"靠天吃饭",如果风调雨顺,便是丰收年,否则就不好办。"民以食为天""手里有粮,心里不慌""兵马未动,粮草先行"等等,是人人皆知的道理。农村对国家的经济、政治、文化发展具有重要意义,以往梁漱溟"农村破产即国家破产,农村复兴即民族复兴"的观点并未过时。毛泽东不是也在好多场合都说过"中国的问题说到底就是农村问题"昂?

问题回到身边的几个孩子,谁去农村干,并不简单是去伺候你们的沙荆花母亲(大娘),也不简单是发扬风格放弃吃商品粮的机会,而是要有雄心壮志,立志在农村扎根,干出一番事业,这是最重要的。陈之谦说,党中央从二十世纪五十年代中期就提出"知识青年到农村去"的问题,多年来有很多城里的年轻人上山下乡,这并不简单是为了疏散城市人口和增加农村劳力的权宜之计,而是透着"乡村建设"的一种战略思考和设计,缺乏知识和人才的农村,不可能快速发展。就说现在白,农村有多少"斗大的字不识一筐"的文盲？遗憾的是，因为政策不够完善，这件事被小看和低看，提起去农村，就是"变相劳改"，尤其是"接受贫下中农再教育"的提法，把知识青年的'身价'贬得如此之低，几个邢燕子、侯隽的典型，哪里抵挡得了方方面面的诟病，而身在农村的人又以逃离农村作为人生的一大成功。呜呼哀哉！这种情况希望在你们手上得到改变。我以近古稀的年纪做资本告诉你们——中国能不能整体快速发展，取决于农村！"尤其你们的父亲郭山河，生在农村，长在农村，战斗在农村，牺牲在农村；农村有着郭山河未竟的事业，接过他的接力棒继续长跑，要靠你们这些后生，这样，他在九泉之下才能瞑目！"六个孩子，四男二女，全都摘下军帽，似在向九泉之下的郭山河默哀，气氛沉重，大排行老五的郭向前轻声道："姥爷，这事就这么定白，俺去河川镇。"

郭向前性格内向，不善言谈。初生时不爱说话，已经三岁了才开口喊妈妈，人们还以为他是个哑巴；长大后也基本不说话，话少到了极致。譬如他碍着你的事儿了，你打他一耳掴子，他也只是扭头看你一眼，连一句"你打疼俺了"都不说，尽管他可能很疼。十六岁当兵，服役四年，得过三次嘉奖，荣立两次三等功。嘉奖忽略不计，单说两次三等功：一次部队拉练，拉着贵重军事器材的卡车在爬"十八盘"的山路时，因为出现山体滑坡，右前轮悬空，司机吓出一身冷汗急忙刹车，进不敢进，退不敢退，汽车随时可能滚下陡峭的山坡。正在前面摇着小旗的郭向前看个满眼，一个箭步蹿过来，一句话不说，俯下身子，用肩膀顶住汽车右前轮，挥手让司机开车，司机战战兢兢把右前轮开了过去，郭向前又指挥司机继续向前，用他的肩膀把汽车的右后轮也顶了过去，然后才对道路进行加固和拓宽，避免了重大事故的发生，保住了汽车上的贵重器材。如此危险的整个过程，他竟然没有一句话。

第二次，是他在那次拉练结束后，回到营房就设计了一个利用三角原理的活动连环金属支架板——两个相连而又活动的三角支架托举支撑着上面的一个三角支架，可以在任何难、险的倾斜土坡上发挥作用，如果再遇到上次的危险，用不着人的肩膀了，把这个支架板摆在哈个地方就解决了。他把方案和样板端到连长面前时，仍旧没有一句话，两片嘴唇紧紧抿着，真像个货真价实的哑巴。连长夸奖他给他一拳，他晃晃身体，仍旧无话。这种支架由于简单实用，制作也不困难，很快在部队普及了，干部战士人人说好，于是，几乎在同一时间，给他记了两个三等功。对于第二个，有的人不同意，说设计哈么简单的一个玩意儿，记哪门子功啊。主管首长在大会上专门讲了这个问题："你们认为这个设计简单，我且问你，既然简单，你为什么没设计？我们给郭向前记功记得就是及时跟进，改进工作的精神！"作为部队，是十分讲究跟进精神的，这叫"第二反应"，战场上如果没有第二反应，挨了打还不知道为什么，还不知道改进和调整，不是等着吃亏？

待郭向前写了申请，要求复员回家的时候，被部队首长拒绝，说："你一具备关键时刻冲得上去的自我牺牲精神，二具备及时跟进改进工作的智慧和能力，这两点正是咱们部队需要的，你不能走。"郭向前不得不把陈之谦的话写在纸上，递给首长，里面特别写到了父亲郭山河的概况，直看得部队首长泪水涟涟，向郭向前立正、敬礼，说："向前，请你代替郭山河接受我一个老兵的敬礼！"就这样，郭向前回到了郭家堡。一个月后，《解放军报》报道了两次三等功荣立者郭向前退伍没回城市，而到农村务农，"重走长征路"的事迹。

这位英姿勃勃的退伍军人，身背背包，下了长途汽车以后，步行十来里，来到熟悉的郭家堡。郭家堡的大田一垄一垄地十分整

齐,土道边一尺高的野草早已枯黄,间或有几棵柳树在西北风中
兀立,干裂的树梢被风吹得打着呼哨。村头大喇叭正在放着一首
大合唱的歌曲《祖国永远是春天》,郭向前在部队学过这首歌,哈
雄伟壮阔的和声与高亢激昂的领唱让人十分振奋,尤其部队歌唱
家李双江的领唱,让人难以忘怀。

> 群山巍巍,江河澎湃,
>
> 祖国的大地一片光彩;
>
> 大庆红旗到处飘扬,
>
> 大寨红花遍地盛开;
>
> 跃进的歌声响彻四方,
>
> 捷报传遍江南塞外!
>
> …………

这是一九七五年的歌声,也是时下的舆论导向。继十年前国家
原子弹试爆成功继而氢弹也试爆成功、东方红号人造卫星上天,这
些年来国家建设在艰难曲折中一路向前,尤其去年国家召开了"四
届人大",提出"四个现代化"的新目标;一年里世人瞩目的丹江口
水利枢纽、青铜峡水利枢纽、三门峡水电站相继建成;具有世界水
平的"748工程"十三个计算机新机型研究实现重大突破;经济潜力
巨大的二点五万吨级浮船坞建成投产;具有重要政治经济意义的
西南交通干线成昆铁路建成通车;继大庆之后经济价值极高的大
港油田建成投产;中国恢复了亚运会上的合法席位并参加了第七
届亚运会;渤海湾最大的胜利油田建成投产;难度极大的澳门澳氹
大桥通车;西藏实行了农牧业社会主义改造,进入新里程;国防工
业苦练内功调整了管理体制;部队建设开足马力恢复和增建了共四
十一所院校;"长征一号"核潜艇研制成功编入海军战斗序列;解放
军参加修筑极其艰难的天山公路;医学界针麻心内直视手术获得成

218

功;教育界内地师资组队进藏支援;考古界发现发掘了规模巨大的"秦始皇兵马俑"……国民经济主要指标比上年增长百分之一点四。

部队注重学习,因此这些事郭向前全都了解,都记在日记本里。此外,部队经常放映露天电影,他和大家一起观看了《战洪图》《火红的年代》《年轻的一代》《艳阳天》《青松岭》《沙家浜》《小八路》《龙江颂》《侦察兵》等一系列新影片,对其中的一些影片有着自己的独立见解,在"批林批孔批《水浒传》"中,把名著《水浒传》读了三遍,思考得更多。这一切只发生在一年,是国家的一年,也是郭向前个人的一年。他虽不爱说话,却喜欢思考,类似《祖国永远是春天》中的歌词,说哈不切实际,国家已无难题,哈绝不是的,而且远远不是的,最起码的,郭家堡的父老乡亲还做不到人人都吃饱肚子,不是昂? 太阳与乌云同在,但太阳却永远是鼓舞人心,振奋精神的,乌云终究遮不住太阳。聆听这样的歌曲确实让人自豪和自信,心甘情愿地为国家的工农业建设一展身手。

走在土不呛呛的村街上,摘下军帽擦汗的时候,郭向前发现自己引来了周围男女老少的驻足侧目。他微微一笑,戴正了帽子。难怪人们看他——俊朗挺拔,脸上线条刚毅,两眼炯炯有神,只是军帽上没有了红星,绿军衣的衣领没有了红领章,有些让人遗憾。

郭向前踩着歌声走进村街,便看到三三两两的七八十岁的老者,嘴里叼着烟锅,身着打着补丁的老旧黑棉袄躲在背风处,揣着手蹲在墙根晒太阳。闲散、慵懒、无聊夹杂着惬意。他在前面走,后面就有三五个小孩子远远尾随,又不敢逼太近,有人摸起土坷垃,对着他比画比画,却没敢砍出来,待他走进沙荆花的院子,小孩子们便一哄而散。郭向前十分清楚村里没有什么针对小孩子的文化活动,除了爬树掏鸟窝,下河摸鱼,便没啥有意义的活动,这让精力旺盛的小孩子们闲极无聊。

走进曾经十分熟悉的土坯房，见到脸上有了皱纹的沙荆花，郭向前把背包往炕上一扔，就来了个立正敬礼，然后一言不发地坐在炕沿，看着沙荆花，似在听候吩咐。沙荆花道："老五啊，你是立志来当农民，还是镀镀金就走？"郭向前点点头，又摇摇头。"村子里的事情也很复杂，不是么都让人满意的。不过咧，只要你适应就行，只要不是五分钟热气就行。农民既好当又不好当，好当的话，做一天和尚撞一天钟，三五亩地一头牛，老婆孩子热炕头，吃饱了混天黑；不好当的话，像'四届人大'讲的，改天换地，跨黄河过长江，实现农业现代化。以咱现在的条件，怎么实现？"（跨黄河：亩产五百斤；过长江：亩产八百斤。）

"您咋么都知道？"郭向前终于说了一句话。

"大喇叭天天广播，咋会不知道。"

沙荆花从这个话题开始，聊到了村里现在改种小麦，产量一直上不去，"跨黄河，过长江"几乎不可能，只能说说过过嘴瘾；村里主事人还是郭瓢子，也仍然是副书记，人们选了他多少次，他也只当副书记，说这辈子他当不了一把手。"他既然是主事人，就是实际的一把手，自己不承认也没用。""不，他说他从来没自己决定过事情，一事当前，或按过去老铁的办法，或集体研究，还把丑话讲在前面——这是集体的主意啊，出了问题别追究俺一个人！"

"就是怕负责任白！"

"也是过去吃亏吃怕了白。"

郭向前脱下了军装，沙荆花给他洗净叠好，放进躺柜，说留着做纪念吧，咱庄稼人还是穿自己的衣服舒坦。沙荆花早已用自己织的粗布为郭向前做了几套对襟衣服，颜料是从县里买的，一身黑，一身蓝，一身灰，三身衣服，能够经常倒换了。郭向前早年在沙荆花身边生活过几年，在他记忆力最好的时候回到陈玉妮身边，天天读陈玉妮给他安排的永远读不完的各种书籍,让他知识面很宽,对庄稼地里的各种农活几乎触类旁通,很快就进入角色了。

当了河川镇一把手的黄晋升找郭向前来了。他经过多年历练,已经老成了许多,加之此时黄选朝已经因心脏病去世,黄晋升没有了后顾之忧,不再挨骂,婚也离了,日子过得舒坦了,人也开始发胖,一张白白净净的大圆脸,挤得两眼变成一条缝。他满脸笑容来到沙荆花家,先把装在一个牛皮纸袋里的五斤白面放在桌子上,说:"俺今天要和郭向前聊聊,小小不言。"指了指哈个牛皮纸袋。沙荆花正色道:"你最好拿走,别等着俺扔。黄鼠狼给鸡拜年,能有好心?"

"嗨,老嫂子,今非昔比,郭向前是挂着'响'来的,俺这个镇长不能装傻,得见见白?"

"啥挂'响'不挂'响',你有话就跟俺说。"

"《解放军报》报道了郭向前,《人民日报》做了转载;解放后这些年,咱河川镇除了郭山河打井当了劳模,得了国务院的奖状,上了《人民日报》,再也没有第二个。这叫'老子英雄儿好汉'咧。"

"甭跟我兜售歪理,么个好汉不好汉的!"

"俺有个闺女与向前年龄相当,只小一两岁,俺想给向前牵个线,让他们交个朋友。"

"死了这个心白,俺儿子看不上你们黄家的人。"

"可不能这么说,俺闺女漂亮着咧,百里挑一咧。"

"赶紧把你的牛皮纸袋拿走,不然俺就给你扔出去!"

"你咋这么不通情理?分不清'字儿''闷儿'?"

"俺就分不清,你走不走?"

黄晋升气哼哼夹起牛皮纸袋走了。没过几天,县里下来三个十八九岁的年轻知青来到郭家堡,两男一女,一个个子稍高的男孩叫许建国,个子稍矮的叫项未来,身材中等的女孩叫黄新桃。三个人都面目清秀,文质彬彬。郭瓢子分别把他们安置在村里三个五保户家里,他亲切地分别喊他们"大许""小项"和"新桃"。三个知青下村以后,就每晚挨家走访,拎着马灯做所谓的"社会调查"和"访贫问苦"。他们来到沙荆花家的时候,把三盏马灯都摆在堂屋八仙桌子上,把屋里照得非常亮堂。时下农村还没有通电,家家点着油灯碗儿,条件稍好的点着煤油灯。三盏马灯把迎面墙上挂着"光荣烈属"的木牌,和柴大树、郭山河的大幅照片,照得十分清晰。他们与沙荆花寒暄了几句之后,便给沙荆花行鞠躬礼,然后给墙上的照片行鞠躬礼。此时,郭向前便进进出出为他们沏茶,还端出一碗洗净的邻居送来的杜梨,请知青们品尝,仍旧只做事不说话。

杜梨是这片地区野生树木结的果子,黄褐色,如指甲盖大小,口感粗糙,略酸略甜还有点儿苦,但沙荆花留给郭向前,他还是舍不得吃,此时拿出来请三个知青分享。大城市的知青家庭生活都未必十分富足,譬如丁卫红,哈样正厅长的女儿,也不是经常有苹果鸭梨可吃,更甭说县里下来的知青了,所以三个人吃得津津有味,不停夸赞。沙荆花借机讲起战争年代的吃食,说一般树木都被小鬼子伐掉去修炮楼了,偶尔有果树留下来,村民们谁都不敢去摘果子,因为这棵果树是必定在炮楼的射程之内的,你敢去,便必被冷枪撂倒,最后果子被小鬼子全部摘走。还有酸枣棵子,因为枝叶有刺,日伪军逼迫村民们移到炮楼的射程之内,将酸枣棵子栽种到封锁沟两侧,当作蒺藜狗子使用,结了酸枣他们还可以吃。

知青们说:"小鬼子真可恨啊!"沙荆花便讲起柴大树、郭尚民的县大队如何打击日伪军,为抗战献身的过程。知青们在沙荆花家待了好长时间,临走约好把沙荆花家作为爱国主义教育的基地,要把来访内容写进他们的工作日志上报到县知青办,意思是以后会常来。尤其女孩黄新桃表现得十分激动,她对着墙上柴大树的照片举手宣誓:"柴大树大叔您是俺妈的本家,俺向您宣誓——发扬您的献身革命的精神,扎根农村一辈子,为建设祖国新农村贡献一切!请您看俺的行动吧!"临走还把一本描写知青生活的书名叫作《征途》的长篇小说交给了郭向前,约定以后会来与他交流读后感。

他们走了以后,沙荆花就说:"向前啊,你现在有心里喜欢的姑娘昂?"

"没有,部队不允许战士搞对象。再说,俺刚回村,跟村里人还都不熟悉。"

"你对这个新桃姑娘感觉咋样?"

"不错,挺要求进步的。人也长得秀气。"

"俺也这么感觉,她也好像对你有意,要么就先'占上',别让别人抢了去,俺看哈两个小伙子对她都喜欢咧,目不转睛地看她咧。"

"大娘,这事急不得,得容俺慢慢了解她。"

"前些天镇上黄晋升镇长来跟俺提亲,要把闺女给你,让俺拦下了。他家的闺女,就是天仙,咱也不稀罕!"

"是,大娘,俺听您的。"

郭向前每晚下了工,吃完饭就坐在油灯碗跟前读《征途》。郭向前明白,小说的主人公虽叫钟卫华,实际写的是为抢救落水电杆而牺牲的上海知青金训华。金训华的事迹郭向前在部队报纸上读过,哈时,他就在心里画过问号:金训华应该献出生命吗?现在回头再看,这个问题仍然绕不过去。他是个擅长"跟进"思考的人,不能不在心底问自己:知青的生命价值几何?为救几根电杆而死,值不值？如果活着，能造多少根电杆？按姥爷陈之谦的话说，知青肩负着改造农村落后面貌的责任，咋能还没干什么就轻易把命献出去？战争年代还有一句口号："杀一个够本，杀两个赚一个。"你知青为救几根电杆而死，"赚"了吗？金训华的献身精神值得赞佩，但在什么情况下献身，值得思考。

书还没读完，这一年的"战三夏"开始了。村民们都起得很早，下工很晚。郭家堡村民们上工是沿袭过去郭山河的先例，早晨大喇叭响起《歌唱祖国》的音乐，然后由广播员播送《新闻和报纸摘要》节目。在这个过程中，村民们全都洗漱完毕，吃完早饭，郭山河到广播室布置一天的工作。一队今天干么，二队今天干么，包括记工的方式，全都说得一清二楚，因为哈是大队干部事先研究过的。

"战三夏"十分辛苦，加之天气忽阴忽晴，"抢秋夺麦"是大喇叭天天要喊的事情，也是村民们人人挂在嘴上的事情，为的就是害怕忘记。如果没来得及抢收完毕就来了雨，就是灾难。一年的农事寄希望在这几天，不能不重视，又不能不看老天脸色。大家顶着晨曦的露水，全部下地，手持镰刀，面对一眼望不到头的麦田，"一"字排开，等待号令。此时郭瓢子高高举起镰刀大喊一声："开镰喽！"人们便猛地猫下腰，"唰唰唰"的声音立时响了起来。郭瓢子的哈一声喊，颇有一种专属于农民的仪式感。他们背后的天空，还有稀稀落落的星斗和一角浅淡的月牙，仅在东方的地平线上刚刚有一点儿白。脚旁偶尔会有一两声昆虫的鸣叫，成为此时此刻最动听的协奏曲。郭向前割得很快，因为他在部队每年都割。部队有农场，也种的是麦子。三个知青则远远地落在后面，郭瓢子就赶过去帮他们收割。

这时，不是壮劳力的老弱病残等弱势群体前来帮忙，割麦、打捆、装运、捡麦穗……吵吵嚷嚷，叽叽喳喳，哈个气氛很像过节，像赶庙会。麦子割下来后,要运到打麦场上,生产队的大牲畜要拉起大车发挥主要运输作用,辅之以人工的独轮车推、板车拉,还有人把麦个子用绳子拴了背着走。从庄稼地到村里的打麦场这段路,人来人往,犹如穿梭。大家全力以赴,为的是抢时间,如果此时来一场雨,就没法打麦,若摞起麦垛,还会把麦子"捂红眼儿",就没法吃了。郭向前见独轮车装麦个子装得特别多,也想试吧试吧,结果架起两根木把,刚走一步,就倒向一边,将满车的麦个子全扣在地上,旁边的三个知青哈哈大笑。郭瓢子走过来,让他把独轮车扶起来,帮他把麦个子全装上,用绳子揽好,说:"孩子,这玩意儿看着简单,实际不然,力在臂上,功在腰上,稳在腿上,三处协调,方能顺利向前。你看着!"便推起车做起示范,一直将独轮车稳稳地推进打麦场。

打麦场的边沿,一拉溜立着十几块两平米见方的硕大木牌,全都刷了红漆,上面写着黄色的大字:"抓革命,促生产,促工作,促战备",非常醒目。这是黄晋升的要求,要把这种口号立在全村最显眼的地方。眼下哪个地方最显眼?当然是打麦场。麦场上一堆堆的麦垛像小山一样已经陆续堆了起来,在大规模割麦以前的两三天,郭瓢子已经安排有经验的老农在麦场铺上麦秸,再洒几次水,赶着生产队的牲口拉碌碡碾平场地,这往往需要两三天的工夫才能将打麦场碾轧得硬实、光滑、平坦。待麦子一捆捆地运来,堆放在打麦场上,要趁着艳阳高照的好天气,解开麦个子,全部摊开晾晒。此时若运气不佳,来了雨,便用苇席、苫布等家什在最快时间里苫盖好,哈个紧张的节奏如同打仗。在这整个过程中,郭瓢子都让郭向前和三个知青跟在身边,一边布置工作,一边给他们讲解,让他们尽早熟悉农事。

较劲儿的时候到了,开始打场了。麦子秸晾晒得比较干燥了,村民们抓紧时机手忙脚乱地摊场、翻场、轧场，把该走的程序都走过了，有经验的老农便站在打麦场中间，手里挥舞着鞭子，嘴里吆喝着牲口，牲口拉着沉重的石碌碡，发着"吱扭扭"的声音，一圈圈地行走碾轧着摊在场上的麦子。这时的牲口屁股上都拴着粪兜子，防止此时牲口出恭。郭瓢子指着一匹壮硕的灰背白肚的毛驴，说："'懒驴上磨屎尿多'，这不是夸张，越是平时干活不积极的牲口，越会在干活当中出恭。它就是这么一头不让人待见的驴。"知青们哈哈大笑。

郭瓢子指着一头戴笼头的牛说："轧场牲口的嘴上还要套上哈个玩意儿（一个柳条编的罩子），不然的话，它就会偷吃麦子。牛跟头要绑好（牛跟头是拐角三十度左右的一个木棍，两头有孔，弯朝下，扣在牛的脖颈上），绳子压在跟头上从哈个眼儿里穿过，拉下来连接后面的套环，跟头下有拥脖子绳固定。瞧牛肚子下哈根肚带绳，是用来调节后面牵引东西的高低平衡，最后套在碌碡上。轧场看似容易，其实不然。你们生手赶牲口不熟练，就可能因麦秸不平或拐弯时把碌碡弄翻，耽误工夫，影响轧麦。你们瞧，几位碾场的老叔都是咱大队有名的把式，对牲口和碌碡把握得最好。"

火炽的太阳当头照，村民们相继解下头上的白毛巾擦汗。郭向前走到"抓革命，促生产"的大牌子前面遮阳的地方，刚喘过一口气，黄新桃从场边的陶罐里倒了一碗水，走到郭向前身边，递给他。郭向前没有接，只是点点头，微微一笑，遂把左肩右斜的军用水壶顺过来，拿到眼前，拧开盖子，喝了一口，还递给黄新桃，意思好像是："你也尝尝？"黄新桃有些诧异地看了他一眼，真的接过来抿了一小口，似乎非常配合和捧场，道："甜丝丝的，是沙大娘给熬的绿豆汤白？"便将水壶推还给郭向前，依旧把自己手里的一碗水咕咚咕咚喝光了，说："你大娘是烈属，享受国家照顾，俺们不是烈属,不该享受咧——你读《征途》,是么感受?"

"唉……"郭向前只叹了一声,却没说话。

"是不是钟卫华不该这么简单就死?"

"嗯。"

"你也与现在报纸上的主流意见不一致?"

"嗯。"

"哈你自己的见解是么哎?"

郭向前摇摇头,没说话。

"也罢,俺还是很佩服你。"

郭向前依旧摇了摇头。

"俺说的是真的。"

这次郭向前真诚地点了点头。黄新桃不好意思地笑了笑,笑得很勉强,她对郭向前如此珍惜话语不太适应。她仿佛有着一肚子话想跟他交流,可他这个样子,咋交流咧!郭向前下身穿着沙荆花做的灰色粗布半大短裤,脚上一双蒙着黄土的解放鞋,上身穿着沙荆花做的月白粗布片衫(农家过夏穿的简易上衣,前脸与后扇之间不是直接缝合,而是用几根细布条相连,用以透风),四方的胸肌和肩膀头的虎头肌线条明显地隆起着, 黄新桃眯起眼睛,艳羡地扫视着他,抿起嘴神秘地一笑。这个笑,和刚才的不一样。此时,知青大许走过来,把黄新桃叫到一边说话。沙荆花告诫过郭向前,两个男知青都对黄新桃"有意思",他现在隐隐地有了感觉。其实,他跟黄新桃没说几句话,前后加起来不过两三分钟。

这时,郭瓢子走到跟前,把几个年轻人叫到跟前,指着麦场说:"你们注意看着,现在是第二轮了。"几个人便专心看着麦场。只见一圈碾完,老农们开始翻场,翻过来亮出另一面。在翻场的空隙,人和牲口都开始饮水,喘口气,补充水分;而后把牲口卸了载,到场外拉屎撒尿,折腾够了,再回来上载。此时老农们身上的片衫,早已被汗浸湿,紧贴在胸脯子上。翻完场后,就一声鞭响催了牲口碾第二遍。第二遍碾完后,就开始起场了,场畔边上的大树下,等待起场的男男女女,手持木叉、铁叉立即走进麦场,从场中间开始,舞动木叉铁叉往外抖动翻挑,麦草上下翻飞,像耍龙灯,在炎炎烈日之下,场面极其火爆。扬过的麦草被堆成一个一个的小麦垛,腾出地面,再用推耙把地面上碾下的麦粒推到场中央,堆起来。然后再把堆成垛的麦秸秆摊开,再行碾轧,把遗漏的没有碾下的麦粒,和没有抖出去的麦粒进行一次筛捡,而且也为了把麦秸秆碾软,牲口吃起来好嚼。这次碾的时间不是太长,碾好后再次起场。这次起场是最后一次,所有人们都很仔细,要确保"颗粒归仓"。最后,把碾过几次的麦草归拢到一起,形成几个大垛。

几个轮回过后,郭瓢子宣布:暂时休息,待明早黎明时分有风时,大家来扬场。碾好的麦子麦壳麦芒都搅和在一块,需要通过扬场将麦粒、麦壳和麦芒分开,这活儿就要等到有风的时候才好干。炎热的夏季白天想把风等来,十分困难,除非是暴雨将临之际。大太阳底下,人们才不会去傻等,而一般都在次日黎明时借助此时特有的一阵小风,在微曦的星光下,紧锣密鼓地扬完前一天碾下的麦子。还要赶在太阳出来前,把麦场腾出来,再行摊场,准备碾下一场麦子。

而大人们正紧张碾场的时候,镇上小学会组织学生们前来拾麦穗,作为"勤工俭学"。孩子们把自己的书包都腾空了,人人拿着空书包,在收完麦子的地里,捡拾遗漏的麦穗,他们是有任务的,会根据年级的高低,上交不同斤两的麦子,一般在五斤到十斤不等,确保粮食颗粒归仓。孩子们把捡回来的麦穗集中到校园的操场上,摊开,在太阳下暴晒,然后听从老师的指点,用木棍捶打,把麦粒上的麦壳、麦芒打掉。整个操场到处是"噼里啪啦"的捶打声，孩子们很快就大汗淋漓，胳膊也酸了，有人就有些烦躁起来，把木棍扔了。可是，活没干完，还得再回来，捡起木棍接着干。捶好后，老师拿来筛子、簸箕，把孩子们捶打以后的麦子过筛子，装麻袋，最后用板车送到镇上粮库。家家吃不上白面，也没有人藏匿。这年有个年轻老师心血来潮，在校园角落架起火来烧烤了一撮麦穗，让累得汗流浃背的孩子们享享口福，结果被人举报，这个老师差点儿被扣上"破坏战备粮"的帽子，写了几十份检查，罚掉了一个月工资，还记了大过，弄得灰头土脸。

晚上，人人累得够呛，都想早睡早起，家家都早早熄灯了，唯有沙荆花家堂屋油灯碗还亮着。郭向前伏在桌前，拨亮油灯，在一张纸上描画独轮车的图样。沙荆花走过来，坐在旁边，摇起蒲扇给他扇风，说："咋咧，想做一辆独轮车？""是咧，咱乡下家家都有，就咱家没有；人人都会推，就俺不会，一推就倒。""儿啊，当年你爸推独轮车是把好手咧，几百斤的粮食、粪土推起来就走，嗖嗖的从不打奔儿。""大娘，您经常想俺爸白？""这孩子，这话也问！他曾经是俺丈夫，一个锅里吃饭，一个炕上睡觉，能不想？""唉！俺以后就喊您'娘'，不喊'大'字了。""为啥？""因为看见您，就像看见俺爸一样。""也好。你把亲妈喊妈，把俺喊娘。""哎！"

郭向前把图纸画出来了，独轮车的木头车架，下面的橡胶车轮，车架上形同簸箕似木头车排，全都标上了尺寸，然后问："娘，咱村有木匠昂？""咋没有，不过，找他干活是要给报酬的。公开的不敢要，可是谁都不会让他白干。谁能'巧使唤人'咧，是白？""娘，俺这手里还有一点儿部队的津贴费，不够的话，去城里找俺妈再要点儿。""行白，俺现在就给你找他去。"沙荆花点起马灯，拎上就抬屁股出门了。

229

第十三章　私与公

　　一会儿工夫,就把木匠叫来了。这个人四十来岁,大号周滏阳,肩膀挂着一副锯,手里拎着脏兮兮的帆布工具兜子,嘴里叼着烟袋,吧嗒吧嗒抽着,说:"老铁的儿子,让俺瞧瞧,长多高了?"便扳过郭向前的身子,在煤油灯前细看,用拳头在郭向前肩膀上擂了一拳:"有你爸的影子,是块好料咧。"郭向前咧咧嘴没吱声。沙荆花便拉着木匠往墙上看,墙上除了挂着柴大树和郭山河的大照片,还新挂了郭向前的两张立功奖状。奖状上方左面三面红旗,右面三面红旗,中间是圆形军徽,下面方框里写着:"郭向前同志在工作学习和战备训练中成绩突出,业经批准,记三等功,特颁发奖状,以资鼓励。中国人民解放军×××部队,司令员×××,政治委员×××。××××年×月×日。"

　　木匠一边点着头,一边说:"人人累得半死,家家都熄了灯睡觉,你却让你娘来叫俺干活,说明么咧,一是你精力旺盛超乎常

230

人，二是你有自己的念想。你这个念想可不是咱一般农民的念想。"

"嘿嘿。"郭向前不说话，只是笑了笑。沙荆花有些替他着急，插话道："滏阳你也不同寻常，你这话也不是一般人说得出的。"

周滏阳还是对着郭向前说话："大侄子，不是跟你拍老腔，俺过去给县长打过家具，给县委书记老娘做过假肢，靠一手绝活娶了河川镇最漂亮的女人。后来俺在家里研究诸葛亮的木牛流马，被郭瓢子说成搞'封资修'，开大会批得俺抬不起头来。现在俺大气不敢出，天天夹着尾巴做人。"

郭向前淡然一笑，还是没说话，只是笑盈盈地看着他。沙荆花不得不再次插话："滏阳啊，回头你领向前侄子见见你屋里的，看有多漂亮。他还没对象咧，不得有个样板昂？"

"大嫂此话有理，一定要见。今晚俺不睡了，给你这三等功荣立者做独轮车。"

院子里有以前沙荆花存的木料，哈是她给自己打棺材用的。河川镇的传统是人过五十岁就开始为自己攒棺材料，还有更早的，一过四十就开始攒。虽说现在要求火化，用不着棺材了，而思想守旧又有条件的人还是不想火化。此时郭向前终于开口："娘，您这年纪存棺材料还早了点儿白？俺用了！"沙荆花道："儿，就听你的，你说啥是啥。"

周木匠老家在邯郸滏阳河边。早年跟着父亲逃荒来到河川镇，爷俩依靠一把斧头打天下，虽没有发财致富，却也得吃得喝。父亲风流，在一家老财主家干活，闹了人家的小老婆，被老财主养的民团开枪打死。周滏阳吸取教训，规矩做人，老实做事，渐渐名气超过了老爸。河川镇上一个有钱的豪绅请他打一副红木雕花多宝阁，他便把哈个多宝阁真的雕出"花"来——太精致太漂亮了，老豪绅是倒腾皮毛生意出身,周滢阳便在多宝阁的边边角角雕出了水獭、狐狸、貉的头像,鼻、眼、嘴、耳,以及身上的细毛,纤毫毕现,简直活了起来,让个老豪绅感动得抱住多宝阁哇哇大哭。这副多宝阁似乎记录了他这么多年的风霜雨雪、酸甜苦辣、冰火荣辱。里面全是记忆啊!

该结账的时候,老豪绅抹着眼泪说:"后生,你做了俺这辈子最满意的事,摘走了俺的心肝。要多少钱你开口白,只要俺能承受。"

"俺不要钱,要你闺女。"

"这……"老豪绅迟疑了一阵子,"她要是不愿意咧?"

"哈就当俺这话没说。"

老豪绅到后院找到天天闷在屋里绣花的闺女,问:"如果外边哈个小木匠想娶你,你会答应昂?"

"会。"

"门不当户不对咧。"

"家有良田千顷,不如一技在身。"

"你在哪儿听来的这歪理邪说?"

"俺娘说的。"

老豪绅无话可说。事情就这么定了。

"周叔,你咋知道他家后院藏着个美女咧?"郭向前再次开口。

"俺干活讲究通宵干,一昼夜一休息,有一次半夜里哈个闺女偷着跑过来看俺干活,见俺把小狐狸小水獭雕得哈么真切,当即就对俺说:'小哥,你记着,走时带着俺。'俺马上就答应了。因为俺走南闯北还没见过这么漂亮的闺女。不过,后来因为俺有这么个老岳父,入不了党,当不了干部。再积极也没用。"

沙荆花的堂屋里哧啦哧啦地响起拉锯的声音,很快就把木料破出来了。郭向前给他打着下手,几乎不说话。起初沙荆花也不睡,郭向前便把她推进屋子,掩上门,不让她出来了。

周滏阳一边推着刨子,一边说:"现如今村子里的事咱说不上话,你是部队下来的,有希望当大队干部,以后你可记着,得帮咱老百姓想问题,帮咱老百姓说话。"

"嗯。"

"你瞧,全村上上下下豁了老命'抢三夏',可是,你知道秋后交完公粮咱一口人能分多少麦子?"

"嗯?"

"不怕你见笑,只够五口之家吃两顿饺子。"

"哦!"

"一是咱村人多地少,一人不到一亩地,二是小麦产量低。说是'跨黄河过长江',哈个是拿气儿吹的昂?是说跨就跨,说过就过昂?"

说着话,启明星已经升起来了。而周滏阳已经把一挂车做好了,没用一根钉子,全是榫子活儿,该凿眼儿的地方一把凿子使得哈叫溜,看得郭向前眼花缭乱。最后把一根根杠子、梁子攒了起来,只差轮子了。周滏阳说:"抽空你到邻县去一趟,哈个地方卖胶皮轮子,回来你自己安上就行了;顺便买点儿砂纸,把车身打磨打磨。"

"嗯。该给你多少工钱?"

"你羞辱俺白,郭老铁的儿子,三等功荣立者,俺敢收钱昂?"

"不合适!"

"只要你以后帮着咱说话,就行咧。"

周滏阳收起工具兜子,将斧子、凿子、刨子、榔头全装进去,把锯搭在肩膀上,拍拍郭向前的后脑勺:"大侄子,给俺敬个礼白。"

郭向前一听这话,立即一个立正,规规矩矩给周滏阳敬了个军礼。周滏阳满意地点点头,点上一锅烟,哼哼唧唧地走了。此时村里的大喇叭响了起来,没有放音乐,而直接是郭瓢子的声音:"社员同志们请注意啦,扬场的时间到了,大家在半小时之后到麦场集合!"

很快,村民们陆陆续续来到打麦场,男人们身上都穿了长袖褂子,头上戴着白毛巾(像电影《地道战》里高传宝哈样),而女人们则除了穿长袖上衣,头上都围了各种颜色的头巾。看身上的衣服难以分出男女,而看头上的围巾,则一目了然。晨起小风溜溜,时机恰切,扬场便开始了。随着村民们扬起的木锨,麦壳与麦芒随风飘走,麦粒直落下来,渐渐地,这边堆起麦粒的小山,哈边堆起麦壳麦芒的小山。郭向前随着村民们干了一阵,倒替休息的时候,郭瓢子走到他跟前,把他拉到场边。

"昨晚你在家干木匠活了?"

"您咋知道?"

"俺睡觉前要在全村走一遭,这是老铁留下的习惯。俺见你家堂屋里亮着灯咧。"

"是,俺请周滏阳帮着打了一辆独轮车。"

"哈个人思想落后,尽量少跟他来往。"

"俺只是让他帮俺打辆车,没有别的交往。"

"村里新来了好几个年轻人,同样是城里来的,有知识,懂道理,可是,只有你想着弄辆独轮车。为啥咧,就为了在村里干得长久。你天天喊'扎根农村一辈子',没有行动,俺也不信。明天,俺打算召开村委会,把你推出来当团支部书记。"

"俺来的时间太短咧。"

"这是给你责任,没有一分钱利益。"

"嗯。"

"是行是不行？"

"行。"

"你咋像个闷葫芦罐儿？吭哧瘪肚的？"

"嘿嘿。"

郭瓢子捶了郭向前肩膀一拳。他特意安排时间，让郭向前到邻县去买胶皮车轮。一切落停以后，郭瓢子召开了全村三十五岁以下年轻人的专门会议，讲明了郭向前的现任职务，号召大家向他学习，把心思用在村里的工作上。会后三个知青也想让周滏阳打辆独轮车，谁知周滏阳说："不伺候。俺收钱白，郭瓢子说俺搞'资本主义'，俺不收钱白，又变成白干，俺天天跟着大家下田干活，咋有精力给别人帮忙咧。"三个知青听了这话，面面相觑，无计可施。

大许说："见人下菜碟，可气。"

小项说："难怪啊，现在多累啊，咱累，人家不也累昂？"

黄新桃就来找郭向前，说："向前哥，你帮着说说话白，周滏阳咋哈么自私咧。"

郭向前想了想道："周滏阳说得没错，咱不能让人家白受累。"

黄新桃把郭向前拉到一旁，悄声问："你给了他么哎，他咋就给你干咧？"

郭向前不说话。黄新桃又问："不便说？"

"嗯。"

"唉，让人猜闷儿！不说也罢。你是复员军人，俺们是知青，差着等级了是白？"

"瞎说么哎？俺给了他承诺。"

"啥承诺？"

"为老百姓说话、办事。"

"俺不激你你就硬是不说,这不明明是好事昂!这是金钱买不到的,向前哥,俺佩服你!打不打独轮车不重要了,以后你带着俺们干白,你指哪儿俺们打哪儿!"

"你们打哪儿俺指哪儿。"

黄新桃哈哈大笑,随手也捶了郭向前肩膀一拳:"现在社员们吃不上细粮,粗粮也不能放开吃,俺也急呀。"

"嗯。"

"俺们三个也不是吃干饭的,前几天俺们在五曲河沿岸走了一遭,看到有的地方河流很窄,河床很宽,俺们就商量——如果在这干涸的河床上开荒种庄稼,收了自己吃咧?"

"哦。"

"可这是纯粹的'资本主义',没有三两个胆子没人敢干。"

"嗯。"

"可是,地在哈个地方荒着,不完全是浪费昂?村里本来地就少,俺们三个来了还和村民们争地,俺们心里也很不落忍。"

"嗯。"

"你除了'嗯'就是'哦',么意思哎?嫌俺小儿科白?"

"这事需要好好合计。"

"哈你早不说!贵人语话迟,也没这么迟的白?"

…………

自从黄选朝死了以后,柴金菱一直和儿子黄天厚一起生活,她自知失去了靠山,哈个黄晋升跟她像仇人,多年来不曾往来。当然,她也并不记恨黄晋升。夜深人静的时候,她也曾扪心自问,这些年来自己有哪些地方做得不妥?自己,乃至黄选朝,究竟算好人还是坏人?但她很快停止了自己的诘问。现实生活纷纭复杂,岂是

"好"与"坏"两个字所能概括？她感觉这是个死胡同，走不通。

随着年龄增长，阅历增加，读书也慢慢多起来，她感觉人有感情需要和身体需要都是正常的，谁看谁对眼，就像王八瞅绿豆，哈个是别人阻挡不了的，也是舆论束缚不了的。只要双方愿意，别人无法干涉，办法也多得是。哈个黄选朝早年在学校里结识了解佩珍，感觉解佩珍知书达理，安分守己，人也俊俏，便私定终身。其实，解佩珍的老爸老妈并不同意这门亲事。黄选朝曾经对柴金菱讲过：在保定二师毕业的时候，黄选朝买了两盒点心，跟随解佩珍来到解家营，拜见没过门的岳父岳母。老两口儿都是中医世家的后人，既有文化，又明白事理，当黄选朝自夸父亲跟东北军少帅张学良的保镖刘奎拜了把子，以后咱两家没有人敢欺负的时候，解佩珍的老爸便悚然一惊，急忙把解佩珍叫到屋外，说："坚决断！不能跟黄选朝结婚！"解佩珍问："为么哎？有靠山咋不好？"老爸说："张学良丢失了东三省，全国都在骂他。跟他结交算么好事？"为此，解佩珍连饭都没吃，跟着黄选朝离家出走，再也没有回来。

这样的铁杆媳妇不是忒好了？可问题是，解佩珍跟着黄选朝走南闯北，风里来雨里去，脸膛黧黑，皮肤粗糙，脚杆是练出来了，可女人应该有的气息一天不及一天。当黄选朝见到细皮嫩肉的柴金菱，便动了心。而作为柴金菱，自恃"天生丽质"，脑子里也经常出现"美女爱英雄"的古训，而经历过战火硝烟又文质彬彬的镇领导黄选朝突然出现在面前的时候，她便完全服膺了。她感觉哈就是爱，是有价值的爱。而且，黄选朝虽年龄大了哈么多，两个人也不算不对等。让柴金菱有所不知的，就因为当年单纯幼稚的解佩珍在与黄选朝的感情中陷得太深，一旦黄选朝背叛，她便无法接受，最终气绝而亡。柴金菱从来没想过自己对解佩珍的死负有么个责任，只觉得解佩珍的病与死都是她自己的事，与旁人无关。谁让你认死门儿的?

当身边的黄天厚也中学毕业的时候,县城里一时没法安排工作,也正赶上全国都在动员知识青年上山下乡,报纸上对邢燕子、侯隽、白启娴、柴春泽、朱克家、董良阁等知青典型宣传力度很大,既对所有胸怀远大抱负的年轻人是巨大鼓励,也对所有追求名誉的年轻人是巨大诱惑。偏偏黄天厚受到爷爷的多年灌输,在名利问题上十分"早熟",于是,他便听从黄选朝意见,报名下乡了,到了云南山区插队落户,干了半年多,感觉实在太苦太累,村子里还有比他大好几岁的来自大城市的老知青,他们的智力、体力都在自己之上,若在他们面前出人头地几乎没有可能,便给柴金菱写信,要求帮忙调回老家,在自己的老家下乡当知青,这样不是可以得到照顾昂?

柴金菱便找到黄选朝帮忙。黄选朝眉头紧锁,唾沫星子乱飞:"咋出了第二个生地瓜,这么没出息?在老母鸡的翅膀底下能锻炼个屁?"柴金菱道:"骂么咧?他再不济也是黄家的后,是龙成不了虫,是虫成不了龙。他毕竟没想回家待着,这就不错,你就退而求其次白。"黄选朝本不愿意帮忙,可架不住柴金菱天天催促,于是,黄选朝托人,把黄天厚调到了柴家营插队落户。柴家营是柴金菱的老家,准确地说,是柴金菱父辈的老家,早年柴金菱父亲倒腾皮毛发家以后就搬到了镇上居住,老家已经没有了近亲,只有几家出了五服的柴家人。但这个村是柴大树的老家,在柴大树家的祖坟里,有柴大树的衣冠冢,还立有石碑。经常有记者、作家前来造访,哈些出了五服的柴家人的大名,常常因为为记者、作家讲解柴大树的故事而跟着上了报纸。这一点,是黄选朝早已注意到的。他叮嘱黄天厚:你要想尽办法靠近哈些人,最终要成为他们的一员,要争取到经常见记者和作家的机会。

柴家营的人都知道黄天厚是镇领导的儿子，便都高看一眼，不给他安排重体力活，甚至他不去上工也给他记工分，比他在云南农村可舒服多了。黄天厚平平安安在柴家营待了半年以后，发现哈些讲解柴大树故事的人，彼此口径都不一样，他便一下子断定，这些人全是道听途说，根本不了解真实的柴大树。而且，他已经打听到，柴大树的遗孀沙荆花就住在郭家堡。他不知道黄选朝与郭家堡的过节，便抽空买了点心，去了郭家堡寻找沙荆花。甫一见面，便感觉这个女人不同寻常，他曾经跟着黄选朝看过电影《槐树庄》，这沙荆花就和电影里的胡朋老太太长得一模一样。哈种果敢坚毅，哈种说一不二，哈种气势夺人，哈种斩钉截铁，让黄天厚佩服得五体投地，当即就给沙荆花单腿跪下了："沙奶奶，俺妈也姓柴，是大树爷爷的本家，俺要拜您为干奶奶，您收俺这个干孙子白！"

这些年来，以各种方式套近乎的人沙荆花见得多了，她都能兵来将挡，水来土屯，面对眼前这个看着挺单纯的年轻人，沙荆花稍稍动了动心，但很快就打消了念头。她早已儿孙满堂，不想再横生枝节。还没想到这里面会有么子"设计"，她婉言谢绝了黄天厚的请求，但却为黄天厚详细讲解了柴大树、郭尚民的英雄事迹。黄天厚很用心地用纸笔记录下来，回村以后，就对其他几位柴家人说："你们这些年来瞎讲乱讲，柴大树根本不是你们讲的哈个样子。俺有柴大树遗孀沙荆花的口述记录为证。"于是，以后再有记者、作家前来，黄天厚就理所当然地成为"知情人"和讲述者。报纸上间或就会出现了黄天厚的名字，黄选朝非常高兴，对柴金菱说："广途这小子终于上路了。"

柴金菱却怨怼道："呸呸呸，臭嘴！死人才是'上路'，广途是走上正轨了！"

239

搭英雄的便车而求取名分,应该说是河川镇个别人特有的现象。旁边的镇,譬如东河川和西河川,他们没有柴大树和郭尚民、魏雨征,也就不存在这种"搭车"现象。一天一位《人民日报》的大牌记者前来采访,黄天厚讲得头头是道,引起这位记者极大好感,便对身边跟随的镇上宣传员(镇这一级没有专职宣传干部)说:"这小伙子不错,好好培养吧。"过后镇领导就把话转给了柴家营的村书记,让他们注意培养黄天厚。在村子里"培养",怎么培养,无非就是安排职务,给他施展的机会。于是,黄天厚当了柴家营的团支部书记。村里的妇女主任也是个年轻人,叫柴佳禾,比黄天厚大两岁,虽然长相不漂亮,但性格泼辣,工作积极,是把好手,主要抓计划生育,和他在一间屋办公,便经常向他抱怨工作难做。"难到么个程度哎?"黄天厚免不了要问。柴佳禾便拉着黄天厚参加了一次行动,让他亲眼看看。哈次行动是在村口埋伏,劝阻一个打算藏到邻县去生二胎的适龄妇女。于是,黄天厚听到了世界上最难听的骂人的话,也看到了人类的最隐秘的本该崇拜、也曾经被当作图腾崇拜的女人的羞处。黄天厚在爷爷的熏陶下,崇拜女人的羞处,认为哈是人类最伟大最隐秘的所在,丝毫不得亵渎。眼下看到"强制"还感到这个妇女骂得痛快。

但是,回来后,黄天厚思想出现反转,他明白,从几年前的"七十年代"初期开始,国家越来越深刻地认识到人口增长过快对经济、社会发展不利,决定在全国城乡大力推行计划生育,并将人口发展计划纳入国民经济与社会发展规划,于是,计划生育工作进入了一个新的发展阶段。看看现实,一点儿没夸张,中国如此之大,人口如此之多,若无节制,怎么得了! 再者,是产生了延伸——女人的羞处勾起了他心中的欲望。眼睛再看柴佳禾的时候就感觉她不单单是个妇女干部,还是个"性的符号",让柴佳禾十分纳闷和诧异:"俺脸上有么哎,你咋贼着眼睛看俺?""俺说出来你别说俺不好。""说白,不会的。""俺想闹一次。""找对象闹去白。""俺没对象。""你么意思哎?""你明白。"柴佳禾突然涨红了脸:"你年纪轻轻咋会这样,俺告你爹去!""别别别,咱好说好商量,你可以提提条件。"柴佳禾红着脸至少思考了十分钟,最后说:"把俺调到镇上去。""这么丑,要求还这么高!""嫌丑,别闹!"

调到镇上,意味着成为国家干部,吃商品粮了。对于土生土长的乡下人,这可是天大的事了。可作为黄天厚,感觉上边有父母亲罩着,不成问题,便答应了。黄天厚初尝性事,如饮甘醇,便希望每天与柴佳禾"闹一回"。柴佳禾不允:"你和爹妈说了昂?""还没有。""咋还不说?""俺想美几次。"把个柴佳禾气得七窍生烟,真想抽他个大嘴巴。于是气哼哼摊牌了:"生地瓜玩意儿,俺已经怀上你的种了,再不去说,俺就给你生下来!"黄天厚一下子吓得够呛,马上骑了自行车回家,向老妈摊牌,请求帮助。柴金菱抬手就给了儿子一个耳掴子:"混账!"接下来就是一顿数落,数落够了,还是得求助黄选朝,不能真的让哈个柴佳禾生了孩子。黄选朝知道以后自然也是一通骂,但还是答应下来。于是,柴佳禾真的被调到镇上,继续做妇联工作,于是,她首先找到私人医生给自己做了人流。但黄选朝对柴佳禾也十分忌恨,便没有把柴佳禾的身份变过来,在镇上工作只是帮忙性质,类似后来的"以工代干"。后来,柴佳禾嫁到了西河川,到了哈边,身份还是黄晋升帮着解决的,此为后话。几年后,黄选朝也去世了,柴金菱便不得不叮嘱黄天厚:你要一切谨慎从事了,你的靠山没有了,黄晋升是个摆设,他不会为你做任何事。黄天厚听了这话,十分沮丧。但他心里早已埋下不安分的种子,此生立志有所作为,便开始从长计议,策划打通黄晋升关节的办法,好让自己进步更快一些。

村民的生活是千篇一律的,单调、枯燥、疲劳,好在人们早已习以为常。爱玩的人可能会抽空凑在一起打扑克,输者脸上贴纸条或钻桌子;下象棋的,输者抻着脖子让对方弹脑嘣子;稍有文化并爱读书的,可能会偷着传阅多年来侥幸流传下来的《今古奇观》《三言两拍》《杨家将》《呼家将》乃至《奇门遁甲》《麻衣神相》等"禁书",看完会找几个读者鬼鬼祟祟神神秘秘地交流体会,像做贼。因为他们知道,这种事一旦暴露,后果不堪设想。当然,其他思想"正统"爱读书的年轻人也不少,时下当红的长篇小说《欧阳海之歌》《海岛女民兵》《激战无名川》《江畔朝阳》《金光大道》《飞雪迎春》《桐柏英雄》《渔岛怒潮》《万山红遍》《清江壮歌》《连心锁》《牛田洋》《春潮急》《大刀记》《分界线》等书,在大队部的阅览室书架上,没摆两天就被借光,以后便再无下落,问谁都说不知道。极个别的家庭有半导体收音机,每晚七点半播送长篇小说时间会在堂屋和院子里挤满了年轻人,他们都带着自家的小板凳前来,安安分分地收听,十分守时。播讲到紧要处还会屏住呼吸乃至喝一声彩。

几个知青没有加入这些群体,他们有着自己的人生设计和路线图,整日思考的是怎样以自己的方式走好自己的成长之路。他们以自己的眼光、胸怀、见识关照和体味着眼下的农村,时时与城市做着比对。"如果在城里,会怎么样",是他们最常想的事。他们的成长,伴随和见证着中国农村的成长。有的知青把为农村做出业绩当作进步,有的知青把写出描绘农村的作品当作进步,而有的知青就把提职、跳出农村当作进步。这个阶段,已经有知青办回城里,但还不是很多,距离大规模回城还有几年。

丁卫红在河川镇黄召庄插队落户,她的大姐是陕北农场黄土高坡的插队知青,二姐中学毕业后留校当了老师。按说二姐经济上有能力给丁卫红买点儿需要的东西,但偏偏没有,是同样当知青的大姐给她寄来了新书《分界线》。这是一本描写黑龙江农场知青的故事。大姐看完以后,就寄给了她,让她不要再买了,省点儿钱。大姐知道她爱好文学,家里不曾给她寄过其他东西,严格的家教不允许任何人偏袒她这个三妹,而且生活拮据的家庭条件想奢侈也做不到。

自从黄晋升与丁卫红有了一次亲昵,又多次婉转提出要求,都遭到丁卫红的生硬拒绝。丁卫红还为自己当初的孟浪而后悔,因为她经过与黄晋升的深交,觉得黄晋升身后过于复杂,自己没有精力也没有能力处理哈些闲事,遂开始与他虚与委蛇,寄希望于自己尽快写出作品,成为专职作家,是否离开农村并不重要,即使长久住在农村,只要能够专职写作就行。她从来没发过"扎根农村一辈子"的宏愿,宏愿只是写出有质量的好作品。村里黄大想对丁卫红十分照顾,让她有足够的时间读书。黄召庄也在"抢三夏",但黄大想只给丁卫红安排了在大队部值班的工作,而记工分还是记满十分。黄晋升三天两头往这儿跑,黄大想对黄晋升的心思非常明白,加之自己本身就喜欢丁卫红,便想尽办法照顾她。

丁卫红下决心写写黄召庄。描写知青生活的《分界线》让她不是太满意,她感觉,这本书的作者和自己一样,是个涉世未深的年轻知青,仅仅凭着年轻人的善良愿望,去呼吁人们分清真理与谬误的界线,怎么做得到呢。譬如她来黄召庄的过程,她与休斯敦和黄晋升的交集,是对是错,谁能说清?《分界线》鞭挞了"口头革命派",她感觉写得挺解渴。但书中具体的人物形象,却不够清晰明朗。而且,这个问题原本就很难界定。身边的黄晋升算不算?黄大想算不算?自己算不算?小说批判了一个固步自封、因循守旧、不懂生产而又看不到青年力量的负责干部,但没有从根本上指出这种问题的根源。如果自己写到这个问题，能说清楚吗？只怕也难。因为，现实生活实在复杂。就说自己吧，老爸一直以来反对搞特权，自己现在没有参加"抢三夏"，算不算搞特权？而自己是多么需要时间坐下来研究农村生活，否则怎么付诸笔端？而这么做难道不是搞特权？写作是一件私事，但你反映的是农村的整体生活，又像是公事。自己究竟是谋私还是谋公？推而论之，假如书写出来了，算自己的收获还是算黄召庄的收获乃至国家的收获？

丁卫红下决心写黄召庄了，黄大想这个人是绕不过去的。她便在村里供销社买了一瓶衡水老白干，和一包果仁，晚上八点钟来到黄大想家。她知道，来早了黄大想回不来。黄大想家里雇着一个用人，其实就是他的一个远房侄女。东屋的炕上躺着黄大想前不久突然脑痴呆的老婆——事情非常怪异，几乎是三两天的事，黄大想的老婆突然就出现脑痴呆了，以前只是偶尔会在土坡上绊一跤，此外毫无预兆。侄女把丁卫红领到了西屋，炕上摆上小炕桌，端上煤油灯，再端上茶来。侄女就是一般农村女人，没有特点，信筒子一般的腰身，黑黢黢的脸膛，说话粗门大嗓，与黄大想原先的老婆十分相像。

此时，院子里噼里啪啦一阵响，是黄大想回来了，正在归置锄头、铁锹一类农具。然后径直走进堂屋，拐进东屋，喊了一声："老婆子，俺回来了，你叫俺一声！"没人理他。西屋这边侄女就喊了一句："大想，你看谁来了？"丁卫红有些纳闷，这当侄女的，怎能直呼叔叔的大名啊？坟地改菜园子，拉平了？哈边黄大想便"哎"了一声，退出东屋，来到西屋，一撩门帘，见丁卫红坐在炕沿上，立即一声惊呼："哎呦呦！七仙女下凡尘，来到咱老农民家了！——三丫，炕上脏，扫了昂？"被叫作三丫的侄女道："俺天天睡这屋，脏么哎，扫么哎？你要不放心，俺现在就扫，卫红，你欠一下屁股。"就拿过炕笤帚。

丁卫红道："扫啥扫？我没感觉脏。再说，我这裤子也早就该洗了。"心说，如果在北京，我至少一周洗一次衣服，下乡以后可好，一个月也不一定洗一次。村子里不光打水不方便，哈井水洗的衣服根本不透亮。黄大想脱了鞋，也坐到炕上，两腿还盘了起来，与丁卫红隔桌相望，丁卫红便将哈瓶酒和果仁推到他眼前，一下子让他眉开眼笑，立即给丁卫红伸了大拇指，但他却没喝酒，也没吃果仁，而是收到了身后炕头上。这时三丫给他端上饭来，饭菜很简单，一个柳条浅子里有三个玉米面饼子、一块干巴巴的疙瘩头咸菜，还有一碗粥。黄大想手也没洗，在身上蹭蹭，就抓起一个饼子，吭哧地咬了一口，问："七仙女同志，你微服私访，要采访俺？"

丁卫红道："您真聪明，正是，我要写咱黄召庄，怎么离得开您呢？"

"写黄召庄还行，写俺昂，马尾穿豆腐，提不起来。"

"怎么会！您也是县大队队员，枪林弹雨，风霜雨雪，脑袋瓜子披裤腰带上，天天钻死人堆，是不是？"

"俺说的不是哈个，俺是说她，三丫。"

一直站在一旁的三丫一听这话，急忙咳了一声，扭扭地躲出去了。似乎明白不该听这种谈话。丁卫红一下子从黄大想嘴里知道了很多文件、材料和报纸上根本见不到的东西。哈是来自生活底层的可能不够阳光，但却活生生的东西。黄大想当然也应该算英雄，他毕竟也在枪林弹雨中出生入死过，是钻过死人堆的，只不过他这个英雄没有名号。是柴大树和郭尚民、魏雨征的名字太亮，太耀眼，把他遮盖了。写英雄不可能不写家庭，而说起家庭，丁卫红就想起一句俗语：家家有本难念的经。黄大想这个英雄也不例外，他的哈本经为么难念，是因为家里有个过早脑痴呆的老婆。老婆比他大五岁,是早年家里父母包办定的亲。他今年五十岁刚过,老婆已将近六十岁,前段时间突然不认人了,几乎是一个晚上的事,最让黄大想难堪的是老婆大小便失禁。他不得不请本家出了五服的一个侄女前来照顾。住医院是住不起的,而且花了钱也不可能能治好,以前村里有这样的先例。村子里倒是有赤脚医生,但医治简单的常见病尚可,这种病赤脚医生是无计可施的。

为请人,黄大想费尽九牛二虎之力,没有愿意来的。后来这个三丫主动提出来干件事,但她有个条件,要黄大想把自己的两个儿子都办到部队去。黄大想有三个儿子,都在部队当兵,这件事全村人人皆知。你既然能给自己儿子办走,也就能给俺儿子办走。没办法,黄大想托人烦窍,费劲巴力,帮三丫实现了愿望。三丫比黄大想小十岁,丈夫死得早,是个单身。于是,来了以后,在某一天就和黄大想抱在了一起,是谁先抱的谁,已经说不清了。家里天天进进出出就这么俩半人,两个头脑清醒欲望正常的人走到一起,也无可厚非。但明媒正娶是不可能的,脑痴呆的老婆就在身边躺着,一时半会儿也死不了,而且黄召庄也没有这个先例——姓黄的娶了姓黄的,即使出了五服也不行,再说,还差着辈分。但黄大想与三丫已经难分难解,黄大想每天工作起早贪黑,累得半死,只有搂着三丫的时候,才感到放松。

这是人之常情还是大逆不道?丁卫红一时间难以说清,只觉得脸皮发烧,心脏狂跳。纠结啊,她替黄大想纠结!男女之事会如此胶着?解开一个家庭的内幕,竟如此复杂乃至不堪?黄大想还给她讲了柴大树、沙荆花与郭山河三人的关系,讲了过去恶毒的汉奸赵志仁与不计其数的情妇,沙占魁与一对孪生姐妹……方知人性这个东西,其实是人类最基本的东西。幸福的背后,就是人性。没有人性的幸福,是作孽,是自毁;而尊崇人性的幸福,才自然和谐。有人以正当手段追求，有人以恶劣手段索取。大千世界，无奇不有。当丁卫红把写作计划讲给黄大想时，遭到坚决反对："家丑不可外扬，你若有这种打算，俺可不再支持你了！"

"三丫大姐还有月信吗？"

"咋没有！准着咧。"

"哈你可要注意了，不能整出事来。"

"谁说不是咧。"

"不能找村里的赤脚医生要点儿避孕药吗？"

"哈不等于告诉人家昂？"

"我给北京的二姐写信，让她寄点儿来。"

"太谢谢你咧，回头请你吃'咸食'。你知道，咱乡下困难，一般情况下不敢吃，也没有白面，根本吃不起。昨天黄晋升拿来二斤白面，让俺改善生活咧。"

"黄镇长也抽冷子关心一下基层干部？"

"是咧，虽说面不多，还是够你和三丫改善一顿的——做咸食要加胡萝卜丁、土豆丁、葱花、鸡蛋——咱村没有土豆，可是咱有麻山药，可以代替土豆。保密啊，这麻山药是俺让两个铁杆兄弟偷着种的，这是违反政策的。"

"明白明白，我先感谢了。"

回头丁卫红给二姐写了求助信，一下子把二姐吓坏了，急忙往黄召庄跑了一趟，她以为是丁卫红自身出了问题。来了以后方才明白，长出一口气。二姐性格内向，安分守己，规规矩矩地做着中学老师，临走对丁卫红千叮咛万嘱咐，一定不要在男女问题上整出事来，否则，你就臭名远扬，一辈子都完了。送走二姐以后，丁卫红更加后悔与黄晋升的哈一次亲昵。几天后，丁卫红真的吃上了咸食，确实非常好吃，又软又香，正合口味。饭桌上，黄大想眨着眼睛,道:"七仙女,若真写农村,离不开咱家乡的特点,么特点咧,就是英雄辈出,咱们这片地区跟别处不一样。所以,你应该去郭家堡采访沙荆花,她原来是柴大树和郭山河的老婆,对哈两个响当当的人物最了解。还应该去保定采访陈玉妮,据俺所知,她最了解烈士魏雨征的情况,他们曾经是这个——"他把两个食指并在了一起。

"好,您准我假,我就分头拜访。"

"准!这个假还不准!"

丁卫红看着黄大想狼吞虎咽地吃完了饭,还用舌头舔净了粥碗的碗底——黄大想的这一举动让她十分感叹。心说别在这当电灯泡,这半天了,人家两个人还没来得及说贴心话。从炕上出溜下来,嘴里感谢着出了黄大想的家门。她下决心去认真采访郭家堡的沙荆花和保定的陈玉妮。而对黄大想的这些素材,尽量多写黄大想的正面经历与村里的好人好事。虽然她感觉哈么写很可能与《分界线》一样,既难以真实,又难以深入。生活原本是五光十色的,有太阳也有乌云。譬如,你让黄大想按照传统观念正经起来,也就是说,让三丫离开,哈么,脑痴呆的老婆谁侍候?或让三丫只侍候病人而对身强力壮的黄大想不产生欲望?这样写出来读者会相信吗?农村题材可以写各种各样的事,黄大想的事值得写吗?思来想去,丁卫红最终还是下定决心,还是要写,尽量以公正的视角,先写出来,然后再说。

第十四章　小与大

不知不觉间,社会上的事情全都传到村子里。因为每个大队都有报纸,大喇叭还天天广播新闻。所以,郭家堡的村民们全都知道眼下全国都在开展"批林批孔"和"反修教路线回潮",知道"反潮流"的黄帅和张铁生。同时也知道福建有个叫李庆霖的给毛主席写信反映当知青的儿子的困难,而毛主席给李庆霖寄了三百块钱,还回信说:"寄上三百元,聊补无米之炊。此类情况全国甚多,容当统筹解决。"郭家堡的大喇叭公开告知三个知青,你们不要走李庆霖的路子,有话可以先跟大队部和郭瓢子说。三个知青表面么都不说,私下里却分成观点对立的两派,大许和小项一派,黄新桃自己一派。

年轻人总是容易激动,容易被调动起来,他们感觉贫穷落后的郭家堡尽管没什么"潮流"可反,也不能无动于衷。于是黄新桃向大队郑重其事提出:俺们郭家堡是红星村,红星村的知青要做举红星的知青,不能混同于一般村的知青。建议大队广播室在早晨起床时间播放李双江的歌曲《红星照我去战斗》,结果里面的唱词村民们人人都会唱了。

总播就"絮气"了,就有村民们发牢骚了:"总是'红星''红星',换个节目不行昂?"黄新桃听说以后就打上门去,质问:"经常讲一点儿红星有么不好?难道你对红星有意见?"让这个村民哑口无言。其实这个村民并不是说红星有么不好,只想别弄"絮气"了。

郭向前当然也在考虑这"举红星"的事,自己现在是村委会成员,虽然排在最后,但终究是领导班子成员之一,时刻不忘高举红星,确实也是他的愿望。郭老铁去世以后的这些年来,郭家堡的工作放松了很多,主事儿的郭瓢子与郭老铁心态不一样,工作标准也不一样,郭家堡在全镇已经不再争尖儿拔上。眼下这个"红星村"只是顶着一个虚名,实在谈不上先进了。虽然郭瓢子也明白,"红星"这个名词,在中国享有独特的意义,它是"革命""红色"与"战士"的符号与象征。但红星村的名号已经在他手上丢得差不多了,当年哈个叱咤风云的郭家堡已经渐行渐远。对这一点郭瓢子却没有紧迫感。也许,他有自己的思考;也许,他本身就不是要强的人。而郭向前感觉自己有责任继承父辈的遗志,要重新将红星举起来。但自己不是书记,不能越俎代庖想干事,又不能急于出头。沙荆花也在背后告诫他:"这个阶段,是龙你得盘着,是虎你得卧着;干到位,不越位。"言外之意是要等待时机,等待客观条件允许之时。

三个知青要在五曲河的干涸河床上种庄稼,是一种积极的愿望。但这件事非同小可,郭向前马上告知了沙荆花。沙荆花说:"以前有人偷着割了五曲河干涸河床里的苇子,背到集上去卖,结果被发现后在村里挨了批斗。要想在河床上种庄稼,必须事先和郭瓢子商量。"

“现在全国都在嚷嚷‘反潮流’的事，也许知青们的愿望可以实现。”

“如果为了全大队还好说，只为三个知青，恐怕不好办。”

“他们自发解决自己的口粮，不也是为全大队减轻了负担昂？”

“你最好还是和郭瓢子商量一下。”

“俺太年轻，只怕郭叔不听俺的。”

“娘去说。就知道你怵头说话！”

沙荆花怨怼了一句，便去找郭瓢子了。见了面，讲了知青们的愿望和理由，请求他这个书记批准。郭瓢子吧嗒吧嗒地抽着烟锅，道：“俺这个书记管不了这种事，批了也没用。得找县里的管理部门。而且，俺估计找也白找，这种事是不可能批的。你知道哈个河床留着干么咧？”

“干么咧？”

“是留着泄洪用的，你种了庄稼，来了洪水就不利于泄洪。以前咱这可没少发大水。”

“可是现在已经连续好几年干旱了呀。”

“要么这样，让他们偷着干，只当没告诉俺，俺也只当不知道。”

“你不想担肩儿（负责任）白？”

“这个肩儿谁敢担？吃了豹子胆昂？”

“好，俺替你担这个肩儿。”

郭瓢子虽说拒绝为郭向前他们开垦五曲河河床担肩儿，也是坐卧不宁。说是不为他们担肩儿，可他们若真干起来，上边追究这件事，自己怎么逃得脱咧？单说不知道，不了解，就能过关？上边必然会问：“你是村里的一把手，这么大的事却不知道？不是失职昂？”于是，他在百忙之中抽空来到镇上，找到了黄晋升。

黄晋升自从与柴金菱离婚以后,非常注意仪表。一方面,及时理发、刮胡子,保持衣帽整洁;另一方面,坚持多走路以求减肥。丁卫红曾经无意中揶揄过他:"看你胖的,快把眼睛挤没了。"黄晋升听后回到家就对着镜子照啊照,看自己的大圆脸,一双本来不大的眼睛,现在更像是席篾筋儿拉的,这样的相貌确实与丁卫红不相匹配。要减肥,在嘴上减是做不到的,他感觉人生的幸福基本都在嘴上,再减了就活着没意思了;只能在腿上减,多走路,走得多了,身上的赘肉自然就少了。于是,他下村都是推着自行车,不骑,走得实在太累了,就骑一会儿,歇歇腿,再继续走。县里为此好几次发情况简报,表扬河川镇书记兼镇长黄晋升"一勤三不",即:下乡"腿儿勤",不做"办公室干部",不靠电话安排工作,不"以文件落实文件"。一时间黄晋升在全县小有名气。

　　面对这样的良好态势,黄晋升明白,一定要走稳,走踏实,不能出任何偏差。他到各村去检查工作,经常有人往他书包里塞烟塞酒,他都是笑呵呵再掏出来还回去。还有女干部向他献殷勤甚至隐晦地表示愿意私聊的,他都笑呵呵挡回去,既不揭露,也不顺遂。他的想法和黄选朝一样,假如他愿意的话,只怕一百个私生子也出来了,但他不愿意作茧自缚,对这样的女人他也并不记恨和小瞧。一次他跟随黄大想去检查黄召庄的赤脚医生医疗点,这个点是全县的先进点,已经培养走了三届,都作为"工农兵学员"被保送到北京、天津或省里上学去了,现在是个刚上任两年的女知青。这个小丫头眉清目秀,精明强干,一笑俩酒窝,脑后两根小短辫拨棱拨棱的,让人看了哈么喜欢,一年四季得有三季把裤腿真的挽到膝盖,露出匀称的小腿。只是她并不赤脚,而是穿着一双城里女孩常穿的方口黑布鞋,但不穿袜子,小腿与脚踝的细嫩肌肤,是每个成年男人都喜欢的,她似乎早已参透了这一点。哈次黄晋升到这儿来,一见面心脏就狂跳不止。自从他与丁卫红昵了一次以后,已经好久没与女性近距离接触了。而且,丁卫红吊高了他的胃口,让他对一般女人没有正眼看过。而这个小丫头让他心动了。

最恼人的是小丫头背着黄大想悄悄捏了他手一下,他稍一歪头,小丫头就把一个纸条塞进他的手里。他若无其事地检查完工作,公事公办地表扬鼓励一番,就随着黄大想走了。回到家以后,他从口袋里掏出纸条,见上面写着:"我想治疗黄大想脑痴呆的老婆,但需去大城市进修。所以,我想与你单聊。"他一时间激动万分。多么好的年轻人啊。他真想一把将她揽入怀里,亲她的小嘴,摸她的小腿。但他吃完饭,洗漱以后上了床,心思就完全不一样了。找么理由咧,想上大学就直说白,你与俺聊个屎咧,俺不知道你心里的小九九,你忒小看俺咧。

黄晋升现在非常理智,若谈,就谈是否能够结婚,俺现在缺的是老婆,而不是情人,俺绝不玩火。你年龄与俺搭昂?你肯一辈子在乡下,好一点儿在镇上、县上,不终归是小地方?更重要的,是你对俺有么使用价值!俺在职场求的是么哎,是职务,你能帮俺提职?笑话!所有的下乡知青,黄晋升全知道他们的出身,因为他曾经看过他们的简历。而这个小丫头,只是个中学老师的女儿。别怪俺冷酷,慢慢熬着白,像你这样的,多得是,俺照顾得过来昂?而且,有一宗他也不得不防。东河川有个女知青要求上大学,不知是谁主动,与村书记闹到了一块儿。当村书记通过各种关系力保她走出农村,到省里去读工农兵学员以后,她立即以匿名的方式给县里写了告状信。虽然村书记拒不认账,事情也没法查,但最后还是导致公安局拘了他三个月。出来的时候,村书记脸色蜡黄,骨瘦如柴,仿佛一下子衰老了二十岁,全然没有了过去的朝气,每日里静悄悄扛了锄头跟着村民们下地干活,一言不发,别人问话也不搭理,活着就像死了。黄晋升狠狠朝墙角吐了口唾沫,划着火柴抽烟,顺便把小丫头哈个纸条烧了。

郭瓢子到镇上来找他了,诉说了郭家堡三个知青和郭向前要在五曲河河床上开垦荒地种庄稼的事。黄晋升想了想,说:"几个年轻人想干事的心情是能够理解的,积极性也是可贵的,但这种事不能干。县里有专门管河道的机构,怪罪下来,就不是你增加几十斤儿百斤粮食所能补偿的。你说,如果为这事把俺这个镇长撤了,你给人家送五百斤粮食,就能给俺恢复职务昂?"郭瓢子苦笑一声,是咧,事情没这么简单。但黄晋升考虑到三个知青里有自己的女儿黄新桃,便提出,五曲河的河床里长了很多芦苇,可以让这些年轻人割苇子编席,然后到集上去卖,不算他们搞资本主义。而以前,这些事是不允许干的,是严格按照"走资本主义道路"处理的。为不引起争议,黄晋升还给这件事起了个名字,叫"社会主义知青副业",将来编好席卖出去,把钱上缴到镇上,由镇上再变通成粮食返给知青们。这样,既没影响河道畅通,又解决了知青们口粮紧的问题。郭瓢子道:"官就得让你当,换个人咋有这思路!"遂在镇上小饭馆请黄晋升吃了一顿饭。这顿饭很简单,就是二斤西葫羊肉馅的饺子,应该一人一斤,但黄晋升只吃了六两,剩下的一斤四两被郭瓢子甩开腮帮子吃个精光,轻易遇不到改善伙食的机会,还不弄个肚儿圆?自然结账的也是黄晋升,郭瓢子嚷嚷请客不过是虚晃一枪,他哪有钱?

得到"圣旨"的郭家堡的三个知青,拉着主心骨复员兵郭向前来到五曲河边,黄新桃手指远方,向三个小伙子"指点江山"。因为"圣旨",大许和小项得知了黄新桃不是一般知青,而是镇长的女儿。这件事非同小可。大许在日记中这样写道:"刚刚知道,我们身边埋伏着一位公主,我们恐怕难有出头之日了。我们有可能因为陪衬得好,而得到些许好处,也许只是做个普通'陪衬人',碌碌无为,荒废青春。"大许下乡之前,曾经有过做"董加耕、柴春泽、朱克家"的念头,他一直保留着报道这些典型的报纸。他曾经想过,古人云,十年寒窗无人问,一举成名天下知。像董加耕他们,已经"天下知"了,即使现在死了,也可以闭眼了。人活一世,不过"名利"二字,做知青除了榜大地累个半死,狗屁利益也没有,干得好也就混个"名",即便像董加耕他们哈样,照样连工资都没有。现在冷不丁杀出个黄新桃,让他连谋个没有工资的"名"也很难了。于是,大许非常沮丧。

另一个男知青小项则很随和,没有大许哈么多想法,他感觉知青下乡这件事是国家的权宜之计,早晚有一天会收回政策,所以,他心态很平和,每天有口吃的就拉倒,屁也不想。而且他也知道,想也没用。领导让干什么就干什么,别人打架,他跟着起哄,别人搞对象手拉手,他会出怪声:"嗨,狗扯连环咧!"如果人家不理他,有可能还往人家脚底下砍块土坷垃。别人哼段李玉和,他便说:"你哈个公鸭嗓还唱'狱警传',想去京剧团白?做白日梦白?"也有人拿他开玩笑:"小项,给你介绍个对象。"他便撇撇嘴:"我条件可高,别看我矬地蹦子,一米六以下的女人免谈!"其实他只是虚张声势,知道不可能有人给他这样的没根没叶的普通知青找什么对象。下乡知青本身就是个不稳定因素,谁知下一步是什么?怎么会有人介绍对象?来五曲河边看芦苇,看白,让咱干咱就跟着,不让咱干咱还榜地去,反正你不能把我脖儿系上,把我饭辙掐了。前些日子,这个不怎么着调的年轻人和大许打赌,指着扔在村街旮旯儿的一个又锈又漏的搪瓷痰盂说,谁能把它扣在脑袋上,谁赢十块钱。哈时候十块钱可是大钱。大许走过去拿起痰盂试吧试吧,自己脑袋太大,扣不进去;而小项接过来以后,一下子就把脑袋扣进去了。但再想褪下来,却无论如何也做不到了。街上有铁匠铺,可是去了一问，人家收费，虽要价不高，但他们也舍不得。便由大许牵着小项来找郭瓢子，被痛骂一顿后，郭瓢子领着他们来到铁匠铺，没花钱就用铰铁皮的大剪子铰开了瘀盂。离开铁匠铺以后，小项就追着大许要钱，大许眼珠一转，道："敢情你早已看出俺脑袋大扣不进去，所以才出这个馊主意？"小项只得自认倒霉，一分钱没要来。

眼下他俩心猿意马，只有郭向前在专心倾听黄新桃的计划和打算。

河湾里夏末的芦苇，有的地方茂密，像年轻姑娘的浓发，有的地方稀疏，像老头的秃顶。但无论疏密，皆显挺拔，以青黄相间的色调，在微风中摇曳，一会儿朝前，一会儿朝后，娉娉婷婷，婀娜多姿，舞动中好似透着生命的灵气。苇荡深处间或有一只水鸟鸣叫并振翅飞起。黄新桃说，端午节时，常有人来采摘芦苇叶带回去包粽子用，她就曾经跟着她母亲（柴金菱）来过，还有下学后放牛娃和他们牵着的黄牛贪恋哈滩涂上的芦苇嫩叶。因为人人害怕"割资本主义尾巴"，没人打芦苇的主意。现在要派用场了，让人猛地产生"吾家有女初长成，养在深闺人未识"的感慨。一半的芦苇已在头顶绽放了灰白的芦苇花，像黄鼬尾巴，更像清朝官员的顶戴，还让人联想到村里的芦花大公鸡。冬天来了以后，苇荡深处成了野獾、狐狸的聚集地。夜黑风高之时，会有鸦鸣狐叫，会很瘆人。常有大人编出芦苇荡的鬼怪故事吓唬不听话的孩子。因此，儿时的俺们只是偶尔来冰面上玩耍，很少走近哈神秘诡异的芦苇丛。当然，更多的人们会见景生情，唱起样板戏《沙家浜》中阿庆嫂的唱段："若是镇里枪声响，枪声报警芦苇荡，亲人们定知镇上有情况，芦苇深处把身藏。"还有郭建光唱的："听对岸，响数枪，声震芦荡……"是白。现在，芦苇们要书归正传咧。黄新桃以自己有限的阅历，满腔热情而又十分诚恳地向郭向前倾诉着，以期引起郭向前的足够重视。

"不知道村里有谁会编苇席？"看到郭向前一言不发，黄新桃问了一句。

郭向前不说话，不知他是么意思，黄新桃只得继续发问："你能打听一下昂？你总比俺们好说话些白。"

大许憋不住插话道："你们干这个，俺还去种庄稼白。俺又不会编席。"

小项也表态："我不会编席，我帮着收割。"

郭向前还是没有表态，一条比拇指略粗的黑花蛇突然出现在郭向前脚下。郭向前慌忙跳起，急欲闪开，黑花蛇却紧追不舍，郭向前不得已便飞起一脚，哈是部队擒拿格斗的动作，这一脚将黑花蛇踢出老远。这时，大许和小项早已吓得抬腿就跑，一口气跑出去几十米远，只有黄新桃二目圆睁，站在原地一动不动，夯着两手，紧紧盯住黑花蛇。当黑花蛇反身继续攻击郭向前时，她终于瞅准了机会，突然扑向黑花蛇，一把抓住黑花蛇的脖子，自己的身体也在河床干土上顺势一滚，翻过身时，已将黑花蛇死死捺在地上。顷刻间，黑花蛇蛇头变形，嘴角出血，一命呜呼。但此时，黄新桃的脚下不远处又出现一条黑花蛇。郭向前终于发现，他们刚才站的地方是黑花蛇的窝口，怪不得会遭到攻击。这是他作为一名优秀士兵的出色的"第二反应"，他绝不会傻乎乎一味等待攻击而不知道原因。他一个箭步跨过去，拉起黄新桃的胳膊就跑。身后的黑花蛇跟着追了一阵，实在追不上，便返了回去。

此时郭向前和黄新桃都停住脚，呼呼地喘着粗气。黄新桃顺势扑进郭向前怀里，嘴里喘息着，说："向前哥，哈是腹蛇，毒性很大，咱这一带人人皆知。你要有个三长两短，俺该怎么办？俺爸罪该万死，这是他引的道儿咧。"

"你爸？俺们镇长？"郭向前终于开口。

"是咧，让你见笑了，他哈个人没啥水平。"

郭向前的心一下子沉了下来，他和沙荆花都不知道这一点。这些日子以来，他已经从村民们嘴里影影绰绰知道了过去父亲与黄选朝不协调的问题。虽说他是个眼界十分开阔，不计前嫌的人，但这件事还是让他如鲠在喉。眼下黄晋升比之黄选朝已经进步了不少，可黄晋升的身上，还时时闪着黄选朝的影子。黄晋升来提亲被沙荆花"撅走"的事，沙荆花已经告诉了郭向前。可是，他已经因为黑花蛇而与黄新桃有了如此近距离的肌肤之亲。此时此刻，他清楚地听到了黄新桃这年轻女人的心脏怦怦在跳，感受到了她柔软的身体的热度，在与自己肌肤相亲中传递着一种撕扯不开的黏稠的引力，她的头发也带着洗发水的气味正抵在自己的鼻子上，撩拨起他心底的莫名的欲望。低头看时，他发现黄新桃抱着他胳膊的手在流血，也就是说，刚才黄新桃在将黑花蛇捺死的瞬间，自己的手也被黑花蛇的骨骼硌伤了。他神差鬼使地掬起黄新桃的手指，放进自己嘴里，使劲儿吮吸，再"噗噗"地把污血和土屑吐干净。

这时，黄新桃声音柔和温婉地说："向前哥，俺们走吧，大许和小项在偷看俺们哩。"

郭向前脸上热了一下，松开黄新桃，往四处扫视，找到了哈两个人，喊："你们过来一下，让新桃给你们讲讲这一带的黑花蛇问题！"

哈两个人正藏在两棵大树后面，探头探脑地往这边看。听见郭向前喊他们，便走了过来。大许说："俺这辈子就怕蛇，以前在学校拉练时，让蛇咬过，幸亏不是毒蛇，否则说不定俺早死了。"小项说："俺倒要感谢这条蛇，没有它，咋知道谁和谁亲？"大许又阴阳怪气真真假假道："完了完了，你们郎才女貌，门当户对，占尽风光,俺们一点儿戏都没有了。"小项也借机插科打诨:"不能说没戏,哪天向前哥跟新桃打起来,咱就可以插一腿了。"

黄新桃道:"你们的嘴别瞎咧咧,俺和向前哥是互帮互救,没有俺他可能倒霉,没有他俺也可能倒霉,这种毒蛇的血也有毒,沾到伤口上也是致命的。"遂给大家讲了对这种蛇该如何防范,最简单的办法是躲开蛇窝,不要妨碍蛇的行动,否则它就会对人发起攻击。下一步大家要来割苇子,务必要注意,绝不能出师未捷身先死,哈就太得不偿失了。

几个人商量好了工作日期,便回家各自做准备了。他们把镰刀磨得飞快,预备了绳子和背筐,打算以郭向前的小院为基地,在这里成立一个"知青苇席组"。郭向前向沙荆花打听村里谁会编苇席,沙荆花当即回答:"甭找外人了,你娘就会。于是,郭向前虽不是知青,也被推选为组长。"

此时沙荆花不知怎么想的,也许是年龄越来越大,想儿子;也许有着其他设计,目标是实现把郭老铁定为烈士……总之,现在她的堂屋不光挂着柴大树、郭山河的大幅照片,挂着郭向前的立功奖状,还挂着她的两个儿子一个女儿穿军装的大幅照片和陈玉妮两个儿子一个女儿穿军装的大幅照片。把个自家堂屋整得像个军人照相馆的橱窗。满墙的"红五星"和"红领章"。不论谁进了这屋,都被墙上十分抢眼的军人照片所吸引,不能不肃然起敬。军人意味着什么?单说沙荆花的家人,从抗战打鬼子一路走来,很多典型战役都参加过。国家赢得的是尊严,战士的背后却是流血牺牲。哈个"一颗红星头上戴,革命的红旗挂两边"和一身绿军装,不是装样子的,是真刀真枪的象征。以前京剧里佘太君唱的:"以血还血伸民恨,誓扫边患除祸根。哪一阵不伤我杨家将,哪一阵不死我父子兵……"经常听得沙荆花泪流满面。她的儿子虽然没有死的,却有伤的,而且两任丈夫明明白白是为革命而献身。后人可能永远不能理解她的情感,设身处地为她想一下,她怎么会轻易忘了自己身边的军人!

而这么做的客观效果,就是在她的小院营造了"革命传统教育"的氛围。郭瓢子自然怵头来这个小院,而三个知青却恨不能天天长在这个院子里。黄新桃愿意待在这儿,是为了不离开郭向前,而大许和小项整天嘎巴在这是可以免除回去做饭的麻烦。沙荆花一手全包了。沙荆花是嘴一份手一份的人,先是教会他们编苇席,然后就给他们沏茶、做饭。当然,口粮全是大家自带。

沙荆花边示范边讲解,说:"编苇席在咱这一带历史悠久,会的人很多,只是因为近年'割资本主义尾巴'而停止。咱这一带的苇席篾花小,手工细致,种类和花样也很多,用途则可分为炕席、围墙席、苫盖席等等。这些看上去不起眼的芦苇经过咱的手,左编右编,就让它变成了一张张洁净耐用的苇席。"话说得十分轻松,可年轻人干起来却很不容易。黄新桃心灵手巧,学得最快。而大许和小项却都让席篾筋儿拉破了手。沙荆花只得找出红药水给他们涂抹,还得找出纱布给他们把手指缠上。

这个小组编苇席的工作从暮夏干到秋冬,刮起西北风,五曲河上了冻。

冰冷的冬夜,大许把煤油灯摆在炕头,蜷缩在被窝里写日记,其中有好几页这样记述:"俺们知青小组在郭向前家的小院里开始了漫长的新里程——编苇席。在这里,'形而上'的理论上的革命理想变成了'形而下'的实实在在的手工劳动。'编苇席'说起来只有三个字,实际上并不简单。至少分为割苇、晒苇、删苇、刷苇、穿苇、饮苇、碾苇、扒苇、编席等九个环节。割苇,一把菜刀就行,即割去芦苇顶端的芦花。如果活儿紧,就上铡刀,三下五除二,好几天所需的量就出来了。铡去芦花又刷去叶子的芦苇秆像丢盔弃甲、横尸野外的残兵败将，再也没有了昔日的威武，光溜溜地躺在院子里，看上去十分凄凉。镂苇和穿苇就是给芦苇来个穿膛破肚，将它们做成一整片或三片宽度一致的苇片。这一步要有专门工具的辅助，一把镂子，一把穿子。因为芦苇的直径不一，又因席子对苇片宽度要求不同，这一镂一穿就把滚圆的芦苇豁成尺寸不一的苇片了。当然，这活儿往往是熟练的沙荆花大娘来做，我们几个年轻人都做不了，这既要有娴熟的技艺，又要有足够的手把劲儿。而沙荆花大娘的手早已被汉奸作践得伤残变形，竟然把这件事做得十分到位，我们看了不光是敬佩，全都偷偷抹了眼泪。我由此想到，郭家堡作为红星村，谁在举红星？应该首推沙荆花！看不到这一点不是瞎子就是故意装傻！沙荆花大娘原来做着村委会临时安排的各种工作，譬如帮着妇女主任动员计划生育，帮着村小学组织义务劳动，帮着村书记到办红白喜事的村民家里讲解'移风易俗'等等，全是不太累的杂活儿，眼下，被郭瓢子派来全力帮助俺们知青小组了。嗨，跑题了。洇苇一环需要大家的共同参与，'洇苇'，顾名思义是把芦苇洇湿、洇透了，冬天来了，天寒地冻，郭向前将捆好的芦苇用独轮车推到五曲河边，俺们携带镐头紧随其后，来到河边对着冰面一顿猛刨，干么？凿冰窟窿！冰窟窿的尺寸比芦苇捆略大些即可，再用绳子将苇捆首尾相连，依次顺到冰下的水里，把绳头固定在河岸的树干上，免得回头不好捞……"

　　大许住的这家是一位五保户老大爷的家，姓杨，名十三，是郭家堡不多的十几户外姓人之一。他年已七十，无儿无女，老伴儿早年死于小鬼子流弹，当年因为掩护县大队，被小鬼子在腿上戳了一刺刀，落了明残，走路一瘸一拐的，是为革命流过血的人。所以，后来被列入五保户范围，愿意跟着大队下田劳动则去，不愿意去，也没人要求，口粮由大队统一解决。多年来杨十三最愿意干的一件事就是学着郭山河天天拾粪。肩膀上总是挎着筐头子，腋下夹着粪铲，一瘸一拐地走啊走，走啊走。全村的各条街道上，各生产队的田垄上，总能看见他的身影。拾来粪以后，倒在大队的粪堆上。没人计较他拾过多少粪，拾多了，没人表扬，拾少了，没人督促。但他一天都没停过。后来知青大许住到家里来，他还要给大许做饭。当然，大许也不是不知道感恩，不知道长进，只让杨大爷做了三天饭，他就自己学会了，反过来还给杨大爷做饭。当大许来到郭向前小院编席和吃饭以后，杨大爷不用操心他的吃饭问题了，却每天晚上给他烧出两暖壶热水，供他晚上回来洗漱用。大许曾经流着眼泪暗暗表示：只要俺不离开郭家堡，以后一定为杨大爷养老送终——这个满脸皱纹的瘸腿杨大爷，比俺亲大爷还亲！

大许继续写道："严寒的冬季里，滴水成冰。河川镇农村的严冬比城里冷得多。考验俺们知青耐性的时候到了——熬夜碾苇和枯燥的扒苇子。浸泡了一天一夜的芦苇被郭向前赶在下午落日前破冰捞出，斜放在岸边，控净苇管里的水，然后用独轮车运到村里他家小院门外墙边，一捆捆堆在哈里，排好顺序等候碾轧。郭瓢子为了支持我们知青工作，派人在郭向前家小院门前开辟出一块空地，把地铲平以后，用碌碡反复滚压，直到把场地压瓷实，变成专用碾簧子场。做一个'设备齐全'的碾簧子场很不容易，碾轧芦苇的石磙的直径和长度都要达到一米多，还得是大理石的，否则碾出的簧片就不熟，编出的席子就韧性不够，使用时很容易折断。大队里仅有的这几个石磙还是吃大食堂的时候留下来的。郭瓢子硬是支援了俺们一个。碾簧的时候，俺们必须振作精神，几个人一起上阵。郭向前手把着三米多长的木轴，控制着石磙的走向，黄新桃和俺、小项用手推着石磙来回碾轧，冰冷的石磙不知不觉间留下了俺们双手的温度。扒篾片是最枯燥的，每人拇指和食指各带一个自行车内胎缝制的护套，然后两手指把住控净压好的篾子皮，去掉篾子皮上包裹的芦苇叶……听着外面大喇叭广播的早已絮叨了的歌曲'小小竹排'和样板戏，看着眼前成堆的篾子捆，尽管沙荆花大娘不断送过放了糖的茶水来，可还是觉得这编席的日子真是难熬。几时是个头？黄新桃心灵手巧，让人疼爱，但俺知道她心里装着郭向前，俺为此心酸，但绝不灰心。在一天时间里，俺差不多能想出一万种获得她芳心的办法。但想想容易，做起来难。譬如，最简单的一条，把郭向前崴走，她就自然会皈依于俺。但郭向前怎么可能被崴走咧？她一直坐在屋子中间编席，屁股底下是沙荆花大娘编的棒子皮蒲团，她神情专注，俯下身一条接一条地编着，脑后的两根辫子好看地合成了一根大尾巴，爱死人了。她用一条条篾片组成一张席子，灵巧的手让人看得眼花缭乱，快的时候一天能编出两张席来，沙荆花大娘便夸她，说你们这样的生手，一天编出一张席就已经很不容易了。俺们编的这种席子长两米，宽一米八，适合一般农家的土炕。最忙的时候黄新桃整天坐在哈里，直到腿抽筋了才站起来伸伸腰、踢踢腿，吃饭也是'席地'。时隔不久，河川镇学习'哈尔套大集'，组织各村到镇上赶集，于是，苇席生意突然火了起来，好多收席人排着队来郭家堡向俺们预订。甚至出现从黄新桃屁股底下抢席子的场景，真是'洛阳纸贵'咧。席子卖得好，五曲河边的芦苇自然也成了抢手货，各村竞相抢割。镇领导也管不住。时间不长，近处的芦苇被抢光，人们便跑到几十里外的滩涂去抢割，郭向前也不得不带着俺们去抢。于是，俺们头顶星星出去，身披露水回来；两手全是血泡，浑身如同散架；随便找个地方，十秒便起鼾声……"

太辛苦了，一肚子的感受简直没法宣泄！所幸还能写写日记。

263

尤其是大许身上还生了虱子，痒得难受，天天晚上睡觉前拿虱子，费半天劲儿也拿不净。气得他"计上心来"，把自己的日记抄了一遍，给省报寄去了。哈个东北知青张铁生不就这么干的昂？面临选拔工农兵学员的时候他没有时间复习功课，便在考卷的背面发了一通牢骚，结果歪打正着，被上面抓了典型一步登天。此时省报也正在抓知青典型，发现了大许这么好的新闻由头，立即安排一名记者负责报道这件事。于是，这名记者就先给大许回了一封信，说过几天来认真采访，让他准备一下。把个大许高兴坏了，感觉自己这一脚正踢在裆上，终于盼到出头之日了。便马上找到郭向前汇报，并给郭向前跪下了，说："向前哥，无论如何要突出俺们知青，你早已功成名就，而俺们还埋在土里，名不见经传，求你了！"郭向前见此心情十分复杂。对眼前这个来自县城的大许既理解又不理解，一个人出不出名真的这么重要昂？出名不也是应该以业绩为依托？但他也警告自己，不能饱汉不知饿汉饥，要学会成全别人。他扶起大许，言之凿凿告诉他："你放一百个心白，俺一定把你推到前台！"

这年腊月二十八，正是河川镇四十三村"家家把面发"的日子，郭家堡的知青小组上了省报。"这个红星村沉寂多年以后再次举起了红星"，省报记者就是这么写的。报纸上有郭家堡三个知青的合影照片，但照片上既没有郭向前，也没有沙荆花，更没有一直暗中支持的郭瓢子。这是郭向前的意见，也是沙荆花和郭瓢子的意见。记者来采访的时候，他们三个口径非常一致："俺们这么做就是为了培养年轻人，他们才是国家的未来。"记者也问："领头人郭向前也是年轻人，不也是国家未来昂？"郭向前指指墙上的立功奖状，笑笑说："俺现在不缺荣誉，也用不着再鼓励，而他们却正需要。知青从城里来乡下，很快就适应，不是简单事。"记者十分佩服郭向前这个年轻人如此胸怀宽广,敞亮豁达。

黄晋升一直住在镇上,他离婚后身边留下了三个孩子,说起来也很不容易,好在三个孩子都很要强,早早就都学会自立了,这也往往是单亲家庭的一大特点。而且,黄晋升有意让孩子别走他的老路,经常给他们讲毛主席的诗句"粪土当年万户侯",而"官本位"属于应该淘汰的封建意识。黄新桃是其中之一的老二,上边有个哥哥,当初在黄选朝帮助下,到保定工作去了;下边有个弟弟,在镇上一家木器厂做会计。所以,逢年过节,三个孩子都会回家与黄晋升相聚。春节一家人吃年夜饭的时候,黄晋升非常高兴地拿出了一瓶好酒,给大家斟上,先自饮三杯,然后对着黄新桃说:"新桃啊,你得单独敬你老爸一杯。你们知青组干得不错,你也很智慧,既巧妙地利用了郭向前,又甩开了郭向前。省报对郭向前只字没提,没有喧宾夺主。"

"爸,您咋这样说话?这不符合您的身份啊!"黄新桃吃惊地看着黄晋升。手里举着的酒杯也停住了。因为黄晋升思想陈旧,重男轻女,只喜欢儿子,所以多年来与黄新桃思想交流很少,关心也不多,父女俩彼此都不很了解。

"咋,你难道已经是他的人了?"黄晋升虎视眈眈地看着黄新桃,他在琢磨,如果闺女没结婚就成了郭向前的人,他会继续做文章,他早已想过好几个方案了。全河川镇有多少人才,他心中有数,他想培养提拔谁或干掉谁,是成竹在胸的。

黄新桃此时愤怒地吼了一声:"龌龊!天底下没见过你这么龌龊的父亲!"扔下酒杯就走了。一家人全都愣住了。黄晋升脸上一阵红一阵白,沉了十秒钟才开口,自我解嘲:"真是俺的闺女,跟俺年轻时一模一样。你们瞧瞧,你们瞧瞧,这才下乡几天?省报刚刚报道一次,就翘尾巴。这真是,'蚂蚁爬上牛角尖,就以为上了山了'。"

第十五章　疏与亲

　　五曲河的名字,民间有着好几种解释。它弯弯曲曲,远不止五曲,所以,一种说辞是它原先叫九曲河,可是后来有人发现四川有条九曲河,而且水量不小,于是建议有关部门改了它的名字;第二种说辞,是说明代山西人大迁徙,由洪洞县大槐树下集结后来到这里,其中有五位擅长笙管笛箫的民间演奏者,他们没事就聚在河边演奏曲子怀念家乡,故有"五曲"之说;第三种是说五曲河岸边住着一位民间作曲家,曾经对这条河作过五首曲子,歌颂它润泽乡里的丰功伟绩。当然,没人见过这位作曲家,也没人听过他作的曲子。无论如何,五曲河的名字是流传下来了。

　　五曲河属于半时令河,随着季节变化,它时而丰沛,时而拮据。但也有不该丰沛而偏偏丰沛、不该拮据而偏偏拮据的时候,故被称作"半时令河",这样的河流让人摸不准它的脾气。河流两岸的先人们受过它的恩惠,也挨过它的戕害。但五曲河河床的土质,适合芦苇的生长。上一年的芦苇被割光以后,转年开春就又冒出了芽子,继而随着天气变暖而蓬蓬勃勃生长起来。各村都比照郭家堡干起了"社会主义知青副业",这件事的肇始者是镇领导,谁都难以阻拦。村子里没有下乡知青的,就起名叫"社会主义青年副业",总之也是让年轻人干。如此一来就走上了管理的规范化:按照总长度分块,每村一块,没偏没向。距离太远的,来不及自己分段,邻近的镇和村已经看出端倪,也早已抢占了。所以,河川镇的这一段距离,也并不是无限长的。只一个秋冬,这一段五曲河的芦苇荡便告瓜分完毕。

柴家营很奇怪,他们没有加入这个瓜分芦苇荡的行动。虽然这个村的年轻人也不少,但相对人均土地要多于郭家堡,"穷则思变"的迫切性不及郭家堡。而且这个村子只有黄天厚一个知青,还做着团支部书记,他对这种事没兴趣,别人便不好说什么。大家都知道他父亲是镇长黄晋升,都在有意无意地唯他的马首是瞻。这段时间柴家营的妇女主任换了三任,哈个柴佳禾调到镇上以后,村书记又安排一个五十岁左右的大姐,粗粗拉拉,没什么文化,搓尚麻是一把好手。黄天厚感觉与这个大姑辈的女主任说不到一块儿,第二天就让村书记把她换下去了。村书记为这件事也绞尽脑汁,人是好说歹说劝来的,现在说开走就开走,有点儿不近情理,便把这个女主任安排到会计室做副主任。其实,全大队只有一个会计一个出纳,连主任都没有,来一个副主任纯属"安慰奖",况且她一点儿会计知识也没有,用后来的名词称之为"软着陆"是也。

接着,村书记按照黄天厚的要求,又调来一个原本在村小学教书的女老师当妇女主任。这个女老师比黄天厚小两岁,朴朴实实没么姿色,上任第一天就被黄天厚一句玩笑说哭了,找到村书记,说么也不干了,兀自回小学校教书去了。黄天厚说了么哎,是他考人家,问现在国家的大政方针是么。对方说,俺天天想着教小孩子语文算术,没有精力研究大政方针。他就笑人家没出息:"你这样的只怕嫁不了好男人。"

女教师跟村书记说,俺要不走,天天都得听他教训。凭么哎?俺嫁给谁关他何事?

于是,村书记便将村里唯一一个生产队女队长调来当妇女主任。这个主任名叫柴大霞,三十五六岁,五官不错,只是嘴大,是县里武装部长的妹子,能说会道,庄稼活也很内行,尤其与村书记私交不错。最近她干活过力犯了腰疼(后来人们知道,哈是得了"腰间盘突出"),走路直不起腰,一条腿也从屁股蛋子疼到脚后跟。村书记照顾她,让她干妇女主任,可以没事时坐在屋里,有事时再出去。按理说得了这种病是必须平躺硬板床休息静养的,但休息了就没工分。所以,村书记就坡下驴,安排她坐了办公室。柴大霞来之前,也摸了一下前几任走的原因,也得知黄天厚是镇长儿子,于是,一见面就先声夺人,将黄天厚镇住。

"广途啊,俺哥与你爸平级,你知道白?"

"咋不知道,柴部长在县里管着征兵的事,权力大得很。"

"你咋没去申请当兵?"

"申了,体检不合格。"

"咋会,俺看你小腰板硬着咧。"

"一较真就不行咧。"

"是白,白骨精变来变去,一遇见孙猴子立马就老实。"

"大嫂你这个比喻可不恰当,俺又不是女人,咋是白骨精咧?"

"哈哈,别见笑啊,俺文化不高。你来咱柴家营时间也不短了,啥活都差不多能拾起来了。各村年轻人都在割芦苇搞副业,你咋没干?"柴大霞说着话,从一个破旧的书包里掏出一个紫色的胶皮

268

暖水袋,把暖壶里的热水灌进去,拧好盖子,趴在办公桌上用灌了热水的暖水袋焐腰,这是赤脚医生教她的办法,还把暖水袋借给了她。

"咱村离五曲河太远,要去抢哈个营生,太耗劳力——俺帮你焐焐腰。"他看到陈大霞用暖水袋焐腰的时候露出了腰上的白肉,有点儿挠心,忍不住要亲自上手摸摸。

柴大霞急忙阻止:"不行不行,你手太凉,俺受不了。"农村女人,毕竟心粗,不在意黄天厚的眼睛在紧紧盯着她腰上的哈块肉。"俺总感觉,你们年轻人应该干点儿开拓性的工作,像郭家堡哈样。咱村盐碱地多,村民们儿百年前就掌握了利用'盐土''熬硝盐''制卤'的成熟技术。你为么不组织年轻人干干这个?"

"你干过?"

"哈个自然。"

"累不累?"

"正儿八经干活,哈有不累的。"

"哈就算了。"

"你呀你,不懂得借势。哈个郭向前在郭家堡闹起了割芦苇编苇席,你咋就不能闹起熬硝盐副业?也可以起名'社会主义青年熬硝盐副业'昂。省报肯定也给你报道一下子!难道你不想出名?听说郭家堡的三个知青都到县里介绍经验去了,提职、上调、读大学,恐怕都是板上钉钉的事。"

黄天厚真想骂街。他肯定不知道有句俗语叫"既生瑜何生亮",否则此刻就会脱口而出。穷么呵呵的郭家堡,种不出高产田来,靠"邪门歪道"一再出名,天底下还有道理可讲昂?但柴大霞的话又让他心里一动:他虽然不想干"熬硝盐"哈种费劲巴力的活儿,但"出名"两个字十分诱人,过去爷爷黄选朝对他耳提面命,讲得最多的就是怎么让自己尽早博取功名。现在到处都在讲"培养革命事业接班人",没有功名,人家凭么培养你?问题是中国人哈么多,人海茫茫,为功名拼搏的人也哈么多,若要崭露头角,该有多难?他知道,郭家堡出名的虽然是三个知青,但他们的"后戳儿"和主心骨是实力派郭向前,没有郭向前,哈三个人屁事也干不成。于是,柴大霞说的"借势"二字,便一下子让他赞赏起来。郭家堡三个知青借的是郭向前的势,俺咋就不能借哈三个知青的势?他心血来潮,突然站起身子走过去,抱住柴大霞的脑袋,照着她的大嘴就亲了一口。

"噗噗!你干么哎?"柴大霞叫了起来。现在还说不清她是愤怒还是喜欢。农村里生活单调枯燥,男女之间这种玩笑随时可见。还有一群姑娘给小伙子"看瓜"的,就是把小伙子的脑袋掖进裤裆里,甚至还有胆大的姑娘敢揪小伙子的卵子。她们聚在一起的时候,脸皮厚的还会说起谁的比谁的个大,腼腆的听者会红着脸捂着嘴哧哧笑,却绝不会躲开不听。原始野性的奔放,没有人见怪。不过,不论男女,都有性格古板的人,不喜欢这种放肆。

"俺对你'借势'两个字非常喜欢。谢谢你!俺们都是为国家做事的人,咋样快捷,效率高,保证成功,都是要经常考虑的,是白?"黄天厚背着手,在屋里踱来踱去,进行着思考。他的"为国家做事"似乎是抵御一切反对意见的挡箭牌,让聆听者没法辩驳。

"是白,这么想就对咧。咋,你吃糖咧?嘴里咋一股甜味儿?"柴大霞唖摸着嘴,伸出舌头舔嘴唇。黄天厚能感觉到,柴大霞对他的亲吻没有反感。但他想起了爷爷黄选朝的叮嘱:与女人交往要做"君子",可动口而不可动手,便把持住了自己。

"么甜味儿哎,俺刚抽了根烟,玉兰的。""玉兰烟"是这片地区的名烟,一般人抽不起。黄天厚能够抽上,也不是自己买的,是谁送的他已经忘记了,反正是别人套近乎、献殷勤的东西。他又掏出烟来,点上抽了一口,然后将烟擩进柴大霞的嘴里:"你尝尝白,是不是甜味儿。"

柴大霞趴在桌子上大大咧咧地抽起烟来。接着就猛咳两声,继而深深吸着,十分过瘾的样子。农村里抽烟的女人很多,而且往往抽哈种长长的细竹竿做的烟袋,吧嗒嘴的时候与男人无异。看柴大霞的样子,也会抽烟,只是因为经济拮据,不常抽,到办公室来上班也不带着烟锅,是一种瘾不太大的烟民。黄天厚在想,这个女人有很多别人不具备的优点,一是有点儿小背景,适当的时候可以利用一下;二是大大咧咧,对男女之事不是特别计较。这样最好,省得像前三任哈样。

"大嫂,俺想组织一帮子年轻人,干熬硝盐这件事,你给当师傅,可以昂?"

"可以是可以,你得犒劳俺一下。"

"你要么犒劳哎?"

"你自己琢磨。"

黄天厚感觉这个女人也很难缠,把她调到镇上,一点儿可能也没有,镇上不会要年龄这么大的女干部。再说,现在黄选朝不在了,黄晋升不会帮他这个忙。他现在很清楚,他虽是镇领导的儿子,可黄晋升对他不冷不热,漠不关心,就像没他这个儿子一样。而以往爷爷倒是对他关爱有加,怎奈斯人已逝,优势不再。

"俺能给你么哎?每天给你按摩腰腿,帮你治病。别的给不了。"

"也行白,你现在就过来按摩一下试试。"

黄天厚将手里的烟蒂按死在桌子角上——这个地方已经按过多次烟蒂了,已经出现木头被烧黑的痕迹,只是因为简单易行,就变为习惯。他走到柴大霞身边，使劲儿搓起两手，待手掌热起来，便快速伸进柴大霞的裤子，按到她的屁股上。哈个地方是坐骨神经，这一点黄天厚还是知道的。于是，柴大霞哼了一声说："不错，你还挺内行。"黄天厚按摩了一会儿，抽回手，再使劲儿搓手掌，热了以后再伸进她的裤子，一直摸到大腿膝盖的反面腘窝的位置，柴大霞禁不住发出了舒服的呻吟声。黄天厚贴近她耳边道："不许出声。"

柴大霞咧开大嘴哈哈大笑，大大咧咧开玩笑："你这生地瓜玩意儿！"

黄天厚"嘘"了一声，道："俺是团的书记——你这么泼辣，家里老头（丈夫）怕你昂？"

"怕，俺让他上东他不敢上西。"

"俺每天一早一晚给你按摩两次，然后白天你给咱村年轻人讲课，行昂？"

"行白，明天就开始。"

两个人如此商定了这项工作，黄天厚就到村书记屋里去汇报。村书记见黄天厚要大张旗鼓组织青年人"熬硝盐"，拾起被割掉的"资本主义尾巴"哈个早先的老传统，感觉这件事有些冒险，便和黄天厚支应了一下，就骑上自行车到镇里找黄晋升商量。黄晋升一听，是自己的生地瓜儿子想别出心裁干点儿稀奇古怪的事，便爱也不是恨也不是，陷入犹豫。哈边割芦苇编席子之事已经让他担了好大的肩儿，他随时等着被举报被弹劾，眼下这个糊涂蛋儿子又给自己添"载儿"，真的不是时候。可是，拒绝又显得不支持年轻人的事业。你割芦苇可以开口子不算资本主义，他熬硝盐咋就非要归到资本主义咧？如果支持了黄天厚，会不会再冒出李广途、刘广途、赵广途也来申请"项目"咧？

黄晋升冥思苦想，不得要领，点上烟抽起来，在屋里踱来踱去。柴家营的村书记紧盯着黄晋升的脸色，生怕黄晋升冷不丁冒出"这件事不行"的话来，哈就让他在黄天厚面前很掉价，很没面子。如果他把这件事跑下来了，黄天厚必然会夸赞他有办事能力，这种"应该算资本主义尾巴"绝不是谁想办就办的。黄晋升始终不回答，抽完一根烟，才问："最近广途表现咋样？"村书记轻声笑了一下，说："你这个大镇长，从来不关心自己的儿子，广途当然是不错的，否则咋会想出这样'干事'的点子？"

黄晋升道："光'想干事'不行，还得能干事，干成事。俺看他还嫩着，不具备干这事的能力，俺劝他量力而行，不要半途而废，劳民伤财又不了了之，哈个时候，再说出大天来，也没人信了，一个人的威信就彻底毁了。"

村书记急忙点头："镇领导就是比俺们想得周全，是这样。其实俺也对这件事有所考虑，俺安排了三十多岁的生产队长、县里武装部柴部长的妹妹柴大霞当妇女主任，天天跟黄天厚坐对桌，给他灌输成熟的思想，下一步，柴大霞还会帮着黄天厚对村里的青年搞培训。"

"柴部长的妹妹？家里有老头、孩子？"

"有，人家一大家子人咧。"

"要这么着，倒是可以考虑，让柴大霞做这项业务的主任，让黄天厚只做挂名的指导。有了问题好说一些。"

"明白明白。培养年轻人就应该留有退身步。"

"以后不要总是'顺杆爬'，多给镇领导当当参谋，提提意见。"

"是咧是咧，一定一定。"

村书记得到了肯定的回答，高高兴兴回村了。一路上他就想，黄镇长不喜欢俺们"顺杆爬"，说得轻巧，俺真给你提意见，你高兴昂？俺们傻疯了，没事给镇领导提意见？党的三大作风，讲"理论联系实际""密切联系群众""批评和自我批评"。真的贯彻的话,当然最好不过,但对不对的标准是么咧? 熬硝盐这项工作既然是为集体,不为个人,为么说成"资本主义尾巴",干起来战战兢兢,左思右想? 这算是"理论联系实际"昂? 现在村民们生活都很困难,几乎是最低的生活消费,干点儿增加收入的事,算不算"密切联系群众"? 罢了,罢了,谁跟你较这个真儿? 反正让俺给你提意见,俺不提。

村书记回村以后就对黄天厚说:"镇领导批准了,可以干;但需要让懂行的人当主任,你只适合当指导。"黄天厚一听几乎高兴得跳起来。他还正为自己不想"担肩儿"而没有对策咧,便急忙说:"咱按照部队的叫法,叫'社会主义青年硝盐连',俺是指导员,柴大霞是连长。"

事情就这么定了。转天,柴大霞猫着腰,忍着疼,带着黄天厚和三十来个自愿干这一行的年轻人来到当年吃大食堂时代的老屋,这里有当年熬硝盐的家什。黄天厚先做了简短"动员",说咱们柴家营虽然不是红星村,但咱们也不甘落后,也要为大队增加收入做贡献,所以成立了这个"青年连",望大家认真学习,苦干实干加巧干,力争早出成绩。接着,柴大霞开始讲课,她的讲课姿态非常特殊,是趴在一个凳子上,向前伸出脑袋和两手,指着眼前地上所有的东西屋里各墙角都挂着檀灰,洋溢着霉味儿和潮湿的土腥味儿。

"瞧,这几件叫'挠盐土工具',是收集盐土用的,包括挠刀、笤帚、簸箕、独轮车和推筐,哈个是挎筐、土篮、淋盐锅、熬盐锅、熬硝锅、大水瓮、瓷盆、水瓢、水勺、笊篱、木头算子、席片、草垫等,还要有足够的干柴。外出干活如果路远还要带上干粮和水,饿了可以垫吧垫吧,渴了可以润润嗓子。"

年轻人们耐心听着,有人开始抽烟。柴大霞便大大咧咧找人要了根烟,也抽着。

"这些是挠盐土的工具,大家看一下:挠刀,也叫刮土刀、挠刀子、挠子,由把儿和刀片两部分组成。刀片就是用废旧钢锯片或硬度大些的薄铁板,裁成这样上底两寸、下底三寸、高一寸左右的梯形。将下底用砂轮和磨刀石开刃;挠子把用直径一寸左右、长度一尺左右、稍微弯曲的枣木棍,或木质较硬的棍棒做成。一般要用锯在木棍距离一端半寸左右处,横向锯开一个大于刀片厚度的小口,为了稳固,在刀背上垫两三层薄布条,镶嵌在锯缝里。"

在二十多年前的哈个时期,柴家营的一部分社员,在春季晴天的早晨,天不亮便匆匆起床到大队指定的地域挠盐土。一般老弱病残之人在离家较近的村内,身强体壮的则三五成群结伴到外村,推上独轮车和柳条筐,任凭土路的坑坑注注,沟壑连连,有的村庄还有护村堤,上堤下堤都很费劲儿。后面推车,车前面必须拴了绳子有人拉车,否则很难行走。

柴大霞介绍说,在村庄内老房子四周、猪圈、厕所附近或道路两旁,哈些比较硬的地面表皮,看到明显"返潮"的地方,你就走过去,用手指甲"尅"点儿土,放在舌尖上,感到发咸或蜇舌头,就算找到盐土了。如果蜇舌头的感觉比较轻微,而咸味浓,哈就是上等盐土;相反,蜇舌头的感觉严重说明含碱高,就不是上等盐土,可以放弃不取。取的时候,要一手拿笤帚,一手拿挠子,寻到适合的地方,双腿叉开猫腰用笤帚轻轻扫去浮土,然后用挠子一下下挠土的表皮,用力要均匀,一刀紧挨一刀地挠刮。当你挠的地面面积越来越大,就可以暂停,用笤帚把这些盐土扫到一起,堆成堆儿,用簸箕收起,倒进独轮车的大推筐里。如果收集满两大推筐,重量有三百至五百来斤,需要会推独轮车的人来推车。这么重的分量不好把握车的平衡,这一点必须注意。

当时的年轻人,身材干瘦的居多,稍微好一点儿的,也就达到匀称,基本没有胖子,原因就是营养不良。他们拿着工具长时间蹲在地上,低头猫腰干活儿,时间不久就会腰酸腿疼,需要站起身来喘口气,伸伸腿。蹲时间太长自然是吃不消的,干半个小时休息一下,喝点儿水咬两口带去的玉米面饼子,就点儿自家腌制的疙瘩头咸菜,这样的饭菜也算是最常见乃至有些奢侈的饭菜。差一点儿的常吃"两掺面"饼子,即玉米面和高粱面合在一起的饼子,算是等而下之了,最差的就是全高粱面掺了野菜的饼子。这野菜是有讲究的,需是能"泄"的菜,否则只吃高粱面会便秘,解不下手来。譬如荠菜、蕹菜、蓬蒿菜等,这类野菜往往是苦头的,哈也没办法,该吃还是要吃。懂一点儿中医医道的人告诉村民们,这种野菜虽然有点儿苦头,但营养不差。韭菜、菠菜也通便,但对村民们来讲过于奢侈,各村都不种,所以赶集时也见不到卖的。柴家营比郭家堡稍稍富裕一点儿,一年下来一个人最多能分到十斤小麦。当然,还有比郭家堡更穷的村,年底一个人还分不到两斤,甚至有的村更惨,连秤都不开,因为根本没有小麦可分。

　　黄天厚的伙食还行,吃的玉米面饼子,是他的房东,五保户老奶奶做的。他来到柴家营以后,村书记不敢慢待,不敢把高粱面分给他。但他在咬饼子的时候,也时时会想起当年跟着爷爷在县城时的吃食。虽然白面也是定量的,但毕竟比乡下强多了。而在云南乡下的半年,每月大米是四十二斤,但是籼米,他不爱吃,而且真吃的话也不够。因为,哈种米好像吃的不少却不解饱,刚吃完一会儿就又饿了,因此有人就用些猪油拌了米饭吃,结果吃坏了胃口。那里和柴家营相似的也是副食太少,每月二两油,但也基本没有蔬菜。知青点的食堂每顿饭食蔬菜都极少,白菜茄子去晚了就没有了,去得早也只给一点点,有时候一大锅白水里加极少的蔬菜,成为无色透明的"玻璃汤"。有的知青发明了把盐粒用油锅炒炒也来饭的吃法,有的冒险去邻近的生产队偷菜,极个别的人去偷老乡的鸡。还有人"铤而走险",用蚂蟥做成"牛血汤",炖老鼠,吃长虫(蛇)肉……

柴大霞基本不干活,只是跟随年轻人做着指导,名为"指导员"的黄天厚反而无所指导,只是在柴大霞腰疼厉害的时候,给她按摩腰腿神经。这时,柴大霞必须解开裤带,为避嫌,她就叫一个女青年站在一旁"监督",既堵堵人们的嘴,也防止黄天厚乱了礼法。

柴大霞选了十来个推车技术好的年轻人推车,待他们把几十个柳条筐全装满以后,便搬上车,用绳子煞紧。柴大霞发一声喊,推车者们便相继出发。他们都双腿叉开,低头猫腰,车襻搭在颈后,两只手分别紧紧握住独轮车的车把,一车盐土三五百斤,其重量的着力点,百分之四十在独轮车的轱辘上,还有百分之四十通过车襻传到推车者弯着的脖子上,另有百分之二十是在紧握车把的双手上。前面拉绳子的,能起一定作用,但也要均匀使力,而且是缓着使力,不能硬来,注意互相配合。他们必须深吸一口大气,牙关紧咬双唇紧闭,运足腹腔气力,慢慢挺起腰板,伸直双腿。推车者最关键,两手随时平衡着两把,上身微微前倾,双手同时向前用力,车子就启动了。启动的瞬间,双手使力必须均匀,否则独轮车说翻就翻,连一秒钟也用不了。河川镇四十三村一带远远近近的村庄,道路基本都是沙质土路,春天最为松软,就是徒步行走,也常常会一步一个深深的脚窝,比走泥泞路强不了多少。何况推着载有几百斤盐土的独轮车,可见行走的艰难。

待把盐土运回村里,放在场地较高的地方,高高地搭起席棚,以避免风吹雨淋损失土中有效成分。当盐土收集到一定数量,柴大霞便叮嘱大家,使其与日常生活积累的草木灰(做饭烧柴草的灶膛灰)混合,目的是增加透气性和得到草木灰中的可溶于水的钾、磷、钙等矿物质。接下来的工序还有"淋臊子水""提碱""取盐""拍盐",到了熬制的中后期,臊子水中的盐就会结晶,量大时用细柳条编制的"笊篱"捞出,或用直径三寸的长把儿小铁勺,一勺一勺地从锅底部舀出,倒进熬盐锅上"瓮杈子"(树杈截取而成)上放着的席篓或垫有布片、席片的柳条篮子里,一同取出的汤水会流进锅里,余下的固形物便是盐了。其间最不值钱的产品是"盐疙疸",最珍贵的产品是"卤和硝"。

柴大霞说:"眼下卤和硝的价格很高,这才是咱挠盐或熬盐的最终目的。大家的日常生活离不开盐,说得最多,所以咱把'熬硝'叫'熬盐'。熬硝盐其实不是想要盐,是想要卤和硝,而副产品的小盐或盐疙疸,完全可以用来日常炒菜或腌咸菜,也能作为不错的礼物馈赠亲朋好友,如果拿到集上,还能卖出去。而咱熬出的硝,一部分可以与木炭和硫黄配比,做成鞭炮来卖,一部分可以卖给皮革加工和化工厂。熬出的卤则用来加工豆腐、豆腐脑;因卤含有大量氮、磷、钾等元素,也可作为肥料自家用或卖给需要的人。"黄天厚虽没有亲自动手,整个过程也算弄明白了。

柴家营的年轻人熬硝盐工作正在进行当中,报纸上突然出现了"反击右倾翻案风"的文章,而且连篇累牍,来势汹汹。黄天厚在这方面十分敏感,立即勒令"青年连"不要干了。柴大霞自然是非常不满的,回到办公室以后,问他:"咱们好不容易费劲巴力干到这个程度,人人都掉了好几斤肉;而且,这是镇领导批准的项目,算么'右倾翻案风'?你甭自己吓唬自己行昂?"

黄天厚道:"这个项目以前算是'资本主义尾巴',所以才被割了,现在又拾起来,这不是'右倾翻案风'是么哎?"

"咱还是以领导的口径为准,行白?"

"领导也错了!"

278

"咋,你连你爹也反?"

"对,谁都不能犯错误!"

"天爷咧,你打算咋个反法,是不是连俺们这些人都捎进去?"

"该捎的都捎。"

"你真敢这么干,俺就到公安局告你去!"

"咋?跟公安局有个屁毛儿关系?"

"你这些日子借着给俺按摩,乱摸。"

"你造谣,诬陷!"

"俺有证人。俺为啥每次派一个姑娘在旁边站着?就为了防止你赖账。"

"天爷咧!"现在轮到黄天厚说这句话了。但他只说了半句,后面没法说了。因为,如果哈个姑娘真的做了这个证,你浑身是嘴也说不清咧。而你是打算把整个青年连全"捎"进去的,既然如此,哈个姑娘必然向着柴大霞而不会向着你。是白?

黄天厚气得翻白眼。他掏出烟盒来抽烟。柴大霞来劲儿了,气哼哼道:"给你大嫂点一根,从几时学会的'吃独食'?不知道'烟酒不分家'?"黄天厚暗想,村书记咋样,他来了也只是给俺发烟,俺几时给他发过烟?只是你来了才敢跟俺要烟抽。你这个——他想说个解气的词儿,但感觉不文明,没说出口,因为这段时间柴大霞的出色表现,已经让他十分服气,说过火了只能是他对人家的污蔑。如果不是现在"反击右倾翻案风",她很可能是自己"好风凭借力"的得力助手。唉,世事无常,谁愿意这样?

"该干就必须干,俺六亲不认。"

"你疯了?对自己的爹下刀子?"

"要么连你也捎上?"

"你敢!俺老头是跳跶了半辈子搏腿功的,你敢作妖,看他怎么飞你一脚！"

"世界上还有这么不明事理的女人！"

柴大霞气哼哼地弯着腰往屋外走,黄天厚也觉得无趣,相跟着出门,回手把门锁好,追上柴大霞,在她撅起的屁股上拧了一把,让她一哆嗦,却装作没这事。村委会的大院里,有五六间房,几棵大槐树,夏天绿树成荫,平时也没什么人,只是每天早晨播音员和村书记前来放音乐和讲话,布置工作。中午吃饭的时间会放音乐,而下午基本没人到村委会大院来。其实,日常黄天厚和柴大霞也不全是在办公室坐着,也要隔三岔五下地干活,只是不如其他人干得多,而大队还给他们记全工分。

晚上,黄天厚刚吃完饭,把收音机拿了出来,摆在堂屋的方桌上,每天晚上他都这么做,是想让五保户的柴奶奶一起听,也算对柴奶奶天天做饭的报偿。他甫一打开收音机,立即听到了里面慷慨激昂的广播社论的声音。这台质量中等的收音机是当初去云南以前,母亲柴金菱给他买的,牌子也是风靡一时的"凯歌牌",体积不大,前脸白色,后背黑色,前脸上方的透明有机玻璃横条上标有波段数字,里面有一根横向移动的红色指针。他看着这黑白不同的前后两面,回味着白天和柴大霞的接触。

正浮想联翩,耳朵里也正灌着社论的声音,院子里突然有人喊叫:"黄天厚,你出来！"

黄天厚和柴奶奶都在专心听着收音机,想着心事,没听见外面的叫喊。谁知,来人等不及了,推开门就一步蹿了进来,一看是个膀大腰圆的陌生中年男人,黄天厚才要开口,来人一把揪住黄天厚的衣领,就拉出了屋子,到院子里往前一搡,黄天厚还没反应过来,来人身体一转,一条腿反着就是"啪"的一脚,一般武功称其为"扫堂腿",在这里略有变化,是"反钩",属于搏腿功的"踢木桩",功夫好的练家子,连手腕粗的小树都能踢断,若踢在人身上,会好受得了?黄天厚立即一个仰八叉,四脚朝天。柴奶奶此时走出门来,喊道:"'三脚',他怎么经得住你踢?快回去,有事跟村书记说去!"

这个时辰天还没完全黑透,朦朦胧胧,彼此照面能看个八分清楚。黄天厚没跟这个人打过交道,也从来不知道柴家营儿时有个叫"三脚"的。以他的人生经验,这种有了名号的人,功夫都已经相当高了。此时,他只觉得头昏脑涨,刚刚吃饱的肚子也肠胃翻倒,立马就要吐出来。来人么话都没说,一口粗气也没喘,只是朝着黄天厚身上吐了口唾沫,转身就走了。这个人的轻功也十分了得,一点儿声音也没有,像是一股空气随风飘走的。

柴奶奶走过来拉黄天厚,道:"你惹他干么?咱柴家营没人敢惹咧。"

"他是谁?俺咋不知道这个人?"

"你天天跟柴大霞坐一屋,不知道她老头是柴三脚?你们坐一块儿不说家常?"

"俺们天天说正事还说不完,哪有工夫说她老头的事?"

"你惹着柴大霞白?"

"没有啊,天天相处不错的咧。"

"哈他咋会来这一下子?你得好好琢磨琢磨。不能挨了打不知道原因,你知道柴三脚啥时再给你一下子?踢断了腿,再治不好,这辈子不是完了?"

黄天厚叹息着,慢慢从地上爬起来。扑拉扑拉屁股上的土,在院子里走了几步,感觉腰疼腿也疼。这一脚真不轻。他对"反击右倾翻案风"一事也蓦然坚定了想法:只对老爸黄晋升开火,闪开自己的青年连。

第十六章　低与高

郭老铁活着的时候,原县委书记齐登科曾经十分欣赏并支持过他。后来齐书记调到了外省,远离了河川镇四十三村,对这一带后来发生的事情一概不知。加之多年来他过得也不太顺,被多次冲击,几起几落,撤了职又恢复,恢复了又撤,不过最终上级领导看在他是老革命的份上,进行了"安慰奖",让他退在司局级上,也算是"善终"了。他原本不是河川镇一带的人,所以退休后回了原籍,而没有来河川镇,但忽一日他有点儿想郭老铁了,他感觉自己这一生最值得交往和信赖的人,就是郭老铁。他还始终记着郭老铁有鼻炎一事,为郭老铁搜寻了治疗偏方,头戴大檐草帽,上身半袖白衬衣,下身黑裤子,一双时下正流行的黑色"八带"皮凉鞋,带着老伴儿坐长途汽车寻到了河川镇,找了简陋的小旅馆住下。打算在这一带好好转转,忆忆旧,会会老朋友。这一年,齐登科应该是七十岁出头。

这时正是暑期,各中小学都放假。保定的陈玉妮与陈之谦也来到河川镇找了小旅馆住下了。他们想先在镇上拜谒了烈士陵园,然后再奔郭家堡。此时,孩子们除了郭向前都在部队,平时回不来,所以,已经五十多岁的陈玉妮偕同七十出头的陈之谦,步履蹒跚地进进出出,不算寂寞,也不算热闹。他们在烈士陵园碰上了齐登科老两口儿。四位老人几乎是同时站在了烈士墓碑前,也几乎是同时献上花束,然后退一步站稳,鞠躬。齐登科因为当过兵,还向烈士墓碑敬了军礼。片刻之后,四个人站在树荫下说话。齐登科主动递给陈之谦一支烟,陈之谦道了声谢,接了过来。

"俺该称你一声大哥白,俺看着你比俺大一点儿。"齐登科点着烟道。

"俺七十二岁整,你咧?"陈之谦抽了口烟。

"俺七十一岁,说起来还算同龄。看你的样子,是研究学问的?"齐登科盯着陈之谦夹烟的两根手指。

"咋看出来的?有标记?"陈之谦一脸笑纹,被肯定,被猜出,似乎是件高兴事。

"瞧你的中指内侧,捏钢笔捏的,都出膙子了。凡是大笔杆子,都这样。在哪儿供职?"齐登科继续问。

"他是俺叔,在河北大学。"一直跟齐登科老伴儿说话的陈玉妮接过话来。

陈之谦这次没有回答,他打量着齐登科,感到十分钦佩,他怎么会猜到自己是做学问的?却原来是看手指,这个人过去说不定是地下党,看装束就像领导干部。于是,对齐登科肃然起敬,说:"看老弟这气质,这见识,现在至少也该县处级了白?"

"你眼力也不错,不过俺还略高一级。"

"地委书记?"

"是白。"

"微服私访？"

"会会老朋友。当年俺在这儿当过县委书记。"

"怪不得，你的老朋友一定很多啊。"

"可是俺最想见的却见不成。"

"谁？"

"郭老铁。"

"刚才俺们在整个烈士陵园转了一圈，石碑上刻的名字有黄国贤、柴大树、郭尚民和魏雨征，却没有郭老铁。"

"怎么，你也想见他？"

陈玉妮再次接过话来："郭老铁是俺丈夫，俺姐沙荆花也为他努力了多年，本以为组织上应该把他纳入进来了，可是没有。"

"你就是哈个保定二师的陈老师？"

"是咧。"

"郭老铁是当年俺最器重的干部，最后死于脑溢血，是因为村里出来很多讨饭的村民，让他受了刺激。"齐登科一声长叹。身边的人都跟着唏嘘。显然，他并不知道郭老铁的真正死因，也不可能知道。

"其实哈件事跟他没有关系，可他就是哈种责任心过强的人，不能承受自己的村民吃不上饭。"陈玉妮突然止不住抽泣起来。齐登科的老伴儿伸手抚着她的后背，说："郭老铁和焦裕禄的性质是一样的，焦裕禄能算烈士，咱郭老铁就应该算。登科在省上还有几个老朋友，让他活动活动试试，看老铁能不能评上烈士，在陵园里也刻上名字。"

"么叫真正的党员？把群众的疾苦当作自己的疾苦，才是真正的党员。对群众的疾苦不闻不问，装聋作哑，不上心不着急，就不是真正的党员。陈教授,你说是不是?"齐登科挥着手道,"有的党员入党只是为了谋官谋利益,没有理想和信仰,更谈不到心里装着群众。这从他日常一举一动就看出来了,骗不了人的。"陈之谦点点头,道:"这些话你能说,俺不能说。俺是个'臭老九',没么社会地位,不敢随便表态。"

几个人正说着话,一个明眸皓齿的高个子漂亮女人走了过来,她虽然衣服十分朴素,上身一件一字领的灰塌塌的肥褂子,下身蓝裤子还打着补丁,脚上的一双方口布鞋也在一侧补了一块布,但身材窈窕,神采飞扬,整个精神面貌让人眼前一亮,仿佛一盏明灯照在头顶。她走到这几位老者跟前,大大方方启动朱唇,说:"请问哪位是陈玉妮?"

正与齐登科老伴儿牵着手的陈玉妮松了手,走上一步,说:"俺是陈玉妮,你是哪一位?"

"我是在黄召庄插队的知青丁卫红,这几天我到河川镇烈士陵园采访,住在小旅馆里,发现一个叫'陈玉妮'的也在这里登了记,我下一步正要去保定采访郭老铁的夫人陈玉妮,您就是郭老铁的夫人吗?"

现年已经二十有八的丁卫红出落得愈加丰满水灵,两只大眼睛忽闪忽闪地似会说话,其神情其风采早已将她一身不太像样的装束遮掩了,被对方忽略不计了。她恭恭敬敬地站着,说着话就把左肩右斜的书包顺到身前,从里面掏出一架当时非常时髦的天津海鸥120双镜头照相机,一边摆弄,随时准备拍照,一边等待陈玉妮回答。

听眼前这个靓女的一口纯正京腔,应该没有打谎,于是,陈玉妮道:"是,俺正是郭老铁的家属,你是报社的,还是电影厂的?"陈玉妮看着这个靓女,心里十分羡慕。前两年的电影《艳阳天》她看过，里面有个靓女"焦淑红"，曾经让她十分羡慕；今年又出了新电影《春苗》，她也看了，里面的"田春苗"虽不是扎眼的俊，却也让她非常喜欢。她这个年龄对靓丽女人已经没有了嫉妒，只剩下欣赏和羡慕。

"您说的这些，我都不是。我是在河川镇黄召庄大队插队落户的北京知青丁卫红，现在村里准了我创作假，正在采访原先县大队的成员和家属，打算写一本反映河川镇抗战故事的'英雄谱'。"

陈玉妮道："最近报纸上全文刊登了高红十执笔、几个知青集体创作的《理想之歌》，非常棒，知青里面藏龙卧虎，人才济济咧！相信你也会马到成功！"

丁卫红道："谢谢您的鼓励和吉言，我会努力的。"

陈之谦接过话来："姑娘，你读过著名作家梁斌的《红旗谱》昂？可以参考咧。"

"读过，正是受了《红旗谱》的启发，才打算写这本书的。领袖说过，人总是要死的，但死的意义有不同。中国古时候有个文学家叫作司马迁的说过：'人固有一死，或重于泰山，或轻于鸿毛。'为人民利益而死，就比泰山还重；替法西斯卖力，替剥削人民和压迫人民的人去死，就比鸿毛还轻。黄国贤、柴大树、郭尚民、魏雨征还有郭老铁，他们的死就比泰山还重。这也是我要写他们的动力。"背诵领袖的话，是时下十分流行的语言模式。

陈之谦又道："这是好事，可是，你与出版社联系过昂？写出来谁给你出版？出版社的要求是很高的。"陈之谦其实有些怀疑眼前这个美女的实力。现如今出版文学作品十分困难，要按照"三突出"（在所有人物中突出正面人物，在正面人物中突出英雄人物，在英雄人物中突出主要英雄人物）的模式写，否则就很难被出版方认可。

丁卫红道:"我已经写出了这本书的前半部,有二十万字,给了出版社,得到了肯定;出版社让我抓紧采访,尽快写出下半部。然后一并出版。"

陈之谦道:"如果是这样,俺就放心了。"

齐登科也接过话来:"也好,俺也暂时不走了,俺给你讲讲解放初的郭老铁。"

丁卫红喜出望外,脸上笑成一朵花:"哎呀,太好了——请问您是——"

"俺是哈个时期的县委书记齐登科。"

"哎呦喂,踏破铁鞋无觅处,得来全不费工夫,今天咋这么巧,我就是专门去找您,也未必找得到哇! 郭老铁在天有灵,保着我呢,这本书一定要写好!"

齐登科道:"烈士陵园的开园时间是固定的,并不是每天都开,这就导致咱们凑到一块儿了。俺现在收入最高,大家跟俺到镇上小餐馆坐坐,吃个便餐。"

陈之谦道:"俺岁数最大,理应俺来做东,齐书记,你就听俺的白。"

"好,就听你老大哥的。"

丁卫红道:"我现在最穷,身上没钱,就生受了。谢谢老前辈啊! 我来给大家拍个合影吧!"一干人便互相谦让着站好,让丁卫红拍照,又互相客气着慢慢往外走。出了陵园,丁卫红又说:"这本书涉及镇长黄晋升,这个人是漫不过去的,可是我实在不愿意写他。歌颂他吧,不值;批评他吧,又对我很好,我不能忘恩负义。"

陈玉妮道:"你是个有良心的年轻人,俺倒是支持你写他,优缺点都写,如果他有转变有长进最好,你更好落笔。"

丁卫红道:"转变倒是有,长进却谈不上。只是越来越'老油条'了。"

齐登科道:"也难怪他,现在的形势不容易把握,和过去不太一样了。"

此时一个面目粗糙的老者走进烈士陵园,因其戴着新疆维吾尔人常戴的小花帽,身着维吾尔人的半大长衫,而引起丁卫红注意。作为一个立志文学工作的年轻人,对这样突兀的情况必然是纳罕而好奇的,便与齐登科悄声告别,蹑手蹑脚跟随在老者身后,悄悄回到烈士陵园。老者约莫七十大几,将近八十岁的样子,后背已经佝偻,脸上皱纹深刻。他先在烈士陵园里转了一遭,然后对着烈士坟冢前面巍峨的纪念碑,悄然跪了下来。双手合十,默念了半分钟,便伏下身子磕了三个响头(当地的讲究是"神三鬼四",对神灵才磕三个头,对一般死者是磕四个头)。因地面是水泥方砖,就发出十分沉闷的"咚咚"声。磕完头他并没有立即起身,而仍旧跪着,两手扶地,似在祈祷、谢罪。

丁卫红猛地一个愣怔:这人应该是失踪几十年的古德高!

丁卫红在采访沙荆花的时候,曾经听她讲过早先镇上因为出现一个叛徒,而使好几位县大队战士家里遭到灭门的烧杀。而后古德高又给县大队留下汉奸藏身的地址,指引县大队除掉了汉奸。前些年从外地回村的郭来福告知郭向前:古德高最终逃到了大西北的新疆。此事一度让丁卫红十分纠结:古德高算好人还是坏人?

抛开政治与功利的因素,只抱着对长辈的尊重,丁卫红悄然跪在了老者身后,也两手扶地,同样做起类似祈祷的样子,其实此时她心里在默念:上天啊,赐我智慧吧,让我早些参透人世间的一切吧。当然,丁卫红以自己聪明的头脑明白,人世间万事万物,唯人心最难参透,只能根据外在表现推断,于是,误差就不可避免。

而这种"误差"正是构成文学作品的必要元素。看不到这一点，你及早告别文学，因为你不是哈块料。

老者似有第六感觉，立即得知了身后的人也在跪拜，便悄悄起身了，又在烈士陵园里转起圈来。丁卫红见时机成熟，便站起身跟了上去。

"老爷爷，我是个知青作者，想冒昧地跟您聊几句。"丁卫红态度十分谦恭。

"亚克西木噻思（你好），"老者用维语客气了一句，换成了汉语，"请讲——"

"我看您像这一带的老乡。您的老家一定在河川镇。"

"我不是河川镇人，河川镇没有我的家。"老者从半大长衫的口袋里掏出一个绣花的烟荷包，用不大的小铜锅烟袋剜着烟末子，然后划着火柴抽起来。两个人一直在慢慢走着。老者的烟锅冒出的烟雾是白色的，丁卫红有些纳闷，问："老爷爷，您抽的烟咋会冒白烟？而且似乎有点儿臭味儿？"

老者呵呵笑了，笑得像小孩子，脸上的皱纹都更加深了，也更往一起撮咕了："我抽的是新疆的莫合烟，就这个味儿，味儿不好，却嘴里香。"

丁卫红不敢百分之百断定老者是不是古德高，便继续套老者的话："咱河川镇有一位有过过失的无名英雄，亲朋好友都想找他，可找不到。他叫——"丁卫红不说了，像是有意的又像是记不清了，两眼平视前方，却用眼睛的余光瞟着老者。老者似乎受到了极大震动，猛然咳嗽起来。他停住脚，扶着一棵松柏站住，把烟锅在脚底板上磕净，塞进烟荷包，重新揣进半大长衫的口袋。

"年轻人，别再问了。"

"明白。我能不能再冒昧问一句，解放后您做什么工作？"

"在乌鲁木齐一所中学教书。"

"想不想去拜访一下河川镇的名人,柴大树的遗孀沙荆花？"

"不去了,我已经磕过头了。"

丁卫红立即转过身来,目光炯炯地看着眼前的老者,您就是古德高！但这话她没说,老者毕竟年龄大了,引起心脑血管病,便得不偿失了。于是,她表情复杂地拥抱了老者。老者身体干枯,身上的骨骼有些硌人。她在老者耳边说:"什么都不要说了,我理解您。让我们一起憎恨战争,憎恨日本侵略者吧。"

"是的, 如果现在再次发生日本人侵略中国的事, 我这个老'棺材瓢子'也会再次拿起枪来！"

"请您给我留一句话吧,也算是您对家乡父老的留言。"

"我祝河川镇,尤其是郭家堡,在党的领导下,步步高升,天天进步。用眼下时髦的话,叫作'下定决心,不怕牺牲,排除万难,去争取胜利'！"

丁卫红十分激动,招手叫来服务员,把书包里的照相机拿出来,请服务员为她和老者拍一张合影。令人欣喜的是老者没有拒绝。是啊,在如此美貌谦虚的年轻女子面前,即使老者心中十分不情愿,也不好拒绝。丁卫红心里明白,这其实是很残酷的。你日后必定会把老者的照片出示给郭家堡的人看,因为家乡的人们并没有忘记当年哈个古德高。

半年以后,丁卫红自费到新疆乌鲁木齐哈所中学打探老者的情况,校方告知,前几天刚刚为老者办了葬礼,老者去了一趟冀中平原,回来就病倒了,不久就去世了。临死向医院留下遗嘱:捐出眼角膜和遗体。因为老者是乌鲁木齐的模范教师,而且身后无一子嗣,所以校方包办了他的后事。丁卫红问清了老者后来的名字:乌斯满江·高爱民。

感叹啊,作为阅历不算很深的丁卫红,回到家以后感叹得哭了好几回。她说不清自己为谁而哭!她不由得想起鲁迅《华盖集》中的名言:"中国一向就少有失败的英雄,少有韧性的反抗,少有敢单身鏖战的武人,少有敢抚哭叛徒的吊客;见胜兆则纷纷聚集,见败兆则纷纷逃亡。"不过,她的感叹并不代表别人,郭来福不就叮嘱郭山河,如果见到古德高一定给点关照昂?他之所以这么叮嘱,就是相信郭山河以其人品一定会照办,只是没有机缘而已。是白?

…………

人们不知道,此时在镇政府,黄晋升正和儿子黄天厚唇枪舌剑,各不相让。此时,国家对"四大"(大鸣、大放、大辩论、大字报)还没有废止和取消,各企事业单位都可能因为各种矛盾或不同意见而写成大字报张贴、披露出来,而且是哪个地方显眼就贴在哪里。刚才,黄天厚就把抄了三大张整开的灰纸(大字报专用纸)的大字报贴在镇政府大院的布告栏里。这个布告栏好像专门为黄天厚准备的,正好能贴下三整张纸,内容就是揭发和攻击黄晋升支持郭家堡搞"社会主义青年编苇席副业"是"右倾翻案风",是把早已割掉的"资本主义尾巴"又续上了,还感叹说,这真是树欲静而风不止!勒令黄晋升必须予以纠正,必须向全镇人民低头认错,或干脆下台。

目标明确,内容"详实",言辞激烈,大有唯恐天下不乱之势。这个时期,"四大"是受到保护的,谁都不敢随便揭大字报。黄晋升闻听秘书告知以后,急忙出来观看,待读完全篇,头上的汗就下来了。这生地瓜儿子真会捅刀子,哪个地方肉软他就捅哪个地方,他恨得牙根疼,却不敢揭大字报。他把黄天厚叫到他的办公室,让他坐在自己办公桌对面的椅子上,还给他沏了一杯茶,问:"你要么条件,才能把大字报揭了？"

黄天厚眼睛眨巴眨巴,看着眼前的父亲,这个让他从心里不喜欢不尊重的人,道:"俺没有条件,也不想揭。现在咱俩发生的是思想路线的斗争,你让俺提条件,俺就是大字报上的话,'纠正'你的错误,收回你支持郭家堡和全镇编苇席的错误决定。"

"这个俺可以做到,俺马上就让秘书起草文件。"

"你还要向全镇人民承认错误,赔礼道歉。"

"这有点儿强人所难了白？"

"这是轻的,你若不做,俺就把大字报贴到北京去。"

黄晋升一下子想起了黄选朝当年曾经骂自己要把战火烧到北京的话,真是哈样的话,可就丢人丢大了,父子俩全都变成全县的典型了。必须坚决阻止儿子的肆意妄为,黄晋升道:"这个俺也可以做到,以正式文件形式,向全镇人民承认错误,赔礼道歉。"

"即使如此,这份大字报也要贴满三天。"

"还嫌你爸名声不臭白？"

"要么,你推荐俺上大学去,俺立马就把大字报揭了。"

"现在推荐上大学要开班子会讨论,要凭业绩。你有么业绩哎？"

"俺敢于'反击右倾翻案风',就是业绩!"

"也罢,一会儿俺就召集会议,你先去镇上小餐馆等着,一会儿俺去找你。"

"这还差不多。但俺也不能马上揭大字报,要等到你把事情完全落实才行。"

黄天厚茶也没喝,站起身就走了。黄晋升看着他的背影,愤愤地骂了一句,就给隔壁秘书打电话,让他通知班子成员立马开会。人员来齐落座以后,黄晋升说,生地瓜儿子净添乱,没事往自己老子头上扣屎盆子,这不,把大字报贴到镇政府来了。支持各村搞编苇席的副业,然后补贴各村的经济收入,这可是咱班子开了会的,人人都发言表了态的,事到如今不能把账记到俺一个人头上,你们说,是白?

你说咋办白,左右都是跟着你走,人们表的就是这样的态。黄晋升道:"既然如此,俺就把生地瓜儿子的打算说出来,他打算去读工农兵学员。不然的话,就要闹到北京去。"

班子成员纷纷说:"让他读去,让他读去,让谁去不是去? 这又不是提职当干部! "

"好白,大家举一下手。好,全票通过。这件事就这么定了。"

文化不高的村镇干部真没把进大学读工农兵学员当回事,因为他们从来没有过这种愿望,也不知道其中的意义与价值,这也就让黄晋升顺水推舟,让黄天厚实现了愿望。既不必吃苦受累,又能够获得好处,这才是"大智慧",早先爷爷黄选朝一直这么教导来着。

在小餐馆,黄晋升对黄天厚诉说了班子会的结果,让他回去准备,等通知,把个黄天厚乐坏了,饭也不吃了,立即拔脚就走了,到镇政府的院子里,三下五除二,就把大字报揭个干干净净,团成一个球,往垃圾桶里一扔。然后就离去了。

而黄晋升却在小餐馆要了两个菜、二两酒,慢慢自斟自饮。他心里郁闷。儿子是达到个人目的了,而他"以权谋私"的把柄也被班子成员掌握了。谁再在班子会上要个人利益,他都不好拒绝了。他还想起了毛主席的话:"我们共产党人区别于其他任何政党的又一个显著的标志,就是和最广大的人民群众取得最密切的联系。全心全意地为人民服务,一刻也不脱离群众,一切从人民的利益出发,而不是从个人或小集团的利益出发;向人民负责和向党

293

的领导机关负责的一致性,这些就是我们的出发点。"这些年来,他也没少读毛主席的书,完全明白么叫谋公、么叫谋私。公开以班子会的名义为儿子上大学开绿灯,这种事他是第一次干,可能也是最后一次干,因为他通过这件事再次看到了自己面临的危机。如果有人举报或弹劾他,哈就没有商量余地,规规矩矩给人家下台。县里有"根儿"的话,可以去疏通一下,现在哈个"根儿"早已化为乌有,没办法,听天由命白。

黄晋升正垂头丧气,坐在远处一桌的丁卫红走了过来。她原本不想过来,与陈玉妮、齐登科、陈之谦一干人聊得正开心,发现黄晋升来了,丁卫红不认识刚刚离开的黄天厚,也就不知道黄天厚何许人也,此时此刻也就不问,只是简单寒暄了一下,请求黄晋升再加一个菜,她要陪黄晋升坐一会儿。黄晋升自然是喜出望外的,但却没有加菜,脸上也依然还有愁容,遂借着喝了两口酒,说道:"俺感觉这些年来对不住你,你是——"话没说完,丁卫红立即截住了他:"别这么说,忘记哈件事吧,否则对你对我都不好。你记住,过去一切正常,啥都没发生。记住了?"

黄晋升稍一愣怔,急忙点头。因为前不久他刚刚看过一份红头文件,内容是讲东北的某农场领导奸污女知青被枪毙之事。这种事太敏感了,真真是不得了。他一时间非常佩服丁卫红,而且有些吃惊地看着眼前这个依旧靓丽而年轻的女子,她现在虽然衣着简陋、破旧,和镇机关扫地的大姐穿着一样的衣服,人却比过去更丰满、水灵而受看,两只大眼睛也更明亮有神,嘴唇更红润。尤其她的哈几句话,越咂摸滋味越让黄晋升对她刮目相看,与邻县哈个先是被保举上了大学以后再状告大队书记的女知青相比,简直是云泥之别。但惟其如此,他更加内疚。于是,他有些悲切地说:"俺的官路只怕没多远了,俺打算下野之前,把你办走。"

"办哪去？"

"送你读工农兵学员去。"

"啊——"丁卫红有些失态了。她从来没想过这个问题。因为她不想跟黄晋升走得太近，她明白，不走近黄晋升是不可能得到读工农兵学员的机会的。此时，她仍旧不太相信这件事，因为她已经不可能再和他亲昵一次了。这十年的知青生活，使她受到黄大想不少照顾，当然，她也明白，是黄大想得到了黄晋升的授意。但她还是感谢这些人们，让她有了充分的时间读书和写作。否则，刚刚出手的二十万字，不可能一下子就得到出版社的青睐。她还在思虑万千，不相信黄晋升会做出这种决定的时候，黄晋升已经站起身来，撂下一句话就走了，他说："你等通知白。"

丁卫红眼巴巴地看着黄晋升神情落寞地走出小餐馆。她不明白黄晋升的葫芦里卖的什么药。回到刚才的饭桌以后，她对刚才的谈话内容只字不提，依旧进行着她的采访。

三个月后，大学秋季招生的时候，河川镇走了两个知青：黄天厚和丁卫红。黄天厚是早有打算的，而丁卫红完全是意料之外。进了大学以后，她还要通过写信的方式，继续对陈玉妮和陈之谦、齐登科等人进行采访，很不方便，但除此也无计可施。而大学里得知她的情况以后，对她非常支持。她读的是HB大学中文系。陈之谦曾经在这个系讲过课，得知她来此读书，也很高兴，还专门前来看望。

郭家堡的大许和小项、黄新桃则有些愤愤不平了。黄天厚是镇长的儿子，走就走了，没法嚼清，而丁卫红有么业绩哎？咋会轮到她啊？为此，郭向前找到镇上去了，与黄晋升当面论理。他要为郭家堡的三个知青打抱不平。不过他的方式很特别，在黄晋升面前干坐着不说话，眼巴巴看着黄晋升，让黄晋升心里发毛。

"你找俺想说么哎？别这么神情专注看着俺行不？"

"俺本来有很多话想对你说，可见了面就么都不想说了。"

"看不上俺？年轻人，别这么傲气。"

"……"

"俺正忙着，你若不说，就请走白。"

郭向前这才皱着眉头把该说的话都说了，该问的问题都摆出来了。黄晋升点点头，答非所问道："向前啊，现在俺郑重其事把囡女托付给你，希望你以后多帮助她，你们一起进步。二咧，俺再说说哈两个读大学的知青……"

郭向前截住他的话："您把黄新桃托付给俺，这话说得有点重，新桃是很有主见、自立性很强的姑娘，完全可以依靠自己成长得很好。"

"也罢，就算这样。哈两个读大学的知青白，一个是黄天厚，你是知道的，他是俺的生地瓜儿子，他要借着'反击右倾翻案风'把俺和你们一锅烩了，还想去北京闹事，你说，俺该不该'团'住他，不能让他毁了咱的事业？再一个，哈个丁卫红，你知道昂，她爸是新四军一位老团长，老革命，丁卫红在黄召庄的十年，从来没搞特殊，而是扎扎实实搞调研写作品，临走已经写出二十万字，交给了出版社，很受赞赏，很快就会出版，这难道不是咱河川镇的光荣昂？她写的就是咱河川镇的英雄们，包括你大爷郭尚民，你爸郭老铁。当然，也包括俺大爷黄国贤，还有柴大树，想想看，让她去读大学，应该有争议昂？"

郭向前无话可说。他是这样的人，既然无话可说就绝不无理搅三分。他站起身来，主动伸出手，说："镇长大人，谢谢你这么安排。俺没意见。"

黄晋升也站起身来与他相握。不过，神情依旧悲伤，道："记住俺的话,好好帮助新桃、照顾新桃,俺真的把她托付给你了。"

"你为么这么说?"

"以后你自然会知道的。"

郭向前为此也很落寞,心事重重地走出镇政府。回家以后把自己关在屋里沉思默想。沙荆花感觉纳闷,便过来询问,他方才和沙荆花说起了这件事,沙荆花也感觉不可理解。不过,沙荆花倒是对黄新桃并不反感。原先黄晋升向沙荆花"推荐"自己的闺女的时候,遭到沙荆花的严词拒绝。可是,当黄新桃来到身边,经过了半年多的接触,感觉这个姑娘跟黄晋升一点儿也不一样。沙荆花是个懂得大爱大恨的人,既然如此,哈就"帮助""照顾"白。不过,这只是同志情(把不同家庭背景的她视为同志,已经进了一大步,是白),距离"哈种关系",还差着十万八千里。

没隔多久,黄晋升真的"下野"了。县里撤掉了他镇长兼书记的职务,而且一抹到底,只落个一般干部,在行政办公室做秘书,天天接、转电话,收发文件,起草通知、简报一类,成为"小跑儿"。后来事情慢慢浮出水面,是黄召庄哈个赤脚医生小丫头,她通过曲里拐弯的关系打听到黄晋升把自己的儿子和一个漂亮姐送去上大学了,便气不打一处来。她是真想读了大学给黄大想的老婆医治脑痴呆的,结果镇领导不光不买账不支持,后面还有私利,是可忍孰不可忍,小丫头写出了言辞激烈的实名举报信。

县里正在落实"反击右倾翻案风"工作,必然要抓典型,于是,这个小丫头"浮出水面"了,一下子被定为县里的先进典型,河北医学院的一位教授闻听此事后,还亲自来到黄召庄,找到小丫头,给她讲了两个月的课,一分钱没要,教会她治疗脑痴呆病症的所有要领和办法。假如小丫头想跳槽,现在反倒拴住了,再有机会也走不成了,她必须把黄大想的老婆治得有了改善才算对得起领导和哈位教授,否则你说你没有个人目的,哈是一百张嘴也说不清的。

这时,在外地工作和生活的郭相臣的儿子郭来福回来了,这些年来,他一直在东北工作,担任县处级职务,眼下退休了,就带着老婆孩子回来了。因为郭家堡还有郭相臣的老宅,不过这处老宅非常可怜,只是原来土地庙旁边的两间房子,因为年久失修,早已房倒屋塌,样子十分难看。郭来福看了以后,心里难受,就带着老婆孩子来找郭老铁,希望郭老铁帮助解决。谁知来到沙荆花家,方知郭老铁已在很多年以前去世了,遂陷入苦闷。问题不好办了白。回东北昂?老婆孩子一大堆,还有很多过日子的家什,咋办?沙荆花曾经伺候过郭相臣,便说:"你在俺家先住下,俺帮你想办法。"先把郭来福一家安置在自家院子里了。然后沙荆花就去找郭瓢子,如此这般,这般如此,郭瓢子听明白了,答应马上组织人给郭来福脱坯盖房子。

郭向前自然就是最主动的人了,因为郭来福天天在他家住着,进进出出,毕竟不是很方便。于是,一帮子年轻人运来土,轧出麻刀,和泥脱坯,一排排的湿土坯在麦场上晾着;这边赶紧请木匠周滏阳带人伐了树来破料,等到门窗都打好了,梁、椽都调量好了,脱的坯也干了,于是瓦匠、木匠一起动手,三下五除二,就把房子盖起来了,而且是一拉溜三间正房。再用篱笆圈起一个小院,知道柴家营做鞭炮,还低价买来一些鞭炮,选个好日子就"乔迁之喜"了。

郭来福得知因为"反击右倾翻案风",郭家堡割芦苇编苇席的副业也停了,便对郭向前讲了东北搞"哈尔套大集"的事,对郭向前面授机宜:"他们哈个大集水分很大,几乎就是假的,咱这个却是真的。但他哈个是你可以借用的一个名义和口实,明白昂?"郭向前想了想，说：“明白，俺明天就到县里去一趟。”

转过天来，郭向前一大早吃了点儿早饭，就骑上自行车奔了县城。此时，他方知原先的副县长解麦收做了县委书记。解麦收得知他就是郭老铁的儿子，便十分亲热，沏茶、点烟，忙个不停。待他告诉解麦收，他要学习东北“哈尔套大集”，要继续编苇席组织赶集一事，让解麦收哈哈大笑，说：“你不愧是老铁的儿子，咋这么聪明咧？割芦苇编苇席可以被人诬告成‘资本主义尾巴’，哈么，咱跟着《人民日报》走，学习‘哈尔套大集’该没错白？”他当即同意，你们干去白！中午还强行留了郭向前吃了饭。临分手，解麦收道：“其实河川镇的黄晋升也可以不撤他，但俺没坚持。”言外之意他似乎不太待见黄晋升。

河川镇的人们聪明啊，同样是上面的精神，你可以哈么用，俺也可以这么用。此时正是秋季，割芦苇编苇席的工作重新开张。为此，县委专门发了红头文件：“向东北‘哈尔套大集’学习，努力建设属于俺们自己的社会主义大集。”大许、小项、黄新桃都对郭向前十分宾服。而郭向前每晚都到郭来福家聊天，把自己知道的关于父亲郭老铁、大娘沙荆花与郭相臣的交情，一一讲给郭来福。郭来福当然是高兴的，他早年驰骋疆场，结婚晚，现在孩子都小，但两个儿子都是十七八岁，正是当兵的年龄。郭向前便找到县委书记解麦收，帮助郭来福把两个儿子都送到部队去了。这一点最让郭来福心满意足，因为他是投诚到解放军的，最忌讳别人说他当过国民党兵。而把儿子送进解放军，是最好的矫正名声的证明和依据。尤其两个孩子入伍之事被县武装部批准以后，郭向前亲自联系来了响器班，到郭来福家门口吹吹打打，锣鼓喧天，大红喜报也贴在门口的院墙上。

人要脸，树要皮，郭来福对郭向前更加欣赏了。一激动，就把自己多年的积蓄,两千块钱(当时算巨款了)捐给了大队。别看他给自己盖房舍不得出钱,哈是因为他觉得大队有责任给他盖房。而现在,他情愿捐钱,是想让大队用这笔钱把电线从镇上拉过来,并在村里建起小卖部和电磨坊(加工粮食)。但郭瓢子接过钱以后,让会计算了下账,感觉完不成郭来福的设想,这笔钱远远不够。但郭来福的举动,让他在郭家堡声名鹊起。一次大队部开会的时候,有人提议改选村书记,于是郭瓢子顺水推舟辞了职,就选上了郭来福。但郭来福得知以后,也立马辞了职,而是推荐了郭向前。他说:"论心气,论精力,俺们都远远比不了郭向前,服老白,不服不行。"

郭瓢子对郭向前上任没有信心,一个年轻人若没有威信,村里的工作就会泡汤,哈个时候,自己也难逃干系。于是,他在村里正儿八经组织了一次选举。他在村委会的院子里摆了三张桌子,上面都贴了红纸条:一张桌子上贴了"领票处",一张桌子上贴了"填票处",一张桌子上贴了"投票处"。第一张桌子上摆着厚厚一沓写上了候选人名字的白纸条,纸条上写了黄新桃、大许、小项、郭向前几个年轻人的名字,因为村子里只有他们最出彩,而培养知青,又是近几年人人皆知的事情;村民们来到这儿,拿起一张,走到第二张桌子跟前,桌子上有毛笔和墨盒、墨汁,可以用毛笔在某个人名下画"钩",若都不同意,就都不用画;第三个程序就是把划过"勾"的白纸条投进第三张桌子上的纸糊的"投票箱"中——哈是用一个鞋盒子糊的,虽简易,但意思到了。全村人都被动员到村委会的院子里来选举。

村民们面对选票上的名字,没有犹豫,全都给第四名郭向前,投了票。看起来群众的眼睛真的是最亮的,但此时一个人突然来到面前,这个人是村里有名的懒汉郭大贵,年方三十,还是光棍儿一根。因为懒惰，日子过得很不像样，他真的做过这种事：秋后家家分了几斤白面以后，他委托邻居帮他烙一张很厚很大的白面饼，在中间挖一个窟窿，套在脖子上，躺在炕上转着圈吃饼，身边放着水罐。他觉得好不舒服，遂大喊一声："共产主义来了咧！"饿了就咬一口，然后继续躺下；渴了，就喝一口，再继续躺下；再饿了，再咬一口，再渴了，就再喝一口。转过天来，一只饿极了的硕鼠爬上炕来，当着他的面啃这个大饼，他竟然懒得伸手赶走耗子，却和耗子聊天："你想和俺争共产主义白？去去去，没你的事，哈是人的事，不是耗子的事！"耗子因为实在太饿，也不跑，仍然啃他的饼。于是，啃掉好大一个缺口。啃饱之后，才摇晃着硕大的身形离去。而郭大贵竟然连耗子啃过的地方也不忌讳，最终全部吃进肚里，在炕上"舒舒服服"躺了一个礼拜。因为吃得少，喝得少，也不用解手。这时问题来了，哈只耗子身带鼠疫病菌，传上了他。

郭大贵脑袋发涨，嗓子发干，鼻子流血，眼睛红肿，解手也见红了。他吓坏了，可是，村里的赤脚医生离他家里"很远"，隔着三个过道，他懒得跑，就找了离他最近的黄新桃住的五保户这家，来找黄新桃，请她去请赤脚医生。黄新桃摸了他的额头，火烫火烫的，人也呼哧带喘的，见他病情如此之重，却仍然面不改色心不跳，也是纳罕得很，她撒腿就跑，迅即叫来了赤脚医生给他施治。赤脚医生是村里一个老高中毕业生，叫郭俊国，已经干了很多年，拥有非常丰富的诊疗经验，一见郭大贵这种情况，当即断定："鼠疫！鼠疫！快躺下！"让他躺在炕上，立即拉起他的胳膊用酒精棉球消毒，一边说："鼠疫白，是由鼠疫杆菌感染引起的自然疫源性传染病。临床表现白，就是发热、严重毒血症状、淋巴结肿大、肺炎、出血倾向，病死率极高。在近代史上白，鼠疫的猖獗流行曾给人类造成巨大的灾难咧，所以哎，属于国际检疫疾病，在咱们国家,则法定为甲类传染病。"

说着话,郭俊国就给郭大贵注射了庆大霉素针剂,又从药箱里拿出一小瓶四环素药片,让他带走慢慢吃,一天三次,每次两片。黄新桃道:"喔!长见识!这病如此严重和危险!"郭俊国回答:"没错,俺一点儿没有夸张,没有危言耸听,事情就是这样——患鼠疫病后如不及时医治,第二至第三天症状会迅速加剧,红、肿、热、痛并与周围组织粘连成块,剧烈触痛,病人处于强迫体位。就是说,你躺也躺不下,坐也坐不下,要天天撅着屁股跪在炕上。如医治及时,四至五天后淋巴结化脓溃破,随之病情缓解。"

郭俊国走了以后,郭大贵耐心喝药,不吃不喝等着痊愈,郭俊国则连续三天来给他注射庆大霉素。黄新桃也不放心,便前来服务,拿来自家的玉米面给他烀了一锅饼子,还搁了起子做成发面的,让他吃起来软和。郭大贵便故伎重演,再次躺在炕上过起"共产主义"。不过,这次他学精了,在房梁上吊了一根长长的绳子,这头拴了小竹篮,把黄新桃烀的饼子放在小竹篮里。既自己能够着,又让耗子干瞪眼。于是,几天后哈只硕大的耗子又饿得不行了,一蹿就上了炕,闻着饼子的香味儿,找到了东西的所藏之处,爬到小竹篮下面,一跳,两跳,三跳,怎么跳也够不着,于是,回头看了一眼正欣赏它的郭大贵,杵儿一下子蹽到郭大贵脑袋上,借助他脑袋的高度向小竹篮猛地一跳——很遗憾,还是没够着,反倒摔了个滚儿。它有些气恼,突然一口咬住了一直看热闹的郭大贵的脚指头,好像是生气了,与他不能和平共处了。

郭大贵早已听了赤脚医生郭俊国的话,得知了鼠疫的厉害,遂一脚将硕鼠踢下炕去,而硕鼠不屈不挠,再次蹽上炕来,郭大贵便豁出去了,猛地一巴掌拍在硕鼠身上,拍扁了硕鼠的脑袋,让它一命呜呼。他拿过破袜子擦擦手,扔到一边,对硕鼠的尸体,不再理睬,其实一伸脚就可以将硕鼠尸体踢下炕,他偏偏懒得动。此时刚刚发现,脚指头在流血,他急忙加倍吃药。还好,郭俊国给他的药足够抵御他的鼠疫病毒,时隔不久,病还真好了。黄新桃对郭大贵的一切十分纳罕,又前来看望,发现他那吊在眼前的小竹篮里的饼子刚刚吃完,身边一只硕大的死耗子早已腐烂发臭,苍蝇乱踪,他却不动声色,任凭死耗子烂在身边,黄新桃连连摇头:"大贵哥,你是个奇人,俺服了!"赶紧走了,也不再给他烀饼子了。因为黄新桃意识到自己在助纣为虐。她见过懒人,却没见过如此之懒的人!

但浑身抻懒筋的郭大贵却记住了黄新桃的好儿,现在就投了她宝贵的一票。他在第一张桌子上拿到选票以后,来到第二张桌子前,用毛笔在黄新桃名下画了"钩",然后投到投票箱中。又揣着手来到站在远处的郭向前面前,道:"甭看你是个复员兵,还立过狗屁的三等功四等功,俺还真不'尿'你!"

郭向前感觉这个人很有意思,便问:"俺怎么着,才让你'尿'俺?"

"给俺烙大饼,让俺躺炕上吃一个礼拜,俺自然'尿'你!"

事后,当然是郭向前当选村书记,而黄新桃也有一票,也不算丢面子。因为在强大的郭向前面前竟然争得一票,实属不易。只不过这一票来自如此懒惰的郭大贵,让黄新桃很不好意思。黄新桃也曾问过郭向前:"向前哥,你打算怎么改造郭大贵?"郭向前想了想说:"俺要贯彻马克思的社会主义按劳分配原则,多劳多得,少劳少得,不劳不得,他爱'尿'谁'尿'谁去!"黄新桃笑眯了眼,向郭向前竖起了大拇指!

当了村支书后,郭向前才真正见识到了一般农民的思想意识有多落后。他根据报纸上报道提供的信息,针对村里粮食产量低的问题,用沙荆花多年来存的体己钱,从河北农学院引进了新的杂交玉米种子,费劲巴力地弄进郭家堡,可村民们根本不相信,不肯种。他方才明白:改变农民的观念是很困难的一件事。他强制性派村干部在播种时盯着村民的时候,村民就播新品种,而你刚一转身,他就偷播他的老品种。其实村民们也有自己的小九九:你不过就是个复员兵,距离乡间能够说说道道的庄稼把式差着十万八千里咧。郭向前对这一切心知肚明,他不怪村民们——你总要给人家一个认识你、见证你的过程,是白?咱秋后看。按照时下讲的"农业八字宪法":土、肥、水、种、密、保、管、工,其他问题都不算突出,水的问题最较劲,虽有良种,能否按时、按量给种苗喝上水至关重要。以前村民们种粮食基本是靠天吃饭,雨水充盈粮食收成就好,遇到干旱,粮食产量就会大减,村里虽有几眼井,但干旱年份的时候井水的水位很低,抽水也费劲儿。为了改变现状,郭向前决心带领村民进行农田水利基本建设,他到县里借来了相关书籍资料自学,还专程跑到保定买了建渠要用的水准仪。叫上村干部和庄稼把式天天在地里研究修渠方案,终于研究出来了一套修渠方法,并付诸实践,紧锣密鼓地建起明渠,引来五曲河水。到了秋收一打粮食,见出了分晓,新种子每亩产量差不多是老种子的两倍。这样的差距让村民们终于服膺。一下子知道了新品种的好处,于是新品种迅速推广开来。又过了一年,郭向前和黄新桃算笔账:原来郭家堡的粮食总产量最多不超过四十二万斤,全部推行新品种以后,达到了七十多万斤。在粮食增产的基础上,郭向前又办猪场,改良猪种,沙荆花手里没钱了,就让村民们集资,引进新的猪种,还试制成功了"黑曲霉糖化饲料"和"酵曲粉",新猪种按计划养成了膘肥体壮的"小牛犊子"。还培育栽种了村民们眼中的珍贵滋补药品银耳。

这一切,全部完成在一两年间。

晚上,知青们加班编苇席,黄新桃就把一封信掖进郭向前裤子口袋。夜里睡觉前,郭向前打开了这封信,见上面工工整整的钢笔字写道:"向前哥你好,俺来到郭家堡插队落户已经这么久了,心中有很多话想跟你说。俺响应伟大领袖毛主席'知识青年到农村去,接受贫下中农再接育'的号召,在接受再教育、通过艰苦劳动改造思想的同时,为国家、为郭家堡创造财富。俺坚持做到白天参加劳动,晚上学习毛主席著作,汗水的洗刷加上努力的学习,使自己的思想觉悟不断提高,做无产阶级革命事业接班人的大方向更加坚定不移。我明白,咱们之间存在差距,你是立过功的退伍军人,俺只是个知青,但咱们都是青年,现在一起学习、工作,接受锻炼,咱们有着共同的革命理想。你退伍后能够进城,却哈么坚定地回乡务农,成为贫下中农的一员,你还是年轻党员,但你丝毫没有看不起俺们这几个知青。俺的父亲也算是革命干部,但他不如你思想境界高,也不如你的工作能力强。不过,他也是党员,你们总还算是一个战壕的战友。而你由于和俺们知青打成一片,咱们也成为了战友。这是多么难能可贵啊!跟你透露一点儿没出息的信息:俺的父亲一心撮合咱俩的关系,希望咱俩永结连理。大许和小项在私下也总是拿咱俩开玩笑。俺感觉,冥冥之中似乎有一种力量推着咱俩往一起走。哎,不能说了。羞死人了!祝愿咱们都全心全意投入到火热的'三大革命'中去,投入到无限的为人民服务当中去,做一个又红又专的无产阶级革命接班人。天快亮了,信就写到这里,我马上要去你院子里编苇席了。这是多么令人愉快的劳动啊!伟大的领袖毛主席万岁,万岁,万万岁!此致,革命敬礼!新桃,××××年×月×日。"

这是一封时代印记非常鲜明的情书。郭向前看完信,掖进炕被底下,保存起来,心情激荡,夜不能寐,禁不住长吁短叹。他意识到如果娶了新桃,可能会夫唱妇随,会很幸福,但想起她身后的家庭,他就犹豫、却步,乃至不愿意往下想了。后半夜勉强睡着了,却梦遗了。他暗骂自己革命意志不够坚定,给自己脑袋狠狠一拳!

第十七章　暗与明

早晨郭向前爬起来洗裤衩,被沙荆花冷眼旁观,记在心上。她作为长辈和过来人,对年轻人的一举一动、星星点点都是十分在意的。便在吃早饭时问了一句:"儿啊,你打算找个什么样的姑娘做媳妇哎?"郭向前啃着玉米面饼子,迟疑了一下,说:"没考虑成熟咧,不过俺肯定不会打光棍儿的。"

正在热火朝天割芦苇编苇席的郭向前,被非常意外地推选为郭家堡新一任村主任兼书记。黄新桃的"情书"也随之而至。"梦遗"归"梦遗",他让自己对男女情事保持了足够的冷静。村子里的事情不少,说不上千头万绪,可也十分繁杂。他不能天天跟着知青们去割芦苇编苇席了。这时,知青中的大许,就活动了心思。前些天,他接到了家里的来信,说一个邻县的亲戚当了镇长,手里有一个指标,可以安排一个知青,到镇上机修厂当工人。去不去,大许经过思考,感觉自己在郭家堡没么前途。虽说前一阵子上过报纸,也到县里开过会，但事情过后就一切都风流云散了。该上大学的人家黄晋升的儿子去了，邻村的漂亮姐去了。下一个怎么着也该轮到黄新桃了，她哈么"巴结"郭向前，而郭向前现在又当了村里一把手，不照顾她照顾谁？思前想后，他就找郭向前来了。

"向前哥，俺家里来信说，在邻县有个安排的指标，你看俺是不是该走了？你是老大哥，各方面很成熟，俺听听你的意见。"

"你若想上大学，就再等等，只要有指标，咱村俺第一个推荐你。"

"怎么会，黄新桃跟你这么好，能轮到俺？"

"你们一个个走，你第一个。"

"真的？"

"肯定是真的，但不知以后政策会不会有变化。哈是谁都没办法的事。"

"嗯……哈俺还是走吧，不等了。"

"也好，机会难得，别耽误了。"

大许收拾行装，走了，小项和黄新桃都去送他。郭向前亲自推着独轮车，让大许坐在上面，享受一下坐车的愉快。到了长途汽车站，大许跳下车，一把抱住郭向前，说："向前哥，俺本来离不开你，可是，俺也不能不考虑前途哇。"说着话就呜呜地哭起来了。旁边小项见景生情，也跟着哭，还念三音："你们都有办法，俺这样没根没叶的，姥姥不疼舅舅不爱，以后咋办咧？"他甚至哭得更凶。

黄新桃却不哭，一只手死死抱着郭向前的胳膊。哈种出于心底的依赖，已经溢于言表。她肯定把自己一生的命运全押在郭向前身上了。

郭向前也抹了一把眼泪，说："大许，记住，未来的社会是知识型社会，这是俺在部队体会到的。你以后还是要加紧学习，抓住一切机会上学进修。"

"是,向前哥,俺会的。"

大许说着话,从口袋里掏出一枚奖章,哈是郭向前从部队带回来的三等功立功奖章。怎么会在他手里?这枚奖章以前一直在大娘沙荆花的屋里躺柜上的茶叶盒里放着的。大许满脸通红地说,他在一天屋里没人的时候,顺走的。哈个茶叶盒上摆着两枚,他一时发了"恻隐之心",只顺走一枚,现在完璧归赵。郭向前稍稍愣怔了一下,立即哈哈大笑,说:"大许呀,你若不说,这件事俺一辈子也不知道。就冲你迷途知返,俺奖励你,这枚奖章俺送你了!"

"真的?"大许吃惊地看着郭向前,伸手欲接,黄新桃说话了:"大许,知点儿趣儿白,你好意思伸手拿昂?人家向前哥高风亮节,你就见好就收是白?人家的立功奖章你拿在手里就算你的咧,合适昂?"又回过头对郭向前道:"向前哥,你对部队难道没有感情?部队给你的奖励这么不值钱?竟然转手给一个——"后面的话很可能是说"小偷",但她没说。

大许见此急忙打躬作揖,一个劲儿说:"向前哥,俺不要了,不要了,俺本来也没想要,是俺太自不量力咧!"拎起包裹和旅行包,兀自跌跌撞撞向长途汽车站走去,恰好这时来了车(哈个时候都是先上车,后打票),大许头都没回就上车了。继而,汽车突的一声又开走了。小项也不哭了,拉着郭向前往回走,说:"咱甭看他,么个生地瓜玩意儿,向前哥对他哈么好,还偷人家东西,而且还是这种纪念物。忒不应该了。——新桃,你哈一番话说得够味儿,否则哈个大许就真把奖章拿走了。"

郭向前眉头紧锁,也是一时不得要领。但他想了一阵,还是想明白了。年轻人都有上进心,愿意立功受奖,只是没有机会,没有能力。否则,为么大许不偷其他值钱的东西,偏偏偷一枚奖章?难道这枚奖章能卖钱?

…………

这一年自年初以来,发生了一系列让人心情晦暗乃至悲伤、迷茫的事情——老一辈革命家,为人敬仰的周恩来总理逝世了,数不清的老百姓拥上街头,悼念总理;时隔不久德高望重的朱德委员长逝世了;人们还没缓过神来,唐山发生了7.8级强烈地震,死伤大量老百姓;国家正在举全国之力抗震救灾,伟大领袖毛泽东主席又逝世了。各村的追悼会开了一次又一次,虽然都很穷,可白花还是做了哈么多,黑纱扯了哈么多;各村的大喇叭,都把哀乐一遍又一遍地放起。中国的天空一时间乌云翻滚,乡下的人们和城里的人们一样,奔走相告,悲伤疑惑,无数的人在问,中国这是怎么了?中国这是怎么了?前途在哪里?前途在哪里?……

村子里有信迷信的人,在屋里堂桌上摆了他所信得过的人名牌,可能是毛主席,也可能是祖上,还可能是郭老铁,不一而足,在地上摆一个瓦盆,在里面烧纸,跪下磕头、祈福、祈愿,祈求对自己对家族的保佑,脑袋磕在地上咚咚地响。哈是真磕,不是象征性挨一下地皮。哈是百分之百真诚地祈愿,因为作为社会最底层的农民,除此他能做什么?

郭向前的堂屋里,墙壁上凡是有钉子的地方,全都挂了马灯,加起来不下十几盏,再加桌子上的煤油灯,把整个堂屋照得十分透亮,完全没有了夜晚的意味。正中方桌的左边坐着沙荆花,她的右手紧紧抓着坐在身边的郭向前的手;方桌的右边坐着郭来福,他没有抓谁的手,他的右胳膊放在桌边,手里举着一支烟在抽。眼前密密匝匝坐满了年轻人和少数关心国家大事的中老年人。这显然是个具有家庭色彩的非正式的会议。屋子里已经沉寂了十来分钟,谁都不说话。因为刚才沙荆花提了个尖锐的问题,人们不好回答:"国家发生了哈么多事,咱郭家堡该咋办? "

谁知道咧。大家面面相觑。郭来福开口了:"咱中国人的传统,是'国家兴亡,匹夫有责',在国家面临着可能发生什么事端的时候,俺们要做明白人,不能混吃等死。但中国古人还说'兴,百姓苦;亡,百姓苦',么意思咧? 就是说因为战争和皇上瞎折腾,左右是老百姓受苦。这就回到刚才的哈句话,国家兴亡匹夫有责,俺们有责任说出老百姓的愿望,让国家多做参考,不要等问题成了堆,砸了锅,哈时候积重难返,损失就大了! "

郭来福是县处级干部,他说话自然是高屋建瓴的,村里的人们难以接上话茬。沙荆花攥攥郭向前的手,说:"儿啊,在现在这种非常时期,你有么想法?"郭向前神情凝重,眉头紧锁,扫视着面前这些文化不高的村民一张张茫然的脸孔, 他们的空洞无助的眼神,让郭向前感到揪心,乃至也受到传染——也产生茫然。坐在他右边的黄新桃用肩膀拱了拱他,意思是"说白,怕么哎"。郭向前垂下眼睛,看着自己的脚下,开口了。

"过去报纸上常讲这句话——'党心民心党员之心',在眼下这个非常时期,俺就讲讲自己的'党员之心'。俺在部队入党的时候,不是靠写两次申请书、找领导谈谈话就入了。不是的。俺是在摸爬滚打的军事训练上在全连拔头筹;在农场大太阳地儿底下收割麦子拔头筹;每个周日到厕所、猪圈做卫生坚持不懈;帮战友洗衣、缝被坚持不懈;遇到危险第一个冲上去,并马上拿出解决的办法。而且,俺通读了"毛选四卷",通读了四卷本的"马恩选集"、四卷本的《列宁选集》,在世界观上坚定不移……否则,俺咋会不到二十岁就荣立两次三等功,三次嘉奖,还入了党? 站在党旗下宣誓的时候,俺曾经浮想联翩,看天地之间,悠悠万事,么最重要? 成为人群中的先进分子,带领群众走向未来,越走越好,而不是跟头把式,今天摔跤,明天还摔跤,摔得鼻青脸肿、胳膊腿折了也不知道看路,最后元气大伤一死了之。或者自己小日子红红火火,身边老百姓穷么哈哈。哈个不是俺先进分子的追求！俺站在镰刀铁锤的旗帜下,就感觉党组织是巍峨壮丽的群峰,而俺是其中一块石头,俺是它的组成部分,它少了俺,微不足道,俺少了它,就无所作为。大家想想,是谁推翻了压在中国人民头上的'三座大山'？是谁让历经屈辱的中华民族屹立于世界民族之林？让曾经侵略俺们、瓜分俺们、在中国土地上搞'三光政策'的列强们也跑来访问、建交？是中国共产党！是毛主席！忘记这一点,俺们就等于数典忘祖,就是不肖子孙！小到一个家庭,大到一个国家一个民族,不能没有主心骨,俺们国家的主心骨是谁？不是中国台湾的国民党,更不是外国的某个党,而是俺们自己的党,共产党。历史证明,解放旧中国和建设新中国都离不开共产党。但是,话说回来,作为这个党的一员,以么作为行为标准？就是看你是在想着为人民谋利益,还是想着为自己谋利益。除此还有其他标准昂？俺感觉没有了。俺们的党原本就是秉持'为人民服务'的宗旨起家的,并不是多么高深莫测。不论你写多少本著作,讲多少套理论,只要离开这个简单的宗旨,哈就不是共产党。下一步俺们辨别方向,就应该如此。这是俺的意见,敬请大家斟酌。"

大家热烈鼓掌。这些道理早已被报纸讲得很多,人们耳熟能详,郭向前在此显然只是表个态,没有更多新意。但是,黄新桃还是接过话来,可能也是为了"捧场":"俺把向前哥的话归纳一下,只有两点,一,当前中国社会离不开共产党;二,作为党员就要坚持为人民服务的宗旨,否则你就不合格。"

大家又是一阵掌声。知青小项也想显示一下自己的知青身份,终归与村民们有些区别,便说:"向前哥所言不差,俺也抱同感。不过,俺对现在的知青政策有点儿看法。组织上让俺们下乡,说到底就是让城里人变成农民——俺在这儿没有小看农民的意思,俺是说,把农村户口变成城市户口要花不少钱,托人烦窍,费很大劲儿,也不一定办得成;反过来说,俺的城市户口突然变成了农村户口,咋没有补贴?这太不对等了白?"

大家哈哈大笑,把刚才严肃的气氛搅得烟消云散。人们之所以哄笑,多多少少有点儿"事不关己,高高挂起"的意味,这在农民堆里是最常见的。一个年轻农民接过话来:"俺不是知青,不关心知青的事,俺只说自己,爷爷也是县大队的人,在一次战斗中牺牲了,这么多年了,没人提这件事,镇上的烈士陵园里也没有俺爷爷的名字,这是为么?"

另一个年轻农民插话:"不可能都写上白,人家向前哥的爸爸郭老铁,比你爷爷名气大得多,不是也没上烈士陵园的名单昂?"

郭向前见话题有些扭转,急忙收回来,道:"俺相信,不久的将来,你爷和俺爹都会补充进去。俺还是说刚才的话题,在眼下这个非常时期,应该怎么做。"

一位老者手持烟锅,颤颤巍巍地站了起来,说:"俺说两句,"他抽了口烟,又咳了一声,"当年,俺是炮楼里的伪军,投诚过来的,郭老铁待俺不薄,给了地,盖了房,让俺娶妻生子,过上正常人的日子,历次运动也没整俺。但俺看出一条,说别的没用,任何时候不能没有饭吃,咱村的问题就是土地太少,打的粮食不够吃。俺想好了,借这个机会在这儿表个态,也算告知领导,俺们十几个投诚的人,准备回自己的老家了。不能再给郭家堡添麻烦了。郭家堡人好,可地不给劲儿。大家谅解,俺瞎说八道了。"老者坐下了。

屋里一片寂静。郭向前也陷入迷茫。该不该阻拦这位老者,还有他身后的其他几位投诚人员?不阻拦,显得郭家堡搞得不好,留

313

不住人;阻拦的话,你敢保证为每个人都提供幸福满意的生活昂?他只得非常无奈地表了这样的态:"老叔的话,给了俺一鞭子,让俺一个激灵。这件事俺不能拦着,但俺要深思,如果俺们身边的人都跑了,不跟着俺干了,俺算好党员昂?"他喘了口气,继续道:"俺在这儿也给老叔许个愿,一旦哪天郭家堡富裕了,还请老叔回来!"

一直静静聆听的沙荆花也终于接过话来,她不能不在关键时刻给郭向前打场子:"俺同意俺儿的意见,是党员就要做党员的事。一个党员浑身是铁也打不了多少钉,可是一块臭肉却能毁了满锅汤。所以,做党员就要做合格党员。也就是说,做谋公的党员,不做谋私的党员。郭家堡的下一步,就需要一大批这样的党员!"大家再次鼓掌,而且声音越来越热烈。可见人们总是向往一种理想状态。

郭来福深吸一口烟,点着头,道:"这些年来咱们的党一直在艰难探索,很多措施可能得法,也可能不得法。因为咱们国家的事真的是前无古人的,没有现成的样板可以照搬,而探索就不可能没有差错。关键是要敢于面对,不能含糊其辞,更不能文过饰非。俺在部队的时候,老政委常讲这件事,就是在第一次鸦片战争的时候,英国的舰队突破了中国的虎门要塞,沿着珠江继续北上,沿江两岸聚集了数以万计的当地居民。他们以冷漠、平静的神情观看着自己的朝廷与外国鬼子的开战,好似在观看一场球赛,在看一场文艺演出,当挂着清政府的青龙黄旗的官船被对方击沉,清军士兵纷纷跳水,场面凄惨,两岸居民竟然发出像看戏看到高潮处的喝彩声。英军统帅巴夏里目击此景,搞不明白,问身边干买办的中国人:'咋会这样?'中国的买办回答:'国不知有民,民就不知有国。'这是清政府的悲哀,后来者当戒!否则,贻笑后人,贻笑外国列强!是白!"说着话,他从口袋里掏出一个小册子,翻了几页,说:"诸位,毛主席的《反对自由主义》你们都耳熟能详,我在这儿读几段,咱们共勉——'因为是熟人、同乡、同学、知心朋友、亲爱者、老同事、老部下,明知不对,也不同他们作原则上的争论,任其下去,求得和平和亲热。或者轻描淡写地说一顿,不作彻底解决,保持一团和气。结果是有害于团体,也有害于个人,这是第一种。不负责任的背后批评,不是积极地向组织建议。当面不说,背后乱说;开会不说,会后乱说。心目中没有集体生活的原则,只有自由放任,这是第二种。事不关己,高高挂起;明知不对,少说为佳;明哲保身,但求无过,这是第三种。命令不服从,个人意见第一。只要组织照顾,不要组织纪律,这是第四种。不是为了团结,为了进步,为了把事情弄好,向不正确的意见斗争和争论,而是个人攻击,闹意气,泄私愤,图报复,这是第五种。听了不正确的议论也不争辩,泰然处之,行若无事,这是第六种。见群众不宣传,不鼓动,不演说,不调查,不询问,不关心其痛痒,漠然置之,忘记了自己是一个共产党员,把一个共产党员混同于一个普通的老百姓,这是第七种。见损害群众利益的行为不愤恨,不劝告,不制止,不解释,听之任之,这是第八种……'总共十一种,都是不合格党员的表现。俺最想强调的是第七种:对群众不关心其痛痒,漠然置之。按咱老百姓的话叫作'当官不为民做主,不如回家种红薯'。大家可以监督俺,俺如果有其中一种表现,就及时给俺指出来!"

一个年轻人接过话来:"俺如果给你指出来,你会回家种红薯昂?"

郭来福合上小册子,一本正经道:"哈是当然。你指吧。"

年轻人道:"暂时没发现。不过,不保证以后不发现。"

屋里的人全都发出了笑声。但这笑声的内涵是不一样的。有人觉得好笑,仅仅拾个笑,并不深想。郭向前也笑了,但却是苦涩的笑。因为郭来福提出的问题的背后,有着艰深的思想理论做基

315

础。一方面问题回到了刚才郭向前所讲:共产党员要为老百姓谋利益;另一方面,就是哈个艰深的理论话题:为么要搞社会主义?么是社会主义?社会主义应该咋搞?社会主义与党与群众的三者关系是么?怎样摆布这些关系?毛泽东思想的精髓是实事求是,哈么咱实事求是了昂?接下来的问题:吃不饱肚子怎么办?《龙江颂》里讲"农业损失副业补",俺们发展副业为么这么难?还有,是集体经济能够致富,还是个体经济能够致富?发展个体经济(包括自留地)算资本主义昂?既然干社会主义,在农村这就是最基本的需要回答的问题,否则,就是郭来福说的"混吃等死",天天混日子,病了一死拉倒。这些日子报纸上又出现一个话题,叫防止"卫星上天,红旗落地"。咱能不能既要卫星上天,又保证红旗不落地?二者为么要对立起来?具体怎么把握?如果让俺说,么是社会主义?"社会主义"四个字既是一种社会学的理论,又是一种社会形态,它主张整个社会要作为整体对待,由社会拥有和控制产品、资本、土地、资产等,基于公众利益进行管理和分配。一言以蔽之曰:为人民服务的社会。做不到这一点,枉谈社会主义。如果写一个公式,可以叫作:共产党领导加上为人民服务。马克思讲:理想社会就是能够满足人们的合理需求,每个人都能得到全面发展的社会。而社会主义便是过渡阶段。

当人们的笑声慢慢平静下来以后,郭向前就说出了上面的想法。没有人鼓掌。屋子里重新归于寂静。因为,涉及理论问题几乎没有人明白,也就是说,没有人想得这么深。屋里至少冷场了三分钟,全是抽烟的吧嗒吧嗒的声音。屋子里烟雾缭绕,能见度都降低了,劣质烟草的气味呛得人们不停地咳嗽。突然,郭来福说话了,他"啪"地一拍桌子:"沧海横流,方显英雄本色!向前,好后生,俺果然没看错你!老了老了,俺要为向前这样的后生打一回场子。各位,欢迎大家对全村党员监督,俺建议向前书记设立两个奖,一个叫'提得对'尖锐意见奖,另一个叫'有远见'合理化建议奖。一个奖三十块钱,够你三口之家吃一个月的。咋样?"

"同意!"郭向前还没表态,满屋子的人已经一齐响应,哈声音震天价响!人们几乎不是简单的回答,而是叫喊。有个年轻人道:"想不到来福叔和向前哥头脑这么清醒。咱村党员真这么做了,谁敢'吊猴'俺就白刀子进红刀子出!而且,俺看你们半年,好的话,俺就写入党申请书。以前俺从来不想这件事,现在俺想了。"一直在沉思默想的黄新桃接过话来:"这样血性的话俺这个下乡知青还是第一次听到,非常震撼!俺一家子全是党员,俺代表他们谢谢你,大兄弟!"

此刻郭家堡的村民们异口同声叫喊"同意",其实是对农村党风问题的一种期待,而对郭向前的哈些话却并不一定完全明白。他们的文化水准导致他们对理论问题云里雾里。这时,沙荆花就表态了,也算是对今晚自发召开的会议的收口:"俺作为战争年代过来的人,九死一生,知道现在的社会主义来之不易,来福和向前的话全是对的,俺为身边有你们而高兴。尤其是向前担任着村书记,不管你以后干得是好是孬,你今天能这么想,就是开了好头!怕只怕没主见没思想,脑袋让门掩了让驴踢了,掉坑里都不知道咋掉的!"

这个家庭会议开到深夜才散。这个会闪过了大队和党支部。郭向前曾说这种会比较敏感,还是不开好。但从北京回来的哈个年轻人说,现在国家形势让人揪心,还是大家坐在一起说道说道,互相开通一下,是白?说是自发,就是这么召开的。在中国面临重大转折的时候,一群土么呛呛还不能完全吃饱肚子的村民自发召开了这样话题沉重的"会议"。这件事,将会记录在郭家堡的村志里。

村里路边的树上,被村民们拴了不少白纸花,哈是为悼念逝世的伟人拴的。买白纸做花,是村委会筹的钱,村民们热爱伟人归热爱,但还没有人自己出钱买白纸做花,如果非哈么要求,就太奢侈了。不过,村委会一吆喝,就家家全都参加做花,男女老少人人动手,没有含糊的。深夜走在村街上,会听到风吹纸花的唰唰声。时值中秋,远远看去,在雪白的月光下,白纸花组成了一条闪光的白龙。

黄新桃最后一个走出屋子,她多么想再待一会儿,听郭向前再说些问题啊。可是,这时候郭向前正拽着哈位打算回老家的投诚老叔说话。她就站在一旁等着。郭向前讲的哈些问题简直让她醍醐灌顶。多少年来,她都是按照老师和家长的要求说话、做事,啥时想过要问一句:"老师(家长)刚才讲得对昂?"尤其对报纸文章,咋敢轻易起疑?她比郭向前只小不到两岁,却比他少读了哈么多的书。自己父母亲和学校老师从来没要求自己读哈些书,虽然读过小红本,也会背"老三篇""老三段""新三段",但对家里存了好几套的"毛选四卷""马恩选集"却从未通读,甚至从未染指,连翻都没翻过。汗颜啊,汗颜!自己也认为自己天天在走社会主义道路,可啥是社会主义?不读哈些书咋会知道?懵懵懂懂,一知半解,囫囵吞枣地活着,悲哀白?说起来自己大大小小也算个"干部子弟",俺是个啥水平的"干部子弟"!

黄新桃正发自内心地感觉羞愧和内疚,小项拎着马灯走过来,招呼她回家,打断了她的思绪。她恋恋不舍,也拎起马灯,一步三回头地走出郭向前的小院,和小项一同往家走。

马灯照的路,只能看出去两三米,小项有一搭无一搭地踢着脚下的土坷垃,说:"新桃你说,毛主席逝世了,咱们国家会不会乱?"黄新桃道:"不会,你没看见昂,咱们国家还有很多郭向前、郭来福这样的人,他们会把国家撑起来。"

"俺倒是真想跟着哈个人去打游击咧,也许俺一下子也成为英雄,然后成为高官咧。"

"有你这种想法的人,估计还不会少。但你咋不想想,如果你刚一参战,就被人打死了,还有机会当英雄当高官昂?"

"去去去,乌鸦嘴,俺有这么背运昂?乌鸦嘴的姑娘可没人要!"

黄新桃伸手要打小项,小项拔腿就跑,黄新桃便追。大半夜两个人叽里咕噜地在寂静的村街上追逐起来。小项一口气跑回家,关了院门倚住,呼呼地喘着粗气。黄新桃在门外推了两下没推开,隔着栅栏门伸手敲了小项一个脑嘣子,反身也走了。

其实,黄新桃也想借机跟小项说点儿正事,就是继续在郭向前的小院里编苇席的副业。现在大许走了,知青组变成了两个人,大眼瞪小眼,说话办事就不如过去方便,尤其黄新桃不愿意给小项造成这种一男一女天天单独接触的机会,便有意招进几个村里的年轻人一起干。这个小组也不再叫知青组,而叫青年组。她已经看好了几个人,有原书记郭瓢子的女儿、木匠周滏阳的儿子、郭来福的女儿,还有一个成分略高的庄稼把式的儿子。这样就是六个人了,比原来队伍壮大多了。但谁当组长成为问题,让郭向前兼任?他哈么忙,咋好意思再麻烦他咧,自己当,小项能服气昂?让小项当,他哈个猴儿了八七的样子,谁服他?这些事都该和小项磋商。也罢,明天再说白。

黄新桃回到自己的小院,见五保户老奶奶堂屋的煤油灯还亮着,心想这么晚了,咋还不睡?她悄悄推门进去,吓了一跳,见父亲黄晋升就坐在堂屋方桌旁,正跟老奶奶唠嗑。见黄新桃回来了,就问:"干么去了?咋这么晚回来?"黄新桃说在郭向前家开会咧。

黄晋升点上烟抽着，道："俺已经等了你仨钟头，么会哎，开这么久？"这段时间以来，黄晋升因为心情不顺，消瘦了很多，胖胖的大圆脸已经快要变成瓜条子脸了。两个眼圈也发黑发暗。头发也变得稀疏，而且花白得厉害。

黄新桃看了父亲的模样，心里有些难受，但嘴上又不想说哈些婆婆妈妈的话，遂做出无所谓的样子，说："没啥，就是割芦苇编苇席赶大集的事儿。您身体还好白？这么晚了还等着俺，有急事？"

黄晋升走到门口，把门关严，用食指压住嘴唇："嘘——中央出事了，昨天，全北京市一百多万人上街游行庆祝。"

黄新桃有些惊讶，也有些纳罕地看着父亲。自己在乡下，消息闭塞，领导层的事情几乎一无所知，也从不打听，因为离自己太远，知道与否关系不大。前一段时间，大许曾经跟她说过现在上边有人受到毛主席批评。还说，拍得非常好的描写铁人王进喜的《创业》电影被阻挠放映，也让毛主席非常生气，毛主席亲自给予了批示："此片无大错，建议通过发行，不要求全责备。而且罪名有十条之多，太过分了。不利调整党的文艺政策。"大许要约她去县里看这部电影，但她没去，一来她不爱好文艺，二来不愿意跟大许走太近。现在看来，哈些传来传去的"小道消息"，全是真的了。

"新桃啊，爸找你来，是想托你办件事。"黄晋升摸摸索索地从口袋掏出两个鼓鼓囊囊的信兜，递到黄新桃面前。

黄新桃不接："俺一个插队知青，能办啥事？"

"嘿，此事非你莫属。你看看信就明白了。"黄晋升脸上堆起笑容，努努嘴，示意黄新桃接信。黄新桃十分无奈地把两个信兜接了过来。这时，一直陪在旁边的老奶奶已经困得睁不开眼，急忙说了句："你们爷俩慢慢唠着，俺睡去了。"不等他们回答，就去东屋睡觉了。

黄新桃打开一个信兜,见是一沓钱,抽出来一数,十张,一共一百块钱,便又送回信兜,放在桌子上。再打开另一个信兜,是一封信,挺厚,有十来页,便一目十行地快速浏览。立即就明白了,是黄晋升想借着"四人帮"倒台,为自己平反,而且需要烦请郭向前找县里疏通这件事。为么非找郭向前,因为郭向前与自己的女儿黄新桃是"至交"(他自己单方面这么认为),肯定会帮忙。而且,县里虽然处理了黄晋升的"资本主义"问题,却支持了郭向前继续割芦苇编苇席,说明县里并不是真的反对这件事,而是"见人下菜碟"。这里面有"门道"。所以,需要烦请郭向前出面。

黄新桃把信装回信兜,也放到桌子上,连同哈个装钱的信兜,一并往黄晋升面前一推,眉头紧锁,小嘴紧紧抿着,半天不说话。

"爸知道,这些年来对你关心不够,支持不够,爸对不住你。还望你看在咱们毕竟是父女关系上,帮爸一把。行白?"黄晋升把两封信合起来,一起装进黄新桃的上衣口袋。眼下黄新桃穿的衣服,与大多数北方农村女人的衣服一样,灰塌塌的宽松涤卡布褂子,笨拙的大翻领和两个笨拙的大口袋。两封厚厚的信塞进口袋,还显得逛荡。

其实,此刻黄新桃说是恨父亲,并没有过硬的理由。虽然以往父亲对自己关心不够,可哈也不怨他,家家基本都如此,当父亲的只对儿子好,与儿子亲,太司空见惯了,本没么可矫情的。她此刻只是感觉父亲这些年来对自己指引和教导不够,导致自己该读的书都没读过,看到别人引经据典侃侃而谈的时候十分尴尬,"书到用时方恨少",甚至父亲对他自己都放任自流,若问他啥是"社会主义",肯定也是一问三不知。再看看郭向前的眼界和知识面,看看郭向前的胸怀和抱负……人比人气死人,货比货得扔,一点儿没错!她现在只怪自己生在一个如此这般的黄家。可问题是,父亲若恢复了职务,对自己,对郭家堡都没有坏处。郭向前若帮你把事跑成了,你还能不支持郭家堡的工作昂?你若真这么没良心,别怪当闺女的也会对你不客气!刚才会议上郭来福哈个行伍之人的话和郭向前以及哈个大兄弟的话,真是让人振聋发聩——"白刀子进红刀子出",太让黄新桃这个女流之辈震撼了!这样的语言一下子就把她感染了,甚至她也有了同样的念想,需要的话,不用哈个大兄弟出面,她就跟你没完!"也罢,明天俺去找向前哥说这件事。但不管能不能跑成,你都要对郭家堡和向前哥感恩,把你小金库拿出来,给向前哥买点儿像样的东西。"

"这点事你爸还是明白的,但事先送,属于行贿,咱不能干;事后送,属于酬谢,不犯法。问题是有的人只认事先送,你若不送,他就不给你办。即使你告诉他事后酬谢,他也不听,好像怀疑你事后变卦。所以,这件事交给你和郭向前拿捏白。你们年轻人现在都了不得,俺这老便壶们跟不上趟儿咧。俺现在就回去,明天一早就取钱去。"

"走白,路上小心。骑自行车了昂?"虽然已经深更半夜,黄新桃也不想让父亲留宿。

"骑了骑了,就停在院子里。"黄晋升也不恋栈,起身就往外走。黄新桃拎着马灯跟出去,帮父亲照着亮,看着他推着自行车出了院子,又骑上车,才回来。黄晋升的自行车前面有"摩电灯",骑起来以后前面的灯会亮起来,所以黄新桃也不担心。这些年来,河川镇四十三村一带虽经济不算上乘,可社会治安还是不错的,从未听说镇上或哪个村子发生骇人听闻的刑事案件。

父亲走了以后,黄新桃回到院子里,把院门关好,别上(其实农村里这样的别门,只起一个不让门乱晃的作用,外人来了想进来的话,只需自己打开就是,并不起防护作用)。她走进堂屋,把大门插好(这才真正起防护作用),把马灯放在方桌上,掀开灶上的蒲草锅盖,见里面还温着水,便舀出半盆,脱了衣服擦洗身上。然后穿好上衣,开了门把水倒进房前明沟,再回屋,插了门,重新舀水洗了下身和脚,再次倒出去,进屋插门,最后来到西屋睡觉。河川镇四十三村一带的农村都是这样:东屋住人,西屋存粮食(包括农具一类)。知青们来了以后,都住在西屋,不和户主争东屋,由户主把西屋收拾出来,铺好炕席,他们一般被褥自备。事先大队部就和知青们讲好了,只能住西屋,即使人家户主跟你客气,让你住东屋,你也不能实受,这是对户主的尊重问题。知青住的房子,户主一般都是五保户,都是为革命做出过贡献的老一辈,或者是平时表现不错,思想进步的老人。所以,知青们要懂得尊重。

黄新桃钻了被窝,熄了马灯以后,毫无睡意。本来刚才的会议就让她热血沸腾了,眼下父亲又来交代了这样的任务,更让她想睡也睡不成了。因为,就自己与郭向前的关系而言,目前还处于剃头挑子一头热的状态,她作为一个成年姑娘,对这一点是心知肚明的。既然如此,怎么好开口求他办哈么难办的事?自己不能像大许哈样,太不知趣,太自不量力白?父亲说几句好话,就把任务交代了,想没想女儿办起来得多难?人求人办事,而且又是这种"客情儿",最是让人难受,说是难堪、尴尬、死皮赖脸、矮下身段、低人一等、赖狗求食……随你怎么说。反正人世间的所有难处,差不多全在这儿了。如果你把该说的都说了,该做的都做了,笑脸都赔了,送礼或者送出去了,或者人家不要……最关键的,是对方婉言拒绝,或硬性拒绝帮你办事,你将怎么下台,以后怎么与他面对?

一个初次走上社会的年轻姑娘不能不想得很多。如果你走上社会是在县政府工作,或等而下之在镇政府工作,也罢,稍有身份,求人办事也还可以硬气一点儿,现在可是身在社会最底层啊,是在农村"接受贫下中农再教育"的小知青，是完完全全的"求人"啊，这个口让她怎么开！突然，她计上心来，一骨碌爬起来，把炕头上的马灯重新点亮，把放在炕脚的帆布提包拽到跟前，拉开拉锁，从里面取出了合订本的"毛选四卷"，哈是临下乡的时候学校送的。她随便翻开了其中一页，恰好是毛泽东在一九三九年的讲话《青年运动的方向》，她便顺次看了下来，对里面重要的话，还用钢笔画了下来，她感觉这些话对她有用，遂把马灯熄了，钻进被窝，把"毛选四卷"放在心口窝上，仔细筹划，明天见了郭向前怎么表达意愿。简单的求人办事，不行，遭到拒绝就堵死门儿了，要旁敲侧击，把话引导到主题上来，行与不行双方都不尴尬。想着想着，她似乎心里有了一点儿底，慢慢睡着了。

转天一早，她手里拿着"毛选四卷"，叫上小项，照例来到郭向前小院里，继续编苇席。开始工作以前，见郭向前正在吃早饭，就笑嘻嘻凑过去，打开"毛选四卷"昨晚画线的哈页，请郭向前看，同时开口道："这段话太好了，俺昨晚看完半宿睡不着。主席真是伟人，讲得哈么透彻！你肯定看过，现在也再看看，重温一下白。"在当时的语境下，这样的邀请，没人敢于拂逆。郭向前便边嚼着玉米面饼子，边看起"毛选四卷"来。看完合上，还给黄新桃，说："是咧，咱们要时时刻刻对照自己，看看自己是不是这么做的。"还进一步发挥道："问题是现在主席去世了，人们还拿不拿这些话当回事。很多人习惯于'人走茶凉'，人一死，说得对的也没人听了。若说的有误差，还可能成为挨枪的靶子。"

"你认为这些话有误差昂？"黄新桃歪着头，微笑着问。

"反正目前俺没看出来。因为这篇文章的宗旨，还是昨天咱们所讨论的，就是'为人民服务'的问题。"

"透彻！"黄新桃赞了一声。青春期的年轻人，爱说这两个字，也爱听这两个字。此时，黄新桃进行第二步了，开始向郭向前请示，说她要成立六人小组，扩大编苇席的副业。郭向前听她这个计划，感觉可行，还提出让她当组长，小项当副组长。于是，让小项也喜出望外。而此时黄新桃就进行第三步了，把自己昨夜想好的话，说出来了："向前哥，这'四人帮'的倒台似乎是个标志，或叫暗示，就是以往的一切应该重新甄别，该纠正的就应该纠正。譬如，咱们干的这个割芦苇编苇席的副业，被有的人说成'右倾翻案风'，于是就导致黄天厚上了大学，导致俺爸被撤了职。幸亏县里领导明辨是非，让咱们把停了的副业又重新开展起来……"后面的话她就不说了。听话的人必然随着这个思路继续延伸思考，于是，就会有人接下茬了。

果然，小项一边干着活，一边开口了："向前哥，俺只是就事论事，不嫉妒别人上大学——哈个黄天厚是不是该退回来了？俺也不为讨好新桃——她父亲为了咱的事被撤职，现在是不是该平反了？"

现在面临郭向前的反应了。这是黄新桃最终等待的结果，她此刻不由自主地脸色通红，心脏怦怦乱跳。事情是按照她的设计一步步往前走的。她为此非常感谢小项，在关键时刻帮她踢的这一脚，将来她一定会对小项有所表示。这时，郭向前已经吃完早饭，把碗筷收进柳条浅子，放到灶台上，一会儿沙荆花会拿走刷干净。他走到黄新桃身边，轻轻拍了拍她的肩膀，平静地低声道："等俺消息。"就走出去了。

哇！纠结半宿啊！做了哈么多设计啊！黄新桃再也控制不住了。她见郭向前走出院子了，便扑到小项身上，呜呜大哭。小项莫名其妙地抱住黄新桃，一动也不敢动。因为他和大许一样，早就知道黄新桃暗恋郭向前。所以，眼下小项只有陪伴的份儿。好一会儿，待黄新桃由大哭变为抽泣，小项才问："是不是为你爸冤得慌？"黄新桃不回答,只是一个劲儿抽泣。小项道:"俺感觉向前哥会为你爸跑这件事,他是个有头脑、敢担当的人。现在不实行推选,否则咱都推选他。若让他干镇长,比你爸强。看你爸哈个抽抽探探的样子!"

"啪!"一耳掴子打在小项脖子上。

"嗨,你干么!"

黄新桃此刻已经不知道怎么表达情感了,她突然抱住小项,亲住了他的脑门。小项喜出望外地默默享受了片刻,叫喊:"好温馨啊,太阳从西边出来了!再来,再来!"他得寸进尺,低着头欲让黄新桃继续亲他,却被黄新桃推开了,道:"说风就是雨,说咳嗽还喘了,感谢你一下就行了,还没完没了啊,你当你是俺对象了?做你的春梦白!"

"俺白帮你说话了?你知道足球场上啥是'助攻'昂?"

"咋不知道,不知道还亲你?回头俺请你到镇上吃饭。"

"一言为定!"

"哈个自然。"

第十八章　降与升

郭家堡的十几位投诚老叔住在村庄西边,距离村庄主体有半里路远,始终没有融入村庄主体,实行合作化以后,这些人单独组成了一个生产队。昨晚在郭向前家发言的哈位,就是生产队长,已经六十开外。既然坚持要走,也罢,大队支持。郭向前给他们开出了介绍信,并叮嘱他们,房子、院子、土地给他们留半年,如果哈边接收、安排不了,就再回来。这边还一如既往。十几位老叔十分感激,纷纷与郭向前拥抱,说着感谢的话。郭向前已经为他们安排了三十几挂马车,要浩浩荡荡地送他们。这时,郭瓢子呼哧带喘地从远处跑了过来,拉住郭向前,把他拉到离老叔们远一点儿的地方。

"向前啊,俺这些日子忙地里的事儿,也没跟你沟通。再说,俺已经辞职了,大队里发生么,也不方便说话了。但老叔们要走这件事,俺要提醒你一句。"郭瓢子确实年龄大了,比当初的郭山河郭老铁还大两岁,现在已经六十大几,刚刚跑了几步,就一直喘息不止,脸色也变得煞白。

郭向前看出郭瓢子的身体经不住这么跑,肯定是因为事情紧急才会这么跑,便对郭瓢子心生歉意,急忙掏出烟来,给郭瓢子点上。郭向前现在偶尔也抽根烟,但不勤,勤也抽不起,这还是沙荆花撺掇的,沙荆花说:"儿啊,现在外面办事都是'烟酒烟酒',咱不搞哈个,可咱也不能脱离社会,兜里经常揣盒烟,和别人说话时给人家点上一根,花不了多少钱,不就让人心里舒坦些?"不光说,沙荆花还从供销社买来两条"白河桥",哈个时候两毛一一盒,一条也就两块一,像沙荆花这样的家庭,是能够承受得起的。谈不上每月,每个季度她的三个身在部队的亲儿子都给她寄一笔钱来。另外两个同父异母的儿子,也隔三岔五会寄些钱来。每次不一定很多,但总让她手里有些活钱。而这些钱,她基本都花在郭向前身上了。

"老书记,"郭向前这么叫着,"您想说么哎?"自己也把烟点上,似乎这样有利于平稳郭瓢子的情绪。

郭瓢子抽了一口烟,道:"你知道当年你爸为么死的?"

"这个俺知道。俺爸的责任心,俺佩服。如果你有能力管人家饭,你就应该拦;没有能力管人家饭,你拦住人家,让人吃么哎?"

"你比俺们这老一辈儿是思想开通多了,俺也说不过你。不过,俺还是提个意见,你不能这么大张旗鼓支持他们走,还给他们雇了这么多车,啥意思?鼓励,是白?树他们为榜样,让别人也跟着学,是白?"

"老书记,您这么看问题就复杂了。俺帮他们雇车,解决他们燃眉之急,是跟他们有感情。他们毕竟曾经是咱村的人,是白?在他们困难的时候,力所能及帮一把。是白?管不了人家饱,还不能帮人家雇辆车昂?"

"不管你怎么说,俺是不同意的。俺走了。你的事你自己处理白。"

郭瓢子扔掉手里的半根烟,用脚踹了一下,低着头走了。郭向前心里不是太舒服,但他还是打起精神,来到老叔们跟前,帮他们装车,煞绳子。最后,挨个抱了他们的孙伙计,亲了孩子们的小脸蛋。哈一个个小脸蛋都脏分分的,带着皴,虽不是特别瘦得难看,但没有一个长得丰满的胖子。

当过生产队长的老叔,临上车抹了眼泪,说:"向前侄子,你好好干白,干好了,俺们就回来!"各车上的人们都依依不舍地说着道别的话。头上鞭子响了起来,大车启动了,马蹄声也呱嗒呱嗒响了起来,这时候,车上与郭向前并不熟悉的女人们突然"哇"的一声哭了起来,像约好了一样,异口同声,让所有听者心里难受,跟着落泪。郭向前早已泪流满面,他远远地站在路边,向人们挥着手,道着别,直到大车队越走越远,看不见了,才往回走。

处理完这件事,郭向前就按照黄新桃说的,召开村委会讨论了一下,取得一致意见后,找到村里的几个年轻人,对他们做了交代,让他们把继续割芦苇编苇席的副业承担起来。这些人都没意见,都愿意干。因为自从郭向前上任以来,工作风格与郭瓢子大相径庭。郭瓢子是守摊儿型的干部,能少一事绝不多一事。郭向前却是进攻性的干部,如果条件具备,他会开足马力一路向前,没有条件,他还会像王铁人哈样,创造条件。他与前辈相比,确实是青出于蓝而胜于蓝的,原因就是他有相当的理论储备。他虽然没有按照本科或硕士、博士哈样系统研究过东西方哲学与社会科学,但多年的零打碎敲,已经让他对一般社会科学和马克思主义基本理论相当熟悉了。所以,他看问题就不光从表面、表象、现象和形式上,会兼顾内里、内容、实质和本质。这是最让黄新桃等年轻人看重他的地方。

郭向前来到大队部,向女广播员交代了一下,说从今天起,村里成立"社会主义青年编苇席副业组",组长谁谁,副组长谁谁,组员谁谁等。广播员按照郭向前的叮嘱,写成百十字的稿子,在大喇叭里念了出来,向全村做了宣布。但让郭向前想不到的是,短短的百十字,竟有好几个错字,语法也不通。郭向前便忍不住用手指在广播员的桌子上"嘚嘚嘚"敲了三记。广播员立即抬起头来:"向前哥,咋咧?"

"你是么学校毕业?"

"镇中学呀。"

"没好好上白?"

广播员咯咯咯笑了起来:"嫌俺不合格白?你在全村走一遭,看看有没有比俺强的,找到了,俺就让贤。"

"一言为定?"

"一言为定!"

郭向前知道,这个广播员是郭瓢子的三女儿,叫郭三秀,比郭向前小一岁,虽皮肤有点儿黑,容貌还算俊俏,于是"挑"得厉害,一直没结婚。郭瓢子一共五个女儿,生第一个以后,就想要个儿子,于是,继续生,还是女儿,直到最后,一拉溜生成"五朵金花",要儿子的念想始终没能实现。老大、老二都已出嫁,老三还"慎着",老四、老五虽年龄稍小,据说已经"走着"(谈着恋爱)了,因为农村的习惯,女孩一过十八岁就可以先"走着"。郭向前原本想批评郭三秀几句,可是看她哈个嬉皮笑脸的样子,让他不好开口,而且还是老书记的女儿,怎么着也得留点儿面子不是?谁知,这时郭三秀又说话了:"向前哥,今天中午有么安排?"

"咋,你有事?"

"到俺家去一趟白,俺爸对你意见不小。你自打上任就没去过俺家,连俺妈都对你有意见咧,你不带瓶酒跟他们唠唠去?"

哦?郭向前刚刚听说,老书记这老两口儿都对自己有意见?这可应该了解一下,会不会全村大多数老年人都对自己有意见?新上任的年轻干部因为礼数不周,遇到这种情况,是很常见的,本不足为奇,但不能等闲视之。"行白,俺一会儿就去,你先回家,跟老书记打个招呼。"

"好咧。"郭三秀笑了笑,关了扩音器,拔了插销,锁好门出来。她干这项工作已经好几年,郭向前可以想象得到,因为以往郭瓢子的要求不高,尤其还是自己的女儿,所以就得过且过了。可是,既然自己和郭瓢子不一样,自己手下的人也就不能像以前一样。正所谓"强将手下无弱兵",不怕虎一样的对手,就怕猪一样的队友,是白?

郭向前先回家,跟沙荆花打了招呼,要了几块钱,揣上两盒"白河桥",就来到村街上。既然老书记有意见,自己就不能装傻。送走几位老叔的事,虽是一种无奈的选择,却并没有错。不过,现在有了"后遗症",也不能不处理。否则,郭瓢子如果不负责任地乱讲,就对自己非常不利,郭瓢子毕竟是前任书记,影响力不能说一点儿没有,自己作为年轻干部,必须考虑这一点。他走进供销社,买了一瓶衡水老白干、一包大果仁,出了门,又顺手在路边捋了几把苣荬菜,抖抖根上的土,拿在手里,向郭瓢子家走去。

郭三秀早已到家,叽叽喳喳地说着话,帮老妈做饭。郭瓢子正在喂猪,猪是生产队的,全大队的猪都分散养在各家,都很瘦,因为人都吃不饱,猪的伙食怎么会好。而实际上全村也没有多少头猪。郭向前在院子里站着,等着郭瓢子把喂猪的瓢磕打干净,放好,在院子旮儿的瓦盆里洗了手,甩着手上的水,说:"老书记,俺听了三秀的建议,来看看您和婶子。"

"走,屋里去。"郭瓢子表情淡漠地头前进屋了,郭向前便紧随其后,进了堂屋,把酒、果仁和烟都放在方桌(这种方桌在河川镇四十三村一带非常普及,几乎家家都有,黑黢黢的,从外观上看不出是什么木料)上,把手里的一大把苣荬菜放在灶台上的柳条浅子里,端出屋子,喊:"三秀,拿去洗洗。"郭三秀走过来冲着他挤眉弄眼地接了过去,他就转身回屋了。

郭瓢子不客气地抓起桌子上的一盒"白河桥",撕开口,捏出一根烟叼在嘴上,用火镰火绒打着,抽了一口,说:"三闺女说你要来,是征求意见。俺对你要说有意见,就真有意见,要说没意见,也真没意见。"

"您甭客气,就拿俺当儿子了,大家都知道,您和俺爸搭伙干工作哈么当年,没红过脸,是白,该说么就说。"郭向前也抽起烟来。还找了个瓶子盖当烟碟,摆在郭瓢子面前。

"说就说。哈个黄新桃一下到咱村,就围着你转,现在大家都在传,说你可能要娶了她。这种事本来俺也管不着,谁看谁对眼,哈是缘分,是白?可是,哈个黄新桃是黄晋升的闺女,黄晋升是黄选朝的儿子,想当年,黄选朝是怎么得楞你爸的,你知道昂?俺和郭老铁是过命的关系,他的儿子如果出差错,俺这个长辈,就对不起躺在咱祖坟里的郭老铁,是白?咱两家虽然出了五服,却是一个祖宗,你知道白?"

"老书记,俺理解您的心思,不过请您放心,俺对黄新桃没动过一丝杂念,来来往往全是说的工作。"

"自古以来藤缠树,哈个黄新桃跟你跟得哈么紧,还有人看见过你们俩抱着,是白?"

郭向前突然感觉脸上发烧。因为以前他和黄新桃确实搂抱过,哈是在一次察看五曲河边的芦苇荡,遇到黑花蛇的时候。"以前俺注意不够,以后一定严格要求自己。"

"好白,这件事就这样。俺对你有个请求,能不能给你三妹——三秀,到镇上安排个事做?她是俺家最心灵手巧的,也最'外场'。"

啊?郭向前差一点儿叫出声来。刚才他还和郭三秀商定了要找个合格的人当广播员,连这么初级的工作都难以胜任,去镇上当干部?谁要你咧?看起来,这郭三秀一时半会儿还不能崴走,你总不能把她撂旱地儿白。也罢,俺给你搞培训,俺给小项加点儿活儿,让他来帮你提高。于是,郭向前暂且应承,说这事不能急,要慢慢来,过后他会安排小项来培训郭三秀。但此时郭向前就马上意识到了,郭瓢子以这种方式阻止了郭向前欲换下郭三秀的打算。先给你提个高要求,你实现不了,就会降低标准,而这个低标准是有底托着的。姜还是老的辣,是白!

这时,郭瓢子老伴儿把刚洗净的苣荬菜用盘子端来了,上面浇了醋和辣油,还有一盘刚炒的丝瓜,是自己院子里种的。郭向前也把大果仁的纸包打开了,摊在桌子上,顺手在桌子上的茶盘里拿出两个玻璃杯,上面沾着黑乎乎的手印,也不讲究了,郭向前用手捋了一把杯上的手印,就咬开酒瓶子盖,给玻璃杯里斟满酒,把一杯推给郭瓢子,自己拿过一杯。

"老书记,为您与俺爸的交情,来碰一杯!"郭向前此时有着自己的思考,他不说"敬一杯",而说"碰一杯",就是不想把自己降太低,因为,后面郭瓢子是不是还会给自己出题目,还很难说。要给自己留出强硬的铺垫。一味退让,哈个不是郭向前的性格。

两个人各喝掉半杯。衡水老白干六十来度,很够劲儿。两个人分别捏了大果仁吃,拈起筷子夹苣荬菜吃。这么处理的苣荬菜真的挺好吃。郭瓢子喝完第二口酒,情绪慢慢好转,道:"向前啊,你知道'三秋'(秋收、秋耕、秋种)该干么?"

"知道一些,不过俺不内行,还得向您请教。"

"这就对了,在农事上你们年轻人要时刻想着向老农求教问计,免得耽误农时。这'三秋'既是保证秋粮收成,尽量实现粮食增产的关键时节,又是换季倒茬、实现明年夏粮好收成的重要时期。你年轻、有闯劲,哈好,就争取在六个方面有突破,巩固你的威信。不能像俺们这老气横秋、死气沉沉的样子。"

郭向前边听边思考,感觉"三人行必有我师"这话没错,不知道哪个不起眼的人就会成为自己的导师。这些教诲真是金钱买不来的。他又给郭瓢子斟酒。郭瓢子道:"一是,争取在晚收方面有所突破,如果把夏玉米适当晚收它五到七天,产量就可增加百分之十左右。办法简单,效果明显,是白?接下来,后面的事情要统筹安排,即小麦播种争取不耽误,不影响,在这个前提下,尽量推迟玉米收获。二咧,是在精细整地方面争取有突破。播前整地质量直接关系小麦产量,若将全村种植小麦的耕地普遍深耕一遍,是最理想咧。对深翻土地达到一尺的社员,要按实际亩数奖励。三咧,在提早播种方面争取有突破。咋突破?就是动员大家抓住有利墒情,选好小麦播期和品种,确定好播量,趁墒抢种,足墒下种,争取实现一播全苗。争取在寒露前后形成种麦高潮,十月二十日前完成播种。以往这方面的工作不好推,为么咧,就是太赶罗,村民们受不了……"

郭瓢子借着酒劲一口气说了十来个"突破",他已经忘了前面说的只是六个突破。总之,对郭向前是寄予了厚望,他不好推的工作希望郭向前能推得动。而郭向前过去在部队农场劳动时,似乎听到过关于玉米晚收可以增产的说法,但已经记不清了。郭瓢子讲到最后,一瓶酒早已见底,他又从方桌底下找出一个半瓶的杂牌薯干酒,和郭向前分开,喝干了。于是,郭瓢子就喝得有点儿冒,对着门外喊:"三秀!三秀!你进来!"

郭三秀正圪蹴在院子里的碌碡上端着碗喝粥,听得屋里喊叫,出溜下来,嘻嘻哈哈地走进来:"干么哎?盛粥?"

郭瓢子乜斜着眼道:"不盛粥盛么?盛金豆子昂?"郭三秀刚转身往外走,他又喊,"捎两个玉米面饼子!"

粥盛来了,很稀,里面漂着菜叶;可玉米面饼子只拿来一个。郭三秀神色黯然道:"俺妈没蒸哈么多。向前哥若吃得惯红薯,俺就给你拿一个去。"

郭向前见此,忙说:"吃,吃,拿白!"顺手把玉米面饼子递给郭瓢子。可是,郭瓢子醉醺醺地晃着脑袋又推回来。他再推过去,郭瓢子再推回来。最后,郭向前二一添作五,两个人一人一半,郭瓢子这才吃起来。红薯拿来了,有一个拳头大小,既然也只是一个,干脆,郭向前也跟他二一添作五了。当郭向前喝完粥要告辞的时候,郭瓢子把郭三秀叫到跟前说:"你向前哥表态了,回头帮你调镇上去。"

啊?俺儿时表态了?郭向前瞪大了眼睛,差一点儿把这话喊出来。郭三秀依旧哧哧地笑,好像对一切都无所谓,对一切都心知肚明。

其实,在刚才的对酌中,郭向前有意少喝,给郭瓢子分过去不少,让郭瓢子多喝。这是对前辈、长者的尊重,不论从年龄,从资历,还是工作经验诸方面,他都没法与郭瓢子平起平坐。也许你在将来会干得很出色,远远地将老书记甩在身后,但哈是以后的事情,眼前,人家比你有发言权,是白?所以,一瓶半酒,让郭瓢子有些神情恍惚和飘飘然,而郭向前还正头脑清醒。

他回到家,用冷水洗了把脸,揭开缸盖,用瓢舀了半瓢缸里水,咕咚咕咚喝下去,又换了身衣服,就骑上自行车来到县里。先在传达室登了记,由传达室的人给解麦收打电话,得到允许后,便走进县委大院。县委和县政府都在一个院子里。前面一排房子是县政府;后面一排房子就是县委。其他委办局都不在这个院子里,而分布在县城各处。

一见面解麦收就捶了郭向前肩膀一拳:"喝酒了?""刚跟村里老书记喝了两盅,征求意见。""对,老同志是个宝,年轻人要多向老同志求教问计。"解麦收给郭向前沏了浓茶让他消除酒气,就问起沙荆花老嫂子的情况。没等郭向前说起黄晋升的问题,解麦收就说起一个让人沮丧的消息,说就是最近这两天的事,咱县的老领导齐登科书记找到省里的领导,希望给河川镇的郭老铁等好几位县大队的牺牲同志授予烈士称号,却遭到拒绝。特别是郭老铁这个,好像以前有人对省领导说过坏话,省领导对郭老铁成见很深。

郭向前低垂着脑袋,十分为难。他现在不是为自己的父亲为难,而是为黄新桃,为黄晋升。他此次前来,不是为了父亲,而是为了黄晋升。刚才郭瓢子对他说的哈番话,十分明了地告诉他,郭家与黄家有过节,绝不能与黄家的人搞对象,更谈不到帮黄家办事。问题是,黄晋升确确实实是为帮助郭家堡而被撤职的,这一点是秃子头上的虱子,明摆着的。不能因为以前的恩怨,而不帮黄晋升说句公道话。于是,他迟疑了半天,还是把黄新桃的愿望说了出来。

"么哎?你今天是来给黄晋升说情的?你知道俺刚才么没明说是谁给你父亲告了黑状昂?俺是怕你不好接受,因为你现在正跟黄新桃好成一个。"

"么哎？"现在轮到郭向前说这句话了，"俺啥时跟黄新桃好成一个啊？再说，黄晋升确实帮过郭家堡的！"

"你呀你！连俺都知道，你跟黄新桃好得不得了！你现在也正面临争议，县委要在基层村干部中物色一批优秀分子进行培养，你是其中之一，偏偏有人反映你未婚先'闹'，咋这么糊涂？一是不能婚前'闹'，二是不能跟黄新桃'闹'。过去你爸吃亏就吃在黄新桃的爷爷黄选朝身上，哈是个让人没法说的干部，他老婆解佩珍就为他郁闷而死。多年来他是沾了堂兄黄国贤烈士的光，现在省领导、县领导为么都对评选烈士十分慎重，就因为前面有黄选朝这样的例子。"

"冤枉啊，"郭向前两眼瞪得牛眼大，"俺是和黄新桃走得有点儿近，哈全是为了工作，解书记，您可以把黄新桃叫来对质，让医生检查她的身体，一切都会真相大白。俺是军人出身，历来做事光明磊落。现在，俺再次郑重其事地请求县领导，研究为黄晋升恢复职务问题。也许，过去黄选朝做事不厚道，但哈和眼下黄晋升恢复职务不是一回事，黄晋升和黄选朝也走的不是一条道，彼此也没有连带关系。俺既不会不分是非，也绝不会冤冤相报，只为了求一个公道。俺们马上面临'抢三秋'工作，非常忙，黄晋升若恢复了工作，对'抢三秋'会有帮助。"

"全是心里话？"

"对，全是！"

"没有人使钱？"

"没有！"

"没有人施加压力？"

"没有！"

"没有男女私情？"

337

"没有！"

"如果发现有其中一项咧？"

"您割俺的脑袋！"

解麦收沉默起来。他低着头想了半天，最后掏出烟来，给郭向前一支，给自己一支，都点上。他摇着脑袋，欲说又止，只是抽烟，两个人都没话了，对着抽烟。抽完烟，郭向前要走，解麦收把他拦下，按他坐在椅子上，说："向前啊，有些话俺不想说，可不说又不行。现在发现和培养一个优秀年轻干部非常难。一方面有的年轻人对自己要求不严格，另一方面，有的年轻人被嫉妒和嘲笑、打击包围着。现在'铲子匠'特别多，谁要求进步他就'敲铲子'。尤其有些表现优秀的年轻人，经常是'谤随名高'。他不行，也不希望你行。"

郭向前相信解麦收说的是实情，他是县委书记，是管干部的，肯定是做过专门研究的。问题是很多时候，当事者防不胜防。你根本没法判断哪件事是可行的，哪件事是对方有意挖的坑。他只能信誓旦旦地向解麦收表个决心了事。解麦收也不再留他了，陪着他走出县委大院，和他握别："现在看，你像你爸；但愿以后超过你爸。既做事，又不给人家留口实。"

"俺记住了。谢谢书记。"

郭向前大踏步地走了。没有回头。解麦收一直看着他的背影，估计他会回头，但他没有。解麦收此刻想到，郭向前这孩子没有一点儿私心，这种一往无前，绝不回头的"走法"，就是一个没有私心的人的表现。他已经"贼"（一声，观察的意思）过很多人了——作为县委书记，不研究人是不现实，也是不合格的。凡是郭向前这样说一不二、告了别就不回头的人，往往没有私心。也许别人不同意这种判断，而解麦收相信自己是对的。

但是，解麦收也稍稍有些心底的不安和担心。因为，他想起了毛泽东在一封信里引用后汉李固写给黄琼信中的几句话："峣峣者易折，皎皎者易污。阳春白雪，和者盖寡。盛名之下，其实难副。"尤其前两句，含义深刻，与郭向前这个年轻人十分吻合。自己作为一个县的当家人，有责任爱护这样的年轻人，更有责任帮助这样的年轻人早日成熟起来。否则，就是失职是白？不过，郭向前提出的问题，既然是无私的，哈么，就应该研究和解决，否则，怎么对得起郭向前这样无私的年轻人！

　　于是，半个月以后，黄晋升恢复了职务。县里很多干部都知道黄家与郭家的过节，而事情竟然是郭家人提出来的，可见应该解决的可行性与紧迫性有多么强了。

　　…………

　　其实，早前一天，黄晋升已经再次从自己的小金库中取出了一百块钱，来郭家堡交给了黄新桃。而黄新桃犹豫再三，没有交给郭向前，她感觉对郭向前这么做是亵渎了人家，但总不能没有表示。她做了小小的设计：如果郭向前把这件事跑下来了，就二百块钱一起使用，给郭向前买件像样的东西；如果没跑下来，就只花一百块钱，但也要给郭向前买点儿拿得出手的东西。她把这件事悄悄告诉小项了，问他买么好。小项想了想说："既然你让俺出主意，俺就出，你知道现在北京、天津这样的大城市么最时髦？"

　　"北京、天津俺都没去过，咋会知道。"

　　"俺告诉你白，电视机。"

　　"哦，俺们学校有，黑白的，十二英寸的小屏幕，看着很不舒服，老有雪花。"

　　"你要真有诚意答谢向前哥，就买一台，别嫌它有雪花，在咱郭家堡就是宝贝疙瘩。"

"多少钱？"

"可能四百来块钱。"

"天！俺哪有这么多钱？俺只有一半。"

"继续找你爸要去，人家辛辛苦苦为他跑，一辈子的大事，四百块钱还多？"

"要么，俺试试。"

"赶紧的，甭犹豫。俺看你也不是真爱向前哥，为了四百块钱这个犹豫！"

"去你的，甭拿俺们俩说事。"

"还不快去，矫情这个有么意思哎？"

黄新桃思考着，突然说："咱郭家堡根本没电，买来怎么看？"

"真是死脑筋，你爸如果恢复了职务，能不报答郭家堡昂？不得首先给咱通电？"

黄新桃将信将疑地到镇上找父亲去了。

世界上的事情，总是让人难以预测，甚至难以相信。县委向省委汇报工作的时候，说到给黄晋升恢复职务问题，尤其说到是郭老铁的后人郭向前到县委为黄晋升申诉。这件事引起省委领导极大兴趣和关注，一位副书记亲自来到了县里，与黄晋升面谈了一次，见黄晋升十分谦恭，而且对前不久支持郭家堡抵制"反右倾翻案风"旗帜鲜明，成绩突出，感觉十分难得。在一年前的形势下，连省委班子都很难说不跟着大流走，而黄晋升竟然做到了。于是，这位副书记回省里以后，在班子会上谈到黄晋升，建议第一先把黄晋升官复原职，恢复名誉；第二，再提半级，作为副县长进入县领导班子。结果，省委班子一致通过。

当省委任命下达以后，县委通讯员拿着任命的红头文件，骑着自行车快速来到河川镇，找到黄晋升，说："赶紧看看文件，然后到县里报到,哈边都等着你咧。"通讯员说完骑了车就蹽了。

黄晋升把文件拿在手里,猜想了一下,是给自己恢复原职,还是只恢复一半,降半级?这种情况以前是有过的。他也曾对下属做过这种处理,因为群众反映不好,于是,降半级处理。嗨,去他个卵子,爱啥啥白!于是,唰一下子撕开了文件袋,结果,连里面的文件也撕掉一块,打开文件拼起来一看内容,却是大出自己意外,没降反升,做了副县长!妈哈个卵子,一激动,黄晋升咕咚一下子躺倒在地,昏了过去。

镇政府机关的人发现这一情况以后,马上给县领导打电话,告知黄晋升看完文件昏过去了,现在镇医院大夫正在施治。解麦收连连摇头,说出了和黄晋升相同的话:"妈哈个卵子!"便带着县领导班子全体成员来到河川镇召开现场会,按照省领导的口径,表彰河川镇在"反右倾翻案风"中立场坚定,顶得住冲击,并宣布黄晋升被任命为副县长,从明天起到县政府办公。黄晋升早已被医生掐人中揎醒了,信誓旦旦地表态,一定在省委和县委领导下,兢兢业业工作,还请各位领导多多指教!

正在这时,黄新桃风风火火地赶来了,她把黄晋升叫到一旁,如此这般地诉说了一通。黄晋升当即表态:"办,马上就办!你回去等消息白。"

黄新桃没想到父亲这么痛快,原以为会打打折扣,谁知满口应承,便高兴地回来等候。待黄晋升把县政府哈边工作都就位了,就到郭家堡来了。他亲自托人买了一台当时算是比较大的十四英寸的黑白电视机,还告诉黄新桃,不久他将把镇上的电引进郭家堡。

小项对黄新桃道:"怎么样,俺说得没错白?你怎么谢俺?"

"俺带你到镇上小餐馆吃饭去。"

可是,黄新桃把电视机搬到郭向前家的时候,遭到婉拒,郭向前笑容满面地告诉黄新桃,黄晋升已经恢复工作并且提了职,这就行了,原先的计划已经实现,不要再节外生枝了。黄新桃十分为难,说东西都买了,你不要咋行? 求人办事总是要酬谢的昂? 郭向前道:"要么,就算你们父女俩为郭家堡做贡献白,放在村委会,等通了电,让全村人都来看。"

最后只能如此解决。若干年后,有人写河川镇的镇志,说郭家堡有了全镇第一台黑白电视机,是副县长黄晋升捐的。可他们不知道哈是郭向前、黄新桃等人前期运作的结果。要么说,写史志不是简单事,一定仔细调查,不可轻率从事。

这时,沙荆花收到一封调到北京工作的堂兄沙耕读的来信,盛邀她去北京住两天。沙荆花近来心情不是太好,因为郭向前做的帮助黄晋升的事,她不太满意,但又挑不出郭向前的毛病,心里就疙疙瘩瘩的。此时见堂兄邀请自己,就想着若去就带着郭向前,让他到北京见见世面,跟大领导接触一下,长长见识。而郭向前一般情况下都不拂逆沙荆花的安排,就把村里的工作安排好以后,跟随沙荆花进京了。

现在沙耕读是副部级干部,办公条件也比较讲究。他特意拿出一天时间,陪伴这娘儿俩走了北京几个著名景点,然后请他们在北京著名饭店丰泽园吃了饭。郭向前坐在十分考究的饭店里吃饭,眼睛看着周围哈些设施、刀具、碗筷,心说,郭家堡按照现在的干法,再过一百年也达不到这个水平,太刺激人的神经了! 他饭没吃完,就撂下了碗筷,对沙耕读道:"大大,这饭俺吃不下去,您帮俺出个主意白,郭家堡太穷了,怎么改变面貌咧?"

"先吃饭,俺也正要跟你们说这事咧。"

"您先说白,否则俺真的吃不下。"

"好。下一步国家有可能放开农村经济,因为前几年安徽凤阳小岗村搞了村民按手印私分土地,给主要领导极大启发,有可能首先在农村改革上下力量。"

"俺们村地少人多,即使分了土地也难富起来。"

"哈就想想,能不能干点儿加工类,增加收入。"

"不算资本主义?"

"哈当然。"

"您帮俺们联系一下白。"

"好,明天咱们谈这个问题。"

转天,沙耕读给郭向前联系了北京一家氯纶厂,说哈里有很多氯纶绒,很便宜卖给你们,你们可以择清以后纺线卖,行不行先试试,第一批量别太大。郭向前十分兴奋,当即敲定,并找沙耕读借了一笔钱,就到北京氯纶厂去了。生意谈好以后,他买下好大一包氯纶绒,就扛回来了,又雇了车从北京拉到河川镇的郭家堡,堆在郭向前的小院里。

郭向前问沙荆花:"娘,您会纺线昂?"

沙荆花道:"瞧你问的!你在和沙耕读谈这件事的时候,咋不想这个问题?"

"俺知道您肯定有办法,就大包大揽了。"

"你呀你,瞅到娘的心里了。"

"您肯定会纺白。"

"把木匠周滏阳叫来,让他给娘打纺车!"

"哎!"郭向前乐坏了,抬脚就走。一边走一边心里高兴,俺娘真是神人,去一趟北京咋就给自己指出了明路,而且后面还有解决办法。

第十九章　劳与得

　　郭向前动用了沙荆花的"棺材本儿"，把沙荆花留着打棺材的所有木料全用了，让木匠周滏阳打出二十架纺车来。本来郭向前只想打一架纺车，可沙荆花说，你咋武大郎放风筝，出手不高？既打就多打几架。郭向前怕打多了闲置，沙荆花又说，放心好了，闲置不了，老鼠拉木锨，大头在后边。俺们国家多年的经验证明，群众的事还靠群众自己解决，这些纺车都会派上用场。

　　郭向前很佩服沙荆花，她虽然文化不高，可思想脉络与国家的要求出奇地一致。战争年代毛主席说过这样的话："动员了全国的老百姓，就造成了陷敌于灭顶之灾的汪洋大海，造成了弥补武器等等缺陷的补救条件，造成了克服一切战争困难的前提。"这话在和平时期同样适用，依靠群众，发动群众，为了群众，这是俺们党的执政之基，是白？

　　周滏阳最近一直在思考自己的发展问题，等待一个突破口。

为此,他便悄悄"打卧儿",为大队干了点儿不太起眼,又人人都知道的事——把家藏的一块黄花梨木打成一个镜框,把过去周总理签名的、国家颁发给郭家堡的"红星村"的奖状,装了进去。原来的镜框早已漆皮脱落,东挪西搬造成边边角角都磕得不像样子。现在,他不仅换了新的镜框,玻璃也换了新的。过去的玻璃是二厘的,现在换成了三厘的,既在分量上加重了,外表看上去也更有立体感了。村委会干部表扬了他,他就说:"咱郭家堡是'红星村',这一点任何时候不能忘,红星村就要举红星,多为咱村民谋利益,是白?"

话说得很婉转,也很艺术。来到郭向前小院,周滏阳一边干着活,一边表示对郭家堡各项工作的关心,他问沙荆花:"老嫂子,咱郭家堡干纺线这活儿,不会让人举报是'资本主义'白?"

沙荆花一直给他打下手,帮他递递工具,倒杯水,点根烟,让他不寂寞。此时回答说:"村里割芦苇编苇席赶大集,不是没人举报昂?再说,现在形势发展咧,情况不一样咧。"

"俺有个想法,既然纺线卖线都不算'资本主义尾巴'了,俺打家具,拿到集上卖,也不应该算'资本主义尾巴'白?"

"你心眼儿也活动咧?俺觉得如果给集体干,问题不大,若给自己干,就得另说着。"

"可是,给集体干,人人剃平头,俺不甘心;而多拿的话,大家又会反对。是白?这些年来,大家已经习惯于剃平头了,谁多拿一点儿,就会遭到围攻。"

"向前脑筋活泛,你和他谈谈,应该有办法解决咧。"

"俺跟您不玩虚的——您带着向前去北京,是不是得到内部消息了?不然的话,怎么会一回来就打算做纺车,纺线线了?而且一做就是二十架。这里面有内容咧!您别这么保守,跟俺透点儿底好白?"

"透么底哎，都是机关里的人们这么说哈么说，谁都没看见红头文件是怎么说，所以，这事儿你还得跟向前商量，听听他的意见。"

"向前侄子是大好人，俺承认。可是，若让他说，肯定支持俺干，但这账就会算到集体头上了，他的特点俺知道，俺还是赚不到钱。"

"你想单干？"

"是白，说了半天，您刚听明白？"

沙荆花站在院子里，看着周滏阳打好的摆了满院子的纺车，一架架虎虎势势，支支棱棱，论手艺，这周滏阳没挑了，在河川镇四十三村真是没有第二人了。这么好的手艺，不干点儿，真是"糟践"了。可是，为自己干，就让沙荆花的心里又疙疙瘩瘩起来。她现在的思想仍然停留在柴大树、郭山河时期，他们为了老百姓，命都不要了。哈是么境界哎，眼下周滏阳却想自己干，赚了钱算自己的。可是，你不让他为自己赚钱，哈么好的手艺埋没在一般村民里，和一般村民拿一样的钱，也没有道理，是白？这个，这个，"老革命遇到了新问题"，沙荆花想不明白了。

周滏阳干了三天，做出二十架纺车，这件事简直像神话，一架架纺车比集上卖的质量强得多，集上的东西只是干活的工具，粗粗拉拉，粗针大麻线，而周滏阳手底下出来的东西是艺术品，该见棱角见棱角，该圆润则圆润。关键是勒好绳子正常试转的时候，一点不打晃，不跑偏，非常匀称。这一点，即使没有文化的一般村民，也看得明明白白。

郭向前给周滏阳按每天三份记的工分。即，三天就拿到九十个工分。一般村民听说以后议论纷纷，眼儿热啊。但周滏阳只是撇撇嘴，说："也就是老嫂子找俺，换个人，一边待着去，给俺九百个

346

工分也不干。"他此刻想的是:好手艺卖的是"缺儿",你弄得遍地都是,即使手艺好,也不值钱了,要么说物以稀为贵咧,是白?

这几天郭向前安排小项去帮助郭三秀提高语文水平,小项就一字一句掰开了揉碎了给郭三秀讲,错别字还好说,主要是多认字,别马虎。而语句读音也比较好学,他解剖"我喝一杯水"这五个字的读音给郭三秀听,说,强调不同的字音,就出现不同的意思。比如,强调"我"的字音,就表明是我喝水而不是别人喝水;强调"喝"的字音,就表明我是喝不是倒;强调"一"的字音,就表明我只喝一杯而不是喝很多;那么,强调"水"的字音,也就是说,只喝水而不是喝粥喝稀饭。"明白啦?""明白啦,想不到你这小知青还真不赖呆!"郭三秀尝试着这么读了一遍,果然如此,心里对小项佩服得五体投地。而哈个语法最要命,根本不是三天两天就学得会的,聪明人也许一讲就明白,而郭三秀做不到。小项讲了"主、谓、宾、补、定、状"六种语态的定义和使用方法,还举出例子,可郭三秀就是学不会。急得小项说:"你当初是怎么毕的业?是不是全靠抄别人试卷?"

郭三秀咯咯咯笑个没完,说:"可不是咋的,谁不抄啊,老师也不管,可不就抄白。"

小项气得没法,说:"你干脆甭干这活儿了,你不具备这种素质。"

"啥意思,你想取而代之?"

"嘿,好几天了,你刚说了一句有水平的话,祝贺,你还不是死榆木疙瘩!"

"去你娘个缵儿! 你想抢俺行市,连郭向前都不敢撤俺。"

"你这是耽误事,如果县领导在咱村住着,早晨一听大喇叭广播,马上就拎包走了,临走撂句话'你们的广播员小学没毕业,几时换成小学毕业的俺儿时再来'。"

郭三秀有点儿恼羞成怒，一下子扑到小项身上，又捶又打，小项便抱住自己脑袋，任她撒野，只要不打着自己的脑袋。结果，郭三秀把小项从椅子上折腾到地上了，她干脆压在小项身上，使劲儿掰小项的手，想掰开了打他的脸，吓得小项喊救命。这时，郭三秀突然转变了态度，抱住小项的脑袋亲起嘴来。小项起初推拒，说："你文化太低，俺不跟你搞对象！"可架不住自己也是干柴烈火，行动和语言不配套，他顺势搂住郭三秀的脖子，两个人滚到了一起。男女之间能够走到一起的情况是各式各样的，也许经过了长时间的互相考验，也许只是一瞬间有了感觉便一蹴而就。有的甚至只是出于生理的原因。哈个时候还有个说辞，叫"先结婚后恋爱"，再早更有父母包办的，彼此还不认识，先进洞房，然后过日子培养感情。

两个人消消停停地躺在地上，牵着手说话。郭三秀心情非常激动，心脏怦怦乱跳，感觉一生的重大问题解决了。自顾自地说着今后打算，说依靠老爸的影响力，在小项住的五保户的院子里再盖间房没问题，届时她就搬过去，正儿八经地与小项结婚过日子，然后一起给五保户老奶奶送终，将来把哈个院子也"占住"了。

"你做了好梦，俺可一辈子全完了，离不开农村咧。"小项哭起来了。

"生地瓜玩意儿，你还得便宜卖乖了？一会儿俺找向前哥告你去！"

"你去白，你去白，俺一会儿就上吊自杀，让你当一辈子寡妇！"

"你娶俺一点儿不吃亏，俺是村里最好看的姑娘，不就比你文化低点儿，算么哎，俺慢慢补不行昂？"

"补个屁白,一句都记不住,补你的大屁股白。"

一句话逗得郭三秀又哈哈大笑起来,她此刻就爱听这种粗话,又抱住小项"啃"了起来。"啃"够了,就心满意足地爬起来,掸掸屁股上的土,拉着小项回家了,来到郭瓢子跟前,说:"爸,您不是早想把俺踹出去昂,俺今天和小项把关系定了,他穷么哈哈的也没有彩礼,回头给您买瓶酒算了。行白?咱商量商量盖房的事白?"

郭瓢子一直低着头抽烟,此时抬起头来看着眼前的两个人,上下打量着他们,一时怒从心头起:"你们两个啥生地瓜玩意儿?看你们一脑袋乱头发,一身的土,也不整整?你们是人还是牲口?"

郭三秀嬉皮笑脸道:"爸,您甭说难听话,反正这事是您的事,等俺们把孩子抱出来您再准备,可就更没脸面咧。"

"滚!没见过你们这么不要脸的!你们不要脸,俺还要脸!"

郭三秀嘻嘻哈哈地拽着小项跑出去了。他们到小项住的院子里去了,他们要好好调量一下,把新房盖在这个院子里的哪个地方最好。当然,目前先不跟五保户老奶奶说这件事,要不到火候不揭锅,防止生出么蛾子,事倍功半。

这时,郭瓢子已经气得浑身发抖,他嘴里骂骂咧咧地径直找郭向前去了。他要把这笔账算在郭向前身上,你若不安排小项培训郭三秀,他们怎么会滚到一起?你跟黄新桃还说不清道不明咧,又把俺闺女搭进去了,你算么书记哎?书记有这么当的昂?

可是,郭瓢子来到郭向前的小院,正看见沙荆花在教黄新桃和其他两个年轻女孩纺线,其中还有他的四女儿,这可是新鲜事,以前不割"资本主义尾巴"的时候,村子里有人纺线卖,后来把纺车全砸了,谁不砸就是留恋资本主义,岂有不砸的?嘿,太阳从西边出来了,这说恢复就一下子闹了满院子的纺车,这郭向前也真是个干旁门左道的高手,天天变戏法玩魔术是白?郭瓢子一肚子的火气被勉强压住,在一旁站着,从腰上解下烟荷包,掏出烟锅剜烟末,然后打着火镰火绒,吧嗒吧嗒抽起烟来,他要看看沙荆花怎么教女孩们纺线。

沙荆花做着示范,身边的柳条筐箩里整整齐齐地码着一绺一绺的捏成红薯大小的氯纶绒,她右手摇着纺车的转轴把柄,左手捏着一个"红薯绒",右手往右摇三圈,往回一倒,左手便顺势把手里的"红薯绒"往前一送;"红薯绒"和前边的金属"锭子"是连接的,这一送,就缠上去几道绒线,就是说,已经从散绒变成了绒线绳。右手往右摇的时候,左手里的红薯绒是慢慢往回抻的,随着车轮转动,左手的红薯绒就拉出线绳来,神奇得很。这绒线绳能不能均匀,都粗细一致,就看手艺了,这是熟能生巧的营生。沙荆花先是给几个姑娘讲,接着,让她们尝试。一遍不行再来第二遍,沙荆花也不着急,只是不厌其烦地絮絮叨叨地讲着。

郭瓢子的烟没白抽,他此刻已经想明白了一件事,自己的三闺女郭三秀也适合干这个,在广播室简直就是受罪。事情就是这样,你在广播室一直干着,虽不称职,可只要没人挑毛病,都囫囵吞枣,就都无所谓,大家都混个热闹。可是一旦懂行的人出现了,他不光看出你不行,还指出你的要害,哈个要害还不是小小不言的瑕疵,而是大碍,立即就让人脸上挂不住了。郭瓢子越想越是这么回事,此刻他就一阵阵地脸上发烧,他蹲在沙荆花身边,小声问:"这事儿是向前安排的白?"

"是咧,你想说么哎?"

"不算资本主义白?上边点头了昂?"

"算点头了,也没算点头,向前有勇气,先干着白。"

郭瓢子沉默着,迟疑着。郭家堡这两年的情况在他脑子里翻来覆去,像过电影。今天这么着,明天哈么着,咋弄也是吃不饱肚子。不过,看郭向前神通广大,连黄晋升的事都能跑成,想必他手里有"真经",没有金刚钻,谁揽瓷器活儿?是白?

"弟妹,让俺三秀也跟着你学纺线,行白?"

沙荆花扭过脸看着郭瓢子:"三秀在广播室干得好好的,学么纺线哎。哈个岗位不是也得有人干昂?"

"你家向前看不中三秀,想下了她。你不知道白?"

"这个,俺还真不知道。是不是他认为三秀不称职?他可从来不干缺理的事。"

"俺也没说向前缺理,可能向前是对的,所以,俺想让三秀来跟着你。"

"行白,就让三秀来白。俺早晚要把全村的姑娘、媳妇全教会了咧。"

"你真是活菩萨,俺叫她去。"

郭瓢子站起身来,掬着烟锅拔脚就走。心说,让生地瓜玩意儿先干点儿正事,回头再说你哈个生地瓜对象。他此刻非常憎恨小项,他感觉小项早晚要回城里,心想你勾搭了俺闺女,三十六拜连一拜都没拜,就先把俺闺女俘房了,算个么玩意儿?将来你走了,俺闺女咋办?老子不把你腿打折了,算照顾你,可俺必须让你在全村臭名远扬,抬不起头来。俺在你眼里是个么?这么拿老丈人不当么,俺是曾经的书记,是白?

正想着,迎面走来了郭向前,两个人都低着头,于是撞到了一起。两个人全都一个趔趄。郭向前站住脚定睛一看,是郭瓢子,立即喊了一声:"老书记,想心事咧?"

郭瓢子也站稳了,看着郭向前道:"你也想心事了白?不然咋往俺身上撞?"

郭向前暗想，甭说谁撞谁了，既然撞上了，就说事白："老书记，俺又干了件新鲜事，要在村里成立纺线组。"

"只要不跟上边顶牛，俺支持。而且，俺也把三秀交给你。不让她去广播室干了。"

"好白，您想明白咧？"

"就是哈个小项×蛋的玩意儿不是东西，刚给三秀讲了一次课，两个人就滚到一块儿了，俺哈个傻闺女回来就跟俺哭着喊着要盖房，要么就把孩子生出来。"

郭向前微微哂笑，他相信这一切郭三秀做得出来。哈是个既没心没肺，又胸有成竹的女子，敢切敢拉，敢说敢干，要粗有粗，要细有细，不是个善茬，他说："老书记，这次您就听闺女的，错不了，俺支持她。"

"你说么？你支持哈个傻闺女？"

"你家三秀可不傻。谁说她傻，谁才傻。"

"你是说俺傻，是白？俺赶紧张罗着给他们盖房，办婚礼，就不傻咧？"

郭瓢子非常不屑地看着郭向前，嘴里"切"了一声，意思是白日做梦！谁知郭向前却将了他一军："刚才哈两个人找俺了，把情况都跟俺汇报咧。俺支持他们。你若不张罗给他们盖房，俺就张罗。谁让三秀跟俺对脾气咧，你可以甩手不管，俺咋敢甩手咧，是白？"

"爱咋咋地白，俺一辈子想不明白。愿意折腾就折腾去，别找俺要钱就行。"

不等郭向前回答，郭瓢子气哼哼地一个人走了。回到家，他让老伴儿把三秀的所有衣服、鞋子、被褥等常用的东西，归置到一起，装了两个麻袋，扔在院子里，告诉老伴儿："哈个不要脸的玩意儿回来让她拿走,愿去谁家去谁家。"

老伴儿看着直抖弄手,说:"你不喜欢三秀,可她也毕竟是你闺女,该负责的事也得负责,是白,让全村人看笑话?"

"俺咋不负责咧?刚才俺还跟沙荆花讲好,让三秀跟着她干咧。俺是不愿意看着三秀个二杆子在眼前来回晃荡。"

"唉!你没个儿子,就天天拿闺女撒气。看哪个都不顺眼。"

郭瓢子不说话,进屋躺着生闷气去了。

这时,周滏阳来找郭向前了。他已经到村委会去过了,没找到,又来到郭向前的小院,见沙荆花正用他打的纺车在教几个姑娘学纺线,见沙荆花老了老了还有这么好的身手,两只佝偻着的残手哈简直不是手,就是和纺车连在一起的一部分。纺车右三下,左一下,在"嗡嗡嗡"的声音里,纺出的绒线均匀有劲儿,慢慢归到锭子上,眼看哈个穗子就越来越大,一会儿,一个红薯般大小的穗子已经纺成,可以截止了,于是沙荆花就将穗子上的延长线掐断,把整个穗子从锭子上褪下来,码到一个柳条浅子里。下一个红薯绒捏在手里,又开始纺新穗子了。

沙荆花身边坐着三个姑娘,她们不时用眼睛瞟着沙荆花,自己的手里也忙乎着,有的干了半截,左手里的绒线断了,要接上继续来,接的时候是把两个断的线头往一起一捻,因为是绒线,很容易粘在一起。后面的线就连上了。周滏阳在院子里看了一会儿,见姑娘们学得很快,真是眼儿热,自己几时能干起来咧?正想着,郭向前回来吃中午饭来了。手里攥着一把从路边顺手捋来的苣荬菜。周滏阳急忙站起身迎上去。郭向前看了他一眼,立即明白他是干么来了,笑呵呵地拉着他一起进屋,说:"一会儿俺洗洗这苣荬菜,咱爷俩喝一口。"

周滏阳急忙说:"不用不用,俺无功不受禄,说句话就走。"

"你一下子打出二十架纺车,这么大功劳,喝口酒算么哎?"这些日子郭向前已经把沙荆花的话变成了行动,烟和酒已经被他使唤熟了,凡是用得着的人,该递烟递烟,该一块儿喝一杯就喝一杯。他现在还不会品酒,就供销社卖的哈个薯干酒,喝着是酒就行。周滢阳被郭向前按在椅子上,遂拿起桌子上的"白河桥",抽出一支点上,看着郭向前把苣荬菜放进一个瓦盆,舀了半瓢水洗着。开口说:"向前侄子,自从前几天你让俺来打纺车,俺这心啊,就七上八下的。这一个人要是没有手艺,他哈心是死的;若是有手艺,他哈心就是活的。这话你信白?"

"叔,咋不信咧。你的想法跟俺一样一样的咧。"郭向前在瓦盆里把苣荬菜抓挠了一阵子,算是洗完了,放在一个柳条浅子里,端上桌,又从灶台上拿过一个小碟,里面是面酱,也端上桌。又从灶台上拿过两个吃饭碗,摆在两个人面前。再从东屋躺柜下面靠墙的地方拿出一瓶杂牌薯干酒,到这屋给两个吃饭碗斟上,说:"咱就这大碗咧,省事。"遂端起来和周滢阳碰了一下。

周滢阳一大口酒下肚,脸上稍稍泛红,打了一个嗝,额角也迸起青筋:"大侄子,俺也知道,只为自己赚钱,这事不太光彩,可是,总不能让俺跟没手艺的村民拉平了白,哈不是欺负人昂?"

郭向前把一撮蘸了面酱的苣荬菜递到周滢阳手里:"叔啊,你的事俺娘跟俺讲了,俺有理由奖励你,因为,你知道么是社会主义分配原则昂?"

周滢阳瞪大了眼睛:"么哎?"

郭向前自己也掬起苣荬菜蘸了面酱吃,咽下以后说:"按劳分配,多劳多得,不劳不得。"

周滢阳端起饭碗与郭向前相碰:"么意思哎?"

郭向前想放慢喝酒速度,快了他不习惯,就点上一根烟,先递给周滏阳,然后自己也点上:"就是说,你干一天活值十块钱,就应该给十块;他干一天活只值一块钱,哈就只给他一块钱。"

"你这么闹不算资本主义?"

"不算。你知道马克思白?是他讲的。"

"你这么闹不怕得罪人?"

"不怕。"

"若是因为这个,有人跟你动刀子咧?"

"不怕。俺也不是吃干饭的。'不患寡而患不均',是中国的老传统,但哈不是合理的传统,就像旧社会给妇女裹小脚,也算传统,合理昂?所以要废除。俺坚持的是'不患寡而患不公'。做事公平,最重要。"

"大侄子,俺不懂么马克思,但俺听明白了,你是对的,让俺心里亮了一盏灯。俺回去就筹集木料,也要干起来。"

"如果是为自己,就先别雇工,哈个算剥削(此时的中央文件是这么讲的);如果给集体干,就无所谓。"

"明白。"周滏阳端起吃饭碗,一口将酒干了,抓了一撮苣荬菜,蘸了面酱咔咔地吃进嘴里。这时,沙荆花从外面走了进来,搬过一个凳子,坐在桌子正面,把手里的一个纸包摆在桌子上打开,抖出里面的大果仁,左边看看周滏阳,右边看看郭向前,非常疼爱地从郭向前的嘴角抹去一块面酱:"爷俩慢慢吃着,俺去炆几个饼子。"就起身去洗手和面了。

周滏阳兀自给碗里斟酒,愤愤道:"俺对不起家里的,她可是当年河川镇最漂亮的女人,跟着俺却半辈子没得风光。"沙荆花在灶台上弄瓦盆,舀玉米面,舀水,说:"也不能这么说,没有你,说不定她还躲不过各种运动冲击。你看看哈些做生意的有钱人,运动来了,都把金元宝往五曲河里扔。"郭向前急忙接过话来:"娘,哈些事提它干么? 往前看,沙耕读大大不是说了,以后国家要改弦更张咧。"

沙荆花说着话,已经把面和出来了,掀开蒲草锅盖,舀进水,灶底下就点起火来,呼嗒呼嗒拉了几下风箱,火腾腾地着旺了,锅里的水冒起热气,沙荆花便洗了手,从瓦盆里抓起一把玉米面,三团两团,就成了细溜长的饼子,"啪"一下子贴在热锅内壁上。庄户人都明白,"凉锅贴饼子——溜了",所以,要热锅贴饼子。郭向前和周滏阳都看着沙荆花干活,郭向前道:"咱眼下的形势和俺娘贴饼子一样,需要热锅。可现在还没有热锅,咋办,咱只能小的溜儿的干,不能大张旗鼓。"

周滏阳连连点头:"明白,俺筹集木料也说是为儿子结婚盖房做准备,不提别的。"

"对。你也多注意一下集上,看看有没有卖家具的,如果没有,你就很可能一炮打响。不过,俺提醒你,现在村民们手里都没钱,家具再好也未必有人买。你可以先做办公用的文件柜一类东西,看看镇政府、中小学买不买。"

"对。大侄子,俺真服你。郭家堡有了你若不发达,真是老天爷不长眼!"

吃完饭,周滏阳就到四处寻摸木料去了。因为他老婆有些家底,这些年来深藏不露,此时悄悄拿出一点儿,让他去办事。大队里的农活,就交给儿子替他干了。此时,郭向前安排的"抢三秋"已经正式开始,按照郭瓢子的设想,收割玉米推迟了一周,但如此一来,进入收割阶段就格外紧张,要加班加点,因为后面还要深翻土地,还要播种小麦,农时不能耽误。纺线的副业就交给沙荆花负责了。村西哈群老叔走了,留下的土地,也要收割和播种,人手感觉紧张了,原来的割芦苇编苇席也不得不暂停了。正忙得不可开交之时,在河北大学中文系读工农兵学员的丁卫红来到郭家堡。

前面有知青创作了《分界线》《理想之歌》等闻名全国的作品,所以,河北大学中文系的领导对丁卫红的创作也十分看好,说眼下正是"抢三秋"时节,你应该去看看,对你写作有好处。丁卫红便打点行装来到了郭家堡。她原想回黄召庄,感觉哈边有黄大想,很多事情都好办。但想了想,还是来到郭家堡,因为她感觉黄召庄对她非常照顾,而她并没有为黄召庄做出什么贡献,在眼下自己作品还没面世的时候,到了黄召庄会没有话说。如果去,也应该是"衣锦还乡",出了书以后。而且,黄召庄毕竟只是一般的村子,不是挑大梁的红星村。所以,她来到了郭家堡。

拎着帆布提包进了村以后,她犹豫了一下:是去大队部,还是直接找沙荆花?因为她此次前来,主要想了解沙荆花与郭向前。如果找大队部,必然会闹得沸沸扬扬,人人皆知来了个知青"准作家"采访先进人物,而自己目前根本不算作家,让人家以什么身份接待你?若只以普通知青的身份,人家大队部完全可以对你的请求置之不理。大忙忙的,不可能逮谁接待谁。因为接待意味着帮你安排食宿,谁有这个时间和精力?所以,丁卫红一路打听着,就来到了郭向前的小院。一进院子,见好几个姑娘围着一位大娘纺线线,院子里还摆着十几架纺车。郭家堡这是要干什么?一个问号首先闯入她的脑海:郭家堡果然不同凡响!

丁卫红在郭向前家住下了,和沙荆花睡在一屋。她的到来,自然让院子里的一群姑娘自愧不如,不光是大学生的名号比不了,哈个身材,哈个长相,爹妈给的东西竟然如此出色,让她们知道,在下乡知青里还有这么惹人注目的漂亮姐。继而私下议论起来:怪不得她能上大学,不知哪个领导看上她咧,是白?只有黄新桃了解内情,是自己的哥哥和父亲共同"发力",促成了这件事,是白。

沙荆花非常喜欢丁卫红,晚上睡觉一聊就是半宿。两人虽然隔着代了,共同语言却很多。丁卫红抽冷子会讲一点儿父亲当年打游击的故事,譬如:一九三九年一月,父亲所在的新四军挺进纵队一部渡长江北上苏中。随后,与苏皖支队一起进入六合、江都地区开展游击战。一九四〇年七月,父亲在陈毅率领下北渡长江,在新成立的新四军苏北指挥部做后勤保障,后跟随陈毅建立了以黄桥为中心的根据地。两个月后,中共苏北区委成立,陈毅任书记,陈丕显任副书记,父亲就在他们手下工作。一九四一年发生了令人痛心的皖南事变,苏北指挥部所属部队整编为新四军第一师,粟裕任师长,刘炎任政治委员。同年三月,新四军第一师的活动区域定名为苏中区。此时的父亲升任了第一师的副团长。丁卫红随口就背出了在新四军中流传甚广的陈毅的《梅岭三章》:

断头今日意如何?创业艰难百战多,此去泉台招旧部,旌旗十万斩阎罗。

南国烽烟正十年,此头须向国门悬,后死诸君多努力,捷报飞来当纸钱。

投身革命即为家,血雨腥风应有涯,取义成仁今日事,人间遍种自由花……

沙荆花虽文化不高,但这些通俗的诗句她全听得懂,在炕上趴着,胳膊支着下颚竟然泪水涟涟。丁卫红撩起枕巾给她擦泪,她就说:"你给俺抄下来白,陈毅元帅当年的诗不光写的是新四军,也写的是俺这冀中平原,哈两句话'后死诸君多努力,捷报飞来做纸钱',不就是在叮嘱咱们这些活着的人昂?俺想俺的柴大树和郭山河啊!"沙荆花的泪水像断了线的珠子,扑簌簌地往下掉。丁卫红也陪着一起落了一阵眼泪,拿出笔记本,撕下一页,把诗句工工整整抄下来,递给沙荆花。沙荆花便接过来压在枕头底下了,说以后要天天看,又讲起冀中的县大队。

丁卫红趴在炕上,眼前放着煤油灯,一个挺厚的笔记本已经记了将近半本的东西。沙荆花得知丁卫红比郭向前大很多,十分遗憾,否则,她会主动牵这条红线。当娘的总是这样,感觉自己的儿子最出色,不管人家是不是看得上你的儿子。当然,丁卫红看出沙荆花的心思以后,也很会排解:"老婶,我没哈福气,这辈子估计不会结婚了。"

"为么哎,你这么好的条件?"

"我打算为文学努力一生,贡献一生了。"

"值得昂?"

"值得。因为我欠大家的太多了,必须以一生来偿还。"

"闺女,这话说重了,以后你会改变心思的。"

"我之所以非常理解您果断离开郭老铁,宁可自己单身一辈子,也要成全他和陈玉妮。是因为我也是这么想,也会这么做的。"

"俺的事你全知道了?"

"是,我采访过保定的陈玉妮,我们俩谈了很多。我们女人一辈子不容易,既要尊重男方,还要尊重自己。"

"是咧,你真是聪明的闺女,在俺家多住几天白?"

"不行,明天我就去看郭向前他们'抢三秋',然后回学校,功课很紧啊。"

沙荆花告诉丁卫红,说她感觉黄新桃不错,但又非常遗憾黄家与郭家的过节,这件事让两家系了扣,问她对这件事怎么看?丁卫红对这些事早已十分清楚,认为若是把黄新桃娶进门,未尝不是好事,冤冤相报总是不如捐弃前嫌好,是不是?关键是那两个人之间的感情到了什么程度。如果难分难解,就及早把事办了,对双方家庭都有好处。沙荆花虽然对这种说法不好接受,可面对见多识广的北京漂亮姐,还是勉为其难地点点头,说要考虑。

"抢三秋"的人们在郭向前的安排下,组成两排,扫荡一般,前排以妇女为多,主要是掰玉米,随掰随扔,在脚下形成一条玉米线,便于后面的人捡拾装筐;后排的人以男人为多,手持两尺长把柄的小镰头,左手把玉米秸一捋,右手朝着玉米秸根部"咔"一镰头就下去了,随手将玉米秸往后一扔,也形成一条线,等待后面人打捆。人们像疯了一样地猛干,掰玉米的猛掰,砍玉米秸的猛砍,比赛似的十分紧张。这种干法以前从来没有过,哈都是四平八稳,说着笑话干活,甚至你捅我一指头,我挠你胳肢窝一下,叽叽嘎嘎,瞅冷子还能抽根烟。现在不行了,郭向前发话了,干得多的工分多记,突破一天十分的记录。但按照以往四平八稳的干法,不能记十分,只能记七分。一边是奖,一边是罚,丁卫红暗暗点头,郭向前很懂得"疏导"啊。过去的黄召庄绝不会这么干,如果现在黄大想还当着书记,估计也不会改变。丁卫红紧随在郭向前身后,间或也帮着他打扫身后的战场:把掰下玉米砍倒的玉米秸堆在一起,理顺一点儿,等待后来人打捆。人们紧张劳作,没人注意身边有个漂亮姐跟着。

一个时辰过去,郭向前从口袋里掏出一个不锈钢的哨子,吱吱地吹了起来,休息了,人们都住了手,直起腰,大口喘息着。丁卫红放眼看去,人人前胸后背都是一片精湿。她走到郭向前身边,问:"你一直都这么带头干吗?"

郭向前知道她是来随机采访的,便回答:"只要没有其他特别紧急的事,俺尽量参加一线劳动。"丁卫红点点头:"你工作哈么多,还坚持一线劳动,工分记得多吗?""不多。""动力来自哪里?""俺们村是红星村,俺是举红星的人,不这么干不行。""没有人逼你啊。""这就是自觉性和主动性的问题了。就说这'红星村'吧,周

360

总理把奖状交给你了，以后不再督促你了，甚至现在周总理都去世了，你这个红星村还存不存在，都没人关心了。哈么，你当书记的，该怎么办？""是啊，该怎么办？""主动把红星举起来，让它红起来，亮起来，只有这样，人们才会知道——哦，红星村还在，表率还在。"

丁卫红再次点头。又简单说了几句话，就率先回去了。她要记下郭向前的话。哈是一个最基层党员、书记的朴实的话。可是，里面的道理竟然哈么深刻，印证着"后死诸君多努力"的叮嘱，越想越感觉深刻。来到郭向前的小院，已经是中午吃饭时间，见沙荆花带着姑娘们还在纺线。她禁不住问沙荆花："老婶，咋还不吃饭？"沙荆花道："今天工作不理想，俺让大家返工了。这样质量的毛线咋往外卖咧？"可是，丁卫红走过去一看，哈些应该返工的毛线明明非常均匀、整齐啊。看起来沙荆花的工作标准非常之高。怪不得郭向前有着哈样不同寻常的见解。都是经年累月熏陶出来的啊！这时，大队的广播喇叭响了起来，知青小项在做着字正腔圆的播音："各位社员同志们，大家辛苦了，'抢三秋'工作如火如荼，振奋人心，今年可望丰收，增产百分之十。现在给大家放一段样板戏：

打虎上山……

穿林海，跨雪原，气冲霄汉！

抒豪情，寄壮志，面对群山。

愿红旗，五洲四海，齐招展，

哪怕是，火海刀山，也扑上前！……

慷慨激昂的京剧唱腔夹杂的热闹的锣鼓点儿，铿铿锵锵地一路演绎。一直在眉头紧锁做着返工的郭三秀说话了："这叫么事哎，他一个身强力壮的大小伙子不'抢三秋'却去放广播，让俺下岗来纺线。是白？丁卫红，你是大知识分子，你评评理！"

郭三秀的妹妹四秀也在这个群体里，此时说话了："三姐，你矫情么哎，他还不是你的人昂，回头他跑了，你找谁哭去？"

郭三秀道："俺才不哭，带上劁猪的刀子，追上他，劁了他个生地瓜的。"

姑娘们哈哈大笑。丁卫红捂住嘴，没笑出声。

第二十章　止与行

　　知青小项住的五保户,是村里郭七奶奶家,早先郭七奶奶的丈夫柴满囤是练家子,柴家营人,跟着镇上镖局出去保镖一去不回,不知道是死在外面,还是被外面女人绊住了脚,总之没有回来。柴家营早年有位柴老勤(大名柴勤国,俗称柴老勤,尊称老勤爷),是咸丰至光绪年间,武林中一个赫赫有名的人物,是搏腿功、翻子拳的一代宗师,身后培养了一批又一批远近闻名的武林豪杰。老勤爷还有一招,即练功的拿手戏:在墙上横着楔两个橛子,他能在这两个橛子上坐一天一宿,不摇不晃,乃至呼呼大睡。你若想靠近,则一脚飞你个倒仰,如此功夫,外行闻听,无不色变。

　　后来有喜欢钩沉考证的人搜集民间传说,形成如下文字卖给各武馆:

　　　　关于搏腿的名称——搏腿是九番御步鸳鸯勾挂连环悬空搏腿的简称,又名九番鸳鸯脚、九枝子、趟子腿。搏腿的套路称为"趟子",一个套路称为一趟,练习搏腿称"踢趟子"。"九番踢"指搏腿套路分为"文""武"各九趟,其腿法一腿变多腿,变化出九九八十一腿法,其手法一手变多手,手法与腿法结合可变化出多种攻防招法。此外,据古代阴阳的说法,奇数为阳,偶数为阴;"九"是阳数中最大者,称为"极阳数"。所以搏腿以"九"取名。"鸳鸯"取其阴阳相济之意,用阴阳这一古代朴素的辩证唯物主义思想来解释各法各式之间相辅相成、相克相生、刚柔相济、内外协调、对立统一的关系。

就有跳跶过武功又懂点儿文字的人不同意这种说辞,随口便贬,谁知消息一经传出就惹了麻烦,很多素不相识的人找上门来,要真刀真枪来一回,不见血不收兵,吓得这位逃之夭夭。

喜欢钩沉考证者,还探询出搏腿功的源流,以文字记录下来:

"鸳鸯脚"本是搏腿功中一个动作名称,以其动作形如鸳鸯而得名。这个动作做出之前劈出的手掌就像鸳鸯鸟头上的羽冠,后起之脚好似鸳鸯鸟上翘的尾巴,成为搏腿中一个独具特色的典型动作,所以鸳鸯脚又成为搏腿功的别名。成书于元末明初的《水浒传》第二十九回,便生动细致地描写了武松使用"玉环步,鸳鸯脚"虎虎生风的招数醉打蒋门神的情节,不但其动作名称与搏腿功中的"玉环步""鸳鸯脚"相同,而且其技击动作过程也与搏腿功中的"玉环步,鸳鸯脚"一模一样。此外,《水浒传》第十七回"花和尚单打二龙山"中还描写了鲁智深以脚"点翻"邓龙的情节。"点"是搏腿功腿法中的独特用语,意指以足尖攻击对方。书中描述和民间流传的动作完全一致,可见《水浒传》作者生活的哈个时期,搏腿功已在流行,它的历史可溯源到元末明初。包括有文武各九趟、内含八十一种腿法的"搏腿拳术"的正式形成,则是十九世纪三十年代,即清道光时期,距时下一百五十余年。

郭七奶奶早年听柴满囤讲过,柴家营的老勤爷一辈子走南闯北,以武会友广交朋友,门下徒弟众多,在河川镇开设顺丰镖局。经常走镖到天津、北京、南京、上海、武汉,从未失过镖。他为人忠厚,仗义疏财,在清同治八年,他走镖到了南京,恰好碰上两江总督吕尚轩霸占了他的结拜兄弟黄之全的妻子,并把黄之全以私通捻匪的名义砍了头。其实黄之全非常本分,干的只是保镖。老勤爷的另一个结拜兄弟闻听以后,气愤难耐,依仗高强的武功杀死几十个清兵,砍掉了吕尚轩的脑袋,自己也身负重伤,知道后果好不了,干脆一刀抹了自己脖子。

老勤爷把两个结拜兄弟的儿子全接到自己身边,好生培养、调理,一个起名柴敬天,一个起名柴念地,天天拔腿抻腰、舞刀弄枪,从冬到夏从无懈怠,全都练出绝世武功,成为继承搏腿功、翻子拳的杰出后来者。柴敬天性格豪爽正直,和父亲一样疾恶如仇,而且臂力过人。村外五曲河边有一尊铸铁大牛,一人来高,千斤有余,他能双手扳倒单臂举起。人称"千斤顶"。柴念地则性格内向,不言不语,只是蔫练。有一次,他把胳膊平放在车道上,让两辆坐满人的铁轱辘大车在胳膊上轧过去,胳膊上连道白印也没有。还有一次,有人用白蜡杆打他,他举起胳膊随手一搪,白蜡杆断了,他的胳膊安然无恙。于是,有了"铁胳膊"称号。有敬天和念地两个徒弟支撑门面,老勤爷心满意足,在家乡五曲河渡口竖过这样的招牌和旗幡:"拳打东西两岸,脚踢南北二京"。可见底气十足。

后来清宫大太监李莲英得知了河川镇有个顺丰镖局和老勤爷,还有两个如狼似虎的徒弟,便差人把大徒弟柴敬天请到了皇宫。大内副总管撒德贲是武林高手出身,见小地方人成了事心存嫉恨,遂与柴敬天比武,二人刀枪剑戟、南拳北腿连比三天,难分胜负,撒德贲方才认了账,要招柴敬天进京,但遭到柴敬天拒绝。因为柴敬天在清宫的短短几天,看到了李莲英、慈禧他们的奢侈糜烂,一方面欺压百姓作威作福,另方面惧怕洋人卑躬屈漆,令人不齿。他亲眼见了慈禧每顿饭的菜品超过一百五十种,五颜六色,杯盘碗盏,好生铺排,另佐以干鲜果品,糖、莲子、榛子、瓜子、核桃若干。米饭以御田稻米、天津小站稻为主,稻穗需长及五寸,称为胭脂米、碧粳米。每膳还必备粥羹,稻粱菽麦,燕窝人参,多达五十种,让人看了眼晕。一顿饭如此铺张,慈禧每道菜却只夹一筷子,甚至品尝半口又放回去。剩饭剩菜除了部分赏赐给宫女和太监,绝大部分都被倒进泔水筲。哈个情景看得柴敬天目瞪口呆。老百姓谋生哈么困难,他们竟然如此糟践。柴敬天骂了一句:"往死里作白!"一跺脚离开了清宫,跟随老勤爷继续干起保镖,只是名气更大了。

老勤爷的另一个徒弟柴念地,也有一段故事:北京东北平谷县的山南葵花谷,有一座千年古刹,古刹之中存放着一件稀世珍宝,名为"开花佛"。相传世界上只有两尊"开花佛":中国一尊,倭国一尊。据古刹中方丈代代相传,这尊"开花佛"铸造于大唐中期,通体赤金,重二十四斤,象征它含有二十四气,金佛从外貌看很像个宝葫芦。其所以贵重,不光因为它由赤金铸造,还为这尊金佛内有机关——头的顶端戴着一顶僧帽,这僧帽便是机关。用手一按僧帽,宝葫芦上半部便张开,变成一大朵盛开的莲,在莲花的正中端坐着一位神韵丰满、做工精细的金佛。如再按僧帽,哈花瓣便合拢起来,把金佛紧紧包住,回归原状。"开花佛"之名由此而来。有多少知名不知名的江洋大盗、绿林豪杰曾经为这开花古佛馋涎欲滴,只是此寺为五台山的分刹,寺中僧人为武松、林冲、鲁智深的徒子徒孙,个个武艺高强不说,还在存放古佛的大殿中设置了暗器"销器儿",故前来盗宝之人不是送了性命,便是受伤致残,难以得手。转眼到了清光绪二十八年,山东一位能够飞檐走壁的江湖好汉,闻听宝物以后有意盗取。该人名叫孙干,擅轻功,号称时迁后人,但他用了整整一年的工夫,也未能得手。不过,此时古刹方丈早已得知强人就在身边,老话说,不怕贼偷就怕贼惦着,失手是迟早的事。便派人来河川镇,到老勤爷的顺丰镖局拜访,请求支援。老勤爷明白,名为支援,实为除掉对手,要的是对方脑袋,谈好报酬后就派办事稳妥内敛的柴念地前往了。

据后人口口相传,哈一日,柴念地正在古刹院子里转圈"走趟子",屋顶忽地飞下一人,素衣素裤,嘴上捂着黑布。柴念地立即来个骑马蹲裆式,亮一个门户,道:"本人老勤爷名下的柴念地,请贵兄报上名来!"对方道:"在下行不更名坐不改姓,山东孙干是也!"二人便留行门,走过步,叮当五六交上了手。谁知他俩竟然三十多个照面不分胜负,哈孙干还被柴念地的武功迷得瞪大了眼睛,连蒙嘴的黑布全扯掉了。原来,搏腿功虽然重腿功、眼功、身功,也有手功,讲究"手开两扇门,后靠脚打入",故名"搏腿功"。孙干看得分明,柴念地取了龙、虎、豹、熊、鹰、猴、马、鸡、鹤、燕、驼、鹞、蛇十三种动作,三十九种劲道,直把金刚锤、玉环步、鸳鸯腿、地功翻等拳路一一亮出,直逼得孙干步步后退无路可逃,不得已孙干一个鹞子翻身,飞上屋顶,抱拳告辞:"念地贤弟好脚功,愚兄技不如人,永不再来!"千年古刹的"开花佛"再也无人觊觎,安然至今,后被收入故宫博物院。而老勤爷的镖局,威名远扬了。

后来柴敬天、柴念地带出的徒弟不计其数,战争年代郭家堡的郭二爷、抗战英雄柴大树、目前柴家营柴大霞的丈夫柴三脚,还有很多不知名的练家子、爱好者,掐指算来,全是老勤爷一脉相承的后人。郭七奶奶年轻时原本也跳跶过几天拳脚,否则也不可能跟柴满囤走到一起。不练拳脚的对练拳脚的是心怀防备的：你哪天不高兴，一伸手就把俺掐死了，是白？哪敢嫁给你？

郭七奶奶没有孩子，二十五岁时，刚入洞房一年的柴满囤一去不回头，郭七奶奶也没有再嫁。她没哭过，只是疑惑。丈夫的武功她了解，三五个人根本近不了身，而且做事稳重，轻易失不了手。有人劝她再嫁，她说："再等等，不知哪天俺家满囤就回来咧。"一片忠心日月可鉴，柴满囤却始终没有回来，郭七奶奶就踏踏实实跟着村干部、地下党做事，尤其做军鞋是把好手，县大队的很多战士都穿过她做的鞋。在解放战争的支前工作中，她因为做军鞋，双手磨出很厚的老茧，男人看了都要落泪。家里墙上挂着好几任军区司令发的奖状，年头长了，哈些奖状发黄、褪色，沤了湿绺子，她也不打理，心说，哪天当家的回来，让他弄。一门心思这么盼着，心无旁骛，后来她还做过郭家堡的妇女主任。岁月无情，眼看着她就完全白了头发，一生就在等待中蹉跎过去。村委会开会评她为五保户的时候，大家眼含热泪，一致通过。河川镇与一般村镇不同，县大队的家属多，军烈属多，过去为地下党做过事情的村民多，战争造成的鳏寡孤独也多，当这些人老了以后，很多人都想当五保户，享受大队照顾。可是，都评上是不现实的，所以就要横向比较，而郭七奶奶得的是全票。哈天大队广播喇叭一念出名单，很多家庭传出了哭声。有的是赞叹，有的是委屈。而评上的一般很都沉静，因为他们已经吃尽苦头，这点儿事让他们激动不起来了。

说起来，郭瓢子还是不错的，多年来他继承郭老铁的作风，宁可自己少分一点儿，少吃一口，五保户的绝对不缺。即使最困难的三年困难时期，也没让郭家堡的五保户饿了肚子。对这一点，郭七奶奶也全看在眼里。所以，当郭瓢子把知青小项安排在自己家以后，她二话没说，当即就应了下来。她说："甭提谁对谁进行'再教

368

育'，俺就当小项是工作组下户了，肯定会好生照顾他。"小项虽猴儿了八七的没正形，可对郭七奶奶特别尊重，有空就帮着郭七奶奶干家务，还缠着她讲当年柴满囤保镖的事。年轻人总认为保镖这活儿充满神奇和刺激，只有郭七奶奶明白，哈是把脑袋瓜子拴在裤腰带上的营生，你劫镖，俺保镖，咱就是仇人，仇人相见分外眼红，两句话不对付就白刀子进红刀子出。

自从郭瓢子把郭三秀的衣服、被褥扔出屋子，她就干脆搬到小项的小院，跟小项一起住了。不过，她没住小项的屋子，怕郭七奶奶不高兴。而是和郭七奶奶睡到一铺炕上。她也很会来事，天天看着郭七奶奶脸色行事，得空就帮郭七奶奶干家务，晚上还给郭七奶奶洗脚，这一条让郭七奶奶非常喜欢，可也有点儿过意不去。就在一天的上午，郭七奶奶去找郭瓢子了，说："你家三秀哈么好的闺女，你咋给赶出来咧？"

郭瓢子道："七婶子，哈是个二杆子，您甭操她的心。"

郭七奶奶道："么二杆子哎，俺看你倒是二杆子，自己的闺女不心疼！赶紧把婚事给他们办了，才是正格的。"

"俺根本不同意他们搞对象，办个狗屁婚事咧！"

"咱都打年轻时过过，你不让他们亲热是不现实的，可真亲热了，就闹出孩子了，哈个时候你的老脸往哪儿搁？"

"俺不想哈些烂事，俺也不承认这个二杆子女婿。"

"别身在福中不知福！哈个小项天天广播，念得多好，俺就爱听他的声音，又甜又脆，像香瓜一样，这几天俺都感觉又年轻了。"

"七婶子，你莫不是讽刺俺三秀念得不行白？"

"可不是咋的，三秀'心不在肝儿上'（心不在焉），磕磕绊绊的，声音也不好听。"

"说到归齐，你就是撺掇俺给他们办婚事白？"

"反正俺把话都说了,你爱办不办,他们生出孩子俺给养着,算俺的孙子。"

郭瓢子迫于各方面压力,不得不正式面对郭三秀的婚事。下午,家家都吃过晚饭,夕阳把西天映得通红的时辰,他来到郭七奶奶的堂屋里,把郭三秀和小项叫到面前,让他们跪在他面前,他坐在椅子上,说:"俺想通了,同意你们结婚。常言说,鱼找鱼虾找虾,油葫芦专找癞蛤蟆。你们也只能瘌驴配破磨,让你们找大学教授,找县委书记,也是胡扯。"说着话,把一沓钱摔在他们面前的地上,"这是咱家的全部家底,下一步该怎么办,你们自己找郭向前商量去,后面的事,俺不管了。俺这当爹的,已经尽到义务咧。给俺磕个头,算你们拜天地了——"

郭三秀和小项见此,不知应该怎么办,懵懵懂懂就伏在地上磕了头。起身看时,郭瓢子已经拔脚走了。郭三秀冲着郭瓢子背影喊:"谢谢爸!"郭瓢子理也不理,径直走出院子。两个人还在地上跪着,就拿过哈沓钱数了起来,是二百块钱。作为郭家堡的普通农民,一点儿"外找儿"也没有,这可是大钱了,郭三秀岂有不知道的!她拿着钱哇哇大哭,像死了人一样。小项也哭丧着脸,跟着掉泪。这时,郭七奶奶从东屋撩开门帘走出来,说:"三秀,哭么哎,结婚是高兴的事,再哭就不吉利了。"

郭三秀止住了哭声,拉着小项站起身来,对郭七奶奶说:"俺爸把全家的积蓄都拿来了,俺还有两个妹妹没出嫁,她们不得骂死俺昂?"

郭七奶奶安慰道:"走一步说一步,现在郭向前挺能折腾的,肯定能帮她们。"

两个年轻人这才稍稍放下心来。出了屋,方才发现郭瓢子还将一把郭三秀在家天天坐的椅子——哈是她家唯一的椅子拿来摆在院子里了，椅子背上贴着一张巴掌大的皱皱巴巴的红纸，上面写着红双喜墨字。郭三秀不由得又哭了起来。她在想，这才是亲爸呀！虽然自己还没有女儿，但是身为女儿，不论如何也是在爱与呵护中长大的，老爸老妈的恩情永远不能忘啊。眼下老爸闹哄，其实透着对女儿割肉一般的不舍和眷恋，自己拍拍屁股走了，老爸老妈在家里说不定正落泪啊。

事实只怕真的如此。郭三秀对郭七奶奶说，自己是家里最能闹的女子，相比之下，其他姐妹天天都悄没声地进进出出，只有她在，家里的小院才热热闹闹。眼下自己说走就走了，日常用的东西也全拿走了，当爸的必定会落寞地兀自回到冷冷清清的院子，一言不发坐在门口台阶上吧嗒吧嗒地抽烟，一肚子的话没处说，哈个场景完全可以想见，而且活生生的就在眼前……将心比心，他此刻可能在祝福自己的女儿好好过日子，也可能在祝福世间所有的女儿，祝福世间所有的父母。是白？老爸的真实想法究竟是么，郭三秀不知道，反正此时她就是这么推断老爸的！

············

郭七奶奶的小院里只有三间正房，可以在一侧盖一间或两间厢房。当晚，他们两个人在郭七奶奶带领下，就找郭向前去了，当即决定，由郭三秀出钱，大队出人，尽快把这两间西厢房盖起来，一间作为他们的婚房，一间作为他们的厨房兼存农具、柴草的库房。这时，郭向前提出一个让他们都意想不到的要求：你们两口子要拜郭七奶奶为干奶奶，从此以后就不是郭七奶奶照顾你们，而是你们照顾郭七奶奶。否则，就不同意你们住在郭七奶奶院子里。

小项似乎脑筋好使，当即就明白了，暗想，这郭向前果然不同凡响，他比别人都多看出几里地去，便急忙点头。哈个郭三秀却不明白，瞪着眼，说："咋还要拜干亲？"郭七奶奶也没明白，说："现在

371

不时兴拜干亲了,再说俺这么大岁数了,认干亲干么哎?"小项急忙扯郭三秀一把,说:"傻样儿,这件事必须做,否则俺不跟你结婚。"郭三秀依旧瞪大了眼睛,对郭向前叫阵:"为么要拜干亲,是不是大队给郭七奶奶的补助要交给俺们负责管理?"

平日懒得说话的郭向前此刻伸出一根手指头,指着郭三秀:"俺说三秀,快收起你哈点儿小聪明,咱郭家堡只怕没有第二个像你这样的女人,甭跟俺装疯卖傻,死了你哈个念头白——究竟拜不拜干亲?不拜,你们的事俺可屁毛儿也不管了。"

郭三秀依旧装傻,问:"向前哥,你的葫芦里究竟卖的么药哎?"

郭向前道:"自己琢磨去,俺懒得理你了。"郭向前佯装恼怒,转身欲走,郭三秀急忙一把扯住他,说:"别走别走,俺们现在就拜,你这大书记得在旁边做个见证白?""这还差不多。"郭向前把表情调整好,一本正经地站好,两手下垂,贴着裤缝,就像当兵的立正,两眼目视前方。郭三秀把郭七奶奶拉到郭向前面前,两口子跪了下来,对着郭七奶奶咚咚咚磕了三个响头,然后发誓:"俺们从今往后就是郭七奶奶的孙女和孙女婿,一定忠心耿耿孝敬奶奶,不让奶奶着急生气,为奶奶养老送终。"

一直在旁边看着的沙荆花此时走过来,拉住郭七奶奶的手,说:"七婶子,这件事您就实受就行了,向前做得对,不然哈个机灵鬼儿三秀会算计你咧。"

郭三秀一听这话急忙阻拦:"老婶您这话可不对,俺在向前哥领导下,敢做出大格的事昂?他还不得吃了俺?这半天您看他一直在数落俺!"

沙荆花道:"行了行了,事情已经办了就行了,回头让向前给你们安排盖房的事。"

一干人方才走出郭向前的小院。

郭家堡"抢"完"三秋",在十月底收完玉米、高粱,完成了深翻土地,播下了麦种,在霜冻以前保证麦苗能长到一定高度,这样,在霜降以后接踵而来的寒潮侵袭下,小麦就不至于因植株过于矮小而冻死。而今年"抢三秋"因为收割拖后了十来天,收成增加了,可后面深翻土地和播种的工作就在时间上十分赶罗,用有的村民的话说:"郭向前赶罗得俺们屁滚尿流。"虽带着玩笑口吻,却也是实情。这一切郭瓢子做不到,而郭向前做到了,原因是他推行了"按劳分配"原则,打破了原来一天十个工分铁定了不能变的老章程。事后郭瓢子自己也想过这件事,他当然明白拖后十天收割可以增产,但他动员不了全村村民这么赶罗地抢农时,原因是他一直在沿袭郭山河的工作方法,而郭山河的路数是自己带头,问题是,拖后"晚收"这种赶罗事不是一个人带了头就能带起全村的。说到底,郭山河没有儿子郭向前打破常规"按劳分配"的勇气。也许,哈个时代就如此。郭瓢子这么为自己解释和开脱。

一切都妥帖了,郭向前方才长出一口气。便安排人员给郭三秀两口子脱坏,准备盖房子。

郭三秀也在沙荆花安排下,跟着纺线组兢兢业业工作,眼看第一批手工纺的氯纶毛线,在集市上顺利卖出。大家都分得了一些收入,虽然不多,却比编苇席收入高。于是,大家信心倍增,都撺掇郭向前继续去北京氯纶厂淘换氯纶绒。郭向前便再次出发了。这次,他带了小项和另外两个小伙子。

这次拿回来的氯纶绒比上次多几倍,所以,郭向前把学纺线的队伍又扩大十几人。

这些日子黄召庄发生一件"耩空楼"的"新鲜事"。若干年后实现了一定程度的机械化,农民播种一般是播种机机播,但在时下,播种用的是有两个耧腿的木耧。前面一个人牵着牲口拉耧,后面一个人摇耧,种子通过耧腿角均匀地播到地里。"耩空耧"就是耧斗里不放种子,只在地里划出两道播种的沟,做做样子。黄召庄为么要费工费力地"耩空耧"?因为黄大想感觉黄召庄地处五曲河故道,土地多为沙白地,水源不足,肥力不够,如按上级分配种植计划种杂交高粱,不仅产量低,而且品质差,连牲畜和鸡都不爱吃。但因地制宜种花生和红薯,则可粮油双丰收,完成粮食征购任务会手拿把掐。之所以"耩空耧",是为应付种植"一刀切"的检查,待检查过后再按农民意愿种植。谁知黄大想因此挨了镇里组织的批判,而事后他们种植的花生和红薯却喜获大丰收,向国家贡献的粮食和油料增多了,农民生活也略有改善,镇里便蔫蔫儿地不再多嘴。后来女作家丁卫红问黄大想对此事有什么感受,他迟疑了一阵,用手掌捂住半拉嘴说:"农民会种地,需要自主权。"丁卫红很兴奋,瞪大了眼睛:"为什么你们为国家做着贡献也挨批?"黄大想说:"还不是有些人没事找事?否则怎么显出他在干工作,是白?"丁卫红却摇了摇头:"这是一种可怕的'惯性'。但愿别的村不再出现'耩空耧'问题。"

黄大想一声叹息:"唉,农民生活贫穷,没有不缺的东西,缺粮、缺菜、缺油、缺肉蛋奶。可一些干部却打着执行国家计划的旗号,片面追求'上纲要''过黄河',不顾土质、地力、水肥条件的局限,强行推广种植所谓高产品种——杂交高粱,搞'一刀切'。极个别的甚至强行'毁瓜拔苗',快成了'一个县一个生产队长'了。过去俺也放过'卫星',现在应该吸取教训了。"

丁卫红对冀中推广"杂交高粱"一事比较了解,因为实验杂交高粱成功的人也是个工农兵学员,是河北农大的,这个人叫詹振海。一九七一年,品学兼优的詹振海初中毕业后回冀中老家务农,大队分配的任务是赶马车。"一辆马车两人赶,一人送货一人闲。"虽然离理想抱负相去甚远,但詹振海有很多闲暇按自己的兴趣生活,而他的兴趣就是钻研粮食作物的改良。以至推荐读工农兵学员的机会到来时,他曾犹豫要不要丢下马鞭迈进考场(工农兵学员也要考试,只是相对简单)。因为此时他一直在实验"杂交高粱",他订阅了不少这方面的报纸、杂志,实验正在"裉儿"上,大队书记找他来谈读工农兵学员问题时,他不假思索道:"让更想去的人去白,俺这实验未出结果咧。"大队书记当时就给了他一个大脖溜:"你小子咋这不识抬举,这种事哪有随便让的?"

詹振海报完到又回村里干了三个月,直到取得成果,方才去学校上课。在农大读书,专业是学习和研究谷子种植,当时小麦、玉米是研究热门,是更多人愿意选择的方向。詹振海和老师谈了自己从事"杂交高粱"实验并已见初步成果的事,校方十分高兴,立即组织师生介入进来一起研究实验。一年后,在詹振海原实验基础上又提高产量百分之二十,省里对此非常重视,立即在条件适宜的地区进行推广。而丁卫红得知以后前去采访时,詹振海已经接了新的任务,和老师一起实验"杂交谷子"了。他介绍说:"不同品种对于光照和温度变化的敏感性是不一样的,可以通过实验去发现它们的差异。"他进行的就是这种基础实验。每天下午,他用纸箱把实验材料全部扣住,然后在第二天按设定的时间表将不同材料的纸箱依次拿开。材料见光时间长度分别为六、八、十、十二个小时,每到一个节点,他就要去揭开纸箱看看。实验不复杂,但对时间掌握要求严格,为获得精准数据,他趴在试验田里,一待就是一个多月。遮光十个小时和八个小时等时间长的材料提前出了穗,一系列谷子在面对光照温度差异时表现的特性被詹振海写进毕业论文。时隔不久，他们实验成功的杂交谷子也得到了推广。

科研成果得到推广，作为科研人员，是求之不得的。哈是他们成功的见证。但在黄大想这里，却不愿意被人按下脖子强饮驴。因为各村镇土地、水肥条件不一样，种什么，应该多听村里人意见。"强推"的结果，就是虚与委蛇，甚至被逼作假，出现"耩空耧"现象。

丁卫红意识到，这就是冀中农民的呼声。于是连夜赶写新闻稿，鲜明地提出"还生产队因地制宜种植的自主权"，"以粮为纲，还要全面发展"。农民"在完成国家定购任务的前提下，生产队种什么，怎么种，大队、公社、县都不要乱加干涉！"她把稿子送到省报的一个相熟的编辑朋友手里，引起报社领导高度重视，几天后便在一版显著位置加编者按刊出；其他地区报纸纷纷做了转载。稿子在冀中农村引起很大反响，"耩空耧"的"典故"连同"农民会种地，需要自主权"的呼喊，成为一时的热门话题，丁卫红感觉这是她应该，而且必须为冀中农民道出的心声。因为这件事，黄大想也派人给丁卫红送去半布袋家乡特产花生，足有二十斤，够她吃半年的。

一个周日，黄大想的侄女黄三丫到镇上集市买东西，本来她也没么钱，只是得空出来透透空气。在家里实在憋闷。哈个黄大想的脑痴呆的老婆，一会儿拉，一会儿尿，总得给她崴，还总得洗，做饭已经变得无足轻重了。黄三丫喘着粗气，快步走到镇上，在集上逛着，看到卖鸡蛋的，权衡了一下，没舍得，看到卖猪肉的，流连了半天，还是走开了。这时，她突然看到一个姑娘蹲在路边卖毛线，哈是一个柳条簸箩，里面密密实实地码着整整齐齐的灰色毛线，她当时就想，俺买点儿回去给大想织件毛衣白？现在两个人好成一个,彼此变成了"心肝肝"——黄大想每到搂着她的时候都会在她耳边说:"俺的心肝肝哎!"于是,她就心旌摇荡,也会咬着黄大想的耳朵回答:"你也是俺的心肝肝!"

黄三丫在毛线簸箩跟前蹲了下来,手里轻轻摸着,感觉十分柔软、温暖,便问:"怎么卖的?"

"十块钱一斤。"

"有点儿贵——"

"你到别处先寻寻价,回来再说贵不贵。"卖毛线的姑娘看着她,面无表情。

黄三丫站起身来,喘了口气,她因为身体稍胖,蹲一会儿再起来就喘。两眼一边四处寻摸着,一边慢慢走,哎,她看见十几米以外还有一个姑娘蹲在路边,面前也摆着柳条簸箩,里面也是毛线,只是颜色不一样,哈个是灰色,这个是蓝色。她急忙走过去:"多少钱一斤?"

"十块钱。"对方面无表情地回答。

她蹲下身子,伸手摸着毛线:"俺只买一绺行白?"

"不行,论斤卖。按绺卖最后剩少了就没法卖了。"

看起来,都这个价。黄三丫犹豫再三,又走回去,买哈个灰色毛线去了。因为,她感觉黄大想适合穿灰色的毛衣,蓝色不上档次。虽然农民们一般舍不得穿毛衣,能有绒衣穿都算奢侈,一般就是一件棉袄,怀一掩,腰里煞根绳子就过一冬。但她太爱黄大想了,虽然穷,也无论如何要让黄大想风光一次。她都想好了,一旦给黄大想织好毛衣,就让他穿着去开村委会,外面不套外衣,就为展示。让大家看看,俺家大想也是一表人才不是?

做着美好的打算,她就掏出了仅有的十五块钱,买了一斤半灰色毛线。早年她曾经织过线衣,使用的分量差不多就是一斤半,当然,论成本就便宜多了。而且,织线衣的线是拆线手套的线,是在镇上工作的一个亲戚给了她很多脏兮兮的线手套,告诉她,洗净了可以拆了织线衣。她果真这么做了,织出一件线衣,上面有些洗不掉的污渍形成了不规则的图案,不过,这件线衣她也穿了很多年,在村里也风光过一阵子。

买好以后,她就立即回家了。到了家,先给脑痴呆的婶子崴屎崴尿,然后洗厄厄褯子,给婶子洗下身,都收拾完了,就找出织毛活的竹签子,这种东西几乎家家都有,不一定都买得起毛线,但都存着竹签子。她按照织线衣的手法,先找出黄大想的片衫,调量好了尺寸,就开始将整把的毛线缠成球,再往竹签子上绕着织。织毛活不是特别复杂,但需要专心,于是,黄三丫织起毛活就忘了做饭。转眼黄大想就进门了,她没像往常哈样迎上去搂着亲嘴,屋里也没飘着饭菜香味,静悄悄的像没人一样。

"人咧?"黄大想喊了一声。

黄三丫方才醒悟,是当家的回来了,可自己还没做饭。急忙从西屋走出来,手里织着,嘴上说着:"大想,俺刚才到镇上去了,没买吃的,给你买了点儿毛线,瞧!"遂举起手里的竹签子让黄大想看。

谁知黄大想没问她钱是怎么来的,也没问她为么没买点儿肉、蛋之类,却突然表情严肃地问:"你问哈个卖毛线的是哪村人了?"

"没有啊,问哈个干么?"

"嘿,你不懂,这里面有学问!"

"么学问哎?"

"割芦苇编苇席的事,还模棱两可地悬着,这又冒出卖毛线了,么个动向,看出来了?"

"俺就是个家庭妇女,知道么动向不动向,你甭吓唬俺,直接告诉俺就是咧。"

"这事必定是郭家堡干的,俺马上过去一趟,这事不小!"

"你不吃饭咧?"

"你不是也没做昂?"

黄大想说着话,从墙上摘下马灯,回身出屋,把一辆浑身稀里哗啦响的自行车推出来,出了院子就骑上了,一只手拎着马灯,飞快地奔着郭家堡而去。西天的夕阳在地平线上跳了两下,"突"一下子就沉了下去。留下的一抹火烧云,停留了片刻,也烟消云散,代之以灰蒙蒙的雾霭。赶到郭家堡,天已大黑。依靠手里的马灯照着,推着自行车深一脚浅一脚地往前走,来到村委会见黑着灯,知道屋里没人,便拐到街上,问一个提着马灯走路的老者:"郭向前家怎么走?"老者告诉他,见前面胡同钻进去,左拐走不远就是,郭向前的院子里有人在挑灯干活,很好找。

"挑灯干活"这四个字像钉子一样一下子钉进黄大想的脑仁里。眼下这个时段,"四人帮"倒了,下一步怎么样还不明朗,不老实等着,怎么会"挑灯干活"?难道谁死了在打棺材?不然的话,就是在——他一下子就想到了——纺毛线!这活儿只有郭家堡的人敢干!割芦苇编苇席难道不是从郭家堡开始昂?

胡思乱想着,就来到了郭向前的小院门口,见大门敞着,院子里在树上高悬着好几盏马灯,地上摆着很多纺车,纺车的旁边还摆着马灯,一伙人果然在"挑灯干活":好几个姑娘在沙荆花带领下在"嗡嗡嗡"地纺毛线。他认识沙荆花,所以一进院就喊:"老嫂子,正忙咧?"随手把自行车停在靠墙的地方,拎着马灯走近沙荆花。

沙荆花停住手,站起身来:"大想,你咋有空视察俺郭家堡来咧?走,进屋说话。"就把黄大想手里的马灯接过来,引着他往屋里走。进到堂屋,方见郭向前正和黄新桃两个人算账,黄新桃面前的一把算盘打得噼里啪啦哗哗叫溜,黄大想见此,嘻嘻哈哈地插科打诨:"赚了多少? 不保密白?"

他和郭向前也很熟,总在一起开会,尤其当年他和郭老铁关系都不错,最近得知郭向前把黄晋升的复职问题跑成了,对郭向前父子简直佩服得五体投地。作为他这种性格和思想水平,他永远不会明白郭向前为么会死乞白赖给黄晋升跑复职的事,他看得到的,只是郭向前的办事能力非常强。乃至,还可能想到郭向前有点儿背景,仅此而已。按照知识分子的讲法,叫作只看到"形而下的器",而看不到"形而上的道"。

郭向前一看黄大想来了,赶紧给他让座,让他坐在自己刚才坐的地方,把一盒"白河桥"和一盒火柴扔给他,这边沙荆花已经沏了茶端过来。黄新桃就势拿着算盘离开桌子,到外面去了。黄大想也就此放低声音,与郭向前喊喊喳喳地说起来。说了一阵,郭向前道:"吃饭了没? 跟着俺一块儿吃点儿?"

黄大想又在脸上堆起笑容:"吃点儿就吃点儿,当初俺跟着郭老铁,走到哪儿吃到哪儿。"

沙荆花走到屋外,对姑娘们说:"今晚就这样了,大家回去吃饭,明天再继续。"

大家早已饿得肚子里叽里咕噜叫,便纷纷停了手,用脏兮兮的塑料布把纺车都蒙起来,边边角角用砖头压住。

黄大想不是一般人,是郭老铁过去的老同事、老战友,所以,沙荆花就拿出了体己钱,到村里供销社去买了半斤鸡蛋、半斤猪肉、一斤土豆、两包大果仁、一瓶水果罐头。这在当时的农村,已经相当奢侈。而且,沙荆花拿出了一直舍不得吃,等着过节包饺子的一斤白面,给黄大想烙了白面饼,炒了鸡蛋,用猪肉烩了土豆。算是让黄大想开了荤。黄大想馋猪肉馋了太久了,专拣肥肉吃,特别是专拣肉上的白油吃,而把瘦肉夹给郭向前,他都咬过了,还夹给别人,不管别人是不是硌硬。因为他感觉如果全吃了就显得太没出息。已经有多久没吃上这么有滋有味有荤有素的饭菜了?郭向前拿出来的杂牌薯干酒也让他喝得非常尽兴。最后,他与郭向前达成协议:下一步帮他们黄召庄也打二十架纺车,而且,由郭向前出面淘换氯纶绒。起初,郭向前对此面有难色,黄大想便立即表态:"俺马上就把黄召庄改名字,叫'郭家堡二村',隶属你的领导,行白?你得带着俺们,不能自己'玩儿',是白?"

郭向前非常无奈,勉为其难地答应了。他知道,全村人都不会同意他这么做。送走黄大想以后,郭向前一直在堂屋椅子上坐着,始终不想进西屋睡觉去,因为他毫无睡意。黄大想的问题让他愁肠百转,没法说服自己。行与不行两个概念在打架:郭家堡比黄召庄困难,现在应该快速发展,时不我待,村民们眼巴巴看着,只要你一声招呼,没有二话,人人跟着你冲锋。可以说,现在郭向前在村里的地位十分巩固。但若你在没取得长足发展的同时,去帮一个比你强的村,让村民们怎么看这件事?你真的脑袋让门掩了,让驴踢了?你的威信还会哈么巩固昂?

夜里两三点了,郭向前还在堂屋坐着抽烟,沙荆花披了衣服走过来:"儿啊,睡觉去,想不明白的事白天想,夜晚路窄,白天太阳地儿底下,看哈全是一马平川。"

郭向前一声长叹,来到西屋,屋里沙荆花早已为他备好洗脸水,两把暖壶灌得满满的。他简单洗漱以后,衣服都没脱,就熄了灯躺下了。这时,因为头脑十分清醒,他隐隐约约听到院门的门钩响了一下,接下来什么都听不到了,沉了片刻,突然头顶上的窗户吱吱响了两声,因为声音不大,他也没有叫喊,甚至没有起身。可是,转眼他就又警醒起来,想看看窗户为么会响。便将马灯点燃了,举起来照着窗户,发现,在窗棂下部,塞进一个纸条。他把纸条抽出来,拿到灯下,打开一看,是黄新桃写来的:"俺知道你这一夜没法睡,黄大想一来,俺就知道麻烦来了,俺给你出个馊主意,黄大想的事可以帮,但需加价。具体怎么加,你肯定明白。祝好!新桃。看完赶紧睡吧。"

郭向前连连摇头,黄新桃简直是人精啊,连他睡不着觉都猜出来了,而且给他开了药方。这个药方还真不是瞎开,说不定就要这么干。他一时间心里踏实起来,暗想,办法总比困难多,明天继续征求大家意见,群策群力,不信没有出路!

让郭向前想不到的是,转天一早,黄大想骑上自行车奔了县里,找到黄晋升,如此这般讲述一番,然后就把申请书递给了黄晋升。这样的事,还从来没遇到过,恐怕自打有了河川镇,一千多年来也不曾发生过:黄召庄要改名字,叫"郭家堡二村"。黄大想说这是全体村委会干部和村民代表的一致意见。申请书上有这些人的歪歪扭扭的签名,他们如何形成的这个"一致",不得而知,但情况就摆在这儿,千真万确,不是哪个人杜撰。

黄晋升拿着这份稀奇古怪的申请书,交给解麦收,提议召开县领导班子会,郑重其事研究一次。于是,领导班子真的开了会,会上大家发言十分踊跃,感觉事出有因,黄大想是战争年代走过来的人,绝不会脑瓜一热就干出这种事来。于是,大家就进行了分析:黄召庄距离郭家堡并不近,至少十里地,但中间没隔着村子,这是黄召庄人认为的"归顺"的有利条件;除此,就是黄召庄与郭家堡一样,县大队成员家属多,军烈属多,人均土地略多,但也是盐碱地,比郭家堡实力强一些,也不是太强。合起来,应该更有优势,因为郭向前能折腾,黄召庄土地多,匀一匀的话,很可能比现在情况好。

可能因为解麦收对郭向前的印象好,加之对黄大想这个老县大队队员高看一眼,这个突发奇想的申请书竟然通过了,回头就把一纸红头文件发了下来。郭向前见到这份文件以后,脑袋嗡地一下子涨出一圈,真是怕啥来啥。但他沉思默想了一阵子以后,感觉黄新桃的话是对的,可以帮忙与合作,但需"加价",否则,郭家堡没法发展。正想着这些事,黄召庄哈边来了一群人,带着锣鼓,敲敲打打,热热闹闹,黄大想走在前面,高高兴兴地来郭家堡办"对接"。怎么对接咧?两方人马坐在村委会小会议室以后,黄大想说了,以后黄召庄原则上自己的事还是自己办,但每一件事,都要向郭家堡汇报,征求意见,此其一;其二,黄召庄有了难处郭家堡不能看着不管,其他就没有了。

事情看起来也很简单,并不复杂,也没有过高要求。但郭向前一细想,还是感觉压力很大。这时,一直紧跟着他的黄新桃又出主意了:"向前哥,答应吧,俺感觉利大于弊。下一步的很多工作需要发动群众,这不是现成的送来了?"

"你看到下一步了?"

"对,俺通过卖了几次毛线,看到了不错的前景,定白,甭犹豫了。"

为了要业务,黄大想非常慷慨地把黄召庄的土地匀出二十亩给郭家堡,当然,是靠近郭家堡这一侧,与郭家堡接壤的部分。郭向前当即答应,并签字接收了。这份觐见礼虽不算很大,也终归表示了诚意和忠心。郭向前也当即将前几天拉来的氯纶绒分一部分给黄召庄,当然是按照黄新桃的意见加了价的。只是加得不多。黄召庄也有木匠,也立即打出了纺车,没有会纺线的就来郭家堡学习,沙荆花也就不能不教。事情就这么在郭向前不情愿的情况下,滚起"雪球"来。在整个河川镇,郭家堡和郭家堡二村,因为黄大想冒冒失失的突发奇想,一下子横空出世,一起暴得大名。

省报记者再次来到郭家堡采访郭向前,把郭向前描绘成郭老铁第二,极具开拓精神,是当下农村不可多得的人才。但这一年舆论界有两种声音,一种是"两个凡是"(凡是毛主席做出的决策,我们都坚决维护;凡是毛主席的指示,我们要始终不渝地遵循),另一种是反对"两个凡是",主张实事求是。在这个节骨眼,看过省报的陈玉妮和陈之谦来到了郭家堡。他们劝阻郭向前,你们的毛线先别纺了,也先别卖了。眼下说不清哪种意见会占上风,你年纪轻轻,别为这种事犯了错误。为自己的事犯错误,情有可原;为集体的事犯错误,愚蠢至极。现在保定正在刮一股风:在看不清前景的情况下,保全自己为上。人人都在说:"《红灯记》里鸠山的话是对的,'人不为己,天诛地灭'。俺们没有哈么低级,可也不能不小心起来。"特别是沙耕读又写了信来,让郭向前小心为是,他现在被降职,正在党校学习。

啊!郭向前一时间直感觉扑朔迷离,天地万物一片混沌。在饭桌上,筷子竟然夹不起菜来,说起话来也答非所问。在这个时候,又是黄新桃给郭向前写来纸条:"俺能猜出陈玉妮和陈之谦两位前辈所来何为,但俺旗帜鲜明地告知你,你没干错,只管往前走。因为,你曾经讲过的道理是没法驳倒的:为人民服务是共产党的宗旨,坚持这一条就没错。甭管几个'凡是',这是最大的'凡是'。俺们热爱领袖,但俺们尤爱真理。新桃。"

郭向前和母亲、娘、姥爷坐在一起吃饭,心里七上八下,不是滋味。家人的话是最亲切的,透着不容置疑的关爱。而黄新桃的话,又是如此高屋建瓴。他看看母亲,又看看姥爷,他们也正表情殷切地看着自己,怎么向他们表态呢?

第二十一章　衰与兴

郭三秀和小项住上新房没几天，在一个晚上的生火做饭时间，屋里传出撕裂人心的哭号声。把正房的郭七奶奶吓坏了，急忙颤巍巍过来看个究竟。却原来，是小项收到了母校的来信，鼓励他回母校复习功课，迎接全国高考。郭三秀撒了泼地哭。

来信详细讲到，今年九月，国家教育部在北京召开了全国高等学校招生工作会议，决定恢复已经停止了十年的全国高等院校招生考试，以统一考试、择优录取的方式选拔人才上大学。招生对象是：工人农民、上山下乡和回乡知识青年、复员军人、干部和应届高中毕业生。学生毕业后由国家统一分配。十月下旬以来，全国各大媒体都公布这一消息，并明确了今年度的高考将于一个月后在全国范围内进行。与过去的惯例不同，今年高考不是在夏天，而是在十一月下旬或十二月初的冬天。

郭三秀看着来信失声痛哭，她感觉天要塌了。她已经身怀有孕,这小项不是和柴满囤一样,从此要一去不回头了?以后的日子怎么过?难道真走改嫁的路?她郭三秀还没有这么开放,别看她搞对象很主动,但若"再醮",她连想都不敢想。哈个不是闹着玩的!

郭七奶奶问明白了事情缘由,劝住了郭三秀:"甭哭了,这是好事。孩子也要保住,就算小项一走不回头,孩子还有个大学生爸爸,也不丢人。再说,小项——"郭七奶奶拉住小项的胳膊,"你想离婚的事了昂?"

"没有啊?俺几时说离婚了?可她非要哭,非说俺'肉包子打狗,一去不回。'"

"这个三秀啊,就是鬼灵精,这叫'敲山震虎',先警告你,不能离婚,不然她就没法活了。"

郭三秀一听这话哭得更凶了,好像离婚已经来临,她也真的没法活了。小项真恼了,抬手给郭三秀一个耳掴子,恨恨道:"简直就是丧门星,太不吉利了,本来俺也不一定考得上,你这么一闹,让俺心思不整,还怎么考?你以为还像你们过去哈样,人人随便抄?现在是真刀真枪的干咧!"

郭七奶奶接过话来:"小项说得没错,家和万事兴,是千年老理儿,闹么闹哎?小项,她是心里虚,你抱抱她,亲亲她,甭打甭闹,两人甭吃饭了,先钻被窝。"说完咳了一声就出去了。她是以七十岁老人的体会,让他们在被窝里和好。正是干柴烈火的小夫妻,有么过不去的坎?一钻被窝万事大吉。这个劝架的办法土得掉渣,却百试不爽。

小项气哼哼地给郭三秀扒衣服,郭三秀抽抽搭搭地服从,不主动,也不拂逆,两个人钻了被窝。郭三秀紧紧搂着小项的脖子说:"你王八蛋若真甩了俺,俺就到你大学门口上吊去,让全校师生都跟着你难看!""你就不能不说这种丧气话?你咋不想将来俺把你带进城去过城市人生活?俺不挤对你,你会说这种话昂?俺贼你半天了,刚拿到一个通知,能不能考得上还不知道,立马就变深沉了,不愿意搂俺了。是看俺土了白?城里的姑娘都细皮白肉,大眼儿双眼皮白?拉屁屁也不臭白?""俺不愿理你。郭向前、老婶子、七奶奶,都说俺鬼灵精咧。""甭自夸咧,俺咋没听见?""夸你的话,你才听得见,夸别人你咋听得见?听得见也说没听见。"

两个人互相贬低着,互相拿最解气的话骂着,却越搂越紧,最终一动不动,完全合为一体,享受着相同频率的律动。小项这时就说出了一连串的"俺爱你,俺爱你,一辈子爱你"的话。这是一般男人在这个时候都可能说的话。郭三秀也使劲儿亲着小项,说着"俺真离不开你,你若不要俺了,俺就真死去"。两个人便海誓山盟了一阵子。折腾够了,感觉晚饭还没吃,肚子里叽里咕噜乱叫,便爬起来做饭。郭三秀又恢复了叽叽嘎嘎的说笑声。正房郭七奶奶一直在东屋撩开窗帘一角看着这边,见他们出出进进开始生火做饭,方知好事已经做成,自己放心躺下睡觉了。

真是家和万事兴,郭三秀高高兴兴送小项去县里参加高考,顺便挤在小项父母家,一方面告知他家,两个人已经结婚,另一方面告知他家,眼下是小项来参加高考,即使考上,两个人也不可能离婚。一番话让项家十分吃惊,结婚这天大的事哪有不告诉夫家的?你们扯了结婚证昂?没扯结婚证能算结婚昂?听话听声,锣鼓听音,好像——郭三秀不敢想,但不能不想——夫家有赖账的嫌疑咧。郭三秀从怀里掏出一把剪刀,对着自己的肚子,跟老公公说:"甭跟俺弄这手活儿——俺肚子里已经怀上了你家的崽子,你们若跟俺耍赖,俺就一剪子进去,连小崽子一块儿玩儿完!"

小项的父亲是个老工人,文化不高,但还是讲理的人,说:"俺问问你是不是扯了结婚证,是说办事应该走程序,并没有反对你们结婚。如果真的没扯结婚证,马上就扯去。你们不办婚礼,俺还省钱了是白?"

郭三秀见此,方才收起剪刀,说:"俺带着户口本咧,把你家户口本也交给俺,回头俺带着小项去办手续。"

老公公很有诚意,当即把户口本拿出来交给了郭三秀。而且,觉得自己的儿子很迂,身边有这么个敢切敢拉的女子倒是好事。尤其她是乡下人,就更好,不会随便翘尾巴。还叫老伴儿上街去割点儿肉,买点儿蔬菜,一家人要吃顿团圆饭。县城里的老工人家庭生活也是很拮据的,比乡下的农民强不了多少。现在郭三秀完全体会到了,心里更有底了。你们一家好几口,不过才住一间房,十几平米,俺一结婚,就是两间房,都十几平方米,还有七奶奶小院的三间房,将来不都是俺的?你城里人傲么傲哎?

小项参加了三天考试,自我感觉不错,做着能上学的打算。但此时他十分纠结:郭三秀逼着他去办结婚手续,办不办?如果不办,入学后,就是没有家庭拖累的学生身份,学校可能是一种待遇;如果办了,就成为拖家带口的情况,学校就可能是另一种待遇。在将来毕业分配安排工作方面,肯定都不一样。他在县城公园里走了好几个小时没回家,思量再三,进退维谷。在考试的时候,他遇到了过去中学的好几个同学,男女都有,还有成双成对的。他非常羡慕,人家若是两个人一齐考上,一对大学生,出出进进的,多风光!自己却早早弄个乡下老婆,这辈子真死老娘裤裆了!想起这一点,他真想大哭一场。

而家里这时就像开了锅一样闹翻了天,众口一词嚷嚷:"这孩子肯定考得不好,不好意思回家。有么咧,考得好就上,考得不好就不上。人家不上大学的难道都不活了?干么不回家哎?"郭三秀就嚷着要出去寻找小项。老公公就拦住说："算尿了，你好好养肚子，甭管哈些，回头给俺生个健康没病的孙伙计才是正事。"晚上，早已掌灯，一家人溜溜等着小项回家，一等就是好几个钟头，都没吃饭。最后，快夜里十点的时候，小项神情沮丧，提溜甩挂地回来了。郭三秀便怒从心头起，当着全家人，一把揪住小项耳朵，道："你是不是找地方掉眼泪后悔去了？你搂着俺的时候是咋说的？你当着咱爸咱妈哞（学）一遍！"

这就叫先下手为强，狭路相逢勇者胜，把个一肚子委屈，愁肠百转的小项完全吓醒了。眼下他不太看得起郭三秀，但他不能不服郭三秀。郭三秀一个乡下姑娘，把他心里哈点儿小九九看得透透的。郭三秀揪着他的耳朵，再次掏出了剪刀，对着自己肚子，说："生地瓜玩意儿，你当着老爸老妈给俺跪下，立保证——一辈子不变心，不然俺对着这小崽子就下剪子！"

小项看看老爸，又看看老妈，他很想说"当初是你强迫俺的呀"，但谁让你顺遂了咧，是白。老公公发话了："儿子，你做事不占理，给媳妇跪下！在家里给媳妇跪着不丢人。"知识分子绝对说不出话这种话来。可一个小县城的文化不高而又朴实的老工人，却拿这话当作教育儿子的圭臬之语。小项有了台阶，扑通就跪下了，接下来也不用父亲教了，顺嘴说起来："三秀，俺是爱你的，不然怎么会让你怀了孩子？你聪明伶俐，有头脑，学东西比别人都快，现在老婶子的纺织组都离不开你咧。"

"俺知道你这次考得不赖呆，该上学就规规矩矩上学去，以后俺一个礼拜到学校去一次，让全校师生都知道你是有妇之夫。把你心里哈个小火苗完全掐死。同意昂？"

"同意同意！"

"吃饭！敢不同意，全家甭想消停！"

小项这才得到解脱，无奈地站起身来，洗了手去给全家人盛饭。老爸老妈毫无办法，眼看着儿子被郭三秀完全挟制住了。不过，既然儿子考得不错，还是应该小小庆祝一下，是白？老爸拿出一瓶积存多年的老酒，没有标签，是么酒也不知道。只是因为存放时间过长，已经"飞"（耗掉）了三分之一。郭三秀怀着孕不能沾酒，老妈也滴酒不沾，小项就和老爸借酒浇愁一般三两口干掉了瓶中酒。不知是因为"飞"了很多，酒瓶里剩下的浓度更大，所以喝了上头；还是因为当初这酒就度数过高，导致上头；或者爷俩都有意没醉装醉，饭没吃完就都撂倒了。把郭三秀冷落在饭桌上，算是象征性的惩罚和抗议。只有老妈陪着，老妈不爱说话，尤其遇见郭三秀这么凶的儿媳妇，大气也不敢出，生怕处理不好让儿子吃亏。而且，老妈也在盘算，即使将来儿子回了农村，哈边不是还有五间房昂，也合适，是白？俺们老了，都可以跟过去养老，是白？老爸老妈眼下都没有儿子有可能展翅高飞的念想。他们想不到，也不敢想。祖祖辈辈都是劳动人民，想得最多的就是安安稳稳过日子，早些抱上孙伙计。

　　小项被河北大学政法系录取了。别人进大学都是喜笑颜开的，小项却是心事重重的。因为，这一天郭三秀腆着大肚子来送他。老爸老妈也都跟着，帮他拎着帆布提包。郭三秀说到做到，在入学第一天，就让河北大学政法系的师生们知道小项是有妇之夫。哈个时候人们思想还不开放，见此情况是轻易不会出现"小三"追小项的。谁知歪打正着，系里为此有人写了诗歌表扬小项不忘本，成为"天之骄子"（哈时候都把恢复高考后第一届大学生叫作"天之骄子"）仍然跟农村老婆恩恩爱爱。此时郭三秀脸上因怀孕出现很多蝴蝶斑，显得更加土气、粗粝，遂让城里人愈加感慨。他们把诗歌贴在校园阅览栏里。因为诗歌写得出色，被省报转载，引来一名记者采访小项："你以后也不会忘本白？""不会。俺老婆也不干啊！"

记者哈哈大笑，就此写出一篇十分幽默的带玩笑的表扬稿。一时间在各大学传为佳话。小项也被政法系选为学生会主席，还入了党。同学们成立了诗社，也让他当社长，其实他根本不会写诗，同学们只是为了借他的名，谁让他成了"名人"咧。看哈个情况，小项的"春天"正在不可遏止地向他走来。

而此时郭七奶奶家又发生了天翻地覆的变化：当年失踪没有了音信的柴满囤回来了。七十大几的人依旧威风凛凛，银白色的须髯随风飘舞，身子骨一敲咚咚地响，但他满脸愧疚，身后带来两个儿子一个闺女，还有四五个孙伙计，走进自家院子，一见郭七奶奶，便叫了一声："当家的，俺回郭家堡啦！"扑通一声跪下，哇哇大哭。身后的孩子们全都跟着跪下，一起痛哭。整个小院像死了人一样，闹得好不蝎虎。

事后人们得知，当年柴满囤走镖走到东北的吉林，被一伙土匪劫到山上。土匪头子在另一次劫镖中被飞镖打死，而柴满囤一表人才，遂被压寨夫人纳入帐下。将就着过了些年，新中国成立前夕，解放军前来剿匪，山上土匪悉数投降缴械，压寨夫人被枪毙，柴满囤找了当地贫家的女儿结婚，生儿育女，一直过了下来。多年来依靠老婆出身好，本人老实，干活肯出力，没怎么挨整。他时时想念家乡和原配，但感觉无颜见家乡父老，便始终没敢回来。前不久老伴儿去世了，他再也忍不下去了，带着一家大小，悉数回到郭家堡。落叶归根，落叶归根，只有当事人才知道这其中的含义。不归根，就始终觉得自己在外飘零，是断线的风筝，是无锚的扁舟。

如此一来，郭三秀就不能住在郭七奶奶家了，她的"五间房"的美梦也就此破灭。郭向前一时没有办法，便将郭三秀安置在自己家住,和沙荆花睡一屋。郭三秀自然是没意见的,在她眼里,跟着郭向前便么都不愁。还到处说:"跟着党支部,天天有进步;跟着老村长,么都不用想;跟着郭向前,么事都不难。"于是,全村人都学会了这三句顺口溜。郭三秀眼神活,会来事,天天帮沙荆花干家务,还给沙荆花打洗脚水,经常给沙荆花洗脚、搓背,所以沙荆花也很喜欢她。

柴满囤的一家老小,全由郭向前做了妥帖安排。大队里地少,郭七奶奶的不足一亩的土地不够柴满囤挑费,沙荆花便拿出儿子们寄来的体己钱接济柴满囤。也让柴满囤感激涕零。凡是正派的习武之人都是最讲义气的,除非你打地起就属于奸佞,柴满囤一家包揽了郭向前家的所有大小活儿,包括庄稼地。如此一来,两家变成了客观上的一家,分不清你我了。郭向前靠着自己的面子和人脉,还安排了柴满囤的儿孙,该送进学校的,送进学校,该找工作的,找了工作。这在当时可绝不是容易事。盈缺互补,长短结合,这样的情况在郭家堡不能不传为佳话。

其实,外人有所不知,这些天的每天夜晚,柴满囤都给郭七奶奶跪着。儿孙们在各屋都睡下以后,郭七奶奶就开始抽泣,这些年的等待,熬白了她的头发,耗干了她的肚皮,打算生一窝孩子的念想成为水中月镜中花。这一切还不是你个挨千刀的闹的?当年俺左拦右拦拦不住,非去走镖,哈个营生有今天没明天,是好干的昂?眼泪流够了,骂也骂够了,跪也跪够了,老两口儿搂抱着亲亲热热钻了被窝。还是老夫老妻好白?还是当年的感觉白?白天村人们见了他们免不了开句玩笑,他们也直言不讳:当然是老夫老妻好,夜黑里该闹俺们还要闹一把咧!

原本冷冷清清的郭七奶奶家,变成了现在热热闹闹的模样,郭家堡的人们再木讷的人都要感叹两声:简直太不可思议了,不是昂？

小项走了，离开了郭七奶奶家，离开了郭家堡，让黄新桃很是纠结了一阵子。她原本也想参加高考，而且说不定还能考上。可是，郭向前没有参加高考的意向，她便毫不犹豫地打消了自己的念头。郭向前将来会娶了自己昂？不知道。哈么，你这么死等有意义昂？不知道。这个阶段的黄新桃像鬼迷心窍一样，在精神上完全被郭向前"俘虏"了，她亦步亦趋地跟着郭向前，默默地帮着郭向前思考问题，帮他完善思路，帮他打圆场。她有一种感觉，在郭向前身边非常充实，即使两个人不结婚，也感觉此生没有虚度。后来，她越来越清楚，哈是一种价值观使然。当别人以赚钱为光荣为目的，以谋官为光荣为目的，而她和郭向前一样，以"为村民做事"为光荣为目的。很多人骂他们愚蠢，骂他们"假马列"，骂他们作秀，骂他们是"'左'的牺牲品"，连黄晋升都劝他们为个人多想一点儿，他们也没有动摇。直到最后胸佩红花走进人民大会堂，受到国家领导表彰、颁奖，无数的闪光点在眼前闪烁，方才感到，以往所做的一切，值！此为后话。

此时哈个河北大学的工农兵学员黄天厚提前毕业了。按照惯例，工农兵学员应该读三年。因为某种原因，他们没有读完三年，提前一年毕业出校门了。丁卫红因为此时她的长篇小说刚好出版，各方面反响很好，被河北大学作为特殊人才留校任教。黄天厚则按照"工农兵学员哪儿来哪儿去"的分配原则回到了河川镇。不过还好，没有下村，而是留在镇上当了干部，而且一上任就是副股级干部。这时，他就对自己做了个基本估价：现在镇上只有自己一个是大专毕业（他读的工农兵学员算大专），其他人最好的是中专，一般都是高中、初中，在学历上鹤立鸡群了；镇政府干部中有背景的不少，但背景最高的是自己，哈个不喜欢的黄晋升是副县长,虽然不喜欢,但别人不敢小觑。这两条足以让他腰板硬起来。

继而,他分析了眼下河川镇的基本工作情况,感觉郭向前要成事,下一步要试探郭向前,看他能不能成为自己的伙伴或借用力量,如若不能,就坚决打压下去,绝不允许竞争对手在自己能够遏制的情况下自由发展。"卧榻之侧岂容他人鼾睡",是白?经过读大学,他对以往爷爷耳提面命叮嘱的话,体会更深更透。人生是自己长途跋涉的过程,也是与竞争对手生死搏击的过程。若只看到前一点,就太狭隘太浪漫太书生气太一厢情愿;若只看到后一点,会忘记自己的奋斗乐趣,只剩下苦涩体验而得病早死。爷爷明白这些道理,却没能摆脱,因此早死。自己务必接受爷爷的教训,将两者统一起来,在做任何事的时候,都记住"其乐无穷"四个字。一个人的成长轨迹,会来自方方面面的影响。或直,或弯,或回旋,细究的话,都能找到源头和左右他的力量。

他与柴金菱的其他几个孩子,"鸡犬之声相闻,老死不相往来"。假如哈几个孩子有出息,能被他借用,则有可能走动,否则,他对他们毫无兴趣。目前看,也根本没有能被他借用的人。对于黄新桃,他厌烦她的精明,讨厌她走在"左"的道路上。也许他自己也"左",甚至超过黄新桃,但他不喜欢、不允许身边的人也如此。而且,对于他,原本是无所谓左右的,需要哪个用哪个,并不较真。一切只以"需要"为宗旨。说到底,不能容忍别人抢他的风头。他与她都是黄家的人,在价值观上却是风马牛不相及的。因为都是为国家工作,有可能会阶段性"同路",但绝不会永远同路。

一次县里组织各镇机关干部召开"揭批×××大会",在县城的大礼堂,他刚坐下,身边一个女人挨着他坐下了。一看,是他在柴家营打过交道的妇女主任柴佳禾,现在调到邻镇当干部,但没有转正,还是农民身份。她悄悄和他耳语:"只要你帮俺把身份解决了,俺就听你招呼。"对这一点黄天厚是相信的。但现在他想得就多了,俺帮你干这件事,旁边的人必然会问:你为么帮她办事?怎么不帮别人办事?对于这一点,以前是基本不想的。现在他已经学会思考了,要想了。于是婉拒说:"你的事俺明白,现在恐怕不行。不过俺想着,有了机会保证会办。"谁知,因为她被骗过,有了经验,便将他一军,说:"俺知道你爸是黄晋升,是俺找他,还是你找他?"

黄晋升就在主席台上坐着,黄天厚看着台上,暗想,如果她找黄晋升,必然怎么对她有利怎么说,备不住就抖出两个人曾经的私情。他对黄晋升根本不信任,被黄晋升抓了小软不会有任何好处。想好以后,道:"一会儿散会俺去找他。"这才稳住对方,消消停停开完了会。散会后,人们三三两两地往外走,黄晋升也走下了主席台,正和一个熟人握手,黄天厚走过去,站在一旁,等着他们说完话,开门见山道:"爸,俺有件事要求你。"

"么事哎?"

"给一个妇女干部转变身份的事。"

黄晋升一下子耸起了眉毛:"咋,你跟她有事?"

"不,她家有特殊困难,丈夫是个瘫子,儿子是个傻子。"

黄晋升嗑起了牙花子。这么困难,确实应该照顾一下。他沉了片刻,说:"你把女方叫过来,俺见见。"他很想和这个女人聊聊,这么困难的家境,是怎么应对的?

黄天厚把女干部领来了。这两年,她因为婚后生了孩子,已经发福了不少,身材壮硕而臃肿,大大咧咧地站在黄晋升面前,脸上还有一丝妇联干部常见的洒脱的笑。似乎对面见黄晋升这样的县领导毫不怵阵。于是,黄晋升感觉不对:这个女人说不定是骗子,家境这么困难,不应该这个样子,应该身材瘦削,脸色蜡黄,见人怯懦,懒得抬头。便心生一计,道:"你稍等一会儿,待俺送走客人,与你深谈。"离开了她,真的去送客人了。黄天厚见此,害怕露馅,便说:"刚才俺跟爹说你家里特困,丈夫是瘫子,儿子是傻子,你可得照着俺的话说呀。"

"你王八蛋,凭什么咒俺?"

"这不是帮你办事昂?"

"俺认识你算倒了血霉了。"

"你若'不识举'俺可撒手不管了。"

"唉,就听你的白。"

两个人正说着,黄晋升回来了,他让黄天厚自便,而把女干部引到大礼堂的耳房,一个工作人员的休息室。里面原来的两个人见副县长带着人进来,知道有事,急忙躲出去。黄晋升让女干部坐在凳子上,他兀自站着,说:"你这事俺管也不好,不管也不好,你明白昂?"

"俺不明白。"

"如果管了,别人会嚼舌头,'黄副县长凭么给一个女人转身份?有私情白?'哈就是裤裆里的黄泥,不是屎也是屎。可是俺不管白,你家里又这么困难,显得俺没有同情心。这么着白,你呀,到郭家堡去一趟,看看郭向前是怎么干的,回去也折腾一下子,俺立马给你把身份转了。"

"哦,明白咧,谢谢黄副县长,您真有智慧咧!"

谈好了,两个人就分手了。黄晋升回到大礼堂后台,去安抚工作人员。黄天厚在外面等着女干部,见她满面笑容走出来,知道事情有戏,便迎住她和她一起走,说:"俺的办法管用白?"

"管用,不过,黄副县长让俺学习郭家堡,折腾一下子。"

"好啊,只要能解决身份,折腾白。"

说着话,两个人也分手了。女干部没回自己的镇,而是坐长途汽车来到了郭家堡。找到了郭向前的小院,郭向前没在家,她就和黄新桃与沙荆花聊了起来,把郭家堡这两年的路数基本都摸清了。然后就离开赶长途汽车去了。一路走一路在想:人比人气死人,货比货得扔,郭家堡才是正道儿,他们这一干人真棒!

回去后,她也干起来了。她在西河川,西河川也有几十个村,虽说不如郭家堡干得这么顺手,毕竟是动起来了。郭家堡的工作是一环扣一环的,先是弄出一个"社会主义大集"的名义,然后发展了副业,从割芦苇编苇席,到纺毛线卖毛线。关键是现在县领导支持,她的西河川就好干多了。

西河川距离河川镇本来也不远,哈边的事情这边很快就都知道了。反过来又刺激了这边,咱是开路先锋,不能让后来者超越,是白?前些天,陈玉妮和陈之谦来劝阻郭向前,他也确实犹豫了一阵,最后还是听从了黄新桃的建议,没有停止脚步。眼下面临冬闲,郭家堡的全体妇女基本都投入到学纺线上来了,凡是家里存着木料的,都找人打了纺车。村里的木匠周滏阳不愿意管,哈就请外村的木匠。总之,活人不能让尿憋死。深冬时节,天下大雪,漫天皆白,无人外出,家家都在"嗡嗡嗡"地纺线线。镇上卖毛线的人越来越多,拥挤了,于是灿到了外镇,西河川、东河川,还有其他镇,都出现了来自郭家堡的卖毛线者。

柴家营的柴大霞原本一直带着大伙熬硝盐,当她在镇上发现卖毛线比卖硝盐赚钱,虽然都是为大队,为集体,毕竟还是多赚好,多赚就能多分,是白?柴大霞回村一鼓动,全村妇女们便坐不住了。纷纷找木料,打纺车,找门路,淘换氯纶绒。郭家堡走的北京的路子,柴大霞触类旁通,跑到了天津,找毛纺厂去淘换原料。不久也风生水起,打开了销路。如此一来,在舆论不是很有利的情况下,河川镇连同周边的镇轰轰烈烈地涌起了副业大潮。

这时,县政府为转变机关作风,要求各级机关干部下基层帮助工作,一周必须有三天在下面(哈时一周工作六天,只有星期日,没有双休日)。于是,黄天厚选择了柴家营。因为对哈里人熟。在镇政府坐着的时候,他天天研究报纸,一直在想打压郭向前的计策。下到柴家营以后蓦地发现,柴家营也今非昔比,竟然也把副业干得热火朝天!而且是受到郭家堡的启发,学习郭家堡的经验所致。简直让他惊讶,让他振聋发聩,更让他恨得牙根疼。恰巧这时报纸上有一篇文章,以坚持"农业以粮为纲"的大方向为借口,对各种随意发展的副业进行了激烈抨击。而且,上纲上线,言辞尖锐。黄天厚眼前为之一亮,感觉这篇文章简直就是为他而写,立即根据这个口径,给省委写了一封信,把河川镇、郭家堡和县委告了一状。

眼下的中国,正面临一个大时代的转折,这是任何一个稍有头脑的机关干部都心知肚明的事。省委一干人岂不是如此?他们一时拿不定主意,开会研究了好几次,最后为了"求稳"做出这样的决定:以河川镇为首的村镇,要坚决回到"农业以粮为纲",深入开展"学大寨、普及大寨县"的轨道上来。河川镇迫于压力,下发了"车马回收"的红头文件,要求所属四十三村坚决服从安排,在目前情况下,不在思想路线上出偏,不给上级领导添乱。甚至分田到户的土地也要研究是不是交回去,恢复到原先"三级管理,队为基础"的状态。鉴于郭家堡发展副业只是为集体,不存在个人谋私问题,故不处理村领导,只做口头警告。郭向前接到文件后,在家里和沙荆花与黄新桃等人议论这件事:"么叫出偏哎?为群众增加收入算出偏么?么叫给领导添乱哎?群众吃不饱肚子就不算给领导添乱?"

大家议论纷纷,各抒己见。总结起来一句话,也是老掉牙的哈句:"坚持为人民服务的宗旨永远不会错。其他问题都会在这面镜子面前照出真伪。"但话是这么说,上级领导的指示精神也不能当耳旁风。郭家堡在郭向前的安排下,这项业务还是暂停了。但他们的脚步没停,在院子里支起大锅,咕嘟咕嘟地兑水熬染料,天天研究和实验毛线染色的技术。毛线的染色比较复杂,需要多种配料,关键在于"匀"和"牢",既不出"花",又不掉色。做到这两点,实在不容易。大家一遍遍反复试验,不厌其烦,最后终于摸出了门道。算是"磨刀不误砍柴工",虽在冬闲期间没怎么纺线,但掌握了染色技术,也可自我告慰。因为他们明白,这项副业是迟早要恢复的。

　　此时,黄天厚来到柴大霞家,见她还在堂屋纺毛线,"嗡嗡嗡"地十分起劲,便说:"上边都发红头文件了,你咋还在干咧?脑子有毛病?"

　　柴大霞道:"你才脑子有毛病!俺是欠着人家一笔货,赶完就停。"

　　黄天厚道:"俺劝你甭赶这笔货了,赶紧把纺车砸了,俺给你报到镇上,算你是走社会主义道路的先进典型。"

　　柴大霞道:"咱村没哈么富裕,砸了纺车谁给补偿?"

　　黄天厚道:"你们思想路线出了问题,还谈么补偿?不处理你们就万幸了。"

　　柴大霞道:"反正俺家的纺车不能砸,别人谁愿意砸谁砸去。"

　　黄天厚道:"你大小也是领导,为么思想这么落后?这可是大是大非问题。"

　　柴大霞道:"说一千道一万,俺就是不砸。除非你给钱。"

　　黄天厚道:"俺给你个卵子,你要昂?"

柴大霞道："给就要，搁锅里炖炖吃。正缺'腥活儿'咧。"

"俺发现你越来越臭不要脸。"

"你才臭不要脸。"

"俺亲自动手砸了你的纺车，信昂？"

"不信！"

黄天厚一时头昏，抓起柴大霞屋里的一把凳子，朝着柴大霞面前的纺车叮当五六就砸了起来，直到将纺车砸个稀巴烂。柴大霞瞪大了眼睛吃惊地看着眼前这个人，这还是给她用热手掌焐腰的年轻人昂？哈个时候，他多温柔，现在咋变得像个恶魔？

如果柴大霞不说这种话，也许都不会发生。当然，如果黄天厚不用哈种话激她，她也不会耍"棱棱茧"。黄天厚被柴大霞的话激起了满肚子火气，这火气只怕既有他对郭向前的忌恨，也有他对一切拂逆他的人的忌恨。他原本就是心理发育不正常的孩子，在做人做事的根本问题上看不清大方向，甚至心里根本没有大方向。一切判断标准只是"得"与"失"。若干年后社会上流行"舍得"二字，讲明"不舍不得"，遗憾的是黄天厚早生了三十年，哈个时候没流行这个说法。于是，惨剧就发生了。

黄天厚砸完柴大霞的纺车正要离去，柴大霞的夫君柴三脚回来了。他刚才在大队安排下，给一家社员拆炕坯（做磷肥用），干完活回来吃晚饭。原本累得够呛，浑身像散架一样，即使是这样，当他一进堂屋，发现地上被砸得七零八落的纺车，而柴大霞正气得扯着嗓子咆哮，他便一切都明白了，说："俺早就看你小子不是个东西！"遂扯着黄天厚的衣领，扯到院子里，像上一次一样，往前一搡，就在黄天厚欲倒未倒之际，柴三脚的一条腿倒勾着飞了起来，这一动作是搏腿功"鸳鸯腿"的变形。只有功夫足够深的练家子才会娴熟地左变右变。黄天厚看着他是往后转身体，谁知却是"倒钩"，一脚就踢在黄天厚的后脑勺上，顿时把他踢得昏倒在地、人事不省。柴大霞见此，知道惹祸了，二话不说就往村里的赤脚医生家里跑。赤脚医生来了以后，摸了脉搏，听了心脏，说这个人够呛了，必须送到县医院，甚至县医院都未必治得了。村书记得知以后，马上派出一辆大车，安排了车把式，挑了一匹既走得快又脚步平稳的骡子，让赤脚医生和柴大霞跟着，护送黄天厚去县医院。柴大霞嘴里骂着，把自家的棉被拿出来两床，一床铺在马车上，一床盖在黄天厚身上，一干人骂骂咧咧奔了县医院。最后因为县医院也治不了，又转院到保定。到了哈里，一下子就住下了。柴大霞的家庭生活完全被打乱了，她要去保定伺候黄天厚。这是村书记定的。黄天厚是副县长的儿子，出了这种事，让村书记咋办？只得牺牲你柴大霞。

而时隔不久，柴三脚也被法院判处五年徒刑，考虑到柴大霞去保定伺候病人，他家里没人照顾孩子，故做监外执行。

事情至此也就罢了，村书记感觉对不起黄晋升，还想戴罪立功，就在全村号召砸纺车，于是，有好几家意志不坚定的就真砸了。柴三脚得知以后，心说这人怎么这么下作？难道你赔钱咋的？便寻上门去，对着村书记又是一脚。不过这次他没踢村书记的脑袋，而是踢了村书记的大腿，于是，把村书记弄了个"三节骨折"。到了医院连医生都纳闷：他不就踢你一脚昂？怎么会断成三节？法院得知此事以后，欲给柴三脚加刑十年，说他故意伤人犯罪，不能纵容。但村书记坚决反对，对法院说，是自己造成的，与柴三脚无关。于是，这件事没有成立。后来有人问他："你为么祖护柴三脚？"他说："这也不是祖护，而是俺对黄晋升有个交代。"言外之意，是你儿子伤在柴家营，俺也陪绑了，你就甭给俺"穿小鞋"了。

后来有知识分子研究这件事，感觉似乎是河川镇四十三村这一带的古风使然,农民们身上都有一股侠气。尽管这种侠气未必合理。而哈柴三脚何许人也,竟如此凶悍?经了解,柴三脚自幼从师习武,勤奋好学,甘于吃苦。墙头上练过地趟拳,跌扑翻滚如在平地;大车上练过"风摆荷叶脚",轻捷机敏酷似猿猴;练"凳下穿身"时,金鸡独立于矮凳一侧,从凳下穿来穿去不擦矮凳分毫,疾快如梭;练"扑柳"时,将手指粗的柳条插入地下,纵身形将柳条扑倒,随柳条的弹力跃起,如风摆杨柳,而柳条不能及身。最终练得身轻似棉絮飘落,纵跃如灵猿攀枝,蹿房越脊如履平地。有武友高赞他"赛时迁""神腿猴"。一九六五年,全国召开第二届运动会,有人推荐他去参加武术比赛,预赛时一位体院毕业的教练说他属于"旁门左道",让他按规定套路表演,气得他旱地拔葱一跳三尺拂袖而去。这位教练从未见过这样不晃身形就旱地拔葱的稀世武功,十分后悔,急忙差人拦他,他已经蹿房越脊蹽得无影无踪。后来省里拿了武术大赛名次的练家子找他切磋,没过三个回合便被踢翻在地,倒地后老半天没明白是怎么败的。因为柴三脚名声在外,京津、东北、山西、山东、河南、陕西等地,都常有武术爱好者前来切磋技艺;人们也都知道他生活拮据,都随身带着半袋玉米面,因为他要将对方安置在自己家中食宿。到了婚配年龄,村里有号称"假小子"的农家女把式柴大霞的父母主动提亲,便娶了柴大霞,还一连气生下三个秃小子,这三个孩子都从三岁开始随他习武,抻筋下腰,舞刀弄棒。柴大霞的小院如同小武馆。

黄天厚其实早已得知柴大霞不好惹,但他感觉"当今之世,舍我其谁",你武功再好,也不过是社会最底层的农民,怎敢对俺动粗?早年爷爷非常喜欢教他背一首民谣,哈是大建设时期的墙头诗:"天上没有玉皇,地上没有龙王,我就是玉皇,我就是龙王,喝令三山五岳开道,我来了!"爷爷说,做人就要有这种气势。还告诉他,中国人是讲究中庸之道不喜欢"蹿头"的,人人害怕"枪打出头鸟",而且还都有从众心理,只要你厉害,绝大多数的人都会跟随你。但偏偏爷爷没教他遇到柴三脚这样的武侠该如何对付。

黄晋升对儿子挨打一事,原本想到医院去看看,但一直犹豫,未能成行。他感觉在这件事上周围的人都在看着自己,稍有不慎,就会闹得猪八戒照镜子,里外不是人。因为他知道自己的儿子究竟是几斤几两。特别是眼下国家形势发生了诸多变化,这些变化的连锁反应意义深远!这一年里,国家停止对大金门、小金门、大担、二担等岛屿的炮击,至此,从一九五八年开始的对上述地区的炮击宣布结束,意味着两岸形势发生了微妙变化;国家颁布了《关于党内政治生活的若干准则(草稿)》,意味着对所有党员干部的要求更加严格;召开了党的理论工作务虚会,强调在思想解放基础上坚持"四项基本原则",意味着在思想理论界有着鲜明的底线;国家批转广东省委、福建省委关于对外经济活动实行特殊政策和灵活措施的报告,决定先在深圳、珠海等地兴办"经济特区",意味着原有意识形态的东西会被突破;国家通过了《中共中央关于加快农业发展若干问题的决定》,意味着农业的春天也已经来临,黄天厚砸人家纺车简直像个小丑;这一年中央领导访美,中美正式建交,这可是意识形态截然相反的两个国家;这一年国家发动了对越自卫反击战,意味着即使意识形态相同或接近,也是"人若犯我,我必犯人";这一年举世瞩目的中国文学艺术工作者第四次代表大会召开,受人尊重的老艺术家们纷纷出席亮相,自己心仪已久的丁卫红也参加了会议,意味着文艺的春天也来临了……

黄晋升不是分不清大小头的人,哈么多的"意味着",让他对待儿子的问题慎之又慎,举步维艰,最终装聋作哑。

第二十二章　张与弛

　　这年冬天是个暖冬。早已进入十二月份,基本没刮五级以上的西北风,更没有雪。

　　黄天厚成为植物人,没有了知觉。他的所有妒忌、怨恨、远大抱负,全都成为空虚的梦。眼下,他要在医院长久地将梦做下去。柴大霞进进出出地伺候他,给他喂水喂饭、擦洗身体、崴屎崴尿、洗屁股。住在县城里的柴金菱每周来一次看看黄天厚,或把黄晋升身边的另外两个儿子叫来替她。总之是每周肯定来一个人,似乎有着监督和检查柴大霞护理工作的意味。转眼一年就过去了,柴大霞已经瘦下去二十斤。原本富富态态的身架,开始变得苗条了,脸上也出现了皱纹。这天柴三脚带着两个十五六的孩子来看望柴大霞,他身穿一件带补丁的脏兮兮的黑棉袄,腰里煞着细麻绳,缅裆棉裤十分臃肿,脸上也挂着疲惫。一见面他就发了火。

　　"你咋累成这样?俺掐死他算了!甭给你找这罪受!俺大不了

一死,看不得自己老婆受这窝囊气!"说着就往屋里走,似乎要真的掐死病床上没有知觉的黄天厚。

非常凑巧的是这天柴金菱也来医院看望儿子,她打扮得文文静静,一件干净得体的褐色薄棉猴儿,敞着怀,脖子上围着白纱巾,脚上一双女式黑皮鞋擦得锃亮。她看见一个土么呛呛脏分分的陌生男人往病房里走,急忙三两步冲进去,拽住柴三脚,就将他扯出来,唾沫星子乱飞:"你谁呀?干的就往病房里闯?俺怎么不认识你?"她不知轻重地对柴三脚又推又搡,没有教养的表现与文静的外表很不协调。

此时柴三脚正积蓄着火气,捏着拳头,耸着粗拉拉的扫帚眉,斜眼蔑视地看着对方,看上去时刻准备爆发。他现在还不知道这个女人是黄天厚的母亲,否则他早就爆发了,只以为是医院领导,就强忍着。两伙人便在过道里吵嚷起来。这时,柴家营的村书记拄着拐杖也来了,脚底下嘎噔嘎噔响着,就走近了,身后还跟着一个村委会干部。他认识柴金菱,此刻急忙喝止:"嗨嗨,嫂子,干不得,干不得——"心说,你怎么连柴三脚也敢惹咧,不知道死咧!嘎噔嘎噔拄着拐过去,就拦在柴三脚和柴金菱中间。

柴金菱面色丝毫没有好转,对村书记道:"俺还没顾上跟你算账咧!柴家营让你弄成啥样了?乌烟瘴气!把下乡支农的干部打成这样,你该当何罪?"

村书记腋下夹着拐,腾出手,给柴金菱抱拳作揖:"嫂子嫂子,这事俺已经跟黄副县长交代过了,不属于工作上的问题,是私人之间的恩怨。黄天厚砸毁了柴大霞的纺车,还要扒人家的裤子,让人家老头看见了,就给黄天厚脑袋一耳掴子。谁知他这么不禁打。"

"么哎,么哎?不是只砸个纺车昂,几时又出来扒裤子的事咧?

你这村书记咋当的,怎么编粑奏模地瞎咧咧？这种事有随便说的昂？"

柴大霞此时已经完全反应过来了，暗暗对村书记挑了大拇哥。这叫急中生智咧,反正你黄天厚说不出话,这就是"死无对证"。她便就坡下驴:"书记给你留了面子,没说已经扒下来了,你这当妈的是咋教育的？不正儿八经搞对象,专对俺们农村半大老婆子下手,以为俺们好欺负是白？"

此时柴三脚也反应过来了，一个劲儿跟着搭腔唱和。柴金菱十分被动，渐渐地说话声音就降下去了,因为她也想起来了,以前儿子确实做过这种事,还是黄选朝帮忙解的围。但她也突然反应过来，感觉自己的儿子是贯彻上边精神，砸你的纺车算个屁事？"你们明明知道随便搞副业是在与上级领导唱反调,是政治错误,却还强词夺理,俺到县委告你们去！"

村书记转过身，把跟在身后的村委会干部叫过来，让他从随身带着的书包里把一份报纸掏出来了,在柴金菱面前抖着，说:"嫂子,甭再拿'政治'说事吓唬人了,就在前几天,北京召开了'十一届三中全会',会议以前国家领导做了至关重要的《解放思想,实事求是,团结一致向前看》的报告,明确了党的中心工作要转移到经济建设上来,结束了两年来党的工作在争论中徘徊,在徘徊中前进的情况。这是一次划时代意义的会议。你知道白？"

"俺又不当书记,咋知道这些事？再说了,这与俺儿子有关系昂？"

"当然有,证明你儿子以往主张的哈些事,全是错的。以后你可别再提了,让人见笑。"

"咋咧,你们想墙倒众人推,破鼓乱人捶？"

"倒没哈么严重,不过,俺要把柴大霞撤回去,以后你们要自己安排人伺候黄天厚咧。人家柴大霞为了伺候黄天厚，一年来不容易，大人不像大人，孩子不像孩子，日子不像日子，你得给柴大霞鞠个躬，表示感谢白？"

"鞠个屁躬，愿走就走，俺自个儿伺候儿子。势利眼！俺要不离婚，你们敢这么嚣张？"

"哈你就赶紧复婚白！俺们等着喝你的喜酒！"

"滚！忒嚣张了！俺一分钟都不想看见你们！"

村书记立即对柴大霞一招手："收拾东西，撤。"又对身边的村干部说："你把报纸送给她，让她好好看看。"村干部急忙将报纸折了一下，塞进柴金菱的手里。柴金菱白净的面庞，此刻涨得通红，俊俏的眉眼，此刻也已挪位，嘴唇颤抖着，不知道说啥好。她随手将报纸甩到地上，撒泼一般叫喊："么个破报纸，俺不看！"

村书记立即抓住了话头："俺可要到县里举报你咧，这么重要的报纸你敢扔在地上？"

一句话提醒了柴金菱，也似唤起了她早先的记忆，哈个时候各个单位都曾经抓"反标"，抓"现行"，咋会忘咧。便赶紧猫腰将报纸捡起来，塞进自己的书包。此时，柴大霞和柴三脚已经将不多的随身物品收拾完毕，装了一个大网篮，由孩子们拎着，一床被窝卷被柴三脚夹在腋下，一行人跟随村书记走出医院住院部。来到外面，头顶太阳当头照，身上暖暖的。柴大霞不太放心，说："柴金菱哈个娘儿们，根本不像干活的人，伺候得了黄天厚昂？"村书记道："要么你就回去。俺好不容易给你找了合适的借口，让你褪了套儿，你却像东郭先生，乱发善心。"

柴大霞不说话了。几个人继续往外走。没走几步，柴大霞还是站住了，说："不行，俺心里不踏实。你们把俺东西还送回去白。"遂转身回去了。大家都吃惊地看着她。柴三脚无奈地摇摇脑袋，招呼

407

孩子把网篮拿回去，他也跟着把被窝卷送回去了。来到住院部以后，见柴金菱正在病房里握着儿子的手絮絮叨叨地说话。一扭脸，见柴大霞又回来了，便再次发起火来："是不是想要报酬？感觉伺候一年不上算？"

柴大霞心平气和道："嫂子你说么哎，俺是看你不像干活的人，干不了伺候人的活，还想再帮你们几天，待你们找到合适的人俺再走。"

"你有这等好心？你是学雷锋做好事？既然如此，干么随便打人，一打就往死里打？"

"你可听明白喽，不是俺打你儿子，是俺老头打的，因为你儿子砸了俺的纺车，还扒俺的裤子。"

柴金菱再次不说话了，终于感觉眼前的粗粗拉拉的女人有些可爱了："这样白，俺现在就回去安排人，人来了接了你的班，你再走。可以白？"

"可以可以，俺等着。"

柴金菱冲着柴大霞稍稍咧咧嘴，漾出一点儿笑意，走出屋子。起初她对柴大霞一干人恨之入骨，继而十分看不起，现在已经稍稍有了转变，产生些许好感。她也是害怕夜长梦多，万一柴大霞赖上黄家，非要索取报酬咧？眼下的政治形势对黄家是非常不利的。柴金菱作为在机关工作多年的退休干部，心里明镜似的。

在这年杨柳吐绿草长莺飞的时节，沙耕读结束了在党校的学习，恢复了职务，还提了半级。他给沙荆花写信，告知眼下国家形势发生的巨大变化，指出眼下百废待兴，时不我待，鼓励沙荆花带领郭向前放开手脚，沿着以往的思路高歌猛进。红星村要有红星村的样子，要让红星红起来、亮起来。

沙荆花接到信以后立即让郭向前念了一遍,关键处则念了好几遍,两个人反复咂摸滋味。郭向前待明了一切以后,激动得热泪盈眶,两手颤抖,他迅速做出安排:全村男人准备春耕;妇女投入纺毛线,卖毛线。他派人买来一面国旗,一根长竹篙,在村头用三棵枯树干支起竹篙,把国旗挂在上面。让国旗随风飘舞。由沙荆花拿出自己的体己钱,买来一些红砖,在村口垒起门廊,门廊上方拱架上安放了请周溢阳制作的一座硕大的木质五星,刷了鲜艳的红漆,远远看去如同一团熊熊燃烧的火焰,象征着郭家堡要重新擎起"红星村"的大旗了。

郭家堡的男人们热火朝天地投入了春耕生产,妇女们则家家在院子里响起了"嗡嗡嗡"的纺线声。郭向前继续解放思想,制定了计件奖励措施:多纺多奖,多卖多奖,上不封顶,下不保底。干就有,不干就没有。郭瓢子的五女儿郭五秀文化底子稍稍好一点儿,被郭向前安排在广播室干播音员了。她看到目前郭家堡的情况,就写了顺口溜,在大喇叭里念了出来:

红星照耀加油干,

家家户户纺线线;

俺纺线线为了么,

村民生活得改善!

俺的书记郭向前,

年轻有为不简单,

为了家家纺线线,

压力误解全承担!

家家户户纺线线,

家家户户纺线线,

纺出幸福新生活,

纺出幸福万万年!

于是,郭五秀的"家家户户纺线线"这句话一下子成为郭家堡
的热词,人人打头碰面都来这么一句,作为见面的问候语,也作为
一个欢快的玩笑。譬如,一男一女或两个同性,见了面一个先说:
"家家户户纺线线!"另一个就回答:"家家户户纺线线!"然后两个
人一同笑起来,各走各的。哈是一种情绪的表达。郭向前为大家创
造了产生这种情绪的基础和条件。具体实现,则依靠每一个人。而
郭五秀,又以一种顺口的语言,把这种情绪传播出去,在每个人心
头流淌,再互相传递。这个春夏,如此欢快,人人在紧张的劳作中
体会着这难得的欢快。这时,一种不知来自北京还是天津抑或是
哪个发达城市的单人毛衣织机也在村子里传开,没有品牌,但非
常好使,体积不大,价格也不贵,倏忽间就把原始纺车纺出的毛线
变成了毛衣的单片,缝合起来就是毛衣。过去单纯的纺车发出的
"嗡嗡嗡"的声与毛衣织机的"唰唰唰"声,混为一体,成为一曲新
的更加强有力的交响曲。于是,单纯的卖毛线变为了两种产品一
起卖。不知不觉中,郭家堡生产的大量的产品,在本镇和周边村镇
已经不好卖了,集市饱和了,因为效仿者紧随其后,纷纷干起来
了,"家家户户纺线线"的说辞,已经在其他村子也传开了,也实践
起来了,甚至连外县的村子,也开始"家家户户纺线线"了!

卖不出去,这可咋好?郭向前在院子里踱来踱去,一盒烟抽下
去半盒了,黄新桃走到身边:"向前哥,俺想好了,俺要到外省去
卖,俺带头,挎起包袱,卖毛线毛衣去!"

郭向前看了黄新桃一眼,一言不发。黄新桃捶他一拳:"么意
思哎,你倒是说句话哎。"

郭向前吭哧瘪肚半天，道："你太文弱，你若出了门，俺该睡不着觉了。"

黄新桃的心里立即滚过热浪，她多想扑进郭向前的怀里，紧紧抱住他的厚实的身躯。但长久以来，她一直与他保持着距离，不论心里多么爱他、想他，也只是远远站在一旁看着他。她害怕干扰他的工作，更怕遭到他的拒绝。黄家与郭家多年来的过节，她心里明镜似的。其实，她早已做好准备，只要郭向前说："你嫁给俺吧。"她会当晚就把铺盖卷搬来。眼下这个事业到了爬坡上坎的关键时刻，俺不为他冲锋、打前站，谁为他冲锋、打前站？

"向前哥，你放心白，俺会照顾好自己，高高兴兴去，全须全尾回！"

"不行，俺不放心。俺在想，让谁出去合适。"

"不要想了，俺第一个出去，摸摸经验，回头讲给大家，大家再出去。"

此时沙荆花从屋里走了出来，她刚和了面洗了手，甩着手上的水珠，说："俺跟新桃一块儿出去，这你该放心了白？"

"娘，您这么大岁数——"郭向前非常吃惊地看着沙荆花。

"关键时刻当娘的不能做甩手掌柜的，是白？"

"不行，您出去，俺更不放心咧。"

"你是怀疑俺们的办事能力白？"

"不是——"

"不是就好，甭婆婆妈妈的，哈个不是你的性格。也不是咱家的传统。就这么定了！"

真是雷厉风行啊。沙荆花拿出了当年抗战时期的做事风格，当晚就做好了一切准备，转天一早，和黄新桃一人背起一个鼓鼓囊囊的大包袱，郭向前早已为她们安排了大车，把她们送到长途汽车站。她们的第一站，要去内蒙古，因为沙荆花想到了要顺便联系羊毛的原料，下一步要纺纯羊毛的毛线，不能总是纺氯纶绒。既防止北京氯纶厂方面情况有变，又要提高毛线的档次，以增加收入。

她们坐一阵车，走一阵，再坐一阵车，再走一阵，两个人背着沉重的包袱，一个人承担着四十斤的毛线。待她们辗转来到内蒙古的乌兰察布的时候，身上的夹袄全湿透了。这是个小城市，她们像在河川镇一样，蹲在路边，铺上一块布，上面摆了毛线，静静地等候购买者。此时正值深秋，已经下午三点多钟，太阳仍然灼热，但内蒙古的风稀溜稀溜地很凉，让她们湿透的衣服也变得很凉，身上一阵阵起鸡皮疙瘩。还没有人来买，两个人就说起闲话，沙荆花道："新桃，俺看得出来，你很喜欢向前。"黄新桃脸上热了一下，说："是。但是俺配不上他。"

"不能这么说，你也很优秀。在咱郭家堡，没有比你更强的姑娘了。"

"可是，在河川镇，没有比向前哥更优秀的村干部了。"

说到这一点，沙荆花是感到骄傲的。她也非常喜爱自己的这个晚辈。虽然不是自己亲生，却在感情上像亲生的一样，甚至还有过之。单是他主动要求回村这一点，就胜过了其他的几个孩子。一个人是不是高尚，往往是以能不能牺牲个人利益和维护他人利益为标准的。不论你有多少条理由，你不肯牺牲个人利益，又不能造福于他人，便没有让人服膺的资本。当然，哈几个孩子确实各有自己的实际情况，不方便回来。譬如哈两个残疾军人，回来不是伺候俺，俺还要伺候他，其他人正是国家顶梁柱，即使他们愿意来，俺也不允许他们来。两个人正说着话，来了两个中年男人，他们穿着半旧的民族服装，溜溜达达来到跟前，问："怎么卖的？"

"十块钱一斤。"黄新桃回答。

"你们这总共多少斤？"

"八十斤。"

"赛音(好)，我们全包圆儿了。"

一个中年男人就从肩膀上的褡裢里掏出钱包，开始往外拿钱。沙荆花和黄新桃对视一眼，她们都很惊讶，这笔买卖竟如此顺利。办完交割，另一个中年男人问："你们几时还来？"黄新桃不好回答，就扭脸看沙荆花。沙荆花道："很快就回来。俺也向你打听一下，在这一带能收购到羊毛昂？"

"能。你们纺线用？"

"是咧。"

"好。下次来，俺们带着羊毛，你们带着毛线，咱们折价交换。"

"好白。"沙荆花很高兴。

对方交付了八百块钱，沙荆花接过来，装进一个手缝的小布兜，揣进内衣的口袋。对方两个人一人背一个包袱，吭哧吭哧地走了。沙荆花便拉着黄新桃找了一家小饭馆吃饭。她们只是早晨吃了点儿东西，中午饭还没吃，现在已经是下午四五点钟了，肚里早就饿了。两个人一人要了一碗炒饼，饼不是小麦磨的粉，而是大麦面混合燕麦面磨的粉，因此吃起来不是很习惯。感觉还不如玉米面饼子好吃。炒饼里面掺杂一点儿菜叶，没有荤腥。

沙荆花当着年轻人的面，不好意思说她吃不惯这口儿；而黄新桃在沙荆花面前更是不敢说一个"不"字。两个人默默地吃完了饭，一人要了一碗汤，喝下去。这汤差不多就是清水，只漂着很少一点儿切碎了的芫荽，里面稍稍有点儿酱油的味道。

出了门，太阳已经落山。内蒙古的天空很奇特，刚才有太阳的时候，天还大亮，而太阳一落山，天空立马就黑了下来。她们想找个小旅馆住下，眼下看起来都有些难度。因为马路边电杆不少，路灯却很少，很多电杆上的灯泡是不亮的。于是，亮着的两盏路灯距离很远，马路很黑。她们往市中心的方向走，见迎面走来两个穿中式服装的中年男人，因为天黑，看不清面孔，沙荆花刚一开口问："同志，前面有小旅馆昂？"两个中年男人就一人扑向沙荆花，一人扑向黄新桃，以迅雷不及掩耳之势将她们捺倒在地，沙荆花见此，没有硬性挣扎，而是以最快的速度掏出身上装钱的布兜，随手扔在脚下，踢到路边的阳沟里。继而两个人中年男人就掏出绳子，将她们俩绑了起来。在这个节骨眼，沙荆花努力看清周边的树木和电杆，记住特征。因为，如果逃脱的话，她们还要回来找这个钱兜。

她们被押进前方不远处的一间低矮的草屋，里面黑乎乎么都看不见，只是一股发霉的草腥味和膻气的羊粪味。一个男人说："我们只劫财不劫色，你们的钱藏在哪儿，告诉我们。"沙荆花看不清对方的长相，是不是下午买毛线的，也不好猜。因为接触时间短，对方的说话口音也没记住。此时只得回答："俺们身上没有钱，你们可以翻。"

另一个男人说："我们看见你们下午卖出不少毛线了，人家也给你们钱了，钱呢？"

沙荆花道："俺们又给对方了，让他们为俺们买羊毛咧。"

"胡说！编瞎话都编不好！别怪我们不讲情面了，搜！"

此时此刻，沙荆花和黄新桃都没法拂逆。她们想平安对付过去，而不想激化矛盾。于是，任凭两个男人在她们身上摸来摸去，最后真的没摸到钱，一个男人就开口了："对不起啊，我们本来不想劫色，可是，你们没有钱，哈就别怪我们了。"这个男人走上前来就解沙荆花的衣扣。沙荆花一声断喝："慢着！"

"怎么着？又有钱了？"

沙荆花让他把自己的手解开,摸摸她的手。哈个人见她年龄大,估计没有反抗能力,就真把她的手解开了。沙荆花道:"你摸摸俺的手。"哈个男人真的摸了起来。摸了一阵,说:"你这手叫什么手,像鸡爪子一样!"

沙荆花顺着他的话就讲起来了。这双手怎么会成为这样,当年是怎么经受汉奸折磨的,哈个领头的汉奸叫什么;继而说起她的两个丈夫,一个叱咤风云威震敌胆的柴大树,一个一心为民鞠躬尽瘁的郭山河,他们都为国家为人民献出了宝贵的生命。汉奸沙占魁为了抓郭山河,用钳子作践了她的手,共九九八十一次,直把这双手弄成这样。但是她并没有靠这个吃老本,她继续为村子发展副业编苇席、纺毛线,现在带头出来卖毛线……说着说着,沙荆花再也控制不住,失声痛哭,黄新桃便也跟着哭起来,她早已被沙荆花的话感动得浑身颤抖,此刻放声大哭!娘儿俩在这个小小的草屋里哭成一个。哈一老一少的声音,在这漆黑的晚上十分瘆人。

哭了一阵,沙荆花听不到对方的下文,就伸出手去摸,方知对方早已走了。几时走的,不知道。可能被感动了,也可能害怕惹麻烦,因为这两个女人不一般。沙荆花便手口并用,解开了捆绑黄新桃的绳子。拉着黄新桃悄悄走出草屋。她们先往相反的方向走了一会儿,然后返了回去,朝着她扔钱兜的方向找了过去。黄新桃边走边在心里敲小鼓,因为她非常害怕哈两个坏人再次出现。刚才沙荆花讲述过去的时候,另一个男人一直搂着她,手也不拾闲,让她既憎恨又恐惧。但此时沙荆花边走边小声问她:"坏人作践你了么?""没。"黄新桃没有承认。她不愿把这种让人膈应、憎恨的信息传递出去。

她们终于走回扔钱兜的地方,沙荆花让黄新桃拉着她的一只手,探下身子去摸钱兜,因为阳沟是流脏水的沟,所以很臭。沙荆花就在这很臭的阳沟里摸啊摸,摸了好一阵,才找到钱兜。她甩甩上面湿乎乎的臭水,再拧一下,然后就揣进内衣口袋了。她也立即感到,内衣也立即凉飕飕地被洇湿了,而且自己的鼻子底下全是让人倒胃的臭味儿。连黄新桃都闻到臭味儿了,说:"娘,揣在俺身上白。"沙荆花道:"不用,臭就臭俺一个人白。"这个时候,黄新桃已经不知不觉喊起沙荆花"娘"来。她实实在在地感到了她此刻与沙荆花的相依为命。沙荆花以自己独有的方式,掩护并救了她。这辈子她该怎么感谢沙荆花?喊一声娘算么哎?

她们连夜往回赶,依靠沙荆花懂一点儿北斗星的指北作用,她们就朝着偏左一点儿的南方一路走了下去。柴大树活着的时候,经常给她讲,如何在迷路情况下找到方向,晚上可以依靠北斗星,白天可以依靠太阳,如果阴天没有太阳,则摸树干,树干的光滑面是朝着正南的,粗糙面是朝着正北的。依据这些判断,可以确定行走的方向……她们整整走了一宿。天快亮时,她们遇到了拾粪的老农,问了一下方向,感觉没错,又继续往前走。待走到下午,进了一个小镇,方才找到小饭馆,吃了一顿饭,又找了小旅馆住了下来。最后,成功返回河川镇。

晚上,郭向前忙完了大队的工作,回家和沙荆花一起吃饭,沙荆花特意留下黄新桃一起吃。沙荆花讲述了这几天的经历,讲述的过程中,额头一直冒着汗,眼神也有些惊悚。而黄新桃则神情紧张,正襟危坐,似乎对这几天的情况不堪回首。郭向前完整听完了沙荆花的诉说,给她们盛饭,给她们斟酒,要压压惊。然后郭向前果断道:"俺们不能被这种烂事吓倒。不走出去行昂?肯定不行。哈么,怎么办?谁再出去,带着刀子、剪子,遇上警察检查,就说是割毛线用的。而且,外出最少五个人一组,两个人太单了。"

沙荆花和黄新桃都没有表态。她们也说不好郭向前的决定究竟对不对,外出卖毛线这条路该不该走。因为,想起来真让人后怕。

走!继续走!不光走内蒙古,还要走北京,走天津,走上海,走全国!

郭向前召开了全体村民大会,讲述了走全国的必要性。但同时,讲述了沙荆花和黄新桃外出遇到的危险。所以,请大家一定听招呼,按照部署,带着大队开的介绍信,介绍信里面既介绍外出卖毛线事宜,也介绍么么带刀子带剪子的原因,以防不测。

当天晚上,家家吃晚饭的时候,广播室突然开了大喇叭,一般这个时间是不开的。只听郭五秀在喇叭里广播说:"今天,俺村的书记郭向前做了很好的动员报告和周密部署,一切都有招有对,乡亲们,俺们为有这么好的领导者而骄傲,而自豪!同时,俺们也为沙荆花大娘、黄新桃大姐的敢于担当、勇于冒险的精神而骄傲、而自豪!这是郭家堡精神,这是老八路精神,这是中华民族不屈不挠的精神!下面,将俺草拟的顺口溜念给大家,请欣赏——

　　　　　家乡女杰多不多,

　　　　　背起包袱走全国;

　　　　　精心纺出好线来,

　　　　　不往外卖往哪搁?

　　　　　今天书记把话说,

　　　　　背起包袱走全国,

　　　　　送出俺们一片心,

　　　　　然后安排下一拨。

　　　　　背起包袱走全国,

背起包袱走全国，

　　　没有大家往外走，

　　　哪有今后好生活！"

　　大喇叭把这首顺口溜连续播了十几遍，人们基本都能背下来
了。

　　但是，整个郭家堡是沉默的。面对村里有史以来最出色的播
音员，他们没有反应。因为，他们不知道前景究竟怎样。但是，他们
在郭向前的坚强意志面前，没有犹豫，家家都支持自己的媳妇、闺
女，乃至母亲、奶奶、姥姥，走出去，走出去，走向全国。年轻人可以
往远走，老年人则就近。郭家堡一时间成为半边天、半边城、半个
村，因为走了叽叽喳喳、热热闹闹的一半。连播音员郭五秀都走出
去了。她说，她不能光是坐在屋里念稿，否则，将来郭家堡发展了，
她将没有脸面在这个村子待着。沙荆花和黄新桃也再次出征，有
人提议，说沙荆花大娘就不要去了，您是贡献最大的烈属，再有个
三长两短，全村人都不好交代。但沙荆花摇摇头，没说话，打起包
袱二次出发了。此时正是寒假，连中小学生都跟着家长出去了，还
有母亲背着孩子的。农村的女人是能吃苦的，当需要她们付出的
时候，她们身上焕发出的能量完全超出了一般人的想象……没有
女人的村子是寂静的，是悲壮的，是沉闷的，是充满期盼的，是带
着火药味的。因为，男人们现在箭在弦上，做着一切最坏的打算，
家里的铡刀、锹、锄、棍棒，练拳脚的刀枪剑戟和一切用得着的工
具，全都备好了。

　　郭向前则和男人们继续忙着地里的活儿。这时，一直在筹措
木料的周滏阳来找他了。周滏阳说，他现在已经筹集了一定数量
的木料，将要正儿八经开始家具生产。在眼下看不清前景的情况

下,他也不想冒险,只想把自己这个作坊挂在大队名下,以大队的名义往外卖,但收入需以他为主,大队只象征性得一点儿"担肩儿"费用。

郭向前想了想,感觉所谓"担肩儿",其实没么可担的,现在全国形势已经十分明朗,就是奔着经济工作去的,发展经济的高潮只怕远远没有到来。于是,当即答应。

周滏阳就在自己的院子里,开干了。他的干法是做成一套家具,卖一套,卖出去以后再继续做。每套家具,都扣上他的胶皮戳子,即"周滏阳牌"。而这些家具,又以办公用的文件柜、办公桌椅为多。时间不长,周滏阳牌家具的名号就不胫而走,出现了众多的订货者,让他忙不过来了。

而这时,背起包袱走全国的妇女们,在陆陆续续返回,她们因为按照郭向前的安排,成帮成伙,而且身上带着护身的家伙,于是,一次危险也没发生。而带回来的,是三百、五百、三千、五千……的财富。于是,郭五秀在大喇叭里再次念起了她的顺口溜,"背起包袱走全国"的句子一下子传遍了河川镇四十三村,又传到外镇、外县,并变为她们的实际行动,说不清的各年龄段的妇女纷纷走出家门,"背起包袱走全国"了。后来有写史志的人统计,有超过十万名的妇女背起包袱走出家门。把各种颜色的毛线卖到各省。除了西藏,连距离最远的新疆库尔勒、库车,都有卖毛线的妇女们的足迹。

郭三秀也是这支队伍中的一员。她听说了沙荆花和黄新桃在乌兰察布遇险的情况后,身上带了劁猪的刀子,哈是一种桃状的双面刃的刀子,非常锋利。她把劁猪刀装进一个皮套,放进上衣口袋。她这个组还有其他四位姑娘,她是年龄稍大的。她们来到沙荆花曾经来过的乌兰察布,毛线卖得很顺利,她很想遇一点儿危险,以显示一下劁猪刀的厉害,可是,没有机会。她们卖完毛线,她提议到城外住户问问,看有没有可能收购羊毛。因为这也是郭向前交代的任务。于是,问到了一家,这家不仅养了很多绵羊,也捎带卖羊毛。

主人领着她们一直往草原腹地走。约莫走了半个小时,看到前面有一座硕大的蒙古包,虽然看上去脏兮兮、旧兮兮的,还有很多补丁,走进去以后,却非常温馨。主人五十来岁,蒙古包里是他的儿子和儿媳,都二十多岁。还有小孙子跑来跑去。一家人都穿着蒙古族服装。男主人说,按照风俗习惯,谈买卖之前,要建立互信,怎么建?喝酒。郭三秀一听就额头冒汗了,因为以前家里困难,她从不喝酒,郭瓢子也从来不让她沾酒。结婚生了孩子以后,也没碰过酒。眼下,要谈成业务,不喝咋行?同来的四个姑娘都比自己年龄小,面对这种应酬,简直没法推辞。男主人拿出几个银碗,这是郭三秀这辈子刚刚看到、刚刚开了眼的物件,上面雕着花,非常讲究。只是看上去有点儿脏,污渍很多。但男主人似乎对这一点毫不在意,他搬出一个酒坛子,给眼前的五个女子都满上酒,问:“你们谁是主事的?”

聪明的郭三秀当即就明白,谁主事谁喝酒。让其他人喝?她做不出来。而且,她也在最短时间里做了思考,谁主事,谈成业务成绩就是谁的。于是,她不假思索回答:“俺是。”男主人道:“好,我也觉得你是。来吧——”向她一伸手。郭三秀只得把银碗端了起来。看着碗里有些发黄的酒,她不知道这是么酒,便硬着头皮喝下一口,这时男主人继续给她手势,她就只得继续喝,于是,一碗酒很顺利喝下去了。此时,她没感觉怎么着,头没晕,脑没涨,还对男主人发了问:“咱们是咋个合作法?”男主人道:“你喝一碗酒,我给你一百斤羊毛,喝两碗酒,给你二百斤羊毛。咋样?”

其他四个姑娘全都看着郭三秀，见她喝完酒没么反应，认为她能承受，就一一将酒碗推到她面前，意思是请她代劳。一群没有经验，没见过世面，不知道深浅的姑娘啊，郭三秀先吃了一口羊肉，因为没放盐，淡巴嘴儿吃的，所以，郭三秀吃完这口羊肉就有点儿恶心，于是想用酒压下去。便一碗接一碗地将其他四碗酒全喝了。按说，接酒后应用无名指蘸酒向天、地、火炉方向点一下，以示敬奉天、地、火神。但郭三秀完全不懂，就哈么干喝的。所以，男主人不太满意，也没及时向她指示盐碗，她则感觉淡巴嘴儿吃羊肉受不了，也就没吃。如此一来，肚子里全是酒，没有食物，没过十分钟，她就挺不住了，马上跑出蒙古包哇哇大吐，吐着半截，就醉倒了。没办法，其他四个姑娘只能陪伴她在蒙古包里过夜了。

半夜的时候，郭三秀肚里没食，饿醒了。睁眼一看，她正躺在男主人怀里。而男主人抽着烟在摸她的胸。她不敢翻脸，只是轻轻推开男主人的手，说："咱这笔业务是不是要签个合同？"男主人也有些醉意，道："用不着，你下次来带着钱，咱一手交钱一手交货，我这边安排车辆给你发货。"郭三秀点点头，表示同意。男主人又说："你想不想和我建立长期合作的关系？"郭三秀道："想白。""哈好，下次来，咱俩单独住旅馆去，可以吗？""不不不，这个不可以。俺有丈夫有孩子，丈夫还是大学生。""大学生算啥？来找我做业务，啥身份都有，她们都愿意跟我睡。"

这可能昂？郭三秀根本不信。你就看俺是初来乍到，是"老赶"，对白，欺负人白？俺这身子是干净的，是给俺家大学生留着的。但如此说来，这次谈判么也没谈成，除非自己做出牺牲。但哈是不可能的！

第二十三章　少与多

　　蒙古包里睡着十来个人,有男主人的儿子、儿媳、小孙子,加郭三秀等五个郭家堡的女子,自然还有男主人。此时估计夜里三四点钟,正是年轻人睡得死的时间。茶几上的煤油灯闪闪烁烁,青烟缭绕,郭三秀正困得抬不起头,突然感到上衣纽扣被解开了,一睁眼,自己已露出半个酥胸,郭三秀便快速掏出了哈把劁猪刀,把皮套褪下,喝了一声:"嗨嗨嗨,都起了,出事了!"

　　郭家堡的姑娘们是有约在先的,睡觉也很警醒,听得叫喊,一个个从地铺上挺起身来,她们睡觉时是一只手揣在怀里的,其实是握着刀子。此时,一把把刀子、剪子,就直对着男主人了,有两个性急的姑娘按捺不住,已经跳到男主人身旁,将刀子抵住了他的喉咙。男主人的儿子、儿媳都醒了,目瞪口呆地看着这个尴尬的场面。

　　郭三秀左手按住男主人的手,不让他动,右手举着劁猪刀,说:"俺现在只要一声令下,你这位老叔就会立刻见血,不信你就试试!"一个练过搏腿功的姑娘还用脚后跟踢了蒙古包中间的立柱一脚,于是,蒙古包摇摇欲坠,四处稀里哗啦乱响。男主人的手立即抖了起来,轻声叫喊:"不要轻举妄动,不要轻举妄动,咱有事好商量,好商量!"

郭三秀道:"你的表现大家全看见了,这合同你签不签?"

"签,签,我没说不签!"

"哈好,你的手可以收回去了,签合同!姑娘们,一人盯住一个!"

于是,男主人的儿子、儿媳还有孩子的脖颈上都抵住了刀子。男主人非常沮丧,说:"你们哪是来做业务,这是打劫啊!"

郭三秀松开他,让他去拿纸笔,说:"过去俺们村把小鬼子都打得鬼哭狼嚎,就你这德行的,经不住两刀子。你看过电影《地道战》白,俺们村是最早发明地道战的村子,小鬼子来了都有来无回。等你有了时间,到俺们村去,让你看看俺们是怎么在地道里把小鬼子捅死的。"话说得带着血腥味。

男主人不再回话,先把蒙古包里一直封着火的煤球炉子用火钩子钩了几下炉底,见到哗哗地掉下一些烧乏的灰白色煤灰,才算打住,然后拿来纸笔,在茶几上铺排好,起草了合同。其实很简单,只是三五句话,讲明何时供应羊毛、价格、等级、数量,一手交钱一手交货等。写了两份,然后签了名字,找来印台,按了手印。郭三秀也签了字,按了手印。两个人分别收起自己的一份。此时,外面天还黑着,人人都没有了睡意。郭三秀道:"俺是个粗人,让俺干细活俺干不了,但买了卖、卖了买,这活俺还是不怵头。既然合同签了,这次俺们就先带一部分羊毛走,不然让你作妖也白作了,是白?"这时,姑娘们也都收起刀子,站在一旁看着男主人做事。可一个个仍然横眉立目。

男主人还是一声不吭，不过，已经开始兑现了，他点起一盏马灯，带着郭三秀走出蒙古包，转到后面，举着马灯让她看，一块硕大的旧帆布，蒙着好大一堆东西，他说这就是正打算出手的羊毛。等级么，算是二级吧。两个人又回到蒙古包，男主人开始熬奶茶，用几块干干的牛粪，点燃了一个不大的炉子，坐上铝锅，将一个木桶的牛奶倒铝锅里一部分，拿出一块茶饼，掰下一角，扔进锅里，再兑点清水。牛粪很容易着，一会儿的工夫就烧得很旺，铝锅就咕嘟咕嘟熬了起来。虽然烧的是牛粪，可蒙古包里闻不到牛粪的臭味儿。

奶茶熬好以后，男主人又拿出了哈几个银碗，给大家都倒上奶茶。最后，语气和蔼地请大家喝茶。这时，他儿子儿媳也爬起来了，脸也没洗，口也没漱，跟着喝奶茶。男主人对儿子说："一会儿你跟着走一趟？"儿子没说话，只是点点头。大家都在喝奶茶，男主人举着马灯，又叫上郭三秀来到外面，从一根柱子上解下一直拴着的一匹马，套上大车，然后掀开帆布，把里面的磅秤推出来，搬下一包羊毛称重量，称完重量装车。他让郭三秀记着数量，同时他把捆成一包一包的羊毛往车上搬。郭三秀见此也跟着搬，她感觉这羊毛分量还不轻。很快装满一车，男主人就用绳子将车上的羊毛包揽好。横着、竖着、斜着都揽了绳子。说："你可以跟车，其他人就要自己走了。"事情也只能这样。天亮以后，男主人的儿子赶车，郭三秀坐在车辕的另一侧，跟随男主人的儿子出发，其他四个姑娘则自己解决交通问题，也要打道回府。在这个时点，郭三秀提出，货到付款，否则这货就不要了。男主人摇摇脑袋，似乎感到无奈。

男主人的儿子叫呼尔格。他说老爸是内蒙古人，老妈是陕西人，他这尔格的名字，就是"现在"的意思，就是活好当下，不过多回忆过去,也不过早算计未来。老爸人非常好,只有一个毛病,好色,交下各式各样的女朋友,都帮他卖羊毛。当然,都是有报酬的。

呼尔格说,他还有个弟弟,叫呼斯满,身强力壮,一米八多的大个,带着两匹马、一只藏獒,在草原上放牧几百只羊,会看气象、看星宿,会"断点儿",也就是会算命。看你一眼,就知道你这辈子是大富大贵,还是凄惨潦倒,或者平平淡淡。他是跟着一个蒙古国过来的有名的风水师学的,厉害得很。郭三秀便说:"哪天让他给俺看看白,俺丈夫是大学生,让他看看能不能大富大贵。"呼尔格说:"好啊。"还说,他看中了她们五个姐妹中的其中一个,哈个最漂亮的——你别在意啊,她确实比你好看,我兄弟历来听我的话,让我帮着相一个,我还真相上了。

"郭二惠白,她是俺村老军人郭来福的闺女。你胆儿真大,哈个郭来福你知道多厉害白?过去杀小鬼子有名咧,他的闺女你敢要?"

"咋不敢要?我们又不是小鬼子。"

"俺看你爸哈个人够呛,说不定儿时挨了刀子。"

"哈哈,啥人啥命,谁好谁带着。他还从来没遇过你这样的'女土匪'。咱这当儿子的管不了老爸的事,咱自己不作就行了。你说是不是?"

"你看俺像土匪昂?"

"乍一看不像,可一打交道,就露出三分土匪相了。"

"你见过真土匪?"

"咋没见过,来抢羊、抢马,都遇到过。好在家里养着藏獒,跟他们豁命,都吓跑了。"

呼尔格很健谈,话匣子一经打开,便滔滔不绝地讲起弟弟呼斯满的经历。牧民的儿子呼斯满因小学成绩非常优秀,被陕西出生的母亲送回娘家,托人烦窍在西安读了初中和中专,因为母亲娘家成分高,安排工作没有希望,呼斯满自一九七六年十八岁中专毕业后便开始"闯世界",先在内蒙古做桶匠,见不赚钱,便到陕西、山西、山东等地干衡器修理、镶牙、照相、修电冰箱、批发蔬菜等各种差别极大的营生,刚有点儿钱就与人合办服装厂,感觉山西市场好,便带了一伙人落脚山西。当发现浙晋布料差价大,又停产服装改为批发布料,赚到钱以后,又回内蒙古办公司,先生产家电配件,不久又改为生产燃气灶,发现燃气灶市场已饱和,又"掉头"转产燃气热水器。短短几年间"掉头"多少次连他自己也数不清,但每次都没白干。他的公司组织形式与行家说的"生产岛"差不多,两百来人的厂子,竟然不安装流水线和任何专用设备。

呼尔格说,我去过他的厂子,金工车间所有的设备都是通用型的,许多工人各自在通用设备上完成多种工序,没有流水线,也就无须半成品库房;实行以销定产,也就不需要很大的成品库,因此全厂只有原材料库房,呼斯满说这是"无库存生产"。工人也"通用",除一两个专职外,多数管理人员也有一定的生产任务,平时搞管理,忙时便去增援生产一线。呼斯满现在手里有了资金,就又回草原放牧、收购羊毛了。这样的磨练,让呼斯满应变能力极强。他说最近总见东南方有火烧云,说是吉兆,嘿,你们就来了。

郭三秀道:"是个大神儿白,他怎么想到的?"

呼尔格道:"一两句话说不清,以后让呼斯满给你讲。"

两个人就这么说话答理地慢慢往回走,走半天,歇歇脚,吃顿饭,晚上就找小旅馆住下。于是,比较顺利地回到了河川镇。郭三秀把情况向郭向前做了汇报,郭向前亲自出马接待了呼尔格,结了账,还把郭来福叫来,陪他喝了酒。郭来福真是大人大量,听说呼尔格相中了自己的闺女,当即表示,为了发展郭家堡的毛纺业务,愿意两家联姻。郭向前十分感慨,一个退了休的县处级干部,把闺女嫁到草原去,这件事说起来容易做起来难,谁肯这么做?

呼尔格说:"我弟弟可不是一般的牧羊人!他几乎上知天文,下知地理,讲起市场营销能讲三天,讲起企业管理能讲半个月,他说中国的发展大势已经来了——这一点你们爱信不信,你们不信,我信。我原本也在城里打工,他硬是把我拉回草原,让我跟他干。现在他正在筹办乌兰察布第一家羊毛收购站,是你们用得着的人。除非你们并没想长干,只是三天两早晨的热气,瞎腾腾。我们草原人干事可是一干就一辈子!"

郭向前与郭来福面面相觑。郭向前大脑紧张地思考,郭来福则一个劲儿向呼尔格敬酒,只说酒话。郭来福是场面上人,知道郭向前在权衡,就留出时间让他思考,在这个节骨眼一句正事不提。好一阵过去,郭向前道:"让二惠嫁到草原上去,俺还真拿不定主意,二惠是个好姑娘,跟着老爸从城市来到咱郭家堡,没有张罗进城找活,而是踏踏实实在村里干。若论来福老叔,革命一辈子,若找到县里、镇里,怎么也得给点儿照顾,给二惠找个工作算个屁事?可来福老叔没有,一直鼓励孩子踏踏实实在村里干。这一方面也鼓励俺把村里工作干好,否则人家孩子在村子里不是淹浸咧?另一方面,也是一面镜子,天天照着俺,督促着俺。但说来说去,二惠去不去内蒙古的事,还要尊重本人意见,要由二惠自己定夺。"

郭来福赞许地点点头,对一直伺候饭局的黄新桃道:"闺女,你去把二惠叫来。"见黄新桃答应一声出去了,遂举起杯与郭向前和呼尔格相碰,说:"中国历史上为了边关的和平,有汉代的王昭君出塞,有唐代的文成公主入藏,可能还有其他的俺说不上来,哈可都是沉鱼落雁、闭月羞花的美人咧,俺家二惠算不上美人,可也不难看;她去内蒙古也不是因为打仗,而是因为业务。如果这件事能成,咱两家、两地就联起手来了,这业务谁还挡得住?"

呼尔格哈哈大笑:"可不是吗,三年五年没人追得上,不信就试试!"

正说笑着,郭二惠进屋了,她不知道是为么叫她,所以,也没有特意装扮,还是日常的灰塌塌的肥裤子,胳膊上戴着干活的蓝色套袖,头发也不够规整。一见桌面这情况,先喊了一声:"向前哥好!"鞠了一躬,又说:"爸,您少喝白,俺看您脸又红了。"然后才对呼尔格点了点头,算是打了招呼。

郭来福招了下手,让二惠拿把椅子坐在郭向前身边,也给她斟了杯酒,就讲起了这件事的来龙去脉。他一边讲,就一边观察女儿的表情,只见郭二惠总是往身边的郭向前脸上看,似乎这件事与她无关,倒是与郭向前有关。讲到最后,二惠几乎没有思考,就干脆麻利地扔出一句话:"俺就听向前哥的,让俺去,没有二话;不让俺去,就跟着向前哥在郭家堡干。"

皮球又踢回来了。郭向前不由得发出苦笑:"二惠妹子,俺们为么把你叫来,就是要听你本人的意见,你一辈子的婚姻大事咋要让别人做主?"

二惠想了想道:"俺爸说这事的时候,俺就想起了在东北的时候看过的电影《创业》,张连文、李仁堂主演的,哈个时候,俺就开始思考一个道理:是'先生活后生产',还是'先生产后生活'?这个电影就因为掰扯这个问题而挨了批,还是毛主席给解的围。是白?现在咱郭家堡面临与乌兰察布联合做业务的问题,就是个'生产与生活'问题,为了巩固关系,把俺嫁过去,值不值?值!只要对方身体健康,不茶不傻,俺就没意见。但有一宗,身体和脑筋不正常,绝对不行,俺要干事,不想要拖累……"

呼尔格急忙打断郭二惠,道:"妹子,你尽管放心,我家二弟你见了就会喜欢,他可聪明剔透、办事爽快、还胸怀大志,这辈子非干出点儿大'响动'咧!"

郭二惠不说话了,脸上慢慢红起来,还是看着郭向前。郭向前又看坐在对面的郭来福,而郭来福借着和他碰杯,悄悄点了下头。郭向前明白了,一杯酒拥进嘴里,道:"二惠妹子,既然你这么相信俺这个当家人,好,俺就这么定了,建议你,支持你,去内蒙古。你的一切,咱郭家堡一包到底!结婚办事、生孩子,孩子上学、工作,全交给俺了!有病有灾儿的咱郭家堡全接着你!你就是俺亲妹子!来福老叔,俺现在就认下这个妹子了,您同意昂?"

"咋不同意,俺早就把你当亲儿子看咧!你的事就是俺的事,郭家堡和你是一回事,所以,郭家堡的事就是俺的事!"

事情就这么定了。郭向前、郭来福、郭三秀(媒人)、郭二惠偕同呼尔格一起回了内蒙古,见了老呼(没提他对郭三秀动手动脚的事),见了呼尔格的弟弟呼斯满。呼斯满果然如哥哥呼尔格所言,身材伟岸、一表人才、言语豪爽、乐观开朗。他看了郭二惠一眼,就要牵她的手,让个郭二惠一下子涨红了脸,赶紧甩开他的手,可心里早已翻江倒海了。哈个郭二惠也正是青春期,对这样朝气蓬勃的帅小伙咋会不一见钟情。正所谓"三头对案",在饭桌上把所有问题全谈清楚,全摆平了。三方商定,开春"三八"妇女节这天,给郭二惠和呼斯满办婚事,同时成立"郭呼毛纺公司",总经理郭三秀,副总经理呼斯满,办公室主任兼财务科长郭二惠,顾问老呼和郭向前。业务分成二一添作五,不偏不倚。但这都是暂时的,以后业务发展了会再行调整。

酒过三巡,老呼借着酒劲儿凑近郭三秀,向她敬酒道歉,郭三秀笑了笑说:"过去的事,不提了。以后你对外面的女人咋弄俺管不着,对俺郭家堡的闺女、媳妇们可要加点儿小心,你瞧瞧,坐在你眼前的除了老革命就是军烈属！""是咧是咧！"老呼连喝好几杯,酒不醉人人自醉,最后竟然把自己撂倒了。但呼斯满毕竟是胸怀大志之人,饭桌上提出,你们现在用手工纺毛线,有点儿落伍,虽然也能卖出去,但效率低,质量也没有百分之百的保证,何不建个机械化的毛纺厂？原料,咱不愁,销售队伍,也不愁,不就是进设备吗？不就是培养一批技术人员吗？这些事难吗？我看一点儿不难！我还在蒙古国有朋友,在苏联(哈时还不叫俄罗斯)也有朋友,咱还可以外销呐！

哇！一桌子人全看着眼前这个高个子内蒙古小伙,真是拨亮一盏灯,照明一大片。人们顿时眼界大开,感觉面前的道路竟然如此宽广！郭三秀听呼尔格说过,呼斯满会"断点儿",就说:"斯满兄弟,俺把这么好的闺女给了你,你高兴白？""当然高兴。""你给俺郭家堡断断'点儿',以后的情况咋样？""你们几个人的面相,我都看了,都很好。但向前哥和你们不一样,他以后要承担很大的分量,就必然会有坎坷和纠葛,但他属于大人大量一类,和我岳父是一个类型,百折不挠！"

也许这是他断"点儿"断的,也许只是客气的吉祥话,此刻已经没人计较。郭来福对呼斯满也很满意,便抿着嘴笑。全桌人都哈哈大笑,感觉呼斯满现在就喊岳父,似乎早了点儿。但又都陷入对郭向前的担忧之中。农民么,总是希望一帆风顺,一马平川,不愿意三沟两坎的。郭向前道:"斯满兄弟的话,俺信。做任何事都不会一帆风顺。只要咱们团结一致,群策群力,方向明,方法对,就没有过不去的火焰山。是白？"

"对,这才是大人物的话！"呼斯满很会捧人。

"么大人物哎,咱就是个农民,说句自信一点儿的话,是有点儿文化的农民。"郭向前道。

"我不细说了,不然你该说我迷信了,我只点到为止——看一个人,他如果在没洗脸的时候印堂发亮,说明啥?你们随便猜去吧,剩下的话,不用我说。"呼斯满道。

于是,大家面面相觑,互相看起面相。果然,都感觉郭向前的印堂最亮,不光印堂,连前额、颧骨、鼻梁、脸颊、嘴唇、下颚,全都顺畅舒展。该凸起的凸起,该凹陷的凹陷,该平滑的平滑。这可不是一般人都如此的。"这是修来的!"呼斯满一句话做了总结。这些年来,村民们全都跟着报纸语言走,谁还提"修"不"修"的,谁敢提这个字?人们提得多的倒是"修正主义"这个词,可是究竟修正主义是个么,乡下人谁又说得清?

事情全商定好了。郭二惠写出了会议纪要,用复写纸誊写清楚,一式两份,双方各执一份。郭向前方才发现,郭二惠文笔还不错,文字非常通顺流畅,甚至超过了五秀,暗想自己以前怎么没发现?太官僚了白?就像王昭君一样,及至出塞告别之时,才被皇上发现如此美貌,可是已经悔之不及。郭家堡的一干人就要返回河川镇了,呼斯满拦住大家,说,咱商量一下我和二惠的婚事,可行?郭二惠涨红了脸,说怎么着俺也先住在乌兰察布的市里,和你呼斯满聊几天,然后再研究结婚事项,和几时住到你们的蒙古包去,是白?呼尔格忙说弟弟呼斯满在草原上有自己的蒙古包,已经收拾出来,干净利索,生活用品一应俱全,只差一个女主人了。

呼斯满对着郭家堡的各位长辈和同龄人,自信满满道:"咱乡下娶媳妇都有啥讲究?聘金啊,彩礼啊,婚礼啊啥的,我怎么着也得入乡随俗做做准备吧?"

郭三秀把嘴一撇,道:"你问这个算问着了,俺给你说说俺们村儿的情况白。首先俺们管哈不叫聘金,叫彩礼。别的村咱不提,只说郭家堡——没条件的以百论,有条件的以千论,企业家则以

431

'随便'论(只多不少)。这还不包括刚兴起的'三金'(金项链、金手镯、金戒指)首饰和衣服,当然这完全可以双方商量着来的,女方若是有'品',嫌俗,不喜欢这些,你不就都省了?其次女方陪嫁,也是依据经济实力,还可以依据男方给的彩礼多少来定,男方给得多,女方就应该多陪送。女方陪嫁一般就是常用家电,也有陪送轻骑、摩托车的,俺想用不了多久就会出现陪送汽车的。"

郭二惠插话:"你就甭引导咧!"

郭三秀继续道:"关于新房,不论你是在县城买房还是在村里盖,这个必须是男方全权负责,这是男方的责任和义务,要不哈不成了'倒插门儿'了?再次,按程序提亲,这是老祖宗留下的规矩,是白?从两千年前就有了。按'规矩',在入洞房之前对象之间是不能见面的,凡事都由媒人穿针引线,由双方家长决定,要不为么新娘要盖个红盖头呢,新娘子保留一点儿'神秘感'还是必要的,到时候给你一个惊喜,是白?当然丑闺女蒙起脸来骗人的事也是有的。"

大家哄笑。郭三秀道:"现在的做法是结婚的前一天男女不能见面,当然,像你们俩这样提前见了,也就见了。接着,关于婚宴的钱,百分之百由男方出,这个没商量。吃席的宾客送来的礼金,一般是男方的男方收,女方的女方收。像你们俩这样的情况,就有必要办两次婚宴,在内蒙古办完再到河川镇办。在河川镇办,就应该二惠出钱。当然,你们俩感情深,你呼斯满愿意出,也随你。婚礼中所有的长辈都会给你们红包,新娘给男方的长辈敬茶揖拜,然后长辈们给新娘红包;而新郎给女方的长辈敬茶揖拜,长辈们也会给新郎红包。哈天你们会发一笔'小财'。结婚是人生一件大事,既劳民伤财又费心耗神,加上从恋爱到盖房再到入洞房钻了被窝,中间会有多少曲折和风波,你就想去白!当然,像你们俩这样郎才女貌一见钟情的,也可能屁事没有。你们甭看俺说得这么热闹,其实,俺自己的事却办得极其简单,哈个时候也穷,没有条件,一通拳打脚踢就解决了,连顿喜面都没吃。眼下只怕二惠太'秀眯',不能像俺哈么敢切敢拉!"

郭二惠红着脸道:"你这一大套,说得都对,就是多说了'钻被窝'三个字,你以为别人都不知道,非要你说出来?"大家哈哈大笑,作为长辈的郭来福急忙给郭三秀解围:"要说要说,荤素搭配,听着不累。"大家又是一通笑。

呼斯满一直眨着眼睛用心听着,见郭三秀彻底说完了,就表态:"甭管二惠'秀眯'也好,'敢切敢拉'也罢,我是一切听从二惠安排,她让我干啥我就干啥,让我花个底儿掉我也干,反正这个家就是她的。她不心疼就花。是吧?"郭二惠急忙插话:"皮球又踢回来了,呼斯满你多会说话呀。不过,你让俺安排,俺就安排,回头你先给俺盘盘家底。"

一直静听的郭向前终于忍不住笑出了声,说:"哎,这就对了,这才像做事的。任何时候不能脱离实际,要量入为出啊,咱都是过过穷日子的,刚刚有点儿钱,不能乱来,是白?"这就等于一锤定音了,于是,一干人齐声叫好。事情就这样了,郭家堡的人终于可以返回了,呼尔格哥俩给每个人的兜子里都装了不少烤肉、烤饼、奶豆腐之类,让大家路上吃,又说说笑笑着把大家送出老远。

晚上,郭二惠在乌兰察布市里一家小旅馆住下了,她开始平心静气想这件事。作为一个年轻人,虽是个女流,知道自己能力有限,一辈子做不了什么像样的大事,与父亲当年叱咤风云相比,实在是挂不上飞子(飞子:早先邮件筐上拴的纸质或金属标牌)。可也不愿意过于平庸,混吃等死。老爸最爱说这句话,其实是恨铁不成钢。要想做点儿像样的事,目前唯有嫁到内蒙古,帮着郭向前建

433

起毛纺公司这一件事。说起来有点哈个——靠出嫁,用身体换个名分——不行,俺必须有所作为,必须靠做事站在众人面前,要让人们说:"她是'大拿'郭主任,而不是'呼斯满老婆'。是白?"要做大拿,而不是谁谁老婆。做老婆,只是个必经的途径。她还给自己开脱,说哪个女人一辈子不嫁?嫁谁不是嫁?嫁给郭向前当然好,嫁给小项哈样的大学生也不错,嫁给呼斯满也不赖呆呀,他也不是一般人啊,他的见识,只怕不亚于郭家堡的任何人,只是现在他还没有足够的施展空间,是白?

郭二惠在小旅馆吃着晚饭,就把自己说服了,她想尽快进入角色,快马加鞭把这个公司弄起来,届时,她将奔走在郭家堡与乌兰察布之间,两边一起发展,一起赚钱,生活一点儿不寂寞,是白?正想着,呼斯满来了。他带来很多草原上的吃食,譬如带着血渍的牛肉干,气味很酸的奶豆腐,黑乎乎的肉苁蓉等,这些东西虽然郭二惠并不习惯,也就不会很喜欢,但还是高高兴兴收下,呼斯满婉转地表达了今晚想留宿的想法,她也没拒绝。晚上睡觉,呼斯满搞了一点儿小小的浪漫,单腿下跪,双手托着一条长长的白纱巾向郭二惠"献哈达",然后围在她脖子上,还唱起当时非常流行的歌曲《美丽的草原我的家》:美丽的草原我的家,风吹绿草遍地花,彩蝶纷飞百鸟儿唱,一弯碧水映晚霞……一下子把郭二惠的心唱醉了,便抱住呼斯满亲吻起来。

夜里,两个人卿卿我我,郭二惠就说出了自己的理想,呼斯满完全同意,说:"我原本只想娶一个贤内助,帮我料理家务就行,没想到你还有远大抱负,也罢,我就全力支持你。咱们比翼齐飞。我已经料定了,只要跟着郭向前走,咱们的将来就无限光明。最近我经常见到东南方有火烧云,知道是吉兆,我哥带着郭三秀走车哈天,我又看到东南方突然出现一片耀眼的火烧云,还是'镶金边儿'的,是无缘由冷不丁出现的,就知道那边不一般,但是,周围不远处有一圈灰塌塌的乱云。所以,还是那句话,郭向前要准备承担风险。"

"怪吓人的,啥风险,你能不能说细点儿?"

"只可意会不可言传,天机不可泄露。"

"别吓唬俺好不好?"

"你放心好了,不管郭向前遇到什么沟沟坎坎,我肯定都会冲锋在前。因为,咱们的事业和郭向前是绑在一块儿的,没有他,也就没有咱。这些年我在好几个省打拼,经的,见的,多到与我的年龄不相称。不是你的财,就不要伸手,连想都不要想,否则不知道有什么沟坎或明枪暗箭等着你。是你的财,也需要你拿出相应的努力去获得,甭指望天上掉馅饼。职场、官场都是一个道理。你可以捋捋你们河川镇的过去,是不是这样?"郭二惠因为来河川镇比较晚,再说她对领导层的事也不关心,所以说不上来。呼斯满道:"老婆,以后你就按我说的做,啥事也没有。""好白。"两个人说够了才睡。

············

在保定的医院里住院的黄天厚突然醒了过来。这可能是母亲柴金菱关怀备至的结果。以前柴大霞伺候黄天厚的时候,院方也叮嘱过她要跟黄天厚耳语,讲他最爱听的话,最刺激他脑神经的话。但柴大霞根本不做,她恨不得黄天厚永远别醒。她认为黄天厚这种人醒了就不会干好事。这种人的身上好像有一种发动机,不知疲倦地为了个人利益不管不顾、不讲底线、么事都干。

而柴金菱就不一样了,这是她的心肝宝贝,虽然她还有两个儿子和一个女儿黄新桃,但他们学历都低,社会地位都不及黄天厚。所以,她每次来医院,都握着黄天厚的手聊家常,讲黄家的"光荣传统"，讲黄国贤怎么对付鬼子汉奸，讲黄选朝怎么韬光养晦，讲黄晋升生地瓜怎么抛妻弃子（其实黄晋升比她养的孩子还多，她只养了个黄天厚，而黄晋升养了三个），尽管黄天厚睡着，一点儿知觉也没有，柴金菱还是说呀说，没完没了地说，说累了，再回去。因为专家告诉她了，对这类病人要死马当作活马医，你就当他能听得见，说不定哪天他真能触动脑神经而醒过来。柴金菱不在的时候，她找来的护工，一个四十多岁的大姐，也按照柴金菱的叮嘱，在黄天厚的耳边没完没了地说，她说的内容就和柴金菱不一样了，她就说一个内容：她是怎么爱他，你怎么怎么好，让俺都鬼迷心窍了，看见你就像见了八辈子祖宗，恨不得马上嫁给你，给你生一百个儿子，五十个闺女。看你的长相，天庭饱满地阁方圆，虽说不是眉清目秀鼻直口方，可也是大概其差不多，你还是工农兵学员、镇上的干部，知识渊博，前途无量，多少闺女、媳妇爱你爱得不行，为你夜里睡不着觉。你快醒白，从哈些闺女、媳妇里选一个最好的白，当然，选俺俺是最高兴的啊。而且她还把黄洛宾的《达坂城的姑娘》改了词在黄天厚耳边唱：达坂城的石路硬又硬啦，西瓜大又甜呀，俺是哈的姑娘辫子长啊，两个眼睛真漂亮，俺要想嫁人绝不嫁给别人，一定要嫁给你，带着百万钱财，领着俺的妹妹，赶着那马车来……

按照柴金菱的叮嘱，怎么肉麻怎么说，俺一个半大老婆子，孩子都上中学了，跟你说这些，扯臊白？可是，说这些给报酬。俺也缺钱咧。家里日子过得紧紧巴巴，捉襟见肘，为增加收入说几句胡扯的话，算个屎毛？哈一天她正胡扯，黄天厚突然睁开了眼睛，一把抓住她的手，说话了，像死人诈尸一样，吓得她一下子出了一身鸡皮疙瘩，他说："你就是俺对象，俺就看中你了，就选你了！"专家曾经说过，可能的话，要按摩他的卵子，对他保持性功能有好处，免得醒过来后性功能萎缩了。柴金菱是经常给他按摩的。这个大姐才懒得摸哈玩意儿。柴金菱问起的时候,她就说按摩了按摩了。反正怎么讨好怎么说。惹得柴金菱道:"你按摩可以,不能陷进去,你比俺儿子大这么多,缠住俺儿子可不行。"

这个大姐心说,你拿生地瓜儿子当"宝儿",是因为他是你儿子,与俺何干? 俺有自己的丈夫和自己的"宝儿",缠得着你昂? 眼下,她几乎是浑身哆嗦着接受了黄天厚醒过来的事实。"你真醒了昂?"

"俺醒了,刚才睡着了,一直做梦,梦见你跟俺拜天地,俺冲着你一鞠躬,就醒了。"

"谢天谢地,不是在被窝里。"

"咱找机会白,俺家有空房。"

"去你个卵子! 你知道俺是干么的? 是专门拿钱伺候你的,不是你老婆。"

"你说爱俺爱得天昏地暗,不算数了?"

"哈是为了刺激你神经,是胡说八道。"

"俺不信,有一次你说得哈么激动,还哭起来咧。"

"哈是当着你妈的面,做样子的,不这样她不给钱。"

"无论如何,你是俺再造父母,这辈子俺忘不了你——哎,你咋变这么大岁数了? 在梦里你是个大眼双眼皮、细声细语的小姑娘咧?"

"去你个卵子,俺本来就是个半大老婆子,历来说话粗门大嗓,几时在你跟前装小姑娘? 不是俺连叫带喊,还叫不醒你咧!"

黄天厚作为植物人苏醒,在保定的这所医院,有史以来是第三例。因为有前茬,所以,人们并没有感觉特别出奇,不过也终归是一件值得去庆祝的好事。于是,医院领导把柴金菱叫来,连同护工大姐,加上黄天厚本人,与院方几十人一起,在医院会议室召开了庆祝会。黄天厚因为长久卧床,两腿肌肉萎缩,需要拄着双拐,在大姐的搀扶下,非常缓慢地一步步走进会场。此前,院方安排专人给黄天厚理了发,刮了胡子,换上一身新的病号服。外表看上去,真的有模有样。

黄天厚又在医院住了两个月,重点恢复体力,吃的药全换了,伙食也全换了。跟随的大姐也跟着享了一点儿口福。黄天厚好几次提出要跟大姐亲热一次,都让大姐骂回去了,说:"俺跟你说了一百遍了,俺天天在你耳朵边说的话,全是胡扯的,就为了刺激你脑神经,你怎么还当真?"

"你没想过,怎么会说得出口?"

"俺跟你不一样,为了赚点儿小钱,啥狗屁话不能说?"

黄天厚万分遗憾。真个是"人有悲欢离合,月有阴晴圆缺,此事古难全"。两个月不知不觉就过去了。黄天厚出院了。大姐拿到了一笔钱,高高兴兴回家了,以后再也没见过黄天厚。不知她想不想他,而黄天厚却经常想起这个大姐。甭管她是不是胡说八道,终归把他唤醒了。在他的一生中,没有比这件事更重要的了。在家里又休养了一段时间,黄天厚上班了。

黄天厚上班以后,正赶上镇政府调整各级领导班子,见黄天厚精神面貌不错,把他安排进了镇工商所当所长。毕竟他父亲是副县长,他还有目前镇政府里最高的学历,一论资排辈,便排上了。等于长了半级,成为正股级。就在此时,郭三秀来到镇工商所起照,她带来了郭家堡人写的书面申请,要成立"郭呼毛纺公司"。黄天厚见到这个申请,当时大脑就"嗡"地一下子,想不到郭家堡这么超前,竟然想到成立公司要大干了。这种集体性质的经营单位,以前河川镇都是以"社队企业"面目出现,而以某某私人的名义,况且还是"公司",还从来没有过。黄天厚当即回答,不行,愿意干的话,叫郭家堡毛纺副业部,不允许叫某某公司。

郭三秀不认识黄天厚,也不知道他是黄晋升的"儿子",对黄家与郭家的关系虽知道一些,也是懵懵懂懂,只以为镇上的干部对郭向前都是买账的,想不到遭到拒绝。郭三秀说:"这名字是俺大队书记郭向前定的!""谁定的也不行。再说了,郭向前算个么算个六哎?"

"你咋这么说话?你问郭向前算个么算个六,俺且问你算个么算个六?是谁的裤裆破了,把你漏出来了?"郭三秀柳眉倒竖,嘴里的话就横着出来了。

"说出来吓你个倒仰!但俺不跟你上论,你不就一个乡下丫头?"

"乡下丫头?俺可是河北大学政法系大学生的老婆,俺孩子也一岁多咧,你知道么时候俺丈夫毕业当了领导专门管你?"

黄天厚一下子愣住了。他感觉自己住院才一年多时间,外面世界竟然发生了如此之大的变化,连这样一脑袋高粱花子的土么呛呛的乡下丫头也敢跟他"叮当"。而且,就她——哈个捧性的竟然嫁了正牌大学生?正是"洞中方一日,世上已千年",他是谁,他是正股级的所长,他接受不了这种"侮辱性"的语言,于是,伸手就给了郭三秀一个嘴巴。

这就捅了马蜂窝了。这些日子以来,郭三秀因为得到郭向前的赏识,正在踌躇满志,信心百倍,一门心思要把这个毛纺公司办起来。她还给河北大学的夫君小项写信汇报了情况,咨询有关方面的知识,而小项也回信对她进行了鼓励,特别告诉她,现在大学领导非常器重他,已经把他列入重点培养对象,将来毕业很可能进入国家大机关工作。这样的消息又让郭三秀更加心气高涨。她现在也明白了小项被重用的原因,于是反过来告诫小项:"你被领导看重,是因为你不嫌弃农村的老婆,你哪一天嫌弃了,你的好运也就到头了。明白昂?""明白明白。"就这么时常敲打着。郭三秀也想过,若自己不自强,真有被抛弃的一天,就会天塌地陷,而若有了自己的事业,哈就你爱咋咋地,说不定俺还能找到比你更强的。是白?就说哈个郭二惠白,一个不显山不露水的蔫蔫的丫头,谁能想到一家伙嫁到内蒙古去,哈个丈夫是哈么招人喜欢的帅小伙?不就因为有了郭家堡的业务,否则谁认识郭二惠是哪棵葱?

现在,你这个外表人五人六,张嘴就胡呲的生地瓜玩意儿,打算阻止俺们的事业,还不把郭向前放在眼里,俺岂能容你!郭三秀回手就是一个耳掴子,抽在黄天厚的脸上,把黄天厚打了一个激灵。医院里哈个大姐的话经常让他陶醉,哈么多闺女、媳妇喜欢他,哈种优越感经常让他飘飘然。虽然他已经知道哈是大姐为赚点儿小钱顺嘴胡扯,可扯得让他哈么舒服。眼下,怎么来了不识货的硬茬了——你想干什么?他见郭三秀把椅子抄起来了,急忙猫下腰钻到办公桌底下,"救命啊!救命啊!"就叫喊起来。

隔壁的一个中年男人,急忙跑了进来,见是这个场面也吓了一跳,赶紧抱住郭三秀,夺下她手里的椅子,慢声细语道:"大妹子,咱有话好好说,不急,不急,好白?"

郭三秀愤怒地将刚才的情况复述了一遍。说得唾沫星子乱飞,嘴里还"妈妈奶奶"地不干净。中年男人耐心听完,说:"好妹子,你别急,别急,俺看你是个面善的妹子,这事俺帮你办,好白?刚才所长说得也没错,咱镇上从来没办过这种注册,明天俺亲自到县里去一趟,给你咨询一下,问问这件事咋办,可以昂?"

郭三秀也不是不讲理的人,见事情至此,便就坡下驴,道:"好白,听人劝吃饱饭,俺就听你这老哥的。明天下午三点,俺还到这屋来听消息。"

"好白。不过,明天你不用到这屋,到隔壁俺哈屋就行。"

郭三秀缜着脸,和这位大哥握了下手,就走了。黄天厚方才从桌子底下爬出来,也握住大哥的手,说:"谢谢你为俺解了围。现在这乡下女人咋这么难惹?吃了枪药了?"

"你得学会看世界,你贼么?凡是有事业的人,不论男女,都气儿粗。甭说你是个小所长,就是县委书记来了,他们也敢'叮当'。"这位大哥拍拍黄天厚肩膀,拿着郭三秀的资料回去了。

黄天厚坐正了身子,点起一根烟抽着,反省刚才发生的一切,感觉自己太书生气,太单纯。干么说话哈么冲,让对方接受不了咧?如果自己满口答应,而实际就给你拖着不办,不是比这挨个嘴巴,还差点儿被椅子砸了强得多?看起来,人要学会使手段,奸、滑、算计,这些名词不好听,却有用。必要的话,还可借力。俺不出面,但俺发动起别人替俺出面。得罪你的就不是俺,你就不会给俺扇耳掴子,是白?

第二十四章　紧与松

　　事情真的上交到县政府了，因为以前没有先例，县政府便召开了专门会议，研究了这件事，但还拿不定主意，就由黄晋升出面，拿着会议记录到县委这边，请示县委书记解麦收。解书记说："这还用得着请示昂？你们没有一点儿政治敏感性昂？知道党的十一届三中全会之前有个重要报告题目叫么哎？"

　　"《解放思想，实事求是，团结一致向前看》。是白？"

　　"亏你还记得，明白咋办了昂？"

　　"没明白。指点一二白？"

　　"没明白，将来你们就要做历史罪人，明白了昂？"

　　"还是没明白。"

　　"白吃饱！脑袋让驴踢了！你哈脑子咋连你爸一半也赶不上？"

　　"俺真的没明白。"

　　"么叫解放思想？就是要打破常规，只要坚持党的领导，坚持社会主义方向,你就只管开绿灯。明白了?"

"你的一句'打破常规',让俺醍醐灌顶了,还是书记高白。这回算明白咧。"

黄晋升故作高兴地脸上带着笑出了解麦收的屋门。心说,你不给俺句实在话,攥着拳头让俺猜,猜错了算你错还是俺错?你以为俺真不明白,俺么不明白?俺一不傻,二不茶,俺是要你一句话!就是让俺当这个书记,俺也不是当不了!

人一过五十岁,遗传基因的东西就会慢慢显现。有的人会更早,有的人会更晚。但不显现几乎是不可能的。黄晋升没有完全继承黄选朝的一切,但有一点已经渐渐显现,他已经继承下来,就是自命不凡,有"领袖欲"。他现在越来越觉得自己当个副县长有点儿屈才。看看正县长,再看看解麦收,也不过半斤八两。甚至他也有了当初黄选朝的想法,在这个小县城当个小官真的不算个么,就是到了保定,甚至天津、北京,自己也不是干不了,舞台大,施展空间也就更大,是白?你知道哪块云彩有雨,你敢断定俺这块云彩就一定没雨?

他也曾在党校学习过,对革命导师列宁十分崇拜,列宁曾经说过这样的话,在哪本书里他已经记不得了:"谁都知道,群众是划分为阶级的……阶级通常是由政党来领导的。政党通常是由最有威信、最有影响、最有经验、被选出担任最重要职务而称为领袖的人们所组成的。"你有没有经验不好说,有威信昂?有影响昂?怎么就该你解麦收当书记?马克思《资本论》里讲:"资本来到世间,从头到脚,每个毛孔都滴着血和肮脏的东西。"俺岂能忘了?《共产党宣言》里讲:"共产党人可以把自己的理论概括为一句话:消灭私有制。"俺岂能忘了?郭家堡现在要出么蛾子,郭向前弄哈个"郭呼毛纺公司"是不是私有制公司?否则咋会把"郭"和"呼"都写进来？若是企业成立后走了资本主义，这个责任谁担？

刚才黄晋升请示工作的时候，虽然满面笑容，但心里其实憋着火，解麦收对他毫不客气的咄咄逼人的态度，让他恨不得一把将解麦收从椅子上掀掉。回头他就撺掇县长就郭家堡问题再次召开专题会议，传达书记解麦收的意见，当然，会议的结果是最后对注册"郭呼毛纺公司"一致表示同意。会后县长问他："解书记的话都有谁听见了？"

"只有俺一个人。"

"没有旁证，不是等于没说一样昂？"

黄晋升愣愣地看着县长，感觉自己脑子里真是少了根弦。县长又扔过一句话："出了问题你首先要顶着，其次才是其他人的责任。"黄晋升急忙点头："是是是。"回到自己屋，他抓起一个墨水瓶就朝地上摔去，"啪"的一声，玻璃碴子和蓝墨水四散飞溅，满地满墙到处都是蓝点子。可是，坐住了细一想，自己又感觉唐突。自己都五十岁了，怎么还这么沉不住气？遂找来墩布擦地，找来白粉笔把墙上的蓝点子涂抹上。然后给黄天厚打了电话："儿子，郭家堡的申请批下来了，你派人来拿白。"

"好的，谢谢爸爸，回头俺派人去拿。"

黄天厚答应了，却始终没派人去县里。隔壁大哥问他，县里批了昂？他说，县领导太忙，让等等。中午吃完饭，他就溜号了，说去"下基层"，其实到西河川去了。你郭家堡不是牛昂？俺能拖一天就拖你一天。几时你服软，几时拉倒。到了下午三点，郭三秀来找隔壁大哥，隔壁大哥摊开两手说："报到县里了，还没批，你再等等，一旦批下来，俺把营业执照亲自给你们送去。好白？"

郭三秀无计可施，气哼哼地回去了。这位大哥态度和蔼，没法对着人家发脾气，是白？

再说黄天厚来到西河川,找到哈个柴佳禾,大模大样坐在办公室的椅子上,问:"你的事俺爸办了昂?"

"办咧。俺可费了老劲儿咧,不过倒是把全镇经济往前推了一步,镇上已经让俺当了妇女主任,以后俺会更加努力工作,不然,对不住副县长。"

她原本想表示一下自己也很能干,不光是靠"关系"转正,而且,自己也是正派人,想得最多的还是干好工作。谁知,几句话就让黄天厚逮了"漏儿"。他阴阳怪气道:"你现在功德圆满,花好月圆,总不该吃水忘了挖井人白?"

"俺找过你爸,问他要么,他说么都不要。"

"他不要,俺不能不要,别忘了俺是搭桥人,是白?"

"你要么?只要俺买得起。"

"俺想要么,你自然知道。"

"这样不好,你还没结婚,对你不公平。俺一个大老婆子,没么,你还是童子咧。"

"俺愿意,行白?"

"你愿意,俺却不愿意。"

"'团子媳妇'(身世低贱的媳妇)翻身,长了精了!"

谁知柴佳禾突然抓起桌子上的电话——黄天厚也猛地发现,柴佳禾的桌子上增加了电话座机,她随便按了几个号,就抓起话筒道:"你过来一趟,俺这儿来了个无理取闹的。"气得黄天厚站起身来,转头便走,一边走一边想着怎么报复。但他刚刚回到自己的办公室,就接到了柴佳禾的电话,她语音温柔地说:"其实俺很爱你,但俺只想正式嫁给你,如果你真想娶俺,俺就离婚跟你。"言外之意是你甭跟俺来这"里格龙"。

黄天厚心气高傲,怎会娶她?从此以后黄天厚再也不来找她了。

当年在河北大学读工农兵学员的时候,还真有一个女生看上他。哈是一个河北最南边与河南交界的磁县的一个来自社队企业的女生,看样子眉清目秀,身段也不错,但一口侉侉的方言让他接受不了。他曾问她:"你是河北人,为么说的一口河南话?"女生说:"俺们挨着河南,当然受河南影响咧。"一次系里组织文艺演出,这个女生学唱《朝阳沟》里的银环,竟然上身穿了绿褂子,下身穿了黄裤子,让黄天厚好生尴尬。身边的人都知道他俩走得近,说是对象也差不多。演出一结束,一个来自天津的工农兵学员就说:"绿配黄,侉死娘!"气得黄天厚当即宣布与她一刀两断,心胸狭窄的黄天厚容忍不了这种事。还有一个来自河北太行山区的"铁姑娘",是"铁姑娘队队长",虽脸皮黑了一点儿,但非常漂亮。他便经常在午饭时和她坐对桌,一次对方给他夹了一块肉片放在他碗里,他便心有灵犀道:"咱俩交个朋友白?"哈个时候"交个朋友"属于特定语言,就是"搞对象"的意思,对方淡然一笑,似乎是同意了。他便提出:"周末俺寝室无人,你来白?"谁知对方正色道:"俺爸是老八路,你看错人咧!"连他的解释都不听,抬脚就离开了,临走还撂下一句话:"小心俺告到系党支部去!"不知这个女生是否真的告了状,反正黄天厚向系党支部写过好几次入党申请书,也没人理他。按理说支部应该找他谈话的。他现在嘀嘀啵啵,一句大话也不敢说,更别提翘尾巴。因为系里各种背景的人太多,随便拎出一个就让他吓一跳。

系里曾经组织过几次学工学农劳动,每次学工的时候,来自磁县的"侉姑娘"就最出色,而每次学农的时候,哈个"铁姑娘"就最显本领。而班上讨论的时候,平时不显山不露水只是埋头读书的"有识之士"就都显露出来,一个个口若悬河、旁征博引,尽显风流。他只有仰慕的份儿,根本插不上嘴。他一时间非常憎恨自己早先为么没有多读几本书。但平静下来以后，又觉得哈些同学非常可笑，夸夸其谈顶个么哎？马克思、恩格斯、列宁、伯恩斯坦、考茨基等等也就罢了，研讨哈些黑格尔、费尔巴哈、亚里士多德的哲学，莎士比亚、巴尔扎克、托尔斯泰的文学，贝多芬、施特劳斯、莫扎特的音乐——全是八竿子打不着的问题，有么用哎？能当吃还是能当喝？

很多人在班里、系里交下了朋友，日后也经常联系，而黄天厚几乎没有朋友。为防止露怯，他就不跟大家交往。拍毕业照的时候，他躲在最后面的角落。他害怕被人关注，回到河川镇以后才慢慢还阳。在河川镇，想不显山露水都不可能，主客观原因都推着他往前站，乃至谁站到他前面他都不舒服，会陡然间心生恶念。

郭家堡的批件迟迟办不下来，一干人急得要命。郭三秀到镇上跑了好几次了都没有下文。工商所哈个大哥说，所长这儿没消息，俺也不能越级直接跑县里，是白？郭三秀心想，万一是黄天厚打驳拦儿，而县里早就批了咧？何不直接去看看？便骑了自行车直接奔了县里。她起初不知道找谁，就凭着一股闯劲儿，问了门卫，人家告诉她，县工商局的位置，她便一口气骑了过去，反正也不是太远，结果工商局说不知道这件事，还得找县领导，一下子把她的火气又勾起来了，咆哮道："你们这是拿俺当猴儿耍了白？"

对方也急赤白脸说："你急么哎？俺们不知道就是不知道，咋就拿你当猴儿耍？你要是猴儿，俺不也是猴儿了？"

郭三秀无奈，骑着自行车回到县政府，再次询问，最后，门卫干脆说："你直接找一把县长白。"便给县长打了电话。县长一听是这事，也立即火冒三丈，他本来也对黄晋升办事不力不高兴，此时便叫喊："让她直接找黄晋升！压着人家批件，算么个卵子玩意儿哎！"

郭三秀按照门卫指示，直接找到黄晋升，说明了情况，想拿走批件,可黄晋升不给。他说:"这个批件必须由镇工商所来拿,这是文件,回去他们还要按照这个给你打印营业执照,你个人拿没有用,是白?"

"可他们偏偏拖着不来,你说咋办?"

"不可能,你不了解情况,不要贬低俺们镇上的干部。"

"你哈个镇上的干部俺已经了解了,是你儿子,已经挨了俺一个耳掴子,一会儿俺去了还得抽他。你生了这么好的生地瓜玩意儿,真该祝贺你!"

"怎么,你敢随便打人?俺叫警察拘你!"

"叫白,叫呀,你不叫俺替你叫!"

"你太猖狂了!"

这些日子,河川镇工商所没来取这份批件,黄晋升也没催。为么,就因为他也有着自己的政治上的"考量"。这个执照如果批下来,说不定就在全县燃起一把火,是社会主义之火,还是资本主义之火,真是不好说了。黄晋升正在发火,正要抓起电话给公安局打电话,一把县长一步跨了进来。因为刚才郭三秀去找他,已经让他十分反感,对黄晋升憋着火,听到这边嚷了起来,岂有不生气的?便打断黄晋升道:"你说人家猖狂?么叫猖狂?你们该办的事不办,跟你讲理就是猖狂?你要给公安局打电话,咋不给工商局打电话?哈不才是该干的?"

黄晋升无奈地低下头:"俺打,马上打。"便拨通了桌子上的电话,对哈边说:"你们现在马上到俺这儿来一趟,把郭家堡的批件拿走!"

谁知哈边拒绝了,说,来不了,现在正有接待任务,外省来了个取经的。黄晋升道:"你们甭来了,俺去,等着啊,见了面看俺怎么卷你!"遂将批件装进牛皮纸文件袋,对郭三秀说:"咱走,看俺怎么当面卷个生地瓜!"

一把县长一直二目圆睁,怒视着他们走出去,才算拉倒。当然,一把手有一把手的工作方法,事后,他来到黄晋升这屋,说:"现在全国形势发展很快,群众的积极性要保护,你怎么随便跟下边的人发脾气?你知道这个郭三秀背后是谁?你只看她说话气儿粗,知道为么昂?如果事情闹大了,对咱能有么好处?"

黄晋升低垂着头,一言不发,心里一百个不服气。不过,最后还是掏出烟来,递给一把手一根,算是和解。因为这件事出丑的不是他,而是哈个生地瓜儿子。只是这话他没法说。

为了补偿对郭家堡的"不敬",黄晋升经和一把手商量,率先给郭家堡拉大线通了电。当然,郭家堡也出了一部分费用,加上县里给一部分,就让郭家堡在河川镇一下子再次鹤立鸡群。这是没办法的事,人家因为卖毛线,积累了一定的资金,你没有,哈就甭比。其他村必然看着眼儿热。首当其冲的就是黄召庄。这天下午做饭时间,黄大想风风火火地来到郭家堡,找到郭向前家。他手里拎着一个脏兮兮的旧塑料袋,见了郭向前就说:"老嫂子在家白?让她试试。"就从塑料袋里掏出一件皮衣。

这是一件没有袖子的皮坎肩,染成褐色的亚光羊皮面,里面是白色羊羔毛,柔柔的、细细的、白白的,让人看了就喜欢。郭向前道:"你做的?""屁!俺哪有这个手艺?是俺村一个隐姓埋名多年的老皮匠,现在把手艺亮出来咧。"

"这么好的东西,你拿这儿来,么意思哎?"

"给老嫂子穿白,你甭眼儿热,不是给你的,你若穿了上火、牙疼、流鼻血。"

"也罢,俺给你钱,替俺娘买下了。"

"提么钱哎,你管俺顿酒儿喝就行咧。"

沙荆花见是黄大想送来的东西，样子、质地都不错，便收了下来，穿在身上一试，也挺合身，便说："一入冬俺就天天穿着，谁要问，俺就告诉他，是黄召庄做的。让他们买去。"

黄大想道："老嫂子，现在还没处买去，不能批量生产，全是手工，太慢了。"

郭向前留下黄大想吃晚饭，便在饭桌上听他说了黄召庄的情况。这段时间，郭家堡紧折腾，黄召庄也没闲着。他们找到村子里岁数大的老者，把撂下多年的皮革生产，拾起来了。关于皮革加工，郭向前也是刚刚听说。家畜和兽类的毛皮必须经过鞣制加工以后，方才能够成为柔软、美观的轻工制品原料，再加工制作成皮鞋、皮箱、皮袄、帽子、手套等日用品，因为有弹性，保暖性能好，所以极具实用价值。二十年前，村子里曾经干过，后来割"资本主义尾巴"，就停止了。黄大想道，毛皮的鞣制方法很多，简单说，包括：生皮铲油、浸水洗皮、下缸鞣制、晒皮刮软、整理毛型等几大类。稍稍说细点，就有这么多环节：生皮、浸水、去肉、脱脂、脱毛、浸碱、膨胀、脱灰、软化、浸酸、鞣制、剖层、削匀、中和、染色加油、填充、干燥、整理、涂饰、成品皮革……

"你简单解释一项。"郭向前道。他感觉很新鲜，可能的话，说不定郭家堡也干。

黄大想道："么叫生皮铲油哎？就是对大部分家畜、兽类宰杀后的鲜皮，为了防腐要进行清理，并需要搁一段时间。清理的方法是割去蹄、耳、唇、尾、骨等，再用刀除去皮下的残肉和脂肪，洗去沾在皮上的泥、粪、淤血等杂物，然后把鲜皮肉面向外，挂在通风处晾干，但要注意防止强光曝晒。也可以采用盐酸腌法，即在皮张的肉面撒盐，用盐量约为皮重的四分之一，盐腌一周左右。不腌的话皮革就会变傻，然后腐烂。因为它本身就是肉皮，和肉没么区别,说个名词,都是'有机物'。此外还有浸水洗皮、下缸鞣制等等好多项工序。如果细说,咱一晚上也说不完,总之,挺复杂,技术性挺强。但俺们现在受制于没有机械,也没有电。只靠手工,真正懂技术的没几人,再没有资金,怎么发展?"

"缺资金白?"郭向前问。

"哈是肯定。"

"给你资金就能扩大生产?"

"哈是自然。"

"好,俺借你一部分,虽然俺们并不富裕,但暂时接济你一下,你卖了皮衣别急着发奖金,要先还账。"

"哈是自然。"

"回头俺让新桃带着钱到你哈去一趟。"

"最好不过!"

晚上,郭家堡因为通了电,八点钟的时候虽然天已大黑,而郭向前家灯火通明,把个黄大想羡慕得只差流口水了。他不厌其烦地说着"俺一定要赶超先进"一类的表决心的话,郭三秀腋下夹着一个玻璃镜子,手里拿着一封信,来找郭向前,说:"书记,你先晚吃一口,看看这个——"就先把镜子递给郭向前。

郭向前撂下玉米面饼子,把两手在身上抹了一把,接过镜子,见里面镶嵌着"郭呼毛纺公司"的营业执照,经营范围、法人代表,全写得清清楚楚。法人代表原定是郭向前,但郭向前思考了一下,推掉了,而干脆就让郭三秀担纲了。所以,现在的郭三秀比任何人都积极。她生了孩子以后,送到了县城里,由小项的父母带着,哈老两口儿早就盼着这一天了, 他们因为响应党的号召晚婚晚育,所以三十多岁才有了小项, 现在上了大学的小项刚刚二十四五岁,他们已到退休年龄,正闲在家里无所事事,郭三秀一把孙伙计送来,便乐坏了他们。而且这孩子长得虎头虎脑,和小项像一个模子扣的,当爷爷奶奶的岂有不乐的?郭三秀也就一门心思操持她的毛纺公司了。

郭向前刚刚欣赏完营业执照,郭三秀就把手里的哈封信递给了他。郭向前首先看了一眼信皮,是河北大学小项写来的。打开一念,是介绍他从身边打听来的信息,即若打算买进纺织设备以及引进技术人员,可到天津去。天津有好几家大型纺织厂现在都任务吃不饱,人浮于事,难以为继。如果买他们的设备,聘他们的人员,应该不难,可以去试试。郭向前问:"是你让小项打听的?"

"是咧,你派俺当总经理,俺不能不动脑子,否则不是给你耽误事昂?"

"好,你选两个人跟你去天津,费用问题和新桃商量。"

"好。俺马上就找她去。"郭三秀拿过镜子,拿回哈封信,走了。

这一切,黄大想听个满耳,他此刻满脸通红地举着一杯酒走到郭向前面前:"向前侄子,你真让俺眼儿热啊,瞧瞧,瞧瞧,这就去大城市天津采购设备去了,还要招聘技术人员,哎呦喂,俺黄召庄哪辈子能追上你?俺可是'郭家堡二村',你不能看着不管咧!"

郭向前也把酒杯举起来,说:"大想叔,路要一步步走,饭要一口口吃,俺们郭家堡的事情,全是水到渠成;你们黄召庄也要循序渐进,打好基础,想发展的话,没有一个扎实的基础就是沙上建塔,立不住。是白?"

黄大想晚上喝多了,他到了郭向前跟前,总有点儿倚老卖老的意味,虽是请求,也总是气儿有些粗。喝酒就放开了,说话也不太利索了。此时郭向前并没有名牌好酒,仍是以往喝的杂牌薯干酒。沙荆花走过来在郭向前耳边说:"适可而止,不能再让他喝了,毕竟岁数大了,别喝出病来。"郭向前点点头,给黄大想盛了热汤,看着他喝下去,就开始撵他了:"大想叔,天不早了,俺安排大车把你送回去。"

"不行,俺再坐会儿,还得跟、跟、跟你唠会儿!"黄大想已经趴在桌子上了。郭向前便把他架起来,架到西屋的炕上,让他躺下,伸直了腿脚。回头对黄新桃说:"你赶紧把车把式郭老六叫来,越快越好,套好车。"黄新桃答应一声就跑出去了。黄大想便躺在炕上闭着眼睛东南西北地继续说着,说的话都不"挨盘儿",也不管身边有没有人听。

待了一会儿,郭老六来了,手里执着鞭子,进了郭向前的堂屋,郭向前和他小声耳语了几句,便和他一起进西屋,把醉醺醺说话已经完全不清楚的黄大想背起来,背出屋子。外面马车上,黄新桃早已找了一条冬天盖粮食的脏褥子铺在车上,沙荆花把二斤新毛线装进哈个盛皮坎肩的旧塑料袋,给黄大想当枕头,一干人就把黄大想放到了车上。郭老六和黄新桃每人拿着一盏马灯,坐上车辕,摇摇晃晃地出发了。

这边沙荆花一边收拾饭桌,一边对郭向前道:"你看出来了昂,黄大想对你抱着哈么大的希望,还真得帮他一把,这些年来,他可真不容易。"

郭向前道:"娘,俺刚才想到这个问题了,要帮他,咱就得加快发展,否则想帮也帮不上。给个仨瓜俩枣的也起不了作用。"

沙荆花道:"是咧,抓紧安排郭三秀去天津,不行的话俺跟着。"

郭向前道:"让她们年轻人去白,您在家坐镇。"

沙荆花道:"俺这个岁数让人相信,年轻人总给人毛手毛脚的感觉。"

郭向前想了想,答应下来:"打虎亲兄弟,上阵父子兵,这话一点儿不错。俺娘就是俺娘，别人俺还真不放心。"

事情就这么定了。沙荆花带着郭三秀、黄新桃一起去天津了。三个人都没去过这样的大城市，坐长途汽车进了天津，就感觉咋这么乱呀，到处都是地震棚，唐山地震波及天津以后的遗留问题还没有完全解决，把个漂亮、洋气的天津卫撅鼓得不像样子了。在这个行程中，聪明的郭三秀见黄新桃管沙荆花喊"娘"，方知她们彼此关系不一般，而自己也正得到郭向前重用，何不就此也改口喊"娘"咧，不是让关系更近一层昂？便说："老婶，从今往后，俺也喊您'娘'了，为么咧？向前兄弟这么看重俺，拿俺当亲姐妹，俺还不该喊您'娘'昂？"

沙荆花呵呵地笑了："你呀你，就是鬼灵精，看着新桃这么喊，就也跟着喊，喊白，你们都是俺闺女。"

郭三秀立即大大方方喊了一声："娘——"

"哎，好闺女。咱们一块儿帮向前把郭家堡的事情干起来，只当是给自己家干咧。"

"对，娘，有您带着俺们，不管多难，俺都不怕。"

几个人说话答理地来到了一家纺织厂，这是小项介绍的，这家纺织厂的一位车间主任的儿子和小项在河北大学政法系的一个班，是非常要好的朋友。黄新桃进厂约出了这位主任——五十开外完全秃顶的胖乎乎的一位中年人。他身穿灰色工作服，胳膊上戴着白色套袖，自报家门道："我叫何家兴，叫我老何就行。咱也不远走，就在这路边说几句话吧，一会儿我还得回去。"

四个人就找了一棵树下站下，郭三秀首先说了自己丈夫和老何儿子的密切关系，总得有个前茬儿白，否则怎么会找到你门下咧，是白？老何呵呵笑着，说没错没错，你丈夫上大学，我儿子上大学，两人一个班，还是说得上来的好朋友，这就是缘分。

此时,沙荆花就说出了三个人此次前来的目的,请老何帮一把。一是摩挲摩挲哈个厂的设备能卖,二是哈个厂的技术工人肯走。老何说,这件事一时半会儿没法决定,你们先找地方住下来,这事咱慢慢办。就对她们说了几个小旅馆,让她们去看看。

她们在市里转了一圈,感觉市里的小旅馆有点儿贵,就往市边走,可是,市边小旅馆又少。于是,费了九牛二虎之力,方才在稍稍靠近市边的地方找到了合适的住处。哈时候,在天津这样的大城市,不论住多大多小的旅馆,都要出示介绍信。这一点郭三秀和黄新桃都明白,临出来的时候开了很多。都是盖了章的。住下以后,郭三秀就抢着外出买饭(小旅馆不做饭),黄新桃则悉心照顾沙荆花,帮她铺床、收拾东西、洗澡搓背等。总之,外面的事都是郭三秀负责,屋里的事都是黄新桃料理。沙荆花对这一文一武两个闺女都很喜欢。

转天一早,她们又来到哈家纺织厂,等候老何出来。九点来钟,老何出来了,说他昨天下班走得晚,借用厂里的电话联系的(哈时候家庭电话极少,一般人装不起),好几个在厂里活儿不多的老哥儿们,都有心气儿往乡下走,问题是单位不放。明明他这里业务量不大,差不多快黄了,可是,你随便请假不行,超过一周算离职,离职是什么概念? 就是厂里没你这一号了,到了退休年龄没人给你发退休金(哈时候退休金都是厂里发,还没走社保)。

沙荆花道:"老何啊,俺看你挺合适的,你来白? "

老何道:"我跟厂长说了,您猜他怎么回答的? 绝对是您想不到的。"

郭三秀抢着问:"怎么回答的? "

"厂长说,你走,可以,一,先开除你党籍;二,再开除你公职。然后你想去哪儿去哪儿。"

沙荆花一声长叹："这不是把人往死里逼昂？支援一下乡下工业，就这么大罪过？"

老何摇摇脑袋："说到底吧，是人的脑筋不开窍，跟不上时代。现在国家把经济工作放在首位了，不再搞阶级斗争了，可是，人们的思想还停留在过去，不是你发一纸红头文件人们的思想就跟着变了，没这么简单。"

黄新桃插话道："何叔，您帮着想想办法白，俺们在天津市别人都不认识。"

老何点点头，说："今天下了班我继续联系，你们明天这个'点儿'还在这儿等我。"

几个人便握别了。老何回了厂里。三个女人就在天津市转悠起来。这一天都没事干。黄新桃突然想起什么，说："写《红旗谱》的老作家梁斌就在天津，他是咱冀中老乡，咱何不去看望他一下？闲着也是闲着，是白？"

郭三秀道："好是好，可咱也没带么礼物，空着手去，咋合适咧？"

沙荆花道："咱买点儿天津的点心，也算一点儿心意白。"

于是，三个人买了两盒天津桂顺斋的点心，先找到公安局，又打听到老作家梁斌的住址，便找上门去。梁斌见是冀中老乡来了，便热情接待了她们。梁斌夫人给她们沏了茶，搬过椅子请她们落座。梁斌一副慈眉善目的富态像，脸上一直挂着笑，细心询问五曲河相邻一带家乡的经济发展情况。沙荆花先自报家门，然后讲起河川镇和郭家堡的情况，特别是说起当年县大队的情况。真是"老乡见老乡，两眼泪汪汪"，梁斌眼里也含了眼泪，示意她们喝茶，说："俺认识郭山河，还握过手。干革命，真不是一件容易事。死个人，家常便饭，倒还罢了，有时候要出思想路线问题。"

梁斌夫人借此机会插话道:"他这一辈子最不愿意讲自己的事。可是,该讲也得讲,是不是?他是参加革命很早的老作家,十三岁加入'少共',十六岁参加'二师学潮',十九岁成为北京'左联'一员,你们知道啥叫'左联'吗?就是咱们党领导下的'左翼作家联盟'。梁斌信仰共产主义,信仰人民大众的文艺,一朝认定,终生不改。他组织过抗日武装,曾任县大队政委,在枪林弹雨中和柴大树、郭尚民一样冲锋陷阵,敢打敢拼。后来遭到反动当局逮捕,身陷囹圄,仍坚贞不屈。回到自己营垒后,经历过历次'整风'运动,经受了严峻考验。尤其在十年中,成为批斗对象,受过不白之冤和皮肉之苦,而他仍然坚持革命者的尊严。别人为自保而顺竿爬,他却坚守一个老革命作家的底线,绝不说一句违心的话。一次在资料室批斗,罚他跪在两米高的凳子上交代问题,他临危不惧,拒不服软,造反派便踢倒凳子,把他重重地摔在水泥地上,当场摔昏了他,但醒来后仍不改口。省报批他,连篇累牍,一连批了四十个整版,几百篇文章。压垮他没有?没有!你们瞧,他还是这副富态相!啥叫真金不怕火炼?为了捍卫'朱老忠'和烈士们的尊严,他连生命都随时准备交出去!"

三个家乡的女人频频点头,既唏嘘不已,又颇为感奋。

"不说哈些,不说哈些,说咱的家乡事。"梁斌依旧换上笑脸,挨个给大家斟茶,"好多事,讲深了,你们也不明白,在过去的'十七年'文学中,俺的《红旗谱》是领衔的作品,运动来了,受触及也就必然是第一份的。正所谓'枪打出头鸟',是白?"

一句家乡话"是白",让三个老家来的女人倍感亲切。是咧,她们都不研究文学,咋知道文学上的事?就说起家乡要干毛纺厂,但现在买设备很难,招聘技术人员也很难。梁斌一听这话,就说他有个朋友,好像和毛纺行业有点儿关系,便写了个便条,说你们有空可以找他一趟，说不定能帮上忙。他说他现在很忙，正在写新书《翻身记事》，请她们谅解。沙荆花明白，这就是送客的意思咧。便揣起纸条，招呼两个闺女站起身来，就要告辞。梁斌却将哈两盒点心拿起来还给她们，说："俺不喜欢吃甜食，你们拿着点心找哈个人，正用上。"

和这样水平的大人物，用不着客气。最好的处理办法就是听人家安排。于是，沙荆花让郭三秀依旧拎起点心，三个人告辞出了门。临走邀请梁斌不忙时回家乡走走。梁斌欣然应允。看看时间，已到午饭时间，三个人找了小馆，吃了一顿天津包子，感觉很香，挺解馋，既不贵，又合口味。

午饭后稍稍有点儿困意，她们便来到外面，在路边朝阳的地方，坐在墙根，倚着墙，打了个盹儿。正睡着，突然有人用脚踢沙荆花。她是和郭三秀坐在外边的，把没结婚的黄新桃夹在中间。女人们都有保护年纪最小的少女的意识。所以，来人就踢了沙荆花一脚。沙荆花甫一睁眼，见是穿着警服的民警，便赶紧站了起来："咋咧，有事？"

"你们是哪儿来的？盲流吧？"

"么叫'盲流'哎？俺们是来天津办事的。"

"有介绍信吗？拿出来看看。"

郭三秀有些恼火，便从书包里掏出介绍信。但农村人太实在，你只掏一张不就行了？她因为开了一沓，遂将这一沓一下子全拿出来了。于是，民警便提高了警惕："你们这是在大队里偷着盖的章，走吧，跟我们到派出所去一趟。"

"不行，俺们一会儿还得办事。"

"办什么事，先办你们自己的事吧。"

三个人硬是被拉到了派出所，一位所长模样的年轻民警对她

458

们进行了详细询问,方知这三个人真是来办正事的。但对她们下一步去找哈个人,提出了异议:"这种事很难办,建议你们甭跑了,希望不大。哪个脑子没毛病的人,愿意放下大城市的工作,跑到你们乡下去?你能给多少钱?顶多也就是开双份工资,抛家舍业的,值吗?如果你们有实力,再多给点儿,不是我口冷,他敢要吗?批他走资本主义道路,再没收财产,哈人还活得了吗?"一番话说得三个人面面相觑,不得要领,下一步怎么办?

三个人出了派出所的门,真不知该往哪走。她们茫然地在路边站了一会儿,沙荆花开口了:"俺感觉不应该被这种论调所左右,人家梁斌既是老革命,又是有文化的作家,人家咋没说不行?难道老革命比这个年轻所长水平低?"

"对!俺认为娘说得对!"黄新桃表态了。

"走,娘,咱继续走!"郭三秀也表态了。

于是,三个人按照梁斌提供的地址,继续往前走了。下午四点以前,她们终于找到了要找的人。这个人叫周伟志,五十来岁,是一家国有企业下面所属的"集体企业"的厂长,这厂子正是一家打算解散的毛纺企业,有二十来台设备,还有十几位技术人员,马上面临遣散问题。厂长听梁斌老家河川镇要建毛纺厂,当即表示,只要价格合适,这些设备悉数卖给你们,我们也一同跟着过去。厂子解散了,虽说给一点儿遣散费,但在家里待着也是待着,何不出去干点儿事?再说,都是老行当,轻车熟路,是不是?不就远点儿吗,咱可以住下,一周回来一次,还不行吗?离不开老婆的,你也甭不好意思,你就甭去,岁数稍大,用不着天天跟老婆腻乎的,都跟我走。怎么样?

呼啦一下子,马上就有十位技术人员报了名。另几位技术人员尚且年轻,离不开老婆也情有可原。事情就这么定了。这位周伟志骑上自行车,马上就到上属单位去请示去了,三个女人就在厂子里坐等。其他技术人员拉着她们在车间里走来走去,观看这些设备。这是二十多年前的国产设备,虽不是最先进,也没有多么崭新,很多设备外皮都掉了漆,可都被棉纱擦得油光锃亮。对于一直靠摇纺车手工纺毛线的三个女人来讲,这可是一步登天了!

第二十五章　家与国

　　周伟志的设备,需要装二十几辆汽车,才能拉走,租车可是一笔不小的费用。但箭在弦上,不能不发。好在这三个人掌握着郭家堡的财权,当即做主,能付的费用当即付,付不了的,货到付款。发车哈天,纺织厂的老何也来送行。对带车的沙荆花说了很多祝福的话,祈盼郭家堡的工作马到成功。老何哈时十分感慨,也十分疑惑,看到乡下人对干企业的热情哈么高,不能完全理解。大城市都干不好的事情,你们乡下就能干好?你们能干好的依据是什么?仅仅是热情吗?热乎劲儿过去了,接下来怎么办?但相信老何很快就会明白:成本,这是目前制约大城市工业的主要问题。此为后话。

　　县里特批了几亩地,允许郭家堡搞社队企业(哈时还不叫乡镇企业),郭家堡便斥资买来红砖,热热闹闹地建起厂房,很快就会将设备都"稳"进去。这时,一个风华正茂的年轻女人来找郭向前。这个人叫沙红枣,是沙荆花家乡沙家店的人,学生物制药的工农兵学员,大学毕业后在保定一家药厂干了一年,感觉厂里有学历的技术人员很多,论资排辈的话,再过十年也轮不到自己说话,于是,打算跳槽创业。她早已听说了家乡河川镇有个郭向前,特别能折腾。何不前来看看,如果行的话,她就加入郭向前的队伍,把哈边的工作辞了。

她首先找到了沙荆花,称她为太奶奶,因为她家辈儿小,按辈分论下来,她是沙荆花的四辈以下了。两家算是本家,只是已经出了五服。她说她父亲也是当年县大队的战士,一九四九年后当过大队会计,现在还活着。初次见面,给沙荆花买了一件高质量的毛衣,是上海的产品,意在让郭家堡的人知道目标应该定在哪里。沙红枣向屋里墙上所有的军人照片都鞠了躬,最后目光停留在郭向前照片上,问沙荆花:"太奶奶,向前哥有对象了昂——俺这么叫是不是辈分有点儿乱?"沙红枣羞赧地两手捧住自己发红的脸颊。

沙荆花把这一切全都看在眼里了:"哪有对象,还'慎着'咧。"沙红枣的外貌和谈吐以及所有的表现,都让沙荆花非常喜欢。便像看儿媳妇哈样表情殷切地看着沙红枣,对沙红枣来郭家堡创业当然没有疑义。只是告诫她,这件事需要到县里咨询一下,你到郭家堡创业,尤其办这种技术性很强的厂子,涉及资质、技术力量等一类问题,怎么解决?如果没有应对招法,只怕县里也不会同意。沙红枣连连点头,认为太奶奶说得很在行。这是有过经历的过来人的体会,不可小觑。沙红枣又说,听说您与大名鼎鼎的沙耕读是近亲,能不能给俺搭个桥,俺有问题请教沙耕读领导。

沙荆花暗暗点头,这个红枣好聪明,说这说哈,这才是目的,遂答应:"好白。"

沙荆花口述了一封信,让沙红枣记录下来,沙荆花签了名,让她带着去北京找沙耕读。而且,沙荆花也收下了沙红枣的见面礼。

她对沙红枣这么有心路,十分赞佩。沙红枣身材苗条,容貌俊俏,面皮白净,虽是家乡人,却是一口京腔。尤其她哈么胆大,年纪轻轻竟然有独立创业的念想,这很像过去一不怕苦二不怕死的县大队的人。遗传基因这个东西,虽不能过分迷信,但也不能一点儿不承认。她突然坚定了一个想法,这个沙红枣比郭向前小一岁,两个人十分般配。论个人条件,沙红枣与黄新桃不相上下,有学历,却没有家族之间的隔阂。黄新桃没去考大学,原因就是她想一心一意跟着郭向前创业。现在这么对比,显然不太公平。黄新桃的所有表现,也让她挑不出毛病。唉,沙荆花开始为郭向前着急了。郭向前未必为这种事纠结,而沙荆花不能不纠结,她感觉自己的儿,虽不是亲儿,早已胜过亲儿,她不操心谁操心?

沙红枣拿着沙荆花的介绍信,来到北京某部委找到了沙耕读。走进部委机关,沙红枣十分感叹。这才是大机关咧,门口是当兵的站岗,楼房整洁,房屋都比一般乡下房屋高出不少。用一个文词,可以叫"气势汹汹"咧。沙耕读在百忙之中接待了她,当然,也是在中午吃饭的时候,和她一起在食堂吃了午饭,顺便回答了她的有关问题。沙耕读给她写了个便条,介绍了一位医药专家:"这位专家是专门研究心脏病药物的,既治疗,也预防,而以预防为主。你建药厂的事,可以和他协商。他早先也是咱河川镇的人。他是个大牌学者,非常忙,一般人根本不接待。你去试试,也许看在我的面子上,会接待你。"

"好白,俺去试试。世界上怕就怕'认真'二字,是白?谢谢部长!"沙红枣深鞠一躬,连饭都没吃完,就走了。眼前的饭碗和菜盘里,至少还有一半的饭菜。沙耕读见她风风火火地来去匆匆,也不劝阻。知道她也很忙。这是咱河川镇的风格,是白?说干事,哈就真像干的。干不成决不罢休。

去见专家学者，就不能像见官员哈样，是白？沙红枣把自己的学历证书（工农兵学员没有学位，只有学历），几次获奖的证书，发表的有关论文，统一装进一个文件袋，夹在腋下，左肩右斜挎了一个时下还在流行的绿色军用挎包，右肩左斜挎着一个绿色军用水壶，意思是告诉对方，俺是小字辈，您连沏茶都不必，俺有水壶，带水了。

在某药物研究所，沙红枣见到了这位专家。他叫蔡志先，已经接近六十岁，是新中国成立前清华大学毕业的高才生。他拿着沙耕读的便条看了半天，还是不太相信，遂给沙耕读拨了电话。他的办公桌上摆着两部电话——这让沙红枣十分开眼，一般的乡镇恐怕都没有这条件，据她所知，乡镇用的电话都是有总机的，要先摇一阵子，要了总机，请总机转"谁谁"。很不方便。而眼下，蔡志先当即给沙耕读打了电话，说："部长，这个沙红枣丫头真是你介绍的？现在她正坐在我办公室里。"不知道哈边是怎么回答的，这边蔡志先道："好白，俺知道该怎么办咧。"前半截还是京腔，后半截家乡话就出来了。

他详细看了沙红枣的毕业证书、论文内容、获奖的项目等等。最后，突然一锤定音："闺女，俺去给你支撑门面，做你的挂名厂长和总工程师！"啊！沙红枣万万没想到事情会这样，原先，她只是设想，蔡志先能出出主意，指指路，即可，现在他要亲自出马，哈么，最难的资质问题还叫问题昂？全国这样级别的专家恐怕不超过百人，蔡志先竟然亲自前来任职，这是多大的面子？真该好好谢谢沙耕读部长咧！

沙红枣同样面临资金问题。土地问题，郭家堡已经点头，还需要县里的一纸批文。她离开蔡志先以后，来到县里，直接找解麦收谈了话，她说，现在咱们国家因心脏病突发而死亡的人数非常之多，是威胁中国人生命的四大病症之首。平时你不注意，感觉不到什么，可是，你去大医院看看，就知道什么叫"河里没鱼市上见"了！她还讲了和郭家堡、沙耕读、蔡志先等单位个人的接触以及他们的表态，继而申请县里大力支持。解麦收也把沙红枣的哈些学历证书、论文、奖状看了一遍，感觉这个丫头像干事的，不是一般赶时髦。而且，在眼下这个时间段，赶这种时髦不一定么好处。连郭家堡干的一切，都是顶着压力，顶着风言风语，你干这个药厂，还不同样如此？甚至俺这个县委书记都跟着挨骂。会不会跟着倒霉都不好说。是白。你这样的药厂，明显带有私人性质，哈不是搞资本主义？真是初生牛犊不怕虎，年龄稍长一点儿的人，谁敢有这种"火中取栗"，摸"老虎屁股"的想法？你创的是谁的业？这是"大是大非"问题。是白？

但是，解麦收不能不这样为自己解释：为么北京的大领导会支持？单单是家乡人的感情用事昂？人家哈个级别的领导会看问题会如此浅薄？办事如此轻率？不可能！解麦收眼睛死死盯着沙红枣的眼睛，似要透过沙红枣的眼睛，看清背后的林林总总。但年轻单纯的沙红枣眼神十分清澈，她那好看的凤眼一眨不眨地回应着他，几乎没有任何功利色彩和歪门邪道。解麦收作为一个五十多岁的中年领导干部，可以说阅人无数，研究各级干部的心理也已有经年。谁心里藏着个人算计，藏着祸心，他看你的眼神就会八九不离十。他突然一拍桌子："闺女，俺这一关，你过了！"遂让她在传达室等着，他这边就召集在家的县领导，立马召开了专题会议。他特别拿出了沙耕读和蔡志先的意见，结果一致通过。

万事俱备只欠东风。沙红枣现在只差资金问题没解决了。她来到县里银行，找到行长，想拆借资金(哈时候还没有"贷款"这个概念，更没有这方面政策)，她对行长诉说了这个项目和她一路跑

465

下来的情况。恰巧这个行长的老伴儿有心脏病,而且儿子受到遗传,心脏也不好,便对这个项目非常感兴趣。他立即给解麦收打了电话,请示这件事能不能办。当时解麦收就笑了,说:"这个沙红枣小丫头真能折腾,俺哈边刚给了她批件,这边她就淘换资金来了。事情应该是好事,但是,咱们的银行没有借这么多钱的先例。是白?这件事需要好好研究。"

行长一听,有门儿,县委书记并没有否定这件事。"研究"是活话儿,可以这么着,也可以哈么着,是白?行长马上叫沙红枣到县医院去收集本县心脏病的普及情况,最好把近期的数字拿来。沙红枣见此,便带着她的哈些资料,奔了县医院。医院的院长是个办事稳妥的老同志,当时也不相信事情的真伪,还给行长打电话核实。见真是这回事,便将本院的心脏病情况档案搬了出来。以前治愈多少,死亡多少,现在还有多少人正在施治当中,预计全县会有多少人患有轻重不同的心脏病。一大串数字,提供给了沙红枣。沙红枣拿到这些资料,当即给老院长深鞠一躬,说:"谢谢老领导,事成之后,必有重谢!"老院长这个支持非同小可,事后老院长退了休,就被沙红枣聘到厂里当了顾问,问不问都发工资。因为,沙红枣要感谢他在这方面立下的汗马之功!

银行行长偕同沙红枣,拿着一大沓资料,来到县委,找到解麦收。于是,资金问题也解决了。这个县做了有史以来的第一次大规模有偿"借款"(那时候不叫贷款)。虽然有利息,但当时的利率很低。作为沙红枣而言,非常合适。

在蔡志先的亲自把脉之下,一大串专家学者列入这个药厂的工程师队伍,资质何其雄厚,于是,一举注册成功。时隔不久,就开始建起厂房了。

工商所的黄天厚对这一切简直洞若观火。他现在的办公室墙上挂了一个投镖的圆盘,他经常站在不远处,手持金属飞镖向靶心投掷,只要心情不爽,就开始投掷。最近,他对郭家堡发生的一系列变化气得咬牙切齿,投镖的圆盘的靶心,已被他扎得千疮百孔。他并不能每次都投进靶心,但他着急,就手持飞镖走到圆盘跟前,对着靶心"咔咔咔"一顿猛扎,以解心头之恨。隔壁工商员大哥十分纳罕:"哈个圆盘招你惹你了?"他哪知黄天厚的所思所想!

尤其当容貌俊俏白净,气质高雅的沙红枣前来注册的时候,让他简直头晕目眩。这么好的姑娘竟然往郭家堡跑?他郭家堡有么哎?(如果他晚生三十年,一定会说出这句话来:"好白菜都让猪拱了!")一个狗屁复员兵郭某人这么吸引你?你真是井里的蛤蟆没见过天!烦请你沙红枣看着,俺要不把郭某人打个七零八落,算俺没本事,以后俺调走,远离河川镇,再不回来!

涉及资金问题的消息,总是传得最快的消息。黄大想迅速得知了沙红枣的资金来源。他便找到银行行长请求支持。银行行长婉拒了。说沙红枣哈个项目是治病救人,带有公益性质,你这个只是为了赚钱。不是一回事。请你打消这个念头!啊!当时气得黄大想真是一个倒仰。于是,他就出言不逊了:"你就看人家长得好看,是个文质彬彬的大闺女,是白?俺是大老爷们,土么呛呛,你不爱,是白?"

银行行长历来架子大,说一不二,道:"滚一边去,么大闺女不大闺女的,你再说这种话,俺到县里告你去!这是县里讨论过的项目,你哈个皮革项目,找过县里昂?"

这话倒提醒了黄大想,他立即找解麦收去了。但得到的回答和银行行长一样:人家沙红枣的项目带有公益性质,你比不了。

黄大想无计可施,只能默默等待,等着郭向前赚了钱,给他支持。否则,又能咋样?

467

柴家营的人现在也想大干,他们在郭家堡带动下,全村妇女外出卖毛线,已经见到明显效益,但也知道,很快他们就会被郭家堡打垮,因为你是手工纺线,而人家郭家堡现在有了机器设备,这可是天大的区别。就好比人家是机枪大炮,你还是大刀长矛,是白?于是,柴家营委派柴大霞前来请求郭向前帮忙"出"项目。现在柴大霞已经当了柴家营的一把手,书记兼主任。现在她已经知道了郭家与黄家的过节,来到郭家堡的村委会,在办公室见了郭向前,开门见山就说起她老头以往怎么把个生地瓜黄天厚踢成"植物人"的,以引起郭向前的好感。

谁知郭向前对此兴趣不大,还劝慰柴大霞说:"以后不要再提么个'过节'不'过节',因为黄家的闺女现在正给俺当家咧,管着全村的财务,要把黄天厚和其他黄家人分开。他们不是一路人。"

"是咧,是咧,俺早就听说你郭向前年纪轻轻就大人大量,让人敬佩,"柴大霞大大咧咧地掏出烟来,递给郭向前一根,自己也点上一根,"向前兄弟,俺一到你郭家堡来,这心里就酸酸的,咋这么说咧,你村子里像哨兵一样立着一根根的电线杆,上面拴着电线,直通到镇上,哪个村能比?晚上你们家家亮灯,俺们还是煤油灯。听说你们村到了晚上都去大队部看电视,俺们哪辈子能看上电视?你们晚上'闹'老婆都明明白白的,俺们还得黑灯瞎火,是白?"她见郭向前不拾茬儿,赶紧补了一句,"你还没老婆咧,瞧俺这狗脑子!"

郭向前道:"大姐,经济工作和搞运动不一样,不能大呼隆,要循序渐进。既然你来找俺,俺就说个思路,行不行的只供你们参考。俺想这样,俺们这边很快就要把毛纺厂建起来了,下一步除了生产就是销售,你们柴家营能不能参与进来搞销售?俺们给你们产品,你们一门心思往外卖。咋样?"

"俺感觉行，一会儿回去俺们开会研究一下。"柴大霞带来两瓶好酒，就要从书包里往外掏，说是要和郭向前喝两盅，加深感情。郭向前把她劝住了，说你哈两瓶好酒先留着，等业务真的开展起来了，再喝不迟。是白？柴大霞临走还提出一个请求，想抱郭向前一下。她是出于么个心理，郭向前也猜不透，既然屋里也没人，抱一下就抱白。于是，伸开了胳膊，柴大霞立即抱住了他，顺势像亲儿子似的亲了他脑门一口。郭向前眉头锁紧了一下子，努努嘴让她快走。柴大霞嘻嘻哈哈地笑着走了。柴大霞约莫一百六十斤的分量，身材富态，郭向前感觉了她身上的浮囊和热度。她这么做有可能出于真心和诚意，也完全可能是违心，只为表示好感、爱戴乃至恭维，以求得支持。对这一点，郭向前虽没结婚，但也早已参透。他此刻就禁不住把自己身边的两个年轻女性做了一下比较。沙红枣如果得七十分，哈么，黄新桃就是六十八分。两个人基本旗鼓相当。而黄新桃做的更多的是幕后的工作，不显山不露水，甘于平庸和为人作嫁。哈么，为谁作嫁，为自己。这一点务必不能忘了。否则，就太没良心。

正胡思乱想，沙红枣走进屋来。郭向前急忙请她落座。沙红枣坐下以后，看着郭向前，半天不说话。郭向前原本也是不爱说话的人，就掏出烟盒抽烟，眼睛看着桌面的木纹，也不说话。沙红枣神情专注地看了他好一会儿，见他仍旧不说话，终于憋不住开了口："好神奇咧，俺若不说话，你能陪俺到天黑也一个字不说，是不是看俺讨厌，惦着撵俺？"郭向前也终于开口："你找俺有事？"沙红枣的脸红了一下，迟疑地以商量口吻道："俺是个心底无私的人，说话可能没轻没重，你别太在意，可以昂？"

"嗯。"郭向前点点头，真正做到了"言简意赅"。他神态沉稳，慢慢地一口一口吸着烟看着对方。因为刚才柴大霞的一抱一吻，毕竟搅乱了他的心思。他还在慢慢"消化"这件事。他要依靠自身的理智，把自己对这种事的接纳变成抵御。

"俺原本来找你商量工作的事，看你和一个胖大姐抱在一起，就没敢进来，在外面等了一会儿，等胖大姐走了，俺才进屋。"

郭向前一下子涨红了脸，就要解释，沙红枣挥挥手阻止了他："你听俺说，俺没有任何权利干涉别人的婚姻大事，谁和谁恋爱，谁和谁相好，只要人家自己愿意，俺也无权干涉。但俺通过沙荆花太奶奶已经知道你一直是个单身。为么咧？因为你胸怀大志，不干出一番事业不会结婚。这事正合俺意。俺也是这么想的。俺在上大学的时候，身后一群人追，里面还有年轻教师，包括副校长。但俺只是一笑置之。为么咧，为了下一步干事，在俺的字典里，'家庭'二字是包含在事业里面的，没有事业就没有家庭。俺不是自吹，俺的学识和能力敢于和你匹配。俺不能说'能够'只说'敢于'。为么咧，这就是个口味问题了。你若不喜欢俺这样的，俺再能折腾，你就是看着不爱，俺有么办法，是白？萝卜白菜各有所爱，能强迫昂，是白？不过，你竟然让哈样的胖大姐拥抱，太'滥好人'了。是白？"

郭向前的脸红得简直让他自己都感觉实在烧得慌，恨不得找个地缝钻进去。这个沙红枣，真敢说咧。但郭向前并不怪她，因为她已经婉转地向他表达了爱意。因为婉转，就很得体，即使遭你婉拒，她也不尴尬。她几乎是公事公办一般说出了自己的意向：她已把你列入对象的范畴了，拾不拾茬是你的事，如同姜太公钓鱼愿者上钩，上不上由你自己选择。

郭向前明白，他此刻还是需要表态的，自己虽说目前还没明确把谁列入对象范畴，但不能给人一种"滥好人"的感觉。而且，这个沙红枣也不能不作为考虑的对象之一。于是，他待沙红枣说完这件事,就讲了刚才柴大霞来了以后的事情经过。还含蓄表态说:"你提的问题非常好,俺一定慎重考虑。"就是说,俺也可能会娶你。沙红枣见此,就说出了自己的意见:"你这种人轻易不会被人打倒,因为你不爱财,不爱官,只想给群众做事,建功立业。可能的话,打倒你的,就是男女问题,所以,俺愿意在这个问题上成全你。即先和你做个不上床的名义夫妻,待你功成名就,俺再和你离婚。让你找自己真正喜欢的女人去。"

郭向前的脸又红了。真是大学生啊,思想这么不一般!吃着锅里的占着碗里的,而且还名正言顺,只因为有人愿意为此做出牺牲。自己是个立过功的复员兵,是个党员,怎么会这么做?他笑着对沙红枣道:"谢谢你的好意。俺如果娶你,就是真娶。不会玩儿虚的。而且,只要娶了,就会一辈子不变,俺要对你负责到底。"

沙红枣此刻也涨红了脸,说:"俺没看错人。俺愿意为你事业的发展牵马坠蹬,肝脑涂地!俺的制药厂就是你的制药厂。如果哪天你说不喜欢俺了,俺立马把厂子迁走,远远离开郭家堡!"

"别介别介,你不能把感情问题和企业发展说成一回事。俺任何时候都不希望你离开。"

"不不不,俺是对郭家堡和你做了深入调查以后,才打算在这儿扎根的。沙荆花是俺的太奶奶,她的话句句是真,一句都没骗俺。"

"可是,眼下你得给俺时间,不能这么轻率就把事情定了。因为后面还有黄新桃,她也是对俺寄予厚望的,不能让她受打击太大。"

"俺同意,不过,俺叮嘱你一句——做'滥好人'的都没有好结果,当断不断反受其乱,这是真理。"

"明白,给俺一段时间,好白?"

"好。俺也有个要求——你抱俺一下，可以昂？"

沙红枣伸出了修长的两臂。郭向前刚一抱她，她就松开了手，有些战战兢兢，道："俺这个厂子需要很多工人，可是，村子里的孩子们素质都不够，能适应的不多，所以，俺想在镇上和县里招一些人来，问题是这些人来了住在哪儿？怎么吃饭？所以，这几天俺天天在村子里转悠。最后，俺看中了咱村西边哈几十间房。现在都空着，何不利用起来？"

"哈是一群老叔回老家留下的，他们说以后郭家堡发展了，还会回来。"

"俺的大书记，坚决打住！是不是你曾经答应他们了？你真是'滥好人'！这种事怎么能随便答应？哦，他们当候鸟，创业的艰苦阶段——俺们到处磕头作揖，受尽千辛万苦，平地起厂房，风一来就是土沙混杂的白毛风——他们走了，待俺们把家乡建设好了，鸟语花香了，他们享受来了，是白？无功受禄，天上掉馅饼，世界上有这种好事昂？"

"红枣，不要这么说，这里面有个价值观的问题，就是咱创业究竟为了么？是为了自己谋名利，还是为群众改善生活。是白？弄明白了这个问题，咱吃尽苦头去奋斗就不感觉冤得慌。否则，真的是心里不平衡。是白？"

沙红枣听到这些话，突然捂住脸，呜呜大哭。她浑身抽搐，哭得哈么伤心。真是姑娘的脸，八月的天，说变就变。此刻郭向前只能看着她，不敢再说么。他不明白她为么会哭。难道真的是感觉冤得慌？以后让人冤得慌的事只怕会越来越多，哈么，你还干不干？他就哈么半是冷静半是尴尬地看着沙红枣。待她完全不哭了，才把脸盘架上的毛巾拿过来递给她。她也不嫌脏（哈条毛巾确实不太干净），就把脸擦了一遍，把毛巾还给郭向前，说："俺现在在思想上皈依于你了,你说么是么,对,俺要听,不对,俺也要听。为么咧,因为,俺知道,你这些年还没出过差错,是个高瞻远瞩的人。但俺还是要说,你必须给俺解决房子问题。"

"解决。就把哈些老叔的房子利用起来。以后的事以后再说。先济着眼前的事办。如果以后有能力了,说不定还给他们盖楼咧,你说是白?"

"真不愧是当书记的,当然对咧!但以后你要先给俺盖别墅,咱俩要住进去,明白昂?"

"看情况白,说不定会盖很多别墅咧!"

沙红枣又不说话了。她感觉到了自己与郭向前之间的差异,这种差异让她时时感到咯咯愣愣地不舒服。他的脑子里总有"很多"这个概念。他有自己独立的价值观,干事就想让很多人受益,而不是让少数人鹤立鸡群。这和她的想法不完全一样。但她知道他有他的道理,而自己也有自己的道理。现在人们都懂得"主观为自己,客观为别人",她希望郭向前也懂,否则就很难容纳自己的一切。所以,她现在一心一意想走进他的内心去爱他,却又不能不做着因观念的差异而可能出现的劳燕分飞和分道扬镳。但她愿意尝试性地尽她的所能。

两个人把该商量的事,都商量完了,就开始落实。药学专家蔡志先委托内行人设计了厂房图纸,提出了一系列要求。沙红枣一一予以落实,让蔡志先非常满意。半年后,厂子由图纸变为实物,像模像样地耸立起来,该招的职工也全部到位了,蔡志先请有关药厂的技术人员前来进行培训。哈些老叔的院子、房子,全部得到利用。房子加固、刷浆,放上周滏阳打的木质双层床,一间屋住十个人左右,吃饭有食堂。

这时,县政府的一个熟人给郭向前打来电话,说县里办起广播电视大学了,你为啥不来"加加钢、淬淬火"？半脱产,一周听课三个半天,你完全做得到。郭向前一听,这确实是个好消息,便答应下来。对方说:"入门考试要考高中的知识。"可是,郭向前并没有上过高中。关于社会科学的书籍,他早已看得很多、很深,但不属于应试教育内容,是不是适合电大考试,还不知道。他便找到沙红枣咨询。沙红枣认真淘换来有关规定,就开始为他做起面对面的辅导。郭向前感觉不能偏了黄新桃,便也把黄新桃拉来一起参加听课。虽然沙红枣心里不是很痛快,可郭向前做的事,她也不好拂逆,只得别别扭扭地将就下来。三个月后,郭向前和黄新桃顺利考进了广播电大,郭向前上的是"公共事业管理"专业,黄新桃上的是"行政管理"专业,这样,两个人在听课时间上岔开了,既不影响工作,也避免"成双成对"同进同出。这个安排是沙红枣做的。她私下咄咄逼人地对黄新桃道:"你欠俺一个人情。"黄新桃红了脸,道:"你要么,俺给。""不要别的,你和郭向前拉开点儿距离。"这句话好像捅破了窗户纸,更像往黄新桃眼里揉了沙子,让黄新桃耳热心跳了好半天,压住满腹憋屈,点了点头。

黄新桃就是这么一种能"忍"的女子。而沙红枣又是那么一种"攻势凌厉"的女子。

沙红枣的制药厂引起村里另一个大能人周滏阳眼儿热了。他在为制药厂打双层床的时候,已经怀揣二十五只耗子,百爪挠心了。哇！哈么大的药厂,说建就建起来了,真让人开眼、羡慕、嫉妒啊。这个药厂和毛纺厂还不一样,哈是集体企业,这可是个人名义的企业咧！于是,他马上就找郭向前去了,把自己想的计划和盘托出了。

"大侄子,哈么难办的事,你都帮着办成了,俺的事你不能不管白？"

"哈是人家沙红枣自己跑成的,俺只是支持一下,没出么力气。"

"俺也自己跑,但也得有你支持白。"

"俺支持,只要你的项目合情合理合法。"

"有么不合情理不合法的?俺想搞一个'金板凳'木业公司,专做各种桌椅板凳,行销全国。俺最近走了一些机关、学校,看他们使用的桌椅板凳又旧又破,样子也落伍。"

"好白,你跑白,需要俺提供帮助的,只管说。"

"真的?俺可开始跑了?"

"跑白,还等么哎?"

周滏阳拍了拍郭向前肩膀,满意地离去了。

这时,省里发了红头文件,要实行"联产承包责任制",土地分到各家。郭家堡因为没把重点放在土地上,所以,对这件事没有太当回事,只是依靠抓阄的办法,三下五除二就办完了。可是,郭家堡出现了一个情况让郭向前措手不及:村里很多人好像经过了串通,在转天一早,就纷纷来到大队部找他,要把地退了。他们人人手里拿着抓阄抓来的纸条,一个个还给郭向前,说,俺们不愿意这么干,还要按过去的大队、小队的干法。

"为么咧?"郭向前十分不解。

一个村民回答说:"你听过样板戏《海港》里面的老工人马洪亮是怎么唱的昂——'这新社会,咱们码头工,翻身做主多自豪,生老病死有依靠,共产党毛主席恩比天高!……'你把地都分到个人手里,明摆着是不要俺们了,以后有个病有个灾儿的谁管?谁敢保证不闹自然灾害一辈子吃太平饭?"

郭向前眉头紧锁,急忙给大家散烟,瞬间一盒"白河桥"就散个精光,他想说,谁管?个人的事为么要让别人管?转而又想,是咧,你么都不管,社会主义优越性在哪里?而没有优越性的社会主义还叫社会主义昂?眼下没法讲清楚,只得把自己亮出来:"大家不要担心,有我郭向前在,以后'生老病死'的事,咱大队就全包。"

另一个年岁稍长的村民说:"你把地一块块地分给个人了,水渠怎么使?浇水怎么浇?难道家家都打井?是不是太奢侈了?用得着昂?再说了,水渠、水沟通着各家各户的土地,怎么维护?难道以后任其变成没娘的孩子?前些年'兴修水利'还是你领导的,费了多大劲儿你忘了?"

郭向前眉头锁紧了。文件上说,安徽凤阳小岗村为了私分土地,十几个村民签下生死状,怎么自己的村民不愿意这么干咧?他很困惑。但突然就领悟了:因人,因地而异。一个地区一种情况。于是,他又想到:中国地域广阔,人口众多,在制定和颁布政策上其实非常不宜"一刀切"。一把钥匙难以打开千把锁,只打一把锁才最靠谱,"一村一策""一队一策",在维护国家利益的前提下,以自愿为原则。为么要强制性"一刀切"?是嫌麻烦还是嫌复杂?他一下子想起了几年前丁卫红在报纸上发表的关于"糊空楼"的文章。哈其实就是变相的抵制。想是这么想的,郭向前却对大家说的是,咱村的工作重点在于副业,大家把注意力放在这方面白,土地的事,按上级文件要求办,不能按个人意志行事,是白?"分田到户"看起来是个人的事,但想想看,把土地拿在手里,充分发挥主观能动性,是不是会把地种得更好?

还说么咧,没么可说的。尤其话是从郭向前嘴里说出来的,就更没人矫情了。人们默默地走了。郭向前有所不知,有的村则不然,他们没有其他副业,就在土地划分的时候,闹起纠纷,有的还很严重,极个别的,还出现打伤人打死人的情况。郭家堡村西老叔们的土地,没有参与平分,而作为大队的集体所有了。而且,主要用于建厂房了。

这时,一个不好的消息再次传来:有人给省里写信告状,说现在大家都在贯彻"农业学大寨、普及大寨县"的工作,贯彻"以粮为纲"的方针,为么有的村对此置若罔闻,却大张旗鼓地搞企业? 是不是大方向错了? 该不该纠正? 省报上也出现讨论这种问题的文章。与郭家堡有关的所有人员,全都集中到郭向前的家里。郭来福、呼尔格、呼斯满、郭二惠、黄大想、柴大霞、黄新桃、沙红枣等一干强人,乃至保定的陈玉妮、陈之谦、沙荆花、郭向前,全伙在此。这样的火药味很浓的争论已经不是第一次了,继续往前走,还是就此打住? 如果当了反面典型,怎么办?

大家一边吃饭喝酒,一边讨论问题。最后得出结论:继续往前走。理由是:郭家堡人多地少,粮食不够吃。不搞副业就必然会有一部分人外出逃荒、要饭。哈就不是只丢郭家堡的脸,而是丢了全镇、全县的脸。咱的人走到哪,人家一问,咱就答:河川镇的人! 你们村干部脸上好看昂? 你们心里踏实昂? 咱郭家堡是红星村,你这红星是怎么红的?

但有的人就是不甘心,又把告状信写到了北京,寄给了有关领导。于是,这位领导责成县里认真调查和妥善处理这件事。当然,上级领导并没有说,你们非得让副业下马,而是说"妥善处理",这就有一定的灵活度。当县委书记的对这一点心里明镜似的。解麦收收到这样的领导批示以后,塞进抽屉,只当没收到。他当时心里就想,想当年郭山河郭老铁就因为村子里一帮人外出要饭,让他脸上挂不住了,一下子出现脑溢血(其实另有原因,只是他还被蒙在鼓里)。这是多么可敬的干部! 村民们外出要饭,竟然让他"脸上挂不住"! 现在还有这样的干部昂? 当然,也许有,俺还没发现。至少现在郭向前就有这种苗头。他顶着压力一直往前走,他图的是么？是个人赚钱昂？不是，是全村人的吃饭问题。只不过步子迈得大了一点儿。但人们应该明白，你迈着四平八稳的步子，能让村民们吃上饭昂？如果行，你只管四平八稳好咧。君不见，连一贯四平八稳的黄大想、柴大霞，全拜倒在郭向前脚下。其他还说么咧！

解麦收按兵不动。不管谁来说三道四，他都以一句话回敬："如果村民们吃不上饭，你管饭昂？"让对方无言以对。河川镇工商所的黄天厚实在按捺不住，捏着嗓子假装陌生人给解麦收打来电话，说："大书记，郭家堡天天瞎折腾，你究竟管不管？"

解麦收干脆利索地回答："不管！"

黄天厚便真的气了个倒仰！他马上起草了新的告状信，给北京寄去。既告郭家堡瞎折腾，也告解麦收是"不管书记"。谁知，有关方面把这封告状信写成内参，发到了各位首长的手里。于是，这个县有个"不管书记"一事迅速传开。有关报纸还登出一篇评论，题目是《论"不管书记"》，内容则对"不管"二字大张挞伐。声称，"社会主义"将毁在这些人手里，鼓动有关各方立即出面对"不管"者撤职查办。

但很快，《人民日报》发表了另一种意见的文章《关键要看"不管书记"对什么不管》，对上面的意见给予婉转的驳斥。

解麦收看了这篇文章抚掌大笑，他打算把郭向前直接提拔为河川镇镇长。河川镇太缺乏这种具有远见卓识的干部了，不能说他们净是黄天厚哈样的，可河川镇这段时间的表现太一般般了！

解麦收直接给保定的市委书记打了报告，详细介绍了目前河川镇的情况，介绍了郭向前这几年的工作成绩。他说，郭向前完全贯彻了党的十一届三中全会精神，是个非常难得的年轻干部。这样的干部俺们不启用，还启用么样的？

市委书记见此，便把解麦收和郭向前亲自叫到了保定面谈。他对解麦收当然是了解的，都是几十年的老部下了，解麦收一贯正直，敢想敢干，敢于坚持自己的意见，从不随声附和、随波逐流，市委书记很喜欢他。当然，有时解麦收也和他意见相左，让他心里不舒服。但过后一想，解麦收完全是为了工作，并没有斜的歪的，也就作罢。眼下，这个年轻人又是个有主见有胸怀的人，尤其是郭老铁的儿子。对郭老铁，市委书记也是耳熟能详的。沙荆花为了给郭老铁办"烈士"，曾经找过他。

这样的后代，他感觉应该破格重用。郭老铁办不办"烈士"，是需要按照政策的。而提拔郭向前，市里、县里完全可以自行解决。于是，他专门召开会议研究，最后一致通过。郭向前便成为河川镇有史以来最年轻、而且是从一线村干部的基础上提拔起来的国家公务员，正科级镇长。县委书记解麦收在对郭向前做例行的任职谈话时，把一面玻璃镜子赠给郭向前，里面有他的亲笔题字，他说："咱们邻县明代有个知县名叫郭允礼，山东人氏。他曾在县衙大厅立一石碑，上面镌刻：'吏不畏吾严而畏吾廉，民不服吾能而服吾公；廉则吏不敢慢，公则民不敢欺；公生明，廉生威。'喏，就是这镜子里的字。"郭向前十分感动，回去后立即将镜子摆在家里最显眼处。但是，很遗憾，镇上给郭向前接风的时候，出了一件让人哭笑不得的事：自己村的村民郭大贵举着一个花圈，来送给郭向前。哈是死人棺材前摆的哈种花圈。花圈上的纸花有白色有蓝色，还有闪着亮的银箔做的花，风一吹稀里哗啦地响。面对这个让人晦气的场面，郭向前应该怎么办？全镇各科室的干部，加上四十三村的村书记，老老少少，还有县委书记解麦收，全都看着郭向前！

第二十六章　黑与白

　　河川镇的全体干部,加上四十三村的村书记,有近百人,在镇机关大院召开欢迎郭向前上任的大会,主持大会的解麦收刚刚说完开场白,郭家堡的村民,非常出名的懒汉郭大贵,手持一副花圈走进大院,来到郭向前面前,恭恭敬敬将花圈献给他,请他给钱。郭向前明白,这是"货到付款"。便问多少钱,郭大贵伸出一个巴掌。郭向前便从口袋掏出五块钱,递给了他。郭大贵将花圈交给郭向前以后,转身就走,临出大院门的时候,喊了一句:"祝你早死早托生!"

　　人群中发出了"轰"的一声,人人似乎都在疑问,你郭向前上任伊始就得罪人咧?大家全都看着他。郭向前从口袋掏出几张票子,凑够了五块钱,递给郭大贵,挥手请他走人。然后手执花圈,仰头扫视了一下大院的头顶环境。河川镇的镇政府机关大院,前院后院都有几棵大槐树,此时还没有发芽。他咳了一声,道:"同志们，今天是俺上任第一天，有人来送警告，这是一件非常好的事情。父母亲生育了俺们，党组织和上级领导指引俺们成长，'人生自古谁无死'，死本不足惧，关键是'留取丹心照汗青'，是白！俺还没开始做事，是对是错你还不知道，为么盼着俺死？应该死的，是一切不合理的东西！"话音未落，掌声四起。这就如同比武，你一拳打来，他怎么拆解，这里面有功夫，有艺术。看这种"拆解"，只要精彩，便十分开眼。

郭向前继续道："毛主席在一九五八年七月一日哈天，得知了江西省余江县消灭了血吸虫病后，'浮想联翩'，'夜不能寐'，欣然作了两首诗，其中一首叫《送瘟神》，俺在这儿就背诵这首诗，算是对村民郭大贵的回应：'春风杨柳万千条，六亿神州尽舜尧。红雨随心翻作浪，青山着意化为桥。天连五岭银锄落，地动三河铁臂摇。借问瘟君欲何往，纸船明烛照天烧'。毛主席给了俺们一个思路，哈就是'纸船明烛照天烧。'俺在这儿就把这个花圈烧了，让它把河川镇以往的晦气全部带走，发扬成绩，纠正错误，一切重新开始，大家有意见昂？"

"没有！"谁能在这个场合说"有意见"？难道你愿意看着正常工作秩序被打乱？即使站在人群里的黄天厚，也大气不敢出一口。今天的欢迎会，怎么会开成这样，只有他最清楚。只见郭向前从口袋掏出火柴，担心风大点不着，就捏出一撮火柴棍，"嘞"一下子就划着了，于是，就点燃了花圈。在众目睽睽之下，整个花圈毕毕剥剥地烧了起来。红色的火苗与黑色的烟尘翻卷着腾空而起。花圈是竹竿煨的，一朵朵花都是纸质的，烧起来以后冒黑烟。哈确实是一股让人不待见的烟尘，打着旋，迅疾升起，又迅疾飘散，继而，整个花圈成为一堆不大的灰烬和几节不长的竹竿头。郭向前道："今天的欢迎会到此为止，俺还有很多话要说，但今天的会议主题已经完成,哈些话,很快会出现在镇政府今后发出的各种红头文件中,散会! 谢谢麦收书记,谢谢各村书记和各办公室干部! "

在热烈掌声中,欢迎会结束。但人们都不走,还在院子里挤挤插插地站着,连解麦收也不走。他对郭向前说:"意犹未尽,还没开始就宣告结束。你怎么着也得再说几句白? "郭向前道:"俺在这儿站着,感觉不太自在,就突然有了个想法,以后能不能尽量少来点领导讲话,多开些研讨会,对一些拿不准的问题让大家放开了讲,人人都给发言的机会。镇政府的决策要尽量来自基层实际,这样才有针对性,不能搞成坐在办公室的几个人捏咕。是白? "

"是咧,咱们以前一直这么做,最近有些疏忽,做事就难免带有个人感情色彩。你在河川镇试着来白,成效好的话,俺在全县推广。"

见郭向前确实没有再讲的想法,解麦收就率先走了。随后,各村的书记也都走了。柴大霞是最后一个走的,她走过郭向前身边的时候,一边握手一边说:"记着咱俩的约定啊,咱俩可跟他们不一样。"便做个鬼脸扭扭地走了。郭向前没有说话,脸上又发起烧来。他想起了沙红枣的警告。

选择了良辰吉日"国庆节",郭家堡的毛纺厂和制药厂双双开工。两个厂子都从柴家营买来很多炮仗,叮当五六地放了个痛快。沙红枣找银行借款,除了盖厂房,引进设备,还买了两辆双排座的货车,之所以要买双排座,是因为来来往往都需要跟着装卸工。有的企业拿装卸工不当回事,就让装卸工站在车厢里,开起来后任凭风沙吹打。沙红枣不这么干。她认为哈太不人性化,对装卸工太不尊重。装卸工虽然干的是粗活,可他们也是人,也是俺们的兄弟姐妹,是白? 装卸工里确实也有女子。一方面她本人愿意干,另方面,沙红枣也考虑到一个规律:男女搭配,干活不累。

而毛纺厂哈边，兵强马壮，人才济济，早已干得风生水起，气势如虹。

两个厂子的开业典礼完成后，沙荆花、郭向前、黄新桃等一干人前往郭来福的小院，为郭二惠和呼斯满举办婚礼，兑现早先的承诺。冀中地区讲究婚礼在上午举行，中午饭会是一顿丰盛的聚餐。新郎新娘都新袄新裤，胸前系着大红绸子花束，满脸醉意，喜气洋洋。

这一年，党中央平反了一系列冤假错案，很多受到迫害的老干部老同志得到平反昭雪。郭老铁的"烈士"称号也终于被批下来了。他的骨灰，从郭家堡的祖坟迁到了河川镇烈士陵园，而郭家堡的祖坟里，留下了当年郭老铁的衣帽，成为衣冠冢。

郭向前到镇上去了，郭家堡谁来当书记？谁来当主任？经过广泛选举，五十六岁的沙荆花当选为书记，六十二岁的郭来福当选为主任，考虑到两个人年龄都稍大，没让他们兼任，而是分别担任。黄新桃当选为副书记兼副主任，辅佐沙荆花和郭来福的工作，看得出来，郭家堡这是在大力培养黄新桃了。

年底，国务院批转全国供销总社《关于省、市、自治区供销社主任会议的报告》，内容提到对三类农副产品也就是小宗农副土特产品，根据供求情况，实行议购议销。文件特别指出，开展三类农副产品议购议销，是国家对农副产品收购的一项重要政策，也是把市场搞活的一种经济手段。要在国家计划的指导下，运用价值规律的调节作用，搞好小宗农副产品的经营工作。这对郭三秀的毛纺厂和黄大想的皮革加工，自然都是好事。按照郭向前的早先承诺，现在郭三秀的毛纺厂赚了钱，都先借给黄大想一部分，支持黄召庄尽快把皮革产业干起来。因为这两家都属于农副产品加工，都是免税的。经过源源不断的"输血"，黄召庄还真是发展得不错。而沙红枣的制药厂就没这么幸运了，她是必须缴税的。但因为她的产品产量高销路广，缴税后仍然利润不低。

此时，中央领导在会见日本首相时说出了国家的努力目标：要实现"四个现代化"，就是要改变中国贫穷落后的面貌，使人民生活水平逐步提高，使中国在国际事务中能够恢复符合自己情况的地位，并对人类做出比较多的贡献。而且，我们要实现的"四个现代化"，是中国式的"四个现代化"，不是像西方哈样的高度发达的现代化，是"小康之家"，即到二十世纪末，达到第三世界中比较富裕一点的国家的水平，实现国民生产总值人均一千美元。郭向前在读这份报纸的时候，就掂量河川镇的四十三村，距离这个目标还有多远。

其间，郭向前到县委党校学习了一段时间。回到镇里以后，发现锁眼儿被塞进一撮火柴，打不开门了。他呵呵一笑，一脚将门踹开，并立即召开了全镇机关干部会，专门讲了这个问题，说，你对俺有意见，可以把问题摆在桌面上，为么干这种偷鸡摸狗的事？你这一招倒是提醒俺要深入群众，不能当一个天天坐办公室的镇长。现在俺宣布：日常工作由副书记和副镇长做主，主要工作由俺负责。俺定期检查两位副职的工作。俺把丑话说在前面，俺的检查不是走过场，只要让俺感觉你不称职，俺就建议县委撤了你。俺的主要精力会放到基层去。

郭向前说到做到，从此以后，办公室没有了他的书包和喝水杯，电话机也撤了。门天天敞着。他让后勤的人做了个木牌，写上"吸烟室"钉在门框上。屋里桌子上摆了两个大吃饭碗代替烟碟。看文件就到党办室，签发文件也在党办室。谁想见他，都要和党办室预约。有人讽刺说，郭向前是飞行书记。还有人说，郭家堡的企业一个比一个赚钱，他的心还在郭家堡。随便你们怎么说，俺就是不想在办公室坐着,省得个别人干偷鸡摸狗的事让俺连门都进不去。郭向前是擅长"第二反应"和"见招拆招"的,这一点河川镇的同仁们已经开始领教,而郭家与黄家的过节,也渐渐浮出水面。

这天晚上郭向前回家吃饭的时候,黄召庄的一个村委会秘书风风火火地跑来了,说俺村出事了,你快去看看白。"黄大想出事了?"这是郭向前的第一反应。"不是,是会计!"郭向前撂下饭碗,拎起马灯,出门推起自行车,就蹿出了院子,朝着黄召庄飞驰而去。黄召庄的村口有个大水坑,坑边有个巨型无头石鳖,从旁边经过时,郭向前扫了一眼,感觉黄召庄应该对村容村貌设计一下,这个水坑和石鳖有些碍眼。

会计室的保险柜打开着,里面不多的钱也不翼而飞,而会计失踪了,两天了,不见人影。黄大想不知道他去了哪里,家里更不知道,只以为黄大想安排他出门了,可是,要出门总得跟家里说一声白,现在家里还在埋怨黄大想。

黄大想明白财务工作"日清月结"的规矩,每日大宗的现金收入,都及时存进镇上储蓄所,保险柜里只有不超过二百块钱的现金。虽说在当时二百块钱也不算少,可毕竟不值得为了二百块钱铤而走险,偷完跑掉,是白?所有的人几乎都这么分析。派出所民警来了,也是这么说。所以,最后确定,不是会计拿着钱跑了,而是出事了。于是,民警带着全村人,人人都拎着马灯,四处寻找会计,喊叫他的名字。

最后,两个年轻人在村子里的水坑里,看到了会计的尸体,他们吓得够呛,急忙叫来民警和家属,帮着把尸体拽上来了。民警把坑边的脚印哈块泥起走了,经确定,这是他杀。于是,进行案情分析。眼下黄召庄的工作蒸蒸日上,村民们的收入日渐增多,有人可能会以为会计室的保险柜里藏着很多钱,于是,杀死会计,盗用保险柜钥匙开了锁，偷走了现金。遗憾的是现金并不多，为此杀一个人，而导致自己最终被判刑，实在不值。不值，是因为作案者对会计室的工作并不了解。于是，民警排除了会计身边工作的人，也排除了黄大想身边工作的人。最后瞄准了一个村子里最没技术，家家都搞皮革加工而唯独他没搞的一个年轻人。

这个人叫黄先进，但只是名字"先进"，现实生活中十分懒惰。在生产队的时候，劳动不积极，经常偷懒，每天的工分从来没挣过整十分。待土地分到个人手里以后，他的地差不多荒了一半。旁边的人看了心疼，就帮他干了，把地锄了，把种播了，把水浇了。到了秋收以后，他却没给过人家半斤粮。于是，下次人家也不帮着干了。而村民们都在学习同时干起了皮革加工，唯独他懒，不愿意学习，不愿意动手。但见人们增加了收入又眼儿热。好几次对做皮革赚了钱的村人说："你有钱了，得请俺一顿白？"于是遭到嘲笑："你也干白，赚了钱想吃么吃么，还用得着求人昂？"

会计的家属也提供情况说，有一次黄先进找会计借钱，说你们现在都赚钱了，先借俺两千花花白？会计问，你干么借这么多钱哎？他说，俺得搞对象，带着对象去旅游哎！会计说，要想有钱花，不得自己劳动去挣昂？他就不高兴了，说，你咋净说俺不爱听的话？

民警下了决心，对黄先进家进行搜查，便搜出了哈双鞋。拿鞋底与泥模比对，一模一样。便当即拘留了他，在拘留中调查审问。这个民警四十来岁，很有经验。在审讯过程中先把推测给黄先进讲了一遍，然后说："俺说得八九不离十白？你的一举一动原本都是有人监视的，只是你不知道而已！"

黄先进还想挺着，拒不承认："俺一个普通农民，有么可监视的，你诈俺白？""你多次打听会计室的工作，就是想偷窃，村委会早就注意你咧！你作案哈天，正好一个村干部看见你从会计室出来。"虽然这仍然只是诈他，他却终于晕倒在地。做贼心虚是必然的。黄先进屎尿拉了一裤裆，等待他的，将是一声枪响。

这样的恶性案件，在河川镇已经几十年没发生过了……

郭三秀每天要到市场转一圈，她蓦地发现一个现象：入冬以来，市场所有的摊位都卖的是深色毛线——蓝色或黑色。为么这么单一，俺也得随大流白？凭么哎？她问了好几个摊位的售货员，他们都说"这是按照国营毛纺厂的惯例"，而国营毛纺厂都是计划经济，冬季只生产深色毛线，没有反季的安排，因为反季的安排"不科学，不合理"。又因为国营单位效益不好，浅色的毛线都压在仓库了，等待换季。很多中间商手里的浅色毛线也都囤积着，等待换季。而这时若买他的浅色毛线，则往往半价，因为他们急着回款。眼下郭呼毛纺厂也在生产深色毛线，虽然也卖得不错，但郭三秀看到自己的厂子是与他们处于争抢市场状态，便心生疑窦：俺不能独辟蹊径昂？回到厂子以后，就跟呼斯满通了长途电话。呼斯满说："一个小时以前，我看到东南方蓝蓝的天空突然冷不丁生出一朵白云，周围一片空旷，这朵白云来自哪里？但它越灿越大，成为一大片。明白我的意思吗？你放手干吧！"

聪明的郭三秀一拍脑门，带着厂子里的经营科骨干开始走访各摊位了。他们挨家问："你们手里有红毛线昂？"因为这一带穿红毛线的毛衣的人很多，对其他浅色毛衣很少问津。眼下的深冬正是深色毛线、毛衣旺销的时节，对手里压着的浅色(红色)毛线，都恨不得早些处理出去，能够半价就保了本儿，还略有赚头儿，何乐而不为？于是，郭三秀以一半的价格无休止地收购红毛线。厂子里所有能盛毛线的地方都码满了成包成包的红毛线，乃至将所有但凡能淘换来的红毛线全买来了。这样的扫货如同风向标，导致一个风潮蓦地平地而起:红毛线看涨!接下来红毛衣也会看涨,是白?这是市场上所有人的推断。于是,不计其数的人们转向红毛线的收购,企图赶上"这班车"。专门收购红毛线的经营者奔走相告:"手里有红毛线可优先给俺啊!"而把原料囤得足足的郭三秀让厂子里所有的机器全部生产红毛衣,然后陆续投入市场造势,"催促"这个销售和购买观念尽快形成。此时等待收购红毛线的人急得如同火烧眉毛,又如同热锅上的蚂蚁。他们托人烦窍千方百计淘换红毛线。河川镇上所有的小旅馆都已住满了等货的人,他们声言:"贵也买!"显然他们在押宝。郭三秀见时机成熟,便一声号令,把手里的红毛线加价一倍推向市场。于是,倏忽间出现了疯抢现象。她把销售地点选在冬季空阔的棉花地,此时刚刚下过一场雪,白皑皑的棉花地里买货的人排成逶迤的长龙,郭三秀派人一卡车一卡车地往这儿拉红毛线,然后一卡车一卡车地迅即卖掉。财务部的几个会计用麻袋收钱,对一沓沓的钞票只来得及数一遍,来不及复验,钱很快就装满了若干个麻袋。天完全黑下来,才停止销售。当夜,郭三秀和财务部的同仁对这些麻袋的钱做了大概其的估算,有一百多万(只多不少)。当时郭向前也在场,他说:"相当于一千个解麦收(县委书记)一年的工资!"郭三秀和财务部的同仁们让食堂连夜炒了几个菜,拿出红薯干白酒,喝个痛快。他们欲留郭向前一起,郭向前摆摆手走了。因为他此时想起一个医生的嘱咐:不能"暴饮暴食"。是耶非耶?

　　郭呼毛纺厂的红毛线连续卖了好几天,完全告罄以后,方才彻底停止。此时,郭三秀开始转向了灰毛线、灰毛衣的生产和经营。很快,一个新的风潮再次掀起,红毛线又滞销了。柴家营一个私下借高利贷经营红毛线的商户上吊自杀……沙家店一个倾全家之力倒腾红毛线的商户疯了,在市场上举着一根棍子逮谁打谁,伤及十几个人,一个重伤者被打成重度脑震荡,成了植物人……郭向前急忙在全镇做了统计,"毛线风波"造成五十余户倾家荡产,为此两口子闹家务,一百余户打到法院闹离婚……

郭瓢子找到了郭三秀,说:"三啊,你闯了祸咧,快打住白! 你爹当村书记哈么多年也没这么大胆过,现在可好,千人啐,万人骂!"

郭三秀耸耸眉毛:"您听谁说的,'千人''万人'的,甭吓唬俺,向前哥支持俺咧。"

郭向前支持? 郭瓢子更上火了,立即找郭向前去了。见了面就打躬作揖——这可是太阳从西边出来的举动咧:"向前大侄子,求求你,快让三秀打住,别再瞎折腾了!"

郭向前冷静地看着郭瓢子,首先递给他一根烟,给他点上。这几天,郭向前已经收到了县政府转来的好几个村的村民们的实名来信,信中质问:你们郭家堡村带的是么头哎? 你们还有良心昂? 为么专门坑害俺们实心眼儿的老农民? 他自己也点上烟,竭力沉住气,道:"老书记,三秀他们属于'企业行为',无可指摘。但善后问题,还是应该考虑一下。俺现在就正琢磨下一步怎么办的问题咧。"

郭瓢子道:"俺说不过你,你们年轻人现在神通广大。但俺代表村里的老一辈村民把话撂这儿:说一千道一万,发展经济不能干坑人害人的事! 善有善报,恶有恶报!"说完,不等郭向前回答,气哼哼背着手走了。

郭向前一声长叹。回到镇政府,拿着一沓群众来信,脑子里又想起"暴饮暴食"这个词儿。农民们文化不是很高,在不了解市场经济风险的情况下参与进来,只抱着赚大钱的想法,没有对失败的防备、对策和预案,更缺乏随机应变的能力,所以,失利后承受不了。他心事重重地召开了全镇机关干部参加的镇务会,请大家发表意见。这些人虽全是机关干部,但很多村子都有他们的亲戚朋友,耳朵里早已塞满了对郭呼毛纺厂的骂声。只是在郭向前面前不好转达。大家都沉默着,谁都不说话。最后郭向前只得做个表态式的了结:"请郭呼毛纺厂收拾残局,给予适当补偿,仅此一回,下不为例。为么咧?因为这就是一堂市场经济的生动课程。郭三秀要自掏腰包花钱培训竞争对手。因为所有参与市场经济的人彼此全是对手。"

说起来有点儿滑天下之大稽。但郭向前不能不这么做。他始终在想,俺们的所作所为代表谁?代表政府代表党。俺们的工作目的是为民众谋幸福,而不是相反。当村民们不具备市场竞争的眼光和能力的时候,眼看着他们因失算而陷入贫困,却不帮助,哈不是俺们的宗旨(后来城市里出现下岗风潮的时候,有人唱起"从头再来"的歌声,郭向前就感觉这很有点儿站着说话不腰疼的味道——你为么没想到帮他们一把?"从头再来"以么为资本?)!

郭向前来到郭呼毛纺厂开会讲自己对这件事的意见的时候,从来没反对过他的郭三秀突然站起身来,摔了筢子:"向前哥,你可曾听说过'慈不掌兵、情不立事、义不理财、善不为官'这几个词儿?可曾听说过么叫'愿赌服输'?厂长这活儿俺没法干了,俺辞职。你看谁合适让谁干白。"把正在记录的笔记本甩在桌子上就走了。

大家全都大眼瞪小眼看着郭向前。他不得不宣布散会。主要负责人不在,这会还怎么开?郭向前来到郭瓢子家,一问,说三秀没回来。他又回自己家问沙荆花——这些日子以来,郭三秀一直和沙荆花住在一屋——沙荆花也说没见郭三秀。她会到哪儿去咧?郭向前猜不透。他很着急,但没办法。郭呼毛纺厂不能任由人们这么骂下去。他差遣黄新桃去寻找,自己则不知不觉来到万柳堤。这里清静,每当需要深度思考的时候,他都要到这里来。

雪后的万柳堤,完全被白雪覆盖,白茫茫一望无际,蜿蜒曲折如同一条白龙,无尽无休地伸向远方。多云的天气,时而有太阳,时而没有;有太阳的时候,白雪的反光便炫人眼目。人在想不开的时候,到万柳堤走一走,确实非常值得。"慈不掌兵、情不立事、义不理财、善不为官""愿赌服输",多么尖锐的词汇,硬生生地闯入他的耳膜和心扉。此前他还真没有留意过这方面的"规则",是不是自己太"雏儿"了?这肯定是鬼灵精的郭三秀从小项哈里趸来的理论。好不厉害。问题是,这么做算有功之臣,还是罪魁祸首?是造福还是造孽?他深一脚浅一脚地正走着,前面堤侧的一棵树后面猛地闪出了郭三秀。郭三秀见他走了过来,撒腿就跑。"三秀!三秀!"他喊了两声没有回应,郭三秀只是一个劲儿地跑。他没有追赶。而没完没了的喊叫,又不是他的性格。他没滋没味地走了一会儿,带着尚未明了的疑问,独自返回家去。

郭向前思考了一个下午,没有结果。晚上吃饭的时候,沙荆花问他话,他也以最简练的语言回答,力求少说每一个多余的字。娘儿俩正在郁闷的当口,黄新桃气喘吁吁地回来了。郭向前让她寻找郭三秀,她就判断三秀去了镇上,应该是找有长途电话的地方,与呼斯满通电话去了,这样的事她肯定要与呼斯满协商。果然,黄新桃推门进了邮电所的时候,郭三秀正拿着话筒滔滔不绝向呼斯满倾诉。黄新桃也不声张,默默地站在她身后,等待她把事情商量完毕,撂下了电话,付了钱。她问:"三秀姐,你和呼斯满商量的结果如何?"

郭三秀眼泪汪汪地看着黄新桃,嘴唇颤抖着,说:"呼斯满,让俺服从郭向前的……安排。他说俺们……都不如……郭向前看问题……看得透。可是,哈么多人,得掏多少钱啊,俺们的钱也不是大风刮来的,是耗费心血一分钱一分钱挣来的,是白!"郭三秀抽抽搭搭地说完了话。黄新桃掏出自己的手帕给她擦眼泪,劝慰说:"三秀姐,不管别人对你怎么看,在俺眼里,你就是英雄。哈些跟风跟得倒了霉的,赖谁呀,还不是因为自己的贪欲造成的? 俺咋没赔钱? 因为俺不参与炒毛线,俺对一夜暴富从不指望。"

处理的结果是郭呼毛纺厂办了三期培训班,凡是炒毛线赔了钱的,自愿报名参加,中午管一顿饭,结业时发一张结业证,给五百块钱。培训班一周一期。地点就是毛纺厂大礼堂。授课人为特邀河北大学的学生会主席小项。对死亡和受伤的家属,另行补贴,但不以毛纺厂的名义,而是镇政府领导入户看望、下发。补贴数目酌情而定。不会很多,但也拿得出手。郭向前安排全镇各村的大喇叭播放小项的讲课录音,于是,"市场有风险,参与需谨慎"的说辞,很快就传遍家家户户。

但毛线风波过后,还有人在继续炒毛线,看起来这些人"免疫力"增强了,估计已经有了应对的路数。郭三秀却对郭向前说:"以后再发生么子事,俺们毛纺厂可不掏钱了!"还说,"炒毛线或炒毛衣,总之是炒作商品,带着赌博押宝的色彩,很刺激,所以,一旦人们提高了对风险的适应力,就会乐此不疲。"事实也真是如此,河川镇的商业风起云涌,今天炒上衣,明天炒裤子;今天炒手套,明天炒皮鞋……不一而足。呈现了红红火火五光十色的景象。于是,镇政府为郭三秀单独颁发了"优秀企业家"的荣誉称号。

这时,镇上的供销社开始正儿八经收购皮革。半成品的皮革来多少收多少。一个小学生上学,路过皮革摊,花一块钱买一小张,到供销社交了就得到一块五,于是,他的早点钱就有了。孩子们的早点都是这么解决的。销售上的这种方便,极大地刺激了黄召庄的皮革加工。加上郭家堡源源不断借钱给他们,使他们的资金链得以延续,加工生产发生了突飞猛进的变化。随后,连带起了皮毛加工业务。皮毛加工是更深一层、更细一层的加工,是要出"带毛"的成品的,譬如裘皮大衣之类。这种高档次、高价格的产品,虽然不如一般皮革制品卖得多、卖得快,可也不是很难卖。甚至有人专门收购,然后卖到蒙古国、苏联和东欧去。呼斯满每次来河川镇,都一定会采购满满一车裘皮大衣回去。

柴家营见此也加入进来;沙家店也加入进来;很多村子,河川镇的四十三村几乎都加入进来了。皮革、皮毛加工业务,一下子异军突起,已经超越了郭家堡的毛纺厂、制药厂。这时,方圆左近乃至外省的大量业务人员来到河川镇,不光能留宿的小旅馆,连饭店、学校及家庭住户,都开始招揽外地业务人员留宿,只为方便他们收购皮革、皮毛和毛线的业务。与之相关的服务业也应运而生,卖早点的、洗衣房、小饭馆、理发店、澡堂子、克朗棋室……生意火爆得很。在河川镇边缘自然形成的市场,每日里熙熙攘攘,人头攒动,客户大包小包背着、扛着,进进出出,好不热闹。本镇的大量剩余劳动力得到安置,"农业不足副业补",情况最差的吃不饱饭的问题基本得到解决,情况最好的则迅速富了起来。河川镇迎来了第一个副业发展的春天。若论所有制形式,有一部分是集体所有制,譬如郭三秀的郭呼毛纺厂,而更多的厂子和作坊,尤其哈些做皮革、皮毛的基本都是个体。这些都是以家庭小院为作坊,一家人便是一个小团队,还没有敢雇人的。过去"地主老财"才雇人做事,是白?眼下没有起头的,便没有人跟随。渐渐地,有一千余户的外地业务人员常驻河川镇了。这可是不小的群体,镇上走对面的净是脸儿生、南腔北调的外地人。于是,有人开始打这些客户的主意了。

　　两个东北的中年客户晚上在街上遛弯，此时已经八点左右，河川镇大街两旁的路灯下依然摆满各种货摊，卖吃食的，卖小商品的，卖字画的，当然，周滏阳的桌椅板凳也出现在这里。两个人正慢慢走着，一个打扮妖冶的年轻女子走近他们，撞了其中一个人一下，然后以一口港台腔嗲声嗲气道："哦，大哥，好帅吔！"这个时候，南方正在流行港台电视剧，这种腔调在南方也十分流行，而北方还很少出现，所以，两个东北客户感觉十分新鲜，不知道她是什么意思，被撞的哈个人还说："对不起哦。"就要走。谁知哈个女子伸出手给这个男人端了一个"斗"，小声说："玩玩呗，不贵。"

　　两个男人终于明白了，一个吓跑了，另一个留了下来，跟随女子来到一个极其简陋的存货的席棚子里，因为没有灯，非常黑，只有苇席格子筛进的暗光。几分钟过后，付了钱，两个人相约下次见面时间，便走出席棚子。没想到，外面郭向前和一个民警正等着他们。郭向前和民警是巡视夜市的时候，走到附近，看到这两个人鬼鬼祟祟进了席棚子，赶过来的时候，两个人已经完成了交易。女子很老到，一见民警就突然蹲在地上，嗲声嗲气叫喊："老公，我肚子疼，你得背着我！"哈个男子便装模作样去背她。民警一把将他扯住，道："别猪鼻子插大葱装象了。跟俺们走！"

　　女子见此便哇哇大哭，直喊肚子疼。男子装作要背女子，往外走出一步，突然朝着民警面门就是一拳，民警一躲，他便拔脚就跑。郭向前是练过擒拿的，便迅疾伸脚一绊，"咣当"一下子就把男子撂倒了，摔出去两米远。民警顺势走过去掏出铐子，把男子和女子铐在一起，道："敢于袭警，胆子不小！"命令男子："你把她背起来，走，去派出所！"男子无奈地背起女子，吭哧吭哧地跟着民警走向派出所。进去以后，民警对郭向前说："咱这是两个人，如果只有俺自己,他们就会将俺打倒、打伤,然后逃跑。"郭向前点点头。这两个人可能受罚,郭向前不感兴趣,离开了派出所。他边往家里走边想,伴随着经济的发展,一切人类的原始的需要,哪怕是肮脏龌龊罪过的,譬如"黄、赌、毒",被毛主席消灭了的东西,都会因为有钱了而死灰复燃。哈么,作为为政一方的管理者,应该怎么办? 你管得住昂?连管理者都可能存在这类问题!因为,前儿天有人对他反映,说镇机关干部有人参加聚赌,面额还不小。这种干部,必然是家里有做生意的,单纯依靠工资,是玩不起的。还有人反映,镇机关干部个别人有情人,都是因为女方做生意有求于咱的干部,拿身体做交易,甚至出现婚外孕,正在四处寻找私人医生做人流……

郭向前回到家,慢慢吃着饭,表情严峻,一言不发。沙荆花坐在旁边看着他,间或摸一下他的脑袋,满眼都是疼爱。这是她最喜欢的儿子,虽然不是亲生。现在,沙荆花作为战争年代过来的老党员,重新担纲做了村书记,在儿子面前,真有了"打虎亲兄弟,上阵父子兵"的自豪感。见郭向前沉默,沙荆花回手拿过一个药盒,说,这是沙红枣拿来的,为了给俺这老婆子以防万一的,一旦感觉心脏不舒服,马上含上几粒,立时就缓解。郭向前点了点头。沙荆花又拿过一个纸盒,说这是今天早晨在院子里发现的,谁扔进来的,不知道,俺也没打开,这会儿你打开看看白? 郭向前撂下玉米面饼子——现在他还在吃这种饭食,村子里已经有很多人开始买市场上的"议价"面粉了,虽然稍贵一点儿,可手里有了活钱的村民们已经舍得买一些回家"整锅整锅"地蒸馒头了。而郭向前一直没这么做。当然,主要是沙荆花没这么做。因为每天做饭的是她这个当娘的。这么疼爱自己的老娘,不急着给自己改善生活,必然有她的想法。纸盒里的东西让郭向前猛地一个愣怔:是一把染血的匕首!

"你最近得罪人了?"

"没有，但俺一直在得罪人。"

"为么？"

"因为俺一直努力工作，可能会伤害一些人；还有些人对俺看不惯，认为俺抢了他的风头。俺为么努力工作，不就因为村民们吃不饱肚子，是白？"

沙荆花连连摇头，百思不解。她惯于敌我分明的斗争，不惯于这种内部的矛盾。都是自己人，为什么要这样？"你肯定是自己人扔来的？"

"差不多白。"

沙荆花默默地搂住了儿子的肩膀。好半天，才开口："儿呀，要么你还回村干白，辞了哈个镇长工作，咱现在不缺钱，不论三秀这边，还是红枣哈边，都足够你打着滚儿花。"这话并不夸张。郭三秀那里属于集体企业，对大队要交利润，郭家堡的每个村民都沾了光；而沙红枣的企业名义上是社队企业，其实是她一个人说了算，而她已经认下了沙荆花这个"太奶奶"，每个月都给她"零花钱"，哈个"零花钱"的数目，是郭向前买烟买酒花不完的。河川镇的乡下，历来讲究认"干亲"，这是千百年来形成的民风民俗，你能归到"行贿受贿"上来昂？你若这么想，你就不是河川镇人，你也就在河川镇难有立足之地。

郭向前慢慢地吃完饭，抹着嘴，说："娘，现在外面情况非常复杂，说混乱也差不多，俺刚和民警抓了一个嫖娼的。您说，俺刚上任没几天，能在困难面前打退堂鼓昂？"

"儿呀，娘现在有了想抱孙子的想法，不想让你出偏差。"

"娘！"郭向前突然抱住沙荆花，嘤嘤地哭了起来。现在应该是他这个钢筋铁骨的退伍战士的内心情感最柔软的时刻。继而，他停止哭泣，看着墙上柴大树和郭老铁的照片，看着兄弟姐妹一干人的照片,看着自己的立功奖状,说:"娘,没么,大不了和俺爸俺大爷一样,去尿白,俺不干谁干?难道让坏人干?"

沙荆花点点头。是咧,你让出镇长的位置,立马就有人接替上来,中国最不缺的就是人。可是,谁见到一个像你这样,晚上还加班跟着民警查夜的昂?如果上来一个专门挟制郭三秀、沙红枣的镇长,郭家堡不是要坍台了?这个时间段,机关干部们要求上进的可能在家里读书看报;老实巴交的可能正在家里和老婆孩子吃饭;不老实的可能正在"挂彩"打麻将;有人正在会情人花前月下;甚至有人正在偷着从事各种交易……是白?你要冷静地思考,你的责任是么,下一步该怎么办!沙荆花不再说话,不说鼓励的话,也不说泄气的话。因为,她现在对很多事情也看不准。两个人默默地洗漱,分别到东西屋睡下。但沙荆花此时有个想法,她最近要到北京去一趟,当面向沙耕读请教。而郭向前也有个想法,最近他要到保定去一趟,当面向姥爷陈之谦请教。

"树欲静而风不止"这句话前几年报纸上经常出现,眼下,郭向前不得不认真咀嚼它。他的皮包里,放着一封外地客户写来的告状信:有人注册了"质量收费站"这样貌似行政管理实则经营的组织,对外运的货物进行质量"评估",按照货物质量水平收费。谁要把货物拉出河川镇,先到俺这儿交钱。如同早先强盗的顺口溜:"此树是我栽,此路是我开,要想从此过,留下买路财。"郭向前为此暗中找镇工商所的人做了了解,注册这个收费站的负责人是沙家店人,叫沙金来,四十岁左右,矮胖子。两个月前,他不知受到谁的启发,突然来到河川镇工商所起照,起初怕起不了,就先请黄天厚喝了次酒,然后请黄天厚到澡堂泡了澡。在澡堂里,沙金来一边给黄天厚搓背,一边说了自己的打算。黄天厚感觉这么做并不违法,还对搅乱某人的事业很起作用,便一口应承,让他转天来办。

于是,沙金来的"收费站"堂而皇之地成立了。他在万柳堤上设了好几个卡子,这里是河川镇四十三村的车辆必经之路。你不走万柳堤,难道在河滩里走?能走多远?坑坑洼洼的怎么走得起来?一项膀不动身不摇的坐收渔利的业务,如此开展起来了。河川镇一千余户外地商家,每天进进出出要多少人、多少车?不交钱就甭想过去。哈哈哈,沙金来叉着腰站在万柳堤上,远望来来往往的车辆,仰天大笑。傍晚,分出开业第一天的第一桶金的一半,装了一个红包,亲自给黄天厚送去了。

"哇,一天就收入这么多?"黄天厚开始盘算,要不要投入股份的问题了。但仔细一想,不行,万一沙金来犯事,俺可不能被牵连进去。罢了,他现在只求早日掀翻某人,钱不钱的无所谓咧。他推拒了沙金来的红包。

这天,郭向前来找黄天厚,他从心里讲,不愿意与这种人打交道。尽管以前两个人并无交集,也并无交锋,甚至没有直接接触。但彼此早已知己知彼。人都是有气场的,感官敏锐的人可以感知这种气场的存在,两种互相顶牛的气场,冲突强烈,是彼此可以感觉到的。他问黄天厚:"沙金来这样的收费站,你为么要给他起照?"

黄天厚自然也有理由:"沙金来对过往货物进行质量检查,提供服务,既要看货物质量,还要看有无违禁品,甚至为司机提供开水、食品、烟酒(哈时候司机还没被禁酒),咋就不能收费?"

"客户反映,人家么都不需要,也必须缴费!"

"么叫不需要?哈是他们享受了服务又不承认,商人的贪婪而已!"

郭向前眉头紧锁,离开了工商所这屋。他对这种话要进行验证。

这时,在万柳堤上,一位山西的客户被拦住了。一棵大树干横在路上,不由得你不停。

"缴费!"

"缴什么费?"

"服务费!"

"我们用不着提供服务,没有需要服务的事情。"

"检查质量!"

"我们自己早已验过货了。"

"哈也得缴!"

"凭什么?"

"就凭俺们干这个。"

山西人历来在钱上把得紧,便拒绝交钱。沙金来一声断喝:"割他的脚筋!"

啊,这个山西人吓坏了,急忙回身打开副驾驶的门,将汽车摇把(哈时候汽车比较原始,经常需要使用摇把在前面摇起发动机)拿了出来,打算拼命。沙金来叫道:"嘿,还没见过这种要钱不要命的,办他!"三五个手持木棒的彪形大汉一拥而上,叮当五六就把这个山西人打倒在地,一个手持刀子的小子快速上前,对着他的脚后跟上部脚筋的地方,唰地割了一刀。山西人一声惨叫,昏死过去。另有两个人爬到车上,卸下两个大包袱,扔在路边,然后跳下车。你不交钱就要"交货",是白?彪形大汉们将这个山西人搬起来,塞进副驾驶位置,对早已吓得魂不附体的司机说:"还不滚?等死昂?"司机急忙哆嗦着发动汽车,赶紧蹽了。

另一个山东人,性情豪爽,还会些武功,带着车在万柳堤上被沙金来截住。这个山东人见是打劫的——他不认为你收费有合理性,便把你收费看作"打劫",他一下车,就将随身携带的双节棍拿了下来,沙金来一挥手,几个彪形大汉立即手持棍棒围攻这个山东人。于是,他虽然抵挡了一阵子,终归是"好虎斗不过一群狼",也被打翻在地。你不是会使双节棍昂?哈个持刀的小子上去就割了他的手筋。车上的麻包也被扔下两个。这个山东人倒是没有昏倒,却被逼着在地上磕了头,认了栽,方才允许他甩着手上的血上车,赶紧让司机开车离开。而这个山东人不得不立即差遣司机把车开到医院。

至于一棍子就打服,乖乖缴费的,不计其数。

黄天厚又收到钱了,这是上供的,也算是"保护费"。他还是推拒,只是事后在办公室声嘶力竭喊叫:"你为么还不死——"隔壁大哥走过来问:"咋咧,你身体不舒服?"黄天厚挥挥手,撵他出去,心说俺好着咧,便构思了一封新的告状信,说郭向前作为公务员、国家干部,私下在郭家堡的毛纺公司拿钱,还在情人沙红枣的制药厂拿钱,完全属于违纪;对扰乱市场,欺行霸市的"打劫"行为也置之不理。

就在解麦收收到这封信的时候,郭向前带着一个民警正跟沙金来交锋。

"你必须立即停止这种违法行为!"

"俺是经过注册的正当经营,你说是违法就违法?"

民警插话了:"俺们已经对你的问题进行了查证,必须立即撤销你的收费站,而且,俺们还要对你进行深入调查!现在只是警告,希望你悬崖勒马!"

"没商量?"

"没商量!"

"向前老弟,虽然你是镇长,俺还是叫你一声老弟,俺注册这个收费站之前,捯了一下家谱,俺父亲当年也是县大队的人,在一次战斗中牺牲了;现在你做官俺赚钱,其实咱俩应该算'一抹子',咱各走各的道儿,井水不犯河水,行不?"

"不行!"

"俺可以给你们俩股份。"

"俺们不稀罕!"

"这就甭怪俺六亲不认了——办他!"

这两个字是沙金来的号令。他自打从事这个行当,就一直在使用。凡是领教过的,闻听这两个字会立即头皮发炸,一身的鸡皮疙瘩。好几个彪形大汉一拥而上,把郭向前和民警全都打倒在地。随后扬长而去。

郭向前的一条腿被打断,民警的一只胳膊被打断。民警用没断的哈条胳膊扶着郭向前走回家里。沙荆花非常冷静地看着这一切。因为,事关这些,他们早已议论过,早有思想准备。她亲自去了县里,找到解麦收反映情况。解麦收急忙来到郭向前家里看望,同时带来县医院最好的骨科大夫以及相应的工具药物。他一边看着大夫给郭向前施治,一边沉思默想,为么经济一放开就会这样?即使缺乏法制教育,或说法制不健全(时下舆论界非常流行这句话:"法制不健全"),也不该如此猖狂白?

经济问题的背后是么?经济放开的同时应该做么?

"难道是你不能以身作则?你在郭三秀和沙红枣哈里拿钱了,所以引起民愤了?"

"您可以在俺家搜搜,看看俺娘天天给俺做么饭吃。搜搜俺家哪个地方藏着钱,再到储蓄所查查,看俺有没有存款。您一个人干不了这件事,多叫几个人来,最好还俺一个清白,是白?"

"俺可真叫人来,你可别反感,这是为了洗清你的名声。"

"好白,越快越好。"

当夜解麦收没走,让医院大夫给县委哈边捎话,让党办室的几个人明早一起来。之所以没叫派出所民警来,是因为解麦收知道郭向前和他们关系莫逆,他担心派出所会袒护郭向前。是夜,解麦收和沙荆花进行了长聊。两个年龄相当的人,有着说不完的话。半夜里,郭向前好几次疼得睡不着觉,坐起来读电大的课本,干耗着时间。

转天一早,县委党办室的几个人按照解麦收的安排,在郭向前家里"挨盘儿"搜索起来。但一个小时过去,差不多把郭向前家翻了个底朝天,么值钱东西也没有,更别提现金了。有两件稍稍档次高点儿的东西,一件是沙红枣送给沙荆花的毛衣,现在她正在身上穿着,还有一件黄大想送来的皮坎肩,因为不到冬天,没派上用场,在躺柜里撂着,沙荆花告诉解麦收,为这件皮坎肩,她给了黄大想二斤等级最高的好毛线。除了自己的儿女,沙红枣每个月会孝敬她一点儿体己钱,因为沙红枣已经磕了头认了她这个"太奶奶",而她把这些钱都攒着,以备不时之需,如果组织上认为该退回去,她就立马退。她给郭向前备的粮食也还是以玉米面为主。偶尔搜到一点点白面,连两斤都不到,只够三口人包一顿饺子的。而且,现在郭家堡已经有人开始盖红砖房了,一座座新房十分抢眼,郭向前却依然住着早年郭老铁留下的土坯房。解麦收道:"你这村书记该改善也还是应该改善的。"郭向前回答:"在生活上先人后己总是咱该做的白?"

解麦收一锤定音:"向前侄子,你让俺信得过!"

第二十七章　流与派

在这个节骨眼儿,解麦收被调到省里任职,级别提高了,既是对他领导全县工作的肯定,也算对他面临退休的一种照顾和安慰。一把县长当了县委书记,黄晋升则论资排辈排上了一把县长的位置。这个阶段,特别时兴论资排辈,因为长久以来压了一大批干部,现在需要逐步安排使用。当然,任何时候任何事情,都免不了鱼龙混杂、泥沙俱下,强求纯而又纯根本做不到,也不应该。相应的补救措施应该是"流水不腐,户枢不蠹",而实际上又往往受到各种因素的掣肘和挂碍。

此时郭向前和黄新桃双双毕业,拿到广播电视大学的大专学历,双双获得"优秀学员"的奖励,特别是郭向前的毕业论文,被推荐到省委一份理论杂志上予以全文发表。这件事让解麦收十分震撼,那份杂志,即使是县委书记,也未必都能在上面发表文章。郭向前的这个学历在干部使用问题上也是参考条件,具有一定的含金量(只是不包分配)。解麦收临走叮嘱了黄晋升,让他留心郭向前的使用问题——县里曾经有人咬呲郭向前没有学历,不应该作为重点培养对象,现在不是解决了?当时黄晋升大包大揽,让解麦收一百个放心。至于他做不做,反正解麦收已经走了,鞭长莫及了是白?

郭二惠嫁到草原以后,工作得心应手。哈边郭向前把道路铺得平平的,业务渠道让郭三秀"打"得无处不通。郭三秀一时间成为郭二惠的心中偶像,这个三秀真是所向披靡,攻无不克战无不胜,没有她解决不了的问题。当然,说到底,还是郭向前罩着她。但这足以让郭二惠对郭三秀刮目相看了。在草原上,郭二惠穿着蒙古袍子,天蓝色的布料镶着白边,中间点缀着红、绿色的小圆点光片,在阳光下闪闪发光,耀人眼目。她现在已经很像一个蒙古族人了。按照呼斯满的叮嘱,她招呼了三十辆马车,装满了才收购来不久的够等级的羊毛,将要运到郭家堡的毛纺厂。

前些天呼斯满从郭家堡拉出毛线走上万柳堤的时候,被沙金来拦住交了不少"服务费",呼斯满是个"拳儿亮"(会审时度势)的人,肯定会交,但交得太多,就心情不爽,这次特别要求每个驾车的把式——都是他的哥儿们,每人带一把三尺长的腰刀,必要时吓唬吓唬哈些狗日的,谅他们不敢硬拼,真要硬拼的话,咱是谁呀?打遍天下的成吉思汗的后裔,是不是?怕他几个蟊贼?这些人奔河川镇,全都带着老婆,这也是郭二惠安排的,她已经结过婚,明白人们的正常生理需求,现在各种乱七八糟的人都出现在河川镇,都盯着你口袋的钞票咧。但因为呼斯满太忙,这次出行,只有她要着"单儿"。

"伙计们,开拔啦!"郭二惠一声吆喝,领头的大车车把式便猛的一鞭子,"劈呀——"霹雳一般的鞭声响彻在头顶,三十匹骏马的马蹄子立即"呱嗒呱嗒"地撒开蹼了起来。领头的车把式叫阿尔斯楞，是蒙古语雄狮的意思。人也长得五大三粗、膀大腰圆，二百斤的麻包能扛着走几百米。胳膊根子有碗口粗，肌肉硬得杠杠的，打一拳他不疼你手疼。他和老婆搞对象时最简单，他在一次摔跤会上看到一个秀气的姑娘在给他鼓掌，摔完跤他走过去扛起姑娘就撒丫子跑出去几百米。姑娘哭了，说，还没跟我爸我妈打招呼咧。阿尔斯楞道："你同意最重要。""我也没同意啊。""你鼓掌就是同意。"阿尔斯楞简直就是钢筋铁骨，抱着她的时候让她一动不能动，姑娘惹不起，只得带他去见爹妈。谁知，此时姑娘老爸恰巧吃了不干净的东西正在闹痢疾，阿尔斯楞背起姑娘老爸就往医院跑，一口气跑了好几里地。路上拉了一裤裆，拉了阿尔斯楞一身。阿尔斯楞毫不在乎，回家连老爸的衣服一块儿洗了。老爸当晚就留阿尔斯楞在蒙古包过夜了，说："咱家就缺你这样能搪事的人！"还把闺女推到阿尔斯楞身边。

浩浩荡荡的大车队特意走过万柳堤。阿尔斯楞看到了前面的"卡子"，一个草棚搭在路边，几个彪形大汉在草棚下站着，叉着腰，看着来者，路中间一棵大树干横着。阿尔斯楞对哈些彪形大汉叫喊："把树干搬开！"没人理他。阿尔斯楞回头叫喊："弟兄们，呼图革！（刀子）"后面的车把手纷纷跳下车，都把蒙古袍的袍角撩起来掖进腰里，一人一把腰刀，举着走过来，腰刀在太阳光下闪闪发亮，晃人眼目，步步进逼。最前面的郭二惠也把蒙古袍的袍角掖进腰里，挥挥手，压住阵势，首先走上去，问："收费站的，你们还认识俺昂？"沙金来早已忘记了眼前的女士，这些天来，他已经打劫了太多的人，郭二惠也没有额外的特征，他不可能记住，便阴着脸不说话。原本应该由他喊出的"办他"，此刻从郭二惠嘴里喊了出来："办他！"

一把把闪闪发亮的腰刀倏忽间就冲了上来,这样的阵势沙金来从没见过,打个呼哨扭头就跑,顺着河滩撒了丫子。哈几个彪形大汉紧随其后,头都不敢回,只是跑,跑,跑,生怕跑慢了挨一刀。郭二惠并不恋战,不让大家追赶,一挥手,烧了它!便有人过来把路边的草棚点着了。火苗子腾腾地烧了起来。顷刻间变为一堆灰烬。只剩地上戳着的几根半拉残木桩。几个弟兄帮着阿尔斯楞把树干搬到了路边,感觉还会被沙金来利用,便干脆将树干抬到车上,拉进郭家堡,摆在毛纺厂门口作为"战利品"展示。

事后,沙金来当然会打听,这么凶悍,是谁的队伍?得知是郭家堡的毛纺厂,便对他的弟兄交代"郭家堡咱不能惹,前些日子打了郭家堡的郭向前,俺不好出面,你们去给他买点儿营养品送去,套套瓷,咱大路朝天各走半边,谁也别干涉谁。"

营养品确实买了不少,但都被沙荆花扔了出去。她对着沙金来的人,举起双手说:"你们看清楚了,俺的这双手——俺不是跟你们摆老资格,拍老腔,这是被小鬼子汉奸作践的,现在,俺老当益壮,要撑起郭家堡的半边天,你们如果继续作妖,咱就较量,当年小鬼子汉奸没把俺怎么样,看看你们有多大尿儿!"沙金来当然明白,跟谁较量,也犯不着跟老革命、军烈属较量,哈是拿鸡蛋往石头上撞。外地哈些来来往往的商户,才是打劫对象。

因为郭向前挨打,沙荆花早已气得火冒三丈,只是在儿子面前她没法表露。为防止坏人抢劫毛纺厂和制药厂,沙荆花在村子里组织了保安队,给他们配置了统一的服装和铁棍,这恐怕是全省最早的保安队了。但郭家堡毛纺厂的"腰刀帮"的大名却不胫而走。于是,时隔不久就在黄召庄出现了"斧头帮",柴家营出现了"搏腿帮"……这些团队可不是嘴上说说过过嘴瘾,是真要大开杀戒的!五曲河里出现过好几次漂浮的尸体,不知道是哪个团队干的还是沙金来做的案。为谋不义之财的施暴，与被迫自卫的反暴，一时间成为人们十分恐怖的话题。

很多村子都传来信息，村书记们要来看望郭向前。不接待就显得生性，接待的话弄不好变成送礼的过程，又成为一些人的口实。于是，郭向前将计就计，在沙红枣制药厂的大会议室，召开了全镇思想政治工作研讨会，借此机会与大家见面，并特邀了自己的母亲陈玉妮和姥爷陈之谦。

这些日子以来，沙红枣在厂里的日常业务正常运转以后，就组织力量把制药厂的里里外外认真装点了一下，厂院里，厂院外，种了很多常青树木，哈时候树木价格也不贵，即使后来卖到几十几百块钱的松柏树苗，当时不过几毛钱。她虽是一介女流，却不喜欢鲜花，所以只种树不栽花，而且还是常青树木。譬如，樟树、冬青、四季青、马汉松、龙柏、桧柏、侧柏、铁树之类。开会哈天，制药厂厂院外老远就开始插红旗，形成旗阵，一直延伸到厂院里。一路走来，红旗招展，绿树耸立，绿树与红旗交相辉映，向与会者传递着一种久违的既熟悉又陌生的感觉。

大会议室摆成圆桌形状，里三层外三层，人们团团而坐。主要人物都坐在最里圈。墙壁上扯起了红布横幅，上面写着黄色大字：河川镇首届思想政治工作研讨会。河川镇的工作林林总总，千头万绪，该办的事哈多，咋就非要把思想政治工作提得这么高？有必要昂？很多人都十分不解，几乎是带着疑惑来参加研讨会的。郭向前挂着拐，慢慢走进会议室，与每个人都握了手以后进入里圈，和陈玉妮、陈之谦坐在一起。陈玉妮迅即抓住了儿子的手，再没有松开。这是她的二儿子，目前看，还算不上最有出息的，但却是干得最艰难的。刚才进厂的时候，迎在门口的沙红枣早已得知她就是陈玉妮，一见面就抱住了她，在她耳边小声说："娘，这是俺的厂子,您尽情参观,提问题。"陈玉妮当时一个愣怔,儿子有媳妇了?他咋没说过?

待陈玉妮和陈之谦在会议室落座以后,为大会服务的黄新桃一身职业装打扮,灰色的女士制服(哈时还不流行西装)翻出了粉红色的衬衣领子,映衬得一张面孔朝气蓬勃、艳若桃李。她给陈玉妮端上热茶的时候,也在她耳边小声说:"娘,您有事就叫俺。俺是咱村副书记。"于是,陈玉妮接过热茶的同时,又是一个愣怔,难道这也是儿媳妇?于是,会议召开前的这段时间,她的脑海里就全是这两个姑娘了。她已经意会到儿子没有结婚,这两个姑娘恐怕都在儿子的视线里,都是预备队,只差最后定夺了。所以,两个人之间存在着竞争问题。这是最残酷,最让人难过的事情。她当年何不是如此?不是前面有个沙荆花,她怎么会和郭山河晚结婚哈么多年?当然,沙荆花大姐是非常可亲可敬的,一切都是战争使然。

郭向前主持会议,开场说道:"今天咱们召开一个思想政治工作研讨会,不知别的镇是不是也开过,在咱们河川镇还是有史以来的第一次。为么开这么个会?因为,在中国,凡事离不开思想与政治。俺们现在是以经济工作为中心了,哈么,经济工作中有没有思想和政治?"郭向前讲了最近一段时间河川镇发生的各种问题。问大家,哪一件没与思想和政治相关?十一届三中全会召开前后这段时间,围绕农村能不能发展副业,产生了多少思想和政治上的争议?有个村书记接茬坦言道:"是这样,即使现在,如果不是郭家堡在前面蹚道儿,打死俺们也不会去冒险。"

沙荆花插话说:"河北大学的陈之谦教授是郭向前的姥爷,很有学问,请他讲两句白?"

陈玉妮也说:"叔,您以一位七旬老人的身份讲讲白?"

陈之谦喝了一口茶,道:"说就说,俺抛砖引玉,说得不对的请大家指正。俺今年七十有三，老话说，七十三八十四，阎王不叫自己去。所以，一切都看得很开。最近俺又翻看了马克思和列宁的有关论述，特别是列宁的话很有针对性，他说：'我们还不能实现从小生产到社会主义的直接过渡……所以我们应该利用资本主义作为小生产和社会主义的中间环节，作为提高生产力的手段、途径、方法和方式。'咱们国家当初搞合作化有一定合理性，但因为'一刀切'，而各地区情况不尽相同，难免出现有的地方不错，有的地方不行的情况。若按照列宁的观点，'土改'后暂不进行合作化，适当拉长中间发挥个体经济作用的阶段——不要讳言'资本主义'这个名词——恐怕俺们要赢得更多发展时间。现在河川镇的情况说明，个体经济一朝兴起，方兴未艾，几乎势不可当。于是，俺又想起毛主席的话，中国农民'将冲决一切束缚他们的罗网，朝着解放的路上迅跑'。只要你给了他们发展空间，便一往无前，不可阻挡。"

陈玉妮插话道："叔，您说的是问题的一个方面。毛主席早年还说过，'严重的问题，在于教育农民'。中国太大，人口太多，这个基本国情，决定了中国必须有一个坚强的政党领导，而这个政党只有共产党能够堪当大任。河川镇这样镇长被打断腿的可怕情况，说明加强党的领导的空间还非常大，教训深刻。"

陈之谦继续道："前不久开展的'真理标准的讨论'，对于解放思想实事求是十分必要的。但问题都有两面性，俺们既要敢于质疑权威，又不能无原则地怀疑一切，打倒一切；还必须尊重权威。因为权威就是权威，它高瞻远瞩，具有穿透历史的前瞻性。现在的中国农村改革，就体现了革命导师列宁的权威性和预见性以及俺们党审时度势的应变能力。"

他看着郭向前的伤腿，十分感慨，说："向前无疑是俺们党诸多最优秀的党员之一。革命导师列宁还曾说过，'群众是划分为阶级的；阶级是由政党来领导的；政党通常是由最有威信、最有影响、最有经验、被选出担任最重要职务而称为领袖的人们所组成的比较稳定的集团来主持的'。俺举几个例子，第一次鸦片战争，清朝政府军在广东三元里这个地方抗英，三元里的很多民众在观战，英军登陆后民众就主动向他们出售牲畜、蔬菜和粮食，'洋人在和皇帝打仗，与俺何干？俺还得生活，是白'。第二次鸦片战争，英法联军火烧圆明园，不光带路的是华人，民众也加入了哄抢园内财物的行列，瓶子、罐子、古玩、字画也抱着往外跑；一九〇〇年八国联军攻占北京，只有区区一万八千人，而清军至少几十万人，但十天之内就攻陷了北京——俺在出国访问的时候在国外博物馆看到了照片——俺们国内哈么多民众为八国联军推小车后勤资助，给钱就干，哪有国家、民族观念？联军攻到北京，北京城高池厚，进不来，北京的居民向联军提供消息说：'广渠门下水道未曾设防。'于是，联军从广渠门下水道鱼贯而入，顺着土坡、斜坡、散兵队形，排着队进入，周围哈么多民众揣着手麻木地站在那儿看热闹，洋人在跟皇帝打仗，与俺何干，是白？进攻皇宫，多少民众帮着联军填平壕沟、绑梯子、扶梯子，还有民众坐在墙头上帮着联军瞭望。孙中山感慨说：'四万万中国人，一盘散沙而已！'数量不能提供力量，单纯的数量没有意义，如果俺们不凝聚的话，只能是一盘散沙。联军在北京杀人，他们指定杀谁，便由中国人捆中国人，中国人砍中国人脑袋。中国近代以来这个最大的问题被各帝国主义所窥破——"

陈之谦从口袋里掏出一个小本子，说：中国的民众在长期社会动荡中选择了共产党以后，事情就发生了根本变化。没有共产党的核心，群众就是一盘散沙，而没有领袖，政党就会群龙无首。

当广大群众缺乏党的领导和没有产生自己的领袖时,他们只能在黑暗中摸索;而当他们有了自己的政党和领袖时,他们就从一个胜利走向又一个胜利了。俺们成立新中国的过程就充分说明了这个问题。政党和领袖对于广大群众的命运所起的作用,是怎么评价也不会过高的。河川镇虽小,仅仅四十三个村子,二十万人口,可也需要自己的领头人,郭向前这个领头人合不合格? 俺是他姥爷,说了也不算,需要大家品评。他挨打是因为不向黑恶势力妥协,单凭这一点,俺就支持他!"

陈玉妮接过来道:"俺是郭向前的母亲,也是个老师,虽不研究党建问题,在这儿也说说党组织的作用,也算是给镇党委打场子。在我国古代,'党'指地方单位,据《周礼》记载,'五族为党',并注明一百户为族,就是说每五百户(家)为党,由于这五百户都具有血缘姻亲关系,遇事常互相帮助配合,因此,党的引申意思是'党助'。'党助'本来并不是坏事,但人既然以亲疏血缘划分为党后,除了互相协助以外,还有互相掩饰过错的一面,即所谓'相助匿非'。不仅如此,对非本党的人群,不但不加以协助,在当其有过错时或与本党发生矛盾时,还群起而攻之,因而有'党同伐异'之说。这种含义和现代政党的某些特征是相吻合的。俺为么讲这个,就是说,河川镇现在正需要加强和维护党的建设。"

现在大家越来越清楚了,陈之谦和陈玉妮的发言,都是在维护以郭向前为首的镇党委的领导。一个镇的当家人挨了打,这种事好说不好听,确实需要有人站出来矫正视听。这两个人作为郭向前的亲属,说话有所偏袒也是情有可原。郭家堡的村主任郭来福举手,请求发言。郭向前伸出一只手请他讲。他说:"俺不用多说,俺自己的经历就表明了一切,俺最早跟着国民党打小鬼子,后来蒋介石要搞独裁打解放军,俺就带队伍投诚了解放军四野部

511

队,先跟随部队参加'四平攻坚战',然后南下参加了著名的'渡江战役',然后又回师北上参加了东北剿匪,最后落脚在吉林,现在退休回了郭家堡。俺还要把余生献给俺村的经济发展和公益事业。俺的晚年充实、幸福、有意义,完全得益于党组织和郭向前、沙荆花这些好党员。"

黄大想举手,要求发言,郭向前点点头示意他可以讲。他没有讲过去县大队的生活,而是单纯讲起眼下的工作:"原来一提发展经济,俺们都战战兢兢,不敢干,要看看左邻右舍,尤其要看看郭家堡干没干。刚才陈之谦老叔说的哈个'中间阶段',俺听明白了,这是个迈不过去的坎,不经历这个阶段,到达不了真正的社会主义。贫穷不叫社会主义,是白? 过去俺们大队要么没么,现在连电都通了,村路也修了,靠么哎,靠发展经济,具体讲,是发展个体经济,人人干皮革、皮毛业务,俺们大队'抽头'(收管理费),个体经济挣得越多,俺们抽头越多,公共积累就越多,于是,该办的公共事业就都办成了。过去'村提留''乡统筹'长期拖欠,现在也全解决咧。"

柴大霞也举手了,说:"俺也发现一个问题,发展个体经济速度超快,因为涉及个人利益,所以他积极性高。如果是集体企业就不行,总有'等、靠、要'思想,总打算找依靠。过去有个笑话,说一个和尚挑水吃,两个和尚抬水吃,三个和尚没水吃。为么哎,就是你靠俺,俺靠他,靠来靠去,谁都不干了。"

沙家店的书记说:"这里面有个问题,就是,放手让村民们干,是一种释放,释放出来的,既有诚实劳动的积极性,也有投机取巧的心机,还有坑蒙拐骗的侥幸,甚至有为非作歹的铤而走险。最近派出所通知俺们,说沙家店出了个沙金来,专干欺行霸市拦路打劫的事,虽然事情还没定案,可已经足以引起俺们重视了!"

陈之谦道："你说的这个'释放'二字，非常形象，也非常准确，过去一直受到压抑，一旦解除了压抑，便一下子把人性中的正反两面全暴露出来了。人原本就是阴阳两面，一半是天使一半是魔鬼。俺们今天需要研究的，就是怎样抑制和缩小人的魔鬼的一面，发扬和光大人的天使的一面。刚才么么讲了半天党建问题咧，就因为党组织在这个过程中起着决定性作用。法院不可能天天盯着你，而党组织时刻都在你身边。过去毛主席讲：'红军之所以艰难奋战而不溃散，支部建在连上，是一个重要原因。'否则只怕应付不了爬雪山过草地，打破国民党几十万大军围追堵截的两万五千里长征。是白？"

大家热烈鼓掌。感觉这个年过七旬的老教授所言不差。都是各村的书记，虽文化都不是很高，但多年的学习教育也有了一定的思想基础，所以对陈之谦的发言共鸣颇多。

这时，一直给大家端茶倒水的黄新桃说话了："俺想起毛主席的一首诗词《菩萨蛮·黄鹤楼》，里面说：'茫茫九派流中国，沉沉一线穿南北。烟雨莽苍苍，龟蛇锁大江。黄鹤知何去？剩有游人处。把酒酹滔滔，心潮逐浪高。'最精彩的是前面两句，'九派'，水的支流叫派，相传长江在湖北、江西一带，分为九个支派；'一线'指横在眼前的长江。俺理解，九派就是广大党员，一线就是咱的党组织。没有'九派'和'一线'，土地就要干涸。所以，'一线'很重要，'九派'也离不开。"

大家也热烈鼓掌，感觉这个比喻很新颖也很深刻。陈之谦喝了口水，继续道："俺再从中国的国情说几句。多年来，俺们中国自豪于自己的传统文明和主体文化，但在屡屡受挫后也看到了自己文化的局限和瓶颈。所以，自鸦片战争到'五四运动'，有识之士一直在做文化反思和国民性反思，目的就是寻求突破。清末重臣李鸿章说,近代东西方文明的撞击,带来了'三千年未有之大变局',出路就是突破自我,立足传统中华文明,借鉴西方工业、科技、市场、法治诸方面的文明,再造新的中华文明。算起来,这样的文明转型已有近两百年,康有为的改良失败了,李鸿章的洋务运动失败了,袁世凯的复辟失败了。孙中山的革命也失败了,蒋介石'新生活运动'也失败了,其中,有两次有意义的现代化变革被中断:一是晚清的现代化变革因为'甲午战争'被小鬼子所中断;二是国民党的现代化变革因为'抗日战争'再次被小鬼子中断。小鬼子可憎啊!毛主席让郭沫若写《甲申三百年祭》就是想不忘前车之鉴。以后,俺们的党又进行了多次尝试与探索,左冲右突,代价极大。眼下的改革开放,是向着民族复兴与发展,以及文明改良与进步,迈出的至为关键的一步,各种利益关系,面临重新洗牌。如此艰巨的任务,谁能承担?就是俺们的党!"

话虽说得深了点儿,但在座的人们还是可以听懂的。于是,也报以掌声。最后沙荆花发言了,她说:"坚定党的领导不是空话,不是口号,关键是各级党员干部本身要优秀,要以身作则,'打铁还得自身硬',不能你自己为所欲为,却要求别人'这个''哈个'的,是白?"会议由此引申下去,大家说起应该从哪些方面加强党建,如何在目前情况下规范社会秩序,还议论出加强基层组织发展、建设的"几要几不要"的具体内容。

…………

新上任的县委书记叫魏昌隆,曾经狠狠批评过黄晋升。他原是外县调过来的干部,对河川镇的情况了解一些,但不是非常清楚。他闻听河川镇派出所反映沙金来的问题请求立案,便指示县公安局局长办这件事,要求尽快调查清楚,尽快解决,绝不允许因为沙金来的存在让河川镇乃至全县的经济工作开了倒车。县公安局长叫沙二彪,与沙金来是没出五服的本家,所以接到任务后,不动声色,先沉了两天,研究了沙金来"无罪"的"可行性",进行了"有罪推定"和"无罪推定",结果是"有罪"。至少把镇长和一个民警打成重伤,这是抹不掉的劣迹。于是,沙二彪给沙金来写了一封匿名信,让他逃跑,说公安局近日会抓你,然后把信寄到沙金来的家里。沙金来在前几年因为私下聚赌,输光了家里的粮食,老婆已经离婚带着孩子远走他乡,所以他好几天不在家,就看不到这封信。现在各村的情况还是老传统:外地来了信函,邮递员会首先放到大队部,由大队部的人员转给本人。没有直接送到家的。沙家店的大队部秘书拿着信到沙金来家来了好几趟,都没找到,只能让这封信在大队部的桌子上摆着。

忽一日,一个叫沙小林的年轻人来大队部看报纸,看完报纸闲得无聊,拿起这封信反复观看,看了一阵,心中起疑了,就等屋里没人时打开了信,于是吓了一跳。因为沙家店的村民都知道沙金来在干"收费站",却并不知道他打伤很多人,公安局正准备抓他。于是,沙小林把信揣进兜里就走了。他来到万柳堤,顺着大堤不停地走,走了约莫一个钟头才在一个离村子很近的地方找到沙金来,他们一伙人正在"开展"收费业务。待他们消停下来,沙小林把沙金来拉到一旁,递给了他这封信。沙金来一看,说了一句:"够哥儿们!"便付给沙小林二百块钱,然后带着一干人远走高飞。去了哪里,一时无人知道。

这段时间以来,因为这种乱收费,常驻河川镇的上千户商家,已经悄悄走了一多半,皮革、皮毛、毛线交易市场已经日渐冷清。没走的业务客户,也时时感到危险,便接二连三给县、市、省公安部门写告状信。省里责成保定尽快解决,保定领导就研究了沙二彪为么工作不力,却原来,他是沙金来的本家。于是,保定的领导立即一纸调令将沙二彪调到了外县,又从外县调来一个叫黄大迎的公安局局长。此人是黄召庄人,是黄大想没出五服的本家,也是当年县大队的后人。

黄大迎一上任,立即接到几十封告状信。一封信中说,表面看,干打劫的是沙金来,其实还有其他人在暗中也在打劫,甚至更严重,杀人越货,无恶不作。这些人的手里,砍刀、枪支、子弹、雷管、炸药等等无所不有。一个村民在信中说,一次他走万柳堤从河川镇往清河县运送羊绒,因拒交"线路保护费",被一团伙拦住。这些人先是把他从车内拉出打得口鼻流血,用刀割断了他的手筋,然后又把他的车连同价值二十多万元的羊绒一同烧掉。另一封信写道,一伙人受雇,用铁棍将一竞争对手的腿打折三节;还将一温州客户的八岁男孩绑架至北京,勒索很多现金。为垄断牛皮革生意,他们用铁棍将一名浙江客人胳膊打断,抢走身上的现金和大批牛皮革货物,还打算用炸药和电雷管对这位皮革经营户实施爆炸。县经贸局一名司机家属来信说,她丈夫前不久连车带人被一犯罪团伙劫持,罪犯向家属索要大笔款项,钱到手后却撕票,将人杀死后焚尸。一位人大代表也写来告状信,说,他因为在县人大会上揭露了罪犯的恶行,一帮人就打断了他儿子的一条腿,还威胁说:"不把嘴闭住,再打断你儿子的另一条腿!"一位民警匿名来信说,他因为参与过处理事件,歹徒用炸药将他家住房炸出一个大洞,另一位民警的窗玻璃则被歹徒用子弹打得千疮百孔。这位民警反映说,有些企业老板为求安全,加筑高墙,养起了藏獒类猛犬……

黄大迎微服私访,来到堂兄黄大想的村子,与堂兄进行了私密谈话。黄大想说,要说严重,目前看柴家营最甚,一些人欺负村书记柴大霞是女人,与这个村的人们较量了多次。柴大霞知道郭向前也挨了打,所以也没找郭向前。黄大迎道:"咋不找公安局?""找咧,没用!"黄大想道,就因为找公安局没用,所以使黑恶势力愈演愈烈。哈些人不仅打伤多名"私下"到柴家营村里卖原料的生意人,还逐户查抄个人囤积的原料。说不允许"私卖",只有他们卖才行。一直被柴大霞按捺着的柴三脚一时火起,叫来几个弟兄打跑了哈帮无赖。谁知,他们跑了以后马上叫来上百名黑恶势力成员,叫着号:"铲平柴家营"!"铲平柴家营"!浩浩荡荡向村里进发。柴大霞立即派人向县公安局报警,谁料想,三十分钟的路,民警们走了三个多小时还没到。情急之下,柴大霞通过高音喇叭号召全村青壮年拿起铁锹、镐头、铡刀,奔出家门,与狗日的们拼了! 于是,她老头柴三脚冲在最前面,一根一丈长铜头紫檀木杀威棒舞成圆团,当即将一个手持铁棍的领头人开了瓢,脑浆子乱飞;另两个拿大刀片的喽啰被打得哭爹喊娘。其余人一下子作鸟兽散。而"晚到"的民警除了向满脸杀气的村民们道歉"不好意思"外,再无下文。

　　黄大迎一声长叹。他已经好几年没回老家了。现在回来,却面临这个乱局。他问黄大想,是不是县公安局有不少"内鬼"。黄大想苦笑一声:"这你还用问? 都是乡里乡亲的,里勾外连,说不定谁就是谁的亲戚。""俺得依靠谁咧,总不能光杆儿一个人干白?"

　　"俺建议你去找郭向前商量去。他肯定有想法。"

　　黄大迎来到了郭家堡,与沙荆花和郭向前做了深谈。最后商定,郭家堡的保安队出十名最精壮的跳跶过拳脚,会使用软兵器(链锤、链镖一类)的小伙子协助黄大迎工作。黄大迎在对这十名队员做思想动员的时候,一个小伙子说,河川镇的西街,有一家刚开一年的饭馆,里面经常传出哭叫声。"黑店白?""有可能。""先拔这个钉子!"

这家饭馆，就是郭家堡懒得出奇"大名鼎鼎"的郭大贵开的。

郭大贵怎么会开了饭馆，并且成为"藏污纳垢"的黑店，总是有原因的。

郭家堡和周围村庄的集体经济、个体经济风起云涌地迅猛发展，让郭大贵看得十分眼儿热，遂找到村里的寡妇郭五姑商量。哈个郭五姑比郭大贵大两岁，三十有五，带着一个十岁的儿子，丈夫跟着一个温州的女人做生意，一走了之，几年下来，再无音信，是死是活不得而知。郭五姑便和郭大贵"靠"在一起。郭大贵懒得出奇，咋会得到郭五姑的青睐？哈是一次郭五姑在村里的水坑涮苘麻——就是当年黄晋升为了整治郭山河挖的坑——她把苘麻沤在坑里的时候，害怕被偷，就找了个"闲人"看管，这个闲人就是郭大贵。哈天她扛着老大一捆苘麻走到水坑边的时候，恰好百年不遇的懒人郭大贵出来遛弯儿晒太阳，她计上心来道："大贵兄弟，你若帮俺看住这些苘麻，俺每天管你一顿酒喝。"

"闹他个妈！"郭大贵乐得当即就叫，"五姑，这事儿就交给俺了，这酒俺喝定了！"

郭五姑是他出了五服的本家姑姑，大一辈，他便立即嘴甜了起来。郭五姑将哈捆苘麻扔进水坑，用一根绳子揽住，拴在水坑边的一棵树上。她是打算沤"熟"了以后搓麻绳用，苘麻是必须事先沤上一段时间，"熟"了以后才能搓麻绳，才能经久使用的。谁知，因为刚刚下过一场大雨，水坑的水涨上来不少，坑边的倾斜的土地也很湿滑，她刚拴好绳子，才离开两步，一个仰八叉就出溜进水里，而她又不会水，便扑腾起来，眼看就要没顶，嘴里大叫："大贵救俺！"

郭大贵是会水的，便连衣服都来不及脱，也许是懒得脱，顺着坑沿出溜进水里，游了几步，抓住了郭五姑的胳膊，将她拉上岸来。此时正是秋后,天气冷得让人哆嗦。郭大贵干脆一不做二不休,将水淋淋的郭五姑背起来就往家跑。一口气跑到郭五姑家,将她放在堂屋的椅子上,回过身来,就蹲在灶台旁烧起火来,拉着风箱快速烧了一大锅热水,让郭五姑擦澡。他则躲在院子里,脱下衣服拧干,搭在院子里枣树枝上晾晒,浑身上下只穿着一条脏兮兮看不出颜色的破裤衩。于是,他冻得一个劲儿打喷嚏,可能是打喷嚏的声音太大,被郭五姑听到,遂开门一把将他拽进屋去。

郭五姑没怎么洗,却把个八百年不洗澡的郭大贵洗出一木盆泥粥,变得清清爽爽的像个"人儿"了。郭五姑也一不做二不休,拿出过去丈夫的剃头刀子,给他剃成"盖儿头"——乡下最常见的简易发型,刮光了胡子。还拿出丈夫过去使用的牙刷,沏了盐水,让他刷了牙。一切收拾妥当,两个人便痛痛快快各取所需。自此,两个人再也没有分开。这样的异性"搭伙",一经开始,便不会完结。而有了女人管束,郭大贵再也不敢懒了。

渐渐地,村里人都知道了这两个人在同居,沙荆花便委托黄新桃来督促他们到镇上去扯结婚证。若在以往,这种情况是要挨批斗的,现在人们都见怪不怪、十分宽容了。郭五姑见村里副书记来动员结婚了,就说,俺们俩瘸驴对破磨,将就材料,扯么结婚证哎,说不定哪天俺哈口子就回来咧。黄新桃道:"你丈夫失踪好几年了,是死是活也不知道,你们两口子分居两年就是事实离婚,你有资格重新申请结婚。既然如此,干么做偷鸡摸狗的事?光明正大结婚生孩子过日子,咋不好?"郭五姑一想,也是,能来明的,干么非来暗的?虽然她大大咧咧并不在乎别人"戳脊梁骨",可终究是光明正大更好不是?遂到镇上扯了结婚证。

村里几个企业的成功兴办,对所有人都是示范。沙红枣在村里建起制药厂,哈个难度太大,一般人干不了;周滏阳的个体经济也干得风生水起,这个可以参考。郭大贵两口子来到镇上,找到工商所的黄天厚,问:"所长,你能帮俺们选个项目昂?"郭五姑赶紧将一条"玉兰烟"递给黄天厚。

"你们有么特长哎?"黄天厚边说边把办公桌侧门打开,将烟搋进去。

"老农民一个,除了种地,有么特长哎?"郭大贵道。

"做饭会白?"

"这个俺会!"郭五姑十分兴奋。

"开饭馆白。咱镇上西边正有个仓库往外出租,你们去看看白。"

于是,一个叫作"五贵餐厅"稀奇古怪名字的饭馆就这么开业了。你"五贵",想必是菜贵、饭贵、酒贵、烟贵,乃至还有桌椅板凳贵,既然贵,谁还来?偏偏生意非常好。可能人们都想看看,你贵得是否有道理。待人们来了以后,方知价格根本不贵。郭大贵跑堂,郭五姑掌勺,妇唱夫随,得心应手。镇上人们口味都不是多么刁,这个饭馆便"风生水起"挤上经济发展的快车道。正干得顺风顺水之时,一个东北过来的中年人来到这个饭馆。这个人文质彬彬,像个机关干部,也像个中学老师,反正不是乡下人的气质。他说要承包这个饭馆。

郭大贵问:"你打算一年给俺们多少钱?"

对方伸出一个巴掌。

郭五姑道:"五万?"

对方摇了摇头。

郭大贵道:"么意思哎?"

对方晃着自己的巴掌开口了:"这是啥?这是巴掌,我大脖溜打你个瘪犊子!"

郭五姑惊叫:"光天化日,朗朗乾坤,你想干么?"

对方横眉立目,刚才的文质彬彬已经荡然无存:"就干你,行吗?"

郭大贵立即回身,抄起了案板上的菜刀。对方见此把拇指和食指伸进嘴里,猛地一声呼哨,尖锐,刺耳。门外呼啦拥进一帮人来。这个东北人道:"咱好说好商量,否则,杀了你们剁成肉酱包包子吃。知道《水浒传》里有个专卖人肉包子的孙二娘吗?"

郭大贵原本只是懒汉,并不是杀伐决断之人,此刻腿底下就开始哆嗦,菜刀也放了回去。郭五姑却不含糊,说:"甭管你们有多少人,咱现在是社会主义国家,你们这种人好日子长不了! 识路子的话赶紧滚蛋,俺们'五贵餐厅'不是你们作妖的地方!"

这个东北人面不改色心不跳,只是轻轻一挥手,身后一个人便突然伸出了刀子,一下子攮进郭五姑的肚子。东北人对身后的同伙道:"先别拔刀子,我且问问她——(对着郭五姑)我们的好日子长不长,你说句痛快话,就带你治病去,不然就耗死你!"

他说的"耗死"绝不是空话,不让你出门,血流尽了,就必然会死。郭大贵嘴唇哆嗦,声音颤抖,道:"长! 长! 你们会在河川镇站稳脚跟,发大财,发横财,富得流油!"

东北人道:"妈了个巴子的,这还像句人话。(对郭大贵)你扶着刀子别掉出来,带她去医院。我的人开车送你们。"然后从腋下的皮包里掏出一沓钱来,看上去有好几万,递给郭大贵:"拿去,治病用。"此时,郭五姑已经没有了锐气,疼得脸色煞白,额头冒汗,失魂落魄,两手不知疼地抓在刀刃上,鲜血顺着刀身往下流。郭大贵不敢停留,接过钱来,扶着郭五姑就往门外走。门口果然停着一辆双排座小货车。便有东北人的同伙开了车门,扶着郭五姑上了车。谁知,小货车并没去医院,而是开上万柳堤,又走了一个时

521

辰,将他们扔在五曲河边上,"同伙"说:"记住,以后永远不要回河川镇!需要钱的话,给'老大'来电话。电话号码就是你们店里这个。"遂开车蹽了。

郭大贵扶着浑身颤抖的郭五姑,眼看着鲜血还在流,下半身全被鲜血染红了。怎么办?他放下郭五姑,回到万柳堤上,打算拦截过路的车辆,以求把郭五姑送到医院。为此,他从哈一沓钱里,数出几张,看看太新,又换成旧的——仿佛新的更值钱——手持几张钞票对着过往的车辆挥舞。多数车辆见此,使劲儿摁着喇叭"闯"过去。司机看到舞动钞票,必有说不清道不明的急事,于是不愿意惹这种麻烦,遂急于逃走。还不错,终归有心软的人。一个外地跑运输的大货车司机停了车。郭大贵立即凑上前去,说明意图,把身后的郭五姑扶上卡车,将钱交给司机,向县医院奔去。

因为抢救及时,而且,没把刀子拔出来,郭五姑没死。经过三个小时手术,郭五姑被推出手术室,肚子和两手都缠满纱布,进了住院部。此时,住院部主任拿着银灰色铝合金病历夹问郭大贵:"谁给她扎的?"这是非常"专业"的问题,带有"查案"性质,回答不得体,立即就得向公安局报案。就眼下的情况看,报了案,就说不定又惹出么个新情况来。现如今人际关系复杂是人人皆知的事。郭大贵涨红了脸,一时不知如何回答,还是躺在担架车上的郭五姑有气无力地说了话:"是俺们自己为防身磨了把刀子,正想试试快不快,郭大贵撞了俺一下,就自己扎了自己。"这样的谎话显然是杜撰的,而院方也正企望没幺蛾子才好,千万不要把院方变成破案场所,他们才不愿意惹麻烦咧,于是,尽管漏洞百出,住院部主任也仍旧一个劲儿说:"好,好,好,没大事就好,以后多注意。"遂逃也似的离去。

第二十八章　浅与深

　　郭五姑的儿子因为一直跟着奶奶过，所以她没么后顾之忧，干这个餐馆也算是为儿子结婚买房存钱。儿子刚刚十岁，距离结婚还有至少十年，怎奈资金准备却要早做，不能现上轿现扎耳朵眼儿，于是，就动议干起这个"五贵餐厅"。眼下被不法之徒撺了出来，下一步咋办？对方说缺钱就要，你敢要昂？借你十个胆子！

　　郭五姑在住院部养伤期间，一直在权衡，这件事要不要报案？就河川镇和县里目前情况看，只怕报了案还不如不报，因为不知你会触动谁的神经。你知道谁和谁是里勾外连的亲戚，是拐弯抹角的连襟？岂敢冒冒失失打上门去？假如恰好进了人家挖好的坑，哈就灭你没商量，是白？左思右想，郭五姑决定不去报案。但她也不想乌漆墨黑。于是，在住满一个礼拜医院以后，她带着郭大贵来找郭向前了。因为，她在走投无路的情况下，还是觉得郭向前最靠谱。虽然眼下郭向前并不是最强势，甚至还被歹人打断了腿，但郭

523

向前一身正气,只会做对村民有利的事,而绝不会伤害村民。基于这种念想,她和郭大贵买了一些营养品,来看望郭向前了。这天,阳光灿烂,万里无云,碧蓝碧蓝的天空高远空阔,让人神清气爽,心情敞亮。

郭五姑走得很慢,走快了伤口会疼。她和郭大贵慢慢走到郭向前小院门前的时候,突然感觉"气场"异样了,哈是一种自己在家或在餐厅从来没有过的舒爽。难道郭向前真的与众不同,非俺辈的凡胎俗子?这些日子以来,城里有人正在风行气功,乡间也受到影响。"气场"两个字倏忽间成为人们的口头禅。郭五姑因为腰间盘不太好,还跟人学过"鹤翔庄",对么叫"入静",么叫"气沉丹田""打通经络""大小周天",于神秘中,十分神圣。正思忖间,黄新桃从外面走过来,要进郭向前的小院,看到他们便问:"你们找向前哥有事?"

郭五姑赶紧说:"对对对,有事!"

黄新桃道:"如果是急事就进去,如果不急,就先在外面站会儿,因为他现在正赶写一份材料。"

"哦,既然如此,哈俺们就先站一会儿,抽根烟。"郭五姑说着,率先从口袋掏出一盒玉兰烟,弹出一根递给郭大贵;又弹出一根递给黄新桃,被婉拒,于是,自己抽了。黄新桃把食指压在嘴唇上,对他们示意不要出声,便蹑手蹑脚进院去了。约莫半个小时,郭向前推开堂屋的门,一脸疲倦伸着懒腰走出来,对站在院外的两个人招招手,让他们进去。他们一起来到堂屋,拉过椅子坐下。黄新桃给大家沏茶,把茶水端到郭大贵跟前时说:"大贵哥,你不是说不'尿'向前哥昂?现在'尿'了?"

郭大贵一边接过茶碗,一边涨红了脸道:"'尿'了'尿'了,俺有眼不识金镶玉,早该'尿'了!"一屋子人皆哈哈大笑。郭五姑就说起此次前来的事情原委。郭向前道："自古以来邪不压正。你们权且找工作先干着，哈边的事情会很快得到解决。毛主席曾经说过，俺们应当相信群众，俺们应当相信党，这是两条根本的原理，如果怀疑这两条原理，哈么事情也做不成了。"郭向前还说，咱郭家堡的村西，制药厂旁边，还有几间空房，你们可以租用三间，打通了开饭店。启动资金不够的话，找沙红枣借点儿，就说是俺说的。现在咱村毛纺厂和制药厂都有很多员工，你来俺往的应酬也不少，你们肯定会赚到钱。而且，俺给你们半年时间尝试，若不赚钱，不收你们租金。至于哈个"五贵餐厅"，别着急，会有人帮你们解决。

么叫"贵人"哎，想人所想，急人所难，治病救命，是白？郭大贵听了郭向前的话，从椅子上一出溜，就给郭向前跪下了："镇长，还是俺们郭家堡人是一家子！以前俺浑头愣怔不'尿'你，真是罪该万死！你接受俺这傻哥哥一拜白！"便俯下身，咚咚咚磕了三个响头。郭向前急忙将他拉起来，说："咱一笔写不出两个'郭'字，说哈些就远了。赶紧去看房子白——新桃，你拿着钥匙带他们去。"黄新桃"哎"了一声，从墙上一处钉子上摘下一串钥匙，招呼两个人出门去了。

就在郭大贵两口子紧锣密鼓张罗装修房子，打算尽快开业的当口，黄大迎来找郭向前了。乡间俚语称："有福之人不用忙，无福之人忙断肠。"懒得出奇的郭大贵一经被郭五姑调教改造，一路之上福星高照。郭向前租给他的三间屋还没来得及装修，也就是说，还没来得及破费，镇上的"五贵餐厅"案已然告破，一伙儿歹徒被黄大迎"旗开得胜"端了窝儿。经过是这样的：

在晚上吃饭时间，外面形成包围圈以后，黄大迎带着两名队员进屋，坐在角落的一张圆桌前，他们都化了装，身上的衣服很破,补丁摞补丁,蓬头垢面。刚坐定,老板模样的一个文质彬彬的中年男人走过来,与黄大迎耳语道:"你化装化得不错,要多少货?"

职业习惯使黄大迎一听就知道对方是贩毒的。"接货"的人往往都穿得很破。黄大迎便向两名队员一使眼色,两名队员一个虎扑便将对方按倒在地,铐上了铐子。黄大迎扫视一眼屋内,没发现同伙。是不是同伙,是一目了然的。趁着夜色,一干人押着这个人往县公安局走,路上边走边审,审出很多东西,当然,其间是好几次将其打倒在地以后,他才慢慢宾服。从举报材料里,黄大迎已经知道这个人叫陈香槟,原吉林一家机械修配厂副厂长。他因嫌企业效益不好,辞职跑到河川镇租(抢)了郭五姑的饭店。随后以此为据点,快速招兵买马,一下子发展成有十七名成员的犯罪团伙。在四十三村一带连续入室抢劫作案十几起,杀死一人,重伤三人,轮奸一人,轻伤十人,涉案金额巨大。

"你怎么想到要在河川镇作案?"

"我老家许多人所在的企业效益不好,有的没饭吃。这里人富得流油,鼓鼓的钱袋子晃得我心痒难挨。开饭店既累又不挣钱,不如偷、抢来得快。"

"据说你是因一个朋友在东北犯了事才被咬出来的,你为么在河川镇能不停地作案而不失手?"

"河川镇皮毛交易旺季,每天流动人口三四万,公安局管不过来。但人多对我是好事,除去好隐蔽外,我还结交了一批'能人',有的会武功,三五个人近不了身;有的专门会对付看家狗;有的驾驶技术高,在夜间能把三轮车开得像飞一样……我做过厂长,善谋划,会用人,作案时让他们各显其能,不留痕迹。另外,我发现河川镇民警连破当地人作的一些小案都很吃力,要破跨区域案件就更难了。"

　　顺着这条线,黄大迎继续追了下去,频频成功,连创佳绩。一天,他正坐在办公室思考问题,外县家里的老婆来电话了(这个级别的公安干警家里有电话),说:"刚刚接到一个叫沙金来的来电话,让你不要继续追了,他手里有炸药,再追就把咱家炸了。还说,他认识咱儿子,连儿子在几年级、几班都说得不错,他会在上学的路上绑儿子的票。何去何从,你看着办!"

　　黄大迎按照黄大想的指点,继续来找郭向前,说在他对县公安局的人马还不是很熟的情况下,郭向前能不能再帮他一把。郭向前现在腿上的夹板还没拆,天天拄着拐在屋里走来走去锻炼腿脚。见黄大迎这么说,便问:"怎么帮?""帮俺把老婆孩子接到郭家堡来,暂时到镇上上学,插班。""这么说,你不打算回去了白?""是。""俺亲自带人去接嫂子。""你别去了,腿不方便。""嘿,这样的腿脚才掩人耳目。"郭向前说的是以他的战斗力,这样的腿脚会给人错觉,从而放松警惕,实际上,他的战斗力并没有削弱多少。黄大迎连连摇头。但他同意了。

　　沙红枣的制药厂支援一辆双排座汽车,带着郭向前和黄大迎去接嫂子。为了照顾郭向前,沙红枣也随同前往了。他们都穿了防弹背心,扎了宽宽的腰硬子,头上戴了有铁板的鸭舌帽,还一人戴了一副黑边、白边不同颜色的眼镜,三个人的上下唇也都粘了胡子。汽车来到这个县以后,按照黄大迎的安排,汽车开进黄大迎的宿舍大院,看清进出路线,然后开出大院,停在大院对面的马路边上。几个人坐在车里,神情专注地看着大院门口,检视着每一个进出的人。此时,沙红枣就抓时机紧紧攥着郭向前的手,一再加力,暗示她对他的感情。他则听之任之,不做表示。戴了鸭舌帽、粘了胡子的沙红枣另有一番风情,清秀中带着爽利的侠气。晚上九点左右,天已经黑得看不清几米外的人的面孔,有两个彪形大汉走进了大院,从其装束看,与这个大院的住户不搭调。黄大迎下了命令:"已经来了。第二排,第三家,你们去白。"

郭向前拄着拐,沙红枣扶着他的一条胳膊,两个人慢慢往前走,走近第二排第三家的门口时,两个彪形大汉突然从黑灯影里蹿了出来,举起手里的一尺多长的铁棍就朝着郭向前和沙红枣的头上猛砸,谁知,此时暗处呼啦出来四五个小伙子,嘭嘭两棍子就将这两个人撂倒了,两人全都满脸是血,昏死过去。这一切,发生在几秒钟之内。慢慢跟在郭向前和沙红枣后面的另一个人,就是沙金来,见势不妙,转头就跑,跟在他后面的黄大迎便伸开双臂拦住了他。他原本不认识黄大迎,一看这阵势,唰一下子从腰里抽出了链锁(这种锁的锁头是个铁疙瘩),朝着黄大迎的脑袋就甩了过来。但让他没想到的是身后一根木架铁头的拐杖"嘭"地打在他的脑袋上,顿时将他开了瓢,一下子堆乎在地上,像一摊烂泥。

黄大迎蹲下身子,给他铐上铐子。郭向前问:"他会不会死?"黄大迎道:"不会。""怎么见得?""你的力道俺听得清清楚楚。"

哇,郭向前又长个见识,听声音能听出力道,能判断出对方死活。三个挂花半死的歹徒全部落网。十个精壮小伙子全部亮相了。他们纷纷向郭向前和沙红枣问好。歹徒被抬上车,扔在车厢里,他们没资格坐在车楼里。却原来,沙红枣的另一辆汽车也被黄大迎借用了,早已做了安排,哈十个精壮小伙子早已提前来到,并埋伏下了。接下来,他们真的接走了嫂夫人和孩子,带走了一些必须的生活用品和细软,短时间不会回来。

沙金来本打算先玩个"螳螂捕蝉黄雀在后",情况不好就"金蝉脱壳",做梦也想不到别人只一招"黄雀在后",就将他打个半死。

⋯⋯⋯⋯⋯

陈香槟与沙金来等一干犯罪分子被抓获,面临法律严惩的布告,贴遍了大街小巷。这也是郭向前的主意,这笔费用也由郭家堡的企业支出。郭向前说,这对所有暗藏的不法分子和蠢蠢欲动企图为非作歹的人都是震慑并在布告中暗示,各村出于自我保护组织的这个帮,哈个帮,只要不干违法的事,在目前形势下都可以存在。黄大迎对他竖起了大拇指。

黄天厚坐不住了,沙金来的收费站是他帮着注册的,沙金来的案件他负有连带责任。不论这个责任是大是小,都会影响到他的仕途。往大说,有可能连他也会被判刑,往小说,可能会被降职或免职。因为这是极其失职、渎职的表现。看到布告以后,他急忙来到县城,找到柴金菱,扑通一声跪了下来,说:"妈,俺惹下塌天大祸了,快救救俺白!"

柴金菱正在看一本养生的杂志,见儿子进屋就跪,知道问题不小,忙扔下杂志,蹲在儿子跟前,问:"你惹下么祸咧?把哪个姑娘的肚子搞大咧?不行就娶了她白?"在她心目中,儿子不可能惹出其他大祸。

"妈——"黄天厚一把鼻涕一把泪地将整个过程说了一遍,最后说:"俺这么做还不是为了整个黄家的兴旺?俺对郭家的崛起真的不能容忍啊!俺与郭家不共戴天啊!"

柴金菱并没有把黄天厚扶起来,而是拿过一个小板凳,放在黄天厚身旁,她在上面坐了下来,摸着儿子的后脑勺想对策。黄天厚道:"妈,你不想把俺扶起来?是感觉俺应该跪着白?"柴金菱道:"你给家里惹下这种麻烦,就应该跪着,不然俺早把你扶起来了。"

黄天厚闻听此言哇哇大哭,在柴金菱面前撒起大泼。柴金菱也算得上是个知识分子,自然看得出"字儿""闷儿",对这样不成器的儿子也是恨得牙根疼。怎奈这是自己的儿子,是自己身上掉下的肉。正在遐想和纠结，黄天厚又说话了："妈，俺看你现在身体很好，细皮嫩肉，生理要求也肯定是正常的，何不跟俺爸复婚？"

"说正事咧，提他干么？"柴金菱把脑袋一扭。

"你咋不明白，俺的事跟他有关！"

"怎么见得？"

"他现在是一把县长！"

"么？这生地瓜当了一把了？"

"这还错得了？俺现在就在他领导下。"

"如果这样，还真该从长计议。毕竟不是随便哪个人都能当县长的。是白？"

"妈，你这么想就对咧！一会儿等他下班，咱们就找他去！"

娘儿俩在家里简单做了饭，吃完歇了一会儿，柴金菱又认真打扮了一下，穿上眼下最时髦的衣服，用红纸在嘴唇上洇了一下，让嘴唇稍稍见红——眼下很多年轻女子都这么干。就要偕同黄天厚上街，但见黄天厚上衣很脏，不光有嘎巴，还有不少灰土，就问："你这是在哪个地方蹭的？俺给你换件衣裳，这儿有过去你爸的旧衣裳。"

黄天厚道："甭换，一会儿坐公交车俺使劲儿挤，三两下就挤干净了。"

"哈不是都蹭到别人身上了？"

"管哈个去了！"

"儿子，你死了得坐坛子。"

"么意思哎？"

"你忒奸白！"

"俺这么厚道还奸？"

柴金菱不理儿子了。她知道，儿子有时候是表现得有点儿不精明,可哈不是厚道,而是不知进退的二杆子。在街上买了一兜水果,他们便向黄晋升家里走去。

这些日子黄晋升天天在家里读书学习,修身养性。他感觉自己离退休也不远了,要争取平平安安地退,不能灰头土脸地退。虽然以前工作并不是都随心,也没达到自己想要的高度,譬如进保定或天津、北京,毕竟自己提职了,也算有个安慰了。他此刻正在读一本经济学家薛暮桥所著的新书《中国社会主义经济问题研究》,这本书时下非常火,不是一般人随便买得到的,黄晋升这本书是河北大学的丁卫红寄来的,多年来他们一直保持联系,商定见到好书就给他淘换一本。

这本书讲到,自一九五八年把自负盈亏的公私合营商店和手工业合作社几乎一扫而光之后,一方面大量的社会迫切需要的工作没有人干,另一方面又有大量的劳动者找不到适当的工作。在运输业、建筑业、饮食业、修理业、服务业等方面,当时城市非常需要,却又非常缺乏,应改变过去有些人将其视为"资本主义漏洞"进行封堵的做法,允许发展集体企业甚至个体户。应鼓励回城青年自找就业门路,恢复传统小吃、小摊点等。这一观点后来被决策者概括为:"多渠道就业,三扇门(国家、集体、个体)并开。"黄晋升感觉这本书读着很解渴,以往自己已经自觉不自觉地做了一些,看起来,英雄所见略同咧!

正想着,外面有人敲门。黄晋升趿拉着拖鞋走到门口问:"谁呀?"最近他当了一把县长以后,时常有人上门,还往往带着各种吃食,譬如包子、饺子、花卷一类稍稍复杂一点儿的饭食,因为人们都知道他现在单身,而单身一般做饭非常简单,基本就是就乎。而且也都知道他老婆是原来教育口哈个漂亮姐柴金菱。人们和他聊得深了,还会开玩笑:"复婚算了,至少有个做饭的白?"

想不到,说曹操,曹操到。一开门,柴金菱和黄天厚走了进来。这两个人都让他想起来就心情不爽,更别说见他们了。他没好气地开了门,径直走回里屋,往床上一躺,接着看书去了。哈娘儿俩站在外屋,以为黄晋升给他们搬椅子去了,还傻等着,可等了半天没有动静。柴金菱就说话了:"老头子,你干么咧?见了俺娘儿俩怎么藏起来咧?"听得出来,此时柴金菱极尽讨好之态。只怕一切都是娘儿俩在路上商量好的。

黄天厚见此和柴金菱耳语:"你好好应付着,俺去会个朋友。你知道该怎么办。"就转身退出屋子,关了门走了。柴金菱站在外屋,想了片刻,感觉"干得过",便慢慢脱光了衣服,露出雪白的身体,笑盈盈地走进里屋,来到黄晋升跟前,"嘿!"地叫了一声。黄晋升一惊,见柴金菱这个样子站在面前,既渴望又厌恶,心情极其复杂。正矛盾着,柴金菱猛地扑进他的怀抱,一下子吻住了他。把他手里的书都弄撕了半页。黄晋升闭住眼睛忍了一会儿,打算抗住柴金菱的诱惑。但终究他远离异性时间太长了,这种进攻他没抵御住,而是顺势搂住她的脖颈,猛力亲吻起来。

最后两个人达成两项协议:一,复婚;二,帮儿子一把。老婆,是你的原配,离婚是因为你不要人家了,不是人家自愿走的;儿子,不论多么不成器也还是喊着你爸爸。是白?现在一切言归于好,走向正常,怎么就不行?以后俺天天给你做饭吃,你想吃么俺做么。想让儿子回家干点儿活,只管叫,他保证随叫随到。人生在世,你还要么哎?柴金菱还顺口念起了时下正流行的马三立单口相声:"'人生在世心不要偏,莫把哈报应当作虚言。论理说:借人家一升还人一个满,借人家五两把半斤还;也不用南去烧香北还愿,在家中一双活佛未动弹!'……谁是哈一双活佛咧,还不就是咱们俩?咱都单着,算个么哎?是白?"黄晋升抚摸着柴金菱的身体,嘴里呐呐地回应着,脑子里想着:俺真他妈是生地瓜,当初决心哈么大,现在说被攻克,没费力气就被攻克了。男人真是王八蛋! 他抽出手来,啪啪啪连抽了自己三个耳掴子。

外地来河川镇作案的陈香槟被判刑枪毙。还有一干人分别被判了无期、二十年、十五年、十年等不同类型刑期。但沙金来的案子被暂时挂了起来。原因是黄晋升找黄大迎谈了话,让他在沙金来问题上慎重从事,说这个人"有争议"。因为与沙金来一同到黄大迎家"绑票"的两个壮汉死在拘留所,而沙金来又一口咬定从未伤过人,所以在为他量刑上有了"争议"。还有一个情况,沙金来的父亲早年也是县大队的人,不看僧面看佛面,打狗还要看主人,能教育还是以教育为主,是白?

黄大迎一时间脑袋瓜子快胀破了。王子犯法与庶民同罪,是中国的千年老理儿,如果不是黑脸包公铡了陈世美,咋会有脍炙人口的《秦香莲》,是白? 如果不是郭向前帮忙打掉沙金来,自己的老婆孩子能不能活着都难说,是白? 黄大迎细眯着眼睛,盯着眼前的黄晋升,只觉得这个人尸位素餐,不可理喻;又担心这个案子与他有牵连,对黄晋升就不能不防。

你咋就不能来个"打龙袍",象征性惩罚一下,譬如,罚他三万五万的,或再多一点儿,十万八万的,是白? 你要打龙袍,打的是衣裳,而不是真的打龙,明白昂?

俺不明白! 这活儿俺干不了! 黄大迎给保定的领导写了一封信,表示了辞职的意思,原因没说。领导似乎琢磨出一些门道,感觉他在河川镇成绩显著,事情已经告一段落,走就走吧,遂将他调到了保定,没有安排一线的工作,只是让他整理资料,总结河川镇的案件特点,让他写出对全地区、全省乃至全国有指导意义的材料来。同时,给他向国家公安部报功。于是,在他写出的材料初稿报到公安部不久,这份材料经过部里秘书加工,在全国公安系统正式下发了,各省市一致反映,这份材料写出了改革开放以来农村出现的新情况和公安部门的新对策,好评如潮。时隔不久,黄大迎被授予公安部"全国优秀人民警察"和"二级英模"等光荣称号。他也干脆把老婆孩子都接到了保定,落了户。

河川镇一时间稳定下来,郭家堡的村民们纷纷盖起了红砖房。哈些五保户在郭三秀、沙红枣和周滏阳等人赞助下,也把红砖房盖起来了,全村清一色,红砖青瓦,十分养眼。但唯独沙荆花一家还是土坯房。郭三秀、沙红枣都来动员过,"娘啊娘""太奶奶啊太奶奶"地喊了不知多少遍,沙荆花毫不为之所动。最后周滏阳来动员,说:"老嫂子,你盖吧,俺出钱行不行? 你这是给向前侄子脸上抹黑咧。"沙荆花生气了:"么叫抹黑? 这房子是当年柴大树、郭山河住过的,俺能随便拆昂? 换位思考,你若是俺,你会拆昂?"周滏阳点了点头,无奈地走了。临走扔下一个信兜,里面是一个存折,存折上的钱数足够盖五间红砖房。沙荆花发现以后,又给周滏阳送了回去。

方圆左近的各村,也开始盖新房了。如同一股旋风,迅即将灰黄色的土坯房一扫而光。代之以新潮的红砖青瓦或古典的青堂瓦舍。河川镇,东河川,西河川,村容村貌焕然一新。这件事惊动了身在天津的老作家梁斌,他要回老家看看。便在一个假日来到与西河川相邻的老家庄院。他进了村以后,发现家家都盖了新房,唯独小学校还是土坯房。有的校舍的墙壁已经出现裂缝,有的墙皮剥落,露出里面的土坯,看上去既危险又不雅观。他问陪同的村书记:"村里没想办法翻新小学校昂?"村书记摇摇头,说:"咱村没有集体经济,都是个体,俺曾经征集过赞助,但募集不上钱来。也就作罢了。现在分田到户了,家家忙自己的,若再组织人脱坯盖房,也太落伍了。"

梁斌作为一位参加革命多年的老同志，此时陷入深深的思考。眼下的农民是释放出了劳动致富的积极性，但他们还缺乏热心公益事业的积极性。这种积极性其实是一种素质，而"素质"这两个字，包含着思想觉悟、文化教养、精神境界、理想信念诸多方面，不是三天两早晨就能造就的。而且，"经济基础决定上层建筑"，物质决定意识，眼下农民独立单干的做法确实提高了劳动积极性，但也不能不说限制了农民的胸怀和眼界。公有制与私有制，集体经济与个体经济，孰优孰劣？梁斌赞赏国家的"以公有制为主体，多种所有制并存"的体制。但这样的体制能不能贯穿到每一个村子，还是个问题。没有集体经济，就没有公共积累，公益性的事情就办不了。靠募捐，并不是上策。他不觉一声长叹。

回到天津以后，他就和老伴儿商量，要拿出他落实政策的补贴，再卖些字画，争取把老家的小学校盖起来。老伴儿说："我支持你。不过，这么做对咱家确实是勉为其难的。"梁斌点点头说明白，就给自己的几位文化界老朋友打电话，让他们来自己家取走了大批字画。这里面有自己的作品，也有多年积存的历代名家名作。加上自己存折里的钱，最后汇总成五十万元。在时下的年代，作为一个企业家，拿出这个钱数可能不算什么，可是，对于一个作家，这可是心血的结晶啊！不论是他点灯熬油爬格子，一个字一个字地书写，还是展开宣纸，设色泼墨精勾细描，都太不容易了。

梁斌带着这笔钱回到老家以后，交给了村书记，让他尽快组织人将小学校盖起来。不然，与村民们的住房太不协调了。这种不协调体现了什么？讲出来绝不是让人高兴的事。想想看，是不是这样？再穷不能穷了教育，再苦不能苦了孩子，是白？村书记连连点头，马上组织队伍，干。有了赞助，有了钱，盖一座小学校还难昂？

梁斌也在村里住了下来,看着他们把小学校盖起来,看着孩子们入校上学。

多年以后看,这所小学仍然是全村最炫目的建筑。两层高的教学楼坐北朝南,楼体向东西两侧伸展,恰似一个正做着广播体操的小学生,在阳光下尽情地张开他的双臂。教学楼的中部,设置了一座弧形过厅,采光充分,厅堂里阳光灿烂,明丽的光线将朗朗读书声熨烫出绸缎般的质感。梁斌看到,不少村民家长围在小学校外面,倾听孩子们的读书声:"……八月,槐树打了花苞,那花苞米粒般大小,散发着淡淡的清香,不仔细闻是闻不到的。小槐米藏在槐树丛中,轻轻地随风飘动。它们一点儿也不惹人注意,却是槐乡孩子的宝贝……"家长们的脸上全是醉意。梁斌也感觉自己的心要醉了。在这乍暖还寒的早春,他离开小学校,走进冬小麦返青的苍茫田野,耳畔始终回响着孩子们的读书声,心情也如锦缎一般,光亮、柔滑(多年来,这个村有二百多名孩子考上了大学,拿到本科和硕士、博士学位)。

梁斌心情不错,要离开老家了,这时,来了好几位身体染病的村民,请求他帮忙到天津找医生诊治。梁斌二话没说,带着乡亲们就奔了天津。诊治了病情以后,该住院的住院,该回去调养的回去调养。梁斌还替他们买了药给他们寄回去。村里缺乏集体经济,一家五保户生活困难,梁斌得知以后立即寄去钱和衣被,感觉小学校新建,书不多,还买了一批书寄过去,得知村委会没有电视机,又买了一台电视机托人捎过去。反正是尽己所能,将一个老革命老作家的心意尽到了。

社会秩序在逐步好转,外地的客户陆续回到河川镇。曾经辉煌一时的各种交易市场重新焕发出生机。随着国家政策的逐步放开,银行开始实施贷款项目了。银行行长找到现任一把县长的黄晋升,商量对外贷款的事。黄晋升道:"这是好事,要解放思想,加大力度,只要条件具备,就可以放贷。"通知一经发出,各村镇一下子轰动了。这可是多年来在河川镇四十三村从未有过的特大喜讯。不计其数的大小企业、作坊、个人,纷纷向银行送来申请书。不仅郭三秀、沙红枣哈样的大企业得到资助,周滏阳和各村的个体经济,全都沾了光。只要是扩大生产,钱就打过去。有的村民在地头摆了两块砖,把银行的人叫来看一眼,说就在这儿盖工厂,钱就立马来了。其实,拿到钱后他未必盖工厂。而且,银行的人若是"仨亲俩厚"的,也根本不计较你盖不盖工厂。郭家堡的一个村民,靠这个办法拿到五万块钱,立即消失了,一家伙蹽到蒙古做生意了,地头的两块砖好几年过去还在那儿摆着。黄召庄的一个村民,跟某个银行职工是亲属,他拿到三十万块钱贷款以后,也消失了。但他不是做生意去了,而是跑到南方消费去了。花光了以后,带着性病回到村里。银行找他,他就要横:"要钱没有,要命有一条!"更有通过关系拿到批条的,一下子贷出上百万,但他不是投资建厂,而是到外地继续存在银行吃利息,过起"富豪"般的寓公生活。事后银行哈边感觉惹不起,干脆做成坏账,一笔勾销。这个人就踏踏实实享用哈百万巨款了……

但大多数企业和个人还是要正经做事的,银行的举动至少推动河川镇的经济跨出一大步,一年来的经济指标超过了以往五年的总和!而具体推动者黄晋升春风得意、踌躇满志。又因为他与前妻柴金菱复婚,在机关里形成一股"回归传统"的小旋流,人人夸赞,声名鹊起。但他自己感觉"人怕出名猪怕壮",小得溜地忍着,或许屁事没有,而只要崭露头角,便质疑者众。他曾经看过一篇文章说很多人可以同情弱者,但绝不赞赏强者,对强者反而会嫉妒打击,群起而攻之。不前不后不左不右的平庸者最安全。果不其然,县委书记的办公桌上,一下子飞来一大沓对黄晋升的告状信。

对黄晋升十分了解的黄大想,此时也冷眼旁观,疑问颇多。他倒不是因为贷款,而是因为堂弟。堂弟黄大迎本来破案有功,为么辞职调走,他十分纳罕。堂弟初来乍到,工作哈么难干,好不容易在郭向前帮助下打开了局面,怎么说走就走了? 他便找了县公安局的熟人打听这件事。于是,得知黄大迎的离开有可能与沙金来的案子有关。沙金来作妖作得哈么厉害,难道还应该保起来? 现在方方面面都在传言, 方圆左近的好几桩杀人案都与沙金来有关。黄大想就此事也给县委书记写了告状信。而且,里面指名道姓提到给沙金来注册"营业"执照的黄天厚。

就在此时,河川镇的副书记到点退休,空出一个位子。县里领导班子开会研究,也请河川镇自己推荐。于是,已经伤愈上班的郭向前开了班子会后推荐了一名五十岁的正股级老同志。但名单报到县里,被领导班子否掉了,而把工商所所长黄天厚提了起来。提名黄天厚的是个县委的机关干部,他感觉县委书记魏昌隆马上到岗,很快就会退休,黄晋升推动贷款发展经济大家有目共睹,接班已成定局。于是,这个干部力荐黄天厚。其他人也都对此心知肚明,不好拂逆,便纷纷举手同意,做个顺水人情。

黄天厚上任伊始,就看到了县委转来的黄大想的告状信。说起来县委的做法值得"研究",这种告状信怎么能转到黄天厚本人手里? 他看完告状信先是愣了一会儿,接着就嘿嘿地笑了。他先把黄召庄的情况摸了个遍,找到黄大想在黄召庄的对立面,拿到黄大想和侄女"裹掳"到一起的证词,然后乐得一宿没睡着。么叫"短板"? 就是木桶桶帮最短的哈块板,因为它短,水就不能超过它。是白? 不管你把村里经济搞得多好,靠这件事,俺就能让你这个老梆子管俺喊爹。说起来,你黄大想和俺爷爷是一辈的长者,可是你多

538

管闲事,为老不尊,哈就不能怪俺了。

黄天厚没请示郭向前,私自来到黄召庄,召开了领导班子会,大讲特讲中国的传统美德,结合河川镇的"思想政治工作"(等于贯彻了郭向前的安排,至少给人这种感觉),提出,要在黄召庄召开全体村民大会,黄大想和黄三丫必须在会上向全体村民做诚恳的坦白交代,讲清楚两个人关系发展的过程,要有细节,你为么爱侄女,她为么爱大伯子,怎么钻的被窝,然后挖掘"道德堕落"的根源,先把自己当成世界上最坏的人,这样,即使会上有人上台抽你嘴巴子,往你脸上啐唾沫,打得你鼻青脸肿,也会心甘情愿。在这个基础上进行深刻检查,然后接受全村人的监督改造,才有可能转变成好人。

消息传到黄三丫耳朵里,先是把她吓得够呛,前一阶段河川镇闹得哈么乱,现在看起来要从男女问题着手整顿咧?会不会坐班房?听说在班房还会挨坏人打?继而,就想到,让俺到哈么多人面前讲炕上的事,这是哪家的规矩?俺这快五十岁的半大老婆子咧,你是成心要俺的好看咧!再一想,这个黄天厚显然是想整治黄大想,俺家黄大想是全村哈么多人的当家人,没有他,黄召庄怎么能发展得这么好?看现在,家家的土坯房都盖成红砖房,很多人家买了汽车、三轮车,各项业务蒸蒸日上,你整倒黄大想,打算让那个鸟人上来?

黄三丫仔细回顾了她与黄大想的交颈过程,感觉现在黄大想面临噩运,自己不能装傻。可是,黄天厚代表镇领导,自己跟镇领导对抗,显然是拿鸡蛋撞石头。想来想去,想不出办法。她看了一眼躺在炕上的脑痴呆的大婶,更加万念俱灰。如果自己有个三长两短,谁肯来这儿伺候她?现在人们赚钱的渠道多了,也容易了,三弄两弄就是万元户了,谁愿意伺候一个大小便失禁的傻子,你又给不了多少钱！这几年，村里的赤脚医生，哈个小丫头一直在给大婶治病，天天扎针灸，根本不见效。唉！

黄三丫找出黄大想的酒瓶子，咕咚咕咚灌了半瓶子下肚，直感觉豪情万丈，飘飘欲仙，又找出黄大想的纸笔，留下几句歪歪扭扭的遗嘱："俺已经跟大想过了好几年幸福日子，值！一切都是俺一个人干的，俺承担一切后果和骂名。再见大想，再见父老乡亲！"便解下自己的腰带，勒死了脑痴呆的大婶，然后自己在房梁上自尽了。她是想一了百了，自己死了，也把大婶和大想都解脱出来。

而黄大想被两个党员押着回家叫黄三丫，谁知一进门见到了这副场景，当时就昏倒在地。一个党员跑出去叫来了赤脚医生（这个小丫头还没走，此为后话），为黄三丫和大婶做了最后诊脉，说，完了，早就完了。小丫头感叹："刚烈啊，为么啊？值么？"再摸黄大想的脉搏，也没有了。小丫头对身边的人说："赶紧去叫郭向前啊，黄大想一家三口全没了！"被另一个党员叫来的黄天厚，见到这个场面，头皮发麥，两腿发软，感觉黄大想的眼睛没有完全闭上，露出一线尖锐的白光射向自己，太不吉利了。他赶紧转身走了。

郭向前来了以后看到这副场景，也顿时感到大脑嗡地一下子。这些年，黄大想跌跌撞撞一路走来，非常不容易。现在全村的经济工作不断发展，前景十分看好，咋就又出这种幺蛾子？大队部干部诉说了这件事的起因，郭向前道："黄天厚唎，不能惹了事逃之夭夭白？"大家就到处寻找黄天厚，一个时辰以后，寻找黄天厚的人们陆续返回，纷纷汇报，找遍了全村也找不到黄天厚，很显然，黄天厚见势不妙早早溜了。

郭向前忍住气愤，安排了黄大想一家的后事，然后说："俺是镇长兼书记，原本不愿意随便表态，但现在不说不行。大想叔与三丫的事情，表面看，是合情合理不合法的事情，但他与老伴儿属于无性婚姻,这种婚姻超过两年就算'事实离婚',在这个基础上,与三丫的结合,超过两年就算'事实婚姻',只是大想缺少一个环节,就是和老伴儿办离婚手续。他为么没办?这个俺也了解,他是舍不了与老伴儿的多年感情,还盼着老伴儿能苏醒过来。现在,酿成这么大的悲剧,说么都没用了。现在咱再说黄天厚的做事风格,这么大的举动咋不通过镇党委研究?也忒随便了白?别说你爹是县长,就是省长、市长,也该向镇党委打招呼白?所以,黄天厚的行为是非组织的,一切后果应该由他自己负责!"人们静静听着,鸦雀无声。

三天以后,一切落停。这时,副镇长跑来向郭向前汇报:黄天厚"疯"了,已经由党办主任陪着被医务室大夫送到保定的精神病院去了。郭向前疑惑地问:"疯了?怎么见得?"副镇长道:"黄天厚在办公室一会儿哭一会儿笑,端起痰盂就喝,里面尽是黏痰,还把半盒烟塞进嘴里嚼,顺着嘴角流血和烟末子,两只眼睛直勾勾,见医务室大夫喊爸爸,见党办主任喊妈妈。"郭向前又问:"医务室大夫是女的,他却喊爸爸;党办主任是男的,他却喊妈妈?""没错,俺一直在身边看着咧。"

郭向前确认黄天厚应该是疯了。郭向前并不迷信,但此刻他非常相信是黄大想勾走了黄天厚的魂魄。他和副镇长商量了一下,亲自执笔,以镇党委的名义给县委打了报告,详细汇报了发生在黄召庄的死人事件,说黄三丫照顾黄大想老婆因为看不到希望而勒死了她,然后自杀,有遗嘱为证,黄大想因为着急出现脑溢血身亡,只字未提黄天厚如何在黄召庄折腾。郭向前其实是一种恻隐之心,他知道以前黄天厚因为"招欠"挨过别人好几次打,还曾经为此住过一年多的医院,说起来也挺"坎坷",打算放他一马。后来沙红枣得知此事,再次责怪郭向前:"你以后能不能不做这种'滥好人'?"

第二十九章　分与合

丁卫红作为省里的作家代表团成员来河川镇采风,得知黄大想一家的情况,悲痛欲绝,失声痛哭。她愤怒地背出苏东坡的《洗儿诗》,以解心头之怨:"人皆养子望聪明,我被聪明误一生。惟愿孩儿愚且鲁,无灾无难到公卿!"一个同样是知青出身的叫马姣姣的年轻女作家,身着时髦的喇叭裤,上衣开口很大,嘴角叼着烟,娇滴滴道:"丁老师,现在全国形势一片大好,哪来这么多怨气?"丁卫红道:"你是没深入到生活的里层。"

马姣姣虽很佩服丁卫红的才华,但对丁卫红这么近距离"观照"生活,难以认同,她说:"黄大想这种人是否活着,不足挂齿。我比较喜欢小资情调,现在国家开放了,我们应该大力研究民国时期那些作家、大师,那种轻盈洒脱和无所谓。对社会要保持距离,不能离得太近。趁早出名最要紧,别讲什么情怀不情怀。"

丁卫红不理她了,感觉话不投机。马姣姣只怕距离中国优秀传统文化所追求的"文以载道,诗以言志"的伟大情怀已经很远,写作仅仅为了出名以及其后的利益,恰如马姣姣所推崇的那种"出名要趁早"。要有深入扎实的生活积累和对广阔社会的深入研究,就需要时间和精力,尤其需要保持和锤炼对平民百姓的深厚感情。依靠"灵感"写一点儿小感觉、小情怀、小愿景,对社会对生活是一种吃凉不管酸的态度,这种作品写与不写有什么区别? 当然,文艺作品应该百花齐放、百家争鸣。谁愿写什么,怎么写,完全是自己的事。

一位年已七旬的老作家听到她们的对话, 走到丁卫红身边,把她拉到一旁,悄悄伸出了大拇指。这位老作家举出一系列新晋作家的名字:刘心武、蒋子龙、张贤亮、王蒙、张洁、谌容、从维熙、邓友梅、冯骥才等人,说这些人无一不是站在时代潮头的有识之士。他们都没有规避生活,而是勇敢面对,以生花妙笔展示社会和人生。他们的作品,堪为后人研究历史的佐证。你们年轻人要能够看清迷雾后面的青山。如果一时看不清,就等等,迷雾总会过去。一番话说得丁卫红十分感动,说:"您的话我会记住的"。

而马姣姣和一位男士勾肩搭背去了。她是单身,而哈位男士有家庭,但他们俩外出这段时间一直在悄悄同居。丁卫红也是单身,却对马姣姣这样的女人难以理解,遂敬而远之。

时隔不久,丁卫红的报告文学《黄大想的一家三口》面世,发表在某杂志上,于是,引来全社会的热议。前一阶段,《中国青年报》上刚刚讨论了一个叫"潘晓"的年轻人写的文章《人生的路为什么越走越窄》(后来人们知道,潘晓其实是好几个人的名字组合,并不是一个人,只是为了引起讨论),社会上洋溢着对种种不公平现象的怨气。而丁卫红的文章,似乎又在其基础上加了一把火。但正所谓"墙内开花墙外红",河川镇的人们并没有多少人读到这本杂志。倒是一位南方的法学专家看了这篇文章，给丁卫红回了一封信，说："目前咱们国家非常缺乏法制建设，一方面不健全，另一方面不普及。尤其农村，法盲太多。即使在干部层，也以法盲居多。"

因为丁卫红十分优秀，又是美女，乡下也出现崇拜她的"追星族"（当时并没有这个词，但这种人从来就没缺过）。这些人不仅搜集了丁卫红的全部作品，还对她进行了考证和研究。在研究丁卫红父亲时，竟然找到北京陈老总门下，只因陈老总已经逝世，与夫人张茜做了交谈，确认丁卫红父亲确实曾在新四军陈毅身边工作过。而丁卫红的祖上，按《姓氏考略》云："太公金匮，武黄伐纣，丁侯不朝，丁姓始此。"即周武王伐纣之时，就有了丁姓的诸侯。但这位丁姓诸侯的详细情况，却没有更多的文字记载。另一派则认为，丁卫红的祖上源自姜子牙一族。姜子牙是周朝的大功臣，儿子姜及死后，也被周王追谥为丁公，其子孙便以丁为姓，借此缅怀先祖曾位尊丁公。史书记载较为详细，《通志·氏族略·以次为氏》中说："丁氏，姜姓，齐太公生於公，支孙以丁为氏。"《元和姓纂》中说："齐太公生於公，支孙以谥为姓。"自从这一支丁姓问世之后，其散居的地盘最广，人数最多。也就是说，千百年来，中国的丁姓大都源自这一世系。这一系的主要发源地，在今山东济阳。而丁卫红老家恰恰是山东济阳，祖上上溯若干代，都没离开过这片地区。更有人考证出当年爱慕丁卫红的哈个老师修斯敦，说修斯敦后来进了中国科学院任研究员，也算人中龙凤了，丁卫红没和他牵手实属失策。但另一派驳斥说，如果牵手，很可能两个人都耽于爱情，一事无成也未可知。还有人考证出丁卫红的姐姐也都非常漂亮，而弟弟则兼有威武，像个男明星。当然，乡间有人嘲讽"追星族"闲得难受乃至吃饱了撑的才考证名人，怎奈，这样的议论挡不住追星族的脚步,他们回击说:"'有钱难买俺愿意'。俺想追谁的星是俺的爱好,碍着你蛋疼了?"

但有拥趸不意味着没有对立面。某省一位副省长在报纸上公开发表文章,指出丁卫红的文章专讲社会阴暗面,属于"右派言论",在"思想倾向上问题严重",对丁卫红大张挞伐。而且追随这种理论跟着摇旗呐喊者也不在少数。学校里也责令丁卫红写出书面检查,在报纸上公开向社会道歉。丁卫红毕竟年轻,一时间陷入迷茫。对自己今后是不是有能力走文学之路产生了怀疑。正苦闷间,她收到了退休多年的陈之谦教授的信函。里面是工工整整的毛笔小楷,摘录了一段鲁迅的话:"……文艺家的话其实还是社会的话,他不过感觉灵敏,早感到早说出来(有时,他说得太早,连社会也反对他,也排轧他)。譬如我们学兵式体操,行举枪礼,照规矩口令是'举……枪'这般叫,一定要等'枪'字令下,才可以举起。有些人却是一听到'举'字便举起来,叫口令的要罚他,说他做错。文艺家在社会上正是这样;他说得早一点儿,大家都讨厌他。政治家认定文学家是社会扰乱的煽动者,心想杀掉他,社会就可平安。殊不知杀了文学家,社会还是要革命;俄国的文学家被杀掉的充军的不在少数,革命的火焰不是到处燃着吗? 文学家生前大概不能得到社会的同情,潦倒地过了一生,直到死后四五十年,才为社会所认识……"陈之谦没写自己的话,通篇只是引用。丁卫红明白陈教授的良苦用心,把自己签了名的一部作品给他寄过去,以表谢意。

黄天厚在保定的精神病院住了两个月,恢复了正常,回到河川镇,继续工作。他以往的所作所为过于低端,大家都对他表示同情和怜悯,都不去议论他。但他很不知趣,经常在人们跟前嚷嚷:"黄大想罪该万死,黄大想罪该万死!"有人告诉他,黄大想已经死了。他又说，早就该死，早就该死！郭向前得知以后，猜想是黄大想举报过他，举报的原因是他与沙金来有牵连。哈么，沙金来究竟该不该判？黄天厚有没有连带责任？这件事涉及河川镇能不能维护社会治安，能不能树立良好风气，这件事该不该告知黄晋升？郭向前犹豫不决。

"丁卫红事件"后的转年，国家开展了为期五年的首次"全民普法教育"，全国有七亿多人参与其中，规模不可谓不大。而这次活动是不是受到"丁卫红事件"的推动，则不得而知。形成反差的是，在首次普法的五年之间，学校里丁卫红所在的系声称为了爱护她而一直在勒令她写检查，一写就写了五年，累计起来至少有三十多万字。

....

而身在保定的黄大迎得知堂兄死了的消息，十分震惊。他作为干了二十年公安工作的老警察，对这种事心里明镜似的。他来到黄大想的坟前磕了头，烧了纸。然后来到郭家堡找到郭向前，说："老弟，俺对一切都心知肚明，没有黄天厚就没有沙金来，枪毙沙金来就会勾出黄天厚，这是一根绳上的两个蚂蚱。哈个为害乡里的沙金来不枪毙，天理难容！哈个兴风作浪的黄天厚也早该绳之以法！"有着二十年警龄，一身荣誉的黄大迎为给堂兄讨个说法，打算与黄天厚"死磕"。

这一年，郭家堡的毛纺厂分裂出二十家分厂。他们的裂变，并不是因为发生了矛盾，而是业务不断扩展，有点儿"大孩穿小袄"的感觉，于是，几个领导者一商量，就办了。其间，郭三秀到河北大学进修了一年，在小项帮助下，进入企管专业，粗线条地学习了一年。按照郭三秀的文化底子，要"细线条"也不可能。但这一年，让她加钢淬火，着实长了不少见识，在思路上大为开拓。譬如，她现在就知道了早先草原上的呼尔格、呼斯满讲的哈个"福特主义"和"后福特主义",福特主义来源于西方工业时代的福特公司的生产模式:标准化、大批量、品种单一,她的毛纺厂正是这个类型。国际上随着后工业时代的来临,服务业越来越重要,市场趋于多样化,更加精细化和个性化,福特式的生产模式越来越不符合市场潮流,这便是所谓后福特主义时代。她的毛纺厂现在看挺好,将来也必然面临挑战。而后福特时代正是在福特时代的基础上发展而来,因此,她的毛纺厂虽然还会有一段黄金时间,但不能不早做预案。之所以要分裂成多家,就为迎接必然出现的变化,分厂"船小好掉头",可以随时转产,而总体利润能够得到保证。郭三秀已经学会了"下棋看五步",很像个合格的企业家了。一年的学业结束的时候,她代表毛纺厂表示感谢,送给河北大学一块牌匾和十万块钱"优秀学子奖励基金"。

学校对郭三秀和小项的印象极好。小项毕业后顺利进入北京的国家大机关,成为正式国家干部。郭三秀风风光光地开车把小项送到单位,帮他安排好在单位的一切事宜。这时,小项就建议郭三秀把毛纺厂分成若干分厂,因为现在毛纺厂业务太多,你作为一把手实在太累,若年纪轻轻就把身体累垮,不应该,好日子还在后头,是白。小项为郭三秀设计了完整的企业核心层、紧密层与松散层的管理思路和章程,让她交给郭向前把关。结果,与郭向前的想法一拍即合。于是,郭家堡迅速灿出一大片厂子,安排员工更多,整个郭家堡的年轻人都安排完了还不够,外村的大量年轻人也得到安置。此时,有的人像发现了新大陆,开始惊呼:"又出现'锄禾童与姑'咧,青壮年都进了工厂,种地的剩下老弱病残,咋办咧?"

问题反映到郭向前跟前,他说:"现在农村劳动力剩余太多,不这么干怎么干？'无农不稳,无工不富,无商不活'这三句话已被实践证明是对的。俺们已经走出穷日子的怪圈,不能返回去,剩下的问题只是怎么摆布问题。种地的问题,能不能让既懂行又有劳力的庄稼把式把劳力不足的家庭的庄稼地包揽过来？"此言一出,郭家堡立即有十来户家庭愿意出让土地,请庄稼把式代为耕种,年底分一部分粮食即可。郭向前便做主促成了这件事。若干年后,出现一个名词叫"土地流转",其实就是郭向前的做法。但如此一来,郭向前又成为箭靶,不知道是谁对他进行了举报,县委勒令他纠正错误,退回土地,停止工作一个月,写出深刻检讨,同时记大过一次。县委办公室的一个年轻干部亲自来河川镇,将这份文件交给了他,看着他签了字,临走时间:"向前哥,你一向工作都不错,这是怎么了？是不是有了成绩头脑发涨了？"郭向前无力地摆了摆手,说:"难道宁可土地荒了,也不想办法？""没见到红头文件你动么哎？既然有政府发工资,端稳了这个铁饭碗最重要。机关里现在流行一个说法,叫'看破不说破',你想想,有没有道理？""谢谢你的提醒。"郭向前感觉"看破不说破"看似明哲保身之道,其实是不作为和不负责任。自己作为一镇之长,能看到问题不解决而装聋作哑昂？但眼下他不便争辩;他已经意识到了自己有可能被"剔儿"回郭家堡,撤掉他的镇长兼书记的职务。

　　一周后,内蒙古哈边的呼斯满给毛纺厂打来长途电话,让郭三秀转告郭向前:"最近职场上会波诡云谲,以谨慎为上。"

　　把嘴闭住昂？可是他该做的决定已经做完了,该闯的"祸"已经闯完了。一个月后,郭向前上交检查报告的时候,县委书记魏昌隆严肃问道:"土地退回去了？"郭向前说出了对哈个年轻人说过的话:"难道宁可土地荒了,也不想办法？""太放肆了,你在对谁讲话？你这么没大没小,做事不讲分寸,能怪别人对你有意见,甚至

548

整你昂？""村里的土地是不是集体的？村委会有没有权力处置？"
"是集体的没错，但越轨的处置是不允许的。再给你一个月时间反省，如果仍然没有进步，河川镇的职务你自己辞了白！"

郭向前低垂着脑袋，没说话，默默走出县委机关。他来到镇政府，坐在自己的办公室里，这屋被他命名为"吸烟室"，就真有人没事来这屋抽烟，当作烟碟的两个粗瓷大碗里，烟屁股堆得几乎冒了尖，也没人清理。他也不清理，自己也掏出烟盒抽烟，然后也把烟屁股往碗里杵。抽到第五根的时候，县委书记魏昌隆带着一位花白头发的老叔来了，进了这屋，魏昌隆也不喊郭向前的名字，郭向前也不喊他书记，两个人只是对视了一眼，魏昌隆说："这位是县委资料科副科长高登榜，还差两年退休，现在提为正科，来河川镇任镇长兼书记。你们现在是两个一把手，决策时老高在先，你在后。"说完就让郭向前召开全体机关干部会，他要在会上讲话。

一切照办。会上魏昌隆倒没提郭向前的去留问题，只是一个劲儿介绍老高的优点，结束的时候说："老高最大的优点就是听话。"还说："创造性这个东西，是把双刃剑，在方向上是双刃剑，在方法上也是双刃剑。任何时候都要以领导马首是瞻。领导对了，你跟着沾光，领导错了，你也没责任，会当下属的，还会主动为领导承担。"郭向前当时很想站起来驳斥他：你这纯属奴才哲学，你眼里还有工作昂？老领导陈云是咋说的——不唯上，不唯书，要唯实。是白？但郭向前忍住了。散会后老高要在食堂请客，说是带来了好酒，与大家加深了解，魏昌隆也兴致很高，也留下来说要"与民同乐"。而郭向前悄悄走了。他写了个纸条塞进老高的口袋。

食堂里热火朝天喝酒碰杯的当口，老高告诉魏昌隆："郭向前辞职了，这是辞职书。"

三天后，郭家堡的出租土地的十几户村民，都将土地收回了，前期庄稼把式为大家做的哈些劳务,被折价付款。这十几户村民的百十亩地,秋后全部歉收,场景可怜。但无人再敢找郭向前求助,不能再为难他了。况且这十几户村民还有更多的村民,现在手里有钱了,可以随便买议价粮吃,不像以前再把土地看哈么重了。交公粮的时候,就买来粮食交。但如此一来,年终盘账的时候,就感觉"又亏了",甚至入不敷出了。一个七十岁的歉收老者找到郭三秀,请求安排个扫地的活儿,郭三秀不答应。便又去制药厂找沙红枣,说家里要揭不开锅了,你是郭向前的"哈个",想想办法白。沙红枣不得不安排,于是,接下来就安排了十几位从六十岁到七十多岁不等的老头老太太给她扫院子。一时间成为制药厂的奇特一景。事情不能就此了结,郭向前继续让制药厂出钱,雇人把哈十几户的土地暗中包下来,该春耕春耕,该下种下种。形式上没有集中给某一个庄稼把式,给的是十几个人,这种事不可能不走漏风声,但却无人再追究郭家堡了。

县里没有为郭向前的辞职发文件公布,镇里也没发人员调整的文件,县里只发了一份高登榜任职的通知,镇里做了转发。两个一把手的情况,在河川镇是有史以来的第一次,镇政府的人们都纳闷,但没人多嘴,都知道郭向前可能"失势"了,还猜想郭向前出问题了,所以没有人同情他、去看望他。月底的时候,镇里的交通员给郭向前送来了工资,郭向前一数,还是正科级的工资标准。也就是说,你郭向前辞职,县里并没批准。脱离岗位是你自己的事。沙荆花对县委的这种安排不便多说,只是对郭向前排解说,这样挺好,你也该收收心,多干点儿村里的事了。再说,管的事多,得罪人就多,别忘了哈把染血的匕首还在壁窑里搁着,哈就是警示。

但郭向前对土地的纠结丝毫没有开解。种地问题是农村的根本,也是全国老百姓的生活依托,他想组织一些壮劳力去为哈十几户村民种庄稼,可是,真的组织不起来。大家说,向前书记,你得算算账,种一亩地能有多少收益,抵得过在企业里打工昂?纠结啊,纠结。

郭向前要求村里的小学校安排农耕课程,让孩子们从小学会种庄稼,不能"四体不勤,五谷不分",有人讥讽郭向前出手不高,不瞄准现代科技,却推行"返祖";还有人为孩子定的目标就是考大学、离开农村进城去,公开与郭向前叫板,只要到了农耕课,就让孩子逃课。不得已,郭向前"祭起"物质刺激之旗,从毛纺厂拿出一笔钱,凡是参加农耕课的小学生,都给奖励,号称"稼穑补贴"。干得好的,还戴小红花。这件事传到了镇上,高登榜也照此办理,对所有的小学做了安排,同时,在所有中学开辟农机课、水电课,让学生们学会开拖拉机和收割机,学会用电,为将来打基础。能考上大学当然好,考不上大学也无所谓,回村就能发挥作用。

各村陆续知道郭向前辞职了,这种事往往传得很快,很多人在迅速调整人际关系,但仍然有一些村请求郭向前指导工作。郭向前便继续"下村"了,顺便就对各村的情况做了深入调研,得知很多人愿意将自己承包的土地租给愿意并有能力种地的人,这样,主观上为了腾出劳动力干其他想干的事,客观上便于机械化,便于统一浇灌、统一施肥和打药。村民们说,人家东北森林地区用飞机播种、撒药,咱冀中平原若实现了大面积播种,不是也可以使用飞机昂?哈要节省多少劳动力?这些劳动力不是都可以外出打工,或在本村企业打工挣钱昂?他写出了详细的请示报告,寄到保定市政府,但泥牛入海,没有回音。可能自己过于超前了,让上级领导为难了。

这一年,"乡镇企业"的名称开始使用,"社队企业"的称呼正式退出历史舞台。"大队部"的称呼也变为了"村委会"。但这种转变十分漫长,直到三十年后,有的村仍然把村委会叫作大队部。

对于郭家堡的乡镇企业,郭向前吸取以往的经验教训,设计了"政策引导,资金扶持,全程服务"的发展思路,譬如合理分配土地的使用,工厂要建,但建在何处最合适,不能占用好地,等等(后来有的地区搞"工业园区"大量占用亩产千斤的良田,关键是也没搞成功,那些良田就长期荒废着)。资金的扶持也不能再囫囵吞枣,别的村咱管不了,在郭家堡,不允许稀里糊涂贷出款来赖账不还。如此一来,应该得到扶持的,便一个个发展神速。郭三秀的毛纺厂成为孵化器,一个母公司下属二十个子公司又孵化出若干个加工厂,以人才战略引领企业发展,建立了强壮的科技人才队伍,开发各类毛纺织花色品种一百多个,创造出一批省、部优品牌,畅销全国,倏忽间成为全国乡镇企业毛纺类龙头老大,产量之大居全国之首。沙红枣的制药厂也成为全国医药行业的一朵艳丽新葩,基本还清贷款,进入良性循环。周滏阳的家具厂,也一天好似一天。

············

"腰刀帮"的三十辆大车,已经换成二十辆"解放牌"双排座卡车。之所以买双排座,是因为跑长途他们都必须带着家属,可以带妻子,也可以带兄弟姐妹或父母、叔叔大爷、侄子外甥等等,总之不允许单独行动。这是毛纺厂的规定,其实是财务总监郭二惠的规定。她对河川镇的情况非常熟悉,"黄、赌、毒"明的看不到,暗的却难保没有。人们才刚改善了生活,不能"栽"在这上面,而且,腰刀依旧随身携带。不过,不允许带在腰上,而要放在车座上顺手可以拿到的地方。因为有一次车队在一个河边的路旁停住,大家下车方便,此时一个弟兄腰带上别着腰刀,恰巧碰上一辆巡逻的警车路过,便停车拦住了这个弟兄。

"你们是干什么的？"

"我们是内蒙古跑运输的，没看见我们都穿着袍子吗？"

"穿袍子也并不意味着必须带腰刀——没收！"

郭二惠有些慌，这种事还是第一次遇到，于是一个呼哨，众弟兄一人一把腰刀，将三个警察团团围住。阿尔斯楞晃着手里明晃晃的腰刀，瓮声瓮气道："只要我们头领一声招呼，别看你们是三个警察——"一个警察道："什么意思，想袭警？"其他警察拦住他的话头，拽着他往回走。这个时期的警察只有警棍，没有枪支，面对这个阵势，也不想拿鸡蛋碰石头，那个警察便软下口气，道："你们谁是领头的？由领头的说话。"郭二惠走上一步："俺就是，你想说么就说白！"

"这种腰刀不允许随便携带，尤其不允许你们依靠人多势众形成势力，这是咱们国家坚决制止的事儿！"

郭二惠见此，就把前一段时间河川镇发生的一切简要说了一遍，特别说到了国家二级英模黄大迎，然后给了警察一个郭向前家里的电话号码，说："你们若不信，就打这个号问问。"但哈时候警察也并没有手机，这是在这个地点没法核实的事儿。于是，他们承认黄大迎确有其人，但也说不定被你们假借名义，所以要求把郭二惠带到公安局去说话做笔录。郭二惠急了："么哎？拿俺们当坏人咧？俺们既然是坏人，就先绑了你们跟我们走一趟郭家堡！"

众弟兄再次齐声叫喊："绑！绑！绑！"立即有人拿来了绳子，步步进逼，缩小了包围圈。一个警察彻底慌了，高叫："你们无法无天！郭二惠："叫什么，先把你绑了！弟兄们——"话没说完，这个警察急忙打断："算了算了，不用你们绑，我们跟随你们走一趟郭家堡！"郭二惠道："你以为俺们是瞎咧咧？俺们是河川镇郭向前的队伍！"

"啊？郭向前？我×！这回老郭得请我们喝一顿了！"三个警察突然哈哈大笑，似乎在这荒郊野外遇到了亲人，也似乎终于给自己找了台阶下，"早说啊，谁知道你们是郭向前的队伍啊！"他们究竟是不是知道郭向前其人，谁能说得清。

于是，这辆警车在前面开路，护送着二十辆双排座卡车浩浩荡荡朝冀中平原的河川镇开去。及至见了面，必然是一番掏心掏肺的寒暄、夸赞、感叹、叮嘱等等，凡此种种都可以想见。三个警察也真的弄了一顿酒喝。郭三秀还给他们每人二斤好毛线，沙红枣给他们每人一盒心脏保健药。

毛纺厂业务量倏忽间就扩大了若干倍，所有的员工和领导者都陡然感到肩上的压力增大了。一个企业和一个人一样，既要吃，还要拉；光拉不吃不行，光吃不拉也不行。眼下呼斯满和郭二惠就在商量"拉"的问题，他们要把产品"拉"到蒙古的乌兰巴托去，"拉"到苏联的莫斯科去！他们虽眉头紧锁，心事重重，却也信心满满，豪气干云！

没错，干就干大的！可是，此时中国与蒙古的边境还没有开放，出不去咋办？呼斯满自有办法，他通过蒙古的朋友，帮他办了护照，又和某边防站建立了互信签了生死合同。哈个蒙古的朋友叫巴彦卡鲁热，三十五岁。几年前呼斯满往边防站送皮坎肩、皮手套犒劳边防战士的时候，在中国一侧一大片戈壁滩的灌木丛里发现了一个奄奄一息生命垂危的小伙子，便把他拖出灌木丛，喂他奶茶和奶酪，救了他。这个人就是巴彦卡鲁热。他虽然是通过外贸部门的正当手续进来的，可进来后却因天降大雪而迷了路，还遇到三只狼，他扔掉了所有的食物（他们外出远途，身上带的最多的东西就是食物和奶茶），狼吃饱后走掉了，没再回来，他却饿昏了。呼斯满发现他以后，不光救了他，还把他背到边防站，将养了三日。就此两个人建立了生死友谊。随着中国方面的改革开放,呼斯满把一纸到蒙古做生意的申请书寄到了自治区的领导手里。

于是,呼斯满暂时没获得出境做生意的答复,却得到可以通过打包、邮寄的方式做小笔生意的允许。时隔不久,还允许他出境了。他这个情况,属于特批。需要他与边防站签订生死合同,保证不给国家惹麻烦。

两个月后,呼斯满真的把郭向前"运作"到乌兰巴托来了,加上中国内蒙古外贸部门的一位同志,还有巴彦卡鲁热,四个人又一起邀请了乌兰巴托的一位副市长(巴彦卡鲁热的叔叔)进行了深入研究,最后敲定,在乌兰巴托建起面积达到四千平方米的大型仓库,在库内顺带建起一座可容纳数十人的三层小楼,这样,国内外的客户和朋友都可以接待。郭向前送给副市长的礼物,是郭家堡制药厂的一套红绸子包装的心脏保健药,这种药基本没有副作用,保质期是两年,郭向前许诺,两年后再继续给副市长寄来足够老两口儿吃的量来。副市长高兴之余,顺顺当当签下了合同。在饭桌上,副市长说:"呼斯满大侄子近年来与巴彦卡鲁热一直友好合作,我这个副市长于公于私都心存感激,现在我以副市长身份表示, 如果郭向前镇长能在乌兰巴托投资, 我们愿提供一切方便!"

这顿饭吃得非常高兴。但吃完饭散席以后,内蒙古外贸部门的同志表示了这样的担心:"向境外投资搞建设,只怕我们自治区领导不同意,因为以往还没有先例。"郭向前说:"俺也担心县政府不会同意,俺已经做好到北京求助的思想准备了。"

一切全在意料之中。内蒙古方面和县政府方面全都亮起红灯。郭向前不得不带着沙荆花前往北京,找沙耕读去了。沙耕读在百忙之中抽时间接待了这娘儿俩,他们再次来到"丰泽园"吃饭。

这次郭向前就不再哈么恓惶了。沙荆花简要汇报了郭家堡的情况，郭向前则汇报了全镇的工作，然后聆听沙耕读教诲，他想提的问题放在了最后面。

沙耕读道："今年国家发布了一系列重要文件和规定，不知你们认真学习、传达了没有。譬如，国家从今年起开始实施'863'计划(高技术研究发展计划)；国务院发布了《关于进一步推动横向经济联合若干问题的规定》；今年的六届全国人大会议批准了国务院制定的中国国民经济和社会发展'七五'计划，消费品除粮、油外已基本取消票证，敞开供应；国务院发布了《国营企业实行劳动合同制暂行规定》《国营企业招用工人暂行规定》《国营企业辞退违纪职工暂行规定》和《国营企业职工待业保险暂行规定》，颁发了《全民所有制工业企业厂长工作条例》；十二届六中全会通过了《中共中央关于社会主义精神文明建设指导方针的决议》，提出，社会主义精神文明建设的根本任务，是适应社会主义现代化建设的需要，培育有理想、有道德、有文化、有纪律的社会主义'四有'公民，提高整个中华民族的思想道德素质和科学文化素质。"

沙耕读博闻强识，说出了一大串重要文件的名称，郭向前急忙从皮包里掏出纸笔，唰唰唰地记录下来，生怕漏掉一个字。末了，沙耕读道："你们说，这一切，意味着么？"

郭向前回答："一方面，经济工作进一步放开；另一方面，党的工作进一步加强。"

"正是！向前侄子很聪明咧！"沙耕读高兴地拍了拍郭向前肩膀，主动向这娘儿俩敬酒。沙荆花见火候成熟了，就代替郭向前说出了毛纺厂想在蒙古投资建仓库的事。

沙耕读思考了一下，说："郭家堡果然不同凡响，事事走在别人前面。因为国家目前还没有这方面的文件，所以，俺权且给你们批个条子。"沙荆花娘儿俩自然是非常高兴的。沙耕读继而说出郭家堡应该向高科技瞄准的问题。郭向前道:"好,俺把这件事牢牢记住。"

娘儿俩拿了沙耕读批的条子,高高兴兴返回了家乡。他们首先来到县政府和县领导做了交涉,县委书记魏昌隆和县长黄晋升对待郭向前十分谨慎,因为他们眼下方知郭向前身后有个不得了的领导,一句多余的话都没说,就批了同意。而郭向前来县机关只是跟在沙荆花的身后,始终没有开口说一句话。他见了这两个人全都没有说话的欲望。时隔不久,镇上的高登榜在家里喝酒引起脑溢血,半身不遂,不能上班。沙荆花对郭向前说:"儿啊,回去上班白,见好就收。"郭向前想想也是,遂重新上班了。

…………

有意思的是周滢阳,他成立了金板凳公司以后,由于得到资金扶持,实现了半机械化,也在倏忽间蹿红,板凳椅子卖到了全国,北京某大剧院的椅子全是他做的,北京多家电影院的椅子也全是他做的。

这时,在邻县机修厂当工人的大许来找郭向前了。此前他给黄新桃写过信,打听眼下河川镇的情况,得知郭向前做了镇长兼书记,便十分兴奋。他的机修厂在半年前解散了。厂里的工人纷纷自寻出路了。解散的原因十分简单,是上级领导的要求。上级领导在一次大会上说,现在所有的集体企业全都存在软、懒、散和"大锅饭"问题,因此,一律解散,不能再依靠上级领导输血过日子。其实,大许的机修厂效益非常好。因为改革开放以后,各村农机与汽车大幅度增加,修理业务十分火爆。但县领导为了"统一领导",便"一刀切"了。职工们有喊的有闹的,都无济于事。问题是这几年大许这个善于学习和动脑筋的年轻人,已经掌握了非常全面而熟练的维修技术，现在空有一身本事无处施展。咋办？便来求助于郭向前。

"在河川镇办一个机修厂，你来做厂长，敢不敢干？"郭向前问。

"赶鸭子上架？别看俺没当过厂长，没么不敢的，你给俺搭了架子，俺就上！"大许已经学会了抽烟，掏出烟来，递给郭向前一根，自己也抽上，"去年，俺们厂长接了一档儿北京的活儿，难度哈个大，吓死人！可你猜怎么着，俺们硬是漂漂亮亮完成了，谁是主将？你肯定想不到，本人！"

"么活儿哎？神神秘秘的？"

"俺们厂长的弟弟在国家导弹支架研究所工作，他们有个'导弹仪器仓安装支架优化及减震性能的研究'课题，久攻不下，厂长把课题拿来让俺们这帮土包子试试，原本只是有一搭无一搭的事，厂长也没拿俺们当回事。可是，俺就为此琢磨了三天，写出一篇两千字的论文阐述其原理，并画出草图，交了上去。虽说人家并没有照搬俺的设计思想，但在俺的设计基础上稍加改进，一举攻破难关。你猜，给了俺多少奖金？"

"多少？"

"一万！"

"嘿，还真不少！大许，俺早就看出你是个人才！"

"你若给俺拆兑出三十万来，俺就能成立一个像模像样的机修厂。举凡汽车、拖拉机、收割机之类的维修，全都手到擒来。甚至开个中专课堂，俺也敢讲！"

"真的？"

"哈还有假？"

"俺有主意了，不给你办机修厂，俺就给你办一个机修大讲堂,谁听课谁缴费。"

"赚教学的钱?"

"不行昂?"

"当然行。"

说干就干。郭向前让大许立马在郭家堡住下来,还住到他原来的五保户家中。这边,郭向前就在镇上给大许物色到一处中学的一间空闲教室。在这所中学的大门口加挂了"河川镇机修大讲堂"的木牌,白漆的底子,红色的楷体字。此时,想办机修厂的村民很多,都想试吧试吧,郭向前不急着给他们起照,先让他们到大许哈里去培训,拿到毕业证后方给起照。让大许的业务开门大吉。一来二去,大许的大讲堂就出名了。参加过培训的人们,还都把他帮助导弹支架研究所解决难题的事,像讲故事一样传播出去。于是,忽一日,某省拖拉机厂不知从哪儿获得了信息,派来两名技术人员求教履带拖拉机的跑偏问题。这可让大许面临了极大的技术挑战。

来人一个年轻,一个年老,也许都是干部,但看上去都像工人,因为他们都穿着蓝色工作服,戴着灰色套袖。哈是"不脱离工人本色"的象征。他们问大许:"拖拉机跑偏为什么?怎么解决?"大许想了想道:"拖拉机的履带和自行车的链条是一样的,其传动速度可用$V=z·n·t$表示。z为驱动轮的齿数,n为驱动轮的转速,t为履带板的节距。显然,若两条履带的节距不等,或两个驱动轮的转速不等,或两个驱动轮的齿数不等,都将使两条履带的传动速度不等而跑偏。"接下来大许不说了,因为对方还没谈报酬问题。

对方年老的哈位赶紧说:"说下去,说下去!"

大许道:"俺这个大讲堂是经营单位,你们咋不提报酬问题?"

"哈哈,我们忽略了,你说吧,解决这个问题需要多少钱?"

"三万。"

"我们能满足,但要在实验证明你正确之后。"

"好白。"

某省拖拉机厂的两个人住在了河川镇的小旅馆里,等待大许出成果。于是,三天后,大许拿出了一篇两千字的论文和设计草图(三视图)。某省拖拉机厂的人要将这一切悉数拿走,说是实验成功后付款。大许拒绝了:"不行,你们受到启发后不承认参考了俺的意见,咋办?"

"哈是不可能的!"

"怎么不可能,一旦出现哈种情况,俺找谁哭去?"

年老的工人一咬牙:"我们先付你一万押金,行了吧?"

"不行,至少一万五!"

"容我们给厂里打个电话,请示一下。"

两个人便借了学校的长途电话打到某省。哈个时候,有"长途电话"与"本地电话"之分,不是长途电话便打不了外地。两个人经请示,答应先付一半,于是,给了大许一万五,拿走了大许的设计方案。时隔不久,某省的两个人回来了,说问题已经解决,为表示感谢,还多给大许五千。于是,这一笔业务就赚了三万五。

自打起照到现在,才几天?大许激动得哭了。他拿上一万块钱去找郭向前去了。他要对郭向前表示重谢。哈个时候一万块钱可绝对是"大钱"了,因为"万元户"是多少人的奋斗目标咧!可是,大许遭到了郭向前的婉拒。

"人尽其才,历来是俺的观点,举贤不避内,举贤不避亲,更别说咱俩并没有亲属关系,俺支持你全是应该做的。"郭向前递给大许一根烟,自己也点上,态度诚恳、亲热。

大许故意问:"你屋里咋没有暖壶?俺喝惯热水了。口有点儿渴。"

"在里屋咧,俺的暖壶太旧,摆在外面,谁见了都叽嚓,还会抢着给俺买新的。"郭向前说着进里屋给大许倒水去了。

大许赶紧将一个鼓鼓囊囊的信兜压在郭向前办公桌的玻璃板下面,再坐回椅子,装作"没事人"的样子。郭向前端着一个会议室专用的白瓷碗过来,热气飘过来花茶的香气,将瓷碗摆在大许身边的办公桌边上,便发现了办公桌上的玻璃板一头翘了起来,而下面压着一个鼓鼓囊囊的信兜。郭向前自然对一切都心知肚明。但他不想跟大许打打咕咕,便也装作"没事人"的样子,与大许唠着家常。大许喝完热茶告辞出门,郭向前送他出来,问:"你这么好的文化基础,咋没有考大学?"

大许不好意思道:"俺家里困难,下边还有一个弟弟两个妹妹,家里需要俺挣工资。"

郭向前道:"俺帮助你,明年夏季七月初,俺帮你报上名!"

大许急忙阻拦:"俺明白你的意思,你又不肯随便动用集体资金,必是掏自己腰包帮俺,哈怎么行,哈个大学俺也上着不踏实。俺这小门小户的最怕欠着人情债。"

郭向前一声长叹:"你可以不相信俺郭向前,但不能不相信郭家堡,俺不出钱,让郭家堡出。"

"可是,俺已经不是郭家堡知青了呀!"

"俺把你调回来,把户口办进来,总可以了白?"

此时大许几乎说出了与郭大贵相同的话:"么叫'贵人'哎?想人所想,急人所难,治病救命,是白?"大许与郭大贵如出一辙,也是在椅子上往下一出溜,就跪在地上,要给郭向前磕头。这个阵势郭向前已经见过了,有经验了,便快速拉起了大许,说:"你这么干不是折俺的寿昂?俺年纪轻轻的咋能接受这种大礼?事不宜迟,你赶紧回邻县,把户口和家什、行李全拿回来,到河川镇派出所上户口去,落在咱郭家堡!"

大许捂住脸"呜呜"地哭了起来。郭向前催促道:"男子汉大丈夫,要拿得起放得下,要敢切敢拉,赶紧走,甭婆婆妈妈的!"并在大许肩膀上使劲儿捶了一拳。大许哭出了声,"呜呜"着走了。

一直在里屋听着对话的沙荆花此时走出屋来,说:"儿啊,你越来越会办事了。当然了,你现在有了权力,可以对一些事做主。不过,权力这个玩意儿是把双刃剑,既可能为别人办事,又可能给自己带来麻烦——下一步,你能料定会有多少人找你要钱,资助去干这个,干哈个,你应付得过来昂?"

"娘,您提醒得对,俺一定要把住关。"

转过天来,大许把行李和户口全带过来了,经过镇上派出所,重新将户口落在了郭家堡,重新住到哈个叫杨十三的五保户老汉家中。并在郭向前资助下,全力以赴开始复习功课。大许是个非常聪明非常算计的人,他看出来,郭向前把自己给他的一万块钱全用在给自己买口粮和副食肉蛋菜方面了,为给自己增加营养,还增订了镇上的牛奶。到了转年临近大考之时,他一算账,郭向前至少花出去一万以上,超出自己送的"礼钱"了。当他问到郭向前是不是自己掏腰包时,郭向前笑着说:"俺还真没有小金库,拿不出这笔钱,是咱的毛纺厂支付的。"

人与人之间的温度是可以转移和传染的。郭向前的温度传给大许以后,他就转移给了五保户杨十三老汉。他在杨大爷家中居住期间,感到杨大爷已经年近八十,么都不愿意干了,举凡洗衣、做饭、挑水、扫院之类,全都懒得动手,与十年前大相径庭了。于是,大许便承担了杨大爷家的所有活计,也算对紧张枯燥的复习功课的一种舒缓。他在这大半年里,把杨大爷家的粮囤加固重围了一下。时下粮囤在有些村子是不起多大作用的,因为自家存的粮食少,而郭家堡因为副业好,村民们手里有活钱,就经常买些粮食囤积起来,于是,自家西厢房或院子里粮囤就成为非常重要的物什。外村人来到郭家堡,看一家粮囤的大小,就可以知道其经济境况如何,若是年轻姑娘前来相对象,粮囤也是必看之物。为妥善贮藏粮食,确实起到防潮、防霉的作用,大许把杨大爷的粮囤的底部架高,用红砖垒起高台,抹上水泥。然后用几道苇席围成筒状,再在外面抹上泥巴,抹光抹匀,中间打了隔断,底部铺上塑料布,一边存玉米,一边存小麦。大许帮杨大爷围这个粮囤,运用了一点儿物理知识:下面略细,上口略粗,这样的囤子装得比较多,还沉稳结实,不会发生垮塌。

杨大爷家的所有衣物,大许全帮着洗了。连铺了多年、看不出颜色的炕被,也拆了洗干净,再重新做上。杨大爷每天铺、盖的被褥,被大许全部做成"里外三新"的新被褥。杨大爷穿了多年像油包一样的老棉袄,也让大许"鸟枪换炮"换成了"里外三新"。多年的知青生活,已经磨炼得大许在筹洗浆做方面无所不能。最可贵的,是大许每天晚上给杨大爷洗脚。先兑好热水泡上半小时,然后用丝瓜瓤子细细地搓洗,两次下来,杨大爷带着很厚老茧的一双大脚就露出原有的模样。脚指甲也修剪得整整齐齐。杨大爷出了门,逢人便夸大许懂事。说大许离开郭家堡几年,现在回来完全变了个人。也有人悄悄问大许:"你这么着是为么哎?"大许的回答也很简单:"为俺自己积福分。"这年的春分时节,八十岁整的杨大爷寿终正寝,无疾而终。大许在郭向前帮助下,风风光光地为杨大爷送了葬。他披麻戴孝,摔盆抱罐儿,肩扛白幡,只是没有痛哭流涕,因为杨大爷属于"老喜丧"。

可能真是福分"积"到了,这年夏天,大许以优异成绩考上河

563

北大学物理系研究生,因为成绩遥遥领先,完全可以读清华大学而没去,是河北大学放出话来:"你若去了清华大学,只是一般情况,拿不到奖学金;而在咱河北大学,保你三年全部全额奖学金!"出于经济考虑,他选了本省大学。其实,大许有所不知,河北大学之所以对他的情况门儿清,是郭向前事先找河北大学招生办的领导谈过话,哈笔奖学金由郭家堡毛纺厂出。

惩罚可以出人才,正所谓"背水一战"或"破釜沉舟",没有退路是也;而奖励更可能出人才,因为你给了他上进与拼搏的自信,是白?大许的事例就很说明问题。他因为每年都拿到全额奖学金,感觉自己是最有前途的学子,于是,拼尽全力保这笔钱,拼尽全力攻克一系列教学与学术难关,每天晚上十二点以前没离开过学校的图书资料室。三年下来,陆续发表学术论文十几篇,累计二十多万字,在全系成为新闻人物,临近毕业时,中国军事科学院的一位副院长亲自来河北大学要人,因为他们早已将大许研制导弹发射支架的思路记录在案,一直在寻找茬口调人,得知他考取了研究生,便溜溜等了他三年,料定他不是凡夫俗子,出成绩是迟早的事。

河北大学当然不愿意撒手,遇到这样的才子,也是十分难得的荣耀,岂肯轻易答应,言称:"许建国同学可以在俺们河北大学继续为你们军事科学院做项目,只要你们给报酬,俺们校方一定会开绿灯。"怎奈军事科学院态度既诚恳又强硬,尤其说出了"这可是关系到国防安全的大问题!"时,河北大学就不能不放人了。但两家商定,河北大学的物理系与军事科学院建立长期合作关系,虽然有着"买土豆捎带小白菜"的嫌疑,可军事科学院要人心切,全都答应了下来。于是,河北大学物理系一下子又有三名学生被挑走。当然了,这三人若论水平,是远在大许之下的。

大许犹如一颗流星,在郭家堡只住了大半年,就"鲤鱼跳龙门"了,而且,他这颗流星在大学读研三年的忽闪,竟然忽闪得如此耀眼。向郭家堡父老乡亲告别的时候,大许抱住郭向前失声痛哭,因为河北大学的领导多嘴,告知了他的全额奖学金是郭家堡资助的。还说么咧,谁关心谁,谁对谁好,用得着再标榜昂?大许要和郭向前拜把子:"你若不同意,军事科学院俺也不去了。"郭向前笑着说:"拜,拜,俺没说不拜,是白?"遂与大许喝了鸡血酒,又互相磕了头。郭来福、沙荆花和黄新桃在一旁做证,这件事将写入郭家堡的村志,写入河川镇的镇志,记在人们的心里! 此为后话。

第三十章　去与来

郭向前在和大许拜把子过程中，猛地想起沙耕读的叮嘱，要发展高科技企业，这大许不就是现成的人才？问题是大许必须进京，只能帮助郭家堡立项、进行指导而不能长期亲临现场工作。差强人意啊。不过，这已经让郭向前很知足了。别的镇恐怕连这个条件也不具备。

于是，郭向前给大许写了一封信，如此这般地讲了自己的愿望和打算。

半个月后，大许回信了，说将为郭家堡引进一个科研与生产并举的企业：专门研究和加工科技含量高的产品，可能是民用的，也可能是军用的。话里有话，说不定会从军事科学院转移出项目来。郭向前看了信，兴奋得整宿睡不着！

夜里三点，郭向前正辗转反侧，躺在炕上来回折饼，堂屋的电话铃声突然响了起来，他急忙起身，披了衣服来到堂屋，此时沙荆花也已经披了衣服走过来,郭向前一边抓起电话,一边示意沙荆花回屋睡觉,但沙荆花岂肯回去,她对深更半夜来电话是非常担心的,既然这个非常时间来电话,必是非常事件!但事情却与沙荆花的预判大相径庭。

是大许。他在电话里兴奋地说:"镇长,你一定吓一跳白?可是俺不打这个电话也同样睡不着觉。俺猜想你是在炕上来回折饼了,所以,干脆就深更半夜把电话打过来咧。么事咧,就是俺考虑了半宿,感觉一上来就给你高科技项目只怕咱郭家堡不好承受,俺先给你一个与高科技刚刚沾点儿边儿的项目。"

郭向前心里一块悬着的石头落了地:"么项目哎?"

"太阳能热水器的研发和生产。俺白,考虑咱县年日照时间一千八百六十多小时,在全国平均起来算是比较高的,所以,便于首先在家乡普及。"

"你再说一遍,俺没听明白。"

"太阳能热水器,是咱们国家目前大力提倡的新项目新方向,具有一定的科技含量。就是将太阳光能转化为热能的加热装置,将水从低温加热到高温,以满足村民们在生活、生产中的热水使用。太阳能热水器,按结构形式,可分为真空管式太阳能热水器和平板式太阳能热水器,而主要以真空管式太阳能热水器为主。真空管式家用太阳能热水器,是由集热管、储水箱及支架等相关零配件组成。这些技术问题将来聘了技术员俺跟他详细讲,你知道基本原理就行了。"

"好的,明天你把技术参数和注册需要的内容用传真发过来,好昂?"

"好的!睡觉白,镇长,这回你一定能睡着了!"

"是的是的,你也睡白!"

"晚安！古德奈特（英文good night，指晚安）！"

"晚安！古德奈特！"郭向前也"幽"了把"默"。心说这大许，越来越"洋气"了！但他的良好情绪也影响了沙荆花，两个人全喜气洋洋地回屋睡觉去了。

蒙古哈边的大型仓库建起来了，各项大宗业务慢慢进入正轨，一些国家需要的矿产资源运进国内，有关方面与郭向前做了对接，沙耕读特意把郭向前和沙荆花叫到北京面授机宜，下一步要这么着，哈么着，么时候需要来北京，需要见谁谁，么时候需要去蒙古，需要见谁谁……事情应该怎么办……

郭家堡的"太阳能热水器"研发生产厂正式成立，营业执照也起下来了。但大许此时提了个条件：把他小舅子和妹妹塞进厂子。而且，他小舅子必须任法人代表，即总经理，妹妹必须任财务科长，掌握财务。因为，他小舅子和妹妹都是大学本科毕业，小舅子是学应用物理学专业的，妹妹是学财会专业的。郭向前一听就笑了："行白行白，只要他们胜任就行。谁干不是干哎，是白？俺还怕你安排外行来占坑儿咧！"

营业执照的大玻璃镜子也取来了，白纸、红框、黑字，写得明明白白，生产经营范围包括：生产组装、销售太阳能电池、组件及相关产品；光伏产品、计算机及配件；销售机械电器设备、电子产品。注册资金一百万元。法人代表：陈爱民。郭向前对这个名字挺喜欢，也由此得知，陈爱民是陈家沟人。而大许的妹妹叫许爱爱，是个女性色彩很浓的名字。两个人现在还都"单"着。两个人会不会走到一起，亲上做亲，尚不可知。

一百万元，这可是一笔巨资。一般的村镇在这个年头是拿不出来的。但郭向前几乎没怎么费劲儿，几家一凑就够了。大许的小舅子陈爱民是个又矮又胖的矬墩子，面皮还黑，郭向前见了他首先担心起他的对象问题了;大许的妹妹许爱爱像大许一样瘦高瘦高的,长相也不太好,郭向前也同样担心起她的对象问题。都是二十六七岁,到了这个年龄,没有对象就是缺陷,影响工作,影响情绪,都是常见的事;闹出乱七八糟的幺蛾子,也不稀奇。唉!

"高科技"(接近高科技)的项目引进来了,资金到位以后,陈爱民和许爱爱紧锣密鼓地招兵买马,购进设备和原料,因为招工主要招本村和周边村庄的年轻人,所以,不存在住宿问题,也就很快开工了。这时,村主任郭来福找上门来,与陈爱民商量用地租金和利润分成问题,因为这个厂子占地面积不是很大,用的是村西哈片空房的其中五间,打通以后再加固,做成车间使用,郭来福按照以往惯例,租金每间一年一千元,利润分成还是二一添作五。结果,陈爱民不干了,他与郭来福扯开嗓子吵了起来,说你们郭家堡办事也忒黑了,这不成了"黑店"了昂?哪有利润分成分这么多的?郭来福耐心道:"你甭红头涨脸,俺们与别人合作都是这个比例。再说,一百万流动资金还是俺们提供的,让你们白使,一分钱利息不要。"

陈爱民扯着脖子叫喊:"使你的一百万还不是应该的?当初郭向前对俺姐夫求爷爷告奶奶,赶到把项目给你们弄来了,却狮子大张嘴想狠咬一口,你们是么品质哎?"

许爱爱也帮腔说:"太阳能项目是个'朝阳产业',前途无量;你们郭家堡办事就是武大郎放风筝,出手不高,但凡有点儿眼光的人,就不会干这竭泽而渔的事!"

陈爱民越说越气干脆骂了起来:"这简直是干的没屁眼子的活儿么!"

郭来福面对两个乳臭未干的年轻人原本是耐住性子的,此刻见他们说话没有分寸,一个行伍之人的本性就露出来了:"狗日的们,快把你们的狗嘴闭住!老子抗日流血的时候,你们他妈的还不知道在哪个地方转腰子咧!不合作就滚蛋!"说着话就横眉立目撸起袖子,支起架子,要画两下子了。

两个年轻人完全想不到郭来福这个村主任的"茬子"这么硬,便倏忽间软了下来,这也是眼下年轻人的特点,好汉绝对不吃眼前亏,三十六计走为上,脚底板抹油——开溜,两个人互相一挤眼儿,不谈了,走了。郭来福对着他们后背破口大骂,脏话牙碜得让人捂耳朵。

两个年轻人来找郭向前,结果扑了空,他们便向沙荆花诉苦。沙荆花耐心听完他们的倾诉,慢声细语道:"孩子们,你们甭急,也甭气不忿,郭来福说得没错,咱村与外人的合作历来是这个条件。"

陈爱民道:"为么不早说?早说的话,俺姐夫肯定是不管帮这个忙的!"

沙荆花依旧压住性子,耐心道:"孩子啊,你知道你姐夫是怎么上的大学?"

"人家自己凭本事考上的!"

"谁给他提供的条件?谁给予他资金支持?你以为哈全额奖学金是学校出的?"

"谁出的?"

"咱郭家堡。"

"有证据昂?"

"正需要你这样较真儿的人,一会儿向前就回来,让他告诉你们事情原委。"

两个年轻人都沉默了。"啊?咋会这样?"陈爱民又开始红头胀脸了。

许爱爱脸上也有些挂不住了,她毕竟是个女孩,说:"也许大娘说得对,因为咱们毕竟来郭家堡没几天,俺哥却跟郭家堡打了十来年交道。是白?"就要往外走。陈爱民急忙对着沙荆花作了一个揖,有些尴尬地跟着许爱爱出了屋。

来到外面,陈爱民问许爱爱:"下一步咋办?咱俩现在可是猪八戒照镜子——里外不是人了!——你哥也真是,只让咱们争取合法权益,他欠着人家的人情债却只字不提!"

"俺哥这个人啊,原本就是个书呆子,做学问还行,办具体事,还不如小学生。"

"你快说呀,下一步咋办?"

"去向郭来福赔礼道歉。"

"已经把咱骂了个溜够,还给他道歉?"

"你若这么想,郭来福会把俺哥的老底抖弄出来,若闹到单位去,说不定就会被端出来。"

"要道歉你去,反正俺不去。"

"俺去就俺去,有么哎,不就说句软话昂。"

两个人说话答理地就来到了郭来福家。走进院子,许爱爱尖着嗓子连着喊了好几声郭主任,郭来福也不搭理,既不应声,也不出来。却从屋里传出"曜、曜、曜"的声音。看起来屋里有人,许爱爱便去小心翼翼地推门进屋,却见郭来福在屋里一大块儿磨刀石上磨一把硕大的铡刀,吓得许爱爱汗毛都立起来了。陈爱民跟进屋来,也立即吓得三缄其口,站在许爱爱身后一动不敢动。郭来福用眼睛余光瞥了一眼两个年轻人,伸出左手蘸了下身边水盆的水,抹了一下刀刃,说:"甭害怕,俺一会儿铡草用!"可言语间杀气腾腾。

两个年轻人再也不想较劲儿了,许爱爱率先说:"郭叔,俺们对郭家堡的情况不是很了解,还望您多原谅,俺们同意按照郭家堡的老规矩办,而且,每个月俺们给您孝敬钱。"

"你们遵守郭家堡的规矩就行了,甭想着给俺钱。俺这大老头子,够吃够喝,家庭和睦,现在很幸福!"

两个年轻人直觉得尴尬,在这屋待着也瘆得慌。这老头子咋这么大脾气?陈爱民赶紧说:"郭叔,只要您把合同拿来,俺们马上就跟您签!"

"这合同俺还不跟你们签了,俺考验你们一年,如果做事不靠谱,对不起,俺就生撵你们了,看俺怎么把你们撵得跟头轱辘的!"

陈爱民再也待不住了,扯住许爱爱衣袖,讪讪地退出屋子。

于是,一切按商定的条款办理。三个月以后正式开工。

虽然此时的太阳能热水器研发和生产还处于初期阶段,技术还比较原始和落后,但大许和陈爱民一直以研发引领生产,第一批全玻璃真空管集热器产品下线后感觉不错,便首先在郭家堡村干部家里试用了,发现小的纰漏就及时改进,继而投入批量生产,一年以后郭家堡家家都使上了太阳能热水器。这也是陈爱民听从了郭向前的意见,以微利卖给村民们试用,作为一次广告行动,如果村民们反映效果好,接下来则大张旗鼓宣传和推广,届时价格升到正常值。因为反馈意见确实不错,于是,很快就在全镇铺开了,凡是使上了太阳能热水器的家庭,纷纷反映,这东西一旦使上,洗衣、做饭、洗澡便都离不开了。东河川、西河川以至周围邻县的很多机关企事业单位以及众多的村民,也开始前来订货,还有中间商找上门来,要求代理业务。陈爱民和许爱爱乐坏了。只一年半时间,就收回了投资,可观的利润源源不断涌进门来。

财务总监许爱爱连续好几天下班都很晚——都在数钱,简直是数到手抽筋儿的节奏咧。陈爱民懒得摸钱,只蹲在一旁抽烟看着。许爱爱就呲哒他:"就知道当甩手掌柜,你也帮一把!"陈爱民吭哧瘪肚道:"俺正在考虑扩大生产问题咧。"许爱爱气得扔下手里的钱,扑过去扯住陈爱民的耳朵,两个人顺势抱在一起,都是干柴烈火的年龄啊。很快许爱爱就闹口了,两个人不得不到镇上扯了结婚证。当天,两个人互相埋怨:"俺爸不让俺亲上做亲。""俺哥也让俺防着你,嫌你个矮。"此为后话。

…………

郭向前从镇上往郭家堡走,有五里地远,这条路他已经走了成百上千次,过去的疙瘩溜晶的土路早已变为柏油路,路边也委托毛纺厂和制药厂栽下很多行道树。

路过一道废弃的水渠时——他曾经多么惋惜这条水渠的废弃,恰如乡亲们所言,修一条水渠容易昂?正在惋惜和感叹——看到为郭大贵治疗鼠疫症的村医郭俊国在废弃的水渠里下夹子,郭向前走过去问:"逮田鼠?"

一直低着头的郭俊国见是郭向前,急忙直起身,说:"不,抓狗獾子。"

"炖肉吃?"

"不,熬獾油。"

"么意思哎,你给俺说说,俺还是第一次听说'熬獾油'这个词儿咧。"

"说起来没么,狗獾子这个东西,是个中性的小动物,不好不赖,杂食,以庄稼的根、茎、果实和青蛙、蚯蚓、小鱼、沙蜥、昆虫和田鼠、耗子等为食,在庄稼播种期和成熟期为害刚播下的种子,即将成熟的玉米、花生、马铃薯、白薯、豆类及瓜类它也'祸祸',平时栖息在灌木<u>丛</u>、草<u>丛</u>、水渠、坟地、水坑、河道旁。獾油治烫伤一绝。"

郭向前在部队使用过治疗烫伤效果极佳的"京万红烫伤膏"，哈是一种与红药水、碘酒、消炎粉一样，部队卫生员须臾不可离开的药物。只是稍稍贵了一点儿，村民们一般舍不得买舍不得用，遂问："逮得住昂？"

"逮得住。"

郭向前看到了郭俊国下的铁夹子上串着的诱饵就是一只开了膛的青蛙，便问："假如狗獾子好养活，咱能不能发展狗獾子养殖，然后专门熬獾油啊？"

"咋不行？以前俺爹就养过，俺也知道狗獾子的习性。"

"好，咱郭家堡投点儿资，发展这个。"

"你若真让俺干这个，得付专利费。"

郭向前一个愣怔。眼下使用"专利费"三个字的人，还非常之少，连郭向前这样见多识广的后生，都感觉十分生疏。村医郭俊国只是因为救助懒汉郭大贵，引起过郭向前的关注。以前他曾听到村民们反映郭俊国看病收费过高，不如其他村便宜，尤其不如黄召庄的白玉簪。现在他又讲出"专利费"问题，是刁难村委会，还是维护合法权益？现在他打算进一步了解一下郭俊国。谁知，一经了解，还真让他感到郭俊国也非等闲之人，其所作所为足以令人赞叹。

郭俊国一家世世代代生活在郭家堡，和郭尚民、郭山河以及郭向前自然都是一个老祖宗。但郭俊国的祖上是个自学成才的郎中，多年来救死扶伤惠及乡里，口碑极好。郭俊国见郭向前前来了解自己的底细，便将妥善保管的祖上自明代以来得到的乡亲们写的褒奖词亮了出来。哈是一个民国时期的黑黢黢的牛皮箱，皮带扣已经掉了，皮箱也多处龟裂，打开来，便见到了里面厚厚一沓文书，哈是各式各样的纸张，大小不一，深浅不一，参差不齐，乃至有的早已破旧不堪,但郭向前小心翼翼地一一展开以后,方见哈是多么珍贵的医术与人品的记载!要么后来人讲究"德艺双馨""德才兼备",单是一个方面好,还不足以让人由衷赞佩与崇拜,只有"双馨"和"兼备",方才更让人宾服,是白?

"俺为么收费比别人高咧?因为俺把哈两亩地种了草药了,没种庄稼,不收费高些,俺一家老小吃么哎?"郭俊国摊开两手。

郭向前开始脸红了。他感叹自己对郭俊国了解太少,误解太多,自己能够千方百计帮助大许和其他人,为么不能帮助郭俊国?遂问:"你最拿手的医术是么哎?"

"是俺祖上传下来的医治'肺气肿'的独门绝技。"

"治疗鼠疫症只是业余爱好?"

"谈不上爱好,只是触类旁通。"

"你能顺口说出治疗'肺气肿'的偏方昂?"

"当然,否则俺怎么服人?——假如你这种身体条件的年轻人患了肺气肿,俺就给你开这样的方子——当归、苏子(包煎)、沙参、瓜蒌皮各十二克,五味子六克,沉香三克(刮为末,分三次冲服)。制作和服用法:水煎服,年龄稍长而且痰涎壅盛型,再加莱菔子、白芥、半夏、茯苓各十二克;年龄稍长阴虚肺燥型,加太子参十五克,麦冬、杏仁、芝麻(包)各十二克;年龄稍长肾不纳气型,加肉桂六克,胡桃肉十二克,怀山、龙骨各三十克。俺这些年来依靠这个偏方治愈肺气肿病人达到七百三十一人,俺有记录,哪年哪月哪天,有招有对,你若不相信,可以马上找一个肺气肿患者来,俺让他一个月恢复正常。"

郭向前看这个郭俊国确实在业务上十分熟稔,是个难得的村医人才,而且过去一直干着赤脚医生,条件比现在还艰苦,也是真不容易,遂进一步询问:"你为么总说'年龄稍长'四个字?"

"因为年龄不同,药量就不同,而且可能还要加药或减药。"

郭向前不再问了。回家后和沙荆花商量了一下,又找到郭来福商量,最后决定,再给郭俊国拆兑两亩地,专门栽种中草药,尽管郭家堡的土地十分紧缺!而且,鉴于郭俊国生活拮据,由毛纺厂出钱,每个月给郭俊国补贴一千块钱。郭向前在郭俊国家宣布决定的这天,如果不是郭俊国比郭向前大一辈,他也要给郭向前下跪了!哈天正说着话的时候,郭俊国的两个二十来岁的儿子和闺女——他们都跟着郭俊国自学医学,帮忙干村医这活儿——此时,他们拎着两只已经被拍死的狗獾子回来了。郭向前接过来掂了掂,约莫七斤一只,狗獾子的眼睛两侧有两道白毛,看上去挺俊。郭俊国见儿女逮来了狗獾子,急忙要就着狗獾子身体尚软来剥皮熬獾油,就对郭向前下了逐客令:"镇长,这种事你就不看了白?"

不是前面说过"专利费"的事昂,郭向前自然明白郭俊国是想"保密",不愿意将自己熬制獾油的手法甚或还会佐以配料被外人知悉。郭向前有些讪讪地退了出来,他感觉自尊心有些受不了。自己刚刚为郭俊国解决了家庭困难问题,咋就——但他迅即打消了怨气——你是一镇之长,管着哈么多人和事,村里有个一心维护自己利益的人,只要他不违法,咋就不行咧!

而因为郭向前的鼎力支持,郭俊国也成为郭家堡最早富起来的一类人,虽然他并没有对郭向前有丝毫感谢的表示——郭向前也并不需要这个——但假如郭俊国拿来礼品或红包,郭向前必然会百般推辞给他退回去,肯定是一分钱都不会收,但哈会让郭向前脸面上好看很多,不至于像现在这样,有点儿"乌漆墨黑"的意味。仿佛郭向前从来没帮过他。过去村民们常讲:"滴水之恩当涌泉相报"或"吃水不忘挖井人"。但这一切在郭俊国面前不灵了。

黄大想死了以后,村子里半年没选出书记。这时,一个叫黄大军的转业军人回村务农,引起郭向前注意,便来黄召庄召开全体党员会,一举将黄大军选为村书记,兼村委会主任。黄大军也是早先县大队的后人,是部队的一名连长,时年三十有三岁,转业时原本有希望安排到城里吃商品粮,但他没去,他看到家乡干得风生水起,村民们渐渐富了起来,便一头扎进村里。但他对黄大想在村里组织的皮革加工、皮毛加工存有不同看法,感觉很多污水乱排是个大问题,便一直在与黄大想争执,希望黄大想换个经营项目。还找来一沓资料让黄大想看, 黄大想一见文字资料就脑袋发胀,道:"你说说就行咧,俺不看。"

黄大军便如数家珍般诉说起来:"一九七二年六月五日至十六日由联合国发起,在瑞典斯德哥尔摩召开'第一届联合国人类环境会议',提出了著名的《人类环境宣言》,是环境保护事业正式引起世界各国政府重视的开端。我国的环境保护事业也是从这时开始起步, 一九七三年成立国家建委下设的环境保护办公室,后来改为国务院直属的部级国家环境保护总局。各省(市、区)也相继成立了环境保护局(厅)。去年底今年初,国家召开了第二次环保会议,提出'三同步、三统一'原则:经济建设、城镇建设和环境建设同步规划、同步实施、同步发展,实现经济效益、社会效益与环境效益的统一。俺们对这些事不能置若罔闻。眼下上级部门没来找你,并不意味着你做得对。"

黄大想说:"要换项目也得积累了一定的资金才行,现在时机不成熟。"话说完没几天,黄大想去了。黄大军还好一阵子伤感,原本他要随同黄大想开辟新项目的。

黄大军回村的时候,到镇上报到,见到了郭向前,两个人曾经进行过简短的谈话。

郭向前问:"大军哥,在部队干得好好的,咋回来咧?你这个岁数正是大展宏图之时咧。"

黄大军道:"咱镇现在红红火火,名声在外,俺在部队心里长草,待不下去咧。"

郭向前哈哈大笑:"回来就回来,回来就研究回来的干法。是白?"

黄大军道:"俺的志向也跟老弟你亮一下:当农民就当陈永贵式的农民,当工人就当王进喜式的工人,当干部就当焦裕禄式的干部。此外,别无奢望。"

郭向前一下子愣怔了,这种话他已经久违了。这是部队干部战士的语言。郭家堡没人说得出,就是整个河川镇,他也从来没听哪个人说过。现如今人们思想活跃,什么话都敢说,什么典型都要质疑,说起陈永贵,就说老陈只适合榜大地,根本不适合干副总理;说起王进喜,说这个铁人不会活着,你要不玩儿命,不是还能多活几年,多为国家干几年?说起焦裕禄,也是说这样的干部是苦行僧,当干部的咋就不能吃点儿偏饭,你哈么艰苦,谁愿意跟着你,水清不养鱼,是白?总之,专拣消极丧气话说。此时,黄大军的三句话让郭向前一下子将他引为知己。

黄大军上任后,向郭向前谈了村里经济项目污染环境问题,郭向前共鸣颇多,便帮他贷了款,引进了设备和技术人员,盖起了服装厂。而皮革、皮毛加工,渐渐隐退,一点点消失。黄大军说:"现在咱们农民的衣服太老旧、单调,咋就不能光鲜一点儿?你嫌贵,俺就把价格降到你能承受。行了白?"他组织技术人员研究了很多适合农民穿衣习惯、历史沿袭、民间风俗的服装样式。在厂子的宽阔前厅摆得满满的,让每一个参观者都感到震撼。

这时,郭向前就找到哈个赤脚医生小丫头,与她谈了话。这个小丫头长相少性,其实也已经二十八九了。她叫白玉簪,按照前不久的话说,是一个属于"四旧"的名字。据说,在她落生七天"抓周"的时候,一不抓书本,二不抓脂粉,三不抓金钱,单单抓了一根白玉簪。恰巧老爸姓白,就叫了"白玉簪"。运动中曾经有人起哄:"你还不赶紧改名字?"她看了看对方,撇撇嘴没说话。心说,俺改不改名字与你何干?可见是个有个性的姑娘。早先她是真想与黄晋升瓜葛上,然后"鲤鱼跳龙门",谁知遭到拂逆。而多年的乡下生活,又让她学到很多生活知识与教训。尤其男女之事造成的悲剧实在太多,让她逐步警醒起来。村里也有像模像样的小伙子追她,给她送好吃的,赚了钱送红包,总之是献殷勤,但她固守住底线,绝不轻易解开裤腰带。她也曾听到这种风言风语:有的村的医务室,改革开放后的女大夫成为人们送钱的首选,比村书记还厉害,迅速就有了钱,只因为女大夫把医务室变成了"交配站"。白玉簪毕竟来自城里,对此自然取了嗤之以鼻的态度,用最丑陋的语言警告自己:煞紧裤腰带!

"前几年知青都回城了,你咋没走?"

"俺在跟一个人打赌。"

"打么赌哎?"

"看看俺在农村究竟有没有前途。"

"和谁打赌?"

"一个老同学,他考上大学了。现在是大城市的机关干部。"

"你说的是小项白?拿一辈子打一个这样的赌,值昂?"

"这种事关键看自己的感受,俺认为值,就值。是白?"

"你现在看到前途的征兆了昂?"

"俺在等待你给俺创造条件咧,你不是凡人,不会漏过俺这个环节。"

郭向前的大脑又突然"嗡"了一下子。自己竟然被别人期待着创作条件，而自己对此一无所知。不应该啊。自己如果是个合格的领导干部，就应该做到"人尽其才"，是白？

"你希望有么样的条件哎？"

"一个像模像样的医务所，相应的医务人员和设施，实现农民看病方便省钱的目标。"

"咱们一起想办法解决，行白？"

"当然行，俺马上就给你起草申请报告。"

"你是不是真要在这儿扎根咧？"

"你是说，不扎根就不管白？"

"有这个意思，否则，你走了，换个不负责任的，俺不是白投资咧？"

"俺至少三十年不走，行了白？"

"好，一言为定。俺跟你说个事——"

"你也有条件咧？"

"你听俺说。"

郭向前说起了现在黄召庄的情况，发展前景十分看好。因为，新上任的这个黄大军，比黄大想年轻，有活力，眼界更开阔，最主要的是思想境界更高。郭向前说起了黄大军对他表态的哈三句话：当农民就当陈永贵哈样的，当工人就当黄进喜哈样的，当干部就当焦裕禄哈样的。现在人们不论干么都奔着钱去，还有这样思想境界的人，你说可贵白？

白玉簪道："俺也有学习目标，最近报纸上一再宣传女医生林巧稚的事迹，俺做就做乡间的林巧稚。俺现在已经接生了三百多个孩子，一个红包没拿过，一顿饭没吃过。正走在林巧稚的路上。"

郭向前一听这话,感觉可能性更大了,便把黄大军介绍给她,希望他们能走到一起。黄大军年已三十出头,还未婚配,你比他小两三岁,正合适。是白?白玉簪陷入了沉思。她既没脸红,没激动,也没恼怒和别扭。作为乡间医生,男男女女的事她见得太多。尤其接生时女人的痛苦,让她想起来就恐怖,这辈子她都不打算结婚生孩子了。郭向前说:"你是不是看不清黄大军的前途?"

"不是。黄大军在你的带领下,必将创造奇迹。俺只是——"

"书记哎,你言重了,让俺不好承受。也罢,俺跟你见哈个黄大军去。"

黄大军身高一米七五,标准的男人高度,不胖不瘦,脸上线条坚毅。已经离开部队一两年了,还是一身绿色军装穿着。他的服装厂像模像样,而他的办公室十分简陋,就在厂院里的一个角落。屋子里也没有像样的沙发。这个时段,是沙发大流行的阶段,全国城乡,但凡像点儿样的单位,全都安置了沙发,好像在"补课"。因为过去曾把坐沙发叫作"资产阶级生活方式",现在似乎矫枉过正了,滥了。黄大军见他们来了,基本明白是啥意思了,给他们沏茶的时候,放进几个大枣和一勺红糖,说这是养生的。其实,乡间还有个讲究,在茶里放这两种东西,意味着结成姻亲。给儿媳或给女婿或给亲家或给对象。对这一点白玉簪当然明白,于是,她也很快在心里默许了。

黄大军说起了发展计划,说现在已经和天津劝业场、中原公司,北京王府井、西单,石家庄、保定等大商场建立了联系,马上就会把样品送过去,一俟得到认可,立即投入大批量生产。而且,现在正在与省外贸部门接触,下午他们来人,希望郭向前和白玉簪参与晚宴,跟着一块儿"说好话",力求把事情办成。现在郭向前也明白,不经过"研究研究(烟酒烟酒)",事情难办。便一口应承。白玉簪也想看看黄大军的办事能力，便也一口应承。

郭向前在制定乡镇基层党组织建设的条款时，有意没写禁止业务往来中的"烟酒"问题，他感觉你即使写了，别人也不做。因为，他们要谈业务，不可能离开乡间的约定俗成。而且似乎也是一种礼尚往来。人家来给你送业务，意味着送钱，你请对方吃顿饭喝次酒，都情有可原。

晚上，白玉簪带了一个军用水壶，哈时候商场也卖这种东西，所以，常出远门的人或下乡知青，经常有人使用。白玉簪把军用水壶装满白开水，兑进一部分白糖和醋，这是解酒的土方子，也很管用。客人来了，全都西装革履，风度翩翩。时值中秋，白玉簪穿了郭家堡生产的雪白纯羊毛线织的毛衣，外面是敞怀的天蓝色毛坎肩，一张精巧的面孔，头发拢到后面，真的别了一根白玉簪。虽常年在乡下奔走，稍稍黑了一点儿，但依然看出哈种非乡土的风度。这是市风与乡风混杂而成的一种独有气质。黄大军十分喜欢，外贸口的干部们也十分喜欢，席间就不断拿白玉簪打岔找乐，喝酒总要有话题，不能单说业务，不能冷场，是白？此时白玉簪的嘴里也飞出一串串作为赤脚医生才说得出口的笑话，让大家笑得前仰后合。

由于白玉簪的出色表现，不光使外贸部门的干部们选中了黄大军的一系列服装，还被郭向前说动把郭家堡的毛线也带出去。席间大家起哄要求黄大军与白玉簪喝交杯酒，两个人假装推辞，在大家的坚持下，两人真的喝了下去。此时，他们就把对方锁定了，这辈子非她不娶、这辈子非他不嫁了。因为，白玉簪看到了实实在在的前景，而黄大军也看到了白玉簪实实在在的办事能力与应变能力。送走客人，白玉簪急忙把身边的水壶拿出来，让黄大军和郭向前分着喝下去。她因为喝酒少，无所谓，而黄大军和郭向前早已有了八分醉意。黄大军安排车把郭向前送回村,自己就回到办公室,把里间的单人床收拾了一下,回身把白玉簪抱进屋:"俺知道你不会走,今夜属于咱们俩。"一对不算太青春的"青春期"干柴烈火,腾腾地燃烧起来。白玉簪作为自学成才的医生,对男女的避孕和性事自然十分明白,便把事情办得圆圆满满。最后两个人商定,在第一批货出口的当天,举办婚礼。

黄大军与黄大想的分歧,在于皮革、皮毛加工带来的废水污染土地的问题,这件事启发了郭向前,他感到黄大军有见识,不光高出黄大想一筹,还让自己醍醐灌顶,茅塞顿开。他找到郭三秀,问:"咱村的毛纺厂洗涮毛线的废水怎么个排法?"郭三秀说集中在一个大水泥池子里。"是不是向地下渗漏?"郭三秀默默地点了点头。

"这不行,祸害子孙咧,多年以后这土地下面全是有毒的污水,是白?"

"俺和小项商量过,也咨询过专家,应该建污水处理厂,可费用太高,不好办。"

"如果毛纺厂想维持,这个污水处理厂就必须要建,否则,毛纺厂就停产。"

"俺开会研究一下,行白?"

郭三秀召集毛纺厂全体股东研究建不建污水处理厂问题,谁知,人们异口同声,不同意。因为,建了污水处理厂就增大了开销,很可能把毛纺厂变成不赚钱的企业。郭向前闻听以后,果断决定,停产。理由是,俺们是红星村,不能干这种断子绝孙的事,不论多赚钱,也不能干。咱另寻赚钱途径。难道咱这活人真让尿憋死?

你的观点不一定能说服别人。你看,二十个分厂的骨干,一下子走了一多半。他们是奔着钱来的,一些人还是大城市的大学生,以后工资少了,谁跟着你在这乡下"耗青春""逗闷子"? 有人临走给郭向前写了条幅贴在墙上,白纸黑字,像当年的大字报:"看别人赚钱多就嫉妒,想办法拆人台真卑鄙!"把个忠心耿耿的郭三秀气个倒仰,当即就撕。旁边的人拦住了她,说:"别介,让郭向前看看再撕。"于是,他们叫来了郭向前。

第三十一章　性与情

　　郭向前看了条幅,说:"三秀,这件事怪你没把事情讲明白,你把化验废水的有毒指标给大家讲讲,自然就全理解了。"

　　郭三秀照办了。她现在对郭向前是言听计从的。不是郭向前,她怎么会有今天? 毛纺厂在这种情况下,尽管不是很情愿,还是捏着鼻子建起了污水处理厂。前期投入就花了很多钱,运转以后天天都要花钱。于是,全厂上下不能不研究如何降低成本问题,东边损失西边补,不然又怎么办? 当然,一些人明知郭向前做得对,也仍然感到他太多事,国家还没管,你着么急哎,是白?

　　回过头来,郭向前又来到柴家营,找到柴大霞。因为柴家营也干的是皮革、皮毛加工,郭向前向柴大霞讲解了污水的害处,要求柴家营尽快停止目前的业务,寻找新项目。柴大霞苦着脸好半天不说话。最后,她说:"向前兄弟,俺柴家营前一阶段经历了风风雨雨,人们的心情刚刚稳定,你让俺们平平安安地过上一年、两年,行白？哈个时候再琢磨寻找项目问题,行白？"

"不行,这件事没商量。"

"国家还没管,你为么出这个幺蛾子?俺以国家要求为准,行白？"

"不行,这件事关系到咱的子孙后代。"

"以后的事,咱考虑不了哈么多。"

"为了眼前,不顾长远,是白?俺要撤了你这村书记!"

柴大霞一听这话,一把抱住了郭向前一只胳膊,摇着,像小孩子对家长:"咱俩是么关系哎,你就通融一下白？"

"咱俩么关系?不就是工作关系?"

"你是俺心中偶像。"

"甭说没用的,俺明天就带人来,在柴家营开会,撤了你这个村书记。"

柴大霞无奈地坐下来长吁短叹。郭向前道:"俺回头帮你找项目,可以白?找一个既赚钱,又无污染的。"

"真的?君子一言,快马一鞭!"

"哈个自然!"郭向前主动抱了柴大霞一下,她又得寸进尺地吻了郭向前的脸颊。当着他的面,柴大霞就用高音喇叭召集了全体党员,让大家来村委会开会。

柴家营的人,与其他村不太一样。这个村习武的人非常多。前不久县银行放贷的时候,柴三脚欲申请一笔资金办武校,黄晋升没同意,说这个项目不赚钱,没法还贷,"帕斯"(英文pass,指淘汰)了。让柴三脚对黄家人更加怨恨。后来郭向前支持他,帮他贷了款,在村里盖起一座有十几间教室,还有场地的像模像样的武校,购置了一批设施和刀枪剑戟,还款期也定得比较长:二十年,让柴三脚十分满意。他也是党员,此时开会也参加了。于是,当会上人们一致反对停止生产的时候,柴三脚就表态了:"大家都听向前镇长的白,他还从来没错过。"可是,眼看着天天进钱的道儿这就要断,人们怎么接受得了?有的说儿子正等着结婚,房还没盖起来,有的说,买设备还欠着款没还上,凡此种种,正是缺钱的时候,即使你柴三脚有武功,也不能听你的。

于是,开着会就打起来了。一屋子人揪在一起。会武功的人多,下手重,眼看就见了血,连郭向前也沾了包,被捣了好几拳,禁不住大喊一声:"住手!"大家暂且愣着,手还举着,只要下面你郭向前的话不解渴,就会继续开打。郭向前道:"明天一早,俺带大霞姐去北京找项目,可以白?这边你们皮革、皮毛还先干着,哈边新项目不赚钱,你这边就不停。可以白?"这才算给大家一个台阶,纷纷住了手落了座。柴三脚已经被打得口鼻流血,别人也被他打得鼻青脸肿。一个个挂着彩,脸上还是怒容,听着郭向前的话。郭向前讲完道理,就当着大家的面,和柴大霞安排了行程。

转天一早,郭向前带着黄新桃和柴大霞起程奔了北京。他之所以带着黄新桃,主要是怕柴大霞会不停地"偷袭"他。别的女人在心里爱他,他没法阻止,偶尔表现一下,也无可指摘。他们来到北京以后,郭向前就给小项打电话,请求帮忙,小项在国家大机关工作,认识人很多,当即联系了清华大学的一位叫郑经仁的副校长,这个人主管新专利、新技术、新项目。听到这个名字,柴大霞哈哈大笑,说:"这大学里就是不一样,不知他是不是正经人,先给自己做个广告。赶明儿俺改名字叫'柴禾垛'。"黄新桃也笑,说:"大霞姐,你既然改名还不改个好听的,叫么'柴禾垛'哎?""你说叫么?""叫'拆骨肉'。"柴大霞一边哈哈大笑一边捶打黄新桃。黄新桃一边躲一边说:"你也不减肥,三脚哥没踹你?""踹么哎?他爱俺爱得不行咧。"

此时，黄新桃就涨红了脸，偷窥郭向前的表情。她现在多么希望郭向前对她说几句有温度的话啊。但郭向前一门心思想着项目问题，对她们之间"逗闷子"既不参与也不制止。

进了大学以后，他们来到副校长郑经仁的办公室，先递上介绍信，就说了此次前来的目的。郑经仁见此，领他们来到学校的"校办工厂"办公室，把一位工程师叫过来，请他向郭向前介绍项目。于是，这位工程师搬来一个大纸箱子，一本一本的资料往外拿，一家伙介绍了一百多个项目。正介绍着，突然郭向前眼前一亮："就它了！"当即拍板定案了一个。

这个项目是做汽车方向盘把套。郭向前在听哈些项目的时候，时时在掂量其市场前景、含金量和技术难度。柴家营的村民们，以习武之人居多，技术含量太高的，肯定干不了。与其将来骑虎难下活受罪，不如当初就不干。而且，最关键的，是这个项目不造成任何污染。双方商定好了价格，就签了合同。柴大霞把村委会账目的支票拿出来，与大学的人一起去银行办了交割。过两天，大学的人将来柴家营指导操作，将教会两名师傅，再由这两名师傅向全村普及技术。哈就与大学无关了。

事情办完了，柴大霞高兴，与最心仪的人在一起，几乎是心花怒放的，情绪总是激昂的，就提出在北京转转。郭向前一想，俺这些乡下人出来一趟不容易，转转就转转。于是，三个人就去了天安门、故宫、雍和宫等景点。

最近一段时间，郭向前的件件工作都干在"点儿"上了，处处走在全县的前面。"高科技项目""外向型经济""绿色经济（可持续发展项目）""解决土地污染老大难（建污水处理厂）"等等，简直令人炫目。县委下发了一份红头文件，一方面撤销对郭向前的记大过处分，另一方面，号召全县向河川镇学习。

　　郭向前带着柴大霞去北京之前，按照老规矩，把日常工作交给两个副职处理，一个副职是副镇长，另一个副职就是黄天厚这个副书记。现在黄天厚非常绝望，郭向前现在又走在时代前面了——黄天厚也是有着政治敏感性的——郭向前的地位和影响简直没法撼动了。当天他就在办公室喝了半瓶酒，然后满身酒气地来到沙红枣制药厂"检查工作"。事先，他也做了一些功课，在寻找合适机会。制药厂因为比较干净，工作不是特别累，技术性相对强一些，所以，镇上有不少人在这个厂就职。黄天厚曾经与这些人聊过天，对制药厂的一些情况知道个一鳞半爪的。他也曾想过要把沙红枣这个美女企业家"撬走"，变为他的屋里人。但经过了解，方知沙红枣眼睛刁得很，二巴巴的人根本不会放在眼里，却唯独对郭向前百依百顺，便让他既气馁，又憎恶。

　　郭向前出门了，他便来到制药厂。沙红枣必然会奉陪，是白，他毕竟是镇领导。两个人边说着话，边在各车间转着。走到一个车间的叫作"精制釜"的设备跟前的时候，他见沙红枣走在前面引路，他就顺手将"精制釜"上的一个扳手扳了一下。沙红枣回头看时，一切已经晚了，当即发生了"轰"的一声巨响，负责管理"精制釜"的员工被炸得血肉模糊，黄天厚则整个后背炸得不像样子，而沙红枣的前身，包括脸面，一片焦黑，最倒霉的是毁容了。

　　厂里其他技术人员急忙赶来采取了一系列措施，没有造成进一步污染和损失，用双排座汽车把三个受伤者送往县医院。伤最重的"精制釜"管理者者没救过来。黄天厚受伤也很严重，但只是后背皮肉受损，无死亡危险；而沙红枣的面孔、前胸等部位都需要植皮、整容。事情来得太残酷了，整个制药厂一片哭声。他们不光是因为死了一个员工，而更多的是因为把他们引以为傲的女厂长毁了。沙红枣是制药厂的一张亮丽名片,不论她走到哪儿,没有谈不成的业务。

待郭向前一行人从北京回来以后,郭向前和黄新桃都哭成了泪人。郭向前的悲伤是因为毁了他这么好的事业伙伴,这可是一辈子的伙伴,不是谁轻易就能遇到的。是农村的改革开放,让他们走到一起。他们原以为会跟随农村的发展一同成长,不论做不做夫妻,都是世界上最好的朋友。而黄新桃的哭,是因为她彻底失望了——沙红枣已经这样了,意味着郭向前必娶她无疑,这是板上钉钉的事。以郭向前的为人,沙红枣伤得越惨,他越会娶了她。而自己用了哈么多年经营两个人的关系,此刻,土崩瓦解,烟消云散!

黄新桃爱郭向前早已到了随时可以搬来铺盖卷的程度,蓦然间出现这种变局,让她几乎完全乱了阵脚。她没法适应这个乱局。她回到家里,和五保户房东交代了一下,说出一趟远门,就收拾了行李,在村里找车把手郭老六,把她拉到县城,给郭老六十块钱,让他个都别说。当晚,她就蓬头垢面地找黄晋升去了。眼下黄晋升因为与柴金菱复了婚,家庭生活走上正轨,而且都是接近六十岁的年龄,乱七八糟的想往已经很少,一门心思恩恩爱爱了。见黄新桃脸色难看,蓬头垢面地来到面前,十分纳罕。黄晋升道:"新桃,你不是在郭家堡干得得心应手昂?怎么这副样子?"

黄新桃坐在椅子上,两手扶着膝盖,低垂着头,面如死灰。柴金菱问:"新桃,怎么了?你爸一直夸你适应能力强,咋,现在也不行了?"

"爸,就着您现在还在位,赶紧给俺安排个工作白,俺不想在村子里干咧。"继而,黄新桃讲了刚刚发生的一切。黄晋升十分惊骇。他现在早已没有了整治哈个人的想法,甚至对过去哈些做法

590

十分悔恨。人和人斗么哎，就算你赢了，能多活十年昂？就因为你殚精竭虑斗别人，很可能折寿，再时刻防着别人报复斗自己，能不早死十年？是白？他意识到制药厂运转历来正常，沙红枣哈么精明的人打理一个厂子完全是小意思，咋会出这么大纰漏？必然是有人发坏。但他还不敢往自己生地瓜儿子身上联想。虽然听说儿子也受伤了，多少有些着急，但并不十分着急。他知道，黄天厚很会照顾自己，不会平白无故吃亏。眼下只是为这个不大不小的事件纳罕。

黄新桃继而说出了自己之所以离开郭家堡的真正原因，请老爸安排工作是一，其二，立即给自己找个对象，自己在这方面早就等不及了。黄晋升连连点头，答应了女儿的请求。当夜，一家三口去县医院看望了黄天厚和沙红枣。黄晋升面对沙红枣还掉下几滴同情的眼泪。他这辈子喜欢女色，尤其喜欢沙红枣这种气质的知识女性。所以，见了沙红枣的惨状，眼泪是没法控制的。他当即建议把沙红枣送到北京救治。转过天来，黄晋升就把黄新桃安排在县政府下属的税务局，做内勤，管理文件，身份依然是农民，以后伺机转换。但黄晋升讲了一点，郭家堡需要给黄新桃开出"表现良好"的证明，否则在转换身份的时候不好办。

沙荆花得知黄新桃走了，虽然也一时想不明白，但终归还是理解了——新桃这孩子爱向前儿子爱得太深，看到没有希望了，就果断离开了，连一分钟都不愿意耽搁。这种果断，其实是真爱。她不由得想起自己当年与郭山河郭老铁的果断分手，还不是为了成全郭老铁和陈玉妮？新桃还这么年轻，不能耽误人家，是白？于是，沙荆花为黄新桃写的鉴定和证明非常之好，还建议县委把新桃树为"三八红旗手"。过后，连同这份鉴定与证明，把十万块钱作为郭家堡的奖励，大大方方给了黄新桃。当时黄新桃搂着沙荆花一连声地叫着："娘，您就是俺的亲娘！以后咱还要保持关系，经常走动，俺不能没有您！"

娘儿俩抱在一起哭了好半天，连在一边看着的黄晋升都跟着掉眼泪。他一连声道："俺们都是好人，都是好人！老嫂子，俺向您学习，致敬！"

…………

柴大霞回到村里，就在村委会腾出了两间房子，为清华大学来的师傅安排了住宿。清华大学的两位师傅是专门试做样品的，技术高超，不光对汽车把套的制作十分在行，对其他很多门类，凡是涉及缝纫机加工的活儿，全都手拿把掐。他们把自带的缝纫机摆在村委会的小会议室里，这里是党员开会曾经为了新项目"大打出手"的地方，拿出自带的一些皮革样品，按照图纸，怎么裁剪，怎么轧第一道，怎么轧第二道，乃至第三道第四道，直到最终完成，一鼓作气，一气呵成，让人看着赏心悦目。一个成型的把套做完了，用了不到半个小时，大家情不自禁地报以热烈的掌声。

两个师傅首先培养出十个徒弟，这十个人全是村里心灵手巧的姑娘、媳妇，她们完全掌握了技术，做出第一批产品之后，两个师傅就走了。这十个徒弟继续教学生，每人教五个，以此类推，越滚越多，很快全村就消灭了死角，一家不会的也没有了。原本这也不是多么高深的技术，是白？只要会使缝纫机，你连十分复杂的制式服装都轧得了，相比之下，汽车把套不是简单多了？而且，因为前一阶段家家干皮革、皮毛，已经积累了一定的资金，买一台缝纫机还困难昂？甚至有人声称："俺买缝纫机就买最好的，省得老得修。"

于是，柴大霞派出一干人到天津采购名品"牡丹牌"缝纫机。当时，天津的"北京牌"电视机、"飞鸽牌"自行车、"东风牌"手表、

"海鸥牌"照相机、"牡丹牌"缝纫机、"金鸡牌"闹钟以及"盛锡福"的鞋帽、"梅花牌"运动服、"回力牌"运动鞋……行销全国,大名鼎鼎。尤其哈些工艺品,令人仰慕,而且这种名品还没走出计划经济的范围,要购买还需要购物券(一种简易印成的"条儿")。这些人进了天津到了劝业场一问,方知买"牡丹牌"缝纫机要"条儿"。这可咋办?他们在天津举目无亲,找谁咧,如果打道回府,就浪费了这么多人的车票钱,咱农民挣点儿钱不容易,即使现在有这个能力,也不能随便浪费,这和咱省吃俭用的生活习惯不相符,是白?他们急忙给镇上打电话求助,镇上就转告给郭向前了。郭向前得知以后,就找到沙荆花,说您赶紧到天津去一趟,您不是认识老作家梁斌昂?让郭三秀带车送您去!

现在郭三秀的毛纺厂本部已经有了三辆汽车,一辆北京吉普车,是厂领导和业务人员谈生意时坐的,另外两辆是送货的大"解放"货车。因为一直以来毛纺厂都把钱把得很紧,所以即使业务发展很大,本部也不积极买车,因为汽车也是"耗钱"的工具。

郭三秀开着北京吉普车带着沙荆花来到天津,会见了柴家营的人,便一起去找老作家梁斌了。她们见到梁斌以后说明了来意,便奉上了一些家乡的产品:毛纺织物,有毛衣和毛坎肩,男式女式都有。但梁斌说:"这些俺都不喜欢,所以,俺也不要,不过都能派上用场。"他给几位老朋友打电话求援,请求办一些购买"牡丹牌"缝纫机的"条儿"来。然后请大家找旅馆住下,耐心等待。几天后,事情办成了,而梁斌连顿饭都不肯吃,就让这些人感慨了,同时也在思考,因为老作家梁斌手里并没有这种"条儿",为了帮助家乡父老,舍着脸求人,也是不简单。因为大家早已知道,梁斌历来不愿意求人。帮乡亲们办了事,连一盒点心都不收,还给村里捐了很多钱盖小学,面对这些毛衣、毛坎肩,他怎么会接受?所以,大家在感激之余,也很过意不去。

在郭家堡的帮助下,一批缝纫机运回了柴家营。汽车把套的业务,也就由此开展起来了。此时全国的汽车产量与进口量,都在不断增加,这项业务对柴家营而言无疑属于朝阳产业,最关键的是没有污染,所以,全村人没有后顾之忧,心齐气盛,风风火火地发展起来。此时,柴大霞按照郭向前的指点,引进了两名专门学工业设计的大学毕业生,为村里的汽车把套业务设计出几百套图纸,供大家选用。村里有已经考上大学的人,原本已经分配到城里工作,此时竟然辞了职回村跟着干汽车把套业务。

柴大霞的大儿子就是如此。他大学毕业后分到保定工作,在税务局当税务员。这不是挺好的工作昂?可他辞职了。哈天,他背着书包,一手拎着一个旅行包,满心激动地屁颠屁颠地回家了,可一进家门就让柴大霞看清他是咋回事了, 便开口就骂:"生地瓜!你跟俺商量了昂?一辈子的大事就这么草率?"儿子说:"俺看了报纸上对你们的报道,心里长草,在保定待不下去咧。""你对象同意昂?""不同意,分手了。""混账!"

柴大霞大发雷霆。柴三脚历来看着老婆眼色行事,此时就要对儿子动武。柴大霞压住丈夫,让儿子马上拿着包打道回府,而且,要和对象言归于好。儿子说:"俺在单位都辞完职咧,再回去人家也不会要俺咧。"柴大霞开始不讲理了:"哈个俺不管,你自己想辙去!"

这不是逼儿子昂?他现在没有退路了,不可能再回去。但柴大霞不管哈些,硬往外赶儿子。因为,在她心目中,乡镇企业再好,也不过是一帮老农民的营生,与城里的干部咋比?咱家祖祖辈辈都是老农民,好不容易出个大学生,在城里落了脚,你倒好,说回来就回来了,你爸你妈在村里都是说说道道的人,你让俺两口子的老脸往哪儿搁,是白?

儿子不得已,来到郭家堡找郭向前求援。他在报纸上早已知道郭向前的大名,早已佩服得五体投地。所以见了面先规规矩矩深鞠一躬,再说明来由。郭向前不认识他,此时细看,但见这小伙子十分精干,身材高大不说,衣着整洁,眼神机灵,看得出来,脑筋十分活络,这可正是咱乡镇企业缺的骨干啊,不能总是一脑袋瓜子高粱花子,进门就蹲凳子"溜脚缝儿"的主儿,是白?便领着他来找柴大霞说情。柴大霞依旧满嘴唾沫星子,说着说着还哭了起来。最后郭向前向柴大霞许了诺,说只要儿子干得好,将来也有机会进镇政府工作,这才算把柴大霞安抚住。晚上她留郭向前吃了饭,吃着饭又哭了一报。郭向前当着柴三脚和儿子的面,搂住她肩膀好生安慰,一再打包票,才算止住。

…………

很多事情是出乎意料的,一直在郭家堡暗访制药厂事故的黄大迎,来到事故车间以后,看到这里虽经收拾而仍然一片狼藉,得知黄天厚和沙红枣同时受伤,一个员工还因公死亡,内心十分复杂。他以一个老警察的职业敏感度推断,黄天厚不可能弄这种"苦肉计",玩儿一次与美女厂长同归于尽的游戏。而哈个死了的员工,很可能是肇事者。因为,以黄大迎的观点来看,憎恨黄天厚的人不会少。很可能哈个员工被黄天厚坑害过,于是想与他同归于尽。只是遗憾的是黄天厚侥幸没死,而他自己却丢掉了生命。不论如何,这个员工算个有血性的勇士。黄天厚虽然没死,可也够呛,已经元气大伤,也算得到应有的惩罚了,就撒开他,不跟他死磕了。

黄大迎重新起草了一份报告,写明注册一个"服务站"是正当的,关键看你干什么。而沙金来注册了服务站以后干的不是"服务"而是干起打劫的不法勾当,这就不行了。这件事与当年帮他注册的黄天厚关系不大。于是他建议继续审理沙金来的案子,该重判的绝不能姑息。写完,他亲自找到黄晋升,说出了自己的看法和建议。黄晋升见儿子的问题已经撇清,当即决定,开审沙金来。于是,时隔不久沙金来就被枪毙了。此事曾经引起沙家店一些人不满,纷纷投书领导机关,要求追究黄天厚的连带责任;而沙金来的哥哥则四处活动,为沙金来鸣不平。但这些"噪声"被蓬勃发展的经济形势淹没了,特别是被制药厂事件淹没了。全沙家店都在观望,都在念叨,沙红枣跟你郭向前关系哈么铁,你该怎么表现? 现在是考验一个人品性的最好时刻,是白?

　　制药厂出事故,沙红枣的父亲沙玉成一下子急得脑中风,"弹"了"弦子"。老伴儿也哭天抢地,要找郭家堡拼命,口口声声说郭家堡害人,专害好人。沙玉成早年在沙家店当过大队会计,改革开放后卸了任在村里开了个烟酒铺,规模不大,只是一间小屋,他天天优哉游哉,坐在门口跷着二郎腿抽烟,有人来买,就支应一下,赚个毛儿八七的,也不往心里去。因为他有两个能干的宝贝闺女,这俩闺女是他的骄傲,也是他的命根儿,都是大学毕业,还都生得美人坯子。其实这也是遗传,当年他当大队会计,是个人人羡慕的好差儿,娶媳妇的时候便在村里左挑右拣,最终选了一个"成分高"的地主出身的漂亮姐,为这事村里差点儿开除他党籍。老大沙红枣在郭家堡创业建了制药厂,老二沙红果在保定一家外贸公司做科室干部。眼下,干得最火的老大,说不行咣当一下子就进了医院,而且还受的是这种伤,下半辈子咋办?

　　郭向前早已想到,沙红枣的父母亲只怕难以承受这样的打击。他经过和沙荆花、郭来福商量,就把沙玉成老两口儿接到了制药厂招待所住下,制药厂有坐堂医生,哈都是从大医院退休下来拿高薪的经验丰富之人,让他们调理沙玉成的病情和生活,把老两口儿"养起来",同时,任命沙玉成为制药厂新一任厂长。于是,制药厂出现一幕方圆左近十分少见的场景,每天都看到沙玉成的老伴儿扶着他从制药厂出出进进,锻炼腿脚,真心感到郭向前的安排真心实意,如此为人实在可敬。

制药厂开班子会,老两口儿也要列席,明知道他们么都不懂,根本发表不了意见,也依旧让他们坐在会场。这时候,制药厂的顾问、药学专家蔡志先给郭向前打来电话,询问制药厂出事故后怎么安排,顺便批评郭向前对制药厂关心不够,这么好的企业竟然走到这一步,简直让人不可想象。郭向前把责任都揽到自己身上,说会对事情负责到底,还话赶话说打算把沙红枣的妹妹叫来,担纲这个厂长。这个厂子毕竟是沙红枣个人创建的,别人谁来接手都不合适。蔡志先对此表示同意,但叮嘱了一句:"企业一天没有厂长都不行,要做就赶紧做。"郭向前撂下电话便立即到保定沙红果的外贸公司去了一趟。

沙红果比姐姐沙红枣小两岁,大学毕业后一直在这家外贸公司做业务干部,专门负责跑天津海关。她这家公司很有背景,是国家外事部门的下属,已经存在了很多年,即使过去搞运动,都没停止业务,只是业务量的大小问题。看外表和身段,她与沙红枣十分相像。她在得知姐姐遭到如此厄运之后,十分震惊,马上就想到一个问题,索赔!但她又想,找谁索赔?只有找郭向前。因为这个企业是你批的,郭家堡就是你的根据地,郭家堡的社会治安不好,你有不可推卸的责任。但又一想,如果郭向前爱自己的姐姐,打算和姐姐结婚,人家俩人是穿一条裤子的,你怎么索赔?

沙红果因为一直与外国人打交道,养成说话直来直去的习惯,于是开口就问:"你打算娶俺姐昂?"郭向前回答:"哈当然,俺过去不明确,现在完全定版了。只是还不知道你姐的态度,这种事要两厢情愿,不能剃头挑子一头热,是白?"

沙红果立即柳眉倒竖:"你是么意思哎?只要俺姐一谦让,你干脆就坡下驴了是白?"

郭向前连连摇头:"妹子妹子,不是哈个意思,俺是说,必须尊重你姐。"

沙红果毕竟年轻,刚刚二十四五岁,正是不知深浅气势夺人的年龄,尤其在这种"权威"单位工作,小姐脾气一下子就露出来了:"你这样的牛×哄哄的镇长俺见得多咧,说话做事专为自己打主意,怎么合适怎么来。实话告你,你若不要俺姐了,就拿出三百万来,这还是少说。不然,俺姐这样的才女这一辈子算么哎?"

郭向前眉头紧锁。以他对沙红枣的了解,哈是个十分要强不肯低头的女子,在自己遭受了厄运之后,真可能对郭向前撒手而去。因为,她不会喜欢仰人鼻息的生活,她宁可去边疆,去更远的地方,远离一切爱慕自己的人,而不愿意让人们可怜自己,"赏"自己一个笑脸。对她来讲,哈是最可悲的生活。但是,郭向前对沙红枣的了解只怕超过了她的妹妹沙红果。所以,受到沙红果的抢白和误解,也是情有可原。最后,他只能这样表态:"妹子,咱先不说索赔的事,现在说哈个为时过早,你看俺下一步的表现,行白?现在,俺特邀你去制药厂担纲厂长,接替你姐,行白?"

沙红果想了想,说:"这事太大,俺得跟对象商量商量。你稍等。"

沙红果离开座位,出去了,郭向前便点起一根烟抽着,耐心等候。十几分钟之后,沙红果回来了,说:"俺对象不同意,怕俺企业没干成,正式职业也没有了。"

"你能不能请个'长期事假',先干半年看看,万一非常适应咧,哈时候再完全辞职,行白?"

"俺跟对象说了这个想法,他还是不同意,说白了,他怕俺跟你'跑'了。"

"俺是个土八路,哪有哈个魅力!"

"嘿,俺对象一听你来了,吓得半天说不出话。"

"咋会咧?"

"他说你名声在外,前途无量,他一个科室小干部没法跟你竞争,如果你打起俺的主意——"

郭向前不等她把话说完,就抢过话头:"他太小看俺咧,只以为乡镇长天天盯着漂亮闺女,哈是谣言,也是污蔑。"

"不管咋说,他不会同意。"

"俺看着制药厂真是着急,现在你爸你妈都让俺接到厂里去了,当着名义厂长,厂里的坐堂医生天天给你爸理疗。可是,没有当家人,时间长了不行咧。"

"你能保证每个月给俺多少钱?"

"如果这个厂子经营得好,一个月万八千的没问题。"

哇,沙红果暗暗惊叹,这几乎是自己现在工资的一百倍。怪不得乡镇企业风起云涌,农民的积极性哈么高。可是,可是,她想到了另外一点,农民企业家毕竟是农民企业家,可以赚很多钱,但没有"仕途"可言。她曾经跟不少找她的乡镇企业家打过交道,一个个气吞山河豪情万丈,穿西服卷裤腿,扎领带非要歪着,以为产品出口十分简单,不给他办就没好话,甚至面对面拍桌子,听不得她苦口婆心的解释,她见了他们真的是没脾气。也许她想的说的有道理,但也只能是"一些人",不代表所有的乡镇企业干部,真正像样的譬如黄大军、郭三秀、郭二惠乃至沙红枣,她都没见过他们是怎么干工作的,是白?

沙红果思忖着，犹豫着，眼神专注地看着郭向前手里的火红烟头，长长的睫毛一眨一眨的，透着疑问和为难。郭向前似乎猜到了沙红果的心里，说："你现在可能在考虑仕途上的进步，俺且问你，近几年你有可能得到提拔昂？"

　　"没有可能，俺是小字辈，现在公司有很多战争年代过来的老同志还没安排。"

　　"这就对咧，以后俺很可能在乡镇企业里选拔干部，评选先进。因为现在乡镇企业已经撑起咱河川镇的多半边天咧！"

　　沙红果终于下了决心，要去制药厂任职了。谁知，男朋友一听这话，当即就哭了。说你不能这么绝情，刚跟郭向前接触一次就被他迷惑了，用不了几天你还会跟他谈情说爱。是白？沙红果忍无可忍，抬手就给了男朋友一个大嘴巴，说："你胡呲啥，知道外面天地有多大昂？你太小看人家咧！"

　　沙红果向主管领导写了辞职书，就收拾了东西，跟着郭向前走了。她的男朋友在屋里哭得昏天黑地，因为他深深爱着沙红果。不愿意任何男人与沙红果产生这么近的关系。这几年，凡是有外出的任务，他都申请陪同沙红果一起前往，领导也理解他，就同意这么办。这也不是一般人能做得到的，因为他父亲就是这个公司的前任领导。他是下乡知青，前几年顶替父亲回城，为此父亲没到年龄就提前退了休。

　　制药厂再次走上正轨，人们一直提溜的心，也一下子放了下来。因为沙红果不仅长相酷似姐姐，做事风格也十分接近，只是因为年轻，而略略显得"嫩"了一点儿。但老爸老妈就在身边，郭向前也三天两头来，沙荆花更是对这里关怀备至，所以，厂里人们的情绪慢慢稳定住了，各项工作正常进行。人们甚至有了新的"祈盼"，希望郭向前和沙红果走到一起。因为，在一般世俗的眼光看来，掉了毛的凤凰不如鸡,眼下的沙红枣已经"配"不上如日中天的郭向前了。于是,沙红果的耳朵里就听到了"你和郭向前才是天设地造的一对儿"的带着玩笑的恭维话。对方说这话,可能主要是恭维郭向前,她不过是被捎带的,但在她听来就好像专门说给她的,心里便十分逆反。"你们是专门要俺姐的好看,是白?"

于是,沙红果莫名其妙地裁掉了两个技术骨干。吓得周围的人们全都三缄其口,不敢随便说笑了。

郭向前来到制药厂以后,站在出事的"精制釜"跟前,想了许久。起初,他也得出是哈个管理者肇事的结论,也估计是黄天厚得罪人太多。但对哈个管理者做了深入了解以后,得知哈个管理者是外县来的大学生,与黄天厚素无瓜葛,怎么会加害于他?这事就奇了怪了。黄天厚与沙红枣也素无瓜葛,会演出与沙红枣同归于尽的"苦肉计"昂?在黄天厚的知识储备里,也根本不存在制药厂的设备这一项,他也轻易不深入企业,怎么知道一扳哈个扳手就会出事?再有,也是最关键的,究竟是谁扳了哈个扳手?如果是黄天厚,到死他也不会承认;如果是哈个管理者,又毫无道理。哈么,当时的情景沙红枣是否看到了?现在需要等待沙红枣恢复身体以后将一切讲出来。郭向前对这些事似乎越来越看得明白了。世界上怕就怕"认真"二字,是白?

第三十二章　退与进

　　他后来给黄大迎打电话，诉说自己的怀疑。黄大迎劝他说："老弟，算了，放下黄天厚吧，这次事件已经让他伤了元气，短时间恢复不了。这个阶段，正是你消消停停干工作的好时候。俺也放弃了对黄天厚的追究，他不过是为了仕途而不讲分寸，还不是'阶级敌人'是白？抚平自己的心态，看淡周围的一切。"

　　"你这莫不是放弃原则？也不符合你的一贯风格咧？"

　　"老弟啊——"黄大迎给郭向前讲了前几天的一件事。上个礼拜，与丁卫红是朋友的哈个"小资"作家来找黄大迎，请他讲讲警察故事，他便讲起当年破获河川镇黑恶势力的惊险事例。谁知刚讲了半截，这个"小资"作家便截住他，不让他说了，说你这是给咱社会主义抹黑。光天化日，朗朗乾坤，怎么会有"黑恶势力"？我让你讲警察故事，你怎么专讲"负面消息"？现在是谁的天下，小小蟊贼不值一提，你却讲得这么津津有味？你对机关干部也似乎有成见，在故意丑化，是白？你思想有问题了，老兄，我劝你赶紧悬崖勒马，否则，我会给国家公安部写信举报，取消你的一系列荣誉称号！俺当时回答她，你哈意思只讲俺们民警天天扶着老人过马路，是白？只讲小学生捡到一分钱交给俺，俺赶紧表扬一句，是白？你以为当警察天天坐屋里抽烟喝茶看报纸，是白？"小资"作家让俺问得无言以对，悻悻而去。老弟啊，你想想看，现在的事情是不是五花八门很复杂？所以，得饶人处且饶人，不做赶尽杀绝的事。睁一眼闭一眼，只要对国家不是伤筋动骨，就去去吧。郭向前有些恼火。他对黄大迎的这种变化难以接受。暗想，也许是自己太年轻，与经历了太多的黄大迎没法比，至少心态不一样。黄大迎现在功成名就，一身荣誉，不想再生出么蛾子，是白，唉。

沙红果上任以后，发现这么大的厂子到处都是绿树，却没有一盆鲜花，这太不协调了。便要身边的人去花卉市场买一批来。身边的人迟疑地看着她说："沙红枣厂长不在，还是听听郭向前的意见白？"沙红果有些来气："俺管的企业，为么听他的，难道俺必须要个'婆婆'？企业连这点儿自主权都没有，还干个屁？"

身边的人见此，也不跟她矫情，就开着车去找郭向前了，名义是买花去了，其实把郭向前叫来了。他见是这种事，就笑呵呵地说："红果妹子，你经营上的事，只要不是偷税漏税，俺么都不管。包括你用人裁人，俺都不问。但你要买花这事，俺不能同意。为么啊，因为你姐不喜欢。你若不尊重你姐，俺就把你请出去。俺既然能请你来，也能请你走。"

这个钉子碰的！沙红果大睁着眼睛，半天缓不过劲儿来。此时，郭向前又说了："会议室、办公室、厂院，一切布置都不要改变，因为哈都是你姐亲自设计安排的。你是愿意也得这么干，不愿意也得这么干。明白昂？"

沙红果的眼泪在眼眶里转来转去,差一点儿掉下来。长久以来,她从不做缺理的事,也就很少遭遇这样的"忤逆",这简直让她在制药厂抬不起头来。晚上,她就把事情跟老爸老妈说了,感觉郭向前干涉太多,这么下去,这企业可真不好干了。老爸毕竟脑子还清楚,便一只手抖着,说:"二啊,向前说得对,你姐现在医院里,人并没死,说不定几时就出院工作了,你咋能随便改变厂里的布置?你姐在你眼里有没有位置?"

老妈也说:"二啊,你太年轻,就听你向前哥的白,俺看出来了,他对你姐感情很深。不然,怎么会待俺们老两口儿这么好?"

沙红果不说话了。也许老爸老妈是对的。"唉",沙红果一声长叹。老爸又问:"你哈个男朋友咋样咧?他同意你来接你姐的班昂?"

"俺把他'蹬'了,他怕俺跟向前哥搞上,死乞白赖地反对俺回来。"

"唉!你们这些年轻人啊,今天这么着,明天哈么着,就没个准稿子。不过,俺看你向前哥真是个好人,若你姐不行了,你就顶上去,咱家就缺这么个能顶饯的女婿咧。"

"妈,您说么咧?这种事哪有瞎说的?您都这么大岁数了,还拿闺女开玩笑?"

谁知,老爸也接过话来:"俺这些天也听到很多议论,说你和向前最合适。"

"俺都开走两个人咧,咋还有人议论这些?看起来,闲得难受白?还得开他们!"

老爸咳了一声,道:"你做事别这么莽撞,沉住气,人们说得也不是没有道理。"

沙红果不说话了。她与男人有过深入接触,甚至与哈个科室干部拥过抱接过吻,对男人的哈两下子早已心知肚明。但唯其如此,就发现郭向前对待男女之事十分慎重,脑子里一点儿"及时行乐""今朝有酒今朝醉"的念想都没有,而这却是眼下很多人的人生理念,感觉经历了过去太多的折腾,看清楚人的一辈子求个欢乐最重要。什么理想、信念,全是"赚人"的。原来公司的年轻人,就有刚一搞对象,就先"闹一回"的,至于是不是结婚,则另商量。她不喜欢哈种生活态度。而郭向前板是板眼是眼的做人风格,与一往无前的做事态度,却让她颇有共鸣。河川镇四十三村藏龙卧虎,孕育了各式各样的响当当的人才。这里确实是一片热土啊,柴大树、郭尚民、黄国贤、魏雨征、郭山河……连知青都很争气,丁卫红、许建国、项未来……还有咱乡下的郭三秀、郭二惠、周滏阳等等等等。

沙红果因为婚姻问题亮起红灯,而对自己的人生态度做了深思。甚至也想,若是姐姐真的退出了与郭向前的交往,自己完全有信心顶上去。于是,她开始更加认真地工作起来。天天忙得脚不点地,像抽了一鞭子的陀螺。曾经有人说爱情的力量是无限的,有人为了真爱甚至会舍出自己的生命,或创造惊人的奇迹。这在沙红果身上,正慢慢体现出来。她把企业完全理顺以后,就开始打外贸的主意了。她依靠与外贸公司上上下下都十分熟悉的有利条件,按照外贸部门的要求打造产品,从质地到包装乃至宣传品,都尽可能与国外需求接轨,慢慢地将产品推向了国外,开始为国家赚取外汇,省报也及时报道了这一可喜消息。

忽一日,内蒙古的呼斯满带着大车队来到郭家堡,求见郭向前。而郭向前正在闭门思过,与沙荆花、郭来福一起思考面前的一切。这时,郭二惠敲门进来,说:"向前哥,俺家呼斯满想跟你说句话。"郭向前道:"这还用请示,让他来!"郭二惠便回身出去,把站在外面的呼斯满叫进屋来。

呼斯满一进屋，先将内蒙古近期的新产品一瓶金属罐装的"闷倒驴"酒奉上，说："向前哥，这是刚刚恢复生产的，你们先尝尝，好的话，以后我就多带一些过来。"

郭向前感觉很有意思，怎么叫了这个名字？是白？呼斯满道："很多年以前，蒙古草原上有一家酒坊，叫'百里香'。坊主是个老者，七十多岁，一生酿酒，闻名遐迩。一次他把酿好的酒摆在院子里，打算见见太阳，原本酿酒是不能见阳光的，他就想出出新，看看效果，结果拴在院子里的一头驴闻香不能自已，挣脱了缰绳前来饮酒止渴，于是，这头驴一下子醉倒三天，三天后才站起来。'闷倒驴'的名声就传扬出去。后来搞运动，不能生产了，最近刚刚恢复。"

大家哈哈大笑，一起品尝了"闷倒驴"，感觉这酒够烈，至少六十五度以上。再看金属罐上的小字，果然如此。但郭向前摆了摆手，说："咱家乡的人本身就性子火爆，就甭引进这种酒咧，否则，俺的工作量又加大咧。是白？"

呼斯满笑着点头，说："我再说一个情况，这是我这次要求见你的主要原因：近日有大领导来河川镇，你要有思想准备，必要的时候该收拾一下，像哈些街容街貌咧，小店小铺咧，哈些干加工的都在马路边，不像样子，不能让大领导看着不舒服，是白？"

郭向前点点头，感觉是这样。问题是，你怎么会知道有大领导要来？呼斯满呵呵笑着不回答，说你只管做准备就行了。说完就带着郭二惠走了。郭向前和沙荆花、郭来福面面相觑，够神啊，是白？郭来福道："向前侄子，现在是你露脸的时候，该收拾一下还真得收拾，俺马上用村里大喇叭喊话去，先把咱郭家堡收拾一下。"

郭来福拍拍屁股走了，真的用大喇叭喊起话来。郭向前便向镇上走去。一路走,一路查看,觉得确实有些乱。很多店铺都是"前店后坊",却把加工的设备、工具、材料摆到门口的便道上,叮当五六地干活,让过路的人看个满眼。制造噪声还在其次,影响行人走路,甚至还给行人带来危险。譬如,用三角铁搞焊接的,焊枪一亮起来,直接刺激行人眼睛,迸出的火星子还会伤到行人。店家这么做可能是为了做广告,但也确实太脏太乱太危险,不成体统。以前,过于照顾群众的积极性,忽略了街容街貌问题。但是,如果仅仅因为上级领导来参观和指导工作,你临时性收拾一下,过后必然死灰复燃,该乱还是乱。所以,制定必要的规定和要求才更重要,做就做长远,不能做一时。于是,他到了镇政府,安排副镇长立即起草街容街貌的管理办法,从即日起,大力整顿。

在路边搞加工的开始往屋里"缩",不"缩"的按扰乱社会治安处理。于是,怨气和不服就是必然的了。没过两天,一位国家副总理真的来到河川镇微服私访。闻名遐迩的河川镇早已让他耳熟能详,早想来看看了,当下终于有了时间,便真的来到河川镇。他的这次到来,邀请了冀中一带多年来涌现的知名人士,陈之谦、梁斌、黄胄、丁卫红等人都在参观的队伍里。老作家梁斌被儿子——年轻的天津团市委副书记散襄军扶着,对河川镇发生的变化十分感慨。他们先到烈士陵园去向先烈鞠了躬,然后来到街上。副总理进了一家店铺,问:"业务还好昂?"店铺经理一见来人白发苍苍,灰色制服扣子严整,面色红润,神态慈祥,猜想对方级别一定很高,便有些拘谨,但对方的一口亲切的家乡话,让他消弭了距离,硬生生扔出一句:"都挺好,就是郭向前管太严。"副总理闻听哈哈大笑,离开了这家店铺,又走了两家,还是这个评价。副总理感觉一方面家乡人实在,敢说话,另一方面,郭向前这个年轻镇长是管得严了点儿。可问题是农村改革开放以后,也出了很多问题,连黄大迎破获"黑恶势力"的事副总理都知道,所以,不管咋行?他面对不满和牢骚只是点点头,么都没说。

来到毛纺厂和制药厂查看以后,副总理非常满意,又去黄召庄看了黄大军的服装厂,去了柴家营看了以家庭为单位的汽车把套加工,得知这些产品的生产和销售都已成为全国同行业的龙头老大,副总理十分感慨,回到镇上,就在会议室展开宣纸,挥笔写了八个大字"南有温州,北有河川!"对河川镇给予了最高褒奖。因为,温州是哈一时期全国乡镇企业的领头羊,温州的鞋帽、服装、打火机已经行销全世界。能与温州比肩,是不是也很值得骄傲和自豪?

副总理特别到郭家堡与沙荆花见了面,亲切握住沙荆花的手,连连夸赞。当他看到村里的房子全都是崭新的红砖房,唯独沙荆花的房子是土坯房,便问:"你咋没'拆'没'盖'?不是与全村不协调昂?"沙荆花回答:"俺和别人不一样,所以,看着别人改善俺高兴,但俺要纪念两位烈士丈夫。"副总理当即指示身边的郭向前说:"你娘做得对,你们后来人要保护好这独一无二的'土坯房'!"

郭向前当然会满口答应,只要他在职,也必然会这么做。但后来郭向前离开河川镇以后,继任者就忘记了副总理的嘱托,叮当五六就把这座土坯房的院子拆了,并一下子夷为平地,盖成厂子。

人们更关心各式各样的初次接触的东西。文学首当其冲,刘心武的《班主任》,卢新华的《伤痕》,王亚平的《神圣的使命》,从维熙的《大墙下的红玉兰》,蒋子龙的《乔厂长上任记》《开拓者》,张洁的《爱是不能忘记的》《沉重的翅膀》,张贤亮的《灵与肉》,路遥的《人生》,铁凝的《哦,香雪》,李存葆的《高山下的花环》,王蒙的《春之声》,宗福先的《于无声处》,苏叔阳的《丹心谱》,金振家、王景愚的《枫叶红了的时候》,北岛的《回答》,舒婷的《致橡树》,李瑛的《一月的哀思》,艾青的《光的赞歌》,叶文福的《将军,不能这样做》,熊召政的《请举起森林一般的手,制止》等小说、话剧、诗歌纷纷发轫,如同开闸放水,汹涌澎湃,气壮山河,成为各阶层人们热议的话题。文化界则倏忽间出现了"儒学复兴论""全盘西化论""西体中用论""综合创造论",继而"反传统论""中西文化平衡论""中西文化互为体用论""道德重建论""对传统创造的轮化论"等各式各样的论家与观点纷纷登场亮相,一时间五光十色,令人目不暇接、扑朔迷离;文化学者汤一介、李泽厚、庞朴、王元化、刘再复、金观涛乃至参与其中的作家王蒙等诸名家,群星璀璨,如日中天,引领时代话语潮流。

但社会是分层次的,河川镇与全国文化界现象相伴的,是年轻人的活跃,今天要这么着,明天要哈么着。最喜欢的电视剧是时下热播的《大西洋底来的人》和《加里森敢死队》。街上的小青年要穿喇叭裤,戴蛤蟆镜(迈克镜),留披头发,拎录音机才算时髦;前不久新娘子结婚要的是"三转一提溜"(自行车、手表、缝纫机、录音机),现在又要起"三金"(金项链、金手镯、金戒指);有点儿文化的人则言必称"弗洛伊德""萨特""尼采",如同当年的"开口不谈《红楼梦》,虽读诗书也枉然"。

当此节骨眼,擅长给晚辈把脉的陈之谦教授,给郭向前写来一封信,他因对郭向前知之甚深,不担心郭向前会加入河川镇年轻人的行列,但担心他会对文化界现象迷茫,于是,这样告知:前不久,省里一位刚刚崭露头角的青年作家写了一篇《歌德与缺德》的杂文,引来文化界的轩然大波,本来面目模糊的两个阵营倏忽间横眉立目拔刀相向起来。文化界因为有人力倡中国需要"全盘西化",遭到主流舆论强力批评与批判,"一个中心两个基本点"尤其"坚持四项基本原则"被重新强调;陈之谦慨叹,文化界虽强大强悍,但难免躁动冗杂派系林立,在随风摇曳和暗流涌动之中,透着敏感、脆弱,却也生动和景象别致。而哈些争论注定不会有么结论,只是在此过程中留下大量学术积累和思想财富,深刻地影响着后世。陈之谦道:"可把这些争论看作是中国近代以来的第二次思想启蒙运动,与'五四'新文化运动相媲美。虽然依旧没有最终完成,但这次启蒙运动却是对党内'解放思想,实事求是''理论务虚会'的延续、呼应与外化,为中国持续进行改革开放奠定了广泛而深刻的思想基础,意义难以估量……"

对于"理论务虚会",郭向前是知道的。但做为他这样的年轻基层干部,一个整日忙忙碌碌的乡镇长和文化圈以外的人,他是否关注国家的理论、文化现象,除了陈之谦,没有人在意。他自己也完全可以用"忙于事务性工作"来遮掩漠不关心的态度。但他因为勤于读书看报,不可能不关心,也不可能没有自己的态度,而他的态度是建立在多年来通过读书学习产生的立场观点上,还建立在多年来所受到的陈之谦、陈玉妮、沙荆花、沙耕读等人的影响上。他不会随便跟着哪个潮流走。河川镇四十三村有六十六平方公里、六万多人,他做为这一方水土的管理者,考虑最多的必然是社会大局和总体走向。对文化界的现象也必然持一种冷静态度。

他来到制药厂巡视的时候,看到沙红果新烫了洋气的"荷叶头",穿着一身银灰色的西装,里面是雪白的绣花衬衣,没扎领带,告别了早先村子里妇女们的哈种灰塌塌的"一"字领肥裸子。沙红果有些挑衅般问他:"俺最近在保定看了刚刚恢复上演的好莱坞电影《乱世佳人》,你看过昂?俺现在的发型就是电影演员费雯·丽的发型,你喜欢昂?"

郭向前一时语塞,沉了一下,道:"俺没看过这部电影,但俺看过玛格丽特·米切尔的小说《飘》,是写美国南北战争中发生的故事。你的发型,俺能接受。"

沙红果感觉有些受挫。她的发型在郭向前这里仅仅是"能接受",而没得到夸赞。她当时看完电影就到保定的理发店做了这个发型,花了不少钱。尤其她没看过小说《飘》,但也知道电影《乱世佳人》是根据《飘》改编的。于是,她不甘示弱地继续"发力"了:"俺还看了电影《安娜·卡列尼娜》《巴黎圣母院》和《简爱》。"

"真不错,这些电影俺都没看过,小说倒读过。"

终于表扬了沙红果一句,但后面的话又哈么透着倔强。

"现在社会思潮十分活跃,你对哈些事怎么看?"

时下年轻人沟通思想往往先从电影、书籍说起,然后转入对社会潮流的评价,几成惯例。郭向前道:"俺先问问你咧,对哈些事怎么看,免得话不投机。"

沙红果道:"俺对西方哈些东西既不反感也不膜拜,俺向老外学习,是真学,但学的不是哈些。俺之所以做这个发型,是打算——"她看了郭向前一眼不说了,可能因为么原因而闭了嘴。她指着自己的衣服说:"这身衣服是皮尔卡丹的,法国客户送的。今年春节晚会上张明敏唱的《我的中国心》说得好——洋装虽然穿在身,我心依然是中国心。"

郭向前的心里终于一块石头落了地,道:"刚才你一个'费雯·丽'把俺打蒙了,几乎不敢说话了。现在俺就敢说了——各种没接触过的东西进来,是改革开放的必然,也是国家物质和文化发展的需要,不足为奇。但没必要迷信。一百年前中国'开眼看世界'的有识之士就讲过'中学为体,西学为用'。中国不改革开放不行,但若放弃独立自主、自力更生的基本国策,靠仰人鼻息过日子,便死路一条。天上从来不会掉馅饼,世界上没有免费的午餐。你自己的国家自己不建设,指望谁建设?希望外国人是雷锋,是焦裕禄,他们是昂？"

沙红果一声长叹："唉！这话俺爱听。走，咱们到万柳堤上吸吸新鲜空气去。"引着郭向前走出制药厂。

郭向前身着深蓝色土布制服，哈是沙荆花亲手织的布，亲手为他量体裁衣，亲手缝制。他嘴上抽着一根烟，裤脚上和黑布鞋上的黄土，十分扎眼，和一身洋装潇洒靓丽的沙红果走在一起，很不协调。每一个看到他们的人，都不会相信这样的两个人能够最终走到一起。他们并肩徜徉在万柳堤上，郭向前说起了他和呼斯满等人与蒙古国人商谈合作的情景。

沙红果道："俺们制药厂可以加入进去昂？俺可是为这事专门做了发型的。"

"你真是有心人，当然可以。"郭向前咋会不明白，做了发型是为了显得正式——接下来她笃定要提出参与与蒙古国人的合作。郭向前此刻在心里已然做了默许。她做过好几年外贸工作，这方面是行家里手，出哪门进哪门十分熟稔，人尽其才，何乐而不为咧！

两个人走了一阵曲曲弯弯疙瘩溜晶的土堤，在一侧斜坡上有几个燃烧后剩下的黑黢黢的残木橛子，哈是原来沙金来搭的草棚，是他的收费站之一。这些地方一度是沙金来的"天下"，哈么多的外地商户在此受害。他又向沙红果讲起了这些，讲到了彪形大汉的棍子搠到他腿上的瞬间，他的哈种撕心裂肺的痛觉。沙红果突然伸出一只手捂住了他的嘴："俺不喜欢血腥！"

郭向前点点头，轻轻推开了她的手，她则顺势捏了他手指一下，两个人便对视一眼，继续往前走，沙红果脸上微微发烧，郭向前则心里有些乱，转移话题，发起感慨："河川镇这些年的事实证明，几时没有形成坚强统一的领导，几时就是乱局。出现不能坚强统一的原因是个别人私心太重。过去咱们讲'斗私批修'有些过，但若作为一个党员，把'私'字摆在万事之首，秉持'人不为己天诛地灭'，是没法建设好这个国家的。现在很多人在讲'个人利益最大化'，照此办理，董存瑞就不该炸碉堡，黄继光也不该堵枪眼，雷锋也不该冒雨送大娘回家，焦裕禄更不该带病坚持工作……"

沙红果说："这涉及'人本主义'与'爱国主义'的冲突，咱说不清，换个话题——最近，俺从一份报纸上读到这样一种观点，让俺十分赞成，文中说，姜太公被封齐国后，依照周朝的传统，根据殷商的制度，结合齐地实情加以改革，扩大农民的自主权，减轻农民的负担。非常难得的是姜太公还重视工业和商业，认为'大农、大工、大商'是立国之本，是国之'三大'(《六韬·文韬·六守》载：太公曰：'大农、大工、大商，谓之三宝。……三宝完则国安。')。他治理齐国，不但重视农业，而且利用齐地鱼盐资源丰富的优势和重商传统，大力发展工商业，'通商工之业，便鱼盐之利'，很快使齐国成为富国。由此可见，是分田到户还是种田集体化，仅仅是个组织形式，是形式而非内容，内容的关键在于'农工商并举'，三者缺一不可文中举例说，中国和美国的情况不一样：中国和美国的国土面积差不多大，但美国的人口只有三亿，而中国是它的好几倍。美国的城市发达，人口又相对稀少，所以要将农村人口解放出来，让少数人坚持农耕，让大多数人拥向城市。而中国是人口大国，如果也像美国哈样搞，就算是建设再多的超级大城市，也不够用。中国的当务之急不是怎样把农村人口变成城镇人口，而是怎样让农村人口在自己原来的土地上安居乐业。想当年陶渊明在《归园田居》中是怎么说来着：'……方宅十余亩，草屋八九间。榆柳荫后檐，桃李罗堂前。暧暧远人村，依依墟里烟。狗吠深巷中，鸡鸣桑树颠。户庭无尘杂，虚室有余闲……'一腔乡土情怀溢于言表。"

郭向前感觉沙红果口才很好，很喜欢她的谈吐："讲得不错，请继续。"

沙红果道："俺这些年做外贸经历了三个阶段，第一阶段是盲目自信，'金窝银窝不如自己的老窝'；第二阶段是盲目自卑，看外国人干么都好，中国应该'全盘西化'；时间长了就有了第三阶段：虚心向外国人学习，但不是一切照搬。俺越跟外国人打交道，越喜欢自己的家乡，正因为家乡落后，可塑的空间才大，俺们施展才华的舞台才大。"

郭向前道："你这些话都说到俺心里了。你的情怀、陶渊明的情怀其实就是最常见也最可贵的爱乡爱家情怀。中国自古以来就是农业大国，中国的文明是建立在农耕文明之上的，正所谓'黄色（土）文明'。农耕文明的特点是富有建设性，而不是掠夺性。而正是这样的文明孕育了勤劳智慧的中华民族炎黄子孙。而且，因为人口众多，吃粮和种粮问题是顶顶重要的排第一的问题。基于这种思考，若是妥善处理好'三农'（农业、农村、农民）问题，国家必然稳固。譬如咱郭家堡，就是让村民在自己的土地上安居乐业，而不是任由他们漫无目的地拥向城市，也因此村里的土地几经周折而一亩都没有撂荒，也没有留守儿童、留守老人的问题（此时有的村已经出现这些问题）；全国都如此的话，城市就不会因此带来新的年轻人就业压力，乃至不会有常住人口、外来人口的压力；春节来临之时，交通线路也不会人满为患，'春运'一词也就无从说起；而且，发展了的、富裕了的农村会是另一道不亚于城市的亮丽风景……这些在郭家堡正在逐步实现，农村的建设，理应从农本位出发，乡村建设就是建设乡村，而不是简单地将乡村良田推平了盖楼，转变成城镇或工厂，更不是放弃和逃离……"

两个人谈得非常投机，直到太阳西下才回到村里。分手时两个人握了手，相约以后有空继续交流。沙红果还说一句这样的话："和你在一起待不够。"郭向前听了赧然一笑。

郭向前躺在炕上，辗转反侧，彻夜难眠。窗棂明月光，思绪奔腾忙。他给北京的老前辈、老领导沙耕读写了一封信，诉说自己的眼下林林总总的疑惑和思考。除了姥爷陈之谦那样的学者，他还想听听沙耕读这样的老领导的意见与判断。

沙耕读非常喜欢这个年轻人，百忙之中还抽时间给他回了信，洋洋洒洒地写了好几页。但关于意识形态问题，沙耕读只字未提，只是掰开了揉碎了地讲了"三农"。信中说，向前大侄子，你说很多人把"逃离农村"看作人生的成功，其实是中国城乡二元结构问题造成的。么叫"城乡二元结构"咧？就是在发展中国家由传统农业经济向现代工业经济过渡的历史进程中，必然出现或经常出现的农村相对落后的生产和生活方式与城市不断进步的现代生产、生活方式之间的不对称的组织形式和社会存在形式。这么说有点儿绕嘴，不知你能否明白。而解决和突破这一矛盾的根本出路应是在发展农村经济的基础上走农村城市化道路，实现城乡良性互动，逐步减少农村人口，转移农村剩余劳力，增加城镇人口，而根本途径在于发展经济，同时，基础设施需要进一步完善，此外，村民们的思想观念也亟待更新。在咱们国家，凡是长期存在且久而不决的问题，一定是体制性、结构性问题。这类问题仅仅靠改进工作、加强领导是解决不了的，必须通过改革体制、调整结构才能解决。"三农"问题之所以难解决，是因为我国农村从"土改"以后就按照计划经济体制的要求，一刀切地把农民组织到高级农业合作社、人民公社的体系里，逐步形成了城乡二元经济社会结构体制的结果。这种城乡二元结构体制，是为计划经济服务的，限制、束缚了农业、农村、农民的发展。改革开放后，国家在城市、在二三产业方面已经打破了计划经济体制的束缚,但受一些因素掣肘,城乡分治的户籍制度和集体所有的土地制度等重要体制还没有改革,所以在农村城乡二元结构的体制还在继续。为么农民种粮不赚钱?不赚钱还要继续种,是不是不公平?……城乡的体制机制理应是一体的,城乡要素理应平等(等价)交换,公共资源理应在城乡均衡配置,这是我们的努力方向。多年来,农业基础薄弱,农村发展滞后,农民收入增长缓慢,已成为国家经济社会发展中亟待解决的突出问题。你身在农村,又担任一定职务,正可在这方面大胆实践,走出一条新路。大侄子,让我们一起努力吧!

沙耕读的讲解与郭向前的愿望,成为互不相交的两条平行线。郭向前赞赏,但不能完全解渴,甚至不能完全一致。沙耕读无疑描画了一张农村发展的美好蓝图,道理也当然是明了的,怎奈郭向前眼里的郭家堡和河川镇的远景,理应是更带"土腥味"的哈种美。也许他的思考带有局限性,但此时此刻他就是这么想的。因为久住乡下,他已经对农村产生了深厚的感情,让他不这么想也是做不到的。这些天他天天在万柳堤上踱步,走啊走,有时连中午饭都不吃,直到下午三四点钟,肚子里叽里咕噜叫个不停,才回到村里。几天后, 他就心血来潮般地又干了一件让人匪夷所思的事——

近期各村突然间流行起"乙型肝炎",患病者众,县医院和保定的医院住满了河川镇四十三村的人,还有十几人因救治不及时死在医院里。消息反馈到郭向前的耳中,自然是火烧眉毛。以前从没听说村子里会有这种病,更没听说因这种病而死人。唉!

本村郭俊国的表现,让他不愿意提起。而因为白玉簪的存在,他便打算以她为媒介与突破口,在黄召庄打造一个医务室的样板,然后在全镇推开,把农民的防病治病工作做起来。这几年他已经收到很多群众来信,有的说,现在村里的医务所已经"关门大吉",原医生不知所终;而有的村则存在着医务所为"搞活"乱收费问题。他想专门召集这些医务所人开个会,河川镇四十三村至少应该来四十三人,可实际上只来了十八人。郭家堡的郭俊国也只派了女儿来开会,想必也并没有拿这件事当回事。一个医务所医生还开玩笑说:"'幺八'就是'要发',同志们,咱们发财的好日子要来咧!"另一个人说:"么好日子哎,散摊子的日子白!"这个会原定是上午九点召开,郭向前见来人不多就干脆宣布,这个会改为下午两点召开,并立即请镇上的秘书给各村打电话,直接请村书记来开会,来的有奖,不来的通报批评。至于"奖"么,则没说,告你有奖便是。

于是,下午两点各村的书记都到位了。他们一是知道郭向前历来说话算话,二是郭向前有办法拿出钱,给大家来点儿甜头轻而易举。谁知,甫一开会,郭向前就义愤填膺,说:"俺是镇长兼书记,可是召集一个村医务所的工作会议竟然这么难!"大家面面相觑,都吃惊地看着他,在大家的印象里,郭向前是不怎么爱着急的人。农村里召集会议,历来都松松散散、拖拖拉拉的,咋你当了镇长就能例外咧?

郭向前继续道:"过去咱们有个口号:'把医疗卫生工作的重点放到农村去!'为么哎?因为农民占中国人口最多,俺们党就是从这个实际出发安排医疗工作的,也是党和政府的各级领导密切联系群众,保持为人民服务的宗旨。这是关系一个国家的政治事务朝着哪个方向发展的问题,也涉及党和政府生死存亡的问题。为么这么说?得民心者得天下,你不为老百姓服务了,你的寿命也就到头了。你们说,是白?"

大家议论纷纷,说是的有,说不是的也有。还有人讥笑说:"都

617

么年月咧,过去的东西提它干么哎?"郭向前便反唇相讥:"咋不能提? 政策可以不断完善却需要延续,最忌讳'翻烧饼',今天这么着,明天哈么着,一走就是极端,好就一点毛病不许挑,不好就一点儿长处不许说。世界上有'纯而又纯'的'绝对'事情昂? 一个政策的制定,总是有其根据的,否则当初怎么会制定咧? 过去的领导都是傻子昂? 古人讲:'君子不以言举人,不以人废言。'在座的各位老叔老哥都知道《三国演义》这本书吧,书中讲了个'官渡之战'的例子:有个叫审配的给袁绍来信,说了很多许攸贪污的坏话,恰巧此时许攸截获了曹操催粮的书信,来对袁绍献计说现在偷袭许都正当其时,而袁绍因为许攸可能存在贪污的道德缺陷,不加分析和思考,对许攸的建议不予理睬,结果气得许攸跑到曹操那边去了,反倒给曹操献计偷袭袁绍的乌巢,烧毁了袁绍的所有粮仓,于是,直接导致了袁绍七十万大军败给了曹操的七万人的军队,这就是非常典型的'因人废言'的后果。"大家瞪大了眼睛看着郭向前,对他的所思所想心知肚明,全都缄口不语。

　　来参加会议的白玉簪举手发言了,她在这个场合不能不支持郭向前,她现在对郭向前这个小哥已经十分崇拜。她说:"俺三句话不离本行,离开赤脚医生的话题俺啥都讲不出来。过去的农村合作医疗,其实是个不简单的创举。俺们不能一提过去就全是错的。俺看过很多资料,都做了摘录(白玉簪挥着手里的一个笔记本),一九六八年九月十四日的《人民日报》转载了上海《文汇报》的《从'赤脚医生'的成长看医学教育革命的方向》一文,毛主席在当天的《人民日报》上批示'赤脚医生就是好'。从此,'赤脚医生'这个新事物在中国农村迅速发展起来。没有这个过程,俺为么会下乡,并且选择做个赤脚医生? 俺上面有两个哥哥都在边疆工作,是支援三线的时候走的,所以,俺本来应该留城,不至于下乡。就因为俺想做个光荣的赤脚医生,才来到河川镇的黄召庄。虽然起初因为得不到尊重也动摇过,可俺克服了畏难情绪,一路干了下来。事情发展到俺下乡以后的一段时间,到了一九七五年底,全国农村合作医疗普及率达到百分之九十,形成了集预防、医疗、保健功能于一体的县乡村三级卫生服务网络。这个网络除了五十多万正式医生外,还拥有一百四十多万不脱产的赤脚医生、二百三十多万生产队卫生员、六十多万多农村接生员。全国五万多个公社,把先前的卫生所发展成卫生院,包括咱河川镇,一度实现了'小病不出村、大病不出乡'。哈个时候哪有么个吓人的'乙型肝炎'?这个事实大家承认昂?"

没人说话。村书记们都看着这两个人。郭向前今年应该三十出头,白玉簪略小一点儿,可也差不多,他们怎么会对过去恋恋不舍?按照这些文化不高的村书记的想法,行就是行,不行就是不行,甭分么个三七开、四六开,太复杂,谁说得清?你说让俺咋办,就行咧,讲么道理哎?世间事从来都是公说公有理,婆说婆有理,你有你的角度,他有他的角度,是白?俺跟你捣哈个乱干么?有哈工夫俺干点儿么不好哎?所以,大家都显得不耐烦,纷纷掏出烟来抽烟。会议室里迅即烟雾蒸腾了。

郭向前并不制止大家,也掏出烟来抽,还接着白玉簪的话,继续讲了目前医务工作的现状,即技术力量全在城里,或说大部分,或说最主要的,是在城里,而乡下的医务力量却越来越弱。农民们看病需要进城,非常不方便。为了找个"好大夫"还要托人烦窍,请客送礼。整个社会的问题咱管不了,但河川镇的事情咱不能不做主,是白?这次大家说话了:"能做主!但是,钱从哪儿出?"

郭向前提出,采取"两条腿走路"的办法,镇上出一部分,村里出一部分,把村级医务所健全起来,医生的工资问题也是镇上出一部分,村里出一部分。这时,村里有集体经济的就说没问题,而没有集体经济的就说不行。譬如柴家营,全是个体轧汽车把套的,全村没有大的厂子,有也是个体的小厂子,随便收钱是不行的,人家到县里告你"乱收费",你是要受处理的。即使你理由正当,也不行。而且,现在依靠"村提留(农村提留款是指向农民收取的"三提五统"即:公积金、公益金、管理费提留)"和"乡统筹(五项乡镇统筹即:教育附加、计划生育费、民兵训练费、民政优抚费、民办交通费)",也不理想,很多村民家里没有在企业打工的,因为土地少,原本也交不了多少,甚至拖欠不交。

郭向前沉默了,面对这种情况,他也无能为力。他的郭家堡是红星村,是先进,可毕竟是少数,不能代表更不能代替更多的一般化和后进的村子。只能说,有条件的村子先行一步,没条件的村子想办法创造条件。在这个会上,郭向前说出很多关于集体经济与个体经济孰优孰劣的对比问题,最后得出结论:"同志们,事实证明,没有个体经济,广大农民富不起来;而没有集体经济,公共事业就没有来源。眼下如果一切伸手找政府要,而政府短时间又给不了,哈怎么办? 看着咱们的农民弟兄有病治不了? 治不起? "

人们对郭向前所表现的责任感自然是赞赏的,但也仅是赞赏而已,并不一定按照他的模式去做。现在人们的思想已经放得很开。而且周围已经形成了"拜金"的倾向,你一个郭向前扭转得了昂? 别说是你一个镇长,就是咱这四十三村全体四十三名书记绑在一块儿,也解决不了这个社会问题,是白? 沙家店的书记年龄稍大,就顺势提出了"拜金"带来的局面,说现在要重新把医务所建起来,恐怕不可能了,因为"拜金"问题左右了人们的思想,白玉簪这样的赤脚医生,恐怕没有第二个了。你说的哈个两个补助解决医务所医生的工资,你能给多少? 据俺所知,现在小青年私自怀孕的很多,怕难看不愿意到正式医院,就找私人医生悄悄做掉,你知道做一个多少钱昂? 还有私下给人正骨的,私下给人治牛皮癣这种疑难病的,甚至还有私下给人治梅毒、性病的……他在外面一个月能挣一万块钱,你给得了昂? 你若给不了,他凭么给你干?

郭向前道:"计划经济时期有句话经常被大家引用,哈就是'一管就死,一放就乱',眼下咱河川镇的医务工作就面临这个局面。但咱们能不能把认准的事情干下去,逢山开路遇水架桥? 俺们啥时候被困难难倒过? 现在俺有白玉簪这个得力助手,要先树一个样板,干不好俺引咎辞职!"

散会后,镇上出了一笔钱,黄大军出了一笔钱,白玉簪的医务所就建起来了。当然,所谓镇上出钱,其实就是郭家堡出钱,镇上根本就没这笔开支。镇政府的机关干部全是吃财政的,财政的哈点儿钱是可丁可卯的,根本轮不到为医务所支出。白玉簪又招了两个助手,是从县医院退休的两个老护士,又招了两个年轻村姑,因为她们爱好这项工作,就由两名老护士带着这两个村姑,对她们进行随时随地的培训。在这个基础上,白玉簪从保定引进了"乙型肝炎"的防治疫苗,在各村广为宣传,号召大家来黄召庄医务所免费接种疫苗。谁知来的人非常少。即使免费,也没人愿意来。么意思哎? 不相信俺白? 白玉簪问了一个前来接种的农民:"为么他们都不来,偏偏你来咧?"

这个农民说:"人们对你不相信,都说现在哪有不要钱的事,所以不能去,别没病找病,是白? 俺是因为家里穷,赶上不要钱的事就来试试,万一管用咧,是白?"

白玉簪精心为这位农民做了接种,告诉他:"这件事是镇上给补贴的,否则不会不要钱的,明白昂?"白玉簪也突然醒悟:郭向前为么着急哎,现在金钱至上已经深入人心,并且扭曲了人们的诚信观念。但是,反过来说,过去讲的是一切为了国家和集体,现在不讲了,只讲快快挣钱发家,你不让他认钱,让他认么哎?你还让他为国家、集体操心去?村书记会告诉你,这里有你事哎?你操心到俺头上咧?机关干部也会告诉你,一边待着去,国家的事轮得到你一个老农民操心?你算老儿?

　　作为知青的白玉簪和大许的习惯是一样的,喜欢记日记,她就在日记里这样写道:"社会深层的问题,看表面是看不清的。过去报纸经常说的'从群众中来,到群众中去''相信群众,依靠群众',群众路线是党的三大法宝之一,哈个时候咋就没有拜金问题?俺们究竟应该'拜'么?人总是要有精神支柱的,是白?"时隔不久,白玉簪把自己的想法告诉郭向前,表示深深的忧虑,郭向前就复述了村里老主任郭来福的话:"国不知有民,民就不知有国。"要扭转这种情况,需要我们这些后来人的不懈努力!可是再返回到过去只讲国家集体而不讲个人利益的时代,也不应该。人不能失去最基本的生活条件,追求物质享受和富有,只要遵纪守法,就不是错。只是村民们的格调不高,不要单纯责怪村民们。

　　于是,郭向前引申这个问题就联想到教育工作。一个腰缠万贯的乡镇企业家对郭向前说过这么一件事:他现在有钱了,想提高孩子的教育水平,便把两个儿子送到天津最有名的一家全托小学,可是周围的孩子们天天"小老坦儿""小老坦儿"这么喊,喊得两个儿子灰溜溜抬不起头来。他去天津看望儿子的时候,两个孩子就哭,求他把他们带回去。这个企业家一气之下真的把孩子接回来了,可是他毕竟不甘心,这手里有钱与没钱的心气是不一样的,这口气他咽不下去!郭向前问:"咋,你想带人到天津打架去?"

　　"俺又不是柴三脚,俺不干哈个。俺是想,如果你要在河川镇建全国一流的小学,俺为你肝脑涂地,捐尽最后一分钱!"这个企业家还对郭向前说了一句让他振聋发聩的话:"有了钱不往孩子身上投,往哈投? 对孩子最好的爱护,就是给他最好的教育。是白?"

郭向前几乎是眼含热泪,与这个企业家紧紧握手。好哥儿们,你真说到俺心里了。咱祖祖辈辈为么穷? 为么没见识? 就因为没有文化。而且没有好的文化。论文化,五花八门多得是,哪些是对咱有用的? 哪些是搅乱咱思想,让咱无所适从的? 话题太大,太值得探讨了! 过去毛主席把马克思主义与中国革命的具体实践相结合,走农村包围城市的道路,摒弃不符合实际的城市暴动方针,打出了一个新中国;现在,难道不需要以革命理论与改革开放相结合,制定符合中国实际的策略,打出一个新农村昂? 中国的实际,这就是"本",离开这个"本",就一事无成。抓住农村的教育,是第一步。这不光是为争一口气,还是为了未来。在教学内容上,除了国家统一要求,要有咱自己的选择,有用的东西大讲特讲,没用的东西尽量少讲不讲。你敢说,咱的孩子将来做不了硕士、博士、镇长、县长、市长乃至省长或副总理? 来咱河川镇指导工作的副总理不就是家乡人昂?

郭向前发动了全镇的企业家,请大家纷纷解囊,在镇上一所废弃的小学校原址上经扩充面积盖起一座气势泱泱像模像样的小学兼中学的学校。这座学校可以同时招收两千名小学生和两千名中学生。光是教师队伍就整整四百人,还全是正式院校毕业的,至少是中专毕业,而大专以上学历占到百分之七十。所有的教学设施,全是时下最好的。凡此种种,依靠全镇的企业家资助。不仅眼下资助,还需要长久资助。因为眼下郭向前正在为教师们跑正式身份,如果跑下来了,就都享受国家的待遇,用不着企业家赞助了,而且,"国家教师"的身份还是很有含金量的,比私立学校光鲜得多，是白？所以，首先应该为学校争一个名分。

为给学校争名分，郭向前来到黄晋升面前。县里的前任书记魏昌隆已经退休，黄晋升现在做了县委书记。郭向前虽然不愿意见他，可现在的事情绕不过去，没办法。

"前不久，副总理到你镇上指导工作，这么大的事，你咋不告诉俺这县委书记？"

"副总理是微服私访，俺也不知道他来的具体时间，这一点还请您多谅解。"

"咋说你也得跟俺打个招呼白，现在显得俺多被动，副总理来，俺竟然不知道！你还记恨黄天厚白？他和你不是一个等量级，甭跟他一般见识。"

"是咧。俺现在一门心思工作，别的全不想。现在俺应镇上企业家的建议，翻新维修了一所学校，这件事虽说事先没跟您商量，也是怕说了而没兑现放了空炮，让您反感。所以，现在俺找您，一是正式汇报，告知您学校已经翻新维修完毕，是全镇乃至全县规模最大和设施最好的；二是请您帮忙，把这所学校纳入国家教育系统。这样，学校的名分和教师的待遇就都解决了。"

黄晋升看着郭向前，没有马上回答，而是掏出烟来，递给郭向前一支，自己也点上一支。抽了几口，吐着烟雾，说："俺事先已经得知你在扩建学校，俺是你的长辈，这话本不该说，么话咧，就是对你十分嫉妒，还有两个字俺本不愿意说，但现在还是憋不住要说出来——忌惮。难怪俺哈生地瓜儿子见了你眼睛出血——你太有眼光，在咱县，你让俺这个书记一再打脸。副总理来，不找俺，找你；扩建学校，俺没想到，你想到了，'百年大计，教育为本'，说扩建就真扩建得规模这么大这么好，是白。俺真是老了，思路跟不上你们年轻人了，不承认不行，你说是不是？"

郭向前一下子涨红了脸,完全没想到黄晋升会说出一番这样的话,急忙红着脸解释:"书记,俺且叫您一声黄叔,咋能怎么讲,您这不是让俺这个小字辈无地自容昂?"

黄晋升又使劲儿抽了口烟,道:"俺一定会支持你,帮助你把该办的事情全办好。前几年为了我的职务问题,你也出了大力。这件事俺不会忘。但俺也提个脸红的条件,以后你要放黄天厚一马,他不是你的对手。他最后连自杀的心都有了,你明白昂?制药厂哈件事,俺心里明镜似的,知子莫如父,他是想连同你的对象沙红枣一起同归于尽,他不想活了,也把你的最爱带走。就这么简单,临死拉个垫背的。"

"可是,哈时候俺跟沙红枣并没有确定关系唡。"

"黄天厚料定你会娶了沙红枣,因为沙红枣太优秀了,凡是接触过的人,没有不夸的。俺家的新桃是没法比的,新桃自己撤出来,也算有自知之明。你们之间哈些事,新桃都跟俺说唡。"

"好吧,恭敬不如从命,俺以后不再追究黄天厚了。"

"一言为定?"

"一言为定!"

"你签个字。"

"么哎?"

"你看看就知道了。"黄晋升从抽屉里拿出一个笔记本,里面早已写好了几行字,一看,是郭向前永远放弃追究黄天厚的承诺,下面留着签名的空白位置。黄晋升把笔记本推到郭向前面前,郭向前看了一眼,略一思索,就喇喇喇签了。暗想,去去吧,黄大迎的话是对的,为了大局,为了教育事业,去去吧!

河川镇的完校,在黄晋升的鼎力帮助下,办成了一切该办的手续。又经过半年的筹备,将一切琐碎的工作,包括教学计划等等,全都做在了前面,然后招生。现在村民们基本都意识到了培养孩子的重要性,纷纷将孩子送到镇上报名,即使比村里的学校费用稍高一点儿,也心甘情愿。在一个秋季,正式开学。开学哈天,请来了黄晋升剪彩,省报记者也如约而至。在鞭炮声中,闪光灯频频闪烁。后来报纸上的报道,特意登出了黄晋升的照片,而且多写了几句。这也是郭向前的安排。

第三十三章　知与行

郭向前在河川镇的一系列举动,效果明显,影响巨大,深深震撼了一个人。这个人就是郭家堡的郭俊国。此时此刻,他心情十分复杂。

郭俊国的祖上,即郭俊国的爷爷的爷爷,曾经是富甲一方的大户,外号就叫"郭大户";而郭向前的父亲郭山河的爷爷的爷爷曾经是"郭大户"的佃户,一年到头给郭大户扛活。后来他依靠精明娶了另一家有钱人的闺女,方翻过身来,趁着一次旱灾,买光了郭俊国祖上的土地,两家调换了身份,郭俊国的祖上开始给郭山河的祖上打工。但郭俊国的祖上懂医术,会行医,日子也还过得去,但没有土地,不能种植中草药,终归发达不起来。而郭山河的祖上一直辟出一块土地种植中草药,高价卖给郭俊国的祖上,掐着郭俊国祖上的脖子过了几十年,后来好几辈过来也没改变局面。郭俊国的祖上是有文化的人,遂将这一切记录在案,形成家谱,原意是激励后辈奋发图强,不可懈怠,谁知无意中形成两家世代难忘的"龃龉"、怨气乃至火药味。而这一切,年轻的郭向前闻所未闻。早在郭山河一代,即使了解双方祖上的恩怨之事,因为全力抗战一致对外,也早一笔勾销。

郭俊国捏着鼻子,破天荒在镇上"五贵餐厅"请郭向前吃饭。他是多么不情愿啊。他之所以在这个餐厅请客,也是为了"肥水不流外人田",哈个郭大贵和郭五姑都是郭家堡人,是白?另一层意思是告诉被请的郭向前——你也应该"肥水不流外人田",是白?眼下俺请你为俺开绿灯,你不该轻易拂逆白?

郭俊国是想办个狗獾子养殖场,让儿子闺女干这件事,也算有了安置,挣足了钱就可以盖房结婚(哈个时候还不时兴买房),是白?郭俊国、儿子郭晓国、闺女郭晓敏,三个人虎视眈眈地看着郭向前,被请来作陪的郭来福,显得十分多余,因为这一家人基本不看他,也不跟他说话。看到郭俊国把话都讲明白了,郭来福首先发话了,他就是这么一种人,你越不想让俺说话,不给俺留茬口,俺还非说不可,谁让你把俺请来咧,眼下你给大侄子郭向前出难题,俺岂能坐视?而且,俺毕竟是村主任,是白?于是,郭来福抢在郭向前之前,道:"俊国啊,你若办养殖场,土地肯定是不好办的,因为咱村土地原本就少,如果办,你的两亩种植中草药的地就改养殖场算了,左右是干这不干哈,是白?"

郭俊国道:"不行哎,俺还得行医哎,不种中草药,俺就得外出购买,既费钱还得跑道儿,划不来哎!"

郭来福道:"不能只想着你划得来划不来,还得想想咱村的实际,是白?"

郭俊国道:"向前镇长,你发句话!"

郭向前一直用手指在桌子上蘸着沏茶时滴答的茶水画圈,画着画着,茶水干了,不能画了,这时恰好郭俊国请他说话。他便咳了一声指着桌面说:"俺刚才在这儿画圈,可是画着画着水干了,于是,就不能画了。俊国叔,你是聪明人,知道俺说的意思白?"

郭俊国突然哈哈大笑,想以此掩饰郭向前的婉拒带给自己的尴尬,继而说道:"咱村的'水'目前还没干。俺想的不是村里的可耕地,而是五曲河的河滩。现在,五曲河水时断时续,有水时水流也很小,河滩的一大半都闲置,长满芦苇,过去向前镇长还带着知青们割芦苇来着,是白? 俺想占它一骨碌(一段),垒砌养殖场,旁边盖一间监护用的小屋,让俺儿子和闺女轮流居住看守,喂食饲养。"

郭向前道:"过去割芦苇是因为村民们确实吃不饱肚子,弄不好会饿死人,所以,编苇席买粮,主要矛盾是吃饭问题,民以食为天,是白? 现在情况不一样了,家家都能吃得饱,再打河道的主意是为了赚外快,属于锦上添花。以此违背河道管理的规定,只怕俺批了,县里也不会批。"

郭俊国沉默了。这时,郭五姑亲自端了盘子上来,说:"向前弟,尝尝俺五姑的手艺!"郭向前一看,是一盘炒河虾,里面"俏"了韭菜,看上去粉红加翠绿,十分养眼,遂夹了一筷子品尝,便表扬:"嗯,口感不错,想不到五姑还有两下子!"郭五姑十分得意:"俺也说句时髦话,还不是因为有了好政策?"

一屋子人都哈哈大笑。郭五姑满面笑容,夋着两手,扭扭地回操作间去了。郭俊国收起笑容,道:"镇长,你不能让俺下不来台白,俺客也请了,事却没办,是白?"

郭来福再次抢过话来:"老弟,一进屋俺就预交了三百块钱,多退少补,你就等着'补'就行了。咱这几个人也根本吃不了三百块钱的饭菜,是白,你还提么个请客不请客!"

这时,郭五姑把炒菜一个个端上来了,很快便上来七八个菜,把一张桌子摆得满满当当。郭俊国的儿子是个外面人,感觉脸上实在挂不住了,急忙执起酒瓶子给大家斟酒,一边开解说:"乡里乡亲的,办不办事算个么,先喝顿酒是真的!"遂执起酒杯与大家相碰。此时郭俊国的闺女似乎也感觉应该参与进来,否则事后老爸会说自己只是个白吃饱儿,便说:"向前哥,制药厂旁边有三间空房,据说原先你打算给郭大贵办餐厅用,现在'五贵餐厅'恢复了,哈三间空房就闲置了,俺们把三间空房圈起来,打通了,做养殖场不是正好昂?"

郭向前眨着眼睛道:"老妹此话不虚,这三间房子确实空着,可是,谁租用谁需要交租金,还要有利润分成。你们承受得了昂?"

郭俊国道:"年租金多少?利润分成多少?"

郭来福再次抢过话来:"年租金一间一千二百块钱,利润分成百分之五十。"

"想吃人白?"郭俊国有些翻脸了,"要的也忒高了!"

郭向前接过话来:"不高,毛纺厂的用地用房都是这个价码,不然咱村的所有公益事业钱从何来?制药厂的利润分成要低一些,是因为他们要给国家缴税,咱不能干竭泽而渔的事。就说这顿饭白,来福叔掏钱,掏的谁的钱?是村里的公共积累。"

郭俊国急赤白脸道:"你们不能用公共积累干这个!哈是大家的利益!"

郭向前严肃起来了:"你不是大家一分子昂?用在你身上不行昂?哈好,今天这账就由你结,不管办成办不成事,都算你的!"

郭俊国一下子急得面皮煞白,心脏也怦怦乱跳。人都是这样,刚才他不知道是村委会结账的时候,占据着精神上的主动,说话气也粗;而一旦得知村委会结账,又觉得十分合适,自己既办了事又省了钱不是?谁知这事不好办!连退而求其次都不行,这就让他十分气馁。

闺女郭晓敏再次说话，道："爸，俺看村里这么做是对的。不这么做，您的每个月一千块钱补助，谁出钱？是白？村里还有很多五保户，他们的待遇每年都要提高，钱从何来？村民们的待遇也要年年提高，钱从何来？爸，这事儿俺想得通，干白！"

郭俊国把两只眼珠子瞪得牛眼大，心说你这倒霉闺女，咋胳膊肘子往外拐？儿子就不这么想，是白？看起来养闺女就是赔钱货！谁知，正这么想着，儿子也表态了："爸，咱随大溜儿白，人家都行，咱为么不行？咱是'一个身子俩脑袋'咋的？"一下子让郭俊国急得要哭了。

这时，郭来福又发话了："俊国啊，你可以把工作人员的工资提前列支，走费用，这样，在利润分成的时候，你就已经没有后顾之忧了，因为你已经把口袋装满了。当然，你制定工资的额度，需要俺们把关，不能糊弄俺们。"

郭俊国愣怔着，细心听着，感觉这么着还行，遂在心里暗骂，这帮王八蛋，真比猴儿还灵，有用的话开头不说，偏偏留在后面，简直急死人了。便点点头，说："来福主任所言不差，俺同意。几时签合同？"

郭来福道："俺的皮包里带着合同纸了——你以为俺们都是吃干饭的，吃饱了混天黑？"

郭俊国故作尴尬地嘿嘿笑了起来，遂让儿子代签合同，说将来一切都是儿子做主，自己今天不过是给儿子打场子，要培养儿子的办事能力。于是，郭来福与郭晓国签了租用村西三间空房(加院子)的合同书。加盖了公章。一切办妥后，郭俊国又羞羞答答地提出，能不能找村里借点儿启动资金？

郭向前问："需要多少？"

郭俊国道："差不多得三十来万元。"

郭向前道："这么大的资金量，还是找制药厂拆借白。"

郭俊国面有难色："俺们跟他们不熟悉。"

郭来福道："一会儿俺带你去。"

郭俊国放心了，遂与各位推杯换盏起来。吃完喝完，结账的时候，郭五姑说么也不让结，说这顿饭算她请郭向前和村干部了。但郭来福也是不爱贪小便宜的人，绝不占这个便宜，你推俺让地打咕半天，还是照原价结了。

两个月后，"晓国狗獾子养殖场"建起来了。因为郭晓国腻歪这个名字，在挂牌子的时候，删掉了"狗獾子"三个字，而注册的时候，执照上是写着这三个字的。郭来福知道后也不计较。年轻人好面子，他表示理解。

让大家意想不到的是，这个养殖场异军突起，短短三年就达到了年收入一百万元的利润额度，让其他企业家刮目相看，赞叹不已。当然，村里所得的分成也就水涨船高。但此时郭俊国的一双儿女已经累得各掉了十多斤肉，两个人瘦得嗗了腮。原本合适的衣服也变得旷里旷荡了。郭俊国反悔了，他感觉自己吃亏了。他还从邻县打听来了价码：租用土地房屋包括利润分成，都比郭家堡便宜，便想撕毁合同。他差遣儿子找到郭来福说："来福叔，俺想修改合同。"

郭来福问："么意思哎？"

郭晓国道："合同签的是五年合作期，俺想现在就终止。"

"为么哎？"

"不为么。"

"怎么可能，你直说白！"

"俺爹感觉不合适，这纯粹是给村里打工咧。"

"俺们这些村干部,包括郭向前,不全是给村里打工?工资连你们的十分之一都没有,是白?不赚钱的事咱当然可以不干,可也不能眼里只认钱不认人,是白?"

"人们不都是这么干的?"

"谁这么干了?毛纺厂、制药厂,哪个像你们这样,来回拉抽屉?"

"他们实力大,俺们比不了,俺们是小门小户。"

"正因为如此,你们才应'谦虚谨慎''从善如流',你知道么时候遇到天灾人祸,你抵御不了靠谁?难道不是靠这些村民和干部?为这些人创造利润,咋就觉得吃亏咧?"

郭晓国对这些话非常反感,跟俺说这个,么意思哎?谁干经营不追求利润,咋就不"谦虚谨慎""从善如流"了?郭晓国回家就向郭俊国学(xiao二声)了舌,一下子把郭俊国气个倒仰:"咱把狗獾子全卖了!不给狗日的们当这个长工!"

于是,二百多只狗獾子,越养越少,渐渐地就快没有了。郭来福问起上半年怎么没缴利润的时候,郭晓国就回答:"总是死,可能传上病了,哪有利润哎?——'家财万贯,带毛儿的不算',是白?"郭来福跟着他来到养殖场查看,也是没有脾气,确实不剩几只了,怎么谈得到利润?

郭向前得知情况以后,心里明镜似的,但他没说什么。这样的合作全凭自愿,他感觉吃亏,不愿意合作了,你能咋样,还好,他没放火烧了养殖场,他若真哈么干的话,你能查出来昂?"老同志遇到新问题"是个难办的事,眼下新同志遇到了老问题,同样是难办的事。他现在手上拿着两封举报信,一封是一位中学老师写来的,说镇上他侄子开的早点铺炸的馃子用的是"地沟油",因为店主是他侄子,所以,他了解内情;不仅如此,他侄子还把地沟油转卖给其他早点铺。他请求镇领导出面解决这种"无商不奸""为富不仁"问题。另一封是一个农民写来的，说他买的化肥是假的，今年的收成要泡汤了，他找到卖家，卖家说，谁让你想省哈两块钱咧。郭向前眉头紧锁，把拳头捏得吱吱响。

…………

黄新桃来到县税务局工作以后，踏踏实实，殚精竭虑，很快被上级领导所赏识，按照县里对待下乡知青的政策，为她转了正，成为正式公务员。原本可以轻轻松松过好后半生，但她已经习惯了郭家堡忙忙碌碌的工作节奏，主动提出做税务员到基层收税去。这是一般人不愿意干的活儿，因为收税有可能得罪人。恰巧此时税务局完不成全年任务，局长正着急咧，见黄新桃自愿下去收税，局长立即给她安了个职务"第三组副组长"，这是个副股级的职位，也就是说，黄新桃刚刚转正，就提了半级，由一般干部变成副股长了。

机关干部，在面临身边的人提职的时候，往往看不到人家的长处，而是以己之长比人之短，而看不惯黄新桃的恰恰是她的正股长尤可贵。这个人比黄新桃大两岁，已有对象，还没结婚。他是工农兵学员，已经在这个岗位干了七八年，去年刚刚提为正股级干部。他就对黄新桃"轻而易举"升为副股级气不忿。眼看就到年根底下了，距离完成局里的指标，还遥遥无期。怎么办？他虽然看见黄新桃就眼睛出血，却和颜悦色地笑吟吟对她说："新桃，咱局的工作指标今年恐怕完不成了。除非你多跑跑，依靠你与郭向前的特殊关系，让河川镇做做贡献，是白？"

黄新桃是个实在人，便一口答应下来，说跑跑试试。尤可贵立即让她带上组里的肖晓琳一同前往。肖晓琳也是女同志，名字不错，长相较黑，与黄新桃站在一起，好像黄新桃没做过知青，她反倒有过知青经历。其实,她因为父亲是前局长,高中毕业后就被分到税务局了。后来父亲退休,副局长(尤可贵的父亲)接班,不久又退休,换了从外县调来的新局长。原本黄新桃有黄晋升罩着,也算"有根有叶",可眼下黄晋升也退休了,在尤可贵心目中,你黄新桃与俺半斤八两,谁也甭说谁,谁在谁面前也甭摆谱,于是,俺该得楞你也就自然会得楞。谁让你进了这个圈儿咧。而肖晓琳则认为黄新桃这种真正的知青属于"半个农民",是"低人一等"的。所以,从骨子里看不起黄新桃。

尤可贵的父亲当初有种癖好,就是照相,家里存了各式各样的照相机不下几十种。他退休前得到出国机会,还买回一架微型手表照相机,只有手表哈么大,内存胶卷与"135相机"的相同,只是数量少,只有三五张,戴在手腕上,谁也想不到哈是照相机。尤可贵把这块手表借给肖晓琳,让她"侦测"与偷拍黄新桃与基层企业家的暧昧镜头。在他心目中,女税务员要想收上税来,不动点儿"真功夫",是收不上来的。基层的企业家哪个是吃干饭的?哪个没有后台?凭什么让你把钱拿走?是白?

其实,黄新桃作为尤可贵的下属,两个人并无利害关系,怎奈黄新桃天天拼命工作,就让习惯于养尊处优的尤可贵眼里出血。他要坚决打掉黄新桃的锐气。因为他预感到黄新桃会慢慢蹿红,会在他之前越级提拔。这是最让他不能容忍的。

肖晓琳和黄新桃走在路上,就给她出主意:"新桃,俺对你说件内部掌握的事儿:有时候年底税务局还完不成任务咋办?采取一个缓解的办法,'借税',跟企业家谈妥,先把税钱拿来入税务局的账,待税务局应付完了上边,过完年再把钱给企业退回去。"

"还有这种事?"

"千真万确!"

两个人这么说着，就来到了郭家堡周滏阳的金板凳公司，黄新桃还没说话，早已结识了周滏阳的肖晓琳就说出了打算：找金板凳公司借一百万税钱，先填充税务局的账本，过完年再还回来。起初周滏阳不同意，肖晓琳就说："你若同意，俺教你怎么'合理避税'。"周滏阳大喜过望："你是说偷税漏税也可以做得合理合法？"

　　肖晓琳十分得意："别说这么难听，原本是技术问题，让你说成违法乱纪了！是不是不想学？"

　　"学，学，学！这么好的事儿为么不学？"

　　肖晓琳便叫周滏阳叫来会计，这么着，哈么着，讲了一通，直到会计完全闹明白了，还对周滏阳说："老板，今天你务必要请肖晓琳吃饭——你知道一年能给你省多少钱昂？"

　　"多少钱？"

　　"够你在'五贵餐厅'吃一百次的！"

　　"哎呦喂！肖晓琳，快让你叔抱抱，爱死俺咧！"

　　肖晓琳笑容可掬地张开臂膀，迎接了周滏阳的拥抱。周滏阳满足地说："走，走，去'五贵餐厅'！"就牵着肖晓琳的手走了，把个黄新桃扔在后面。两个人一起出来开展业务，黄新桃不能不跟着，便讪讪地跟在后面。来到"五贵餐厅"以后，肖晓琳像到了自己家，这个，这个，这个，啪啪啪就点了一串炒菜，还让服务员把餐厅最贵的白酒拿出来。遗憾的是"五贵餐厅"最好的白酒就是衡水老白干，没办法，大众餐厅么，是白，就它了。

　　肖晓琳酒桌上竟然与周滏阳喝起酒来，逗得黄新桃不想喝酒也不得不喝，于是，也跟着喝了至少二两白酒，于是，她这个轻易不沾酒的人就头晕目眩起来，此时，肖晓琳开始出节目了：黄新桃的嘴唇上有个菜叶，你（周滏阳）给她舔掉。周滏阳正乐不得咧，抱住黄新桃就亲吻起来，黄新桃正头晕目眩，四肢绵软，无力抗拒，便被周滏阳死死地吻了一下。而这一切,肖晓琳都用手表相机拍下来了。

吃完饭,肖晓琳要挟周滏阳:"俺们俩给了你这么多好处,你该借俺们一百万了白?"

"借借,坚决借!跟俺到厂里去!"

于是,黄新桃和肖晓琳借到了周滏阳金板凳公司的税钱,在局里入了账。虽然最终税务局仍然没有完成任务,但账面上已经好看了很多。依靠这种办法也算是暂时应付了上级领导的检查——明年的事,明年再说,说不定俺还调走了咧,是白?这是这个局长此时的想法。

事情过后,尤可贵干了两件事,一是把肖晓琳偷拍的照片冲洗出来,放大成四寸的,交给了税务局邻居环卫局的另一个干部顾全金。顾全金是黄新桃的对象,两个人还是黄晋升搭的桥。这顾全金在县里是个人物,虽是扫大街出身,却非常能干,刚刚三十岁已经是两届市级劳模。他最出色的业绩,是有一年春节下大雪,他一个人好几天不回家,把县政府所在的这条街扫得干干净净——哈边大雪不停地下,这边就不停地扫,领导让他休息,他坚决予以拒绝,似乎有着一种超出承受能力的狂热。因为,哈些日子有位副省长在县里调研,就住在县政府对过的小旅馆里。这位副省长把扫大街的顾全金看个满眼,十分赞赏。于是,顾全金很快从基层工人提拔为干部。这样的能够被省领导喜欢的年轻人,自然也是黄晋升喜欢的,他把顾全金介绍给黄新桃以后,还一直暗暗高兴,企望他们尽快结婚,让他活着看到他们比翼齐飞到省里任职的场景!

鞋子是否合适,只有穿过的人才明白。这顾全金是个火爆脾气,曾经为此打人,否则早就成为省级或国家级劳模了。他看到黄新桃与周滢阳"接吻"的照片后,在公园里与黄新桃见面的时候,把照片让黄新桃看了一眼,就叮当五六把黄新桃打了一顿,直打得口鼻流血,一只眼睛还被打成乌眼儿青。转天黄新桃上班,不得不找了个茶色眼镜戴上,可嘴唇还肿着,人们一看就知道她挨打了,此其一。

其二,尤可贵把黄新桃借来的一百万元真正入了账,上缴到市里了,拿不回来了,这怎么向周滢阳交代?明明讲好的事情,你们咋这么做?周滢阳得知以后,气得"妈妈奶奶"地骂了好几个钟头。可是,骂得再凶,钱还是拿不回来了。而且,周滢阳吃个哑巴亏,也不敢大闹,否则以后被税务局得楞,也不是好滋味,还是打掉牙咽进肚里。

两件事让黄新桃既丢了面子,又丢了信誉。她想与顾全金断绝关系,一了百了,可顾全金又坚决不同意,还说,你若这么想,俺还得打你!而且,顾全金害怕黄新桃真跟他"吹",就买了烟酒水果跑到黄晋升家中看望二老,只把肉麻的好话说出一火车。尤其向未来的老岳父请教如何在机关"生存",这是最让黄晋升感兴趣的话题。于是,黄晋升就举一反三,由此及彼,由表及里,由浅入深地发挥了个痛快,最后留顾全金吃饭,他还客气谦恭地推辞走掉了,惹得黄晋升对他更加喜欢了。

黄新桃愁肠百转。她夜里睡觉时感觉左边乳房被顾全金打得很疼,稍稍一抚摸,乳头就流清水。她很害怕,就连夜跑到县医院去看急诊,大夫说,这里面有炎症了,都肿了,要吃这个,吃哈个,开了一大堆药,还叮嘱注意这个,注意哈个。说得黄新桃既脸红又憎恨。她很想到保定找郭向前倾吐衷肠,倒倒苦水,可又怕影响郭向前工作。特别是,万一郭向前已有如意女伴,自己这样打上门去,不是给人家添乱昂?早先的知青生活和村副书记的经历,让黄新桃积累了相当丰富的人生经验。她倒是非常希望有人在她和顾全金之间插一脚,来个美女把顾全金缠住才好,问题是根本没有。其实黄新桃缺乏对顾全金的全面了解和估价,除了黄晋升自诩高深对他这种人给予青睐,一般姑娘还真看不上他!

现在,尤可贵因为"立功",被局长看中,提起来做了局长助理,距离再升半级,副科级,已经触手可及了。而肖晓琳则通过尤可贵运作,越过黄新桃直接提拔为三组组长。于是,肖晓琳提出,要带着黄新桃继续到企业去"征税"。而且,这次要去郭家堡的制药厂。

对郭家堡的制药厂,黄新桃是洞若观火的。哈里不论发生么事,黄新桃差不多都在第一时间知道。因为厂里有她贴心的姐妹,礼拜天经常跟她见面。她心里非常明白,不论沙红枣还是沙红果,肯定都是把自己作为竞争对手的。她们都会把自己看作郭向前的异性知音、红颜知己,从心底里排斥自己是板上钉钉的事。她提出换个别人去郭家堡制药厂,可肖晓琳坚决不同意。去不去?正犹豫间,突然她接到一个外地打来的电话,一听,是大许,许建国。最近大许得到一个礼拜的修整时间,他要到河川镇看看大家,特别是看看五保户老爷爷和沙荆花大娘,看看黄新桃。因为,当年的三个知青,他走了,小项也走了,只剩下了黄新桃。同情弱者是人们的普遍心理,大许这次就给黄新桃带来很多北京中学高中应届毕业班的复习资料,他要鼓动黄新桃参加这年夏季的高考!

一提高考,黄新桃便猛地眼前一亮。似乎人生刚刚开始,前面五彩缤纷,光辉灿烂;而一想自己的单位同事和顾全金,就恨不得自杀,一死了之!人啊人,你是么玩意儿?如此智慧万能,却又如此龌龊卑鄙?可不是么,既有雷锋焦裕禄、柴大树郭尚民,也有刘青山张子善、沙占魁沙金来,是白?当然,还有数不清的碌碌无为默默无闻的芸芸众生!

　　一个生活中的弱者,在困境中是必定要寻找出路和突破口的。坐以待毙的人肯定也有,但黄新桃不是这样的女子。尤其在郭向前身边熏陶了哈么多年,哈种一往无前的精神时时在鼓励她,鞭策她,让她不知疲倦地往前走。眼下,她还必须首先跟着肖晓琳去制药厂。因为肖晓琳现在是她的顶头上司。明天的事明天做,今天的事就今天做。"走,俺跟你去郭家堡制药厂!"

　　肖晓琳道:"俺的外套在外面晾着,你给抖弄抖弄拿进来。"黄新桃很想说,为么你自己的衣服,自己在屋里坐着不去拿,而让别人去拿?但她是个不喜欢争竞的女子,心里不痛快归不痛快,还是硬着头皮去拿了。此时正是春暖花开季节,外面两棵树之间拉着铁丝,肖晓琳的外套就搭在铁丝上,树下是个硕大的花园,里面百花盛开,成群的蜜蜂"嗡嗡嗡"地成团飞舞,黄新桃去摘外套,就惹恼了正在工作的蜜蜂,于是,上百只蜜蜂忽地一下子就围住了黄新桃,几只蜜蜂倏忽间就叮在她脸上、耳朵上和额头上。她赶紧伸手扑打,结果手上也挨了叮。一时间疼得钻心。她跑进屋把外套扔给肖晓琳,转身就跑出来直奔县医院。

　　待县医院给黄新桃处理完毕,已经两个小时过去,不仅耽误了大块时间,她的脸颊、额头、眼皮即使抹了碘酒也肿得不像样子了,肖晓琳见她这种样子还哈哈大笑。在郭向前身边摔打过的黄新桃突然感觉肖晓琳让她如此闹心——这就是一个县城的税务员的心地与精神风貌昂?

　　肖晓琳不顾时间已晚,仍然坚持要去郭家堡制药厂。在人矮檐下,黄新桃没办法。两个人骑了自行车,向郭家堡驰去。到了制药厂,已是下午的下班时间。制药厂的门卫认识她们,直接把她们引进厂长室。沙红果见黄新桃是这副样子,立即冷笑一声:"都这样了,还赶着饭口到企业来?"直白意思是不顾自身形象来蹭饭吃。黄新桃没好气道:"现在肖晓琳被提为正股级了,她命令俺来,俺是下级,咋敢不来?"心说俺就把你们都亮出来,别以为俺是没嘴的葫芦!

沙红果换上笑脸道:"肖晓琳大姐,走,咱吃饭去!"

肖晓琳道:"去哪儿吃?"

"到镇上'五贵餐厅'去。哈是咱郭家堡人开的店。"

肖晓琳道:"俺又不是郭家堡人!"

"哈就在咱自己食堂吃,今天上午刚进了半筐海螃蟹,每个足有半斤重,正是清明以前的好季节,还没搔(sao四声)子儿,满满的蟹黄。"

"早说啊,就这么的了!"肖晓琳兴高采烈。

三个人顺次走出厂长室,来到车间一侧的食堂。食堂里套着一个单间,是专门为上级领导和客户预备的。沙红果走在前面,推门进去,引领后面的人进屋落座,然后来到橱窗交代了一番,就回来也坐下,和两个税务员海聊,言谈话语之间,透着对黄新桃的揶揄和嘲讽。沙红果和沙红枣的逻辑是一样的,只要俺不偷税漏税,你税务员来了俺就绝不"尿"你。别说你只是税务员,就算是税务局局长,也照样如此。

厨师进屋来了,将一盘才蒸熟的大螃蟹端上了桌,螃蟹的外壳通红,蟹爪一绺绺地半红半白,肖晓琳摸了一下烫得手疼,急忙缩回手来。沙红果从盘子里抓起一个不锈钢小锤,给肖晓琳和黄新桃讲起用法,然后抓起盘子里的不锈钢小钳子,也讲起用法,还有不锈钢小镊子,总之都是吃螃蟹的工具。厨师再次进屋,拿进一瓶开了盖儿的红酒和三个高脚杯,说酒与杯都是正宗法国货,就出去了。沙红果给三个高脚杯斟了酒,分别摆到大家面前,说:

"来，先抿一口，然后吃螃蟹。"就率先抿了一口酒。在这种场合，只能客随主便，肖晓琳与黄新桃都跟着喝，跟着吃，不知不觉，一瓶红酒见底了，三个螃蟹也都被分享了。又是一盘醋溜大虾上桌了，这是女人非常爱吃的一道菜，肖晓琳和沙红果都连声叫好。可是，这盘大虾还没吃完，黄新桃的整个面庞全部红肿了起来！她突然感到疼得忍不住了，连告别的话都没说，转身就跑出食堂，到办公室找到哈个与她关系不错的姐妹——恰好她还没走，否则就不好办了——这个姐妹给她安排了一辆双排座的车，把她送到县医院。

医生对黄新桃好一顿数落与批评："你的嘴就这么馋？你是做么工作的？机关干部？税务局？怪不得，天天吃请，是白？你今天把脸吃成这样，明天就吃出痛风来，让你一走路就脚疼腿疼，看你还吃不吃！"

医生数落归数落，还是给她做了处理，开出了吃的药、抹的药。然后让她回去多喝水，多排尿。黄新桃垂头丧气地往税务局单身宿舍走，才把宿舍门打开，一直在附近遛达的顾全金像一股风一般，倏忽间闪进屋来。黄新桃连外套还没来得及脱，就被顾全金揪住衣领质问："你干么去咧？咋弄成这样？"

黄新桃愤怒地把脸扭向一边，不理他，坚持要脱掉外套。可是，她嘴里呼出的海鲜的气味儿非常大，顾全金闻个正着，于是挥拳便打，一边打一边叫道："报纸上天天讲杜绝不正之风，你却天天跑外边吃请！俺让你吃！吃！吃！"哈只扫大街的手掌力道足够大，劈头盖脸打得黄新桃瞬间就休克了，咕咚一声摔倒在地。顾全金起初也很害怕，小心翼翼地把黄新桃扶起来搬到床上，然后掐她的人中，把她弄醒后气哼哼走了。黄新桃两行热泪顺着脸颊泪泪而下……

第三十四章　你与俺

　　这时,保定方面传来一个消息:近期将有一个外国代表团走访河川镇,请郭向前做好相关准备。他当即就想到了整顿街容街貌问题,栽种行道树问题,临街小门小店的牌匾广告规范化问题,各村困难户的门面改善问题——他曾经统计过,全镇贫困线以下的困难户有三百多户,即使每家给一万块钱,也不能脱贫,授人以鱼不如授人以渔,因此不可能脱贫,他们都是失去强健身体和劳力的人,有的还在精神上有残疾;即使是只给一万块钱解燃眉之急,装点一下门面,老外来了不至于寒碜,但哈也要三百多万元,这可是大钱了,谁出? 而且这次外国人明明白白提出要下户看看,万一走进一家恰巧是贫困户咧? 外国人说了,不要你们安排,他们就随便在村里走。就算村民不讲究脸面,郭向前这个镇长也还是要脸面的白……可这真是需要一大笔钱的。他尝试性向一些效益不错的企业发出募集号召,摊开的话数目也不算大。但一切尽在意料之中。除去郭家堡的郭三秀捐出十万块钱,其余的企业有捐三万块钱的,有捐两万块钱、一万块钱的,还有只捐五千的,缺口相当大,几乎是杯水车薪,而且有的企业家还放出话来:"咱实事求是行不行?你郭向前非得这么好面子?外国人爱说么让他说去!"如果郭三秀的毛纺厂不是他一手扶持起来的,估计也会拒绝募捐。

自己这个镇长当的是不是太没滋没味了?镇上门脸可以将就,有么算么,困难户难道不应该借机接济一下?而企业家们的话是硬邦邦斩钉截铁的。郭向前到保定找陈之谦来了。因为他既十分困惑,又很没面子,心里一揪一揪的,又酸又疼。走在路上好几次撞在树上或电线杆子上,脑门撞了一大一小两个疙瘩。陈之谦看到他这个精神状态,微微哂笑着拉他进了书房细谈,先给他沏了热茶,然后开导起来:

"向前啊,中国的改革开放,是当今世界社会主义阵营前无古人的伟大事业,朝哪个方向走,一直是俺关心的问题,只是因为年纪大了,精力和心气都不济了,在这方面没写么文章参与讨论。单说'分田到户'与'集体化'白——"陈之谦走到书柜前,打开柜门拿出厚厚的精装本《资本论》,翻了一阵,找到其中一页,说:"马克思在《资本论》第一卷第四篇第十一章中,有着非常精到的论述,俺给你念念:'许多人在同一生产过程中,或在不同的但互相联系的生产过程中,有计划地一起协同劳动,这种劳动形式叫作协作。一个骑兵连的进攻力量或一个步兵团的抵抗力量,与单个骑兵分散展开的进攻力量的总和或单个步兵分散展开的抵抗力量的总和有本质的差别,同样,单个劳动者的力量的机械总和,与许多人手同时共同完成同一不可分割的操作(例如举重、转绞车、清除道路上的障碍物等)所发挥的社会力量有本质的差别……在大多数生产劳动中，单是社会接触就会引起竞争心和特有的精力振奋，从而提高每个人的个人工作效率。因此,十二个人在一个一百四十四个小时的共同工作日中提供的总产品,比十二个单干的劳动者每人劳动十二个小时或者一个劳动者连续劳动十二天所提供的产品要多得多。这是因为人即使不像亚里士多德所说的哪样,天生是政治动物,无论如何也天生是社会动物。'马克思的论述是不是很精到? 既然集体化非常优越,为么还分田到户? 这是因为,人都有自私的一面,为个人谋利,至少是谋生存,是加快基础生产力发展的巨大动力,说白了就是利用人们谋生的本能,快速推动经济发展。这一点你看得明白昂?"

"看得明白。"郭向前呷了一口茶。

"接下来的问题,就是,在咱们冀中农村,鼓励个体经济,不等于不要或消灭集体经济。你所说的镇上没有集体经济,要干点儿事需要向个体经济募捐,但募不上来。这个问题,非常自然。这就需要俺们领导者注意按比例发展集体经济,有集体经济就有公共积累,做公益就很方便。以前县里、镇上都有集体经济,因为吃大锅饭,效益不好而解散了。人们为么不想想效益不好的原因么? 并不是所有制形式出了问题,而是没有严格贯彻'按劳分配'奖惩分明的原则,有的领导是不懂、不会,有的是怕得罪人,还有以权谋私、监守自盗的。你细想想,是不是这样? "

"是的,现在有的人明明没执行马克思说的按劳分配原则,却强词夺理说是马克思错了,说是按劳分配原则实行不了。"

"现阶段的咱们国家,基本国情就是'人口多、底子薄、生产力水平低',所以,以公有制为主体、多种所有制经济共存,是必须的。不能偏废任何一方。无论偏废了哪一方,都让你工作不好干,甚至造成巨大缺憾,都会犯方向性或政策性的错误。"

郭向前思索着，有些难于开口地说："现在河川镇四十三村，总的看形势不错，其实除了少数私人老板可以一下子富起来，大多数村民只是给老板打工挣点儿工资，距离'富起来'还差得远而又远。而完全依靠种庄稼，没有给老板打工的村民，则生活仍然捉襟见肘。"

陈之谦将手里的《资本论》放回书柜，关了书柜的玻璃门："适当发展集体经济是必要的，这一点没有错。可能有的人不加思考地'跟风'，对集体经济说三道四，不要理睬，你看准的事情就坚定干下去。老一辈革命家陈云不是说过：'不唯上，不唯书，只唯实。'这个'实'是么？就是你的实际需要。当然，在这些问题上，更多地考虑大多数人的愿望和意见是个前提。发展个体经济，也并不是不光彩的事，相反应该是很荣耀的事。只要群众有这个愿望，就放手让他们干，并且根据他们的愿望积极地为他们的发展创造条件。一定不要认为个体经济属于'资本主义'，而且，对资本主义也不要简单地一棍子打死。"

"俺明白。"

陈之谦再次走到书柜跟前，打开玻璃门，拿出另一本书，精装的"马恩选集"第四卷，他只是拿着，而没有递给郭向前，开口道："马克思和恩格斯的晚年，在思想上更加成熟，一些论述更加精到。他们有两篇《导言》——马克思写的《政治经济学批判导言》与恩格斯写的《卡·马克思〈1848年至1850年的法兰西阶级斗争〉一书导言》，应该看作全面认识马克思主义思想体系的重要文献。这两篇晚年著作，对他们青年时代写作的《共产党宣言》等著作，有重大修正。"

"愿闻其详——俺可以抽支烟昂？"郭向前感觉现在需要大脑的强力参与了。

"你抽你抽,也给俺一支。"陈之谦接过郭向前递过来的烟,凑近郭向前的打火机,把烟点上了,抽了一口,猛咳一声,道,"马克思的《政治经济学批判导言》,对政治经济学的方法论,即从抽象到具体、历史考察与逻辑分析的一致性,做了首次说明。马克思说:'我们判断一个人,不能以他对自己的看法为依据。同样,我们判断一个变革时代,也不能以它的意识为根据;相反,必须从物质生活的矛盾中,从社会生产力和生产关系的现存冲突去解释。无论哪一个社会形态,在它所能容纳的全部生产力发挥出来以前,是绝不会灭亡的;而新的更高的生产关系,在它的物质存在条件在旧社会的胎胞里成熟以前,是绝不会出现的。'么意思哎?就是从当代世界经济的现实看,以欧美为代表的结合法制的市场经济,是迄今为止人类社会所找到的相对合理的社会形态之一,它所能容纳的生产力,还远远没有全部发挥出来。看看现在为么他们的科技、文化、经济、军事、国民幸福综合指数会领先于世界,就明白了。'崩溃'说、'末日'说,都是没有根据的。而到了一八九五年,恩格斯在《卡·马克思〈1848年至1850年的法兰西阶级斗争〉一书导言》中,发表了更多对早期思想的反思,甚至包括对《共产党宣言》等重要著作及观点的反思。恩格斯说:'历史表明我们也曾经错了,我们当时所持的观点只是一个幻想。历史做的还要更多;它不仅消除了我们当时的迷误,并且还完全改变了无产阶级进行斗争的条件。一九四八年的斗争方法(即武装起义),今天在一切方面都已经陈旧了。这一点值得在这里较细致地加以研究。'恩格斯还表示:'我们没有最终目标。我们是不断发展论者,我们不打算把什么最终规律强加给人类。'我说这些,就是说,俺们现阶段以公有制为主体发展经济,算是一种选择,但未必是人类社会经济发展的唯一的和最合理的选择。允许和促进带有'资本主义'性质的个体经济的发展,是当务之急,至少是现在和今后相当长一个阶段的需要。最近俺跟随省委领导赴欧美考察了几个发达国家,很受启发。它山之石可以攻玉。在尊重人和调动人的积极性方面,其实是各国的共性问题。只要个体经济合法经营,为国家纳税,就是'自己人',就是为国家做贡献。集体经济如果经营管理得好,能够在市场竞争中站住脚,当然也很好。但集体经济显然比个体经济做起来更复杂更难。我们可以围绕这个大方向做进一步的思考,大处着眼,小处着手,避免出现偏差。"

…………

郭向前离开陈之谦家的时候,头脑已经清醒了很多。他回到母亲陈玉妮家,和母亲简单说了几句话,了解了一下近来仍在部队服役的哥哥姐姐们的情况,就出了门,来到西大街,特别是来到《野火春风斗古城》描述过的杨晓冬的母亲受刑跳楼的哈个拐角小楼。他站在马路对面,点上一支烟,看着这座小楼——在十字路口的拐角处,这所小楼的一角是圆形的,站在里面隔着玻璃窗能看到对面三个方向。电影《野火春风斗古城》也是在这儿拍的,据说用的全是实景——老一辈革命家和无数革命先烈,他们殚精竭虑流血牺牲,图得是么?他们的理想信念是么?实现的途径又是么?郭向前在面临确立工作目标的时候,不能不想这些,不能做盲人瞎马之事,更不能做南辕北辙之事。姥爷陈之谦指点迷津是一方面,自己的探讨和思索是另一方面。他会沿着陈之谦的思路,继续往前走,一步步接近自己的目标。只要组织上继续让自己当这个河川镇的镇长兼书记,他就绝不会放弃目标,而这个目标,就是在大力发展个体经济的同时,按比例适当发展集体经济!

时隔不久,北京方面安排的外国代表团果真来河川镇参观,这是一群以美国为首的西方国家的代表,他们之中有企业家,也有文化、教育界的专家学者。郭向前因为没有募集到资金,河川镇毫无"修饰"地原汁原味展示在这些人面前,很像没洗脸没换衣服的原生态小姑娘。也罢,这才是本色!不然又怎么办?外国朋友参观了整个河川镇的经济、文化、教育、医疗等情况后,一致竖起大拇指,连连夸赞。说作为一个农村腹地的一片地区,为何发展这么快这么好?关键是有个好领导。这是中国的体制和国情,别人学不了,只能赞叹。当然,他们确实也走进了几家困难户,直言不讳说河川镇的经济发展还不够平衡,对于困难户的救济与福利做得欠缺。当时郭向前向他们夸下海口:你们两年后再来,看俺们是怎么解决的!外国人向郭向前竖起了大拇指,说:"OK!我们一定来!你可说话算数!"而且,外国人也提出,河川镇企业固然发展很快,但技术升级还必须兼顾,譬如,你们的毛纺行业设备过于原始,早该更新换代了,打算换的话,他们会提供帮助。还有,农村的上下水问题,就是你们农户家里的厕所,是否使上了抽水马桶?前一个问题河川镇的企业家们很愿意接受,而对后一个问题感到了尴尬。郭向前也非常明白,安抽水马桶简单,但需要具备完整的排水管道系统,这就难了。于是,他留下了他们的联系方式,准备日后真的进行研究。

这时,全国组织干部都在进行一项选拔推荐优秀基层青年干部的工作,恰巧黄晋升在查体时查出严重脂肪肝,他借口肝疼提出提前半年退休,而推荐郭向前为主抓经济工作的副县长,企盼日后郭向前能当县委书记。因为他看出来了,郭向前日后必会对他十分照顾。郭向前是个讲信用讲感情的人,对老同志不会干"人走茶凉"的事。为此,黄晋升亲自跑到保定,向上级领导力陈河川镇这些年来的成绩。

于是,时隔不久,保定组织部门的两位领导亲自来河川镇找郭向前了。他们一方面在群众中做广泛调查，摸清民意，另一方面，要和郭向前面谈，看看郭向前的实际能力和思想水平。管干部的干部，都是阅人无数之人，用不着谈很多，三句话过来，就知道你是个啥水平。而这三句话，却很有讲究。譬如，第一句问郭向前"现在全国大势是什么？"第二句，"河川镇的发展前景是什么？"第三句"物质文明与精神文明怎么协调发展？"这几乎是当下最敏感最难回答清楚的问题——目前舆论界正在反对"资产阶级自由化"——你若不了解，便抓不住重点；即便你很了解，在改革开放的大背景下，你怎么看"自由化"问题？一般人都会觉得这个问题太敏感太难回答了。

而郭向前侃侃而谈，把早已思考多日的答案和盘托出。但他绝不是单纯发牢骚，你是基层干部，就是干具体事的，要有具体应对措施，发牢骚谁不会，有么用哎？是白？一二三四五六七，郭向前讲得头头是道，特别讲了怎么看待"资本主义"这个没法回避的问题，讲了个体经济与集体经济孰优孰劣的对比，把两位上级领导听得入了迷。他们当即决定，立即按照黄晋升的意见，把郭向前提拔为副县长，观察使用一段时间，然后——他们产生一个非常大胆的想法——然后把郭向前提拔到保定做政府副秘书长去，这样的人才正合适！

于是，郭向前进了县政府，仍然兼着河川镇的镇长和书记。于是，他更忙了，兢兢业业，夙夜在公，他感觉时间不够用啊，每天只睡四五个小时。三个月下来，人已经瘦下去十几斤，瞌了腮，外表挂样儿了。接下来，刚刚干满半年，保定就来了调令和任命，郭向前在保定的"两会"上全票通过，成为市政府副秘书长，正处级。

谁知，郭向前不愿意离开河川镇，他怕郭家堡的红星村的这杆旗保不住，自己的娘沙荆花的岁数越来越大，马上也要退下来，黄新桃也走了,谁接班还不知道,如果郭家堡的红旗倒了,红星不亮了,俺可是千古罪人!因为俺没看护好!现在郭家堡起着示范作用,属于逆水行舟,其他各村并不像郭家堡做事这样高风亮节,加之领导班子这么强硬。多数村子都受到"拜金"的影响,工作思路"朝钱看",如果郭家堡的这杆红旗倒了,河川镇便是一个平庸的只知道挣钱的地方,既无特点,也无境界。后面会不会出现新的沙金来,很难说。哈将对不起早年牺牲的柴大树、郭尚民、黄国贤、魏雨征,还有俺爸郭山河!同时也对不起俺哈受尽磨难的娘——沙荆花!

上级领导对郭向前的一番话十分赞赏,十分感动,但还是坚持自己意见,主张郭向前到保定任职。他说:"你是个年轻的老党员,对党的纪律和要求非常清楚,是白?当党组织需要你的时候,是不是不应该讲价钱?郭家堡这个红星村的事,你以后还是可以关注和指导的昂!"

郭向前无奈,只得答应上级领导的意见。后来按照程序办理了提职和调动,去了保定,做了市政府副秘书长,正处级,属于特殊人才的破格提拔。

随后,黄天厚病愈出院,调到了外县的一个镇继续做副书记兼副镇长。郭向前有约在先,不再与之计较。所以,当组织部门来人找到郭向前征求他对黄天厚的意见时,他很谨慎,没有说出对黄天厚非常不利的话。河川镇调来了新的领导,既不是黄家人,也不是郭家人,都是外县交流过来的干部。

这段时间,郭向前有所不知,沙荆花带着郭三秀一直在北京折腾,她们在小项帮助下,为沙红枣找了最好的整形医院,又不惜代价,为沙红枣请了最好的医生。手术以前,沙荆花来到沙红枣身边,看着满脸满身缠着纱布的沙红枣,沙荆花满脸是泪,叮嘱沙红枣:"咬住牙关,一挺就过去了!当年小鬼子汉奸用钳子夹俺手指头的时候,九九八十一下,你想想,俺是怎么忍过来的?现在俺给你请了全北京最好的医生,放心白,么事没有!你向前哥还等着你的好消息咧!"沙红枣连连点头,以她没有受伤的手紧紧握住沙荆花的手。嘴上说不了话,就频频点头,哈意思就是:"娘,有您在身边,俺么都不怕!"

手术进行了七八个小时,时间如此之长,可见其难度。沙红枣从手术室推出来的时候,施行手术的主治医师浑身透湿,神情十分疲惫地告诉沙荆花和郭三秀:"你们放心吧,非常成功,非常圆满,我可以为这次手术写一篇有分量的论文了!"但这位医生也说,这种手术不可能一次成形,还要有二次、三次,所以,你们不能太着急。

沙荆花点点头,说:"明白,不过,你们还是尽量往前安排,俺们毕竟是外地人,在北京住长了不现实。是白?"院方答应,用最短时间,完成对沙红枣的所有手术。于是,沙荆花和郭三秀就在医院附近找了旅馆住下了。但是,终归手术不是三天两天就能完成的。需要第一次手术的皮肤痊愈再进行第二次。这样,时间会拖得很长。沙荆花和郭三秀只得打道回府。郭家堡的人们得知沙红枣正在接受全国最好的医生的治疗,都非常振奋。不论结果如何,也算尽到郭家堡的心意了。

三个月以后,沙红枣基本痊愈了,但她没回郭家堡,而是给沙荆花打来了电话。她说她在住院做手术这段时间,通过与主治医师沟通聊天,掌握了一些新的知识,想到了好几种新药的配方,因为她是学生物制药专业的,对这方面的问题十分敏感。当她把想法提供给主治医师以后,得到院方的充分肯定和大力支持,现在,院方组织了一个技术攻关小组,沙红枣是副组长,一边配合主治医师为她做手术,一边和院方搞科研。院方有意留下沙红枣,而主治医师是个老知青出身,一直单着,便也对沙红枣表示了爱意,说:"你肯定不愿意回到原来对象身边了,因为,不论整形如何成功,也达不到你原先的水平,这一点是必然的。而你的对象这么年轻就高升到市政府工作了,将来肯定还要提拔。他会'阅尽人间春色',与其哈时候让他看你不顺眼,不如早做打算。而且你对医药研究这么在行,也是不可多得的人才,与其做领导'压寨夫人'不如做医药专家。现在咱们国家在涉及促进皮肤再生医药研究方面,还很欠缺,空间极大,非常需要你这样的学有专长的才女。我看,你就留在我身边吧。我爱你,是因为我需要你,这种需要是一辈子的事,所以,我一辈子不会嫌弃你的容貌。"

沙荆花听了这话,沉默了半天,不知道怎么回答。儿子的事,她作为当娘的,已经尽了最大努力。事到如今,她真的对突如其来的变化无能为力了。最后她有气无力地告诉沙红枣:"闺女,自己的终身大事还是要自己决定,你再好好考虑一下,你向前哥肯定是一直等着你的。"沙红枣抽泣着说:"娘,让俺哥别等俺了,让他卸掉一切负担,展翅高飞吧!"

沙荆花撂下电话,内心十分难受,又一个可爱的姑娘这样离开了。这都是她非常喜欢的为儿子做媳妇的对象啊!人都是有感情的,尤其是好人对好人,哈是一种惺惺相惜的感情和友好,是一种建立在品性上的互相成全,互相帮助,互相支持,互相祝愿。沙荆花祝愿黄新桃和沙红枣都会找到自己的幸福,而自己的儿子,已经飞得太高,她的手都够不到了,也祝愿他一辈子做个好人,要相信,好人好报,是错不了的。

⋯⋯⋯⋯⋯

周滏阳家出事了。凡是稍稍有些文化的人,对周滏阳家发生的事,都一言以蔽之:"人一阔脸就变。"其实事情远没有这么简单。

周滏阳的金板凳公司最近一直徘徊不前,效益低迷。因为,不计其数的竞争对手几乎是雨后春笋般一夜间从"地下"冒了出来。特别是最近遇到一个朋友"杀熟",拿了他一大批货而没给钱,举家出国了,逃之夭夭了,让他损失不小。哈些日子,他天天坐在厂门口,咬牙切齿地抽着烟望着天空。忽一日,看到天上的大雁排成雁阵在飞,想起了儿子上小学时读的课本:"秋天来了,天气凉了,一片片黄叶从树上落下来。一群大雁往南飞,一会儿排成个'人'字,一会儿排成个'一'字。"一下子触发了周滏阳的灵感,何不去南方看看?副总理说:"南有温州,北有河川。""温州"不就是南方昂?

苦闷之中,他让老婆留家看守,他外出考察了一圈,先是副总理说的温州,然后往北,到了宁波、绍兴,再往北到了苏州,因为钱包的钱所剩无几,就此打住。考察重点是到这些城市的各家具公司进行探询。南方的经济显然比北方发展得更快,市容市貌,街容街貌,都让人耳目一新,让他有种目不暇接的感觉,心底里一直在气馁地想:跟不上趟了,跟不上趟了……

这天,他坐在苏州的茶馆里喝茶,听着丝竹伴奏的评弹,脑子里忽东忽西,忽南忽北,一会儿想放弃木器制作,一会儿又想转型升级,一会儿还想改弦更张开饭店……已经难以把握自己飘忽不定的心绪,十分烦闷,十分苦恼。甚至打算么都不干了,就回家守着哈堆钱和老伴儿养老了。他的焦灼不安的表情,被邻桌一个年轻女子发现了,年轻女子悄悄走过来,搬过椅子坐在他身边。见他的碗里根本就没斟茶,便执起茶壶,给他的碗里将茶斟上。

"心事挺重啊?"年轻女子的声音很温柔。

"你咋知道?"周滏阳眼睛看着前面台上拿腔拿调的演员,心不在焉。

"都写在脸上了。"年轻女子把自己桌上的茶碗也拿过来了，斟上茶，"看得出来，你也是干企业的，最近我们这儿刚刚自杀了一个，因为赔钱了，老婆也跟人跑了，万念俱灰便寻了短见。"

"俺可没赔到哈个程度，老婆也没跑，俺也没想寻短见。"

"可我看你的眼神就像寻短见的。"

"你还挺神，干么工作的哎？"

"过去是警察，现在下海干企业唻。"

"怪不得这么善于察言观色唻，放心白，俺么事没有。"

"哈只是你向我表决心，其实你的事并没有解决。"

"难道，你能帮俺解决？"

"先说说看，是什么事？"

周滏阳把自己的经历和事业一五一十地说了。对方神色黯然道："唉，现在一些人真是没有道德，市场竞争原本就处于无序状态，又加上了坑蒙拐骗，老实人怎么受得了？"年轻女子说，她手里有个厂子，是生产皮箱的，天天跟皮革打交道，如果为你的椅子、凳子做皮面安上，不是一下子就提高了产品品位吗？

周滏阳有些吃惊地看着对方，这可真是，他怎么这些年来就没想到这一招唻？这不一下子就提高了椅凳的品位和等级昂？现在市场瞬息万变，人们普遍求新，买家具的以等着结婚的年轻人为多，都喜欢新样式，而加一个皮面也没多少成本，是白？"咱不喝茶了，去你厂子里看看！"一辈子走南闯北惯了的周滏阳当机立断。

年轻女子主动替他付了账，两个人相跟着走出茶馆，找到公交车站，坐了某路车，朝着一个方向驶去。约莫五六站地远，下了车，又走了十分钟，他们来到一家干净整洁的皮革制品厂。此时，年轻女子就自报家门了："我姓柳,叫柳红棉,今年三十岁,父亲是市公安局副局长,我原本也是警察,但为了干公司,下海了,关系还放在局里,我这个公司是挂靠在市轻工业公司的个体企业,算私营经济。原本是专门收拢'盲流'的,我以为你也是'盲流'呢,哪知还是个企业家,对不起啊。"

"没么,没么。"周滏阳跟随柳红棉查看了全厂的设备和实力,感觉可以与之合作,便和她商讨合作方法。柳红棉主张周滏阳把这个厂的设备一揽子买走,离开苏州到河川镇干去。因为河川镇有郭向前支持,没有干不成的事。"你也知道俺哈儿有个郭向前?"

"咋不知道,大名鼎鼎,我们的报纸转载了你们省报对他的报道。"

"买走这些设备需要多少钱?"

"一百万元左右。"

"俺还真拿不出来,不过,俺跟郭向前商量一下,让他帮着拆兑拆兑。"

周滏阳来到柳红棉的办公室,给郭向前打电话,把事情原委说了一遍。郭向前当即答应,干,不仅干,还要好好谢谢柳红棉!这个痛快,把个周滏阳乐得像喝了七十度烧酒哈么火烧火燎地从里往外热。柳红棉自然也非常高兴,连说怪不得河川镇干这么好,这个郭向前是个多么有眼光有魄力的年轻人啊!两个人都心情激荡,柳红棉就从桌子底下拿出两瓶四十二度"苏州桥"白酒,到外面买了几个炒菜和一斤苏州风味的小笼汤包,两个人就在办公室手执酒瓶对吹起来。

柳红棉的白酒算是苏州特产名酒,虽是低度,但酒过三巡,柳红棉的两颊也早已泛红,两只大眼睛忽闪忽闪,愈加神采飞扬,还借着酒兴滔滔不绝起来："你来苏州就来对了。可曾听说过'东南形胜,吴都故郡,物华天宝,人杰地灵'之说?姑苏(苏州的一个区,也是苏州的代称)自古繁华,人杰多出才子,地灵盛产美酒。当然,美酒离不开太湖之水,地灵也包括水灵。历史上的才子、名家白居易、范仲淹、唐伯虎都写过盛赞姑苏美酒的文章。白居易在《宿湖中》说:'幸无案牍何妨醉,纵有笙歌不废吟;十只画船何处宿,洞庭山脚太湖心。'是不是很美?唐伯虎的《桃花庵歌》最为姑苏人推崇:'桃花坞里桃花庵,桃花庵下桃花仙;桃花仙人种桃树,又摘桃花换酒钱。'是不是很妙?"

木匠出身的周滏阳哪里懂得美不美、妙不妙,只是乐得闭不拢嘴呵呵地笑,酒逢知己千杯少,不知不觉一瓶酒就见底了,周滏阳要出去再买一瓶,被柳红棉拦住。她笑盈盈道:"我今晚也是'幸无案牍何妨醉'了!"两颊绯红,目光迷离,拉着周滏阳就进了里间,接下来就"接下来"了。周滏阳也由此得知,柳红棉已经离婚一年,对感情需要十分饥渴,她丈夫是个有名的企业家,带着秘书出国再也没回来,只寄回一纸离婚诉状。

周滏阳现年五十有五,整比柳红棉大出二十五岁。

待一切事情办妥,河川镇上的金板凳公司推出崭新产品,再次大出风头之时,柳红棉告诉他,她怀孕了,她要生下来,给哈个负心丈夫看看——离了你个王八羔子我照样生孩子!周滏阳暗暗叫苦,这是咋样的一种心理哎!但他的文化水平导致他不可能立即参透柳红棉的心思,只能跪求柳红棉把孩子做掉,柳红棉把牙一咬:"凭什么做掉?我就是要生下来!"但柳红棉绝口不谈与周滏阳结婚的事,不知她是怎么想的,也许是不想破坏周滏阳的家庭。谁知道呢!

但"好事不出门,坏事传千里",时隔不久,镇上的消息就传到了郭家堡,人们私下都在传扬周滏阳与女副厂长"明铺暗盖"了的消息。其实,他们在厂里根本没有这种事,只是哈次在苏州有过一次,也仅只一次,就让柳红棉开花结果。警察出身的柳红棉做事干脆利索,说生就生,于是,十个月后,生下一个白白胖胖的大儿子,起名"周晓阳"。周滢阳的老伴儿是大户人家出身,原本对这些事不往心里去,她甚至根本就不相信,以为只是一些人嫉妒周滢阳在造谣,直到有一天,有人对她说周滢阳和柳红棉正在镇上饭店给孩子"过百岁儿",她才如梦方醒。她悄悄来到镇上,找到哈家饭店,偷眼看了青春靓丽的柳红棉,遂神色黯然地回了家。

大户人家出身的女子自有自己的处事方法。她也不打不闹,也不去辨别争论,只是回到家换上新衣服,平平整整躺在床上,不吃不喝,以绝食的方式慢慢死去。

俺这辈子侥幸没挨整,周滢阳对得起俺。俺祝福你们大人孩子平平安安过好每一天。世界是你们的,也是俺们的,但是归根结底是你们的。柳红棉朝气蓬勃,正在兴旺时期,好像早晨八九点钟的太阳,希望寄托在柳红棉身上⋯⋯金板凳公司的起死回生靠的就是柳红棉,不是昂?俺是心中有数的⋯⋯

中国的友好国家B国首都,由中国援建的"友谊宫"项目刚落成不久,演出大厅内五千个崭新整齐的皮面座椅让人眼前一亮。哈位曾经视察河川镇的国家副总理恰好出席此次项目竣工典礼。在现场接见了中国方面的施工人员,包括周滢阳与柳红棉。周滢阳因为心情舒畅,染黑了头发,显得格外年轻,与小了二十五岁的柳红棉站在一起,外人看上去一点儿没有不般配的感觉。人们都说周滢阳是家乡的功臣。

何谓功臣?眼下河川镇的农民企业家有得是,怎么轮得上你周滢阳,是白?诸君有所不知,这五千个座位是周滢阳和柳红棉捐的!

值昂?当然!这里有广告效应!依照周滢阳的观点,必须收钱,但柳红棉拦住了。夫君,听我的没错,一时不明白没关系,慢慢你就明白了!时隔不久,法国巴黎的一家足球场、阿联酋迪拜的三家电影院等海外二十多个国家和城市相继使用了周滏阳的产品,金板凳公司的年产从以往的几万套达到了两百多万套,一下子领跑国内公共座椅市场,同时名扬海外。

但是,这段时间周滏阳一直没回郭家堡的家。由于他家住在村边,村里人也都知道他在镇上折腾,对他家里的事也就很少关心。直到有一天周滏阳回家,看到自己的老伴儿已经死去多日,皮肤紫黑干瘪塌陷,只因身上是新衣服,遮掩了很多难堪。好在是冬天,屋里也没点炉子,否则早该腐烂了。周滏阳哭天抢地来找沙荆花,请求村里帮助掩埋老伴儿。于是,被沙荆花狠狠骂了一顿,差一点儿没给他个嘴巴。

此时郭向前正在村里和郭三秀细化毛纺厂股份合作制的方案,得知了周滏阳的家事,猛地揪住了自己的头发,大叫:"俺有罪!如果俺不帮着周滏阳在苏州买哈些设备,咋会出这种事?"郭三秀安慰他说:"你不能这么说,他终归也是为了企业生存。"尤其周滏阳是受到副总理表扬的企业家,郭向前没法过多责怪,只能说哈个大家闺秀的老伴儿心胸过宽,或说她已经看透一切,面对难以处理的烂事撒手而去了。

郭向前不得不心情沉重地亲自出面主持周滏阳老伴儿的葬礼。周滏阳花钱请了远近闻名的响器班,搭了几十米的长棚,糊了纸人纸牛,大吹大闹,旗幡招展,又请了县里的梆子剧团唱了三天《大登殿》,郭向前也没阻止。在整个策划、办理过程中,郭向前突然联想到一个问题:村里的坟地占用了很多农田,以后还会越占越多,怎么办?死人与活人争地皮,是白?于是,他及时召集了村委会,研究解决坟地问题,最后形成一致意见:选一块地方盖"千古堂",把所有的骨灰盒全集中到一起,各家各户的祖坟平为农田。(北方农村的乡俗里有男人死了糊纸马,女人死了糊纸牛一说。传说男人死了是到别处上任去了,骑马走得快,也有的说古时男人死时是骑着马飞上天的,所以以后男人死了烧纸马,希望能像古人哈样骑马飞天。而女人死了烧纸牛,是说女人在世时洗衣做饭祸祸水太多,属于罪过,烧个纸牛让牛到天上帮着喝水以减女人之罪。糊纸人则是"金童玉女",是伺候亡灵的,他们手提灯笼,手持对联:"金童引前路","玉女送归山")

"动祖坟?郭向前要动俺们祖坟?"

"你郭向前真敢想!哈祖坟安安静静在哈躺着,碍着你昂?"

"不是碍着俺了,是碍着咱村的可耕地了!"

布告贴出来以后,村民们议论纷纷。碍于郭向前平时威信很高,没有人当面骂街,但关起门来以后便出现很多家庭摔桌子砸板凳的情况。村里一个二二乎乎的男光棍手持一把菜刀,找到郭向前说:"你敢动俺家祖坟,咱就同归于尽!"

郭向前道:"咱们谈谈条件,总可以白?"

"除非你给俺两千块钱。"

"狮子大张口?别人知道了不是也得跟着要?"

"哈个俺不管。你想唾沫粘家雀,没门儿!"

"你这些年为么穷?有人说是你家祖坟朝向不好,现在咱村盖'千古堂',选的是风水最好的地方,以后你家会越来越好,你难道不高兴?"

"好白,俺只要二百块钱。不过,以后俺家日子过得不好你得负责任。"

"有难处你就只管提。"郭向前当即掏出二百块钱,递给了他。

在"千古堂"的整个建设过程中,没有人闹事,没有人添麻烦。但事过之后,郭向前给每家补贴了一千块钱,作为精神安抚费。一个从天津来到河川镇做业务的小伙子得知郭向前的所作所为以后,挑起大拇哥说:"这叫嘛,知道吗?这叫'拳儿亮'(大度,明事理)!"这个小伙子因为郭向前的"拳儿亮",从天津引来很多业务人员,各行各业都有,一时间在河川镇形成了小小的"天津帮",还有人为此开了天津风味的包子铺、馄饨铺。在河川镇干业务的北京人不多,但不多的北京人看到天津人在此落脚的人越来越多,也动了心思,便招来一群中青年生意人,还在镇上开了北京人爱吃的炒肝儿店和豆汁店。

继而,保定的人来此开了"驴肉火烧"店、凉粉店等等。似乎全都不甘人后,要与"天津帮"一争高下。后来专门来河川镇体验生活的作家丁卫红,看清了这件事的背后因由,得出"一个人的魅力和号召力不是依靠强力得来的,而是依靠人格自然形成"的结论。哈么,郭向前做主的一千块钱从哪儿出?自然是从郭三秀的毛纺厂出。这就让丁卫红明显看出一个问题,假如毛纺厂不是集体企业而是个体经济,会随便给你钱昂?几乎连想你都甭想。郭向前曾经和有些村谈过这种事,譬如有的村子还没通电,镇政府和县政府暂时拿不出这笔钱,哈么,就只有眼巴巴地等着、挨着;有的村没有像样街道,当街坑坑注注,还积着脏水臭水,没有人修路,等待哪个方面能出一笔钱,如果没人出这笔钱,这村路只怕猴年马月也得不到改善;还有的村在村口散落着坟冢,既不雅观,又十分碍事,影响车辆出入,但没有人出面协调解决,因为这也需要钱;更别说对很多低收入困难村民的帮扶问题了……

近来郭向前好几次与农民企业家商讨这个问题,得到的是完全否定的回答:"俺们已经为村里安置了很多员工,省得他们外出打工了,还给国家缴税了,现在你还让俺们隔三岔五地捐款,是不是想扼杀俺们啊？"他感到哈个"先富带后富"的话题几乎不可能实现，至少是很难实现的。离开现阶段农民思想觉悟程度的实际，显然是一厢情愿，是过于乐观了。郭向前十分郁闷，遂再次给北京的沙耕读大大写信，倾诉衷肠，希望得到指教和启发。半个月后，沙耕读回信了，他没有直接回答郭向前的问题，而是寄来一张一九八五年的大事年表，让他从中参悟，悟得出门道，你就知道下一步，悟不出门道，俺也不多说了，意思是你已经到达了"天花板思维"。信的结尾祝他在保定工作顺利。

此时，正好丁卫红来采访郭向前，现在同处一个城市，来往十分方便。他便把这个大事年表拿给丁卫红看，希望听听她的意见。丁卫红也不保守，说，总的态势，就是继续改革开放，但同时要紧紧抓住党的建设，培养和造就大批优秀党员。中国的国情十分复杂，失去党这个领导核心简直不可想象。她还开玩笑说："'离了谁地球都照样转'这话有缺陷，如果少了和平人士而多了战争贩子，打起核大战，整个地球都会毁灭，还存在'离了谁都照样转'之说吗？想想看，一个社会让精英模范做领导和让犯罪分子做领导，能是一个结果吗？"

"俺明白了，谢谢你卫红老师。"郭向前真诚地立正站好，向丁卫红敬了一个军礼。

…………

这时，事关沙红枣的所有消息沙红果都听到了。她对姐姐放弃郭向前，转嫁主治医师这样的结果是半满意半不满意。因为，以她的眼光，姐姐嫁给郭向前才是"正根儿"。现在姐姐自己不打自招地先行退出，让她这个做妹妹的十分被动，想进行第二步"索赔"都找不到"抓手"。下一步怎么办咧？听之任之？郭向前离开了河川镇，没人罩着自己不说，在郭家堡干着制药厂虽然工资很高，但没有了旗鼓相当的陪伴者,实在寂寞,实在没有意思!她通过几次与郭向前行走万柳堤,深深感到曾经沧海难为水,结识了郭向前以后,真的对身边男人看不上眼了。若返回原单位,一是单位领导肯定不接纳,二是这个厂子这么赚钱离开了也可惜。唉!沙红果十分惆怅。

老爸老妈得知这一切以后,劝她说:"二啊,要么你到保定去一趟,见见郭向前,看他是不是对你有意思,说不定他会把你带进保定咧。"

"哈又咋样?这个厂子谁管?最关键的是他不应该走!这么做太绝情!"

"哈也是上级领导安排,是白?再说,你和他又没确定关系,咋提得到绝情不绝情?"

沙红果也明白,自己是有些强词夺理。但她现在因为"孤独"而感觉十分无聊,茫然四顾,没有对把子的,这日子也太难熬了!老妈劝她和原来的对象恢复关系,沙红果气哼哼道:"找谁也不找他,太小家子气!"而这种感觉,完全是接触郭向前以后才有的,以前不是也和人家卿卿我我热乎得不行昂?

黄大军和白玉簪得知郭向前走了,两个人抱在一起,泪眼婆娑,久久地发愣。郭向前是他们能够走到一起的红娘,现在,他们的事业蒸蒸日上,而支持他们发展事业的恩人不知何时再回黄召庄;柴家营的柴大霞则干脆哇哇大哭,像死了人一样。她一方面痛惜郭向前的离去,让她生活似乎没有了颜色,非常无趣;另一方面,郭向前对她儿子的许诺,还会落实昂?你的手能伸哈么长昂……

就在人们怀着说不完道不尽的惆怅与失落的当口,郭向前回河川镇来了。他要和新上任的镇长做一下交接。镇政府的大会议室里,坐满了前来开会的全镇四十三村书记和各村的乡镇企业家代表,有二百来人。新镇长兼书记叫刘念星,四十来岁,介绍到他名字的时候大家"轰"一声笑了,都交头接耳道:"这名字应该给郭向前。"会议热热闹闹地开着,沙红果坐在角落里,满脸怨气。不来闷得慌,不知道会上要说么,说不定会有么政策出台咧,是白。可来了就要面对哈个人,哈是水中月、镜中花,渐行渐远,快要成为"传说"了,实在没意思。正打算悄悄溜走,散会了。这是个短会。但会上说了几件非常重要的事,问题是沙红果脑子开小差,全没听见。新镇长十分知趣,散了会早早离开,留出空当让郭向前与老书记们老厂长们叙旧握别。

轮到黄大军和柴大霞他们,郭向前许诺,会后一定去找他们喝一杯,便送他们出门了。郭向前以为屋里人走光了,刚要跟随一起走,身后角落里传来一声叫喊:"嗨,这儿还坐着一个大活人咧!你就这么走哇?"他一回头,是沙红果。身边的黄大军急忙向柴大霞挤眼,拉着她紧走,说:"咱别当电灯泡。"郭向前站住脚,说:"红果,是你,俺正要回村找你咧。""回么村哎,人多眼杂的,就在这儿说白,多清静!"

沙红果其实并不知道这里清静不清静,只是故意拂逆郭向前。郭向前叹口气,坐在她旁边的椅子上,说:"你看看这个——"他从上衣口袋掏出了沙红枣的照片,递给沙红果,"你姐跟俺分手了。其实,俺们俩始终也没定终身,只是在工作中互相支持,惺惺相惜,彼此看着顺眼。现在她郑重其事提出要与主治医师结婚,一起研究新药,俺也没脾气。俺毕竟不具备主治医师的优势,是白。"

"你这么顺水推舟是不是在市政府看上哪个小姑娘咧?"

"嗨,甭提了!"郭向前说自从他进了市政府工作以后,没过三天,就有老领导找他,说自己家里有个闺女,与你年龄正相当,现在做着么个职业,长相也不赖呆,要不要见见?他急忙说自己在老家有对象,都快结婚了。没过两天,又来一位大姐,说自己的妹妹如何如何;最后干脆来了一位新进机关的女大学生,对他表示好感,要请他去吃饭……这正式工作还没展开,就先在生活问题上打转转,让大家怎么看俺?"俺赶紧跑到北京的哈家整形医院,要找沙红枣当面谈谈,但沙红枣拒绝见面,只委托她的主治医师来和俺见面。主治医师说:'红枣以后不会再见你了,忘了她吧,如果忘不了,就记住她过去的容貌。她现在正在配合医院深入研究促进皮肤再生的医药配方,不久将有填补国家空白的重要成果面世。你祝福她吧!'主治医生送给俺一张沙红枣以前的三寸黑白照片,就你拿的这张,英姿飒爽、风度翩翩。俺哈天,几乎是昏头昏脑,跌跌撞撞,离开了医院,怎么走的都不记得了。"

尾　声

　　沙红果眉头紧锁，步步进逼地问郭向前："哈你现在打算咋办？"

　　郭向前真像手里有短儿一样，低眉顺眼道："娶你！"

　　沙红果一惊："么，你打算娶俺？"

　　"对，马上就娶，明天就办事。"

　　"为么？俺不得掂量掂量？"

　　"因为俺没有哈么多时间考虑这件事，必须马上定夺，机关里的叔叔大爷大哥大姐都盯着俺这件事，介绍对象的踢破了门槛子，已经影响俺的工作和声誉了。"

　　"这也太急了点儿白？"

　　"机关工作很多，俺没有哈么多闲空。请你理解。"

　　"俺爸俺妈还无所谓，俺至少听听沙荆花大娘意见白？她若不喜欢俺咧？"

"只要是俺选的对象,她都喜欢。"

沙红果想了想便突然又哭起来,边哭边搂住郭向前吻了起来。原先的所有怨怼、寂寥、空虚,倏忽间烟消云散。她猛地感觉一下子拥有了世界。自己有了郭向前,到镇政府这个院子里来就可以平踏,你刘念星敢不买账?俺到县里去,也莫不如此。不能怪俺想问题哈么实际,现如今人们都势利眼,没根没叶的谁搭理你,是白?有郭向前在身边,就有整个世界,就没有过不去的坎。当然咧,郭向前的成功,绝不是单纯靠权力,更不是单纯靠金钱,而是靠做人。问题是,在沙红果的视野里,郭向前这种人实在太少了,太珍贵了。而现在他就在自己怀里,只要自己愿意,他就是自己的夫君了。想一想真是幸福。但一些具体问题沙红果还是憋不住要说的:"以后咱两地分居可是个问题!"郭向前道:"机关里'一头沉'的情况很多,人家行,咱咋就不行?再说,咱离得也不远,回头你也买辆车,想每天见面也做得到。"还说现在天津新出的夏利,就挺好,也不贵。亲了一阵,沙红果拉起郭向前,抹着眼泪道:"走,跟娘说一声去。"

两个人买了一些吃食,来到沙荆花面前的时候,沙荆花早已经把这一切想到了,只是没想到会这么快,所以当即就说:"儿啊,你说几时办事,娘就几时操持!"郭向前道:"明天就办,今天您就操持白。"沙荆花的脸上笑开了一朵花。儿子选的媳妇,都是人尖子,错不了的。于是,沙荆花去村里找厨师去了。沙红果拉着郭向前来到他平时住的西屋,就解他的衣扣,吓了郭向前一跳:"这是干么哎?你忒急了白?"沙红果脸上红红的:"俺必须先把你'占'上,不然俺不踏实。"

郭向前突然严肃了起来,攥住沙红果的手,拉着她坐在炕沿上,说:"今天在镇上开着会,俺就想到一个问题——关于村办企

667

业的'集体化'应该占一定比例的问题——情况是这样,以往的集体企业往往存在'奖惩不明'大锅饭问题,所以效率低下,结果是不得不解散。而眼下新兴的个体企业却一个比一个办得好,为么咧?就是企业产权所有者不同,责任心不一样。但是,个体经济虽然安排了很多就业人员,还给国家缴了税,但对公共事业不能'随叫随到'——随便抽取、使用个体企业利润和资金是不合法也不合理的。所以,俺就想——"

沙红果挣脱了郭向前的手,与他面对面正襟危坐,表情也严肃起来,道:"俺明白你想说么,就是想把俺的制药厂变成集体企业,这样村里就用钱方便,是白?可是,你想想想,俺姐为创办这个厂子费了多大劲儿,还差点儿把命搭上?再说,俺为了接姐的班,舍掉了国家外贸部门的工作,到你这儿却不能赚大钱,俺会答应你昂?"

郭向前依旧表情严肃地说:"你的态度在俺意料之中。你说得也有道理。但是,俺要为郭家堡负责,为河川镇负责,考虑问题的出发点是从大多数人的角度,而不是少数几个人的角度。俺为么从你的制药厂着手,因为你要做俺的老婆。俺对别人是绝不会强求这种事的。这一点还请你理解。否则,咱俩的婚是没法结的。"

"你强求俺也不会同意。俺姐创业的初衷只怕也不仅仅是为了给村里做好事。'主观为自己,客观为别人',这个道理你是应该懂的。"

"俺给你一个月时间考虑,行昂?"

"用不着一个月,俺现在就告诉你——不行。这个婚,俺不结了。"

此时,沙荆花带着两名厨师闹闹嚷嚷地走进院子,他们已经大包小包地买了很多食材,准备"落桌"用。沙红果透过玻璃窗看个满眼,脸色通红地嘴里带着哭腔站起身跑出屋去。郭向前也十分尴尬地走出屋子,对沙荆花说:"娘,您先别准备了,俺和沙红果说'撑'了。"

沙荆花脸上的笑容一下子僵住了:"为么哎?"

"俺想把她的制药厂改成集体企业。"

"娘明白你的心。但别人只怕不能明白。"

郭向前也有几分尴尬,拿出烟来给厨师们点上,自己走出院子,朝着村里的毛纺厂走去。早先,因为柴满囤回归,郭三秀住到了郭向前家,自从建起毛纺厂,郭三秀就住到毛纺厂的办公室里了。办公室是里外间的设置,里间既有床铺,还有洗手间。外间则是办公和会客之处,有大号办公桌(老板台)和很多沙发、椅子,墙上大玻璃镜子里镶着全国地图和全省地图。来到郭三秀的办公室,就立即会让人想起两个字"豪华"。不过,在一些城里人看来,这样的豪华带着土腥味儿(若干年后,出现了"土豪"的称谓,也算实至名归)。管他咧,自己看着好就行。

谁知,郭三秀听明白了郭向前的意图以后,立即和呼斯满通电话征求意见,特别强调:郭家堡是以重要股东之一列席其中,咱不能不接受?而呼斯满稍一思考就满口答应,还说:"我明白郭向前的路数,他是想让咱们走得更稳妥,就听他的吧。"于是,毛纺厂按照股份合作制企业的要求,开始进行精心设计。此间北京的小项特意到郭家堡来了一趟,对郭三秀面授机宜,提出目前国际上流行的英美股权主导型治理模式和德日债权主导型模式,具有不同的资本结构特征,可供参考,但不能离开"中国特色",于是,制定和实施了每个员工都有一定股份和话语权的管理模式,特别在管理上推行了大庆的"三老四严"(此时的大庆,仍有很高声誉)和党内的"民主集中制"。能否使企业实现规范化和可持续发展,需要等待。郭向前洞若观火一般等着毛纺厂出结果。

眼下沙荆花买来很多食材等着"落桌","媳妇"却"跑"了。这可咋办? 沙荆花让厨师们先回家听信儿,她要去县里找一趟黄新桃,看看黄新桃究竟搞上对象没有,若还单着,就立马把她迎娶过来。沙荆花是非常喜欢她的,相信儿子对黄新桃也很有感情。而此时,郭向前陆续来到黄召庄和柴家营,他要向黄大军和柴大霞推行他的思想:若村里有十个个体企业,便拿出其中一个转变成股份合作制企业,既增加集体收入,又让员工获得更多合法权益。在去的路上,他就在心里盘算:郭三秀之所以乐于服从,是因为她是自己一手扶植起来的,而且身后有个见多识广的呼斯满。而黄大军和柴大霞却不是,既然如此,他们会按照自己的意愿放弃个人原本已经存在的权益昂? 尤其自己已经离开了河川镇。他没有一点儿把握。

正是早春三月,莺飞草长的季节,郭向前要在河川镇住三天,这是保定的领导特批的,让他把家乡的善后事情处理好。而且,向他交代了一项任务,在河川镇物色两个基层政协委员报到市里备案,准备参加市里的"两会"。转天一早,沙荆花和郭向前分头出发,她去了县里;郭向前就来到黄召庄,见了服装厂的黄大军。他和黄大军在厂院里遛达着,说:"大军啊,俺有个想法——"后面的话还没说,就被黄大军接了过来:"向前弟啊,你甭说了,你的意图昨天深夜十二点沙红果哭着给俺来电话讲了。先不说俺的意见,先让你知道知道这两年俺做了么——俺因为是在你的帮助下建起服装厂的,利润也比较大,俺就在前不久给全村家家安了电话,可以说是咱省第一个'电话村',因为俺天天看报纸,还没听说省里哪个村家家装了电话。此其一。其二,俺要让全村家家、人人都穿俺做的衣服,只要俺活着,就不改主意,这件事正在逐步实现。

其三,俺的服装厂原则上只安排本村本镇的年轻人,但每年额外接收十名退伍军人进俺的服装厂工作,充实俺的经营、管理干部力量,立过功的优先。其四,就是俺不同意按你给沙红果画的'圈圈'干。原因你应该是明白的。俺要实现自己的蓝图,不允许其他人参与意见。为么咧,因为俺的员工全是村里的年轻农民,多年来的农民的生活习惯、思维方式让他们适合干具体工作,而不太适合'参政议政'——别误会,俺说的不是对国家,而是对俺这个服装厂。要把农民从原有的生活习惯和思维方式中完全解放出来,还有很长的路要走。"

黄大军当初在部队是个连长,管着百十号人,还是个有着战争年代荣誉称号的"硬骨头连",方方面面走在其他连队前面。他思考的问题,也往往具有前瞻性。正所谓"不谋全局者不足谋一域",郭向前非常佩服他,遂点点头,不再说下去。两个人在服装厂的食堂简单吃了中午饭,郭向前就离开了。黄大军的服装厂通向村外的路十分规整,显然是黄大军出钱修的,而村里的其他路段都坑坑洼洼,间或积着臭水。郭向前很落寞。他推着自行车径直走到了柴家营。一路走一路思考,已经预感到柴家营的骨头也不好啃了。

柴家营的村路一点儿不比黄召庄强,依旧还是土路不说,路边也很难见到一棵树。连沿着村边伸展出去的一条水沟,两侧也没有树。郭向前的大脑"轰"地一下子,想起上小学的时候课本里的《植树谣》:"三月好春光,大家植树忙;房前种桃树,道旁栽白杨;井上葡萄架,河边柳成行;三年五载后,绿荫满村庄;午间能歇晌,夜晚好乘凉;春来花满树,秋来果子香。"哈样的景象正该出现在各村不是?

果不其然。柴大霞对郭向前虽然远接高迎,热情有加,却对他的主张并不买账。

现在村里条件大为改善,大队部(村委会)的小院青堂瓦舍,绿树成荫,整整齐齐,干干净净,进得屋里,墙上挂满奖状和锦旗,柴大霞闹闹嚷嚷地给郭向前用洁白如玉的景德镇新瓷碗沏了"龙井",还说:"向前弟,你好好品品,这可是'明前茶'!"郭向前笑呵呵道:"甭怪俺孤陋寡闻,么叫'明前茶'?""就是清明以前摘的茶。""'明前茶'和'明后茶'有么区别?""'明前茶'量小,所以贵重,行内有'明前茶,贵如金'的说辞。"

简直让郭向前一个愣怔,过去土么呛呛、穷么哈哈天天喝稀粥的农民,现在都喝上龙井了,而且还知道么是"明前茶"了!沧海桑田,桑田沧海,十年河东,十年河西,不是昂?郭向前闻着下颚处热茶的清香味儿,十分爽气,还是忍不住掏出烟来,弹出一根扔给柴大霞,自己也点上,一口口地抽烟,但只是看着柴大霞而不说话,似在掂量这话该怎么说。柴大霞也抽着烟,因为长期操劳,柴大霞不算大的年龄,一张大圆脸上两颊的肉已见松弛,而一双忽闪忽闪的大眼睛一如既往地放肆地、挑衅地看着郭向前。沉了片刻,她的直性子还是让她憋不住先开口了:"俺知道你来找俺是么事,昨天夜里沙红果给俺来电话咧,哭了半天说不成话,你呀你,好日子刚刚开始就又瞎折腾,难道你也是黄天厚哈样的生地瓜?"

"俺不是生地瓜,俺是想让咱们镇的工作更上层楼。"

"你爱想自己想去,俺是不干的。再说了,俺村都是家家户户分散劳作,没法捏合。不过,俺跟沙红果不一样,她不同意就会跟你分手,不嫁你,俺却永远跟着你。除非你再把俺撤了。"

"既然跟着俺,为么不听俺的?"

"党内总是要讲'民主集中制',允许俺'保留意见'白?"

两个人正说着,突然门外一声咳嗽,柴三脚走进屋来,手里一丈长的铜头紫檀木杀威棒往地上"咚"地一戳,就兀自落座了,屁股下的椅子竟被他压得吱吱响,郭向前记得他会轻功的。郭向前急忙扔给柴三脚一根烟,柴三脚接住,顺手摆在柴大霞面前,意思是俺不抽,留给老婆抽。开口道:"向前大兄弟,你可知道,省里前不久发的红头文件是咋讲的?'农村政策三十年不变',对白?这才几年?你咋年纪不大'忘性'却这么大?"

郭向前完全明白了。黄大军的话让他明白了一半,柴大霞两口子的话让他彻底明白了。你有你看问题的角度,他们也有他们看问题的角度。当他们不明白你的心思的时候,强求是没用的。人家也不愿意出现闪失,是白?这就是眼前的实际。你由镇长升到市里工作,虽然仍想惠及本镇,但毕竟鞭长莫及了,村干部有点儿本位主义都很常见,不买你的账也全在情理之中。看柴三脚哈横眉立目的样子,他不便多说了,弄不好再动了拳脚。当然,离开柴家营的时候,柴大霞两口子还是热热乎乎地送他,一左一右依傍着他,好不亲切……

而两个市级政协委员候选人的轮廓,也在他心中蓦地清晰了起来:郭三秀与黄大军。他的价值观决定了他要瞄向他们。回头他将征求当村书记的娘、当村主任的郭来福以及其他有关人员的意见,还将亲自为两个候选人撰写事迹报告。周滏阳事迹也很突出,而且身后站着神通广大的柳红棉,有可能出来矫情,郭向前想了,假如这样的话,他就向周滏阳许个愿:下一届一定推荐你,但这届不行,因为你老婆死得不明不白,群众有议论,眼下事情余波尚在,是白?

回到家以后,正见沙荆花捧着一碗热水在屋里踱步。"娘,去县里谈得咋样?"

"唉,难啊。黄新桃已经和对象订了婚,打算下个月——'五一'就结婚,可是一听说你还'单着',她立马涨红了脸说,娘,俺立即退婚!倒赔两倍的彩礼也要退婚!"

"娘,您同意咧?这种事咱可不能干!'生抢活人妻',不得让她对象跟俺动了刀子?"

"是这话,娘当即就把她的念想截住了,可她哭得一行鼻涕两行泪,劝也劝不住。这孩子这些年不容易,现在的婚姻又这样,娘这心里,疼啊!"沙荆花仰起脸,看着屋顶,抑制住泪水。而郭向前再次习惯性眉头紧锁,百感交集,两行热泪汩汩而下。沙荆花把半碗热水喝了,顺手将碗放回桌子上。把郭向前按坐在椅子上,搂住他的肩膀。她又要"说古"了,她要给儿子讲讲当年的柴大树和郭山河……他们有所不知,此时黄新桃刚刚跟未婚夫打了一架,从宿舍逃了出来,骑了自行车奔向郭家堡。一路上路灯不算太亮,依仗父亲给她的自行车有摩电灯,才照着路顺利前行。待到接近郭家堡时,已经半夜三更,鸡叫头遍了,她远远看见郭家堡村口门廊上的硕大红星,在灯光照耀下正鲜艳夺目熠熠生辉,一股暖流涌上心头,便跳下自行车站定了看这红星,仿佛这就是郭向前。但要不要立即去郭向前家找他一吐心曲,又一时拿不定主意,愣愣地想了一会儿,终于鼓足勇气,推起自行车走进村去。